KB160331

립
앤
키스

립
앤
킷
스

1판 1쇄 찍음 2019년 12월 13일
1판 1쇄 펴냄 2019년 12월 23일

지은이 송희륜
펴낸이 정 필
펴낸곳 **(주)뿔미디어**

기획 · 편집 이영은
표지 디자인 우 물

출판등록 2002년 9월 11일 (제1081-1-132호)
주소 경기도 부천시 소향로 17, 303(두성프라자)
전화 032)651-6513   팩스 032)651-6094
E-mail dahyangs@naver.com
비북스 http://b-books.co.kr

ISBN 979-11-90453-90-5 03810

립 앤 키스

송희륜 장편 소설

Contents

· 일러두기

1. 본문 중에 외국어 대화는 [ ]로 표기했습니다.

2. 본 소설의 등장인물, 지명, 사건 배경 등은 실제 사건과 관련이 없음을 알려 드립니다.

"일란성 쌍생아는 같은 유전자 소질을 갖고 있고, 이란성은 정도의 차이는 있지만 다른 유전자 소질을 갖고 있어요. 범죄 일치율 쪽으로 보면 일란성 쌍생아 쪽이 높다고 할 수 있어요."

"교수님, 질문 있습니다."

나현은 손을 든 학생 쪽으로 시선을 돌리며 질문하라는 고갯짓을 했다.

"일란성 한쪽이 범죄를 저지른다고 다른 한쪽이 같이 범죄를 저지른다는 법은 없지 않습니까?"

"네, 충분히 의문을 제기할 만한 부분입니다. 한 명이 범죄를 저질렀다고 다른 한 명이 같이 범죄를 저지르지는 않습니다. 다만, 쉽게 동조되는 사례가 있었습니다."

나현은 강의 시간이 얼마쯤 남았는지 확인하려 손목시계를 슬쩍 내려다봤다. 강의가 끝나고 점심시간 전에 예준에게 다녀올 수 있을 것 같았다.

"다른 질문 있습니까?"

나현은 학생들을 한 번 훑어보고는 마무리를 짓듯 다시 입을 열었다.

"다음 학기에는 쌍생아 연구 이후 나온 양자연구(養子研究)에 대해 알아보게 될 겁니다. 이 연구는 양자의 범죄성이 실부모의 영향을 받는지, 양부모의 영향을 받는지를 비교, 검토하는 겁니다."

입가에 잔잔한 미소를 지은 나현은 가뿐한 마음으로 책을 덮고는 고개를 들었다.

"1학기 수업은 여기까지입니다."

나현의 말이 끝나자 강의를 듣던 학생들이 부산스럽게 책을 챙기기 시작했다.

"기말고사 잘 치르고 방학 잘 보내요. 한 학기 동안 고생 많았어요."

"감사합니다."

"교수님도 수고 많으셨습니다."

인사를 건넨 학생들이 썰물 빠지듯 나가자 강의실은 어느새 적막감이 들었다.

짐을 챙기던 나현은 텅 빈 강의실을 훑었다. 몇 번의 강의 요청이 있었지만 개인 시간이 침해된다는 이유로 거절했는데 막상 하고 보니 잘했다는 생각이 들었다. 열정이 넘치는 몇몇 학생들에게서 좋은 에너지도 받아 흡족했던 시간이었다.

"좀 섭섭해지려 하네."

어깨를 으쓱하며 책을 챙긴 나현은 감회가 새롭다는 듯 강의실을 한 번 더 훑어보고는 천천히 걸음을 뗐다.

"후, 덥네."

주차장에 도착한 나현은 혼자 중얼거리며 차 문을 열었다. 차 안으로 쏟아지는 여름의 뜨거운 태양을 선글라스를 써서 가리고는 시동을 걸었다.

"예준아, 날씨 억울하게 좋다."

납골당 건물 안으로 들어서기 전 하늘을 한 번 올려다본 나현은 쓰고 있던 선글라스를 벗었다. 그러고는 흘러내린 머리칼을 손으로 쓸어 올렸다. 염색을 했다고 착각할 정도로 밝은 갈색 머리칼은 영국인인 어머니에게서 물려 받은 것이었다.

선글라스를 검지에 건 나현은 들고 있던 꽃다발의 향기를 맡았다.

"흐음, 꽃향기도 억울하게 좋네."

예준이 떠난 지 2년이라는 시간이 흘러 있었다. 어깻숨을 내쉬며 안타까운 듯 혼잣말을 한 나현은 로비를 가로질러 걸었다. 대리석이 깔린 로비에 스틸레토 구두 소리가 경쾌하게 또각또각 울렸다. 계단을 올라가 첫 번째 입구로 들어서자 전면 유리창을 넘어온 햇살이 길게 납골당 바닥을 기고 있었다.

"잘 있었어?"

곧장 예준의 앞으로 다가간 나현은 환한 미소를 지으며 가져온 꽃다발을 들어 보였다.

"예쁘지? 네가 좋아하는 주황색 장미야."

사진 속의 예준은 대답이 없었지만 해맑은 미소를 짓고 있었다. 제복을 입고 꽃다발을 안은 예준의 뒤로 경찰대 졸업을 축하한다는 플래카드가 걸려 있었다.

"그때 같이 찍을걸……"

예준이 혼자 찍은 사진이 오늘따라 쓸쓸해 보여 나현은 괜스레 미안한 마음이 들었다.

'요즘 어떻게 지내?'

"나 기말시험 채점 끝나면 다음 주부터 한가해."

나현은 예준과 대화하는 것처럼 상상하며 맑게 웃음 지었다.

'모나현이 강의를 다 하고. 출세했다?'

한쪽 입꼬리를 올리며 피식 웃은 나현은 들고 있던 꽃다발을 내려놓았다.

"그래서 엄청 바쁜데도 너 보러 온 거야. 나 잘했지?"

눈이 반달이 되게 접은 나현은 칭찬을 바라는 얼굴로 유리에 손을 올렸다. 대답도 없고 온기도 느껴지지 않는 예준은 그저 사진 속에서 웃고만 있었다.

'생색은.'

예준이 살아 있었다면 분명 저렇게 투덜거렸을 거라고 생각한 나현은 혼자 허탈하게 웃었다. 그러다 웃음기가 사라진 얼굴로 예준의 사진을 뚫을 듯이 쳐다봤다.

"그날 내가 가지 말라고 말렸으면…… 너는 지금쯤 살아 있을까?"

나현은 예준의 납골함을 만지듯 유리를 쓰다듬다 씁쓸한 표정을 지었다. 그러다 손을 흔들며 소리가 나지 않게 입술만 움직여 '또 올게'라는 작별 인사를 건넸다. 소리를 내면 왠지 눈물이 쏟아질 것 같았다.

"구름도 억울하게 예쁘다."

계단 중간쯤 밖이 훤하게 보이는 커다란 창을 통해 하얀 구름이 수놓인 하늘이 보였다.

"어?"

남은 계단을 내려가려던 나현은 검은색 세단에서 내리는 남자들을 쳐다봤다. 한 남자가 차에서 내려 급하게 문을 열어 주자 다른 남자가 영화의 한 장면처럼 주위의 분위기를 압도하면서 모습을 나타냈다. 선글라스를 쓰고 있었지만 전해지는 카리스마가 예사롭지 않았다.

"분위기 장난 아니네."

주위를 슬쩍 둘러보는 남자의 뒤로 똑같은 선글라스를 쓴 두 명의 남자가 따르고 있었다. 남자들이 품고 있는 분위기는 범접할 수 없는 뭔가에 싸여 있는 것 같았다. 그중 앞서 걷는 남자의 아우라는 기가 죽을 만큼 단단하고 싸늘하게 느껴졌다. 마치 밟고 지나온 잔디가 다시는 뿌리 내리지 못할 것 같은 그런 느낌이었다.

〈루카 님. 시간도 촉박한데 굳이 이렇게 나서실 필요는 없……〉

뒤에 선 남자가 초조한 기색으로 말하자 앞서 걷던 남자가 뒤를 돌아봤다.

"아, 고개를 돌려서 무슨 말을 하는지 알 수가 없잖아."

독화(lip reading)를 할 수 있는 나현의 얼굴에 아쉬움이 스쳤다. 영국에서 자란 엄마 조엘은 청각 장애인으로 상대가 말할 때 입술을 읽어 내는 능력이 있었다. 어렸을 때 나현은 그런 엄마가 신기해 자신도 독화를 하고 싶다고 졸랐었다.

처음에는 호기심으로 배웠지만 독화는 생각보다 혹독한 훈련이 필요한 일이었다. 사람들마다 발음이나 억양이 다른 것처럼 입술의 움직임도 제각각이었다. 그중 입안에 말을 넣고 웅얼거리는 사람의 입술을 읽는 것이 제일 힘들었다.

〈네, 차질 없이 준비해 두었습니다.〉

앞선 남자가 뭐라고 지시를 내렸는지 뒤따르던 남자가 절도 있는 동작으로 고개를 끄덕였다. 뒤에 선 남자의 입술을 읽어 낸 나현은 고개를 갸웃하다 이내 픽 웃어 버렸다.

"고질병. 상관도 없는 사람의 말은 왜 자꾸 읽고 있는 거야."

나현은 자신의 머리를 쥐어박으며 질책하다 움찔 놀랐다. 뒤를 보던 남자가 고개를 돌리자 시선이 마주친 것 같았다.

"설마……."

느낌이 이상해진 나현은 긴장으로 두근거리는 심장을 안고 고개를 저었다. 선글라스를 쓰고 있고, 건물 유리로 인해 빛이 반사된 것이지 남자와 눈이 마주친 것은 아니라고 애써 부정했다.

"아! 늦겠다."

자신이 선 자리에서 세 명의 남자가 보이지 않자 나현은 걸음을 재촉했다. 막 계단을 다 내려왔을 때 아까 본 세 명의 남자가 납골당 건물 안으로 들어섰다. 그들의 중심을 이루고 있는 남자를 힐끔 쳐다본 나현은 관심 없는 척하며 지나가려 했다. 거리가 가까워지는 와중에 꽉 다물린 남자의 입술이 자연스럽게 움직였다.

〈몇 구역이지?〉

나현은 저도 모르게 본능적으로 또 입술을 읽어 내다 미간을 구겼다. 보통 어느 쪽이지, 라든가 몇 층이지, 라고 묻는 게 일반적인데 남자는 다른 단어를 쓰고 있었다.

"하아, 또……."

막 그들을 지나친 나현은 자신을 나무랐다. 상관없는 사람들의 대화를 본의 아니게 엿본 것이 미안해진 나현은 혼자 멋쩍은 얼굴로 건물 입구 문을 열었다.

"……!"

유리문을 열다 자신도 모르게 뒤를 돌아본 나현은 멈칫했다. 계단을 올라간 남자가, 그들의 보스로 보이는 남자가 자신을 빤히 쳐다보고 있었던 것이다.

'뭐지?'

나현은 순간 등줄기를 따라 소름이 돋아나는 것을 느끼며 미간을 찌푸렸다. 이쪽을 쳐다보던 남자가 아무 일 아니라는 듯 다시 걸음을 떼자 나현은 참았던 숨을 토해 냈다. 1초밖에 지나지 않은 찰나의 순간이었지만 느낌이 좋지 않았다.

"입술이…… 비웃고 있었어."

독화를 하는 나현은 상대의 눈보다 입술을 먼저 쳐다보는 습관이 있었다. 그래서 돌아서던 그 남자의 입술 끝이 살짝 말려 올라가는 것을 놓치지 않고 보았던 것이다. 게다가 실내에서 선글라스를 벗지 않아 하관이 더 눈에 들어왔다.

"왜, 나를 보고 웃었지? ……착각인가."

애써 고개를 내저은 나현은 손으로 소름이 돋은 팔을 벅벅 문지르고는 주차된 차로 걸음을 재촉했다. 차 문을 열려고 손을 뻗는데 휴대폰이 울렸다.

"……!"

순간 섬뜩한 느낌이 전해져서 나현은 흠칫 놀랐다.

"……어, 병호야."

기분 나쁜 느낌과 달리 발신인은 예준의 경찰대학교 후배 병호였다.

— 선배님, 지금 납골당이세요?

"응."

바로 납골당이냐고 묻는 것으로 보아 예준의 기일을 병호도 챙기고 있던 모양이다. 우리 예준이 기억하는 사람 많아 좋겠다.

"이제 납골당에서 나가려고……."

"모나현 씨?"

등 뒤에서 자신의 이름을 부르는 남자의 탁한 음성이 위협적으로 다가왔다. 나현은 휴대폰을 쥔 손에 힘을 바짝 주며 뒤를 돌아봤다.

"모나현 씨 맞습니까?"

나현은 부정도 긍정도 못 하고 마른침만 꿀꺽 삼켰다. 아까 납골당 로비에서 스쳐 지나간 이들 중 한 명이었다. 그들과 안면이 전혀 없는데 남자는 그녀의 이름을 알고 있었다.

— 선배, 나도 곧 도착하니까 조금만 기다려 줘요.

휴대폰에서 병호의 목소리가 흘러나오고 있었지만 남자 때문에 당황한 나현은 대답을 못 하고 있었다.

"모나현 씨, 부탁이……."

"다, 당신 뭐야?"

남자가 손을 뻗자 놀란 나현은 사색이 된 얼굴로 말을 더듬었다.

"오해하지 마십시오. 우리는 도움을 청하려는 것뿐입니다."

'우리'라는 말에 나현은 남자의 뒤쪽을 쳐다봤다. 자신을 향해 비웃음을 날렸던 남자가 팔짱을 끼고 건물 입구에 서서 이쪽을 보고 있었다.

— 선배! 무슨 일이에요?

병호가 외치는 소리에 정신이 든 나현은 위험을 감지하고 달아나려 했다. 그런데 남자가 한발 더 빠르게 움직였다.

"놔! 이거 놔! 이거 뭐 하는 짓…… 아!"

우락부락한 남자에게 팔이 잡힌 나현은 발버둥을 쳤지만 역부족이었다. 게다가 남자가 휴대폰을 가져가 버려 병호에게 도움을 청할 수도 없었다.

"으읏."

남자가 손아귀에 힘을 싣자 통증을 느낀 나현은 눈앞이 캄캄해지는 느낌이었다.

"이거 놔!"

다른 쪽 팔마저 남자의 손에 결박을 당하자 나현은 얕은 비명을 내뱉었다.

"윽."

나현은 남자의 손을 벗어나려 안간힘을 썼지만 꿈쩍도 안 하는 커다란 바위를 상대하는 기분이었다.

"어려운 부탁이 아닙니다."

언제 다가왔는지 '루카'라고 불린 남자가 나지막하게 말했다. 입가에 서늘한 미소를 짓고 있는 남자가 이질적으로 보였다. 이 사람들이 자신을 언제 봤다고 도움 운운하는 건지 이해가 되지 않았다.

"무슨 도움?"

나현은 의심이 섞인 목소리로 말하며 그들을 빠르게 스캔했다. 밥 먹고 헬스장에서만 살았던 것인지 나현을 옭아매고 있는 남자는 온몸에 근육만 있는 것 같았다.

"같이 가서⋯⋯."

"같이?"

나현은 얘기를 들어 줄 것처럼 목소리를 온화하게 하여 그들의 경계를 느슨하게 만들었다. 하지만 나현의 눈은 분주하게 주위를 둘러보고 있었다.

평일 낮 시간이라 그런지 드나드는 사람들이 없었다. 고로 도움을 청할 사람이 없다는 소리였다. 게다가 하필 점심시간이라 경비도 보이지 않았다. 아니, 경비가 있다고 한들 이들이 경비를 처리하고 왔을 것 같았다.

"도와줄 거라고 믿어요."

"뭐⋯⋯?"

이렇게 사람을 강압적으로 옭아매 움직이지도 못하게 하고는 도움을 달라니 완전 기가 막히는 일 아닌가. 게다가 믿음까지 들먹이며 말이다. 나현은 이 사람들이 정신 이상자가 아닌가 하는 눈으로 쳐다봤다.

"부탁하는 사람치고는 예의가 없네요."

나현의 말에 루카라는 남자의 한쪽 눈썹이 휙 치켜 올라갔다. 꿈틀하는 눈썹의 움직임으로 보아 기분이 몹시 상한 듯 보였다.

"우리가 좀 다급해서 실랑이는 반갑지 않은데⋯⋯."

남자의 얼굴에서 웃음기가 사라지자 피부가 싸늘하게 변하는 것 같았다.

"다치게 하지 않는다고 약속합니다. 일이 끝나면 집으로 보내 드리겠습니다."

루카라는 남자는 매너 있는 태도에 정중한 말투였지만 나현은 소름이 돋았다. 합법적인 것이라면 이들이 이런 식으로 찾아올 리 없을 것이다. 그리고 뭘 믿고 이들을 따라나선단 말인가.

"그러니⋯⋯."

나현은 찰나의 순간 생각을 정리했다. 이들은 도움이 필요하니 우위를 차지할 수 있는 건 나현 자신이었다. 그러므로 이들에게 주도권을 뺏길 필요가 없는 것이다.

"이 손부터 풀어요."

루카의 말을 자르며 단호하게 내뱉자 팔을 잡고 있던 남자가 움찔했다. 루카의 미간이 설핏 찌푸려진다 싶더니 그가 입을 열었다.

"놓아줘."

움직이지 못하게 자신을 옭아맸던 남자는 고분고분한 아이처럼 그의 말을 따랐다. 팔이 자유로워지자 나현은 그제야 숨통이 트이는 기분이었다.

"부탁……."

"부탁하려면 얼굴 정도는 드러내고 말해요."

나현은 선글라스에 눈이 가려진 루카를 향해 날을 세웠다. 자신에게 해가 되지 않는다는 보장이 없었다. 그러니 적어도 남자의 얼굴 정도는 파악해 두어야 한다고 여겼다.

"선글라스 벗으라고요."

루카라는 남자는 나현의 말을 못 들은 것처럼 행동을 취하지 않고 서 있었다.

"선글라스 벗으라는 말 못 들……."

"벗으면 감당은 할 수 있고?"

루카라는 남자는 짜증 난 목소리로 되물어 왔다. 남자의 되물음에 나현은 자신이 실수했다는 것을 깨달았다. 순간 남자의 얼굴을 보지 않는 것이 신상에 더 좋을 것이라는 판단이 섰던 것이다. 그래서 싫으면 그만두라고 말할 참이었다.

"싫으……."

하지만 남자의 행동이 나현의 말보다 더 빨랐다. 고개를 삐딱하게 기울이던 남자가 선글라스에 손을 올리자 다른 두 명의 남자가 흠칫 놀라는 모습이었다.

"형님."

"루카 님."

얼굴을 드러내면 곤란하다는 듯 그를 다급하게 불렀지만 이미 일은 벌어진 후였다.

"아……."

나현은 작은 탄성을 내뱉고는 입술을 꼭 다물었다. 짧은 순간이었지만 되돌릴 수 없는 상황이 되어 버렸다.

"괜찮겠습니까?"

남자 한 명이 걱정스러운 얼굴로 루카라는 남자를 쳐다보자 그가 나현을 올곧게 내려다봤다.

"이제 됐나?"

정중함이 사라진 루카의 말에 나현은 눈을 치떴다. 그래, 비밀 그런 건 너희들이나 유지하시고 이왕 이렇게 된 거 확인이나 하지 뭐.

"하……."

나현은 그의 부하들이 곤란해하거나 말거나 남자를 똑바로 쳐다봤다.

못 박힌 듯 선 자리에서 손만 올려 선글라스를 벗은 남자는 시선을 강하게 부딪쳐 왔다.

"모나현 씨, 호락호락하지 않은 건 좋은데."

남자의 입꼬리가 천천히 비틀렸다. 마치 심기가 비틀렸다는 듯 그렇게.

"꽤 귀찮게 구네."

1화
회수

검은색 머리칼이라 동양인일 거라고 짐작했지만 막상 얼굴을 보니 동양인 특유의 느낌이 없었다. 숱이 많은 눈썹은 눈썹을 다듬는 여자들보다 더 반듯하고 모양이 예뻤다. 선이 굵은 이목구비였지만 그렇다고 투박하지 않았다. 게다가 햇빛의 반사로 인해서 색이 옅어진 것인지 눈동자에서 오렌지 빛이 나고 있었다.

그런데 그 오렌지 빛이 품고 있는 느낌이 좀 살벌했다. 상대를 일말의 미련도 없이 해치울 것 같은 느낌을 담고 있었다.

"동양인?"

"중요한가?"

나현은 자신의 말을 맞받아치는 남자의 시니컬한 여유로움에 미간을 구겼다. 어떤 상황에서도 기가 죽지 않는 스타일 같았다.

"그러는 그대는 혼혈?"

고개를 삐딱하게 기울인 남자의 눈길이 자신의 머리칼을 스치고 얼굴로 움직이자 나현은 입술을 깨물었다.

어머니보다는 아버지 쪽을 더 닮기는 했지만 머리칼과 눈동자 색만큼은 그렇지 않았다. 밝은 갈색 머리칼과 마찬가지로 눈동자도 옅은 갈색이었다.

친구들의 말을 빌리자면 투명한 갈색이라고 했다. 투명한 갈색이라는 것이 있는지 모르겠지만 말이다.

"그게 중요한가?"

나현 또한 지지 않고 맞받아치자 남자가 다시 선글라스를 끼더니 똑바로 응시해 왔다. 선글라스의 색이 진해 나현의 모습이 비쳤다. 나현은 남자가 바라보는 자신의 모습을 보고 있는 기분이었다.

"부탁할 일은⋯⋯."

"그런데 그 부탁이라는 게 말이죠."

나현은 생긋 웃으며 루카의 말을 잘랐다. 그 일의 정당성도 모르면서 무조건 하란다고 해야 할 의무 따위는 자신에게 없었다.

"친하거나 적어도 안면이 있는 사이에 하는 겁니다. 이렇게 처음 본 사람이 강압적으로 요구하는 게 부탁은 아니라는 거죠."

"Hey! What the hell are you talking about?"

나현의 뒤에 서 있던 남자 중 한 명이 한국어를 잘 못 알아듣는지 짜증 섞인 투로 목소리를 높였다. 나현은 그 남자를 슬쩍 돌아보며 눈을 흘겼다.

무슨 소리긴. 한마디로 니들이 요구하는 게 개소리라는 말이지.

"쯧."

"⋯⋯!"

낮게 혀를 차는 소리가 바로 귓가에 울리자 나현은 화들짝 놀랐다. 뒤에 있는 남자를 쳐다본다고 앞을 주시하지 못했다지만 이렇게 갑자기 다가오니 섬뜩함이 들었다.

"개소리 잘 들었어."

루카라는 남자의 입가에 조롱하는 듯한 미소가 걸려 있었다. 가까워진 탓에 선글라스를 쓰고 있지만 눈동자의 방향이 또렷하게 보였다. 당장에라도 자신의 목을 물어뜯어 버릴 만큼 화를 억누르고 있는 눈빛이었다. 나현은 잡아먹히지 않으려면 정신을 바짝 차려야겠다고 생각했다.

"개소리는 '멍멍' 이지."

나현은 눈꼬리를 접으며 애써 느긋하게 웃었다. 이미 도박을 시작한 이상

중간에 멈출 수가 없었다. 주춤해서 멈추거나 물러서면 이들에게 아니, 이 남자에게 정말 물어뜯길 것이다.

"내가 한 건 사람 말이고. 아! 이성이 바닥인 양아치들이라 내 말이 제대로 안 들리나?"

나현은 어떻게 해서든 시간을 끌며 조심스럽게 한 발을 뒤로 뺐다. 이들을 화나게 해서 좋을 건 없지만 끌려가는 것보다는 낫다고 판단했다.

이들의 부탁이 무엇이든 간에 들어주고 싶지 않았다. 아까 통화를 하다 끊어졌지만 곧 병호가 도착할 것이다. 그러니 최대한 시간을 끌든가 잡히지 않게 도망을 치든가 양단간에 결정을 내려야 했다.

"좋아하나 봐, 말장난?"

루카라는 남자의 목소리가 낮고 음산하게 들려오자 나현은 마른침을 꿀꺽 삼켰다. 가만 생각해 보니 도망은 위험 부담이 너무 컸다. 이 납골당 안과 마당에 숨을 만한 곳이 없었다.

"이봐, 모나현."

생각에 빠져 있던 나현은 고개를 번쩍 들었다. 좀 전까지만 해도 '씨' 자를 붙이더니 이제는 그냥 이름만 부르고 있었다. 그것도 못마땅해 죽겠다는 얼굴로 말이다.

"잔머리 굴릴 생각 하지 말고."

루카라는 남자가 검지로 그녀의 머리를 툭 건드리자 나현은 인상을 구겼다.

"시간을 끌어 봐야 손해나는 건 내가 아니라서."

나현은 시간을 끌어도 손해나지 않는다는 남자의 말에 눈을 동그랗게 떴다. 아까 분명 다급하다고 했었다. 그래서 실랑이가 반갑지 않다고 했는데.

"아!"

나현은 짧은 탄성을 내뱉으며 눈을 가늘게 떴다. 이 루카라는 남자가 머리가 좋고 심리전에 탁월하다는 것을 깨달았다. 주객을 전도시킬 만큼 그는 지략이 뛰어난 사람 같았다.

"일이 끝나면 진짜 보내 줄 건가?"

나현은 생명의 위협을 느끼기 시작했다. 그냥 고분고분 이들의 부탁을 들어주고 조용히 사라지는 것이 낫지 않을까, 하는 마음이 들었다. 지금 자신을 편들어 줄 사람도 없고 도움을 청할 사람도 없으니 자꾸 불안해지기 시작했다.

그런데 일이 끝난 후 돌려보내 준다고 해도 나중에 찾아와 해코지를 하면 어쩐단 말인가.

"나중에 나를 그곳에 두고 집에 보내 줬다고 말하는 건 아니겠지?"

"그곳? 어디를 말하는 거지?"

루카라는 남자가 피곤한 표정으로 되묻더니 팔짱을 꼈다.

"그러니깐 내가 말하는 그곳은……."

나현은 중지를 세우고 나머지 손가락은 마디가 서로 맞붙게 접었다. 그러자 뒤에 서 있던 두 남자가 갑자기 화를 냈다.

"야, 이게 돌았…… 아후! 씨발."

"Are you crazy!"

흥분하는 두 남자와 달리 루카의 입꼬리가 천천히 올라갔다. 그러더니 코웃음을 치고 고개를 비스듬히 기울였다.

"괜찮겠어?"

"뭐가?"

나현은 남자의 질문을 이해하지 못해 멀뚱한 눈으로 물었다. 뭐가 괜찮으냐는 건지. 이미 괜찮지 않은데 말이다.

"정중한 부탁도 안 먹히면 다음 방법은 뻔한 위협이고. 그다음은 협박이지."

이미 정중한 부탁을 거절했으니 위협을 가하겠다는 말이었다. 협박은 납치를 말하는 걸까. 나현의 머릿속이 토네이도보다 더 빠르게 회전하고 있었다.

"위협? 내 손동작을 오해하나 본데……."

"너를 산에 묻는 그런 번거로운 짓은 안 해."

"……!"

남자는 자신의 손 모양을 보고 그것이 욕이 아님을 이미 파악하고 있었다.

모르는 사람들은 '산'을 의미하는 수화 동작을 욕이라고 했지만 이 남자는 아니었다. 즉, 이 남자는 수화를 할 줄 아는 사람이거나 기본적인 수화를 안다는 소리였다.

"음, 그러니까 내가 할 일이……."

나현은 일단 협조하는 척 나긋하게 구는 게 좋을 것 같아 조심스럽게 입을 열었다.

"형님!"

당황한 목소리가 나현의 말을 비집고 들어왔다. 남자가 쳐다보는 곳으로 고개를 돌리던 나현의 얼굴에 반가운 미소가 피어났다. 죽은 조상이 살아 돌아왔다고 해도 이보다 더 반가울 수 없을 것이다. 지대가 꽤 높은 곳이고 거리가 있어 소리는 들리지 않았지만 사이렌의 현란한 불빛이 맹렬하게 다가오고 있었다.

"아, 병호야……."

차의 주인은 나현과 통화를 했던, 형사가 된 지 얼마 안 된 병호였다. 미친 듯이 납골당 쪽으로 달려오는 병호의 차를 보며 나현은 눈물이 핑 돌았다.

그러다 회심의 미소를 지으며 '이제 너희들 큰일 났다' 하는 눈길로 고개를 돌렸다. 나현은 순간 자신의 예상과 다른 반응에 '으응?' 하는 표정을 지었다. 어쩔 줄 모르는 두 남자와 달리 루카라는 남자는 느긋한 얼굴로 병호의 차를 쳐다보고 있었다.

"형님, 어떻게 할까요?"

"……!"

나현은 루카라는 남자의 눈길이 자신에게 박히자 움찔했다. 마치 이 골칫덩이를 어떻게 처리하지, 하는 분위기라 기분이 슬슬 나빠지려 했다. 더 나아가 남자가 피식 웃기까지 해 뭔가 어벙한 기분이 들었다.

"……철수해."

입을 굳게 닫고 있던 루카가 묘한 표정을 짓더니 지시를 내리고 뒤돌아섰다.

"루카 님, 우리 그냥 가?"

이름에는 '님'을 붙이면서 대화는 반말로 하는 남자의 모습에 나현은 눈을 가늘게 떴다. 영어를 쓰지만 영어권에 사는 것이 아닌 듯 발음이 자연스럽지 못했다. 그러니 저렇게 어설픈 한국어로 의사소통을 하려는 것이겠지.

"형님, 이 여자는……."

먼저 등 돌린 루카를 쳐다보던 남자가 미련이 남는다는 듯 굴자 나현은 흠칫 놀라며 어깨를 움츠렸다. 여기서 끌려가지 않으려면 미친년처럼 소리를 질러야 할 것 같았다. 그런데 미친년 한 번 되는 건 일도 아닌데 갑자기 목이 꽉 막힌 것처럼 소리가 나오지 않았다. 안도하기는 아직 이른데 너무 빨리 긴장을 푼 탓인 듯했다.

"차에 태울까요?"

"……!"

남자의 말에 정신이 번쩍 든 나현은 두 주먹을 불끈 쥐고 한 대 칠 마음의 준비를 했다. 지금은 그나마 도망갈 구멍도 있고 믿는 구석이 있었다. 이미 병호가 턱밑에 도달해 있으니 짧은 시간 정도는 끌 수 있을 것이다.

"버려."

"네?"

"……뭐!"

나현은 그냥 둬, 도 아니고 버려, 라고 말한 루카를 기가 찬다는 듯 쳐다봤다. 사람에게 버려, 라는 단어를 쓰는 저놈은 악랄한 놈이거나 감정이 없는 놈일 것이다.

"가자."

"그냥 가?"

한 명이 루카를 따라 몸을 돌리자 한국어가 서툰 남자가 다시 한번 물었다. 그러자 앞서가던 남자가 팔을 확 끌어당겨 걸음을 재촉했다. 한순간에 자신의 눈앞에서 사라져 가는 이들을 나현은 멍한 눈길로 쳐다봤다.

"앗!"

나현은 번뜩 든 생각에 짧은 탄성을 내뱉었다. 도망치는 이들을 잡으려면 저 남자들이 탄 차를 막아야 했다. 지금 차를 막을 수 있는 건 병호뿐이었다.

"내 휴대폰!"

다급하게 휴대폰을 찾던 나현은 그제야 그들이 자신의 휴대폰을 가져갔음을 깨닫고 고개를 휙 돌렸다. 이미 차에 탔을 것이라 생각했던 루카가 자신을 지그시 쳐다보고 있었다.

"……뭐야?"

삐딱하게 기울였던 고개를 바로 세우다 까딱하는 폼이 마치 친구처럼 인사를 건네는 듯했다.

"선배님, 진짜 괜찮아요? 어디 다친 데 없는 거 맞죠?"

나현은 걱정에 호들갑을 떠는 병호를 멍하게 쳐다보다 진하게 내려진 커피를 마셨다. 마치 영화의 한 장면에 깊이 빠졌다가 나온 기분이 들었다. 오후 내내 경찰서에서 진술서 아닌 진술서를 작성하고 나온 길이라 머리가 멍했다.

"아, 살 것 같다."

뜨거운 커피가 목을 자극하고 들어가자 뻣뻣했던 뒷목이 좀 풀리는 것 같았다.

"선배! 괜찮으냐고요?"

병호가 대답을 기다리다 지친 듯 버럭 소리를 질렀다. 나현은 그런 병호 때문에 귀가 따갑다는 듯 한쪽 눈을 찡긋하다 입을 열었다.

"다친 데 없고 보다시피 멀쩡해. 그보다 해킹이 무슨 말이야."

나현에게 진술서 받는 일에만 급급했지 그 누구도 상황을 설명해 주지 않았다.

"아, 그게……. 사이버 수사대에서 항상 해킹에 대한 방어벽을 가동시키는데 아주 짧은 순간이지만 바이러스가 침투한 것을 찾아냈고, 그 해커가 범죄심리연구소를 뒤진 흔적이 나왔나 봐요."

"그래서?"

"선배님 이름이 특이하잖아요."

하긴 '모' 씨 성이 아주 독특하기는 하지. 고등학생 때 만난 한국 친구들이 자신의 성씨 때문에 모나미라고 부르고는 했으니까. 볼펜 만드는 모나미 회사를 그때는 참 미워했었는데. 게다가 자신이 그들과 달리 생겼다는 이유로 못난이라 불리기도 했다.

"다른 곳을 뒤진 흔적은 있는데 그건 페이크처럼 보였다고 해요."

"내 정보가 필요했다는 소리네."

나현은 자신의 목소리가 떨려 나오자 가만히 주먹을 쥐었다. 우연히 마주친 것이 아니라 콕 찍어 자신을 만나러 왔다는 말이었다.

"네. 그러니깐 당분간 집에 들어가지 말고……."

"알았어."

나현은 군소리 붙이지 않고 대답했다. 하지만 한숨이 절로 나왔다. 집을 놔두고 떠돌이가 되어 버린 심정이 이럴까 싶었다. 당장 씻고 싶다는 생각도 간절했고 자신의 포근한 침대에서 자고 싶은 마음도 간절했다.

"그들이 무슨 말을 한 건 없어요?"

그들은 부탁한다는 말만 했지 다른 말은 하지 않았다. 하지만 그 부탁이 뭔지도 모르면서 전하게 되면 피곤한 것은 자신이었다. 모르는데 캐묻는 건 사양하고 싶었다.

"……없어."

나현은 그들의 부탁이 뭐였을지 새삼 궁금해졌다. 아까는 동조하기 싫어 뻗댔으면서 지금은 호기심이 발동했다.

"정보를 뒤진 흔적뿐이야?"

"네?"

"다른 정보를 심은 건 없고?"

"선배님 휴대폰으로 위치 추적을 한 것 같아요."

"위치 추적?"

가만 생각해 보니 처음 그들과 맞닥트렸을 땐 자연스럽게 스쳐 지나갔다. 그때는 얼굴을 몰랐다가 후에 연락을 받고 뒤따라 나왔던 것일까.

"아, 선배. 이거."

나현은 병호가 내민 휴대폰을 보며 눈을 동그랗게 떴다. 2G폰이 테이블 위에 덩그러니 놓여 있었다.

"일단 연락은 돼야 하니까 아쉬운 대로 이거라도 가지고 있어요."

"아, 그래. 고마워."

나현은 사양하지 않고 휴대폰을 가방에 넣었다.

"저기 혹시 그들을 다시 만나면 알아볼 수 있겠어요?"

"어?"

나현은 멀뚱해진 눈으로 병호를 쳐다봤다. 선글라스를 쓰고 있어 얼굴을 못 봤다고 하며 기억나는 하관만 말했었다. 부족하지만 최선을 다해 그려 보겠다는 말에 별 기대를 안 했는데 완성된 몽타주에 그들이 담겨 있었다. 물론 선글라스를 쓴 하관만 드러난 얼굴이었지만.

"……글쎄."

"아! 그래도 걱정하지 말아요. 당분간 제가 선배 뒤를 따라다닐 테니까 너무 걱정하지 말아요."

"아냐. 너도 바쁠 텐데."

나현은 루카라는 남자의 얼굴을 떠올리다 익숙하다는 생각을 했다. 분명 처음 보는 얼굴인데 낯설지 않은 익숙함이 느껴졌던 것이다. 살벌한 눈빛이었지만 그 살벌함만 좀 거두면 인상이 다르게 비칠 것 같았다. 그런데 왜 그의 눈이 어떻게 생겼고 눈빛이 어떠했는지 또렷이 기억하면서도 경찰서에서는 선글라스를 써서 모르겠다고 답변했을까.

그의 눈빛에 담긴 사나운 절박함을 알아 버려서 그래서 말하지 못하고 망설인 것일까.

"아니에요. 반장님이 허락해 주셨어요."

"김석현 반장님이?"

"네."

나현은 가만히 고개를 주억거리며 입술 안쪽 살을 잘근잘근 씹었다. 루카라는 남자의 몸에 밴 여유가 무섭도록 뇌리에 박혀 있었다. 당황한 기색이라고는 조금도 찾아볼 수 없었다. 게다가 억지로 자신을 데려가려 하지도 않았고 낭패를 봤다는 표정도 짓지 않았다. 도대체 뭐 하는 남자지.

"루카……."

25

"네?"

"어?"

눈을 껌뻑거리며 쳐다보는 병호를 향해 나현은 멀뚱한 표정을 지었다.

"방금 뭐라고 하지 않았어요?"

병호가 휴대폰을 내려다보다 나현의 혼잣말을 들은 모양인지 상체를 가까이 기울여 왔다.

"아니, 아무 말도."

나현은 고개를 저었다. 왜 그런지 모르겠지만 그 남자의 정보를 병호한테 알리면 위험할 것 같았다. 병호가 천지를 모르고 날뛰면 다치는 건 그 남자가 아니라 병호일 거라는 확신이 들었다. 사실 지금으로서는 루카가 그 남자의 이름인지 닉네임인지도 알 수 없었다.

"불미스러운 일을 당해서 많이 놀랐겠네."

집에도 못 가고 호텔에서 범죄심리연구소로 바로 출근한 나현은 피곤한 기색이 역력했다. 잠자리가 바뀌었다고 해서 잠을 못 자는 스타일이 아니었다. 그런데 어제는 낮에 일어난 일을 혼자 분석하고 생각하다 제대로 잠들지 못했었다.

분명 루카라는 남자와 처음 만나 대면한 사인인데 어디서 많이 본 듯한 느낌이 들었다. 이런 느낌을 언제 또 가졌던 것인지 되짚어 봤지만 명확하게 떠오르지 않았다. 어둠이 푸르스름한 빛을 담기 시작했을 때 나현은 찜찜한 마음을 안고 억지로 몇 시간 잠을 청했다.

"휴가를…… 그러니까 사실 피해를 본 것은 없지만 개인 신상을 해킹당했으니 심적 위로 차원으로 휴가를 쓰는 것이 좋을 듯한데."

"아…… 네에."

"얼마 정도면 될까?"

휴가를 며칠 동안 쓸 건지 묻는 말에 짧게 쓰라는 압박감이 느껴졌다.

"삼 아니, 일주일 쓰겠습니다."

"일주일?"

목소리가 높아지는 걸로 보아 소장이 예상한 기간을 초과한 모양이었다. 하지만 나현은 이참에 푹 쉬어 보고 싶다는 생각이 들었다. 여차하면 아버지를 만나러 영국에 다녀오는 것도 좋을 것 같았다.

"흠흠. 그, 그럼 처리하라고 할 테니 그만 나가서 일 봐요."

"감사합니다."

인사를 하고 나온 나현은 소장실 문을 닫는 순간 표정이 굳어졌다. 병호와 같은 형사과에 있는 정주민 경사에게 사이버 수사대가 그들에 대한 정보를 알아냈냐고 물어봤지만 아직 건진 것이 없다는 실망스러운 대답만 들었다.

"연기처럼 나타났다가 연기처럼 사라진 건가."

나현은 고개를 갸웃하다 자신의 사무실로 걸음을 옮겼다. 이 세상에 살아 있으면서 유령처럼 움직일 수 있는 인물은 없다. 늘 그렇게 단정 짓고 있던 나현의 확고한 믿음이 깨지고 있었다.

"호신술 같은 거 배울 만한 데 있을까?"

"네? 아! 있어요. 제가 예전에 다니던 체육관 관장님이 호신술 자격증이 있었어요."

"그래? 나중에 소개해 줘."

"네!"

나현은 한 번도 위협을 당한 적이 없어 자신이 꽤 안일하게 살았음을 알았다. 범죄 심리만 파고들 줄 알았지 몸을 움직이는 건 싫어했다. 나현은 나중에 러닝머신도 하나 장만할까, 생각했다. 호신술도 좋지만 일단 잘 달려야 할 것 같았다.

"선배님 제가 준 휴대폰 꼭 쥐고 주무세요. 여차하면 제가 기동대를 불러서라도……."

"그래그래."

나현은 문 앞에서 걱정 반 잔소리 반을 늘어놓는 병호를 말리듯 손까지 휘저으며 대답했다.

"걱정하지 말고 얼른 가. 이거 꼭 쥐고 나 지금부터 잘 테니까."

나현은 병호가 준 휴대폰을 들어 보이고는 어색하게 웃어 보였다. 뭔가 미심쩍다는 듯 걸음을 못 떼던 병호가 마지못해 엘리베이터로 향했다.

"휴우……."

닫은 문에 기대선 나현은 긴 한숨을 내쉬고는 호텔 룸을 훑었다. 어제 묵었던 호텔로 다시 가려 했는데 병호가 안 된다며 말리는 바람에 귀찮다고 생각하면서 온 호텔이었다. 전망이 좋아 그나마 속이 덜 답답했다.

창가로 다가간 나현은 도시의 불빛들을 보다 유리에 비친 자신의 모습을 살폈다. 밝은 갈색 머리칼 때문인지 오늘따라 얼굴이 유난히 창백해 보였다.

"술 한잔할까."

나현은 룸에 구비되어 있는 술을 꺼내려다 손을 거뒀다. 기분도 꿀꿀한데 룸에서 혼자 술을 마시려니 처량하다는 생각이 들었다.

톡톡톡.

거울 앞에 선 나현은 창백한 자신의 뺨이 마음에 안 들어 볼을 가볍게 두드렸다. 굵은 웨이브가 진 머리칼을 단정하게 정리하고 원피스 치맛자락을 탁탁 털자 나현의 기분이 조금 나아졌다.

불안하고 초조한 감정을 느끼고 있는 자신을 잠재우는 방법이 술이라서 못마땅하지만 지금 자신이 어떤 상황인지도 모르면서 친구를 불러낼 수는 없었다. 그 친구마저 위험에 빠트릴 수 있었다. 사이버 수사대뿐만 아니라 납골당 CCTV까지 조사하고 있으니 조만간 그들의 정체를 밝혀낼 수 있을 것이라 믿었다.

"이름이 루카였다고 알려 줄 걸 그랬나?"

어제만 해도 그 남자의 이름을 알려 주면 병호가 다칠 것 같은 생각에 선뜻 말하기가 꺼려졌는데 범죄를 연구한다는 사람이 정보를 숨기면 안 될 것 같았다.

"아!"

룸에서 나와 엘리베이터에 오른 나현은 병호에게 남자의 이름을 알려 주려 휴대폰을 찾다 탄성을 내뱉었다.

"이런, 룸에 두고 나왔나 보네. 다시 갈……."

땡—

고개를 들어 층수를 확인한 나현은 엘리베이터가 이미 스카이라운지에 도착해 있자 잠시 고민하다 내렸다.

"한 잔만 하고 갈 거니까. 30분 후에 연락해도 괜찮겠지."

어깨를 가볍게 으쓱한 나현은 바에 자리를 잡고 앉았다. 걱정할 아버지께는 휴대폰을 물에 빠트려 서비스를 받고 있는 중이라고 둘러댔다. 그래서 며칠 연락이 안 돼도 걱정하지 말라고 얘기해 둔 상태였다.

"안녕하세요. 피나콜라다 한 잔 주세요."

"네. 잠시만 기다려 주세요."

여자 바텐더의 상냥한 눈웃음에 마음이 좀 편해지는 것 같아 나현도 눈웃음을 지었다. 능숙한 솜씨로 칵테일을 만드는 바텐더를 보고 있자니 지루할 틈이 없었다.

"여기 야경이 멋지죠?"

바텐더의 말에 칵테일을 한 모금 마시던 나현은 고개를 돌렸다. 높은 지대에 있는 호텔이라 야경이 발아래 펼쳐져 있는 것 같았다.

"네, 멋지네요."

싱긋 웃어 준 바텐더가 다른 고객을 맞으러 가자 나현은 칵테일을 마저 홀짝거렸다. 달달한 파인애플 맛이 혀끝을 자극했다.

만족한 얼굴로 입술을 핥은 나현은 창가 쪽으로 고개를 돌리다 한 여자에게 시선이 멈췄다. 빨간색 드레스를 입은 여자가 육감적인 입술에 붉은색 립스틱을 발라서 그런지 더 화려해 보였다.

"목 예쁘다."

여자는 예쁜 목선이 드러나도록 머리칼을 틀어 올린 상태였다. 가지런한 쇄골도 감탄을 자아낼 정도였다.

〈오늘 밤…… 할까요?〉

"으응?"

칵테일을 마시던 나현은 눈을 끔뻑였다. 무심결에 여자의 입술을 읽었는데 뭔가 대화가 평범하지 않은 것 같았다.

"오늘 밤 뭘 해? 설마…… 이, 일을 말하는 거겠지."

나현은 순간 당황스러웠다. 남녀의 은밀한 대화를 엿들은 건 명백한 사생활 침해였다. 그래서 눈길을 거두려 했는데 여자의 입에서 나온 다음 말에 의아함이 들었다.

〈호락호락하지 않다고요?〉

뭘 하자는 건지 몰라도 여자가 오늘 밤 하자는 말을 했는데 맞은편에 앉은 남자가 호락호락하지 않다고 말하는 건 뭔가 앞뒤가 안 맞는 대화였다.

〈네? 음, 얼굴은…… 눈길을 확 잡아끄는 미인이네요.〉

연인 사이처럼 보이지만 연인들이 나누는 대화가 아니었다. 남자가 말하는 것이 보이지 않아 여자의 입술만 읽어 짐작만 할 뿐이지만 제삼자를 염두에 두고 나누는 대화가 틀림없었다.

"헛."

여자가 눈길을 들어 슬쩍 쳐다보자 칵테일을 한 모금 더 들이켜던 나현은 흠칫했다. 본의 아니게 훔쳐본 것이라 양심에 찔렸다.

〈아, 고집은 있어 보입니다.〉

나현은 이쯤 되니 남자가 뭐라고 말하는 건지 궁금해졌다. 도대체 무슨 관계면 저런 대화를 주고받을까 싶었다. 남매는 아닌 것 같고 그렇다고 비즈니스 관계도 아닌 것 같았다. 말투로 보아서는 상하 관계가 확실했지만 여자의 얼굴이 굳어 있거나 얼어 있는 건 아니었다. 나현은 도통 알 수 없는 남녀 사이라 생각하며 칵테일을 한 모금 더 마셨다.

〈회수라고요?〉

여자가 눈을 약간 크게 뜨고 되묻자 남자가 천천히 고개를 돌렸다.

"응?"

나현은 자신이 잘못 읽었나 하는 생각이 들어 고개를 갸웃했다. 정말 일반적이지 않은 남녀의 대화였다.

"도대체 무슨 관계일까."

짐작이 어려워진 나현은 슬쩍 다시 곁눈질을 했다. 무심한 척 남녀를 눈여겨보던 나현은 돌아보는 남자의 얼굴에 하마터면 비명을 지를 뻔했다.

〈버린 거 다시 회수해야지.〉

여자 앞에 앉아 있던 사람은 납골당에서 만난 바로 그 남자, 루카였다.

"……!"

남자와 눈이 딱 마주친 나현은 그 자리에서 굳어 버렸다.

'버려.'

나현은 남자가 미련 없이 내뱉었던 말이 귓가에 울리자 숨이 턱 막혔다. 놀라 벌어진 입술이지만 숨이 드나들지 않는 진공 상태처럼 머릿속이 하얗게 비워지기 시작했다.

2화
BACK

"어디 불편하세요?"

"……네?"

나현은 얼이 빠진 얼굴로 자신을 부르는 바텐더를 쳐다봤다. 살짝 고개를 기울인 바텐더가 친절한 미소를 짓고 있었다.

"아, 아뇨."

나현은 당황한 얼굴을 금세 갈무리하고는 어색하게 미소 지었다. 최대한 저들의 눈길을 끌지 않고 이곳을 벗어나야 할 숙제가 앞에 놓여 있었다.

"저기……."

"모나현."

바텐더에게 말을 걸려던 나현은 더 이상 커질 수 없을 만큼 눈을 커다랗게 뜨고는 몸을 굳혔다. 이건 분명 그 루카라는 남자의 목소리였다. 몇 번밖에 못 들어 본 음성이지만 그 특유의 낮고도 깊은 소리를 기억하고 있었다.

"혼자네."

"……!"

등 뒤에서 울리는 남자의 목소리에 나현은 어깨를 움츠리며 눈을 질끈 감았다 떴다.

"용감하게도."

"허!"

남자의 말에 나현은 비명을 터트리듯 참았던 숨을 토해 냈다. 뭘 믿고 혼자 있느냐는 비아냥거림이 깔린 말이었다.

나현은 생각했다, 지금 이 사태가 벌어진 것은 선글라스를 벗으라며 괜한 오기를 부린 탓이라고. 얼굴을 드러내지 않기 위해 선글라스를 고집했을 텐데. 차라리 얼굴을 못 봤다면 이 남자와 이리 또 맞닥뜨리지는 않았을 것 같았다.

"누구세요?"

나현은 더 이상 외면할 수 없다는 생각에 천천히 돌아보며 눈꼬리를 치켜올렸다. 통성명도 하지 않은 사이니 누구냐고 묻는 것이 맞지 않느냔 말이다. 나현은 그렇게 자신을 두둔하며 루카를 올려다봤다. 바의 높은 의자에 앉아 있는데도 나현의 고개가 꽤 젖혀졌다. 남자의 키가 크다는 것은 알았지만 이렇게 보니 더 크게 느껴졌다. 그만큼 더 위협적으로 다가왔다.

"누구……세요?"

나현의 말을 따라 하는 루카의 입술 끝이 비틀리더니 픽 하는 웃음이 새어나왔다.

"……!"

루카가 바에 몸을 기대며 팔을 걸치자 갑자기 가까워진 거리에 나현은 움찔 놀랐다. 시선을 피하지 않고 안색을 살피듯 빤히 쳐다보던 루카의 눈빛이 순간 번뜩였다.

"성가시게 구는 건 여전하고."

"아니, 이것 봐요!"

"어머, 나현아!"

막 언성을 높이려는 찰나 빨간색 드레스를 입은 여자가 다가와 친구 사이인 것처럼 이름을 불렀다. 나현은 옴짝달싹할 수 없는 상황에 놓인 것을 알았다.

목소리를 높여 사람들의 시선을 받은 후 루카라는 남자를 떨치고 자연스럽게 스카이라운지를 벗어나려 했다. 그런데 이 여자 때문에 계획이 물거품이 되었다. 나현은 짜증 난 표정을 지으며 여자를 쳐다보다 루카를 돌아봤다.

"당신들 뭐……."

"어떻게 여기서 만났네?"

나현의 말을 뚝 잘라 버린 여자는 정말 반갑다는 듯 환한 미소를 짓고 있었다. 생글생글 웃고 있는 여자를 보며 나현은 낭패감을 느꼈다.

"도대체 뭐 하자는 건데?"

나현은 눈에서 레이저라도 쏘아 버릴 것처럼 루카를 쳐다봤다. 그러자 루카의 입술이 길게 늘어졌다.

"이유는 이미 말했던 걸로 아는데."

아! 그래. 이 남자는 부탁이 있다고 말했었다.

"이미 거절한 걸로 아는데?"

나현은 고개를 삐딱하게 기울이며 도발하는 눈빛으로 루카를 쳐다봤다. 그 부탁이 뭔지 궁금하기도 했지만 엮이는 순간 골치가 아플 것 같았다. 게다가 목숨이 어떻게 될지도 모르는 일이고.

"나현아, 우리 나갈까?"

여자가 애써 환하게 웃으며 팔을 슬쩍 잡으려 하자 나현은 방어적인 자세를 취했다. 어디서 함부로 잡으려 하느냐는 눈빛으로 질타하듯 째려보자 여자가 흥미롭다는 표정을 지었다.

"진짜 호락호락하지 않네요."

"뭐?"

나현은 그제야 그들 대화의 중심에 있던 제삼자가 자신임을 알았다.

"내가 말했잖아."

여자의 말에 루카가 쿡, 하고 웃음을 터트리다 나현을 보며 입을 열었다.

"긴장의 끈을 놓지 못하게 하는 스타일이라고."

나현은 기가 막혔다. 도대체 뭐 하는 인간들인데 사람을 앞에 두고 놀리듯 이런 말을 주고받는 건지.

"미친."

나현의 말에 여자가 눈을 동그랗게 뜨다 이내 기분 상했다는 듯 눈살을 찌푸렸다. 그러더니 차가운 얼굴로 입을 열었다.

"모나현 씨. 어렵게 하지 말고 그냥 말 좀 들어요."

"나가."

"루……. 네."

루카의 입에서 나온 말에 여자가 약간 놀란 얼굴로 쳐다보자 그가 물러서라는 듯 고개를 까딱였다. 그러자 발톱을 세우고 있던 여자는 얌전한 고양이가 되었다.

딱!

여자가 스카이라운지를 미끄러지듯 빠져나가는 것을 보던 나현은 손가락 튕기는 소리에 고개를 돌렸다.

"신경 써야 할 사람은 여기 있는데."

나현은 어이가 없어 저도 모르게 입술을 벌렸다. 상황을 모르는 누군가가 봤다면 마치 치정 싸움 같았을 것이다.

"더 시선을 끌지 않을 거면 나가지."

명령하듯 말하는 루카를 향해 나현은 미간을 찌푸렸다. 바텐더에게 도움을 청하기 위해 슬쩍 고개를 돌렸지만 가장 가까이서 자신을 도와줄 수 있는 이는 다른 고객을 상대하고 있었다.

"내가 왜?"

나현은 어디 해볼 테면 해보라는 얼굴로 루카에게 눈을 치떴다.

"마저 마실 건가. 칵테일은 시간 끌면 맛없는데."

나현은 루카의 말에 자신이 쥐고 있던 칵테일 잔을 내려다봤다. 손이 떨려서 그런지 잔에 담긴 칵테일이 파동을 일으키고 있었다. 나현은 자신이 떨고 있다는 것을 인지하자 갑자기 욱하는 기분이 들었다. 적어도 자신은 범죄 심리를 연구하는 사람이었다. 떨 수는 있겠지만 조금 더 의연하게 대처하지 못한 자신에게 불만이 일었다.

"……너 뭐야?"

직설적인 질문을 받을 줄 몰랐던 것인지 루카가 눈을 약간 크게 뜨더니 고개를 기울였다. 마치 신선한 자극을 받았다는 듯 입술 끝에 미묘한 미소가 피어났다.

"누구인지 알고 싶으면……."

"……!"

몸을 기울여 다가온 루카의 행동에 움찔 놀란 나현은 주먹을 꽉 움켜쥐었다.

"같이 나가야지."

귀에 입술을 붙이고 은밀하게 말하는 루카의 목소리는 부드러웠지만 나현이 느끼기에는 시베리아 겨울바람보다 차가웠다.

"가만 생각해 보니……!"

나현은 순간 의식이 물속으로 가라앉는 것 같은 느낌에 화들짝 놀랐다. 손끝에서 힘이 빠져나가는 듯해 손가락을 힘껏 말아 쥐었지만 나른한 기운은 더 심해지고 있었다.

"……네가 누군지 궁금하지 않……."

나현은 호기심을 자극하고 있는 남자에게서 관심을 접었음을 알렸다. 고로 네가 누구든, 네 부탁이 무엇이든 상관하지 않겠다는 말이었다.

"시간을 끌어 손해나는 건 내가 아니라고 말했을 텐데."

납골당 앞에서 했던 말을 루카가 다시 한번 인지시키자 나현은 인상을 구겼다. 이상하게 머릿속이 멍해지기 시작했다.

"시간을 자꾸 끌어서 내 인내심이 바닥을 긁으면……."

진짜 인내심이 바닥으로 떨어졌는지 낮게 읊조리는 루카의 목소리는 꽤 위협적이었다. 나현은 멍해지는 의식을 잡으려 고개를 몇 번 흔들었지만 의식이 아까보다 더 가물거리기 시작했다. 이상하다, 몸이 왜 이러지.

"어디 불편한가?"

남자의 말이 물속에서 퍼지는 것처럼 들려왔다. 나현은 의식을 놓치지 않으려 눈을 힘겹게 깜빡였다.

"어지러운가?"

"상관할 바가 아니잖아."

나현은 자신의 몸이 이상함을 알리고 싶지 않아 입술 안쪽 살을 지그시 깨물었다. 살이 짓이겨져 아팠지만 정신을 차리고 몸을 지탱하는 데 필요한 긴장을 유지할 수는 있었다.

"난 협박은 싫지만."

루카가 정말 마음에 안 든다는 얼굴로 내려다보더니 또박또박 말했다.

"아무것도 모르는 한병호에게 손대게 만들지는 마."

"……!"

나현은 커다래진 눈으로 루카를 노려봤다. 이들은 병호를 들먹여서라도 자신을 움직이게 만들 모양인 듯했다. 그만큼 자신이 이들에게 필요한 존재라는 말이었다.

"병호는…… 하, 건드리지 마."

"그럼 부탁은?"

"알았……!"

"이런!"

벌떡 일어나려던 나현은 머리가 핑 도는 기분에 이마를 짚었다가 그대로 의식을 놓쳤다.

"몸이 생각보다 약한데요?"

안개를 걷어 내듯 갑자기 의식을 파고드는 목소리였다. 하지만 나현은 눈을 감은 채 가만히 있었다.

자신이 정신을 잃은 건 칵테일 잔에 뭔가를 넣었기 때문임을 의식이 돌아오자마자 인지하고 있었다. 병호와 저녁을 먹고는 아무 이상이 없었으니 문제는 칵테일이라는 소리였다.

이들을 스카이라운지에서 만났고 자신이 먹은 것은 칵테일 한 잔뿐이었다. 그것도 겨우 몇 모금 홀짝인 것이 다였다.

'바텐더도 한패였구나.'

나현은 속으로 탄식 같은 말을 내뱉으며 죽은 듯이 누워 있었다. 이들이 그냥 위험한 것이 아니라 아주 위험한 인물이라는 생각이 들었다. 점점 사태의 심각성을 깨닫고 있는 나현의 몸이 떨리기 시작했다.

"뭘 마신 거지?"

"피나콜라다를 마시긴 했는데."

나현은 그들의 대화에 귀를 쫑긋 세우고 있었다. 의문을 안은 루카의 목소리와 의아하다는 듯 대답하는 여자의 목소리에 나현은 혼란스러움이 일었다.

"독하지도 않은 칵테일을 마시고 쓰러졌다?"

"아무래도 다른 손을 탄 것 같은데…… 들켰을까요?"

루카가 미심쩍다는 듯 던지는 질문에 돌아온 답이 의외였다. 이들 말고 다른 위협적인 존재들이 또 있다는 소리였다. 나현은 이쯤 되니 이들이 왜 이토록 자신에게 접근하는지 알아야겠다는 생각이 들었다.

"깨울까요?"

여자가 다가오는지 아까와 달리 목소리가 가까워졌다.

"왜 그러세요?"

다가오던 여자가 뒤를 돌아보는 것인지 목소리가 다르게 들렸다. 청각 장애인이었던 어머니 밑에서 자란 나현은 소리의 울림에 꽤 민감하게 반응하는 편이었다.

한 번은 장난을 친다고 어머니 뒤로 다가가 눈을 가리려 했다. 하지만 어머니는 마루의 진동으로 누가 다가오는지 이미 알고 있었던 것이다.

"좀 더 자도록 깨우지 말……."

"이미 깨어 있잖아."

"네?"

조심스럽게 묻는 여자의 말을 파고든 루카의 목소리에 웃음기가 묻어 있었다. 나현은 속으로 한탄 같은 탄식을 내뱉고는 천천히 눈을 떴다. 자신의 의식이 돌아왔다는 것을 남자는 어떻게 알았을까. 어떤 성분의 약인지도 모르면서 눈치로 때려잡은 것일까. 아니면 마신 칵테일의 양으로 추측한 것일까.

"깼네요."

입술 끝에 진한 미소를 건 여자의 얼굴이 제일 먼저 눈에 들어왔다.

"여긴……."

눈길만 돌려 주변을 살피던 나현은 벌떡 일어나 앉았다. 이곳은 자신의 은신 겸 휴가를 위해 짐을 푼 룸이었다. 게다가 자신은 침대에 태평하게 누워 있었다. 사실 의식을 잃은 자신에게서 룸 열쇠를 꺼내는 건 일도 아니었을 것이다.

이들은 철저하게 신분을 감추고 필요한 것만 가져가고도 남을 위인들이었다.

"자, 이제 의식을 찾았으니 부탁을……."

"싫은데?"

나현은 괜한 오기 같은 것이 생겼다. 그의 말대로 호락호락하게 굴기 싫었다. 부탁을 들어주기 전에 이유부터 알아야겠다는 생각이 들었다.

"하……."

여자가 난처한 얼굴로 루카를 돌아봤다. 여자가 시선 주는 것에는 아랑곳하지 않던 루카가 나현을 가만히 쳐다보더니 다가왔다.

"우리 구면인데."

한쪽 입술 끝에 걸고 있는 미소가 이상하게 심장을 울렁거리게 만들었다.

"그래서?"

"부탁이라는 게 초면에는 하는 게 아니라며."

자신의 임기응변을 조롱하는 말에 나현은 눈을 가늘게 떴다.

루카라는 남자가 다가오자 여자는 멀찍이 떨어지며 창밖으로 시선을 두었다. 그런데 그 시선이 그냥 밖을 쳐다보는 것이 아니라 경계하는 태도였다. 밖을 주시하던 그녀가 가방에서 뭔가를 꺼내 다시 다가왔다.

"이거……."

"너희들이 누구인지 알려 주는 게 먼저지."

"난 크로마. 여긴 루카."

누가 이름을 알려 달라고 했냐고, 쯧.

나현은 못마땅한 얼굴로 여자를 쳐다봤다. 밝은 노랑으로 염색을 한 탓에 금발이라고 해도 믿을 정도였지만 여자는 동양인이었다.

"다시 협박을 해야 하나?"

"하아……."

루카가 싸늘한 어투로 말하자 나현은 입술을 질끈 깨물었다.

"읽을 수 있겠어?"

루카가 여자에게 건네받아 내민 것은 태블릿으로, 영상이 재생되고 있었다. 나현은 포기한 듯 한숨을 푹 내쉬다 태블릿을 받아 쥐었다. 병호의 안위까지 걸린 일이다 보니 더 이상 물러날 곳이 없다 판단했다.

영상에서는 어떤 남자가 주변을 세밀하게 살피더니 보관함에 작은 봉투를 넣고는 CCTV를 올곧게 쳐다봤다. 그러고는 말을 걸 듯 입술을 움직이기 시작했다.

그런데 필요 없는 말들을 나열하듯 생각나는 단어를 다 말하는 듯했다. 나현은 영상을 뚫어질 듯 쳐다봤다. 마음 내키는 대로 아무렇게나 말하는 듯했지만 차츰 그 많은 단어 중에 반복되는 말이 있었다.

백. 찾아야 해, 그들을 모두. ……백. 풀 수 있지?

남자가 보관함을 한 번 돌아보다 다시 화면을 쳐다보는 순간 영상이 정지되었다. 영상은 더 볼 것 없이 거기서 끝이 났다. 영상 속의 남자는 식은땀을 흘리고 있었고 무척 불안해 보였다.

"읽었나."

천천히 고개를 들어 루카를 본 나현은 그의 눈빛에 찔려 죽을 수도 있겠다는 생각이 문득 들었다. 왜 알려 줘야 하느냐고 뻗대려던 나현은 적당히 알려 주고 빨리 이 일에서 빠지는 것이 신상에 좋음을 깨달았다.

"백이라고 했어."

이런 영상이라면 굳이 자신을 찾아올 필요가 없었다. 독화를 할 수 있는 사람이 자신밖에 없는 것이 아니니 다른 이를 찾아가도 되는 일이었다.

"많은 단어를 나열했지만 그건 속임수 같아."

얼핏 끝말잇기를 하듯 무수한 단어를 말했지만 실상 끝말잇기는 아니었다.

"그래서?"

"반복되는 단어가 백이야."

"그다음엔."

"찾아야 해, 그들을 모두. 라고 했어."

눈을 가늘게 뜨고 영상을 보던 루카가 다시 태블릿을 내밀었다. 나현은 뚱한 표정으로 태블릿을 받아 쥐었다.

"다시 제대로 읽어."

"제대로 읽……!"

버럭 소리를 지르려던 나현은 영상을 보다 멈칫했다. 영상 속에 있는 남자도 동양인으로 앳되어 보이는 얼굴이었다. 이제 갓 스물 살을 넘겼다고 해도 믿을 것 같았다. 그는 '백' 이라는 단어를 특히 강조하고 있었다. 한국어를 하고 있었지만 일부러 약간은 어눌한 발음을 구사하는 듯 보였다.

"찾았어?"

나현이 영상의 한 구간을 반복해서 돌려 보자 루카가 재촉하듯 물어 왔다.

"……찾은 거 같아."

남자가 말하는 '백' 이라는 단어는 한국어가 아니었다. 영어와 한국어의 발음이 다르듯 그것을 상세하게 읽어 내기란 어려운 일이었다.

나현은 그제야 이들이 왜 자신을 찾아왔는지 깨달았다. 독화를 하는 사람들이 자국어만 읽는 건 일도 아니었다. 하지만 외국어는 어려웠다. 어머니 조엘은 영국에서 자랐지만 고향은 미국이었다. 그러니 영국식 발음과 미국식 발음을 구분할 수 있었다. 그런 조엘의 밑에서 독화를 터득한 나현은 그 미묘한 차이를 감각적으로 읽어 낼 수 있었다.

게다가 나현은 아버지 때문에 한국어 독화 또한 능숙하게 할 줄 알았다. 아무래도 이 남자는 그 모든 부분을 염두에 두고 찾아온 것 같았다.

"이 남자가 말하는 백은 한국어가 아니라 영어로 백이야. B. A. C. K."

"Back?"

"마지막에 딱 한 번 '풀 수 있지?' 라고 묻고 있어."

"크로마."

"네."

뒤에 서 있던 크로마가 무슨 지시를 받은 것처럼 빠른 걸음으로 방을 나가자 나현은 얼떨떨한 표정이 되었다. 그러다 루카를 쳐다보며 입을 열었다.

"넌 왜 안 나가?"

소기의 목적을 달성했으니 이제 자신을 조용히 내버려 둘 차례지 않은가 말이다.

"갔으면 좋겠어?"

"뭐?"

웃지도 않고 농담을 하는 남자라니. 나현은 입을 비죽하고는 침대에서 내려오려 했다. 그러다 침대 밑에 가지런히 놓여 있는 구두를 보며 미간을 구 겼다. 참 이상하게도 저 남자가 구두를 직접 이렇게 두었을 리가 없을 테지 만, 뭔가 존중받은 기분이 들었다.

"무슨 문제 있나?"

구두를 신지 않고 내려다보기만 해서 그런지 루카가 물어 왔다.

"아니."

나현은 구두를 신지 않고 몇 걸음 떨어진 곳에 있는 실내 슬리퍼를 신었다. 그런 자신을 루카가 쳐다보고 있다는 것을 알았지만 나현은 애써 시선을 마주치 려 하지 않았다. 그러다 괜히 깨끗한 옷의 먼지를 툭툭 털고는 고개를 들었다.

"나한테 부탁할 일이 또 있나?"

둘만 있게 된 상황이 묘하게 이상했다.

"아니."

루카는 감정이 없는 사람처럼 빠르게 대답했다.

"그러면 이제 내 눈앞에서 사라져 줬으면 좋겠는데?"

나현은 진심 짜증 난다는 표정을 지으며 말했다. 이틀 동안 이 남자 덕분 에 온몸의 세포가 긴장으로 바짝 날을 세웠었다. 아무렇지 않은 척, 태연한 척 굴었지만 처음 만났을 때보다 두 번째 만났을 때가 더 두려웠다.

위이잉―

휴대폰 진동 소리가 나자마자 루카가 전화를 받았다.

"acknowledge?"

루카가 하는 말을 머릿속에서 빠르게 해석한 나현은 고개를 갸웃했다. 'acknowledge'은 '인정하다' 라는 뜻을 가진 단어였다. 영상 속의 남자가 말한 'Back'에서 'B'를 빼면 'ack'만 남았다. 거기서 힌트를 얻어 찾은 단 어인 듯했다. 그렇다면 남은 'B'는 무엇을 의미하는 것일까.

"곧 가지."

곧 간다는 루카의 말에 나현은 고개를 휙 돌렸다. 이제 그가 룸을 나갈 것 이라는 생각이 들자 홀가분하면서도 뭔가 마음이 무거워졌다.

"이제 가 줄 테니 편하게 쉬어."

"쳇."

나현은 선심 쓴다는 듯 말하는 루카의 말에 콧방귀를 뀌었다. 그러다 루카가 진짜 나가는 것이 맞는지 빤히 쳐다봤다.

"……!"

성큼성큼 걸어 문 앞으로 간 루카가 갑자기 돌아서자 나현은 흠칫 놀랐다. 그가 재킷 안으로 손을 불쑥 집어넣자 나현은 속으로 저도 모르게 '설마!'를 외쳤다. 저 손에 총이 쥐여 나오는 게 아닐까 하는 경악스러운 생각이 온몸을 지배하자 까무러칠 것만 같았다.

"이건 돌려줄게."

"아! 하아……."

나현은 루카의 손에 들린 자신의 휴대폰을 보며 짙은 한숨을 내쉬었다. 총을 꺼낼 거라고 생각한 건 첩보 스릴러물 영화를 너무 많이 본 탓인 듯했다. 본의 아니게 오버한 나현은 혼자 민망한 표정을 지었다.

탁—

나현은 루카가 나가고 문이 닫힌 후에도 쉽게 움직이지 못했다. 그러다 문득 그가 다시 올지도 모른다는 생각이 들자 몸을 전광석화처럼 움직였다. 밖에서 문을 열려고 해도 열리지 않는 안전장치를 건 나현은 휴대폰을 내려다봤다. 문 옆 장식장 위에 놓인 휴대폰의 외관은 자신의 손을 떠났을 때의 모습 그대로인 것 같았다.

나현은 손가락만 움직여 화면을 켜고 패턴을 그었다.

"뭘 만진 건 없어 보이는데……."

말은 그렇게 했지만 혹시 이상한 프로그램을 깔았을 수도 있다는 생각에 나현은 휴대폰이 루카라도 되는 양 눈을 흘겼다.

"대충 명단을 간추려 봤는데 확실하지는 않아요."

루카는 건네받은 태블릿 화면을 이리저리 터치하다 생각에 잠겼다. 진석이 어렵게 구한 명단을 보관함에 넣어 두고 메시지를 남겼다. 하지만 자신이 알았을 때는 보관함에 넣어 둔 명단이 없어지지는 않았지만, 어지럽게 누군가의 손을 탄 후인 것 같았다.

즉, 진짜 명단이 아닐 수도 있었다. 가짜가 진짜처럼 섞여 있다는 말이었다.

혹시나 하는 생각에 CCTV 화면을 뒤졌지만 진석의 영상이 녹화된 이후 저장된 것이 없었다. 그나마 진석의 영상을 건진 건 행운에 가까웠다.

"어? 수영장이 있네."

머리가 지끈거린다며 베란다에서 바람을 쐬던 크로마가 반가운 얼굴로 목소리를 높였지만 루카는 턱을 괸 채 태블릿만 내려다보고 있었다.

진석이 사라지고 난 후 아자르에서의 움직임이 민첩해졌다. 반면 모라타는 안일하다고 생각할 만큼 늘어져 있었다. 극명하게 대비되는 두 조직의 움직임 속에서 혼란을 겪고 있는 것은 루카 자신이었다.

'Back'이라는 암호를 남긴 진석은 무엇을 말하고 싶었던 것일까. 크로마가 푼 것을 바탕으로 했을 때 'B'만 남았다. 하지만 크로마는 'acknowledge'라는 단어도 확실하지 않다고 했다. 누군가가 인정한다라는 의미로 해석을 하면 'B'는 이니셜일 가능성이 컸다. 또는 무엇을 인정한다는 뜻이라면……. 그렇다면 'B'는 이니셜이 아닐 수도 있었다.

"헉!"

베란다에서 크로마가 몸을 날리듯 안으로 후다닥 들어오자 루카는 눈길만 들어 그녀를 쳐다봤다.

"바, 밖에……."

크로마가 손가락으로 다급하게 베란다를 가리키다 갑자기 민망한 듯 어색하게 웃었다.

"흠흠, 그러니까 그녀가 갑자기 베란다로 나와서……."

"가볍게 굴지 마."

루카는 그 정도는 이미 예상한 일 아니냐는 얼굴로 크로마를 질책했다. 바로 옆방에 머물고 있으니 베란다에서 만나는 일은 예상 가능한 일이었다. 그러니 들킬 생각이 아니라면 조심해야 했다.

"저 여자는 우리가 바로 옆에 있다는 것을 알까요?"

루카는 고개를 들어 나현이 있는 옆방을 바라보듯 시선을 한곳에 꽂았다.

투명한 느낌이 나는 갈색 눈동자는 자신을 올곧게 바라보며 당돌하게 반짝였다. 할 말은 다 해야 한다는 듯 열리던 붉은 입술은 도톰하면서 자극을 받을 정도로 촉촉하게 젖어 있었다. 영상을 뚫을 듯이 바라보는 나현을 가만히 쳐다봤다. 영상을 보며 그녀가 붉은 입술을 움직일 때마다 심장이 바늘에 찔리는 기분이었다.

"아까……."

"으응?"

루카는 고개를 저으며 여자가 떨었던가, 라는 뒷말을 삼켜 버렸다. 당당하게 턱을 치켜올리던 모습밖에 기억나지 않았다.

"아까, 뭐요?"

크로마가 무슨 말인지 어서 해 보라는 듯 재촉했지만 루카는 입을 다물었다. 크로마가 잠금을 풀어 준 그녀의 휴대폰은 심할 정도로 깔끔한 편이었다. 다운받은 앱도 많지 않고 전화번호는 그룹별로 잘 정리되어 있었다.

"루카."

생각을 하던 루카는 크로마가 얼굴을 들이밀자 미간을 구겼다.

"치워, 얼굴."

"아까 모나현 안았을 때 어땠어요? 가벼웠죠? 아님 보기보다 무거웠어요?"

쌀쌀맞게 말해도 크로마는 개의치 않고 맞은편 소파에 털썩 앉으며 질문을 해 댔다. 얼굴에서는 뭔가 신난다는 듯 함박웃음이 걸려 있었다.

"크로마."

"네."

크로마는 그가 뭔가 대답해 줄 것이라고 기대하는 것인지 연신 싱글벙글이었다. 지금 그렇게 한가하게 굴 때냐고 핀잔을 주려던 루카는 한숨만 내쉬고 그냥 입을 다물었다.

"혼혈이라 그런지 피부는 완전 하얗다 못해 눈이 부시던데."

축 늘어진 나현을 안아 올릴 수밖에 없는 상황이라 마지못해 한 행동이지만 여린 여체가 품에 안겨 오는 게 나쁘지 않았다. 새근거리는 숨결이 가슴에 와 닿을 때는 심장이 욱신거릴 정도였다.

"취향이 아닌가요?"

"……."

"남자들 여리여리한 여자 좋아하지 않나? 아! 그리고 보니 그동안 루카가 여자하고 밤을 보내는 걸 본 적이 없네요."

눈동자를 데굴데굴 굴리며 눈치를 보면서도 크로마는 분위기 파악 못 하는 사람처럼 입을 또 놀렸다.

"그래도 열 여자 마다하는 남자는 없는데. 아, 그렇구나! 설마 내가 모르는 사이에 재미를 본……. 헤헤헤."

루카는 크로마가 무슨 말을 하든 대꾸할 용의가 없어 무시로 일관했다. 그랬더니 크로마가 혼자 질문하고 답을 늘어놓기 시작했다.

"밤에도 같이 있어 봐야 하나? 아니아니, 그러니깐 난 옆방에서……."

"크로마."

루카는 자리에서 일어서며 말을 뚝 잘라먹듯 크로마를 불렀다. 그러자 크로마가 입을 다물고 진지한 표정으로 올려다봤다.

"명단에 적힌 이름 조사해서 가능성이 높은 쪽으로 정리해 봐."

"넵."

낙서하듯 적힌 명단 중에서 진위 여부를 가려내야 했다. 만일 진석이 누군가의 협박으로 적은 가짜 명단이라면 위험 부담이 너무 컸다. 생각 없이 덥석 물 수는 없었다.

"그리고 그 바텐더 조사해."

"네……. 어? 루카, 베란다!"

루카는 베란다 문턱에 한 발을 걸치다 멈칫했다. 나현이 아직 베란다에 머물러 있을지도 모르기에 크로마가 저리 다급하게 부르는 것일 테지.

"됐어."

당황해 경직되어 있는 크로마를 향해 신경 쓰지 말라는 듯 손을 휘휘 저은 루카는 베란다로 성큼 발을 들여놓았다. 그녀와 맞닥트릴지도 모른다는 생각이 들자 심장이 이상하게 울렁거렸다.

"쿡."

고개를 돌려 텅 빈 옆 베란다를 확인한 루카는 저도 모르게 웃어 버렸다.
뭘 기대한 거지.

"비행기는 준비되어 있어요."

크로마는 비행 이륙 신청을 마치고 루카를 쳐다봤다. 밤새 제대로 자지 않
았는데도 그의 눈빛은 실마리를 잡아서 그런지 생생하게 빛났다. 베란다 창 앞
에 서서 아침 햇살을 고스란히 받은 그의 얼굴은 조각 같은 이목구비를 드러냈
다. 앞을 향해 달려가는 신념 굳은 남자의 얼굴은 단단함을 갖추고 있었다.

"바텐더는?"

"그게…… 일단 아자르 소속은 아닌 걸로 확인됐는데……."

천천히 고개를 기울이며 팔짱을 끼던 루카가 빤히 쳐다보자 크로마는 의
아해하며 눈을 동그랗게 떴다.

"천하의 크로마가 못 알아내는 것도 있나?"

"아니, 누가 못 알아냈다고!"

크로마는 자존심을 건드리는 루카를 향해 더럭 목소리를 높였다. 컴퓨터
에 관한 건 최고라는 자부심으로 이제껏 살아온 크로마였다.

"그럼?"

군소리하지 말고 알아낸 것만 말하라는 듯 루카가 말을 툭 내뱉었다. 크로
마는 입을 비죽하고는 들고 있던 태블릿을 터치했다.

"그녀는 돈이 되는 일은 다 하는 것 같아요."

"돈만 밝히는?"

"그게 좀 아이러니하기는 한데. 거래 내역을 뒤져 보니 이번에는 선금으
로 받은 돈이 없어요."

"우리 쪽 노출은?"

스카이라운지에서 맞닥트렸으니 이쪽의 신분은 당연히 노출되었을 것이

다. 만일 루카가 누구인지 얼굴을 전혀 몰랐다면 또 얘기가 달라지기는 하겠지만, 그렇다고 안심할 단계는 아니었다. 모나현의 의식을 앗아 납치하려 했던 것인지 아닌지도 파악할 수가 없으니 말이다.

"그녀의 목적이 무엇인지 의도가 무엇인지 알 수가 없어요."

"짜증 나네."

루카가 씹어 뱉듯이 말하고는 앞머리를 길게 쓸어 넘겼다. 그 모습을 멍한 눈길로 보던 크로마는 저도 모르게 여과 없이 말을 내뱉었다.

"잘생겨서 모델로 신분 위장을 해도 나쁘지 않았을 것 같은데……."

"쯧."

루카가 심기 불편하다는 듯 혀를 차자 크로마는 어깨를 움찔하며 어색하게 웃었다. 루카가 꺼리는 말이라는 것을 알면서도 눈치 없이, 저도 모르게 내뱉은 말이었다.

"9시까지 비행장에 도착해야 해요."

손목시계를 확인한 루카가 고개만 끄덕이는 것을 본 크로마는 항시 들고 다니는 백팩을 열었다. 그러다 생각났다는 듯 루카를 쳐다봤다.

"옆방의 그녀는요?"

루카가 휴대폰을 들다 뭔 생뚱맞은 소리냐는 듯 쳐다보자 크로마는 손바닥이 보이게 펼쳐 보였다.

"노출되었는데…… 그냥 두고 가도 되나?"

혼잣말을 하듯 중얼거린 크로마는 슬쩍 루카의 눈치를 살폈다. 아자르가 꾸민 일인지 아닌지 파악도 안 된 상황에서 섣불리 움직일 수는 없지만 그렇다고 뒤를 단속하지 않을 수도 없었다.

사실 루카와 접촉했다는 이유로만으로도 그녀는 곤란한 상황을 겪을 것이 뻔했다. 이미 루카를 만난 첫날 경찰서에서 오후 시간을 다 보낸 것을 알고 있었다. 게다가 휴가라면서 이 호텔에서는 한 발자국도 나갈 수 없는 상황이었다.

"권진석이 왜 한국까지 와서 증거를 남겼는지 생각해 봤어요?"

이미 나갈 채비를 마친 루카의 얼굴에서는 감정이 느껴지지 않았다. 진석을 구하기 위해 개인적인 일이기는 해도 그 일을 망칠 정도로 아꼈던 사람이었다. 그런데 지금은 그가 죽었는지 살았는지조차 알 수 없는 상태였다. 그럼에도 그는 냉철할 만큼 이성적이었다.

"가장 안전하다고 생각했으니까."

"네에? 한국이? 어째서요?"

크로마는 룸을 나서는 루카를 따라 종종걸음을 걸으며 재촉하듯 물었다. 어떻게 한국이 가장 안전하다고 생각할 수 있느냐는 말이다. 자신에게 쉽게 뚫리는 보안들이 널리고 널렸는데.

"으악!"

루카의 등만 바라보며 쫓듯이 따라가던 크로마는 그가 갑자기 돌아서며 확 잡아당기는 바람에 비명을 내질렀다.

"What happened?"

루카가 복도 끝을 가리키다 입술에 손가락을 갖다 대자 크로마는 마른침을 꿀꺽 삼켰다. 루카의 손짓이 아니더라도 크로마는 몸을 숨기듯 비상구 쪽으로 움직였다.

"차는."

"밑에 대기 중이에요."

"계단으로 이동해."

미련 없다는 듯 계단을 내려가기 시작하는 루카를 보면서도 크로마는 움직일 수 없었다. 걱정스러운 얼굴로 연신 비상구 문을 돌아봤다.

"Hey, 크로마."

크로마는 자신을 부르는 루카를 돌아보다 손가락으로 문을 가리켰다.

"그냥 갈 거예요?"

분명 낯선 남자들이 엘리베이터에서 내리는 것을 봤다. 그냥 호텔을 찾은 고객일 수도 있지만 크로마의 촉이 단순한 고객이 아니라고 말하고 있었다.

"매정하기는."

루카가 입술 끝을 비틀며 그 자리에서 움직이지 않자 크로마는 눈을 게슴츠레하게 떴다. 아마도 그 남자들의 목적지는 모나현이 머물고 있는 방일 것이다. 자신들 때문에 그녀가 위험에 처했다는 건 알고도 남음이었다.

"루카! 그냥 갈 수는 없어요."

소리가 울리기 때문에 크게 말할 수는 없지만 크로마는 낮게 그르렁거리듯 루카를 질책했다. 한숨을 내쉬고 한쪽 입꼬리를 말아 올리는 루카의 태도에서 고민의 흔적이 보이자 크로마는 몰아붙이듯 다시 입을 열었다.

"그녀한테 연락해요."

루카는 관심 없는 듯 그녀의 휴대폰을 뒤졌지만 번호를 기억하고 있을 것이다. 그는 모든 자료를 머릿속에 담아 둘 정도로 기억력이 뛰어났다.

"크로마, 내려가."

"그녀는요?"

내려갔던 계단을 성큼성큼 다시 올라온 루카의 입술은 한일자로 꾹 다물려 있었다. 지시를 받아들이지 않으면 그는 자신도 두고 가 버릴 사람이었다. 모나현을 구하려다 크로마 자신이 위태로울 수도 있는 일이었다.

"차에서 10분만 기다려."

루카가 가죽 장갑을 꺼내자 크로마의 얼굴에 화색이 돌았다.

"소음기 줄까요?"

"크로마, 여긴 한국이야."

루카가 어이가 없다는 듯 쳐다보자 크로마는 너무 오버했나 싶어 민망하다는 듯 히죽 웃었다.

"Okay. 꼭 데려와요."

"10분 후엔 무조건 출발해."

"하지만……."

"군소리하지 마."

더 이상 실랑이하지 말자는 루카의 말에 크로마는 입을 다물고 가만히 고개를 끄덕였다.

3화
동행

나현은 잠을 설치다 새벽에 눈이 떠졌다. 한번 잠에서 깨니 다시 잠들기가
어려워진 나현은 침대를 내려와 베란다 쪽으로 다가갔다. 푸른빛이 도는 새
벽하늘은 오묘하면서 숙연한 느낌을 안겨 주었다.

'갔으면 좋겠어?'

"아!"
나현은 불쑥 끼어들듯 떠오른 루카의 목소리에 흠칫 놀라며 문 쪽을 돌아봤다. 어
제 자신이 걸어 둔 안전장치는 그대로였다. 그런데도 이상하게 등골이 오싹해졌다.
"미치겠네. 후."
입으로 바람을 훅 일으킨 나현은 두 손에 얼굴을 묻었다가 머리칼을 쓸어
넘겼다.
"나가야겠다."
이 호텔에 있는 것도 안전하지 않다는 생각이 들자 나현은 아버지가 있는
영국으로 가야겠다는 생각이 들었다. 김석현 반장님이 출국하지 말라고 했지
만 자신의 출국이 정식으로 금지된 것은 아니니 그냥 무시하기로 마음먹었다.

"잠깐⋯⋯."

나현은 자신의 휴대폰으로 병호에게 문자를 보내려다 순간 멈칫했다. 휴대폰을 찾았다는 것을 병호에게 설명하려면 루카를 다시 만났다는 것을 말해야 했다. 여러모로 귀찮은 일이 생길 것이고 아버지한테 가는 일이 또 무산될 수 있는 부분이었다.

"일단 씻고 나서⋯⋯."

병호에게 문자를 보내면 당장 달려올 것이 분명했다. 그래서 나현은 문자 보내는 것을 뒤로하고 씻으러 들어갔다.

머리를 감고 몸을 씻던 나현은 팔을 문지르다 도드라진 핏줄을 보며 눈살을 찌푸렸다. 그들이 먹인 것이 아닌, 물론 그들의 대화를 토대로 그렇게 추정하는 것이지만 아무튼 자신은 의식을 잃었었다. 이쯤 되면 피를 뽑아 무슨 약물이었는지 확인해야 하지 않나. 그러면 일이 커지는 것을 나현은 모르지는 않았다. 그렇다고 그냥 넘기기에도 찝찝한 일이었다.

바텐더의 행동으로 보아 이상한 점은 없었다. 자신을 특별히 경계한다거나 살피는 느낌을 받지는 못했었다. 보통 사람이 다른 목적을 가지고 상대를 대할 때는 뭔가 행동이 부자연스럽기 마련인데 바텐더는 그렇지 않았다.

그저 사주만 받은 사람이었을까. 무슨 일인지 모르고 돈만 벌 생각에 그런 짓을 벌인 것일까. 아님, 어떤 목적이 있었던 것일까. 자신이 의식을 잃었을 때 루카가 데리고 가도록 내버려 두었다는 것은 또 어떻게 받아들여야 하는 것일까.

생각이 거기까지 흐르자 나현은 더더욱 이 호텔에서 빨리 벗어나야 함을 깨달았다. 그러고 보니 어제는 루카의 손아귀에서 벗어났다는 안도감에 다른 생각을 하지 못했던 것이다.

"바보같이."

자신을 향해 핀잔을 준 나현은 욕실을 나와 캐리어를 뒤졌다. 반소매 티셔츠와 반바지를 꺼내 입은 나현은 룸을 돌아다니며 자신의 짐들을 챙겼다.

"아, 문자."

테이블에 나란히 놓여 있는 두 대의 휴대폰을 보다 나현은 병호가 준 폰을 집어 들었다. 영국으로 간다는 문자를 보자마자 병호가 전화할 것임을 알기에 의도적으로 전원을 꺼 버렸다. 그리고 자신의 휴대폰을 바지 뒷주머니에 넣었다. 병호가 준 휴대폰은 호텔 프런트에 맡기고 갈 생각으로 문 옆 장식장 위에 두었다.

"아침은…… 공항에서 대충 먹든지."

식사 때를 놓치면 나현은 좀 까칠해지는 편이었다. 그렇지만 여기 이곳에서는 음식이 넘어갈 것 같지 않았다. 나현은 그냥 나갈 생각에 캐리어를 끌고 문 앞으로 다가갔다.

딩동―

힉! 갑자기 벨이 울리는 바람에 나현은 제자리에서 펄쩍 뛰어오르듯 깜짝 놀랐다. 루카가 또 왔을지도 모른다는 생각이 들자 몸이 움직여지지 않았다.

똑똑.

"실례합니다. 고객님."

문을 열지 않고 가만히 있자 이번에는 노크 소리와 함께 양해를 구하는 목소리가 들려왔다. 남성의 목소리였지만 루카는 아니었다.

"하…… 과민 반응이네."

나현은 호텔 직원을 루카라고 생각해 긴장했던 자신을 비웃으며 문으로 다가갔다. 그러다 멈칫하고는 가만히 서 있었다. 루카가 아니라고 다른 이는 안전할까, 하는 의심이 떠올랐다.

딸깍.

나현은 안전 고리를 건 채 문을 열었다.

"무슨……."

"잠깐 안을……."

퍽!

호텔 직원이라 생각하며 문을 열었던 나현은 건장한 남자가 갑자기 옆으로 툭 쓰러지자 눈을 왕방울만 하게 떴다. 문 앞을 막은 남자는 넘어진 남자의 가슴팍을 밟고 살짝 날아오르듯 또 다른 남자 한 명을 걷어찼다. 나현은 눈앞에서 펼쳐진 상황이 뭔지 파악이 안 되어 당혹스러운 표정을 지었다.

"악!"

바닥으로 먼저 나뒹군 남자가 가슴팍을 밟은 남자의 다리를 감아쥐며 꺾어 버리자 남자가 앞으로 꼬꾸라졌다. 놀란 나현은 비명을 지르다 자신의 입을 틀어막았다. 꼬꾸라졌다고 생각했던 남자가 한 바퀴를 굴러 벌떡 일어나자 얼굴이 확실하게 보였던 것이다.

"루카?"

퍽.

루카가 내지른 주먹을 맞은 남자의 몸이 크게 휘청하더니 다시 중심을 잡았다. 만만치 않은 덩치의 두 남자를 상대하는 루카의 몸놀림은 날렵했고 민첩했다. 루카의 치고 빠지는 일련의 동작들이 마치 짜 맞춘 듯했다. 달려들었던 남자가 나가떨어지면 다른 남자가 또 루카에게 달려들었다.

"아, 전화!"

나현은 이러다 루카의 힘이 빠지면 불리해질 것이라는 생각이 문득 들었다.

쿠당탕.

"윽."

굳어진 몸으로 서 있던 나현이 겨우 생각해 낸 게 경찰에 연락하는 것이었다. 그런데 몸을 움직이기도 전에 남자 세 명이 엉켜 붙어서 룸 안으로 밀려 들어왔다. 툭 끊어지는 안전 고리 따위는 남자들의 힘에 무용지물이었다. 루카가 남자 한 명의 목을 조르고 있었고 다른 남자는 그런 루카에게 달려들고 있었다.

"어, 안 돼!"

나현은 저도 모르게 뒷주머니에서 꺼낸 휴대폰을 루카에게로 달려드는 남자를 향해 던졌다.

쿵!

소 뒷걸음질 치다 쥐 잡는다는 것이 이런 것일까. 휴대폰 모서리에 이마를 정통으로 맞은 남자는 그대로 넘어지면서 육중한 소리를 냈다.

"후…… 나이스 타이밍."

루카가 적절한 공격으로 위기를 잘 넘겼다는 듯 말하자 나현은 인상을 썼다.

"주, 죽었어요?"

루카에게 목이 졸렸던 남자는 기절한 것인지 죽은 것인지 모르지만 물 먹은 솜처럼 축 처진 채 문 옆 벽에 기대앉아 있었다.

"죽였으면 좋았겠지만……."

루카가 남자의 재킷 안주머니를 뒤지는 것을 보며 나현은 떨리는 손을 말아 쥐었다.

"그러면 귀찮아져서."

지갑 같은 것을 찾았는지 루카가 펼쳐 보더니 이내 남자의 배 위로 툭 던졌다. 펼쳐진 지갑에선 신분증 같은 건 보이지 않았다.

"보기와 달리 약해 빠졌군."

루카가 가죽 장갑을 벗으며 휴대폰을 이마에 맞고 쓰러진 남자를 발로 툭툭 찼다. 나현은 루카의 그런 모습을 멍한 눈으로 쳐다보고 있었다.

딱.

손가락을 튕기는 소리에 나현은 고개를 들었다. 루카가 정신 차리라는 듯 눈살을 찌푸리고 있었다.

"지금 당장 이 호텔을 벗어나. 최대한 숨어 있으면 더 좋고."

"……뭐, 뭐라는……."

"정신 차려."

"잠시만요!"

나현은 순식간에 펼쳐진 일의 증거물인 두 남자의 널브러짐을 보다 나가려는 루카의 옷자락을 잡았다.

"뭐지?"

성가시다는 표정을 짓는 루카를 보자 나현은 저도 모르게 마른침을 꿀꺽 삼켰다. 뭘 어쩌자고 이 남자의 옷을 잡았던 것일까. 같이 갈 상황도 아니고 이 남자가 자신을 거둘 사람도 아닌데 말이다.

"이, 일을 이렇게 만들었으면 책임을 져야지."

"What?"

기가 찬다는 듯 내려다보는 루카의 눈빛에 나현은 입술을 질끈 깨물었다. 대한민국의 경찰들보다 지금은 이 루카라는 남자가 더 믿음직스러웠다, 아이러니하게도.

"뒷수습은 네가 안 해도 돼. 저들이 알아서 수습할 거야."

"저들이 누군데?"

나현은 누워 있는 두 남자를 번갈아 보다 다시 루카를 쳐다봤다. 마주친 루카의 눈빛이 번뜩였다고 생각한 순간, 그가 발을 허공에 날렸다.

퍼벅.

"으윽!"

휴대폰을 이마에 맞은 남자가 의식을 찾은 것인지 몸을 일으키다 루카의 발길질에 다시 툭 쓰러졌다.

"좀 떨어져."

"……아."

나현은 남자가 의식을 찾는 순간 놀라서 루카의 품으로 파고든 자신을 발견하고는 뺨을 붉혔다. 위험하기는 쓰러진 저 두 남자나 루카나 마찬가지인데 왜 이쪽이 더 안전하다고 생각한 것일까.

"움직여."

루카가 바닥에 떨어진 휴대폰을 집어 주자 나현은 떨리는 손으로 받아 쥐었다. 이대로 나가 버려도 되는 것인지 판단이 서질 않았다.

"호텔 밖까지 안전하게 데려다주지."

나현은 혼란스러운 눈길로 루카를 쳐다봤다. 그건 호의냐고 묻고 싶었다. 일을 이렇게 만든 장본인인데도 예의 바르게 구니 생각할 겨를도 없이 끌려가는 기분이었다.

"됐어. 그냥 내 앞에서 사라져."

등을 돌리던 루카가 멈칫하며 돌아보자 나현은 그 앞을 지나갔다. 등 뒤에선 루카가 신경이 쓰였지만 나현은 꿋꿋하게 앞을 향해 걸었다.

엮이지 않는 것이 최선임을 알고 있었다. 루카라는 저 남자는 자신에게서 목적을 달성했으니 이제는 나타나지 않겠지만 그로 인해 자신은 번거로운 일에 휘말렸음을 알았다.

"헛!"

무의식적으로 엘리베이터를 향해 걷던 나현은 손목을 확 낚아채는 손길에 화들짝 놀랐다.

"엘리베이터는 위험해."

잡힌 손목 때문에 나현은 질질 끌려가는 모양새였다.

"이거 놔. 네가 나서지 않아도 나 혼자 알아서……!"

휙 돌아선 루카의 품에 하마터면 아까처럼 또 안길 뻔한 나현은 반사적으로 눈을 질끈 감았다. 루카가 뭔가 핀잔주는 말을 할 거라고 생각했는데 가만히 있자 나현은 한쪽 눈만 떠 그를 살폈다. 고개를 삐딱하게 기울이고 있는 루카의 입가가 말려 올라가 있었다.

"모나현."

"뭐?"

나현은 두 눈을 동그랗게 뜨고는 따지는 듯한 얼굴로 루카를 올려다봤다.

"안전하게 이 호텔을 벗어나면 따라오라고 해도 안 가. 그러니 얌전히 굴어."

"……쳇."

콧방귀를 뀌던 나현은 비상구 문을 열고 자신을 데려가는 루카의 등을 쳐다봤다. 왜 그런지 모르겠지만 그의 등이 무척 쓸쓸해 보인다는 생각이 들었다. 무게를 알 수 없는 짐이 그의 어깨에 올려져 있는 것같이 보였다.

사실 그 남자들이 찾아오든 말든 상관하지 않고 가 버리면 그만이었는데 루카는 그러지 않았다. 그것을 깨닫자 까칠하게 굴었던 것이 좀 미안해졌다.

"자, 잠시만……."

루카의 행동을 곰곰이 생각하던 나현의 호흡이 점점 거칠어졌다. 그의 보폭에 맞춰 계단을 내려가는 것이 보통 일이 아니었다.

"잠깐만……. 소, 손을 놓고…… 하아."

거의 끌려 내려가던 나현은 숨을 몰아쉬며 루카의 손을 뿌리쳤다. 남자와 자신은 다리 길이 차이도 있을 뿐 아니라 체력적으로도 차이가 났다. 나현은 몸을 숙이고 숨을 몰아쉬었다. 평소 운동을 안 하기도 하지만 누가 엘리베이터를 두고 계단으로 다니느냐 말이다.

"앞장서."

나현은 자신의 등을 슬쩍 미는 루카를 향해 고개를 돌리며 눈꼬리를 치켜올렸다. 굳이 그렇게 밀지 않아도 알아서 잘 갈 텐데 재촉하기는.

"그렇게 밀지 말아요!"

짜증을 담아 목소리를 높이자 루카가 픽 웃었다. 그러더니 짜증을 내든 말든 개의치 않는다는 듯 앞장서라는 손짓을 했다. 나현은 루카를 슬쩍 한 번 흘겨보고는 옆을 스쳐 지나쳤다.

자신은 계단을 하나하나 밟고 내려가는 반면 루카는 기본 두 개씩 밟고 내려오니 당최 거리가 벌어지지 않았다. 마치 등 뒤에 딱 붙어 있는 것 같은 느낌에 나현은 눈썹을 일그러뜨렸다.

"헛!"

1층 표시를 보고 안도감을 느끼는 찰나, 루카가 뒤에서 양팔을 잡았다. 차렷 자세가 된 나현은 거칠어진 숨을 몰아쉬며 침을 삼켰다.

"들키지 말고."

낮게 속삭이는 목소리가 정수리 위에서 쏟아졌다. 분명 계단을 같이 내려왔음에도 그의 숨은 자신과 달리 고르게 흐르고 있었다.

"잘 살아 있어."

"뭐……!"

살아 있으라는 말에 욱해 따지려고 돌아본 나현은 루카의 그림자조차 보이지 않아 멈칫했다. 비상구 문 앞에 덩그러니 혼자 놓인 나현은 미간을 구겼다. 몇 번 만나지 않은 사람인데 그 존재감이 너무 크게 다가왔다.

"왔다!"

초조한 마음을 달래려 핸들을 손으로 두들기고 있던 크로마는 루카의 모습이 보이자 반가움에 라이트를 한 번 켰다가 껐다. 하지만 성큼성큼 다가오는 루카의 뒤로 그녀는 보이지 않았다.

"어?"

딸칵.

아니나 다를까 미끄러지듯이 차에 오른 이는 루카뿐이었다.

"출발해."

"안 데려왔어요?"

"뭘?"

"내가 꼭 데려오라고……."

"뭣 하러."

귀찮게 왜 그런 일을 해야 하냐는 루카의 표정에 크로마는 입을 비죽 내밀었다.

"이번엔 어떻게 넘겼다고 해도 언제 또……."

"크로마, 가자."

루카가 이미 마음을 정했음을 나타내자 크로마는 마지못한 얼굴로 액셀러레이터를 밟았다. 그러다 생각났다는 듯 다시 입을 열었다.

"그나저나 진석의 행방불명은 아자르가 꾸민 일일까요?"

차창에 팔을 괴고 관자놀이를 누르고 있는 루카의 표정은 변화가 없었다. 시종일관 평정심을 유지하고 있는 모양새였다. 인간미 없어 보이게 말이다.

"만일 아자르에게 잡혔다면 찾으러 갈……. 어!"

끼이익—

크로마는 호텔 지하 주차장에서 막 지상으로 올라와 도로로 합류하기 전 급브레이크를 밟았다. 생각 없이 보고 지나쳤다면 몰랐겠지만 눈에 거슬리는 이들이 있었다.

"저 차……."

무슨 일이냐는 표정으로 쳐다보는 루카에게 크로마는 손가락으로 가리켰다.

"둘만 보낸 게 아닌 것 같은데요?"

밑에서 대기하던 이들이 따로 있었음을 캐치한 크로마는 걱정스러운 얼굴로 루카를 돌아봤다.

"그녀를 어디에 두고 나왔는지 몰라도……."

루카가 그만하라는 듯 인상 쓰는 것을 보면서도 크로마는 말을 멈추지 않았다.

"다시 찾아봐야 할 것 같은데요?"

호텔을 무사히 벗어나는 것을 보지 못했으니 그녀가 아직 호텔 안에 있을 확률이 컸다. 밖으로 나오는 순간 그녀가 납치당할 수도 있는 상황이었다.

"저들이 누구일 것 같아?"

"네?"

무심한 듯 묻는 루카의 질문에 크로마는 멀뚱한 표정을 지었다. 그들이 누구인지가 궁금하기는 했지만 사실 그녀가 더 걱정되었다.

"아자르에서 보낸 사람들일까요?"

복도에서 마주칠 뻔한 그들을 상대하러 간 것은 자신이 아닌 루카였다. 그러니 그가 파악하고 왔을 것이라는 생각이 들었다.

"현재로선 확인 불가."

"그러면……."

크로마는 궁금한 얼굴로 루카를 돌아봤다. 한숨을 푹 내쉰 루카가 마른세수를 하다 앞머리를 쓸어 넘겼다.

"하아……. 혹 떼려다 혹 붙이는 꼴이라니."

그녀를 문제덩어리로 치부하는 루카의 목소리에서 까칠함이 묻어났다.

"그녀를 혹이라고 하는 건 좀 아니……. 뭘 보고 있는……!"

크로마는 루카의 시선이 향해 있는 곳으로 고개를 돌리다 눈을 커다랗게 떴다. 좀 먼 거리였지만 그렇다고 그녀를 못 알아볼 거리는 아니었다. 그런데 문제는 택시를 타려는 그녀를 향해 남자 한 명이 빠르게 다가가고 있었다.

"크로마, 차 돌려."

"네?"

"데려간다."

"넵!"

크로마는 망설임 없이 호텔 정문을 향해 핸들을 꺾었다. 그녀를 향해 다가가는 남자보다 더 빨리 나현에게 갈 자신이 있었다.

"갈아입을 옷은 여기 둘게요."

"……네."

나현은 크로마를 향해 고개를 끄덕였다. 호텔 1층 비상구 문을 열고 로비를 나서며 공항으로 곧장 가면 만사가 다 해결될 것이라 생각했다. 그러다 여권을 넣어 둔 캐리어를 두고 나왔다는 것을 알았지만 다시 들어갈 엄두가 나지 않았다. 들키지 말라는 루카의 말이 아니었더라도 말이다.

호텔 룸에서 의식을 잃고 쓰러졌던 건장한 남자들이 정신을 차렸을 것이라는 생각을 하자 캐리어 따위 미련도 없었다. 그런데 택시를 타러 가던 자신의 앞을 막아선 차를 본 순간 아무 생각도 할 수 없었다.

'타. 죽고 싶지 않으면.'

루카의 눈길이 향한 곳으로 고개를 돌리던 나현은 두 번 생각하지 않고 차에 올랐다. 자신을 똑바로 쳐다보며 빠르게 다가오는 남자에게 잡히면 안 될 것 같은 마음이 들었다.

위기를 극복하기 위해 택한 이 차가 지옥행일 수도 있다고 깨달은 건 차를 타고 한참을 달린 후였다.

"하아……."

프렌치 도어를 열자 밖이 훤하게 보이는 발코니가 나왔다. 나현은 발코니 난간에 팔을 올리고 턱을 괴었다.

본의 아니게 동행해 버린 상황이었다. 절대 같은 아군이 아니었는데 말이다.

"죽고 싶지 않으면……이라니."

처음으로 당황하는 루카의 표정을 본 것 같았다. 뭐 그렇다고 그가 엄청 놀라거나 매우 당황한 것은 아니지만 말이다. 그만큼 사태가 심각하다는 것은 잘 전달되었다.

"여기는 도대체 어디야. 단순한 범죄자가 아니었나."

공항에 대기하고 있던 비행기도 의외였지만 지금 있는 대저택도 상상 밖이었다. 이들을 따라나섰지만 여기까지 같이 오게 될 줄은 몰랐다. 게다가 여권도 없이 입국할 수 있을 줄이야.

'정리되면 다시 보내 줄게.'

루카는 그 말을 끝으로 몇 시간째 나타나지도 않았다. 세상에 혼자만 덩그러니 남겨진 기분이 들어 나현은 심정이 착잡했다. 겨우 챙겨 나온 휴대폰은 배터리를 소진해 전원이 꺼져 버렸고 액정은 귀퉁이에 금이 가 있었다.

"아빠······."

나현은 전화기를 찾아봐야겠다는 생각에 안으로 들어서다 움찔 놀랐다.

"구경은 끝났나."

루카가 1인용 소파에 다리를 꼬고 앉아 있었다. 방에 들어오면서 인기척도 내지 않은 루카 때문에 나현은 기분이 나빴다. 이곳이 루카의 집인지는 몰라도 그래도 자신이 머무는 방에 드나들 때는 기본적인 노크 정도는 해야 하지 않느냐 말이다.

"노크할 줄 몰라요?"

"아, 노크."

말로는 미안한 척하는데 표정과 태도는 전혀 아니었다. 나현은 눈을 가늘게 뜨고 루카를 한껏 째려봤다. 그런 자신의 시선을 피하지 않고 받아 내는 루카에게선 느긋함이 묻어났다. 똥개도 제 집 앞에서 싸우면 50점 따고 들어간다더니만.

"며칠 머물게 될진 몰라도 되도록 빨리 보내 줄게."

"정말 보내 줄 생각은 있는 건가?"

나현은 루카의 심기를 건드리고 싶었다. 이 사태를 만들어 놓고 미안하다는 말도 없고 유감도 표하지 않는 그가 미웠다.

"설마 여기서 살고 싶은 건 아니겠지."

놀리기까지. 보내 준다는 건지 아니라는 건지 명확하게 말하지 않고 애매하게 구는 루카였다. 나현은 그런 루카를 향해 보란 듯이 한 발 더 다가섰다.

"여기가 어딘데?"

"알면?"

"알고는 있어야 하잖아."

"모르는 게 약이라는 말이 있잖아."

나현은 낭패감을 느끼며 입술을 감쳐물었다. 눈앞에 있는 이 남자가 만만치 않았다. 뭐든 쉬워 보이지 않는 스타일인 건 알지만 너무 감춰 두려는 게 보였다.

"뭐를 감추고 싶은 거지? 여기가 어딘지 알려 주기 싫은 게 아니라 자신을 드러내기 싫은 거 아냐?"

흥미로운 표정을 지으며 턱을 괴는 루카에게서 다른 느낌이 전해져 왔다. 보통 허를 찔리면 사람들은 당황하거나 화를 내기 마련인데 이 남자는 마치 게임을 즐기는 것처럼 웃고 있었다. 포커페이스에 뛰어난 사람이거나 정말 자신을 감추는 데 탁월한 능력이 있거나 둘 중 하나일 것이다. 그리고 절대 들키지 않을 것이라는 자신감이 내재되어 있는 듯했다.

"자신이 다 알아야 한다는 생각은 버려."

"뭐……."

루카가 자리에서 일어나 다가오자 나현은 긴장이 됐다. 긴 다리로 성큼성큼 다가올수록 입안이 마르는 기분이었다. 존재감만으로 주변을 긴장으로 물들이는 남자는 흔치 않은데 루카는 눈짓과 손짓 하나로 그런 분위기를 만들어 냈다.

"세상은 내가 몰라도 되는 부분이 있기 마련이야. 알아서 좋은 거? 그런 건 없어. 몰라서 더 좋은 것들이 넘쳐 나니까."

세상을 향한 노골적인 비아냥에 나현은 고개를 갸웃했다. 범죄에 연루되어 봤기 때문에 저렇게 시니컬하게 말하는 것일까. 하지만 루카의 말은 나현이 알아서 좋을 것이 없다는 것을 강하게 어필하고 있는 느낌이었다.

"그 눈으로 좋은 것만 보려 해도 다 못 보는 세상이야."

앞에 딱 버티고 선 루카는 팔짱을 끼고 나현을 가만히 내려다봤다. 마주한 시선 속에서 누구도 먼저 눈길을 돌리지 않았다. 그러다 루카의 시선이 천천히 아래로 내려오자 나현은 숨을 꼴깍 삼켰다. 그의 입술 끝에 미소가 걸리자 북을 한번 내려친 듯 심장이 퉁! 하고 울렸다.

"그 입술로……."

그의 눈길이 입술에 머물러 있음을 깨닫자 살짝 벌어져 있던 나현의 입술이 꽉 다물어졌다.

"예쁜 말만 해도 바쁜 세상이기도 하고."

"……!"

루카의 손이 불쑥 다가오자 나현은 움찔 놀랐지만 움직이지는 않았다. 그가 머리칼 한 올을 잡고 가만히 쓰다듬자 온몸의 세포가 발딱 일어서는 느낌이었다.

"뭐 하는 거야."

나현은 부러 눈을 더 치켜뜨며 루카의 손을 쳐 내려 했다. 하지만 루카가 한 템포 더 빨리 움직여 손을 거둬 갔다.

"혼혈이라 학교생활이 힘들지는 않았나."

"허……."

갑자기 인생 상담이라도 하자는 건지. 나현은 어이가 없는 얼굴로 루카를 빤히 쳐다봤다.

"그 고집이면 뭐…… 잘 지냈겠지."

조롱하듯 피식 웃는 루카의 눈꼬리가 접히자 나현은 한쪽 입술 끝을 질끈 깨물었다. 이건 대화의 방향을 틀어 루카 자신에게로 향하는 의문을 잠재워 버리려는 의도가 다분했다. 남자의 태도를 간파한 나현은 눈을 가느스름하게 떴다.

"혼혈이라고 무조건 나쁘지만은 않아. 그러는 그대는 학교생활이 재미있었나? 친구는 많았고?"

그가 또 피할 것이라는 생각에 던진 질문이었다. 이 질문마저 피하면 이 남자는 자신을 감추는 일에 전력을 다하고 있는 거라고 판단할 수 있었다.

"남자들에게 학창 시절 친구들은 삶의 활력이지."

질문을 피하지는 않았지만 두루뭉술하게 대답하는 것이 나현은 마음에 들지 않았다. 감추는 것도 아니고 드러내는 것도 아닌 모호한 태도에 짜증이 나기 시작했다.

"머리는 좋아 보이니 공부는 잘했을 거 같네."

루카가 입가에 비소만 짓고 대답하지 않자 나현은 이쯤에서 그만둬야겠다는 생각이 들었다. 자신이 이 남자의 심리를 파악해서 어디에 써먹을 것도 아니니 말이다.

"잠을 좀 자."

돌아서려던 나현은 루카를 똑바로 쳐다봤다. 자신이 며칠 동안 잠을 제대로 못 잤다는 것을 남자는 이미 알고 있는 듯했다. 하지만 비행기 안에서 어디로 가는지 알기 위해 자지 않고 버틴 건 맞지만 눈동자가 충혈된 것은 아니었다.

"일단은 안전하다고 할 수 있으니."

비행기 안에서 땅을 내려다본다고 위치가 어디쯤인지 알 수 있는 건 아니었다. 섬처럼 외딴곳이었지만 그렇다고 완전히 분리되어 있는 것도 아니었다. 섬도 대륙도 아닌 정확한 지명도 알 수 없는 곳에 나현이 있었다.

"저기……."

돌아서려는 루카를 불러 세운 나현은 이내 고개를 저었다. 정확하게 언제 돌아갈 수 있느냐는 질문은 지금 소용없을 것 같았다.

"설마 재워 달라는 건 아니지?"

"……!"

고개를 번쩍 든 나현의 눈이 커다래졌다. 약간 개구지게 웃는 루카를 보자 심장이 세차게 뛰어 뺨이 붉어졌다. 너무 가까이 서 있는 루카를 인지한 나현은 거리를 벌리려 했다. 그런데 루카의 손이 조금 더 빨랐다.

"여기를 비우면 잠이 잘 올 거야."

검지로 이마를 톡 건드린 루카가 눈을 맞추듯 자세를 낮추자 나현은 저도 모르게 숨을 참았다. 자신을 빤히 보던 루카가 고개를 갸웃하자 나현은 눈살을 찌푸렸다.

〈악몽을 꾸게 되면 내 생각을 해.〉

바로 나현의 앞에 서 있으면서도 루카가 소리 없이 입술만 움직였다.

"뭐?"

커다란 손이 정수리에 턱 하니 얹어지자 나현은 손을 휘저어 루카의 팔을 치우려 했다.

"잘 자, 고집불통 아가씨."

휙 쳐 내려 했는데 루카가 먼저 팔을 거두고는 방을 나갔다.

"네가 바로 악몽이야!"

나현은 억울한 생각이 들어 바락 소리를 질렀다. 막 문을 닫으려던 루카가 돌아보더니 어이없다는 듯 한쪽 입술 끝을 비틀었다.

"그러니 네 생각을 하면 악몽이 겹치는 거지."

나현은 내 말이 맞지? 하는 표정으로 루카를 향해 턱을 올렸다. 그가 말없이 고개를 살짝 기울이자 뭔가 통쾌한 비수를 꽂았다는 생각이 들었다. 그래서 승리자만이 가질 수 있는 미소를 지으려는 찰나, 루카가 또 소리 없이 입술만 달싹였다.

〈아니. 겹치는 게 아니라 하나가 사라지는 거지.〉

나현은 벙한 표정으로 루카를 쳐다봤다. 분명 자신이 지었어야 할 미소가 루카의 입가로 옮겨 가 있었다.

〈자면서 꾸는 꿈은 진행형이라 겹치지는 않거든.〉

나현은 저도 모르게 무성으로 움직이는 루카의 입술만 빤히 쳐다봤다.

"뭐라고?"

〈좀 긍정적으로 생각해. 적어도 얼굴을 아는 이가 등장하면 불안하지는 않잖아.〉

루카가 검지로 머리를 툭툭 건드리며 핀잔주는 모습에 나현은 못마땅하다는 듯 입술을 비죽 내밀었다.

"그만 성질내고 자."

나현은 고의적으로 입술을 읽게 만든 루카를 째려보다 쳇, 하고 콧방귀를 뀌었다.

하품이 연달아 나와 나현은 손으로 입을 가리고는 고개를 숙였다. 어제 그가 일부러 입술만 움직여 말한 것이 내내 걸렸다. 어째 놀리는 것도 같아 슬쩍 부아가 치밀었다.

"나 이렇게 태평하게 있어도 되나."

나현은 앞에 놓인 머그잔을 끌어와 커피를 마시고는 뻑뻑한 눈을 감았다 떴다. 머릿속을 비우면 잠이 잘 올 거라고 해 놓고는 이상한 말을 던지고 간 루카 때문에 또 잠을 설쳤다. 그래서 체력이 완전 바닥이었다.

"나현 씨!"

나현은 크로마의 외침에 고개를 돌렸다. 카페 맞은편 건물에서 남자들이 우르르 쏟아져 나왔지만 모두 일렬종대로 서서 각을 잡는 바람에 그들의 대장으로 보이는 이를 찾는 건 일도 아니었다.

"읽을 수 있겠어요?"

나현은 햇살이 쏟아져 들어오는 창에 몸을 가까이 붙이며 두 손을 둥글게 말아 손차양을 만들었다.

"멀어서 안 보여요."

자신을 깨우러 온 크로마 덕분에 겨우 든 잠을 단 몇 분 만에 깬 나현은 피곤한 얼굴로 고개를 저었다. 한 번만 더 도와주면 빨리 돌아갈 수 있게 손을 써 준다는 크로마의 말에 반신반의하는 심정으로 따라나선 길이었다.

"그럼 이걸 사용해 봐요."

크로마가 내민 것은 망원경이었다. 망원경의 초점을 맞추며 맞은편을 주시하는데 어딘지 낯익은 실루엣이 보였다.

"……!"

나현은 망원경을 내리며 크로마를 돌아봤다. 그러자 크로마가 맞는다는 의미로 고개를 끄덕였다. 이제는 아주 많이 익숙해져 버린 남자의 실루엣이었다. 그 실루엣의 장본인은 저택을 벗어나 차를 타는 동안 어디에도 보이지 않던 루카였다.

"루카 옆에 있는 이가 재클린 회장이에요."

크로마를 보던 나현은 다시 망원경을 눈에 댔다. 일렬종대로 선 무리들 맨 끝 쪽에서 앞으로 나오는 이는 루카였다. 그의 어깨를 끌어안듯 다독이는 남자가 크로마가 알려 준 재클린 회장인 듯했다.

〈이번 건은 아주 잘했어. 역시 루카야.〉

〈과찬이십니다.〉

〈루카가 가면 실패는 없어. 언제나 나를 실망시키지 않는 루카!〉

아주 만족한 얼굴로 그를 바라보는 재클린 회장과 달리 루카는 표정이 없었다. 으스대지도 그렇다고 인상을 쓰지도 않았다. 저 남자는 늘 저런 무표정을 고수하는구나 싶었다.

"어?"

"왜요?"

재클린 회장이 차를 타고 떠나자 다들 각자 타고 온 차로 뿔뿔이 흩어졌다. 삽시간에 맞은편 도로가 한산해져 버렸다. 하지만 루카는 그 자리에 서서 잠시 생각하는 듯하더니 고개를 들었다.

"크로마, 거기 그대로 있어."

"히익!"

나현은 루카의 입 모양을 바로 읽어 내다 망원경을 내렸다. 그러고는 안절부절못하는 크로마를 돌아봤다.

"온다!"

자리에서 벌떡 일어난 크로마는 어디로 가야 할지 방향을 못 잡은 사람처럼 우왕좌왕하더니 이내 출입구를 향해 달렸다.

"크로……마."

졸지에 혼자 남게 된 나현은 벙한 표정을 짓다 다시 밖을 쳐다봤다. 카페 바로 아래로 루카가 다가와 있었다. 그는 들어오지 않고 그녀를 올려다보고 있었다.

〈그 카페 커피는 맛없어.〉

"뭐?"

망원경을 내리며 고개를 든 나현은 눈을 가늘게 떴다. 루카가 자신을 향해 입꼬리를 길게 늘이며 재미있다는 듯 웃는데 뭔가 이질적이면서 친근감이 들었다.

"저렇게 웃으니 좀 사람 같네."

냉소, 비소, 조소를 배제한 루카의 미소는 뭔가 아삭거리는 채소를 씹는 듯 청량함이 느껴졌다.

4화

접점

　한쪽 입꼬리만 올리며 씨익 웃던 루카가 걸음을 떼자 나현은 자신도 모르게 의자에서 반쯤 일어섰다.

　입구로 들어서던 루카와 크로마가 맞닥트리는 것을 내려다보던 나현은 눈을 가늘게 떴다. 돌아선 루카가 뭐라고 하는지 보이지 않았지만 크로마는 '정말?' 하며 되묻다 고개를 들어 그녀를 쳐다봤다. 눈치로 봐서는 루카가 나현과 관련된 말을 한 듯했다. 그러다 루카는 보이지 않고 크로마가 거리로 나서고 있었다.

　〈나현 씨, See you later!〉

　위를 올려다본 크로마가 손을 번쩍 들고 크게 흔들며 인사했다. 그런 크로마를 보던 나현의 눈썹이 꿈틀했다. 아니, 같이 와 놓고는 저를 두고 혼자 가면서 저리 해맑게 굴다니.

　"하……. 어디로 튈지 모르는 사람이네."

　"크로마가 좀 그런 편이지."

　"……!"

　나현은 창밖을 보다 루카의 목소리에 멈칫했다. 맞은편에 앉은 루카는 긴 다리를 겹쳐 올리고 팔짱을 낀 채 나현을 빤히 쳐다보고 있었다. 전체적인 그림을 보고 관심이 있는 부분으로 시야를 좁히듯 루카의 시선이 움직였다.

나현은 자신을 훑듯이 바라보는 루카를 향해 못마땅한 표정을 지었다.

"그 옷…… 크로마가 입었을 때와는 느낌이 다른데."

"아……."

고개를 비스듬히 기울이는 루카를 보다 나현은 자신의 용태를 살폈다. 박스형 셔츠라 그런 것도 있지만 키가 비슷하다고 해도 크로마보다 마른 편이라 옷이 좀 헐렁했다. 게다가 자신의 옷이라고는 입고 온 것이 다였기에 속옷도 크로마의 것이었다.

여러모로 불편했지만 나현은 참을 수밖에 없었다. 며칠만 머물면 돌아갈 수 있으니까. 아니, 빈말은 안 하는 것 같은 루카가 보내 준다고 약속했으니까.

"크로마가 너를 좋아하나 봐."

"……왜 그렇게 생각해?"

"크로마는 자신의 물건을 남에게 절대 빌려주지 않거든. 병적으로."

나현은 크로마의 행동을 되짚어 생각하며 시선을 테이블로 떨어트렸다. 세상을 시큰둥하게 보는 루카와 달리 크로마는 즐겁게 보는 유형 같았다. 그녀가 어떻게 살아왔는지 잘 알지 못해 단정 짓지는 못하지만 그간 보인 행동으로 보아 그녀는 이제껏 자기 뜻대로 살았을 것이다.

"크로마가 병적으로 집착하는 건 물건뿐만이 아닌 것 같은데?"

나현을 깨운 크로마는 그녀가 준비하는 동안 불안 증세를 보이듯 가만히 앉아 있지를 못했다. 그건 엄마와 분리돼 불안해하는 아이와 비슷했다. 즉, 크로마는 루카에게 모든 신경을 쏟고 있다는 소리였다. 연인 사이라면 집착이라고 생각할 수도 있었다. 받아 주는 쪽이 괴로우면 금방 질려 하며 관계에 금이 갈 것이다.

"그게 나라는 건가."

나현은 굳이 고개를 끄덕이지 않았다. 자신의 말을 단번에 알아듣는 사람에게 부연 설명 따위는 필요 없을 것 같았다.

"재미있는데?"

루카가 입술 끝을 비틀어 올리며 비소를 지었다.

"다른 건 더 없나."

분석한 것을 어디 한번 읊어 보라는 루카의 태도에 나현은 입술을 앙다물었다. 습관 중의 하나라서 고치려고 노력했지만 쉽지 않았다. 배운 도둑질이 심리 분석이라 사람의 행동을 보면 왜, 라는 의문을 안고 쳐다보는 게 습관이었다. 그리고 지금은 특수한 상황이다 보니 이들을 파악하려 알게 모르게 기를 쓰고 있는 중이었다.

"없어."

나현은 뚫을 듯이 쳐다보는 루카의 시선을 피하며 머그잔에 남은 커피를 마셨다.

"맛없다니까."

"픕."

나현은 입 밖으로 뿜어지려는 커피를 겨우 목으로 넘기며 눈을 흘겼다. 맛없고 있고는 마시는 사람이 판단할 일이지 남이 이래라저래라 할 게 아니지. 취향의 차이가 있는데, 쯧.

"아, 고집하곤."

루카가 못 말리겠다는 듯 고개를 가볍게 내젓자 나현은 신경질적으로 머그잔을 내려놓았다.

"크로마는 그쪽 말을 무조건 따를지 몰라도 난 아냐."

"그러니 참견하지 마라?"

"그래!"

나현은 뺨에 열이 오르는 것 같아 손부채질을 하며 의자 등받이에 툭 기댔다. 어디서 사람을 얕잡아 보고 조종하려 드는 건지.

"크로마한테 얼마나 읽어 줬어?"

"으응?"

갑자기 분위기가 확 바뀐 루카의 눈빛에 나현은 긴장이 됐다. 거짓말 같은 건 아예 먹히지도 않을 것 같은 진지하면서도 싸한 분위기였다.

"별로……."

"제대로 말해."

나현은 순간 멈칫하며 루카를 쳐다봤다. 크로마에게 독화로 읽어 준 것을 하나라도 숨기면 사달이 날 것 같았다.

"재클린 회장이 입이 마르도록 그쪽 칭찬하는 걸 다 읽어 줬어."

망원경으로 시선을 내리는 루카의 미간이 구겨졌다. 뭔가 생각하는 듯한 루카를 보며 나현은 마른침을 꿀꺽 삼켰다. 사실 입술 모양을 읽었지만 크로마에게 굳이 전해야 할 필요를 못 느꼈던 부분이 있었다.

"그것 말고는 없다?"

"……응."

다시 시선을 부딪친 루카가 의심을 품고 되묻자 나현은 태연하게 고개까지 끄덕였다. 하지만 추궁당하는 것처럼 심장이 가시에 콕콕 찔리는 기분이 들어 짜증이 났다.

"흐음."

루카가 뭔가 마음에 들지 않는다는 얼굴로 한숨을 길게 내쉬고는 입술을 길게 늘어트렸다.

"재클린 회장이 혼자 중얼거린 건?"

"뭐?"

움찔 놀란 나현은 손을 꽉 말아 쥐었다. 루카에게 칭찬을 쏟은 재클린 회장이 차에 오르기 전 혼잣말로 중얼거린 순간이 있었다. 억양에 따라 뜻이 달라지기는 하지만 나현이 느끼기에는 좋은 뜻으로 한 말은 아닌 것 같았다. 재클린 회장의 표정으로 미루어 짐작해 보면 말이다.

"그것도 알려 주었나?"

"혹시 재클린 회장이라는 그 남자가 혼잣말한 것을 들었어?"

그와 가까이 있었던 루카였으니 들었을 수도 있겠다고 생각한 나현은 조심스럽게 물었다. 그런데 루카는 좀 성가시다는 표정을 짓더니 겹쳐 올렸던 다리를 풀었다.

"크로마한테는……."

"말하지 말라고?"

"입 다물어."

두 사람의 입에서 짜 맞춘 듯 동시에 말이 튀어나오자 나현은 눈을 커다랗게 떴다.

"허!"

크로마한테는 전하지 말라는 것을 강조하는 말이었지만 나현이 듣기로는 함부로 입을 놀리지 말라는 의미 같아 신경질이 났다.

"계속 앉아 있을 건가."

망원경을 챙긴 루카가 자리에서 일어나 내려다보자 나현은 거칠게 머리칼을 쓸어 넘겼다. 짜증이 나지만 자신은 지금 돈도 없고 여권도 없으니 루카를 따라가야 했다. 위험한 남자에게 제 안위를 맡기고 있다는 것에 나현은 부아가 치밀어 올랐다.

앞장서 성큼성큼 걸어가는 루카의 등을 한껏 째려봤지만 그것만으론 성에 차지 않았다. 흘겨보는 자신의 눈만 아프고 머리만 어지러울 뿐이었다.

"에잇!"

나현은 벌떡 일어나 성난 코뿔소처럼 씩씩거리며 걸었다. 일단은 이곳을 벗어나 제자리로 돌아갈 때까지 고분고분하게 굴 수밖에 없는 처지였다.

"하…… 짜증 나."

나현은 짙은 한숨을 내쉬며 루카를 따라 계단을 내려갔다. 막 카페를 나서는 찰나 돌아선 루카 때문에 나현은 열던 문을 잡은 채로 멈칫했다.

"왜?"

낮게 쯧, 하며 혀를 찬 루카가 한쪽 눈썹을 치켜올리더니 천천히 입술을 열었다.

"성질 좀 죽여."

"뭐……? 야!"

버럭 소리를 질렀지만 루카는 들리지 않는 사람처럼 저벅저벅 걸어가 버렸다.

"싹수."

차에 도착한 루카가 운전석 문을 열다 쳐다보자 나현은 얼굴에 한껏 미소를 지으며 입으로는 투덜거렸다.

"없는 놈 같으니라고."

루카가 차에 오르자 나현은 눈을 흘겼다. 내가 돌아가기만 하면 이곳으로는 고개도 안 돌릴 거다, 우이씨!

"재클린 회장은 뭐 하는 사람이야?"

나현은 안전벨트를 매다 빤히 쳐다보는 루카 때문에 흠칫 놀랐다. 살짝 기울어진 고개처럼 비틀린 입술 끝에 기분 나쁨이 역력하게 물들어 있었다.

"왜?"

나현은 당당하게 물어보면 안 되는 것을 물어봤느냐는 얼굴로 루카의 시선을 받았다.

"내가 뭐 하는 사람인지 묻고 싶은 걸 잘도 돌려서 말하네."

나현은 눈살을 찌푸리고 입술을 모으다 삐죽 내밀었다. 눈치가 얼마나 빠른지, 쯧.

"뭐 하는 사람인데, 너?"

앞을 보며 시동을 걸던 루카가 피식 웃는 것인지 입꼬리가 올라갔다.

"경찰을 피하는 것으로 보아 범법자인가?"

병호를 보고 순순히 물러난 것으로 보아 떳떳하지 못한 일을 한다는 것쯤은 짐작하고도 남음이었다.

"범죄자로 취급하고 싶은 걸 순화해서 범법자라고 하나?"

하여간 눈치하고는. 나현은 입술을 씰룩이다 쳇, 하며 고개를 돌렸다. 단어를 바꾸어 불리한 상황을 모면해 버리는 루카는 자신보다 한 수 앞서 있는 것 같았다.

"재클린 회장이 가진 사업체는 합법적인 사업이 대부분이야."

"그렇다는 건 불법인 사업체도 있다는 소리네."

나현은 핸들을 꺾는 루카의 손을 보다 얼굴을 쳐다봤다. 아주 작은 표정 하나라도 놓치지 않겠다는 마음이었다. 어떤 질문에 어떻게 반응하느냐가 중요했다. 심리라는 건 대화나 행동으로 파악하는 부분도 있지만 표정 또한 간과할 수 없는 부분이었다.

특히 루카는 미꾸라지처럼 불리한 대화의 핵심을 잘도 피해 가는 유형 같았다. 그러면서도 그 대화의 꼬리를 물고 상대를 난처하게 만들며 영악하게 구는 스타일이었다. 그런 루카가 재클린 회장에게 절대 속내를 드러내지 않으면서 신뢰를 받치는 부분은 좀 이해 불가지만 말이다.

"혹시 그 영상 속의 남자가 회장을 무너트릴 열쇠를 가지고 있는 건가? 그렇다면 그 남자는 지금 어디 있는데?"

끼이이익.

"놀랐잖아!"

급제동을 하는 바람에 몸이 앞으로 쑤욱 밀려 나갔다 제자리로 돌아온 나현은 버럭 소리를 질렀다.

"⋯⋯!"

갑자기 차를 세운 루카의 엄지가 입술에 닿고 턱이 그의 접힌 검지에 올려졌다. 루카가 몸을 돌릴 때만 해도 나현은 그가 무엇을 하려는지 몰랐다.

"이거 치⋯⋯."

치우라는 말을 하려고 했는데 그가 엄지에 힘을 주며 꾹 누르는 바람에 더 이상 입술을 움직일 수 없었다. 루카가 누르듯이 엄지를 내리자 아랫입술이 살짝 벌어졌다. 그의 손가락이 닿은 입술이 뜨거워지는 것 같았다.

"이 입술은 너무 많은 것을 알려고 들어. 내가 말했지? 모르는 게 약일 때도 있다고."

"하아⋯⋯."

루카의 손이 떨어져 나가자 나현은 참았던 숨을 몰아쉬었다. 아니, 영상 속 남자의 행방을 묻는 것이 뭐 그리 잘못되었느냐란 말이다. 나현은 심통이 난 얼굴로 루카를 째려봤지만 그 이후로 아무런 말도 꺼낼 수가 없었다. 그의 표정이 짙게 굳어 있어서, 너무나 살벌하게 변해 있어서 나현은 조용히 입을 다물었다.

꽤 큰 저택인데 이곳에 머무는 이는 딱 세 사람뿐인 듯 다른 이들은 보이지 않았다. 하지만 식사 시간에는 늘 음식이 준비되어 있고, 청소도 잘되어 있었다.

"주인이 유령 같은 놈이라 고용인들도 닮았나."

나현은 자신이 머무는 방 안을 거닐며 혼자 중얼거렸다. 잘 정리되어 있는 것으로 보아 고용인들은 각자의 자리에서 제 할 일을 하는 모양이었다. 단지 눈에 안 띄거나 자신이 보지 못한 것 같았다.

"나른하네."

크로마 대신 다른 이가 방으로 가져다준 점심을 대충 먹은 나현은 하릴없이 시간만 죽이고 있었다. 어디 전화를 걸 수도 없었고 인터넷으로 기사를 검색할 수도 없었다.

저택엔 전화기가 처음부터 없었던 것인지 아무리 찾아봐도 보이지 않았다. 할 수 없이 크로마에게 휴대폰 충전기를 부탁했지만 묵살되어 버렸다. 철저한 고립 같으면서도 그렇지 않은 이상한 상황이었다.

방 안 깊숙한 곳까지 햇살이 비추고 있었다. 어제 늦은 오후에 도착해 아침에 눈을 뜨기도 전에 크로마한테 닦달당해 카페로 끌려 나간 덕에 이 방의 모습을 제대로 보는 건 처음같이 느껴졌다.

"주인하고 다르게 꽤 포근하게 꾸며졌네."

나현은 소파에 털썩 앉으며 손바닥의 볼록한 부분으로 두 눈을 지그시 눌렀다. 피곤이 쌓이는 것을 느끼는데도 잠은 쉬이 들지 않고 온몸은 긴장을 하고 있었다. 그 덕분에 근육이 딱딱하게 뭉치는 것 같았다.

"충전기도 없고……. 뭐, 달라고 해도 주지도 않고."

나현은 먹통이 되어 버린 휴대폰을 꺼내 만지작거리다 소파 위로 내려놓았다. 시내로 나가려면 차로 기본 40분은 걸리는 거리였다. 그 거리를 돌아오면서 루카는 영상 속 남자에 관한 대화 이후 입에 자물쇠라도 채운 것인지 한마디도 하지 않았다. 옆자리에 누가 있는지 까먹은 사람처럼 그는 기계적으로 운전에만 신경 쓰는 듯했다.

생각이 아주 많거나 하나도 없거나 둘 중 하나였겠지만 나현이 짐작하기에 루카라는 남자는 결코 평온해 보이지 않았다. 어쩌면 자신이 던진 질문 때문에 속이 사나워졌을지도 모른다.

'재수 없게 목숨이 질긴 놈이네.'

재클린 회장은 차에 타기 전 혼잣말을 중얼거리며 살짝 인상을 구겼다. 망원경이 아니었으면 보지 못했을 것이다. 그 말을 미루어 짐작하건데 재클린 회장은 루카를 못마땅해하거나 싫어하는 것일 수도 있었다. 아니면 일을 너무 완벽하게 잘해서 진정으로 질투해 시기하는 마음이거나.

그러고 보니 크로마는 루카를 걱정해서 그랬던 게 아닐까. 루카와 떨어져 불안한 것이 아니라 그가 만나러 가는 사람이 재클린 회장이라서 그리 초조하게 굴었던 거 아닐까.

"맞는 거 같네."

카페 앞에서 루카를 만난 크로마는 그와 함께 있기를 바라지 않았다. 그러니 루카가 만나는 이가 문제였다는 결론이 나왔다. 그리고 루카를 처음 만난 납골당 앞에서도 크로마는 같이 있지 않았으니까.

"아…… 피곤해."

나현은 방 안으로 길게 들어온 햇살을 견디지 못하고 눈을 감으며 소파 등받이에 머리를 기댔다. 차로 40분 걸리는 거리면 적어도 기본 30km는 넘는다는 소리였다. 만일을 위해 걸어서 이곳을 나갈 경우 하루가 걸린다는 뜻이기도 하고.

"나현 씨!"

방문이 갑자기 벌컥 열리며 크로마가 빠르게 들어왔다. 나현은 무거운 눈꺼풀을 들어 올리며 크로마를 멍한 눈길로 바라봤다.

"짜잔!"

양손에 쇼핑백을 한 아름 들어 보이며 흔들어 대는 크로마는 신이 나 있었다. 저를 두고 가는데 미안한 기색 하나 없던 크로마가 나현보다 늦은 이유가 쇼핑일 줄은 몰랐다.

"이 옷 어때요?"

언제부터인가 크로마가 오래전 알았던 친구처럼 친근하게 굴고 있었다.

"……예쁘네."

나현은 어깨선에 프릴이 과할 정도로 출렁이는 원피스를 들고 어떠냐고 묻는 크로마에게 건성으로 대꾸했다.

"정말요?"

반색하며 되묻는 크로마에게 나현은 짧게 고개를 끄덕였다. 지금 옷이 중요하냐. 네가 나를 버리고 갔는데 사과부터 좀 해라. 하지만 나현은 딱히 사과받을 생각이 없었기에 그냥 속으로만 투덜거리고 말았다.

"다행이다."

안도하는 크로마의 표정이 이상해 나현은 커다란 눈을 끔뻑였다. 옷이 예쁘다고 했는데 다행이라고 답하는 건 도대체 뭘까 싶었다.

"나현 씨, 입어 봐요."

"으응?"

나현은 크로마가 내민 옷을 멀뚱한 눈으로 쳐다봤다.

"이거 다 나현 씨 거예요. 루카가 옷 사라고 카드를 줬어요."

카페 앞에서 자신을 향해 크로마가 왜 그리 활짝 웃었던 것인지 이제야 깨달은 나현은 입술만 벌리고 있었다.

곧이어 크로마가 쇼핑한 옷들을 하나씩 꺼낼 때마다 나현는 난처한 표정을 지었다. 어깨를 드러내며 입는 옷은 그나마 양호한 편이었다. 어디 파티라도 가는 듯 화려한 드레스에서는 할 말이 사라졌다.

"아! 루카한테 저녁 같이 먹자고 해 봐야지."

휴대폰을 꺼내 전화를 거는 크로마의 얼굴은 뭔가 즐겁다는 듯 들떠 보였다. 혼자 들떠 있는 크로마를 말리지 못한 나현은 널브러져 있는 옷들을 보다 고개를 가로저었다. 자신의 취향과 너무 먼 옷들이라 입기나 할까 싶었다.

"히잉. 루카가 할 일이 있다고 같이 못 먹는데요."

통화를 끝낸 크로마가 울상을 지으며 옆에 털썩 주저앉자 나현은 안도감을 느꼈다. 차 안에서 느꼈던 긴장감을 또 맛보고 싶은 생각은 없었다.

"루카하고는……."

"으응?"

"언제부터 알았어?"

나현은 아무렇지 않은 얼굴로 물었지만 사실 그의 행적을 캐는 걸로 보일까 봐 신경이 쓰였다.

"내가 루카를 안 지는 7년 정도 됐어요."

나현은 고개를 끄덕이며 크로마를 쳐다봤다. 크로마는 루카를 처음 만난 날을 회상하는 듯 입가에 잔잔한 미소가 걸려 있었다.

"어떻게 만났어?"

"만났다기보다는 나를 찾은 게 루카였어요."

우연히 만난 게 아니라면 크로마가 어떤 인물인지 알고 찾아갔다는 소리였다.

"우리 다섯 명은 한 팀처럼 움직여요."

"한 팀? 그럼 다른 사람들은 어떻게 만났어?"

"내가 루카를 만나기 전 진석은 그의 옆에 있었어요."

"진석?"

한국인 이름에 나현은 고개를 기울였다. 그러다 진석이 그 영상 속 남자일 거라는 생각이 번뜩 들었다.

"그 동영상 속의 남자."

크로마가 씁쓸한 얼굴로 대답하자 나현은 분위기가 이상해짐을 깨달았다.

"그 남자는 지금 어디 있어?"

나현은 술술 잘 말해 주던 크로마가 갑자기 입을 닫자 미간을 구겼다. 영상 속의 남자가 사라졌거나 죽었을 것이라는 생각이 들었다. 아니면 이들도 행방을 모르거나.

"몰라요."

한참 동안 입을 닫고 있던 크로마가 툭 내뱉은 말에는 절망이 깃들어 있었다. 나현은 루카라는 남자가 진석을 찾기 위해 기를 쓰고 있음을 깨달았다. 그래서 그 질문을 했을 때 싸늘하게 굴었던 거였구나, 싶었다.

"다른 두 명은 누구야?"

"아! 란토와 유렘. 그들은 납골당에서 만났죠?"

"……으응."

근육이 비계처럼 붙은 남자 둘을 떠올린 나현은 으스스해지는 어깨를 감싸 안았다. 자신을 종잇장처럼 가볍게 들어 올릴 수 있는 남자들이 작정하고 힘을 쓰면 어떻게 될까 싶었다.

"그들은 루카가 구해 줬어요."

"그, 그렇구나."

나현은 그제야 그들이 루카라는 남자의 한마디에 절대적으로 복종하는 이유를 알 것 같았다.

"피부 정말 하얗다."

크로마가 입으라고 고집을 피우던 드레스를 물리고 택한 것이 어깨 라인에 프릴이 굽실거리는 원피스였다. 사실 크로마가 편하게 입으라며 사 온 트레이닝복을 입으려 했는데 그것은 손에 쥐기도 전에 뺏겼다.

"사귀는 남자 있어요?"

"아니."

"뭐? 안 믿겨요."

크로마가 못 믿겠다는 얼굴로 눈을 동그랗게 떴지만 나현은 어깨를 으쓱했다.

푸른 눈의 며느리를 반대해 결혼식에는 참석도 안 하신 분이 아이만은 한국 국적을 가져야 한다며 고집을 부렸었다. 그래서 어머니가 한국에서 출산했지만 출생 신고를 하고 다시 영국으로 돌아갔었다. 고등학교 입학하기 전까지 영국에서 산 나현은 그들에게 철저한 이방인이었다. 그들은 자신에게 다가오지 않았고 자신도 그런 그들에게 관심이 없었다.

"믿든 말든 상관없어."

식사를 마치고 와인 한잔만 하자는 크로마에게 붙들려 와인 반병을 비우고 있었다. 그런데 크로마는 와인이 아닌 위스키를 스트레이트로 마시고 있었다.

"나현 씨는 까칠해요. 마음도 잘 안 열고."

나현은 술이 좀 취한 듯 투정을 부리는 크로마를 빤히 쳐다봤다. 가까워질 수 있는 사이가 아닌 듯한데 친해지고 싶어 하는 크로마가 우스웠다. 아직은 순수한 면이 있는 것 같아 귀엽게도 보였다.

"나하고 친해져서 뭐 하게?"

나현은 까칠해지려는 마음을 억누르며 물었다. 친절하게 구는 것과 친해지는 것은 엄연히 다른 것이다. 이제 며칠 후면 원래 있던 곳으로 돌아가 다시는 만날 일이 없을 텐데 말이다.

"나도 그거 배우고 싶어요, 독화."

"아……."

나현은 짧은 탄성을 내뱉다 피식 웃었다. 쉽게 보일지 몰라도 말로 다 표현할 수 없을 만큼 배우는 데 노력이 많이 필요한 일이었다. 그리고 스트레스 또한 엄청났다.

"나현 씨는 뭐 배우고 싶은 거 없어요?"

"나?"

자신이 최근에 배우고 싶어 한 것이 뭘까, 를 생각하며 나현은 고개를 갸웃했다.

"없어요?"

"아! 있다. 호신술."

"어?"

크로마가 의외라는 듯 눈을 커다랗게 뜨더니 이내 그 이유를 알겠다며 웃기 시작했다.

"우리 때문이죠?"

나현은 아니라고 말하지 못했다. 사실 이들을 만나고 나서 배워야겠다고 생각했으니까.

"뭐…… 아예 아니라고는 못 하지."

나현은 어색한 얼굴로 민망한 웃음을 지었다. 운동에는 영 소질이 없어 호신술 같은 건 생각도 하지 않고 살았었다. 그런데 위험한 일을 당하고 보니 제 몸 하나 정도는 지킬 수 있어야겠다는 생각이 들었다.

"아, 그러고 보니……."

병호가 좋은 선생님을 소개해 준다고 했는데. 그나저나 지금쯤 병호가 엄청 걱정하고 있겠다. 병호와 달리 아버지껜 휴대폰을 고치는 중이라 말해 두어 다행이었다.

"내가 가르쳐 주지."

"……!"

"오, 루카 왔다!"

크로마가 두 팔을 벌리며 환영의 뜻을 내비치는 것을 보며 나현은 마른침을 꿀꺽 삼켰다. 저녁 식사 때는 어디에 있었느냐는 크로마의 질문을 받으면서도 그는 나현에게로 시선을 두고 있었다.

그의 시선이 얼굴에서 천천히 아래로 내려가자 나현은 움찔했다. 생각해 보니 어깨가 다 드러난 원피스를 입고 있어 루카의 시선을 받는 것이 부담스러웠다.

"호신술을 가르쳐 준다고?"

나현은 그의 관심을 돌릴 생각으로 입을 열었다.

"왜. 거짓말일 거 같아?"

크로마의 옆자리에 앉은 루카가 고개를 비스듬히 기울이며 되물어 왔다. 뭐가 문제냐는 듯한 말투에 나현은 뽀로통한 표정을 지었다.

"안 바쁜가 봐?"

"지금은 한가한 편이라."

가르쳐 주면 고맙다며 넙죽 받을 줄 알았나 보지. 나현은 못마땅해하며 입을 비죽거리다 한 가지 번뜩 떠오른 생각에 환하게 웃었다.

"뭐, 가르쳐 준다는데 마다할 이유는 없지."

호신술을 배운다는 핑계로 루카를 몇 대 때릴 수 있겠다는 생각이 들자 나현은 저도 모르게 웃음이 나왔다.

"와! 잘됐다. 하지만 루카, 살살. 아주 살살 해야 해요."

크로마가 걱정스러운 얼굴로 '살살'을 강조하며 말하자 루카가 한쪽 눈썹을 치켜올렸다.

"착각하는 것 같은데 호신술은 힘을 쓰는 게 아니라 머리를 써서 위기를 벗어나는 거야."

"그래도……."

크로마가 물러서지 않자 루카가 그녀의 정수리에 손을 얹더니 걱정하지 말라는 듯 미소를 지었다.

"술 많이 마신 것 같은데……."

"응, 나 아까부터 좀 졸렸어요."

갑자기 루카의 딸이라도 된 듯 크로마는 순하게 굴었다. 그 독한 술을 스트레이트로 마실 때 말렸어야 했다. 갑자기 취기가 오르는지 크로마는 비틀거리며 자리에서 일어섰다.

"나현 씨, 난 자러 가요. 루카, 안녕."

크로마가 느릿하게 눈을 끔뻑이더니 배시시 웃으며 인사를 건넸다. 나현은 그런 크로마를 보며 자신도 방으로 가야 할 것 같아 엉거주춤하게 따라 일어섰다.

"앉지."

"……!"

나현은 나지막하지만 힘이 실린 루카의 목소리에 당황했다. 네가 방으로 돌아가는 건 허락을 받아야 하는 일이라는 듯 지시하는 루카의 어투가 오만하게 느껴졌다. 역시 남의 집에 얹혀살면 서러운 법이다.

"싫은데?"

"나 이제 막 왔는데 두고 가려고?"

"혼자 있는 거 좋아하잖아."

"나를 그만큼 잘 아나? 아, 몰라서 그러는구나. 참고로 난 혼자 있는 거 싫어해."

혼자 두면 불쌍하지 않느냐는 루카의 말투에 나현은 벙한 표정을 지었다. 이건 뭐 조울증 아이를 상대하는 것도 아니고 뭐가 이리 정신없나 싶었다.

"앉아. 올려다보려니 고개 아파."

"하……. 참나."

나현은 어이가 없다는 듯 한숨을 푹 내쉬고는 자리에 앉았다. 턱을 괴고 자신을 올곧게 바라보는 루카의 시선에 묶이자 온몸이 긴장으로 잠식되었다.

"하고 싶은 말 있으면 해. 들어는 줄게."

나현은 선심 쓴다는 듯 말하고는 팔짱을 꼈다. 말없이 쳐다보기만 하는 루카의 시선이 얼굴에서 천천히 아래로 내려가자 나현은 입술 안쪽 살을 깨물었다. 그의 시선이 쇄골에서 어깨선으로 움직이자 나현은 얕게 숨을 몰아쉬었다.

"할 말 없으면……."

"크로마 취향이 이랬었나."

나현을 훑듯이 쳐다보던 루카의 입에서 의외라는 듯한 말이 나왔다.

"어떻게 알아, 내가."

나현은 그런 걸 왜 자기한테 묻느냐는 얼굴로 퉁퉁거렸다.

"내가 잘못 물었네."

잘못을 시인하는 루카의 입가가 둥글게 말리자 나현은 조심스럽게, 눈치를 보듯 입술을 달싹였다.

"아까 한가하다고 말한 건……."

나현은 이 남자가 적어도 진석이라는 사람을 찾기 위해 동분서주해도 모자를 상황이라 여겼다. 그런데 한가하다고 하는 건 다른 의도가 있는 듯했다. 크로마와 루카가 자신을 구해 줘 경계심을 많이 풀었지만 이렇게 지내는 건 이상했다.

루카가 계속 말해 보라는 눈짓을 하자 나현은 숨을 고르며 말을 이었다.

"혹시 눈에 띄지 않게 숨어 있어야 한다는 뜻이야?"

루카의 말을 미루어 짐작해 보면 자신이 누군가에게 노출되어 있기에 이곳에 가만히 있는 게 차라리 안전하다는 뜻 같았다.

멈칫하던 루카의 눈빛이 점점 부드러워지더니 얼굴에 이것 봐라, 하는 표정이 어렸다. 그의 입술 끝에 묘한 미소가 피어올랐다.

"마음에 드네."

"……!"

뭐가 마음에 든다고 하는 건지 명확하지 않았지만 그가 자신을 좋게 본다는 느낌이 들었다. 그런 생각을 하자 심장이 울컥하며 피를 한꺼번에 방출하는 듯했다. 그 바람에 가슴 언저리가 욱신거리며 아파 왔다.

"뭐라는 거야?"

나현은 뭔 싱거운 소리를 하냐는 얼굴로 루카를 쳐다봤다. 두근거리는 속을 들키기 싫어 부러 더 인상을 구기고 있었다.

"똑똑해서 마음에 든다고."

루카의 눈꼬리가 서서히 접히자 나현의 심장이 자잘하게 떨리기 시작했다. 타오르는 듯한 루카의 눈빛이 진지해지고 있었다.

"그래, 나 똑똑해."

나현은 부러 진지하게 듣지 않기 위해 살짝 턱을 치켜올리며 콧대를 높였다.

"좋겠다, 똑똑하다고 칭찬받아서."

"비꼬지……!"

분명 루카가 비아냥거린다고 생각해 버럭 하려던 나현은 입을 다물어 버렸다. 천천히 훑듯이 바라보는 루카의 눈빛에 타들어 갈 것 같았다. 아니, 다시 보니 그는 훑듯이 보는 것이 아니라 핥듯이 쳐다보고 있었다. 도망치고 싶은데 몸이 마비라도 된 듯 움직여지지 않았다.

전혀 접점이 없던 남녀가 부딪치며 만들어 낸 파동이 주변으로 크게 크게 원을 그리며 퍼져 나가고 있었다.

5화
치한

쿵!

방으로 들어오자마자 나현은 문을 세차게 닫고 등을 기댔다. 100m달리기를 막 끝낸 듯 심장은 미친 듯이 뛰어 대고 있었다.

"하아……."

나현은 손등으로 열이 오른 뺨을 지그시 누르며 짙은 숨을 내뱉다가 머리칼을 쓸어 올렸다.

"뭐야, 도대체."

루카에게 반응하는 자신을 뭐라 정의 내리기도 애매할 뿐 아니라 어떻게 설명할 수 있을지도 난감했다. 호감 있는 남녀 사이에서 생길 법한 긴장감과 두근거림 때문에 나현은 혼란스러웠다. 루카와 자신 사이에서는 절대 이런 감정이 생길 수 없다 여겼는데 말이다.

그를 남자로 본 적이 있었던가. 호감을 가지고 쳐다봤었나. 깨닫지 못하는 사이에 조금씩 자신에게로 스며들어 왔다고 하기에는 시간도 짧았고 상황도 영 아니었다. 그런데 왜 심장이 이리 뛰는 것일까.

"아, 몰라."

나현은 고개를 세차게 흔들고는 욕실로 들어가 욕조에 물을 받았다. 긴 머리칼을 틀어 올리고는 옷을 벗으려다 거울을 쳐다봤다. 조명 때문인지 몰라도 드러난 어깨가 크로마의 말처럼 하얗게 빛나고 있었다. 여름에도 그을리는 것이 아니라 발갛게 익어 버리는 피부였다.

첨벙—

옷을 벗은 나현은 욕조에 몸을 담그며 눈을 감았다. 좀 뜨겁게 맞춘 물 온도로 인해 피로가 풀리는 듯했다.

이곳에 온 지 이틀이 채 안 지났지만 그보다 시간이 더 지난 느낌이 들었다. 어쩔 수 없이 머물러야 하는 곳이라 될 수 있으면 속을 끓이지 않으려 했었다.

'마음에 드네.'

부표처럼 떠오른 루카의 말에 나현은 미간을 구기다 두 손에 얼굴을 묻었다. 짙고 반듯한 눈썹 아래 반짝이는 눈빛은 시시때때로 다른 느낌을 안겨다 주었다. 살벌하게 보이기도 했고 우수에 젖어 있는 듯 고독해 보이기도 했다. 그리고 좀 전에는 자신을 집어삼킬 것처럼 짙게 물들어 있었다.

"아니야. 아무것도 아닐 거야."

나현은 이상한 감정이 들려는 자신의 머릿속을 비우듯 고개를 흔들고는 어깨를 감싸 안았다. 루카의 눈빛을 떠올리자 물이 뜨겁게 느껴지는 온도인데도 몸이 떨려 왔다.

시간을 끌수록 루카에게서 벗어나지 못할 것 같은 기분이 들었다. 그러니 잡히지 않으려면 한시라도 빨리 여기서 나가야 했다. 벗어나는 순간 이쪽으로는 관심도 눈길도 안 줄 것이다.

그런데 그것이 언제쯤 가능할까. 혼자 힘으로는 나갈 수도 없는 곳에 제 발로 걸어온 꼴이라 난감하기 그지없었다.

"멍청해. 하나도 안 똑똑해."

나현은 자신을 질책하며 입술을 질끈 깨물었다. 루카 앞에서 잘난 척을 했는데 얼마나 가소로운 일이었느냐 말이다. 루카를 따라나선 건 적어도 그와 있으면 죽지는 않겠구나 싶어서였는데, 지금은 미래가 하나도 안 보이는 기분이었다.

샤워를 끝내고 욕실에서 나온 나현은 타월로 머리를 대충 닦고는 거울을 쳐다봤다. 밝은 갈색 머리칼이 젖은 채 하얀 얼굴을 반쯤 가리고 있었다. 그래서 붉은 입술이 더 붉게 도드라졌다.

"덥다."

나현은 가운을 입은 채로 발코니로 향했다. 속이 답답해서인지, 방 안 공기가 탁해서인지 열기가 가라앉지 않는 것 같았다. 프렌치 도어를 열자 다 말리지 못한 젖은 머리칼 사이로 시원한 바람이 불어왔다.

"아, 시원하다."

나현은 가슴까지 오는 발코니 난간에 팔을 올리고 머리를 기댔다. 보이는 거라고는 검은 그림자를 안고 있는 산들이 전부였다. 파릇한 잔디가 있는 정원은 꺼진 조명으로 인해 분간이 어려웠다.

여기는 도대체 어디쯤 있는 곳일까. 재클린 회장이 합법적인 사업체를 운영하고 있다고 하니 인터넷 검색만 하면 당장 알아낼 수 있을 것 같은데. 하지만 자신이 머무는 방에는 TV도 없었다. 크로마한테 물어보면 알려 줄 줄 알았는데 묵묵부답이라 참 답답했다.

이렇게 되고 보니 자신이 존재하는 인간이기는 한가 싶었다. 이러다 소리소문 없이 사라질 수도 있겠다는 생각이 들었다.

"그러다 감기 걸려."

"히익!"

갑자기 들린 루카의 목소리에 화들짝 놀라 나현은 가운의 앞섶을 꽉 움켜쥐었다. 심장이 튀어나올 것만 같았다. 적어도 내일이 되기 전까지는 루카를 다시 보지 않을 줄 알았다.

"밤에는 꽤 쌀쌀한 날씨라서."

"왜, 왜 거기서……."

당황한 나현은 검지로 루카를 가리키다 말을 끝맺지 못했다.

"여긴 내 방이거든."

바로 옆방이 루카의 방일 거란 걸 전혀 예상 못 한 나현은 눈을 커다랗게 떴다. 그가 발코니를 가로질러 가까이 걸어오는 소리가 들리자 나현은 반대로 뒷걸음질을 쳤다.

불빛 아래로 루카가 들어서자 그의 표정이 더 잘 보였다.

"바로 옆방인 줄 몰랐어."

"적은 가까이. 몰라?"

나현은 루카의 농담에 입술을 반쯤 벌리다 허탈하게 피식 웃어 버렸다. 서로가 가까워질 수 없는 사이라는 것을 루카도 인지하고 있구나 싶었다.

"인정."

나현은 고개를 살짝 까딱이다 손을 한번 들어 보였다. 곤혹스러운 시선으로 루카를 보느니 자리를 피하는 것이 좋을 것 같아 멋쩍은 얼굴로 먼저 인사를 건넸다.

"난 이만 갈……."

"어디 갈 데가 있나?"

그냥 생까고 들어가려다 인사를 건넨 건데 그걸 또 잡고 늘어지네. 루카의 싱거운 농담에 나현은 어이없다는 표정을 짓다 입술을 삐죽거렸다.

"자러 간다는 말이었어."

"아아……."

입가에 뭔가 미적거림이 남아 있던 루카가 발코니 난간을 두 손으로 짚으며 몸을 기울여 왔다.

"내일 10시까지 짐 플레이로 와."

"어? 왜?"

짐 플레이가 어딘지도 모를 뿐 아니라 왜 오라고 하는지 몰라 나현은 멀뚱한 표정을 지었다.

"벌써 잊었어?"

"뭘?"

루카가 생각 좀 하라는 듯 검지로 본인 옆머리를 툭툭 치자 나현은 콧방귀를 뀌었다.

"나 한가하다고 했는데."

루카가 그새 잊어 먹은 게 불만이라는 얼굴로 고개를 모로 기울였다. 어서 기억해 보라는 듯 재촉하는 루카의 눈빛에 나현은 눈을 게슴츠레하게 떴다.

"······아! 호신술."

뒤늦게 생각났다는 듯 나현이 목소리를 높이자 루카가 고개를 설레설레 저었다.

"내일 봐."

"후······?"

한쪽 입꼬리만 올리며 비식 웃던 루카가 돌아서자 나현은 안도의 숨을 뱉으려 했다. 그런데 돌아서던 루카가 할 말이 남았는지 걸음을 멈추고 나현을 쳐다봤다.

"왜, 왜?"

멈칫한 나현은 뭐 더 볼일이 남았냐는 얼굴로 추궁하듯이 언성을 점점 높였다.

"머리 잘 말리고 자."

루카가 검지로 콕 찍듯이 자신의 머리를 가리키고 나서 사라지자 나현은 심장이 두근거렸다. 별다른 말이 아니었는데 왜 심장이 반응하는 건지 모르겠다.

나현은 루카가 사라진 발코니를 보다 눈살을 찌푸렸다. 그가 보이지 않는다는 것만으로 숨통이 트이는 이 기분을 뭐라고 해야 할지. 어떻게 존재만으로 사람을 이렇게 긴장하게 만드는지.

"여기가 맞나?"

크로마에게 같이 가자고 했지만 숙취 해소가 안 된 그녀는 침대에 다시 눕더니 혼자 가라며 손을 내저었다. 그래서 루카를 보는 것이 은근 껄끄러웠던 나현은 그냥 가지 말아 버릴까, 하고 생각했었다.

"어!"

"아?"

크로마가 알려 준 곳으로 들어서자 납골당에서 만난 적 있는 남자가 눈을 동그랗게 뜨더니 놀란 표정을 지었다. 또 다른 상황에서 만나니 우락부락하다고 생각했던 남자는 그냥 아주 많이 건장한 남자로 보일 뿐이었다.

"여긴 어떻게………."

나현이 저택에 머무는 건 알지만 이곳으로 올 줄 몰랐던 것인지 남자가 눈치를 보듯 묻다 입을 다물었다.

"그게……."

미적거리던 나현은 루카를 찾기 위해 고개를 돌리다 한곳에 시선이 고정되었다. 격투 대련 중인지 루카와 상대 남자의 움직임이 격렬했다. 공격과 방어가 빈틈없고 누가 더 우위라고 할 수 없을 정도로 공격은 공격대로 방어는 방어대로 합이 잘 맞물렸다. 훅훅 치고 들어오는 남자의 주먹에 한번 맞으면 정신이 아득할 것 같았다.

그런데 루카가 그 주먹을 한 손으로 밀치듯 막으며 다른 손을 냅다 찌를 때는 절로 숨을 죽이게 됐다.

"잘하지?"

어눌한 한국어로 말을 거는 남자를 보며 나현은 피식 웃음이 나왔다. 납골당에서는 참 소름 끼치고 무서웠던 사람인데 지금은 싱겁게 웃고 있으니 어리숙한 남자로 보였다.

"아, 네. 잘하네요."

"난 한국말 잘해."

자화자찬을 하고 싶은 건지, 칭찬을 바라는 건지는 몰라도 남자는 턱을 약간 치켜올리더니 으스댔다. 남자의 태도가 어이없어 나현은 혼자 또 피식 웃었다.

"왜 웃어? 내 발음 이상해?"

"아니요."

대화 상대가 누구든 한국어를 반토막으로 하는 저 자신감을 높이 산다고 말해 주고 싶었다. 그런데 이 남자가 그 뜻을 알아들을지 의문이었다.

퍽!

"윽!"

루카에게 맞은 남자의 고개가 세차게 돌아가더니 바닥으로 몸이 곤두박질쳤다. 나현은 그 모습에 눈살을 찌푸렸다. 대련인데 좀 살살 할 것이지. 인정 머리 없이 매정하기는, 쯧.

"그런데 저 사람은…….."

나현은 자신을 움직이지 못하게 옭아맸던 남자를 가리켰다.

"쟤는 란토."

누군지 궁금해하는 것을 알아들었는지 남자가 이름을 알려 주었다.

"그럼, 이쪽이 유렘?"

도마뱀이 꼬리를 잘라 버리고 도망가듯 말을 반토막으로 하는 이쪽이 유 렘인 듯했다.

"어? 내 이름 어떻게 알아?"

나현은 유렘이 아까처럼 눈을 휘둥그레 뜨는 것이 귀엽게 보여 입가에 미 소를 지었다.

"크로마가…….."

"아!"

나현은 콧잔등에 주름을 만들고 알겠다는 듯 고개를 끄덕이는 유렘을 보 며 웃었다.

"윰이라 불러."

유렘이 친근하게 손을 내밀어 악수를 청하자 나현은 갑자기 심란한 마음 이 들었다. 이런 상황이 오리라는 것을 전혀 예상 못 했다. 손바닥 뒤집듯 관 계가 달라지고 마음이 느긋해지는 순간이었다.

"난 모나현."

호의를 내비치는 악수를 거절할 이유가 없어 나현은 그 손을 맞잡았다.

"알아."

유렘이 빼기듯 안다고 말하는 태도에 나현은 미소를 지었다.

"왜 왔어?"

"아, 그게…….!"

나현은 유렘이 묻는 말에 대답을 하려다 등골이 시린 느낌이 들어 흠칫했 다. 돌아보자 루카가 팔짱을 낀 채 고개를 삐딱하게 기울이고는 이쪽을 쳐다보고 있었다. 그 눈빛에 담긴 감정이 뭔가 사납게 느껴졌다.

"10시라고 했던 거 같은데."

못 일어나고 있는 크로마한테 같이 가자고 몇 번 재촉하다 시간이 지체되어 좀 늦기는 했지만, 굳이 그걸 지적할 필요가 있느냐 말이다. 자신이 시간을 맞춰 와도 란토와 대련하고 있었을 사람이 누군데.

"루카 님 화났다."

유렘이 큰일 났다는 듯이 조그맣게 속삭이자 나현은 또 풋, 하고 웃음이 터졌다. 그러자 루카의 한쪽 눈썹이 못마땅해 죽겠다는 듯 휙 치켜 올라갔다.

"난 무섭다. 윰은 간다."

어색하게 웃던 유렘이 꽁무니를 빼듯 슬금슬금 뒷걸음치자 나현은 눈썹을 일그러뜨렸다. 좀 늦은 걸로 까칠하게 굴어 분위기 잡아먹기는.

"들어와."

매트 위로 올라오라는 루카의 목소리에서 나현은 어쩐지 으스스한 기분을 느꼈다. 하지만 어깨에 얹어진 소름을 툭툭 털어 낸 나현은 매트 위로 올라가 루카를 똑바로 쳐다봤다.

"……!"

순간 옆에 선 란토가 손목을 잡아채자 나현은 화들짝 놀라며 몸을 움츠렸다. 놀란 눈으로 란토를 올려다보자 그가 눈짓을 했다.

"뭐 하는 거야."

나현은 이게 뭐냐는 눈으로 란토가 아닌 루카를 돌아봤다.

"치한이 언제 예고하고 찾아오나."

루카가 시작하라는 듯 고갯짓을 하자 란토가 손목을 끌어당겼다. 나현은 본능적으로 끌려가지 않으려 힘을 줬지만 역부족이었다.

"당긴다고 같이 당기지 말고 힘을 반대로 이용해."

반대로 이용하는 건 도대체 어떤 것이냐고 묻고 싶었지만 란토의 힘이 너무 세서 다른 생각을 할 수가 없었다.

"멈춰."

루카의 지시에 란토가 끌어당기는 것을 멈추기는 했지만 손목을 놓지는 않았다. 나현은 거칠어진 숨을 낮게 내쉬며 란토를 쳐다봤다. 어색한 미소를 잠깐 짓던 란토가 이내 표정을 감추자 나현은 기운이 다 빠지는 듯했다. 아주 짧은 시간이었는데, 10분은 지난 느낌이 들었다.

"란토가 끌어당기면 끌려가면서 란토가 주는 힘의 범위를 벗어나."

"어떻게."

나현은 짜증 난다는 듯 루카를 향해 눈을 치떴다. 호신술이 이론으로 배우는 것이냔 말이다.

"그 상태로 란토를 향해 비켜서듯 크게 한 발 내디뎌 봐."

나현은 루카의 말에 란토를 올려다봤다. 그러자 란토가 어서 해 보라는 듯 고개를 끄덕였다.

"어?"

루카의 말대로 한 발을 크게 내디디자 란토의 팔이 바깥으로 밀려나며 손목이 자유로워졌다. 나현은 란토가 손목을 힘없이 놓아주자 이게 어떻게 된일인가 싶었다.

"상대의 팔이 뒤로 밀려나면 힘을 제대로 못 써."

나현은 루카의 말뜻을 알아듣고는 고개를 끄덕였다. 란토가 부러 놓아준 것이 아니고 자신이 움직여 손이 자유로워진 거라면 그 원리를 알 것 같았다.

"다시 해 봐."

루카의 말에 란토가 다시 손목을 잡고 끌어당겼지만 나현은 좀 전과 달리 쉽게 빠져나왔다. 마주 보고 선 그의 팔이 뒤로 밀려나도록 란토보다 한 발더 멀리 비켜 나가자 아예 힘을 못 썼다.

"와, 됐다!"

치한이 손목을 잡고 행패를 부리면 이제는 쉽게 빠져나올 자신이 생긴 나현의 얼굴에 화색이 돌았다.

"아! 아아아……."

그런데 그것도 잠시 뒤에 서 있던 루카가 팔을 잡고 등 뒤로 비틀어 버리자 나현은 허리를 숙이며 비명을 질렀다. 한쪽 팔이 꺾이자 나현은 고통에 아무 생각도 할 수가 없었다.

"아, 아파! 아프다고!"

"신사적인 치한이 어딨어. 빠져나와 봐."

나현은 비틀어진 팔로 인해 땀이 빠짝빠짝 날 정도였다. 하지만 루카는 힘을 조금도 풀지 않았다.

"시간을 끌면 손해 보는 건 너라는 걸 잊지 마."

"우이씨!"

나현은 납골당에서 들었던 말을 또 듣자 부아가 치밀었다. 그래서 어떻게 하면 루카를 쳐 낼 수 있을지 생각했다.

"머리를 써."

"아!"

루카가 손을 더 비틀며 다른 손으로 등을 아래로 더 깊게 누르자 나현은 고통에 인상을 구겼다. 꺾이지 않은 팔로 루카를 때리려 했지만 손이 닿지도 않았다. 너무 아파 눈물이 핑 돌 지경이었다. 호신술을 배우러 와서 첫판부터 아주 제대로 빡세게 하네, 싶었다.

"혀, 형님."

란토의 당황한 목소리를 들었던 것인지 루카가 손에서 힘을 빼자 나현은 겨우 허리를 세울 수 있었다. 씩씩거리는 얼굴로 아픈 팔을 꾹꾹 만졌지만 고통이 쉬이 사라지지 않았다.

"하……. 이건 뭐 호신술 배우려다 팔부터 부러지겠네."

나현은 한껏 치든 눈으로 루카를 째려봤다. 그런데 그는 자신이 째려보든 말든 입가에 미소를 품고 있었다. 나약한 여자한테 눈곱만큼의 배려심도 없는 냉혈한 같으니라고.

"그런 상황이 되면 치한한테 닿지도 않는 팔을 휘저을 게 아니라 멀쩡한 두 다리를 이용했어야지."

"뭐?"

나현은 머리칼을 매섭게 쓸어 넘기며 루카를 쳐다봤다.

"치한의 발을 밟는다거나 다리를 차 버리거나."

루카가 검지로 나현의 이마를 꾸욱 밀더니 재미있다는 듯 다시 말을 이었다.

"어제는 똑똑하게 굴더니."

"하!"

나현은 짜증이 치솟아 흰자위가 번뜩거리게 루카를 째려봤다. 사람은 신체에 고통이 주어지면 모든 감각이 그 고통에 집중되기 마련이었다. 그 고통을 해탈한 사람들이 바로 무림의 고수들 아니겠느냐고.

"모르니까 배우려는 거잖아!"

"성질 좀 죽이라고 했지."

"내가 뭐…… 악!"

다시 루카가 팔을 비틀자 나현은 악에 받친 비명을 질렀다. 그러다 루카의 말대로 할 생각에 발을 들었다.

쿵.

"아앗!"

아주 아프게 밟아 주리라 생각하며 루카의 발등을 향해 냅다 꽂듯이 찍었는데 나현은 또 비명을 지르고 말았다. 루카가 간발의 차로 발을 뒤로 빼는 바람에 나현은 애꿎은 바닥에 발을 세차게 내리찍었던 것이다. 그 충격이 다리로 전해지자 나현은 눈물이 찔끔 났다.

"저런, 쯧쯧쯧."

혀를 차던 루카가 팔을 풀어 주자 나현은 땅으로 꺼질 것만 같았다. 하지만 자존심에 이대로 무너지고 싶지는 않았다. 두 손으로 마른세수를 하고 머리칼을 쓸어 올린 나현은 루카를 죽일 듯이 흘겨봤다.

"시도는 좋았는데 이미 나온 답대로 하면 창의성이 없잖아."

에잇! 나현은 속으로 분한 감탄사를 내뱉고는 지친 호흡을 골랐다. 능글맞게 웃는 루카가 호신술을 가르치는 건지 약을 올리는 건지 분간이 안 갈 정도였다.

"호신술에 창의성이 무슨 상관이야!"

나현은 억울해 죽겠다는 얼굴로 루카에게 버럭거리다 옆에서 고개를 젓고 있는 란토 때문에 의기소침해졌다.

운동 신경은 없지만 적어도 호신술은 잘 배울 수 있을 줄 알았다. 그런데 이건 뭐 위기를 벗어나는 데도 창의성을 발휘해야 하다니. 마치 'YOLO'를 하면서 스펙을 쌓으세요, 하는 황당한 광고와 같지 않느냐 말이다.

"아, 잠시만……."

루카의 휴대폰이 진동한 것인지 그가 휴대폰을 들고 멀찍이 자리를 이동했다. 그러자 란토가 기다렸다는 듯이 다가와 말했다.

"발로 발을 걸어 보세요."

"네?"

가까이 다가온 란토가 팁을 알려 주자 나현의 눈이 커다래졌다. 드디어 이번에야말로 루카를 한 방 먹일 수 있겠다는 생각이 들었다.

"밟는 것이 안 되면 발을 걸어 보든가 발을 차서 넘어트리면……."

통화를 끝낸 루카가 다가오자 눈치를 살피며 알려 주던 란토가 뒤로 성큼 물러났다.

"오늘은 여기까지……."

"다시 해."

돌아서던 루카가 멈칫하자 나현은 도전적인 눈빛으로 쳐다봤다. 하나라도 확실하게 깨우칠 때까지 마스터하는 것이 기본 아니냐 말이다.

"자신감은 좋지만……."

고개를 젓던 루카가 시작한다는 말도 없이 팔을 잡아챘다.

"아!"

순식간에 또 팔이 비틀리니 나현의 입에서 비명이 얄짤없이 터져 나왔다. 이러다 오른팔에 파스로 도배를 하는 건 아닌지 모르겠다.

"그것만으로 빠져나오기엔…… 엇!"

쿵!

"형님!"

"……!"

루카의 발을 찍은 것이 아니라 뒤에서 앞으로, 낫으로 벼를 베는 것처럼 힘껏 걷어차 올린 나현은 잠시 후 사태 파악이 되었다. 넘어지려던 루카가 자신의 팔을 놓아주었지만 나현은 그와 동시에 중심을 잃고 그의 위로 같이 넘어졌던 것이다.

"아……."

루카가 한숨 같은 탄성을 내뱉는 것을 들었지만 나현은 그의 품에 안겨 있어 고개를 들 수가 없었다. 그의 커다란 손이 뒷머리를 감싸 쥐며 뭐라고 중얼거렸지만 나현은 당황스럽고 놀라 제대로 듣지 못했다.

"혀, 형님 괜찮으십니까?"

란토가 다가와 놀라고 걱정스러운 목소리로 묻자 루카가 머리를 감쌌던 손을 치우며 말했다.

"이 고집쟁이 좀 일으켜."

란토의 손에 벌떡 일으켜졌지만 일어서게 된 것은 아니었다. 나현은 그 자리에 무릎을 꿇고 앉아 바닥에 누워 있는 루카를 내려다봤다. 뭔가 복잡한 감정이 교차하는지 루카의 얼굴이 굳어 있었다.

"란토, 나가서 준비해."

잠깐 마주쳤던 루카의 시선이 란토를 향하자 나현은 천천히 숨을 내뱉었다.

"네? 아, 네. 형님."

란토가 이대로 나가도 되나 하는 표정을 짓더니 이내 짐 플레이를 나섰다. 나현은 루카가 일어나지 않고 그대로 있어 슬쩍 걱정이 몰려들었다.

"설마…… 다쳤……."

"일으켜."

루카가 일으키라며 손을 내밀자 나현은 무릎으로 몸을 지탱하며 그의 손을 잡아당겼다. 그런데 힘이 부족했는지 루카는 꿈쩍도 하지 않았다.

나현의 힘을 빌리는 것을 포기한 듯 루카가 스스로 상체를 일으켰다. 그 바람에 둘은 마주 보는 자세가 되었다. 너무 가까운 거리에 움찔한 나현은 물러나려다 엉덩이를 찧으며 주저앉아 버렸다.

"방심했네."

루카가 허탈하다는 듯 웃자 나현은 멋쩍은 얼굴로 어깨를 으쓱했다. 란토가 알려 준 대로 한 것까지는 좋았는데 같이 넘어질 줄은 몰랐다.

"치한이 오만한 거였지."

"그런데 그거 알아?"

"뭐?"

"치한은 기회를 안 놓치거든."

"어? ……흡."

나현은 번개처럼 닿은 루카의 입술에 놀라 눈을 커다랗게 떴다. 입술이 가볍게 닿았다 떨어졌는데 심장은 누가 주먹으로 내려친 것처럼 정신없이 뛰었다.

"말랑하네."

"뭐?"

루카의 말에 반항심이 들어 미간을 구기던 나현은 다시 닿은 입술에 몸을 움츠렸다. 거부해야 한다고 생각했는데 몸이 말을 듣지 않았다.

입안으로 밀려들어 온 루카의 혀는 뜨거웠다. 닿는 순간 재가 되어 버리기라도 하듯 화끈거리며 속을 태웠다. 입안에서 무방비로 있던 혀가 루카에게 감아올려지자 숨이 차올랐다. 도망치려 머리를 뒤로 젖혔지만 어느새 뒷머리가 루카의 커다란 손안에 들어가 있어 움직일 수도 없었다.

살짝 떨어졌던 입술이 루카가 고개의 각도를 바꿔 다가오자 다시 엉겨 붙었다. 파고드는 입술과 비집고 들어온 혀는 나현의 정신을 쏙 빼놓을 정도였다.

"하아, 하……."

루카의 입술이 떨어지자 나현은 내뱉지 못하던 거친 숨을 토해 냈다. 입술이 얼얼하고 혀가 타는 느낌이 들었다. 손끝에 피가 몰려 그런지 마치 전기가 통하듯 아릿했다.

먹이를 삼킨 맹수의 포만감 가득한 눈빛과 닮은 루카의 눈은 나현을 뚫을 듯이 바라봤다.

"가."

루카의 목소리가 낮게 울리는 것을 들으며 나현은 어지러운 머릿속과 엉망이 된 마음을 정리하려 했다. 화가 나야 당연한 건데 아무 생각도 할 수가 없었다.

"어서 가. 치한이 또 달려들기 전에."

"……!"

흠칫 놀란 나현은 어디서 그런 힘이 생겨났는지 모르게 자리에서 벌떡 일어나 문을 향해 달렸다. 여기서 주춤거리면 루카라는 맹수한테 물려 구렁텅이로 떨어질 것만 같았다.

쿵.

"하아…….."

나현이 사라진 문을 쳐다보던 루카는 무릎에 팔을 괴고는 손을 들어 시야를 가렸다. 지금 이럴 때가 아닌데 어디에 정신을 팔고 있는 건지.

"나 미친 거 아냐."

짙은 한숨을 내쉰 루카는 자신을 나무라며 마른세수를 했다.

6화

이별

"회의는 10분 후에 시작한다고 합니다."

란토의 말에 건성으로 고개를 끄덕인 루카는 살짝 눈살을 찌푸렸다. 가슴이 들썩일 정도로 숨을 몰아쉬던 나현의 붉어진 **뺨**과 젖은 입술이 머릿속에서 불쑥 튀어나왔다. 그러자 심장 박동이 평상시와 다르게 뛰었다. 아드레날린이 넘쳐흐르는 기분과 함께 신경이 날카로워지기 시작했다.

"쯧."

정신을 딴 곳에 둘 수 없을 만큼 중요한 시기에 어쩌자고 이러는 것인지. 루카는 사납게 미간을 구기며 눈을 가늘게 떴다.

위이잉.

루카는 주변을 한 번 돌아보고는 짧게 진동하는 휴대폰을 꺼내 들었다.

「찾았어요.」

크로마한테서 문자가 들어와 있었다. 루카는 한 손으로 휴대폰을 들고 잠시 생각하다 문자를 보냈다.

「추적 시작해.」

「Okay!」

루카는 재클린 회장이 갑자기 연 회의에 참석하며 늦잠을 자는 크로마를 깨워 몇 가지를 지시하고 나온 참이었다.

「오늘 바니도 참석해요?」

크로마의 문자를 보던 루카의 한쪽 눈썹이 휙 치켜 올라갔다가 이내 제자리로 돌아왔다. 재클린 회장의 하나뿐인 아들 바니의 사업 수완은 보기에 따라 좋을 수도 있고 아닐 수도 있었다.

루카는 고개를 살짝 비스듬하게 기울이다 크로마한테 문자를 보냈다.

「응.」

「걱정되는데…….」

동시에 들어온 크로마의 문자가 정말 걱정스러운 목소리로 속삭이는 듯해 루카의 입술 끝이 비틀어졌다.

재클린 회장의 유일한 약점이 바니였다. 그는 아버지를 믿고 안하무인이었지만 루카의 말에는 절대 신뢰를 보내는 편이었다. 하지만 루카는 그 신뢰를 믿지 않았다. 결정적인 순간 어떻게 변할지 모르는 신뢰를 믿기엔 세상이 그리 호락호락하지 않다는 것을 알고 있었다.

「신경 꺼.」

「Kill him without worrying! (걱정하지 말고 죽여 버려!)」

"풋."

루카는 터지려는 웃음을 꾹 눌러 참고는 고개를 저었다. 크로마의 직설적인 행동을 탓할 생각은 없지만 극단적으로 흐를 땐 제동을 걸 필요가 있었다.

「추적 놓치지 말고 제시간에 연락하는 거 잊지 마.」

「쳇. 잔소리는!」

크로마가 투덜거리는 모습이 눈에 보이는 듯해 루카는 입꼬리를 올리다 금방 내렸다. 재클린 회장이 아들 바니와 나란히 걸어 들어오는 것이 보였다.

[루카!]

[오셨습니까?]

루카는 휴대폰을 재킷 안주머니에 넣으면서 깍듯하게 인사를 했다. 그러자 바니가 두 팔을 벌려서는 루카를 덥석 안았다.

[고생 많았지? 우리는 루카 없으면 아무것도 아니야.]

[과찬이십니다.]

루카는 표정 없이 겸손하게 말하며 고개만 살짝 숙여 보였다. 이쪽으로 고개를 돌리지는 않지만 재클린 회장의 눈빛이 못마땅함으로 물들고 있는 것이 느껴졌다.

[내가 아주 좋은 사업을 하나 찾았는데 루카도 같이해.]

[……]

자신의 유일한 후계자가 아무것도 아닌 루카를 향해 호의를 베푸는 것이 재클린 회장 입장에서는 마음에 들지 않을 것이다.

자신들의 사냥개로는 훌륭하지만 동급으로는 취급하지 않는 마음을 루카 또한 잘 알고 있었다. 하지만 루카는 바니가 제안한 사업을 마다할 이유가 없었다. 수박 겉 핥기로 그 진정한 맛을 알 수 없듯이 모르면 공격이 쉽지 않은 법이었다.

[그 정도로 하고 어서 앉아.]

바니의 등 뒤에서 재클린 회장의 목소리가 질책하듯 날아들자 루카는 그가 앉을 수 있게 옆으로 비켜섰다.

[하하, 앉을까?]

루카는 웃고 있는 바니를 보면서도 표정 없이 무뚝뚝하게 고개만 숙여 보이고 자리에 앉았다.

[참, 지금 저택에 있지?]

바니의 물음에 루카는 속으로 적잖이 당황했지만 표정을 감추고 그를 빤히 쳐다봤다.

[사업 얘기도 할 겸 내가 한번 갈 테니 술이나 한잔해.]

[……네.]

루카는 무겁게 닫혔던 입을 천천히 열어 대답하고는 바니가 못 볼 때 미간을 구겼다. 7년 동안 한 번도 저택으로 찾아온 적이 없는 바니였다. 그런데 갑자기 왜 이러는 걸까 싶어 의심의 싹이 텄다. 게다가 집에 객식구가 있는 상황인데 오겠다고 하니 곱게 보이지 않았다.

[회의 시작하겠습니다. 현재 매출이 전년도와 달리 변화하고 있는 상황에서…….]

위이잉.

루카는 휴대폰의 진동을 느꼈지만 팔짱을 끼며 회의실 단상 쪽으로 시선을 돌렸다.

위이잉.

연달아 진동하는 휴대폰 때문에 루카의 눈이 가늘어졌다. 보지 않아도 크로마가 보낸 문자라는 것을 알고 있었지만 다른 때와 달리 문자를 계속 보내고 있어 신경이 쓰였다.

「추적 완료. 자료 송출!」

첫 문자는 일이 잘 진행되고 있음을 알리는 내용이었다. 그녀가 해낼 줄 알고 있었기에 크로마에게는 미안하지만 그다지 감흥이 없었다.

「모나현 씨하고 쇼핑 가도 돼요?」

「나현 씨가 좀 우울해하는 거 같아서요.」

문자를 슬쩍 보던 루카의 눈썹이 위로 휘어졌다. 크로마가 그녀에게 과하게 호의적이라는 건 알지만 나현의 기분까지 챙기려 할 줄은 몰랐다.

'우울'이라는 단어에 눈길을 박은 루카는 낮은 한숨을 내쉬고는 휴대폰을 다시 넣어 버렸다. 자신이 짐 플레이에서 했던 행동이 나현이 우울해하는 이유 중 하나라는 건 짐작하고도 남음이었다.

「나현 씨는 괜찮다고 하는데 내가 보기에는 기분 전환이 꼭 필요해 보임!」

그녀가 자신과의 일을 말하지 못해 입을 닫고 있는 것을 크로마는 우울해하는 거라고 지레짐작한 듯했다.

마음을 잘 열지 않는 크로마를 사로잡은 그녀가 신기하기는 했다. 하지만 나현이 돌아간 후 허전해할 크로마가 루카는 더 걱정이었다. 헤어지면 다시는 만나는 일이 없어야 했다.

[이자를 3개월씩 변동 금리로 바꿔 운영하는 것입니다.]

회의는 이미 중반에 접어들어 결론을 향해 치닫고 있었다. 도시 국가 같은 보와츠의 경제를 쥐락펴락하고 싶어 하는 재클린 회장이지만 그에겐 그만한 자금이 조달되지 않는다는 것이 문제였다. 이렇게 금리를 높인다고 해결되는 문제가 아닌데도 그의 실무진들은 단기적인 방편을 제시하고 있었다.

[회의가 지루하지?]

의자를 가까이 붙이며 갑자기 말을 건 바니 때문에 루카는 멈칫했다.

[⋯⋯아닙니다.]

바니가 눈웃음을 지으며 빤히 쳐다보자 루카는 심기가 불편했다.

[그래? 그럼⋯⋯.]

바니가 뜻 모를 얼굴로 고개를 끄덕끄덕하더니 제자리로 돌아갔다. 루카는 살짝 치밀어 오르는 짜증을 누르며 마른세수를 했다. 쓸모없이 소모전만하는 회의에 자신을 부른 재클린 회장의 목을 조르고 싶은 충동이 일었다. 아니, 바니의 목을 졸라야 하는 건가.

위이잉.

"하아."

한숨을 내쉰 루카는 냉철한 얼굴로 휴대폰을 다시 꺼냈다. 크로마에게서 문자가 다시 들어와 있었다.

「낚시 성공!」

「성공했으니까 나현 씨하고 나가도 되는 거죠?」

미간을 구긴 루카는 휴대폰 테두리를 매만지며 눈을 가늘게 떴다.

유렘과 격의 없이 웃고 있는 나현을 보는 순간 속에서 배알이 꼴리듯 뭔가가 꿈틀하는 기분이었다. 자신에게는 항상 눈을 치뜨고 턱을 치켜올리면서, 첫인상이 그리 좋지 않았을 유렘에게는 잘도 웃다니.

괘씸한 마음이 들어 사정 봐주지 않고 팔을 비틀었다. 아프다는 그녀의 말에 나빠진 기분이 나아질 줄 알았는데 아니었다.

'말랑하네.'

살짝 벌어진 입술은 촉촉한 윤기를 머금고 있고 새어 나오는 숨은 달큰했다. 생각할 겨를도 없이 그녀의 입술을 물었는데 떨어지기가 싫을 정도였다.

"하아."

짙은 한숨을 내뱉으며 눈살을 찌푸리던 루카는 한쪽 입꼬리를 밀어 올리며 문자를 보냈다.

「월척인지 확인 요망.」

"뭐? 월척?"

문자를 열심히 보내던 크로마가 벌떡 일어나며 어이가 없다는 듯 목소리를 높였다. 나현은 그런 크로마를 심란한 마음으로 쳐다보고 있었다. 무슨일이냐고 묻는 크로마의 걱정스러운 눈빛을 모르지 않지만 루카와 일이 있었다고 말할 수는 없었다.

"그걸 확인하려면 기본 이틀은 걸린다고!"

크로마가 짜증 나 죽겠다는 얼굴로 소리치고는 머리칼을 쥐어뜯듯이 움켜쥐었다.

"나가지 말라는 말을 아주 교묘하게 하고. 에잇!"

소파에 털썩 주저앉은 크로마가 속이 상한 건지 쿠션을 쥐고는 주먹질을해 댔다. 나현은 딱히 나가고 싶은 마음도 없었기에 오히려 잘됐다는 생각이들었다. 기분이 늪으로 빠져들고 있는 마당에 쇼핑을 간다고 해서 나아질 문제가 아니었다.

"……!"

턱을 괴려고 팔을 올리던 나현은 손끝이 입술에 슬쩍 닿자마자 소스라치게놀랐다. 입술 감촉이 예민해진 것인지 손가락이 닿은 순간 몸이 절로 움츠러들었다. 주먹을 꽉 말아 쥐다 팔짱을 낀 나현은 미간을 구기며 고개를 저었다.

'치한은 기회를 안 놓치거든.'

전혀 예상 못 한 일이었다. 그가 그런 행동을 할 줄 조금도 예상하지 못한 건 자신의 탓이었다. 한 번씩 그의 눈빛이 이색을 띠며 탐색하듯 쳐다봤는데 그것을 눈치채지 못하다니.

어쩌면 그도 아무 감정 없이 충동적으로 한 것이 아닐까. 본능이 시켜서 말이다. 이 저택을 벗어나는 게 그도 조심스러워 은거하고 있었으니 여자를 못 만나서 자신도 모르게 제어하지 못한 건 아닐까.

"하아, 뭐라는 거야. 내가 왜 그딴 인간을 옹호하려는 거야. 치한 같은 녀석인데."

나현은 매서운 손길로 머리칼을 쓸어 넘기고는 크로마를 쳐다봤다. 노트북과 휴대폰을 번갈아 가며 사용하고 있는 크로마는 꽤 바빠 보였다.

나현은 바쁜 크로마를 방해하면 안 될 것 같아 책을 펼치다 피식 웃고 말았다. 그녀가 시간을 때우라며 건넨 책은 '신데렐라' 동화책이었다. 아이들의 눈높이에 맞춘 동화책이 아니라 샤를 페로의 원작이었다. 크로마는 이 동화책이 잔인하다는 것을 알고 건넨 것일까.

"흐음."

심호흡을 하듯 숨을 쉰 나현은 책장을 넘겼다. 거친 삽화가 들어가 있는 책을 제대로 읽지 않고 건성으로 넘기다 보니 금방 마지막 장에 도달해 있었다. 나현은 다시 할 일이 없어져 버렸다.

"크로마, 뭐 해?"

나현은 몸을 돌려 의자 등받이에 팔을 걸치고는 다리를 꼬았다. 여전히 분주하게 움직이는 그녀의 손은 노트북에서 떨어질 줄을 몰랐다.

"네?"

크로마가 멀뚱한 눈으로 쳐다보더니 별거 아니라는 듯 어깨를 으쓱했다.

"아까 낚시라고 했는데 누구를 낚는 거야?"

그녀가 무슨 일을 하고 있는지 물어 두는 것이 좋을 것 같았다. 그러다 보면 루카가 누구인지, 여기가 어디인지 은연중에 알아낼 수도 있을 테니까.

"그게……."

크로마가 난감한 얼굴로 미적거리자 나현의 눈이 가늘어 졌다. 항상 친구에게 수다를 떨듯 말이 많던 크로마가 아니었다. 컴퓨터에 능한 그녀가 자신의 정보를 해킹한 것은 대충 눈치로도 알고 있었다.

"궁금하다. 뭔지."

나현은 우쭐거리고 싶어 할 크로마의 마음을 슬쩍 건드리듯 말을 던지고는 기다렸다. 하지만 생각보다 크로마는 입을 열지 않고 있었다.

"나는 컴퓨터 잘하는 사람 보면 부럽더라."

"아……."

아? 겨우 그걸로 끝이야?

나현은 자신의 말이 크로마에게 생각만큼 먹혀들지 않아 당황스러웠다. 지금 하고 있는 일에 보기와 다르게 크로마가 신중을 기하고 있음을 알아챘다.

"누가 하라고 한 거야? 아니면 크로마가 알아서 하는 거야?"

나현은 대화의 방향을 살짝 바꾸고는 그녀의 반응을 살폈다. 만일 불법적인 일을 신뢰가 없는 누군가의 지시를 받아서 하고 있다면 크로마는 빠져나가기 위해 지시자를 말할 가능성이 높았다. 물론 지시한 이가 루카라면 상황은 달라지는 것이지만.

"루카가 하라고 했어요."

역시. 나현은 뭔가 복잡한 마음이 들었다. 아무래도 불법적인 일에 연루되어 있는 이들과 격의 없이 지낸 자신이 바보 같았다. 호텔 앞에서 자신을 잡으려고 다가온 사람이 사실은 착한 이였다면 지금 상황은 손바닥을 뒤집듯 확 바뀌는 것이다. 그리고 자신은 위험 속에서 안일하게 굴고 있는 멍충이가 되는 것이고.

"무슨 일인데?"

나현은 크로마를 똑바로 쳐다보며 일부러 낮은 목소리로 물었다. 대답을 꼭 들을 생각이었다. 고음보다 저음일 때 상대의 의지가 더 잘 드러나는 법이니 크로마도 눈치를 챘을 것이다. 이들이 자신에게 나쁘게 굴지는 않았지만 구체적으로 하는 일이 무엇인지 알아야겠다는 생각이 들었다.

사업체를 운영하거나 관리하는 것도 아닌데 돈은 어디서 나기에 이런 대저택에 사는 것인지. 마약을 팔아 번 돈으로 제 옷을 사 온 것이면 크로마가 정말 싫어질 것 같았다. 남의 정신을 피폐하게 만든 돈으로 절대 즐기고 싶지도 무언가를 가지고 싶지도 않았다.

가만 생각해 보니 저택에 전화기는 없지만 크로마를 잘 구슬리면 노트북 정도는 쓸 수 있을 것 같았다. 그러면 병호한테 연락할 수 있을 것이고, 여기가 어딘지 알아내 탈출할 수도 있지 않을까 하는 생각이 들었다.

"굳이 알려고 하지 마요."

크로마가 알아서 좋을 것이 없다는 투로 말하며 노트북을 몸으로 더 끌어당기자 나현의 얼굴이 굳어졌다. 크로마를 구슬려 노트북을 쓰는 건 아무래도 어려울 것 같았다.

"난 알아야겠어. 크로마가 하는 일이 좋은 건지 나쁜 건지."

나현은 고집스럽게 다시 물었다. 이번에는 크로마의 이름까지 거론하며 그녀의 죄책감을 이용할 생각이었다. 그녀와 히히덕거리며 노는 것은 이제 끝이었다. 적어도 그녀에게 양심이라는 것이 있기를 바랐다.

"우리 사이에 그 정도는 말해 줄 수 있지 않아?"

고민이 되는지 크로마가 입술을 질겅질겅 씹더니 조심스럽게 입을 열었다.

"혹시 인터넷에서 딥……."

"크로마 말하지 마."

"……!"

나현은 소리가 나는 쪽으로 고개를 휙 돌렸다. 다급하게 울리는 목소리의 주인공은 란토였다. 루카와 나갔던 란토가 돌아왔으니 그도 저택 어딘가에 있다는 소리였다. 그러니 그가 들이닥치기 전에 이들에게서 실마리를 잡아야 했다.

"왜 말을 못 하게 하는데요?"

나현은 자리에서 벌떡 일어서 란토 앞으로 다가갔다. 막 잡으려 했던 꼬리를 놓치자 신경질이 났다.

"알아서 좋을 것이 없습니다."

"그건 내가 판단할 일이죠."

나현은 정보를 저장하고 버리는 그런 판단쯤은 자신이 알아서 하는 것임을 란토에게 주지시켰다.

"크로마가 하는 일이…… 나쁜 일은 아닙니다."

나현은 란토의 말에 크로마를 돌아봤다. 크로마가 울상을 짓듯 난처한 얼굴로 이쪽을 쳐다보고 있었다. 크로마를 대신해 나선 란토도 그녀가 무슨 일을 하는지 안다는 소리였다.

"좋아요. 나쁜 일이 아니라는 건 알겠으니 구체적으로 무슨 일인지 말해 봐요."

나현은 크로마가 아닌 란토를 추궁했다. 무슨 일인지 아느냐고 먼저 확인하듯 물을 필요도 없었다. 이미 그가 나쁘지 않다고 말했으니깐 말이다.

"내가 말할게."

"크로마."

소파에서 일어선 크로마가 결심을 굳힌 듯 다가오자 란토가 눈을 커다랗게 떴다. 그러다 조용히 뒤로 한 발 물러났다.

"인터넷 사이트 중에 딥 웹이라는 것이 있어요."

"딥 웹?"

물 위로 드러난 빙산이 보통 사람들이 쓰는 일반적인 웹 사이트라면 딥 웹은 물 아래에 가라앉아 접속도 어렵고 아무나 들어갈 수 없는 인터넷 사이트라는 것 정도만 알고 있었다.

"네. 딥 웹은 쉽게 접속이 안 돼요. 노트북이나 컴퓨터로 접속할 수 없는 사이트예요."

"그럼 휴대폰으로만 접속이 된다는 거야?"

"네."

천천히 고개를 끄덕인 크로마가 테이블에 올려 둔 노트북과 휴대폰으로 시선을 잠깐 두었다가 거뒀다.

"나현 씨가 사는 곳은 인터넷의 보완이 강한 나라라 딥 웹을 모르는 사람이 많고 접속할 수 있는 이들이 별로 없을 거예요."

나현은 뭔가 거대한 것을 건드린 느낌이 들어 마른침을 꿀꺽 삼켰다.

"여기 딥 웹은 아이피 추적을 당하지 않아요. 잡을 수도 없고 추적도 어려워요."

"그렇다면 어떻게 잡아……."

"안 잡아요. 오히려……."

"덫을 놓고 기다리지."

"……!"

나현은 불쑥 끼어든 루카의 목소리에 흠칫 놀랐다. 팔짱을 낀 채 자신을 내려다보는 루카의 얼굴은 무표정이었다. 하지만 눈빛만은 살벌하기 그지없었다. 마치 알아서는 안 되는 것을 건드렸다는 듯 질책하는 눈빛이었다.

"다들 나가."

"루카……."

"나가라고."

루카의 단호한 말에 크로마가 한숨을 푹 내쉬더니 노트북과 휴대폰 등을 챙겨 란토와 같이 나갔다. 심각한 얼굴로 문을 닫던 란토와 눈이 마주친 나현은 주먹을 꽉 말아 쥐었다.

"경고하는데."

싸늘한 목소리에 나현은 고개를 번쩍 들고 루카를 쏘아봤다.

"크로마를 이용해 뭔가를 알아내려 하지 마."

나현은 크로마를 건드려 정보를 빼내려던 자신의 의도를 단번에 파악해 버린 그가 무섭게 느껴졌다. 하지만 두려워한다는 것을 들키고 싶지 않았다.

"내가 크로마를 이용하는 것 같아 싫어?"

길게 다물린 루카의 입술은 열릴 생각이 없는지 움직임이 없었다. 그저 자신을 뚫을 듯이 쳐다보는 눈빛에 조금씩 묘한 변화가 일 뿐이었다.

"그럼 직접 대답해 봐."

나현은 물러서지 않겠다는 의지를 내비치며 루카를 향해 입술을 달싹였다.

"감당할 수 있겠어?"

굳게 다물렸던 그의 입에서 나온 말은 한겨울에 냉동실 문을 열 때처럼 차가웠다.

"……훗!"

루카가 갑자기 손을 뻗자 나현은 저도 모르게 흠칫 놀라며 어깨를 움츠렸다. 닿았을 것이라 생각한 루카의 손은 허공에 정지된 채 있었다.

"내가…….."

루카의 목소리가 갈라져 나와 나현은 눈을 동그랗게 떴다. 그의 내면에서 갈등이 일고 있는 듯했다. 루카가 천천히 손을 내리자 나현은 놀란 가슴을 진정시켰다.

"맛보면 안 되는 것을 맛본 것처럼, 듣는 순간 후회할지도 모르는데."

나현은 루카의 말에 움찔 놀라며 몸을 굳혔다. 그와 자신의 접촉은 있을 수 없는 일이었음을 루카도 인지하고 있다는 말이었다. 자신은 예상하지 못한 일이고 루카는 아마 충동적인 일이었을 것이다.

"나쁜 일이 아니라고 했어."

"누가?"

"란토가."

낮은 한숨을 내쉰 루카가 고민하듯 머리칼을 쓸어 넘기자 나현은 입술을 깨물었다.

"그럼 너하고 키스한 것도 나쁜 일이 아닌가?"

"그런 말이 아니잖아!"

"똑같아."

"뭐가 똑같아! ……헛!"

턱을 치켜들고 버럭 소리를 지르던 나현은 루카와 거리가 좁혀지자 화들짝 놀라 어깨만 뒤로 뺐다. 바로 코앞에 루카의 얼굴이 멈춰져 있었다. 그가 고개를 숙이면 분명 입술이 닿을 것이다. 나현은 눈살을 찌푸리며 그를 향해 위험하다는 듯 경계하는 눈빛을 보냈다.

"한번 해 봐서 어떤 기분인지 아는 것처럼 그것을 알게 되면 절대로 네 머릿속에서 지워지지 않을 거야."

"위험한 건가?"

"나하고의 키스가 위험했다는 소리?"

"지금 왜 자꾸 대화를 이상한 쪽으로 흘러가게 하는데?"

나현은 짜증이 난다는 듯 미간을 구기며 루카에게 투덜거렸다. 굳이 키스

한 것을 거론하지 않아도 지금 그가 쳐다보는 것만으로도 당혹스러워 죽겠
는데 말이다.

"알려 주기 싫어 그러는 거지?"

"글쎄."

고개를 비스듬히 기울인 루카의 입술 끝에 냉소가 머물자 나현은 입을 비
죽거렸다. 우발적으로 키스한 걸로 잘도 빠져나가네, 싶었다. 그만큼 의미
없는 키스였다는 걸 알고 있다고 말해 주고 싶었다.

"됐어. 그만둬."

"왜? 난 뭐가 더 위험한 일인지 가늠하고 있는 중인데."

"장난해?"

한 치의 흐트러짐도 없이 자신을 조롱하는 루카가 얄미워 나현은 눈을 가
늘게 뜨고 째려봤다. 지금 자신의 앞에 선 이 남자는 뼛속까지 진정 나쁜 놈일
수도 있었다. 여자하고 한 키스가 의미 없다고 말하는 것으로 보아 말이다. 차
라리 실수였다고 말하면 좀 덜 비참하려나. 나현의 미간이 팍 구겨졌다.

에잇, 이거나 그거나 다 똑같잖아!

"고기 맛 어때? 맛있지?"

맞은편에 앉은 유렘이 조용한 침묵을 깨고 말을 걸어오자 나현은 멋쩍은
웃음을 지으며 그저 고개만 끄덕였다.

처음으로 한자리에 다 모인 식사 시간이었다. 마치 마지막 만찬을 즐기듯
모인 것 같은 기분이었다.

루카의 냉랭한 태도와 눈치 보는 크로마, 그 중간에 끼여 안절부절못하는
란토를 보는데 나현은 괜히 미안했다. 하지만 루카에게는 그런 마음이 전혀
들지 않았다. 한창 사춘기 소녀의 질풍노도처럼 반항하고 싶은 마음뿐이었다.

"맛없어? 음은 맛있는데."

"아니, 맛있어."

나현은 어딘지 천진하게 느껴지는 유렘을 향해 손을 내저으며 웃어 보였다. 그래도 싸늘하다 못해 냉기가 뚝뚝 흐르는 분위기 속에서 유렘 덕에 억지로라도 웃는 것 같았다.

하루에도 몇 번씩 마음이 뒤집혔다. 물속에 들어갔다 올라오기를 수십 번 하듯 말이다. 서로 대화 나누는 내용을 들어 보면 이들은 정당한 일을 한다는 뉘앙스가 강했다. 하지만 그 명분 있는 일이 무엇인지 꼭꼭 숨긴 채 자신들이 특별한 일원인 양 구는 것이 나현은 짜증 났다.

"란토."

나현을 보며 뭔가 마음에 안 든다는 듯 눈을 가늘게 뜨던 루카가 란토를 불렀다.

"네."

"언제든 비행할 수 있게 준비해."

"네? 어디를 가시는……."

"그냥 준비해 둬."

자세한 것은 묻지 말라는 듯 제 할 말만 하는 루카를 향해 나현은 눈을 게슴츠레하게 떴다. 눈이 딱 마주쳤지만 나현은 고개를 돌리지 않았다. 뭐 할 말 있느냐는 듯 루카가 고갯짓을 했지만 나현은 입을 비죽거리기만 했다.

"루카 님, 나도 가?"

"융은 안 가도 돼."

유렘과 대화하는 루카에게서 전해지는 느낌이 달라져 있었다. 나현을 향해 뭔가 정중하게 구는 듯한데도 싸한 바람이 불었다. 아까 방에서 키스할까 봐 불안했는데 그는 아무런 행동도 취하지 않았다. 그러고 보니 처음으로 루카의 눈빛이 자신을 보면서도 아무런 색을 띠지 않았던 것 같기도 했다.

"유렘은 안 가도 된다."

유렘이 시원섭섭하다는 듯 싱긋 웃는 것이 귀여워 나현은 저도 모르게 따라 웃었다.

"나현, 왜 웃어?"

유렘이 웃는 이유를 알고 싶다는 듯 묻자 나현은 이내 정색을 하며 그냥,

이라고 말했다. 그러다 윰이라는 이름이 은근 예쁘다고 말했다.

"맞다. 윰 예쁘다. 나현도 닉네임 있어?"

"나?"

나현은 검지로 자신을 가리키며 눈을 동그랗게 뜨다 이내 민망한 미소를 지었다. 자신의 별명은 볼펜 회사 이름인 모나미거나 다르게 생겼다고 해서 못난이였다.

"난 특이한 성씨여서…… 닉네임이 모나미였어."

"모나미?"

"으응."

볼펜 같은 필기구를 만드는 회사라고 설명하면 더 우스울 것 같아 나현은 가만히 입을 다물었다. 여기 있는 그 누구도 모나미라는 회사를 모를 것이라 생각했다.

"혼혈이라 다르게 생겼다고 해서 못난이라고 불리기도……."

"쿡."

루카가 웃음을 터트리자 나현의 고개가 휙 돌아갔다. 못난이라는 말에 루카가 웃으니 기분이 무척 나빠졌다. 차라리 모나미라는 부분에서 웃었으면 기분이 나빠지지 않았을 텐데 말이다.

"몬난이라고 부른 애들 나쁘다. 나현 예쁘다."

유렘이 진정 그건 아니라는 듯 고개까지 저어 가며 말해 주자 루카 때문에 상한 나현의 기분이 좀 나아졌다. 이미 루카의 입가에 머물던 웃음이 사라진 지 오래였지만 나현은 눈을 한껏 흘겼다. 그러자 루카가 고개를 조금 기울이며 뭐 불만 있어, 하는 표정을 지었다.

"루카 님, 몬난이라고 한 그 애들 나쁘다. 맞지?"

"그래."

대답은 유렘에게 하면서 루카의 눈길은 나현에게 꽂혀 있었다. 나현은 먼저 시선을 돌리면 루카에게 지는 기분이 들어 같이 빤히 쳐다봤다. 그러자 루카의 입꼬리가 슬쩍 밀려 올라갔다. 좀 어이가 없다는 듯 피식 웃는 것처럼 보였다.

"와인 더 드릴까요?"

"그만 됐어."

루카가 남은 와인을 마저 마시자 란토가 와인 디켄터를 잡으려다 말았다.

"바니가 올 거야."

"네?"

"What?"

"진짭니까?"

다들 놀란 얼굴로 되묻는 것을 본 나현은 멀뚱한 표정을 지었다. 그가 누구인지 모르기도 하지만 사람이 온다는데 뭘 저렇게 놀라나 싶었다.

"아, 그래서……."

란토가 이제 알겠다는 듯 나현을 슬쩍 돌아보고는 루카와 눈을 마주쳤다. 두 사람만이 아는 신호를 주고받자 나현은 포크를 내려놓았다. 자신이 낄 자리가 아닌 듯해 입맛이 떨어졌다.

"나현, 더 먹어."

유렘이 신경 쓰지 말고 더 먹으라고 했지만 나현은 고개를 저었다.

"피곤해서……. 나 먼저 일어날게요."

나현은 내내 가시방석 같던 식사 자리에서 그만 빠지고 싶었다. 루카가 자신에게 선을 긋고 있다는 것은 알았지만 오늘은 뭔가가 더 달랐다. 갑자기 엄격해진 사관이 주시하는 것처럼 긴장이 되고 피로감이 몰려왔다.

다가오지 말라고 온몸으로 말하고 있는 루카를 보며 화가 나는 것도 있었다. 혼란스럽기는 자신도 마찬가지인데 왜 자신만 이리 힘들어야 하냔 말이다. 먼저 선을 넘은 것은 루카면서 왜 이제 와 잘못이 없다는 듯 구느냐고.

탁.

방으로 들어온 나현은 침대에 쓰러지듯이 눕고는 팔을 들어 눈을 가렸다. 언제쯤 자신의 침대에서 포근한 잠을 잘 수 있을지, 또 그것이 가능하기는 할지 의문이었다.

"아빠…… 연락이 안 돼서 걱정할 텐데……."

모로 누운 나현은 무거워지려는 눈꺼풀을 끔뻑이며 프렌치 도어를 쳐다봤다. 루카가 대화를 하지 말라고 했는지 크로마는 저녁 내내 자신의 시선을

피하고 있었다. 그것 좀 알려 주려 했던 것이 뭐 그리 죽을죄라고 대화도 못
하게 하냔 말이다. 루카는 모든 것을 자신의 통제 아래 두지 못하면 마음이
안 놓이는 모양이었다.

"어!"

프렌치 도어가 살짝 떨리는 것을 본 나현은 자리에서 벌떡 일어나다 문 앞
에 서 있는 크로마를 보고 화들짝 놀랐다. 크로마가 막 방문을 닫자 공기의
흐름이 달라져 발코니의 문이 흔들렸던 모양이다.

"나현 씨. 옷을 갈아입어야 해요."

눈치를 보며 정중한 태도를 갖추고 있는 크로마가 낯설었다.

"왜……."

"오늘 떠나야 해요."

"아!"

나현은 식사 도중 루카가 란토에게 지시한 비행이 자신에게 해당되는 것
임을 알았다. 드디어 돌아가게 되었는데 아무런 감정이 느껴지지 않아 당황
스러웠다. 분명 기뻐야 할 것 같은데 마음은 착 가라앉았다.

"짐은 내가 챙겨 줄게요."

"짐? 무슨 짐?"

자신이 가지고 온 것은 전원이 꺼져 있는 휴대폰 하나뿐이었다. 그러니 돌
아갈 때도 그것만 들고 가면 그만이었다.

"새로 산 옷을……."

"아니. 고맙지만 안 가져갈게."

"아……."

짧은 탄성을 내뱉으며 실망하는 크로마의 표정에 멈칫한 나현은 입술을
질끈 깨물었다. 크로마의 호의를 내친 것 같아 미안한 마음이 들었다. 하지
만 그것을 가져갈 수는 없었다. 가져가야겠다는 마음이 들지 않는데 실망할
크로마를 위해 억지로 들고 가기는 싫었다.

"옷 갈아입고 잠시만 기다리면 다시 올게요."

약간 울먹이는 듯한 크로마의 목소리에 나현의 마음이 울렁거렸다.

"흐음."

크로마가 방을 나가자 나현은 마른세수를 하다 흐트러진 머리칼을 귀 뒤로 넘기고 자신이 이곳에 입고 왔던 옷으로 갈아입었다. 일주일도 채 안 된 시간 동안 정이 들었다고 하기에는 너무 오버지만 이상하게 마음이 편치 않았다.

딸칵.

"크로마 준비됐……!"

옷을 갈아입고 소파에 앉아 먹통인 휴대폰을 만지던 나현은 문소리에 일어서다 눈을 커다랗게 떴다. 크로마가 올 줄 알았는데 루카가 서 있었다.

"좀 더 빨리 보냈어야 했는데 생각보다 늦어졌어."

나현은 루카의 말에 대꾸하지 않고 휴대폰을 바지 뒷주머니에 넣었다.

"여권이 없는데 어떻게 입국하지?"

"다 해결해 놨으니 걱정하지 않아도 돼."

얼마나 힘 있는 사람인 걸까. 하지만 그는 재클린 회장의 수하일 뿐 그 이상도 그 이하도 아닌 듯했다. 그런데 어떻게 해결한 것일까. 참 의문투성이의 남자다.

"그래, 준비 다 됐어. 가."

나현은 문으로 다가가며 앞장서라는 손짓을 했다. 그런데 루카는 꼼짝도 하지 않고 문을 가로막고 있었다.

"안 가?"

"인사 정도는 하고 갈 줄 알았는데."

나현은 루카의 말에 허를 찔린 듯 심장이 아파 왔다. 하지만 아무렇지 않은 얼굴로 루카를 올려다봤다.

"다시는 안 볼 사람들 아닌가?"

루카가 반박할 수 없는지 입을 꼭 닫고 미간을 설핏 찌푸렸다. 이쪽으로는 돌아보지도 않는다고 했던 각오를 나현은 실천할 생각이었다. 그러니 아쉽다는 듯 작별을 고하는 건 안 하는 것이 맞다고 생각했다.

"……그만 가."

나현은 입술을 질끈 깨물고 문을 열었다. 미련을 남겨 두고 갈 곳이 아니지 않은가 말이다.

쿵.

"……!"

열리던 문이 루카의 손에 의해 다시 닫히자 나현은 살짝 긴장했다. 하지만 태연한 척 멀건 눈으로 그를 올려다봤다. 자신을 내려다보는 루카의 눈빛이 전등 빛을 받아 그런지 몰라도 처음 만났을 때처럼 오렌지 빛으로 물들어 있었다.

"다시는 만나지 말아야 하는 거 잘 알고 있네."

"……당연하지."

크로마처럼 울먹이는 목소리가 나올까 봐 긴장했던 나현은 심상하게 나온 목소리에 다행이라는 생각을 했다.

"공항에 도착하면 곧장 집으로 가."

"뭐?"

"옆길로 새지 말고. 한병호를 비롯 그 누구한테도 연락하지 말고, 곧장 집으로 가."

뭔가 생각이 많은 듯 루카의 얼굴이 평온해 보이지 않았다. 폭풍이 몰려오기 전 아무도 없는 거리에 바람이 부는 것처럼 스산한 기운이 전해졌다.

"그리고 다시는 만날 일 없을 테니……."

"……!"

한 손으로 문을 짚은 루카에게 허리가 잡혔다고 느껴진 순간, 입술이 닿았다. 놀라 벌어진 입술 사이로 힘들이지 않고 들어온 루카의 혀는 입안을 휘저었다.

얼이 빠진 나현의 혀가 루카에게 잡아채이고 감기는 동안 그녀의 다리에서 힘이 빠졌다. 머리는 어지럽고 심장은 미친 듯이 뛰고 있었다.

"흐읍."

후들거리는 다리로 그에게서 떨어지려 몸을 움직였는데 더 밀착될 뿐이었다. 타들어 갈 것 같은 열기는 여전한데 입술의 감촉은 부드러웠다. 남자의 입술이 이렇게 부드러울 수 있을까 싶을 정도였다.

깊게 들어와 입안을 유영하던 혀가 여린 살들을 하나도 빠짐없이 터치하자 나현의 의식이 가물거렸다. 의미 없다고 그렇게 비아냥대 놓고 지금 왜 이러는 것일까.

"그만, 하앗. ……하아, 하……. 뭐 하는."

나현은 주먹에 힘을 주고는 루카의 어깨를 때렸다. 금방 떨어질 것이라 여겼는데 그는 자신의 뒷머리를 감싸 쥐고는 더 깊이 들어왔다. 문제는 머리와 달리 그의 입술이 너무 부드러워 더 느끼고 싶다는 마음이 고개를 들고 있다는 거였다.

"모나현. 여기서 있었던 일, 기억 속에 묻어 버려."

"뭐?"

"나도 지울 테니까."

"흡!"

다시 다가온 루카의 입술이 이번에는 거칠게 움직였다. 마치 기억 속에 묻으려니 화가 난다는 듯.

나현은 밀어 내려고 그의 가슴에 얹었던 손에서 힘을 뺐다. 이 남자는 기억 속에 묻어야 하는 사람이었다, 이 키스와 함께. 그 생각을 하자 속에서 뭔가가 억울하다는 듯 울컥하고 올라왔다.

자신의 마음이고 감정인데 이 남자의 행동 하나에, 눈짓 한 번에 기분이 하늘과 땅을 오르락내리락하고 있었다. 지금도 마지막이라는 생각을 하자 이상하게 애틋해지며 안타까운 감정이 피어났다. 루카에게 현혹되어 미쳐 가고 있는 것일까.

"하아……."

떨어진 루카의 입술 사이로 짙은 숨이 흘러나오자 나현은 저도 모르게 그의 입술을 강탈했다. 잠시 멈칫하던 그가 입안 속살을 미친 듯이 핥다가 입술로 윗입술을 깨물기 시작하자 나현은 까무러질 것만 같았다. 나현 또한 그에 뒤질세라 그의 아랫입술을 깨물었다.

맞물린 입술은 누가 먼저인지 모르게 서로를 정신없이 탐하기 시작했다.

7화
질투

뜨거워…….

허리를 잡은 루카의 손에서 피어난 열기는 화기처럼 뜨거움을 터트리고 있었다. 부드럽게 입안을 유영하는 루카의 혀는 다 알고 있다는 듯 속을 휘저었다. 맞붙은 입술은 살짝 떨어지다 다시 붙기를 반복하며 애를 태우고 있었다.

"훗."

몸이 더 밀착되고 젖혀진 고개로 인해 숨이 더 거칠어졌다. 입안 여린 살을 핥고 빠는 힘이 강했다가 또 부드러워지기를 반복하고 있었다. 그럴 때마다 누군가에게 저당 잡힌 심장은 마구 뭉개졌다 다시 펴지고 있었다.

"형님, 준비 다 됐습니다."

"……!"

녹을 것처럼 가물거리는 의식을 겨우 붙잡은 건 문밖에서 들린 란토의 목소리 덕분이었다. 서로의 열기가 닿았던 입술은 유리 막을 사이에 둔 것처럼 거리를 둔 채 거칠어진 숨을 몰아쉬었다.

"기다려. 곧 나가."

금세 평정심을 찾은 듯한 루카의 목소리에 나현은 미간을 찌푸렸다. 감정

121

을 저렇게 빨리 컨트롤할 수 있는 남자라니. 아릿했던 감정이 갑자기 싹 쓸려 나가는 기분이었다. 경솔했다는 생각이 들자 나현은 달갑지 않은 얼굴로 아랫입술을 꾹 깨물었다.

"쯧."

"……!"

낮게 혀를 찬 루카가 엄지로 이에 짓눌린 입술을 꺼내더니 쓰다듬듯이 닦아 주었다. 나현은 의외의 행동을 하는 루카를 휘둥그레 뜬 눈으로 빤히 쳐다봤다. 그의 시선이 입술에서 서서히 올라와 눈이 마주치자 눈동자 색이 더 짙어졌다.

"이미 부었는데…… 더 붓게 할 게 아니면 깨물지 마."

나현은 손등으로 그의 손을 밀어 내며 몸을 돌렸다. 이제 미련을 두지 말고 나가야 했다. 그의 말대로 잊어야 하는 일이었고 의미 없는 키스였다. 그냥 서로의 호르몬이 충돌을 일으켜 빚어낸 해프닝일 뿐이었다.

탁.

"모시겠습니다."

"……네."

나현이 방에서 나오자 깍듯한 자세로 인사한 란토가 먼저 앞장을 섰다. 나현은 시야를 다 가려 버리는 란토의 뒤를 무의식적으로 따라 걸었다. 등 뒤로 문 열리는 소리가 나는지 안 나는지 귀를 세우고 있는 자신이 한심하게 느껴질 정도였다.

하지만 그가 문을 열고 나오기를 바랐다. 그래서 걸음을 멈추고 뒤를 돌아봤다.

"뭐…… 두고 오셨습니까?"

돌아서서 문을 뚫어지게 쳐다보자 란토가 조심스럽게 물어 왔다. 나현은 문에 시선을 박은 채로 고개만 저었다. 정말 두고 온 것이 없는 것일까.

"가죠."

혼자 씁쓸하게 웃은 나현은 란토를 스쳐 앞서 걸었다. 미련은 버렸고 아쉬움은 접었다. 그러니 이제 자신의 생활로 돌아가야 했다. 돌아갔을 때 여기

서 있었던 일로 인해 휘청거리는 건 있을 수 없는 일이었다. 나현은 걸음을
조금 더 빠르게 하며 앞으로 씩씩하게 걸었다.

며칠 동안 비를 내리게 하던 시커먼 구름이 밀려난 하늘은 눈이 부실 정도
였다. 나현은 전면 유리창 앞에 서서 하늘을 올려다보다 눈을 지그시 감았
다.

'다 해결해 놨으니 걱정하지 않아도 돼.'

정말이었다. 입국하는 데 저지는커녕 손짓 한 번에 검색대를 그냥 통과했
고, 여권이 없는데도 안내해 주는 직원을 따라가니 입국 절차가 거의 생략되
다시피 이뤄졌다.

얼마나 대단한 권력을 구워삶은 것인지 궁금했다. 하지만 찾아보려 하지
않았다. 지쳐 있었고 다시 귀찮은 일에 휘말리기 싫어 눈감고 귀를 막았다.

그리고 겉으로 보기에는 평온한 나날을 보내고 있었다. 물론 병호가 진짜
영국에 다녀온 것이냐고, 얼마나 걱정한 줄 아느냐고 추궁 아닌 추궁으로 구
시렁거렸지만 출입국 기록을 조사한 것은 아닌 것 같아 그냥 얼버무리고 말
았다.

"모나현."

"아. 네, 팀장님."

나현은 어색한 미소를 지으며 가까이 오라고 손짓하는 성우 앞으로 걸어
갔다. 그는 얼마 전까지 형사정책연구소에 있다가 이쪽으로 넘어온 사람이
었다. 대학교에서 행정학을 전공했고 같은 과는 아니었지만 심리학 수업을
같이 들으며 알게 된 선배였다. 대학원에서 다시 만났을 때 도움을 정말 많
이 받았었다.

"지금 바빠?"

"안 바쁩니다."

"그래? 그러면 나하고 같이 경찰서 좀 들어가. 가면서 사건 개요를 알려 줄게."

"네."

나현은 걸음을 재촉하는 성우를 따라 걷다가 주머니를 만져 휴대폰의 부재를 확인했다. 다시 일상으로 복귀한 이후 예전만큼 쓰지 않게 된 휴대폰이었다. 병호에게는 휴대폰을 찾았다는 말을 생략하고 그냥 중고로 하나 장만한 것으로 얼버무렸다. 그러고 보니 애꿎은 병호한테 자꾸 비밀을 만들고 있었다.

"10세 여아를 납치한 남자인데……."

성우의 차에 타 안전벨트를 매던 나현의 미간이 저절로 구겨졌다. 더 듣지 않아도 알 것 같았다. 범인들은 성폭행과 살인의 전 단계 행위로 보통 납치를 한다. 그러니 그 여아가 겪은 일이 무엇인지 충분히 짐작 가능했다.

"여자아이가 자신을 좋아해 벌어진 일이라고 주장하고 있어."

"미쳤네요."

"사이코패스인 것 같아. 뒷자리에 있는 서류 파일 좀 열어 봐."

나현은 성우의 말에 고개를 끄덕이며 뒷자리로 시선을 돌렸다.

"가는 동안 범인에 대해 분석 좀 해 줘."

손을 뻗어 서류 파일을 가져온 나현은 망설임 없이 읽기 시작했다. 범인의 성장 배경과 부모의 사회적 직위, 그의 직업 등을 꼼꼼하게 읽어 나갔다.

"부모는 평범하고 안정적이고…… 아버지는 사업에 어머니는 자원봉사를 다니고 있네요."

"응, 겉보기에는 아주 이상적인 가정이야."

범인은 뚜렷한 직업이 없었다. 나현은 범인이 여아를 꾀기 위해 한 말들을 읽으며 외국의 사례를 떠올렸다.

그 남자는 부모의 재력으로 먹고살며 잘생긴 외모로 강간을 일삼았던 남자였다. 부모의 학대도 없고 폭력적인 가정도 아닌데 그 남자는 강간을 여러 차례 저지르고 다녔다. 위험 인자에 노출되지 않고도 사이코패스가 될 수 있다는 것을 증명한 남자이기도 했다.

하지만 엄밀히 말하면 그의 어머니가 좀 과하게 아들을 감싸기는 했었다. '우리 아들은 착하다, 그러니 모함하지 마라', '우리 아들이 그럴 리가 없다'라고 말하면서 타인의 아픔과 고통을 배척한 사람이었다.

"혹시 범인이 성형을 했나요?"

"어? 어떻게 알아?"

운전을 하던 성우가 눈을 동그랗게 뜨고는 놀란 표정을 지었다. 나현은 어깨를 으쓱하고는 멋쩍게 웃었다.

"남자치고는 턱선이 너무 매끄러워서. 그래서 혹시나 해서 물어봤어요."

"예전 사진은 다 없앴는지 찾을 수가 없었어."

나현은 서류를 넘기다 한숨을 내쉬었다. 자신의 강간을 정당화하는 범인의 발언에 고개가 저어졌다. 성범죄이자 폭력 범죄인 강간을 저지르고도 뻔뻔하게 구는 남자의 면상을 마구 짓눌러 버리고 싶었다.

"잘생긴 얼굴 뒤에 추악함만이 남아 있네요."

"어? 나, 나현이구나."

아! 나현은 속으로 짧은 탄성을 내질렀다. 박성우 팀장한테 어느 경찰서냐고 묻지 않은 건 자신의 불찰이었다. 별로 마주치고 싶지 않았는데 경찰서로 들어서자마자 맞닥뜨리다니. 게다가 김석현 반장님이 있는 형사 1반이 맡은 사건이었다.

"안녕하세요, 반장님."

자신을 보자마자 멈칫하는 김석현 반장의 태도가 거슬렸지만 나현은 애써 표를 내지 않았다. 예준의 일로 멱살만 안 잡았지 나이도 많은 분한테 얼마나 대들었는지 모른다.

가슴에 총상을 입은 예준은 누가 보더라도 타살이었다. 자살을 하는 이들은 보통 머리 쪽에 총구를 들이대지 가슴에 총을 들이대지는 않는다. 그런데도 반장님은 총기를 제대로 다루지 못해 일어난 사고사로 마무리했던 것이다. 도저히 용납할 수 없는 처사였다.

예준은 전날 분명 기대에 들떠 있었고 다녀와서 다 말해 주겠다고 했었다. 그런 예준이 왜 죽느냔 말이다.

"김상헌 때문에 온 거야?"

"……네."

"아, 반장님 나와 계셨어요?"

주차를 하고 뒤늦게 경찰서로 들어온 성우가 알은체하며 다가오자 나현은 뒤로 물러났다.

예준의 부검서를 달달 외울 정도로 봤고 발견 경위와 장소도 직접 찾아가 봤지만 자신의 힘으로 뒤집을 만한 증거를 찾지는 못했다. 증거로 가장 유력한 CCTV는 녹화도 안 되는 곳이라 확보할 수 없었다.

"김상헌이……."

"아직도 뻔뻔하게 굴고 있죠?"

나현은 박성우 팀장과 취조실로 걸어가는 반장님을 보며 한탄스러운 한숨을 내쉬었다.

병호까지 덩달아 사고사일 리 없다고 주장했지만 형사 1반은 반장이 내뱉은 사고사로 다들 암묵적 합의라도 한 듯했다. 같은 경찰이 죽었는데 사고사로 그냥 덮어 버리는 동료들을 보며 욕지거리를 내뱉었다. 양심에 찔리지 않느냐고, 가족이었다면 이렇게 처리했겠냐고. 다들 난감한 얼굴로 시선을 피하던 모습이 뇌리에 박혀 있었다.

불행 중 다행인 것은 예준의 어머니가 이미 고인이 되셔서 이런 억울함을 겪지 않아도 되니 다행이라는 거였다.

딸깍.

나현이 무거운 마음으로 취조실 맞은편 방으로 들어서자 반장님이 상황을 묻고 있었다.

"뭐 나온 거 있어?"

"아직 없어요. 어? 나현이 왔어?"

"네."

같은 형사 1반인 정주민 경사가 손을 한 번 들어 보이며 인사를 건네자 나현은 꾸벅 고개를 숙였다.

취조실이 보이는 유리창 앞에서 다들 범인을 쳐다보며 서 있었다. 나현도 취조실을 바라보며 서류 파일이 무기라도 되는 양 꼭 틀어쥐었다.

현장에서 도망친 여아의 주장은 현재 횡설수설이었고, 범인은 태연하게 자신의 죄를 부인하고 있었다. 여아가 찾아와서 놀다 간 것이라고 거짓말을 하고 있었다.

"현재 아이 상태는 어떻습니까?"

"많이 안정되었다지만 더 두고 봐야겠지."

나현은 성우와 반장의 대화를 들으며 가만히 고개를 내저었다. 그날의 트라우마가 평생 따라다니며 그 아이를 갉아먹을 것이다. 그건 타인이 해결해 줄 수 있는 문제가 아니었다. 타인이 해결해 줄 수 있는 건 범인의 죄를 증명하고, 법정에 세워 벌을 주는 것뿐이었다. 아무리 이해한다고 말해도 당사자에겐 와닿지 않는 말일 뿐이다.

"취조 시작하시죠."

성우의 말에 반장이 알았다는 듯 손짓을 하자 정주민 경사가 방을 나섰다.

"으아악!"

쿠당탕!

루카의 다리 걸기 기술로 넘어진 유렘의 비명이 울려 퍼지자 노트북을 쳐다보고 있던 크로마는 인상을 썼다. 우울한 기분에 방이 답답해 내려온 참인데 남자들 셋이서 엉겨 붙어서는 몇 시간째 저러고 있었다.

바닥으로 나뒹군 유렘이 더는 못 하겠다는 듯 손을 내저으며 매트 아래로 내려왔다.

"무식하게 힘만 쓰고."

입을 비죽한 크로마는 정신을 집중하듯 키보드를 치며 입술을 질겅질겅 씹었다. 진석도 어느 정도 컴퓨터를 잘 다루었으니 어딘가에 힌트를 남겨 두었을 것이라는 생각을 했다. 그래서 그의 노트북을 샅샅이 뒤지고 있었다. 사실 루카가 이미 한번 뒤졌던 노트북이라 별로 건져 낼 것은 없을 테지만 가만히 앉아 시간만 죽이는 것보다는 나은 방법이라 여겼다.

"헉헉, 크로마 뭐 해?"

유렘이 만신창이가 된 몸으로 옆에 와 털썩 주저앉자 크로마의 몸이 휘청했다.

"다들 왜 그래?"

"뭐가?"

"힘이 남아돌아서 그래?"

이해가 안 된다는 얼굴로 크로마가 투덜거리자 유렘이 억울하다는 듯 눈을 동그랗게 떴다.

"윰은 아니다."

"뭐가 아닌데?"

"윰은 하기 싫다 했다."

"뭐라는 거야."

크로마는 유렘의 팔을 툭 치고는 다시 키보드를 두드렸다.

란토와 달리 유렘은 근육이 있지만 호리호리한 체격이었다. 유렘은 내전이 끊이지 않는 곳에서 작전을 수행 중이었다. 하지만 스나이퍼면서 스나이퍼를 저격하는 카운터 스나이퍼한테 목숨을 잃을 뻔했다.

그런 그를 구한 건 루카였다. 작전은 실패로 돌아갔고 책임질 사람이 필요했던 국가는 가족이 없는, 그의 편을 들어 줄 이가 하나도 없는 유렘을 버렸다. 조국의 배신에 몸부림을 치던 유렘은 자신이 태어난 나라의 언어를 버렸다. 그리고 루카가 쓰기도 하지만 크로마를 비롯 진석과 란토가 사용하고 있는 언어를 배우기 시작했다.

"루카 님, 매일 화나 있다."

유렘의 말에 고개를 든 크로마는 루카를 빤히 쳐다봤다. 란토와 격투를 벌이고 있는 루카는 평소처럼 보였지만 눈빛이 예전과 달라져 있었다. 유렘의 말처럼 뭔가에 화가 난 사람처럼 눈빛이 사납고 차가웠다. 진석이 사라졌을 때는 그래도 평정심을 유지하던 루카였는데.

그런데 지금은 나현의 부재가 가져다주는 공허함 때문인지 루카가 운동에만 시간을 쏟았다. 물론 평소에도 운동을 하던 사람이기는 했지만 그 강도가 달랐다. 트랙을 기본 20바퀴 정도 달렸다면 지금은 끝도 없이 달리는 것처럼 보였다.

"난 왜 화가 났는지 알 것 같은데."

루카를 쳐다보며 크로마는 의미심장한 미소를 지었다. 나현의 부재로 인해 크로마도 울적하고 힘든 건 마찬가지였다. 하지만 마냥 기운 빠져 있을 수는 없기에 진석의 노트북에 매달리고 있었다. 그런데 루카는 신경을 쏟을 곳이 없다. 미궁에 빠진 진석의 행방을 모르니 행동을 취하지도 못하고 있는 것이다.

"크로마는 알아?"

크로마는 유렘을 향해 조금 으스대듯 어깨를 가볍게 한 번 튕겼다. 루카를 바라보던 나현의 눈빛, 나현을 바라보던 루카의 눈빛이 묘하게 닮아 있었던 이유가 이제야 뭔지 깨달았다.

"유렘도 알고 싶다."

"융은 몰라도 된다."

크로마는 유렘의 말투를 흉내 내며 검지를 세워 흔들었다.

"아! 유렘, 루카 님처럼 화난다!"

"풋!"

유렘이 진정 화를 낼 것처럼 진지하게 쳐다보자 크로마는 유쾌하게 웃다가 멈칫한 표정을 지었다.

"왜?"

"생각난 게 있어!"

"응?"

크로마는 좀 전까지 하던 일을 미루고 자신의 노트북을 끌어와 다른 것을 하기 시작했다. 왜 진작 이 생각을 못 했던 것일까 싶었다. 크로마는 자책하듯 자신의 머리를 한 대 쥐어박고는 키보드를 미친 듯이 두드리기 시작했다. 옆에서 유렘이 이해를 못 하겠다는 얼굴로 쳐다보는 것도 아랑곳하지 않고 크로마는 키보드와 화면을 번갈아 쳐다봤다.

노트북 화면에 명령어가 순식간에 가득 채워지다 다른 화면으로 바뀌었다.

"와! 크로마 화면이 막 넘어간다."

"가만있어. 정신 사나워."

눈을 휘둥그레 뜨고 호들갑을 떠는 유렘을 나무란 크로마는 회심의 미소를 지으며 콧노래를 흥얼거리기 시작했다.

나현과 성우는 경찰서에서 돌아오는 내내 각자의 생각에 빠져 한마디도 하지 않았다.

"피곤하지?"

범죄심리연구소 로비에 도착하자 성우가 그제야 생각난 듯 안쓰러운 얼굴로 물어 왔다.

"그게, 피곤하기보다는 그냥 마음이 안 좋네요."

여아의 진술이 담긴 영상을 보는 내내 나현은 마음이 찢어지는 것 같았다. 시간의 순서가 뒤죽박죽이 되어 버린 아이는 서서히 자신만의 세상에 갇히고 있었다. 공포에 극도로 질린 아이는 상황 판단을 제대로 하지 못하고 기억을 왜곡하고 있었다.

"최면 수사는 어떨 것 같아?"

"아직 너무 어린데······."

범인을 잡고 싶어 하는 성우의 마음을 모르지 않지만 나현은 아이가 더 걱정스러웠다. 공포스러웠던 상황이 여아에게는 이미 트라우마가 되었을 것이다. 최면이라지만 그 상황으로 돌아갈 여아를 생각하자 나현은 저도 모르게 몸에 힘이 들어갔다.

아이는 그 자리에서 쓰러지거나 호흡 곤란을 겪을 수도 있고, 심각하면 해리성 기억 상실에 걸릴 수도 있었다. 그만큼 고통스러운 기억은 온몸을 지배할 뿐 아니라 정신까지 지배하는 것이다.

"정황 증거는 넘쳐 나는데······ 하, 참!"

엘리베이터에 오른 성우가 거칠게 마른세수를 하다 머리를 쓸어 넘기자 나현은 눈을 감았다 떴다. 옆에서 울지 않으려 입술을 아프게 깨물고 있는 어머니의 얼굴 또한 내내 잊지 않았다.

"오늘 수고 많았어."

"네. 팀장님도 고생 많으셨습니다."

엘리베이터에서 내린 나현은 성우에게 인사하고 돌아서다 멈칫했다. 복도 구석진 곳에 설치되어 있는 CCTV를 향해 다가간 나현은 눈을 가늘게 떴다. 아이가 어디서 그 범인을 만났는지만 기억해 낸다면 충분히 행적을 찾을 수가 있는데 말이다.

하지만 주변의 CCTV를 다 뒤져도 찾을 수가 없었다. 지역이 너무 광범위하고 시간대도 너무 넓은 탓이었다.

'차라리 학원을 보냈다면 이런 일이 없었을까요?'

아이가 아직은 3학년이라 학원 같은 덴 보내지 않았다고 말했다. 목이 다 쉬어 버린 어머니의 자책에 나현이 해 줄 수 있는 건 아무것도 없었다. 이런 일을 겪을 때마다 감정을 개입하지 않고 냉철하게 판단하려 하지만 그것이 쉽지 않았다.

'다시 제대로 읽어.'

"헛!"

CCTV를 의미 없이 물끄러미 쳐다보던 나현은 흠칫 놀랐다. 어디선가 루카의 목소리가 들린 것 같아 이리저리 고개를 돌려 봤지만 환청일 뿐이었다. 어디에도 루카의 모습은 보이지 않았다.

"내가 트라우마를 겪고 있는 것 같네."

나현은 CCTV를 보며 고개를 삐딱하게 기울였다. 그들에게 암호를 전하기 위해 안간힘을 쓰던 화면 속의 그 남자, 진석은 어떻게 된 것일까. 지금쯤 루카가 그를 찾아냈을까.

'기억 속에 묻어 버려.'

참 편한 말이었다.

그리고 잊지 말라는 말보다 더 잔인한 말이었다.

정신을 못 차리게 해 놓고는 정신 안 차리고 뭐 하냐고 나무라는 배반 같은 행위였다. 그때 만약 란토가 부르지 않았다면 어떻게 되었을까. 스스로 멈출 수 있었을까. 루카는 멈췄을까.

CCTV를 올려다보던 나현은 허탈한 듯 피식 웃었다.

호텔의 바텐더가 누구인지 궁금해 찾아가 봤지만 그녀는 정식 직원이 아니었고, 그날 결근한 직원을 대신해 일했을 뿐인 대타였다. 병호에게 부탁해 집 주소만이라도 알아내려 했지만 이름도 가짜였고 그녀를 아는 이가 없었다. 마치 기억이 조작된 것 같은 기분이 들었다.

"넌 잊었냐?"

CCTV가 루카라도 되는 양 나현은 말을 툭 던지고 돌아섰다. 자신은 아직도 기억하고 있는데 그가 자신을 잊었을 것 같아 부아가 치밀었다. 뭔가 밑지는 기분이 들어 짜증도 났다.

이래서 일부러 그날의 일은 기억하지 않으려 애쓰고 있었는데 왜 불쑥 떠오르느냔 말이다, 사람 심란하게.

위이잉. 위이잉. 윙윙윙.

집으로 들어서자마자 휴대폰이 요란하게 진동하기 시작했다. 발신인을 확인한 나현은 귀찮다는 듯 고개를 저었다. 친구 소혜가 약속 장소에 같은 회사에 다니는 김세민이라는 낯선 남자와 같이 나와 있었다. 그 이유가 나현에게 소개팅을 해 주려는 의도였다.

"하…… 성가셔."

나현은 쓰러지듯이 소파에 누우며 눈을 감았다. 직장 내에서의 소혜 입장을 생각해 김세민과 만남을 이어 간다는 건 아무래도 무리였다. 그래서 소혜가 떠난 후 최대한 예의를 갖춰 거절했는데 그새를 못 참고 그녀에게 일러바친 모양이었다.

"여보세요."

피한다고 되는 건 아니라서 나현은 끈질기게 울리는 전화를 받았다. 한 살이라도 젊을 때 연애를 해 봐야 한다는 소혜는 남자에게 관심 없이 지내는 나현을 평소에도 닦달하곤 했다.

— 어땠어?

"으응?"

남자가 아무 말도 안 한 모양인지 소혜는 약간 들뜬 목소리였다. 생각보다 입이 무거운 남자인가 보네. 나현은 피식 웃음이 나왔다. 오늘 스트레스가 많았던 날이라 그런지 남자를 잘못 분석했나 보다.

"아, 분석……."

나현은 습관적으로, 무의식적으로 상대의 행동, 말을 분석했던 자신을 탓했다.

— 어? 뭐라고?

"아, 아냐."

나현은 민망한 얼굴로 소파에서 상체를 세우며 손까지 내저었다.

— 세민 선배 좋지?

코를 찡긋한 나현은 소파 등받이에 머리를 기대며 천장을 올려다봤다. 여자에게 맞추려는 모습은 몸에 밴 습관 같았다. 더불어 조용히 눈을 맞추며 대화하는 그는 배려가 깊은 사람 같았다.

그런데 그를 보면서 나현은 다른 사람을 떠올렸었다. 오만함이 넘치던 남자. 삐딱하게 굴던 남자. 세상 모든 비밀을 다 가진 남자의 보이지 않는 마음에 애가 탔다.

"좋은 사람이더라."

— 잘해 봐. 예준이보다 너한테 더 잘할 사람이야.

나현은 미간을 설핏 찌푸리며 고개를 비스듬히 기울였다. 고등학생 때부터 예준과 붙어 다녀 다른 남학생들이 접근해 오지 않은 것도 있지만, 나현 자체가 이성에 별 관심이 없었다. 예준과 자신은 친구 그 이상도 이하도 아님을 소혜가 더 잘 아는 일이었다. 물론 예준과 소혜가 친하지는 않았지만 그것을 오해할 정도는 아니었다.

"갑자기 예준이는 왜 들먹여?"

이상하게 심기가 상했다. 마치 아픈 상처를 건드리면 통증 때문에 짜증이
나는 것처럼 말이다.

— 아, 나는 그만큼 좋은 사람이라는 것을 말하고 싶었던 거지. 다른 뜻은
없었어.

흠칫 놀란 소혜가 당황하며 변명하는 것 자체가 피곤을 불러오고 있었다.
관자놀이를 꾹 누른 나현은 다음에 통화하자며 전화를 끊었다.

"좋으면 지가 사귈 것이지."

휴대폰을 물끄러미 내려다보던 나현은 순간 든 생각에 눈을 가늘게 떴다.

"가만."

소파에서 벌떡 일어난 나현은 자신의 방으로 가 옷장에서 작은 상자를 하
나 꺼냈다. 예준의 유품이 들어 있는 상자였다.

"……닮았어."

나현은 예준의 증명사진을 꺼내 뚫을 듯이 바라보며 중얼거렸다. 예준 쪽
이 선이 더 부드럽게 생겼을 뿐 루카와 닮아 있었다.

나현은 몇 안 되는 예준의 다른 사진들을 빠르게 넘기며 눈을 가늘게 떴
다. 루카가 입꼬리를 올리며 조소를 날릴 때 느껴지던 그 비아냥을 어디서
봤나 했더니만.

"설마…… 오버하는 거겠지."

환하게 웃는 예준의 사진을 보며 나현은 혼란스러운 눈빛으로 이내 고개
를 저었다. 자신의 기억이 왜곡된 것은 아닌지, 억지로 끼워 맞추는 것은 아
닌지 조심스러웠다.

"어? 오늘 무슨 날이에요?"

"응? 아닌데."

나현은 동그랗게 뜬 눈으로 자신을 쳐다보는 후배 연구원의 말에 눈을 깜

빡였다. 오늘 벌써 같은 말을 여기저기서 몇 번이나 들은 참이었다.

"아. 화장이 좀 달라져서 그런가 봐요."

"화장? 아……."

나현은 사람들이 왜 그런 말을 한 것인지 깨달으며 혼자 피식 웃었다. 밤새 루카와 닮은 예준을 생각한다고 아니, 예준을 닮은 루카를 생각한다고 잠을 제대로 이루지 못했다. 그 바람에 눈이 꽤 충혈되어 있었다. 밝은 갈색 머리에 창백한 얼굴이며 눈까지 충혈되니 꼴사납게 보여 화장을 좀 정성 들여 한 참이었다.

평소 안 하던 볼 터치에 마스카라까지 사용해 정성 들인 눈 화장을 했다. 거기에 사람들의 시선이 충혈된 눈으로 가는 것을 막기 위해 붉은 립스틱을 발랐다. 그랬더니 안 그래도 눈에 띄는 외모가 더 눈에 띄는 모양이었다.

"선보러 가요?"

"선? 아니."

후배가 안경을 추켜올리며 하는 말에 나현은 어이없는 얼굴로 고개를 저었다. 울적할 때는 평소와 다르게 꾸미는 것도 기분 전환에 좋아 가끔 화장을 과하게 하기도 하지만, 범죄심리연구소를 다니면서부터는 그런 적이 한 번도 없었다. 그러니 아침부터 다들 반응이 뜨거웠다.

"처음에 딱 봤을 때 너무 화려해서 모델이 서 있는 줄 알았어요."

나현은 민망하다는 듯 픽 웃으며 걸음을 뗐다.

"모델은 무슨. 오늘도 수고해."

"네. 선배님도 수고하십시오."

안경을 또 추켜올린 후배가 꾸벅 인사하고 종종걸음으로 사라지자 나현은 어깨를 으쓱했다.

"흐음."

로비를 막 벗어나려던 나현은 눈을 게슴츠레하게 뜨고 CCTV를 째려봤다. 이제는 CCTV만 봐도 자동으로 떠오르는 사람이 루카였다. 며칠 동안 잘 억눌렀다고 생각했는데 한번 물꼬를 트니 쉴 새 없이 흘러나왔다.

"모나현 책임 연구원님!"

나현은 무슨 일인가 싶어 자신을 목청껏 부르는 경비원을 돌아봤다. 안내

데스크 앞에 꽃다발을 안고 있는 남자가 서 있었다. 경비원이 나현을 손짓으로 가리키자 남자는 고개를 끄덕이더니 빠르게 다가왔다.

"모나현 씨?"

"네. 제가 모나현입니다만……."

"김세민이라는 분께서 보내셨습니다. 여기 사인 좀 부탁합니다."

나현은 남자가 안고 있는 풍성한 장미꽃 다발을 심드렁한 얼굴로 쳐다봤다. 꽃을 받을 사이는 아닌데, 하는 생각이 머릿속을 맴돌자 손이 앞으로 나아가지 않았다.

물방울이 몸의 굴곡을 따라 흐르는 것을 루카는 하염없이 바라보고 서 있었다.

왜 운동을 미친 듯이 하느냐는 크로마의 잔소리는 귀에 들어오지도 않았다. 잡념에 휘말리는 것이 싫어 몸을 혹사시키고 있는 중이었다. 지금은 할 수 있는 것이 없었다. 진석의 행방을 모르는 상황에서 일을 감행하기엔 위험 부담이 너무 컸다. 답답해서 그런지 술이 무척 당겼지만 알코올에 의지하는 것보다는 운동이 낫다고 생각했다.

'나현 씨 보고 싶다.'

'그만해.'

우울한 표정을 짓는 크로마를 달랠 생각은 없지만 나무랄 마음은 있었다.

'아니, 보고 싶다고 하는 것도 안 돼요?'

크로마가 반항기 가득한 아이처럼 눈을 치켜뜨는 모습에 기가 찼다. 보고 싶다고 해서 찾아가서 볼 수 있는 사람이 아님을 인지시키려다 말았다. 실랑이를 벌여 봐야 서로에게 돌아오는 건 생채기뿐이니깐.

딸칵.

"······!"

욕실에서 나오던 루카는 소파에 앉아 이쪽을 빤히 쳐다보고 있는 크로마 때문에 적잖이 당황했다. 하지만 안 그런 척하며 눈을 가늘게 떴다.

"내 방에서 지금 뭐 하는 거야?"

루카의 말이 떨어지자마자 크로마는 노트북을 테이블에 올리며 얼른 다가오라는 손짓을 했다.

"뭔가를 찾은 거 같아요."

"뭔데?"

"먼저 확인해 보세요."

루카는 노트북이 올려진 테이블로 성큼성큼 다가갔다. 진석이 쓰던 노트북을 며칠 전부터 크로마가 붙들고 있었기에 자신이 놓친 것 중에서 뭔가를 찾은 것이라 여겼다. 그런데 크로마는 노트북만 던져 주고는 그대로 방을 나가 버렸다.

"뭐지? 이상하네."

루카는 타월로 젖은 머리를 말리며 고개를 갸웃거렸다. 크로마의 성향상 뭔가를 찾았다면 분명 칭찬을 바랐을 것이다. 그런데 꽁지 빠진 새처럼 가 버리니 이상했다.

탁. 노트북의 스페이스 바를 누르자 정지되었던 영상이 재생되기 시작했다. 루카는 크로마가 진석의 이동 경로를 찾은 것인가 싶어 온 신경을 집중했다.

"······!"

영상을 보던 루카는 순간 멈칫하며 숨을 참았다. CCTV 화면을 뚫어져라 쳐다보는 나현의 모습에 마른침이 넘어왔다. 요즘은 CCTV의 화질도 좋아져 웬만한 장면은 눈으로 다 판독이 가능할 지경이었다.

그녀의 시선이 올곧게 화면을 바라보는데 마치 자신과 눈을 마주한 것처럼 느껴질 정도였다. 커다란 그녀의 갈색 눈동자가 잘 지내고 있느냐고 말을 거는 듯했다.

"하아."

루카는 저도 모르게 꽉 쥐었던 손을 풀고 참았던 숨을 터트렸다. 영상은 여러 개가 이어져 있었다. 그 말은 크로마가 며칠 동안 나현의 동선 위주로 영상을 해킹했다는 말이었다.

그렇게 빤히 바라봤던 날과 다르게 무심하게 CCTV 아래를 지나가는 나현의 모습도 있고, 다른 직원들과 지나가는 영상도 있었다.

로비에서 찍힌 영상이 나오자 루카는 입을 한일자로 꾹 다물고는 눈을 가늘게 모았다. 자리에서 벌떡 일어난 루카는 젖은 머리를 쓸어 올리며 노트북을 노려봤다. 그러다 다시 자리에 앉은 루카의 입술 끝이 비틀려졌다.

영상 속 나현이 머리카락을 쓸어 넘기자 루카의 미간이 좁혀졌다. 처음에는 버둥거리던 그녀가 적극적으로 나오니 심장이 강하게 수축하며 머리가 핑 돌 지경이었다. 입술을 빨아도, 핥아도 만족할 수 없는 상황에 맞닥트리자 제어 장치가 고장 난 것처럼 폭주할 것 같았다.

보내야 한다, 보낼 수 없다 이런 생각 자체를 하지 않았는데 보내고 싶지 않다는 생각이 문득 들어 괴롭기까지 했다.

탁!

루카는 신경질적으로 스페이스 바를 눌렀다. 화면에서는 나현이 꽃다발을 든 남자와 마주 보고 서 있었다. 루카의 곱지 않은 시선이 화면 속 꽃다발에 꽂혀 움직일 생각을 하지 않았다. 마치 꽃다발을 눈으로 찢어발기기라도 할 것처럼 말이다.

"쯧."

낮게 혀를 찬 루카의 눈빛이 매섭게 번뜩이더니 이내 못마땅하다는 듯 눈이 서서히 가늘어졌다.

"참나, 화장이 왜 저렇게 진해."

"루카……라는 이름밖에 모르잖아."

나현은 눈을 가늘게 뜨고 생각에 잠겼다. 키는 예준이 루카보다 조금 작은 느낌이 들었지만, 그건 신발을 신었느냐 아니냐와 어깨 넓이의 차이 정도인 듯했다. 예준을 볼 때도 올려다본 기억이 더 많았으니까 루카의 키와 그리 다르지 않을 거란 생각이 들었다.

"만일……."

나현은 자신의 엄지를 이로 질끈 씹다 말을 멈췄다. 가슴에 총상을 입은 예준이 말 못 할 사정 때문에 죽은 척을 한 것이라면 루카와 동일인이라고 확신할 수 있느냐 말이다.

루카에게서 가끔씩 익숙한 느낌이 들어 고개를 갸웃거리기는 했었다. 하지만 의지할 수밖에 없는 상황이라 그런 거라고 치부하며 넘겼었다. 그런데 사진으로 보니 확연하게 닮았다는 것을 느낄 수 있었다.

"왜 닮았다는 생각을 못 한 거지?"

조금 더 일찍 깨달았더라면 루카가 누구인지, 정말 예준이었는지 확인할 수 있었을 텐데.

"아! 아냐, 아냐."

나현은 고개를 세차게 흔들다 자신의 머리를 감싸 쥐었다. 분명 영안실에 있는 예준을 눈으로 확인했고 손으로 만졌었다. 그러니 살아 있을 것이라는 가정은 억지였다.

세상에 자신을 닮은 사람 즉, 도플갱어가 최소 세 명은 있다고 했다. 그러니 예준과 루카는 닮았을 뿐 전혀 다른 존재임이 분명하다. 부드러운 예준의 눈빛과 뭔가를 뚫을 것 같은 루카의 눈빛은 같은 사람이라고 하기엔 무리수가 있었다.

'봐라, 봐. 이게 바로 신의 손이라는 거야.'

사격 시험을 볼 때마다 최고점을 받았다며 자랑하던 예준의 손은 남자치고는 꽤 매끄러운 편이었다. 자신의 손목을 잡았을 때 루카의 손도 선이 굵지만 투박하지 않았다. 얌전한 일만 하는 건 아닌 것 같은데도 단정한 셔츠를 입고 펜으로 서류를 작성하는 사무직 사원처럼 손에는 상처 하나 없었다.

또한 란토와 그리 과격한 운동을 하면서도 다치기는커녕 상대를 제압하는 쪽이었다. 그런데 손은 부드럽고 손가락은 단단했지만 매끄러웠다.

"그만 좀 과민하게 반응하자!"

나현은 자꾸만 둘의 닮은 점을 찾으려는 자신을 향해 버럭 했다.

"하아……!"

눈을 질끈 감았던 나현은 떠오른 루카의 얼굴에 화들짝 놀라며 눈을 커다랗게 떴다. 자신을 집어삼킬 것처럼 쳐다보던 눈빛과 목을 물어뜯을 것처럼 살벌하게 굴던 루카였다. 꽉 다물린 입술 뒤로 사나운 이를 숨기고 있는 루카 때문에 매번 긴장했었다.

나현은 그때의 기억이 떠오르자 숨이 턱 막혔다. 그때는 존재만으로도 버겁다 생각했는데 지금은 기억만으로도 진저리 쳐지게 만드는 인간이었다.

탁.

나현은 루카의 생각을 밀어내려 범죄 심리학 책을 한 권 꺼내 펼쳤다. 다른 곳에 정신을 두다 보면 자연스럽게 루카의 생각 따위 지워질 것이다.

'말랑하네.'

"……!"

마음의 미련이 만들어 낸 기억에 화들짝 놀란 나현은 인상을 구기며 입술을 질끈 깨물었다. 치한 루카가 머릿속을 마구 휘젓고 있어 슬쩍 짜증이 올라왔다. 반면 몸속 깊은 곳에서는 불이 지펴지는 것처럼 열기가 피어났다.

"어머, 웬 꽃이야?"

고개를 든 나현은 목소리의 주인공을 향해 어색하게 웃었다. 바로 한 해 선배인 근령이 동그랗게 뜬 눈을 깜빡이며 다가왔다.

"아, 그게……."

뭐라고 말해야 할지 난처해진 나현은 제대로 설명하지 못하고 주춤거렸다.

아닌 것 같다고 뜻을 전했는데도 꽃을 보내는 것으로 보아 김세민이라는 남자는 실패를 인정하지 않는 부류 같았다. 좋게 말해 연애를 주도한다고 할 수 있지만, 나쁘게 말해 그냥 '나를 따르라!' 유형일 수도 있었다.

물론 더 만나 봐야 알 수 있는 부분이기는 하지만 더 만나기 싫다는 것이 문제였다.

"오늘 무슨 날이야? 평소와 다르게 아주 화려하고 예쁜데……. 애인 생겼어?"

"아, 아뇨!"

나현은 겸연쩍은 표정을 짓다 움찔 놀라며 고개를 잘게 흔들었다.

솔직히 마음만 먹으면 연애 그까짓 것 얼마든지 할 수 있었다. 하지만 늘 자신을 신기한 인형 바라보듯 하는 시선에 질려 있었다. 친절하게 다가오면 일단 경계부터 했다. 좀 가볍고 편안하게 생각할 수도 있었는데 접근하는 남자들의 속이 다 시커멓다고 단정 지었던 것이다.

"아니긴. 이렇게 꽃도 받았는데……. 어? 카드도 있네?"

"어? 어디요?"

나현은 찬밥 신세처럼 툭 던져두었던 꽃다발로 손을 뻗었다. 빨간 장미꽃 사이에 순백색의 카드가 꽂혀 있었다.

「앞으로 더 많은 것을 알아 가는 사이가 되길 바랍니다.」

카드를 읽은 나현의 미간이 찌푸려졌다. 관계의 지속성과 발전성을 같이 엮어 놓은 카드의 문구가 마음에 들지 않았다.

"뭐라고 써 있어?"

"그러니까…… 그날 상담 고마웠다고……."

나현은 거짓말을 하며 입술 안쪽 살을 슬쩍 짓씹었다. 이건 선배의 관심을 종식시키기 위한 하얀 거짓말일 뿐이라고 자신을 다독였다.

"상담?"

근령이 의아한 눈으로 고개를 비스듬히 기울이자 나현은 멋쩍게 웃었다.

"고민 상담을 좀……."

"아, 그런 거였어? 그런데 꽃을 보내다니……."

근령이 뭔가 의심쩍다는 듯 말끝을 흐리자 나현은 시선을 회피하며 바쁜 척 서류를 뒤적였다.

"아무튼 좋다 말았네."

김샌다는 듯 근령이 한마디를 툭 던지고 가 버리자 나현은 피곤한 얼굴로 의자 등받이에 기대앉았다.

"하아아……."

속에서부터 끓어오른 한숨을 내쉰 나현은 책상 위를 화려하게 장식하고 있는 꽃다발을 애물단지처럼 쳐다봤다. 예쁘게 잘 말리면 관상용으로 더할 나위 없는 꽃이지만 지금 이 순간은 그저 눈에 안 보였으면 했다. 그래서 나현은 잘 포장되어 있는 꽃다발의 끈을 풀었다.

장미꽃은 자신의 나이와 같은 스물아홉 송이였다. 안개꽃 조금과 장미꽃 한 송이를 한 묶음으로 만든 나현은 연구원들의 책상 위 연필꽂이에 하나씩 꽂아 줄 생각이었다. 나눠 줄 때 다들 한마디씩 할 테지만 그저 웃음으로 일관하고 말 생각이었다.

"아!"

장미 가시에 손가락이 찔린 나현은 검지를 꾹 눌러 붉은 피가 방울지게 만들었다. 이스트가 빵을 부풀게 만드는 것처럼 핏방울이 커다래지더니 이내 툭 터지며 아래로 떨어졌다. 나현은 휴지를 뽑아 손가락을 꾹 감싸 눌렀다.

"아침부터 피 봤어."

나현은 애꿎은 장미꽃에게 투덜거리고는 서랍을 열었다.

"평소엔 잘도 뒹굴어 다니더니……."

밴드가 하나쯤 서랍 안을 뒹굴 것이라는 생각이 실망으로 바뀌려는 찰나, 나현의 눈에 스카치테이프가 들어왔다.

"흐음, 괜찮은데?"

밴드 대용으로 손가락에 두른 스카치테이프가 지혈 작용을 잘하는 것 같아 나현은 나름 만족한 미소를 지었다.

"흐음."

나현은 경찰서 마당에 서서 출입구를 보며 짙은 한숨을 내쉬었다. 뭘 하겠다는 생각으로 온 것은 아니었다. 그냥 하루 종일 머릿속을 돌아다니는 루카와 예준 때문에 발길이 이쪽으로 움직였을 뿐이다.

형사과 출입문을 열자 자리가 듬성듬성 비어 있었다. 일부는 퇴근했을 것이고 또 누군가는 저녁을 먹으러 나갔을 것이다.

"병호야, 저녁 먹었어?"

나현은 일부러 밝게 보이려 입꼬리를 둥글게 말았다. 책상에 앉아 서류를 작성하고 있던 병호가 고개를 들더니 눈을 휘둥그레 떴다.

"아뇨. 아…… 아, 아뇨. 머, 먹었어요."

뭔가 얼이 빠진 듯 쳐다보던 병호가 후다닥거리며 자리에서 일어섰다. 나현은 그런 병호가 의아해서 고개를 기울였다.

"왜 그렇게 당황해?"

나현은 의자를 하나 끌어와 병호의 책상 앞에 두고 앉았다. 그러고는 커다란 눈을 끔뻑이며 병호와 시선을 맞추려 했다. 어깨를 뒤로 슬그머니 빼며 거리를 두려는 병호의 태도에 섭섭해진 나현은 입을 비죽거리다 팔짱을 꼈다.

"너…… 나한테 죄지은 거 있어?"

"어, 없어요!"

우습게도 병호가 자리에서 펄쩍 뛰어오르듯 엉덩이를 들썩이더니 손을 내저었다.

휘이익! 휙!

어디선가 휘파람 부는 소리가 나서 나현은 고개를 돌리다 눈살을 찌푸렸다. 자신을 훑듯이 바라보는 남자가 있었다. 그리고 그 남자는 형사의 손에 끌려가고 있었다.

"어이, 아가씨. 무슨 일로 잡혀 왔어? 끝나고 우리 커피나 한잔할까."

남자를 끌고 가던 형사가 나현을 알아보고 고개인사를 건네고는 남자를 타박했다.

"이 자식이, 어디서 헛소리야!"

"윽! 아니! 형사가 구타를 합니까!"

형사 3반 쪽으로 걸어가던 형사가 뒤통수를 냅다 후려갈기자 남자가 비명을 지르며 목소리를 높였다.

퍽퍽.

"이게 구타냐, 구타야! 그냥 서류가 네 머리에 부딪친 거지."

"에이 씨!"

"어디서 욕이야!"

형사가 눈을 부릅뜨고 서류철을 흔들며 찍소리 못 하게 다그치자 남자가 말을 말자는 듯 한숨을 폭 내쉬었다.

"선배, 나갑시다."

병호가 얼른 나가자는 듯 손을 뻗으며 자리에서 일어서자 나현은 멀뚱한 표정을 지었다. 아직 여름이 다 가지 않아 밖은 더운 정도가 아니라 완전 찜통이었다.

"왜? 밖에 더워."

"아……. 그럼 그쪽 말고 이쪽으로 앉아요. 거기 앉아 있으니까 저 녀석이 그런 이상한 말을 하잖아요."

나현은 형사 3반 쪽을 슬쩍 돌아보고는 자신이 앉아 있는 위치를 확인했다. 별 상관 없다 생각했는데 병호는 신경이 쓰이나 싶었다. 그래서 나현은 순순히 자리에서 일어났다. 병호가 자신의 옆자리에서 의자를 당겨와 놓아 주자 나현은 군소리 없이 앉았다.

"오! 아가씨. 진술서 다 적었어? 어어어, 형사하고는 노는 거 아냐. 나도 곧 끝나니 내가 놀아 줄게. 가지 말고 기다려. 응?"

"야, 똑바로 앉아!"

병호의 옆자리로 오니 아까 치근덕거리던 남자와 마주 보는 상황이 되었다. 나현은 남자를 한심하다는 얼굴로 쳐다보다 고개를 저었다. 병원은 아픈 사람들로 넘쳐 나고 경찰서는 또라이들로 넘쳐 났다.

"저 새끼가 미쳤나."

"저런 미친놈 한두 번 본 것도 아닌데 오늘따라 왜 이리 흥분해?"

나현은 괜찮다는 표정으로 병호의 팔을 톡톡 치며 다독였다. 하지만 병호는 뭐가 마음에 안 드는 것인지 마른세수를 해 대다 나현을 획 돌아봤다.

"오늘 왜 이리 화장이 진해요?"

"어? 아……."

눈을 휘둥그레 뜨던 나현은 그제야 사태를 파악하고는 한쪽 입꼬리를 비틀었다. 처음 본 남자가 자신에게 이상한 말을 던진 이유와 병호가 시선을 제대로 못 맞추고 버벅거리던 이유를 알게 된 나현은 허탈한 듯 피식 웃었다.

혼혈이라 가만히 있어도 눈에 띄기 때문에 화장은 거의 하지 않고 다녔었다. 그런데 오늘 충혈된 눈을 감추려 한 화장이 자신을 더 드러내는 꼴이 되어 버렸다.

"네? 예준 형 유품은 그때 다……."

치근거리는 남자 때문에 본의 아니게 경찰서보다 시원한 카페로 오게 됐지만 사람들의 시선은 여전히 나현을 맴돌았다. 영국에서 살다 한국으로 돌아오고부터 받았던 시선들이라 이제는 나현에게 익숙한 일이었다. 카페 안에서 시선이 마주친 남자가 있었지만 나현은 대수롭지 않다는 듯 무시했다.

"휴대폰은?"

예준의 유품 중 유일하게 돌려받지 못한 물품이 휴대폰이었다.

"그건 그때 안 된다고 해서 못 돌려받았잖아요."

그때 휴대폰 내역을 확인하고 문자들을 뒤져 봤지만 딱히 찾은 것이 없었다. 죽기 전 통화한 사람이 누구일지 궁금했지만 그날의 통화 기록은 다 삭제되어 있었다. 통신사를 통해 조회를 할 수도 있었지만 가족이 아니라 거부당했다. 예준의 유일한 가족인 어머니는 그가 고등학생일 때 돌아가시고 안계셨다. 김석현 반장님이 정식으로 요청하면 되는 일이었지만 그는 그럴 생각이 전혀 없어 보였다.

"그건 알지."

나현은 피곤한 표정을 지었다. 도돌이표처럼 해결이 안 나는 사건을 미련스럽게 붙잡고 있는 것인지, 혼자였던 예준을 그리 허망하게 보낸 미안함과 허탈감 때문에 쉽게 못 놓는 것인지 이제는 헷갈리기 시작했다.

"혹시 예준이 방 정리하면서 나온 거 없어?"

"선배, 그때 같이 정리했잖아요."

병호가 답답한 얼굴로 조심스럽게 말하자 나현은 어깨를 축 늘어트리며 한숨을 내쉬었다.

예준의 짐은 그리 많지 않았다. 이불은 봄, 가을용 이불 한 채와 겨울 이불한 채가 다였다. 옷은 몇 가지만 골라 49재가 끝날 때 같이 태웠었다.

"갑자기 왜 그래요? 예준이 형 죽고 인정 못 한다고 그러더니, 아직도 그런 거예요?"

인정할 수 없었다. 늘 웃는 얼굴로 자신을 바라보던 예준의 죽음은 한쪽 팔이 떨어져 나간 것처럼 아프고 힘들었던 일이었다. 그리고 납득할 수 없는 사건 보고서 때문에 더 죽을 것 같았다.

"예준이가 살아 있을 리는 없겠지?"

"선배?"

병호가 혹시 미친 거 아닐까, 하는 눈빛으로 쳐다보자 나현은 멋쩍은 웃음이 나왔다. 자신이 생각해도 어이가 없는데 병호는 얼마나 황당할까.

"그냥 해 본 말이야."

나현은 카페 창밖을 쳐다보며 미간을 구겼다. 정말 루카는 예준과 도플갱어 수준으로 닮았을 뿐일까.

그가 예준인지 아닌지 확인하는 확실한 방법이 있었다. 가슴에 있는 총상. 하지만 다시 만날 일이 없으므로 확인은 불가능했다. 적어도 크로마의 연락처를 안다면 루카의 가슴 사진 한 장을 보내 달라고 부탁할 수는 있을 것이다. 아니면 확인만이라도 해 달라고 하거나.

그런데 루카가 크로마 앞에서 옷 벗을 일이 있나. 둘이 연인 사이라면 가능하겠지만 그 둘은 그런 사이가 아니었다.

"나이 차이가……."

루카의 나이를 가늠할 수 없어 나현은 저도 모르게 눈을 가늘게 떴다. 유추해 볼 수 있는 건 크로마가 자신보다 더 어렸으니까 루카와 적어도 다섯 살 이상 차이가 날 것이다.

"네? 나이요?"

"아, 아무것도 아니야."

나현은 고개를 잘게 흔들며 남은 커피를 마저 마셨다. 그사이 병호는 걸려온 전화를 받았다. 가만히 듣고만 있던 병호의 얼굴이 점점 심각해졌다.

"혈액형이 불일치한다고요? 그게 말이 됩니까? 후우……."

통화를 끝낸 병호가 실망한 듯 한숨을 길게 내쉬자 나현은 궁금함을 참지 못하고 입을 열었다.

"무슨 일인데? 혈액형은 왜?"

"아, 그게…… 여아의 몸에서 나온 증거물, 체액이 김상헌의 혈액형과 불일치한다고……."

잡을 수 없게 됐다고 판단한 것인지 병호가 여간 실망하는 것이 아니었다. 나현은 안타까운 마음이 들었다. 가끔 증거물이 분실되거나 오염으로 훼손

되는 경우가 있었다.

"여아의 몸에서 나온 증거물과 똑같은 것으로 다시 검사해 보면 되잖아."

"네? 무슨 말이에요?"

"입안 점막으로 검사하지 말고 김상헌이 그 자리에서 사정하는 거 받아 검사해 봐."

"네에?"

병호가 놀라 눈을 커다랗게 떴다. 나현은 그게 뭐 그리 놀랄 일인가 하는 표정으로 쳐다봤다.

"선배는 그게 혈액형이 다를 수 있다고 생각해요?"

"안드레이 로마노비치 치카틸로, 몰라?"

1963년 러시아에서 태어난 연쇄 살인마 안드레이 로마노비치 치카틸로라는 남자는 살인과 강간을 저지르고도 몸에서 나온 혈액형과 정액의 혈액형이 일치하지 않아 검거가 되었음에도 풀려났다.

그 당시에는 DNA 수사법이 발달되지 않았던 시대였다. 100만 분의 1의 확률을 가지고 태어나는 바람에 그의 살인은 끝없이 이어졌다. 그는 몸이 약한 반면 머리가 좋았으며 교사 생활을 통해 아이들의 생각과 행동 패턴을 잘 파악하고 있었다. 그리고 그것을 교묘하게 이용해 사람들을 꾀어냈다.

"연쇄 살인만데 그 사람은 혈액형이 일치하지 않았어."

"아……."

"그 이후 그런 사례가 또 나온 적은 없지만 확인해 봐서 나쁠 거 없잖아."

"그렇긴 한데."

"아마 김상헌은 자신이 특별하다는 것을 알고 있었을 거야."

"그래서 그리 당당하게 굴었군요."

병호가 이제 놓치지 않겠구나, 하는 눈빛으로 말하자 나현은 고개를 끄덕였다. 적어도 탈출한 여아의 노력이 물거품이 되지는 않을 것 같아 안도감이 들었다.

"선배, 나 먼저 들어……."

"당연하지. 얼른 뛰어가."

"넵!"

나현은 병호가 바람처럼 카페를 벗어나 경찰서 방향으로 달리는 것을 바라봤다.

'세상에 억울한 사람이 없는 그날까지!'

제복을 입고 첫 출근을 한 날 예준이 주먹을 불끈 쥐어 보이며 했던 말이었다. 예준이라면 할 수 있을 것이라 여겼다. 적어도 예준에게 오는 이들은 억울하지 않을 거라고 믿었다.

"안예준, 너 억울하지?"

나현은 어둠이 짙게 깔린 도로를 쳐다보다 눈을 감았다. 아무래도 루카를 다시 만나야 할 것 같은 생각이 들었다. 그가 예준이 아니라는 증거를 찾으려면 말이다.

"아니…… 난 그렇게라도 한번 보면……."

"봐서 뭐 할 건데?"

루카의 싸늘한 눈초리에 찔리는 것 같아 크로마는 다른 변명거리를 못 찾고 입만 툭 내밀었다.

나현을 못 봐서 루카가 신경질적으로 변했다 생각해 저지른 일이었다. 란토도, 유렘도 나현의 얼굴을 봐서 좋다고 했는데 루카 혼자만 까칠하게 굴고 있었다. 좋으면 좋다고 그냥 표현하면 되지 뭘 저리 까탈스럽게 구는 것인지.

"치이……."

크로마는 바람 빠진 콧방귀를 뀌며 키보드 위로 손을 올렸다.

"정말 지워요?"

나현의 영상을 삭제하라는 루카의 말에 크로마는 은근 반항하고 있었다.

해킹은 쉽다고 치더라도 나현이 나오는 영상을 건지는 건 그리 쉬운 일이 아니었다. 언제 나올지, 언제 지나갈지 어떻게 아느냐고. 며칠 동안 노트북만 끼고 살면서 건져 올린 영상인데 그 공로를 치하해 주지는 못할망정 혼이나 내고. 그리고 보지도 않고 지우라는 것도 아니고, 다 봤으면서 치사하게 말이야.

"지워."

일말의 망설임도 없는 루카의 목소리에 크로마는 눈을 게슴츠레하게 떴다. 지우려면 직접 지울 것이지.

"직접 지워요."

크로마는 나현의 얼굴이 클로즈업되어 있는 장면에서 정지 버튼을 누르고는 노트북을 루카가 볼 수 있게 돌렸다.

"크로마."

"난 아까워서 못 지우겠어요. 그러니 직접 지워요."

화를 억누르려는 듯 한숨을 푹 내쉰 루카가 저벅저벅 걸어오자 크로마는 속으로 생글생글 웃었다. 루카가 나현의 영상을 지워도 자신은 백업할 자신이 있었기에 느긋하게 그를 지켜봤다.

맞은편에 앉아 노트북을 앞으로 당긴 루카가 잠시 멈칫하는 것 같더니 이내 마우스를 움직였다.

"다시는 이런 짓 하지 마."

루카가 자리에서 일어서자 크로마는 오리 입을 만든 입술 사이로 투덜거림을 쏟아 냈다.

"다시 만날 기약도 없고 사진도 없는데 보고 싶을 때 좀 보면 어때서."

"우리하고 엮여 좋을 게 없잖아."

그 자리에서 딱 버티고 선 루카가 내려다보며 하는 말에 크로마는 부아가 치밀었다.

"언제쯤 끝나는데요! 우리 언제까지 이렇게 해야 하는데! 보고 싶은데 마음대로 보지도 못하고!"

크로마는 씩씩거리는 얼굴로 루카를 쳐다봤다. 한번 맺은 인연을 끊는다는 건 쉬운 일이 아니었다. 그는 강요한 적 없었고 자신도 생색낼 생각은 없었다. 하지만 불안의 연속인 삶을 살아 내는 건 피를 말리는 일이었다.

"크로마…… 지금이라도 그만두겠다면 안전한 곳으로 옮겨 줄게."

동요도 없는 루카의 까만 눈동자가 짙어졌다. 신념으로 똘똘 뭉쳐진 남자는 무너질 줄 모르는 철인같이 보였다.

"그럼 루카는?"

크로마는 갈등하는 얼굴로 물었다.

"난 크로마가 아니잖아."

"쳇."

같은 일을 하지만 동기도, 이유도, 신념도 다 달랐다. 크로마는 거실을 나서는 루카를 멍한 눈길로 보다 노트북을 보며 눈을 깜빡였다. 눈에 맺혔던 물기가 흐르지 않고 쓰윽 사라진 크로마의 얼굴에 화색이 돌았다.

"뭐야, 이게!"

즐거운 마음으로 나현의 영상을 백업하려던 크로마는 비명에 가까운 소리를 질렀다. 루카가 백업할 수 없도록 제대로 지워 버린 것을 확인한 크로마는 그가 나간 문을 부셔 버릴 것처럼 째려봤다.

"초오코오올릿? 아! 어려워."

미간을 모으고 노트북을 열심히 쳐다보던 크로마가 고개를 뒤로 젖히며 짜증을 냈다. 벽난로 앞에 서 있던 루카는 크로마를 힐끔 돌아보고는 다시 시선을 거뒀다.

하얀 재만 남아 있는 벽난로는 좀 전까지 활활 타고 있었다. 종이와 다른 이물질이 탄 냄새가 열어 둔 창을 통해 빠져나가고 있었다.

"아! 바나나."

크로마가 손뼉을 마주치더니 반색하며 좋아했다.

"뭐 하는데?"

151

루카는 옆에서 내내 신경을 긁어 대는 크로마의 입을 닫게 하고 싶었다. 나현의 영상을 멋대로 눈앞에 들이민 죄를 물어 벌을 주고 싶었지만 영상을 삭제하는 걸로 마무리 지었던 것이다.

"루카, 이것 봐요. 내가 맞췄어."

루카는 뚜벅뚜벅 걸어 크로마가 앉아 있는 소파 뒤로 다가갔다. 노트북 화면에는 진석의 얼굴이 큼지막하게 나타나 있었다.

"내가 또 맞춰 볼게요."

크로마가 손에 쥐고 있던 것을 보라는 듯 건네주더니 스페이스 바를 툭 쳤다. 그러자 영상 속 진석이 움직였다. 루카는 크로마가 준 메모지로 눈길을 떨어트렸다가 한쪽 눈썹을 휙 치켜올렸다.

"땀이 나, 찾은 것 같은데······. 사, 사과······. 맞죠?"

진석의 말을 나현처럼 독화하던 크로마가 자랑스러운 얼굴로 으스대며 묻자 루카는 그제야 메모지를 자세히 읽었다.

「초콜릿, 바나나, 추워, 아니 더워, 땀이 나, 찾은 것 같은데, 사과도 먹고 싶고, 술은 정신을 잃을 정도로 마시고 싶고, 백. 찾아야 해, 그들을 모두······. 백. 여기 지하철은 정말 깨끗해. 그리웠어. 백. 찾아야 해, 그들을 모두······. 백. 풀 수 있지?」

글자는 글자를 쓴 주인과 달리 동글동글하다는 인상을 줄 만큼 모난 구석이 없었다.

"모나현이 준 건가?"

"응. 나현 씨가 적어 줬어요. 내가 이걸로 독화를 연습 중이야."

루카는 크로마를 한심하다는 얼굴로 보다 고개를 저었다. 이미 나와 있는 답지를 보고 독화하는 것이 옳은가 말이다. 그리고 그렇게 쉽게 터득할 수 있는 일이었다면 굳이 모나현에게 도박을 걸지 않고서 자신이 백번도 더 했을 것이다.

"쓸데없는 짓이네."

"뭐?"

크로마가 발끈하는 표정으로 눈을 치켜올리자 루카는 성가시다는 듯 메모지를 돌려주었다.

"아니, 됐어요. 내가 진짜 해 보일 거야."

크로마가 손바닥을 세워 보이며 메모지를 거부하자 루카는 피식 웃음이 나왔다. 누가 심어 준 자신감인지 모르지만 너무 부풀려 놓은 것이라고 핀잔을 주고 싶었다.

"크로마, 차라리 드라마를 보고 연습하는 게 어때?"

"어?"

눈을 둥그렇게 뜬 크로마가 그런 방법도 있었구나, 하는 표정을 지었다. 루카는 크로마가 거부한 메모지를 바지 주머니에 넣으며 어깨를 으쓱했다.

"단! 한 번도 안 본 드라마나 영화로 말이야."

"치이."

크로마가 심정 상했다는 듯 입술을 한껏 내밀고는 콧방귀를 뀌었지만 루카는 그대로 돌아섰다.

발코니로 나서자 바람이 불어와 루카의 머리칼을 흩트려 놓았다. 담배를 꺼내 문 루카는 깊게 들이마신 연기를 길게 내뱉었다.

"Back. 진석아 b는 이니셜이야, 아니면 기호를 나타내는 거야?"

혼잣말을 한 루카는 담배를 입에 물고 바지 주머니에 넣었던 메모지를 다시 꺼냈다. 줄을 맞춰 반듯반듯하게 쓴 글자의 가지런함이 그녀의 성격을 말해 주는 것 같았다. 휴대폰에서도 전화번호를 칼같이 정리해 두더니 이런 사소한 메모 한 장도 남달랐다.

「Back은 한국어와 외국어로 발음할 때 입 모양이 달라짐. 영어로 발음하면 입술 끝이 뒤로 끌려 올라가는 모양이므로 미세한 차이가 있음.」

나현이 크로마에게 설명하려고 했던 모양인지 사족처럼 적어 둔 내용이 메모지 뒤편에 있었다.

루카는 눈을 가늘게 뜨고 나현의 글씨를 평가하려는 듯 하나하나 세밀하게 쳐다봤다.

"……!"

루카는 물고 있던 담배를 급하게 비벼 끄고는 메모지를 다시 쳐다봤다. 나현이 적은 알파벳 B를 보는 순간 머릿속에서 형광등이 번쩍하고 켜졌다.

"B…… 13?"

나현의 버릇인지 실수인지 모르지만 알파벳 B를 살짝 떨어지게 쓴 것이 숫자 13으로 보였다. 그런데 그 13이라는 숫자가 아주 아이러니하게 맞아떨어졌다. 조직 내에서 누구인지 드러내지 않고 바니를 지지하고 충성하는 이들의 숫자였다. 모라타 내에서 얼굴 없는 13인이라며 다들 입을 놀렸지만 그들이 누구인지 섣불리 밝히려 하지 않았다. 그런데 이들이 누구인지는 재클린 회장도 모르는 눈치였다.

"크로……!"

크로마를 부르려고 돌아서던 루카는 저 멀리서 달려오는 차를 발견하고 우뚝 멈춰 섰다. 바니의 차 뒤로 한 대의 차가 더 따르고 있었다.

위이잉. 위이잉.

루카는 휴대폰을 진동하게 하는 발신인이 누구인지 보지 않아도 알 것 같았다.

— 헤이, 루카! 나 지금 그곳으로 가고 있어.

살짝 혀가 꼬인 듯한 바니의 음성에 루카는 눈살을 찌푸렸다. 한번 오겠다는 말을 하기는 했지만 오늘의 방문은 즉흥적인 것 같았다.

[……네.]

루카는 짜증이 났지만 표를 내지 않으려 애쓰며 대답했다.

— 내가 3초마다 팔린다는 와인을 가져가고 있어. 아…… 이름이 뭐였지? 그래, 맞다. 디아블로 까베르네 쇼비뇽! 기대해.

옆 사람에게 묻는 것인지 바니의 목소리가 살짝 멀어졌다 다시 확실하게 들렸다. 와인 이름을 말하고 전화를 뚝 끊어 버린 바니의 태도가 언짢았지만 루카는 화를 가라앉혔다. 화가 난다고 다 표출할 수 없는 입장이었다. 대의를 지키기 위해서는 개인감정 정도는 아무렇지 않게 접어 두어야 했다.

"크로마, 지금……."

거실로 들어서던 루카는 입을 다물어 버렸다. 이미 크로마는 노트북으로 저택의 CCTV를 확인한 것인지 인상을 구기고 있었다.

"바니가 오고 있어요."

크로마가 전하는 말에 루카는 가만히 고개를 끄덕이다 입을 열었다.

"크로마, 아무래도 진석의 행방이……."

"바니와 연관 있는 거죠?"

루카는 도끼눈을 뜨는 크로마를 향해 천천히 고개를 끄덕였다. Back에서 B가 두 가지 의미 즉, 바니의 이니셜 B를 나타내면서 그를 추종하는 13명의 인원을 지칭하는 것이라면 앞뒤가 착착 맞아 들어갔다. 'ack'는 컴퓨터에서 확인 응답 문자라는 의미로 쓰였다. 그 말은 진석이 이미 확증을 가지고 암호를 남겼다는 말이었다.

"I knew it! (내가 그럴 줄 알았어!)"

크로마가 주먹을 불끈 쥐어 보이더니 노트북을 한껏 흘겨봤다. 바니의 차가 저택의 정문을 통과하는 것이 CCTV 화면으로 보였다.

9화
재회

[내가 제안한 사업 생각해 봤어?]

루카는 바니가 눈치채지 못하게 눈을 가늘게 뜨다 와인 잔을 들었다. 와인을 마시는 척하면서 대답을 어떻게 할지 시간을 벌 심산이었다. 빤히 쳐다보는 바니의 눈빛이 부담스러울 정도였다.

[지금 맡고 있는 것도 많아서…….]

와인을 마시고 잔을 내려놓은 루카는 턱을 괴었다. 눈웃음을 짓는 바니의 준수한 모습에 여러 여자들이 달려들었지만 그에게 여자들은 하나의 소모품일 뿐이었다. 그의 이면에 숨겨진 잔혹성을 안다면 모두들 겁에 질려 할 터였다. 그리고 그가 관심 있어 하는 건 오로지 모라타의 배를 불리는 사업뿐이었다.

[하하, 루카가 바쁜 거야 나도 알지. 하지만 좋은 기회잖아?]

정말 좋은 기회일까. 루카는 고개를 삐딱하게 꼬며 입꼬리를 비틀었다. 재클린 회장이 수장으로 있는 모라타는 그리 좋은 곳이 아니었다. 겉모습은 합법적인 사업으로 그럴 듯하게 보일지 몰라도 실상은 그 반대였다. 더럽고 비열했고 토가 나올 정도로 잔인하고 추악했다.

'불법인 사업체도 있다는 소리네.'

루카는 나현이 했던 말이 떠올라 아랫입술을 지그시 깨물었다. 재클린 회장은 남의 눈을 겁내는 반면 바니는 그런 것쯤은 신경 쓰지도, 상관하지도 않았다. 그래서 그가 준비하고 있는 사업이 구체적으로 어떤 것인지 알지도 못하면서 선뜻 나설 수는 없었다. 그렇다고 무작정 뒤로 한발 물러나 있을 수도 없었다.

[루카, 나하고 한배를 타자니깐?]

바니가 직접 발걸음 한 이유가 바로 이것이었다. 어서 결정하라는 압박을 주기 위해.

생각을 하며 저도 모르게 인상을 썼더니 그것을 바니가 오해한 모양인지 섭섭한 표정을 지었다. 실실 웃고 있던 바니의 얼굴에서 점점 웃음기가 사라지고 있었다. 루카는 직감적으로 더 이상 물러서면 안 된다는 것을 깨달았다. 완전하게 두 발을 담글지, 관망만 할 것인지의 결정은 오늘로써 끝이라는 소리였다.

[내가 이 사업을 하려고 얼마나 정성을 들였는지 알면…….]

[몇 명이나 이 일에 관여하고 있습니까?]

[어?]

바니를 추앙하는 이들이 모두 관여되어 있는 것일까. 아니면 그들은 지지만 보내고 일선에서 움직이는 이들은 따로 있는 것일까. 루카는 이 일에 뛰어들기 전에 그 부분부터 짚고 넘어가야 한다고 생각했다.

[현재 아홉 명이 합의를 했어.]

[아홉 명이면…….]

열세 명이 아니라 아홉 명이라는 말에 루카는 미간을 설핏 찌푸렸다. 그 아홉 명이 그를 추종하는 자들이라는 말은 아니었다. 즉, 바니를 추종하는 이들이 다 동조한 것은 아닐 수도 있었다. 새로운 멤버 또한 염두에 두어야 했다.

[그들이 누구입니까?]

여기서 바니가 명단을 다 공개한다면 루카도 깊이 생각해 볼 계산이었다. 그런데 바니가 검지 마디로 아랫입술을 문지르며 벙싯 웃고만 있었다. 대답을 미루고 있는 눈치를 알아차린 루카는 고개를 비스듬히 기울였다. 알려 줄 시기가 아직 아니라 생각하는 것인지, 확답을 하지 않아 그러는 것인지 몰라도 바니가 선뜻 입을 열지 않았다.

[루카가 한다고 하면 명단을 알려 주지.]

역시 바니는 섣불리 움직이지 않았다. 자신의 패를 다 드러내는 건 확실한 충성을 보고 난 다음이라는 뜻이었다.

루카는 턱을 괴었던 손을 내리며 와인 잔을 다시 쥐었다.

[수익의 5%를 가지겠습니다.]

[5%?]

몇 명이 이 사업에 뛰어드는지 모르지만 똑같이 수익을 5%로 나눈다면 바니가 실질적으로 가져가게 되는 수익이 그리 크지 않다는 소리였다.

초기에는 적어도 50%의 수익을 다시 사업에 투자해야 하니, 남은 50%로 수익을 나눠야 한다는 소리였다. 지금 아홉 명이니 루카 자신이 뛰어들면 열 명이었다. 게다가 바니를 포함하면 열한 명. 즉, 모두 5%의 수익을 외칠 경우 다 합하면 55%가 되는 것이다. 그러면 바니로서는 받아들이기 어려운 조건이었다. 하지만 루카는 그래도 내가 필요하면 손을 내밀라는 뜻으로 딜을 했다.

갑자기 말이 없어진 바니를 쳐다보며 루카는 와인을 천천히 삼켰다. 입안을 맴돌다 사라지는 와인 맛과 향이 달달했다.

혀를 마비시키듯 알싸한 맛을 느끼는 순간 루카는 나현의 혀를 떠올리고 말았다. 처음에는 놀라 움츠러들기만 하던 그녀의 혀가 나중에는 먼저 나서서 자신의 혀를 낚아챘었다. 화끈거리면서도 쌉싸름한 감촉이 아직도 생생했다.

'모나현, 머릿속에서 나가.'

루카는 자신을 단속하듯 속으로 중얼거렸지만 소용이 없었다. 가슴을 들썩일 만큼 뜨거운 숨을 내뱉으며 얼굴을 붉히던 나현의 모습은 눈을 감았다

떠도 쉽게 사라지지 않았다. 얼마 전 본 영상 때문인지 나현의 모습이 더욱 또렷하게 각인될 뿐이었다. CCTV를 올려다보던 나현이 지금 바로 눈앞에 있는 것처럼 생동감마저 느껴질 정도였다.

[좋아!]

[……!]

나현에게서 느꼈던 감각을 밀어내려 애쓰던 루카는 바니의 대답에 멈칫했다.

[내가 루카에게는 특별히 양보하지.]

호쾌한 웃음을 지으며 바니가 결정을 내리자 루카는 난감함을 억지로 감추었다. 바니의 입장에서는 양보가 쉽지 않았을 것이다. 만일 같이 사업에 뛰어든 이들이 루카보다 적은 배분인 것을 알게 된다면 분명 문제 제기를 하고 나올 것이다. 자칫 잘못하면 루카가 당할 수도 있었다.

"무슨 대화를 나눴어요?"

바니가 돌아가자마자 크로마가 득달같이 달려와 추궁하기 시작했다. 하지만 루카는 발코니에 서서 와인만 들이켰다.

"입이 붙었어요?"

양손을 허리춤에 얹은 크로마가 신경질을 부리듯 버럭 했다. 루카는 점점 멀어져 가는 바니의 차를 보다 크로마를 돌아봤다.

"지금 그게 중요해?"

"그럼 뭐가 중요한데요? 혹시 진석에 관한…… 읍."

루카는 손을 뻗어 크로마의 입을 막고는 다른 손으로 자신의 입술에 검지를 갖다 댔다. 그러고는 바니가 머물렀던 거실 쪽을 한 번 돌아보고 크로마에게 눈짓을 했다. 루카가 바라보는 쪽으로 같이 눈길을 돌렸던 크로마가 알아들었다는 듯 고개를 끄덕이자 그가 손을 뗐다.

"별다른 대화는 없었어."

루카는 휴대폰을 꺼내 문자를 찍으며 크로마에게 심상한 목소리로 말했다.

"……그렇군요."

「도청 장치부터 찾아.」

작성한 문자를 보여 주자 크로마가 알겠다는 듯 고개를 끄덕이고는 엉뚱한 말을 하기 시작했다.

"……나 시내에 쇼핑하러 갈 건데 같이 갈래요?"

"귀찮은데."

크로마가 콧등에 잔주름을 만들며 심술궂게 웃더니 거실로 막 들어선 란토와 유렘을 향해 손짓을 했다. 그러자 란토와 유렘이 다시 거실을 나갔다.

「진석에 관한 말을 하지는 않았어요?」

크로마가 문자를 찍어 보여 주자 루카는 고개를 저었다. 바니의 일을 캐다 진석이 당한 것인지 아직 알 길이 없지만, 지금 해야 할 일이 무엇인지 감이 잡히기 시작했다.

「바니의 집을 감시해야겠어.」

옆에 있으면서 휴대폰으로 대화를 시작한 둘은 문자를 보내고는 서로의 얼굴을 쳐다봤다.

「고용인을 포섭할까요?」

문자를 보낸 크로마가 염려스러운 눈빛을 짓자 루카가 고개를 저었다. 시간을 적게 들이는 가장 손쉬운 방법이기는 하나 배신을 당할 확률이 높았다.

「위험 부담이 너무 커.」

루카의 문자를 읽은 크로마가 입술을 잘근 씹더니 눈살을 찌푸렸다.

「하지만 당장 누군가를 잠입시킬 명분이 없잖아요!」

문자를 읽은 루카는 피식 웃으며 크로마의 정수리에 손을 얹었다. 그러고는 짜증 내지 말라는 듯 머리를 가볍게 톡톡 두드리고는 문자를 다시 보냈다.

「머리는 장식이야?」

"우이씨……!"

짜증을 내던 크로마가 흠칫 놀라 입을 틀어막고 눈을 커다랗게 뜨자 루카는 주먹 쥔 손으로 키득거리며 새어 나오는 웃음을 막았다. 크로마가 웃지 말라는 듯 팔을 때리자 루카는 뒤로 한 발 물러나며 멈추지 못한 웃음을 마저 키득거렸다.

딸칵.

곧이어 란토와 유렘이 들어와 도청 장치를 찾기 시작했다. 그 모습을 본 크로마가 이제 알겠다는 듯 루카와 눈을 마주치다 그들을 손가락으로 마구 가리켰다.

「도청 장치나 CCTV 해킹?」

맞는다는 의미로 루카가 고개를 끄덕이다 문자를 보냈다.

「다행이야.」

문자를 본 크로마가 눈썹을 일그러트리며 무슨 의미냐는 듯 쳐다보자 루카는 어깨를 으쓱하고는 문자를 다시 보냈다.

「머리가 장식용만은 아닌 것 같아서.」

"확인 끝났습니다."

발코니로 다가온 란토가 보고를 하자마자 크로마가 앙칼진 목소리로 루카를 향해 소리를 꽥 질렀다.

"아악!"

"크로마, 미쳤어?"

다가오던 유렘이 놀란 눈을 휘둥그레 뜨며 방어하듯 몸 앞으로 팔을 교차했다. 놀란 건 란토도 마찬가지였다. 루카가 쿡쿡거리며 웃다 큰 웃음을 터트리자 크로마가 다시 버럭 소리를 질렀다.

"루카, 미워!"

크로마가 한껏 눈을 흘기고는 거실 안으로 쏙 들어가 버리자 유렘이 벙한 표정을 짓다 중얼거리듯 말했다.

"크로마 이상해."

유렘의 말을 들은 란토는 고개를 절레절레 저었고, 루카는 채 거두지 못한 잔웃음을 입가에 머금었다. 그러다 걸음을 떼며 란토를 향해 한마디 했다.

"오늘 저녁은 둘이 먹어."

"네?"

"루카 님, 어디 가?"

거실로 막 들어선 루카가 돌아보더니 뿌린 씨앗 거두러 간다는 듯 시니컬하게 말했다.

"크로마 비위 맞추러 가."

무슨 뜻인지 알아들은 란토는 피식 웃었고, 알아듣지 못한 유렘은 엥? 하는 표정을 지었다.

목에는 손자국이 뚜렷이 남아 있었고 여자의 입술은 검붉게 질려 있었다. 고개를 옆으로 돌리고 있는 사진이었지만 긴 속눈썹과 오뚝한 코로 보아 상당한 미인인 것 같았다.

"나현 생각은 어때?"

성우를 잠깐 쳐다본 나현은 펼쳐 놓은 서류로 눈길을 떨어뜨렸다. 여자가 몇 번이나 신고한 기록이 있었다. 나현은 이사를 몇 번이나 다니며 불안에 떨었을 여자를 생각하자 가슴이 바늘에 찔리는 것처럼 아팠다.

"여자가 거부하고 소리를 지르자 자신의 통제를 벗어난다고 생각해 목을 조른 것 같아요."

고개를 끄덕인 성우가 서류로 눈길을 떨어트리자 나현은 속이 매슥거렸다. 솔직히 일하면서 피해자의 죽은 모습을 볼 일이 잘 없었기에 충격이 아닐 수 없었다. 약한 여자가 얼마나 몸부림을 쳤을지 생각하니 이상하게 마음이 먹먹해졌다.

"용의자는 완강하게 부정하고 있는 상황인데……."

팀장인 성우의 말에 나현은 한숨을 길게 내쉬었다. 그녀를 스토킹하던 남자의 알리바이가 아직 입증되지 않은 상태라 경찰들도 섣불리 움직이지 않고 있었다.

나현은 서류를 한 장 넘겨 읽었던 부분을 다시 읽었다. 여자가 세 번째 이사를 한 그달부터 우편물이 오지 않아 신고를 했으며, CCTV를 확인한 결과 우편물을 가져간 이는 그동안 자신을 따라다닌 남자와 유사한 모습이었다, 라고 기록되어 있었다.

"CCTV 영상을 제출한 기록이 있는데⋯⋯. 동일 인물인지 대조해 봐야 하지 않을까요?"

모자를 써 눈을 가렸다지만 얼굴선이나 귀 모양, 어깨선을 비교하면 어느 정도 윤곽이 잡힐 것 같았다.

"현재 분석을 요청해 놓은 상태라고 하던데."

"아, 네에."

나현은 주먹을 꽉 말아 쥐다 결심한 듯 서류 한 장을 또 넘겼다. 그녀의 일기장을 복사한 서류는 그간 그녀가 겪은 심정을 잘 대변하고 있었다.

다시 이사를 했지만 직장을 옮기지 않는 한 또 그런 일이 벌어질지 몰라 여자는 경찰에게 잠복근무를 해 달라고 요청했었다. 하지만 잠복근무는 살인 사건 같은 경우에 하는 것이라며 그냥 순찰만 강화하겠다는 약속을 받았다. 여자는 불안에 떨었지만 더 이상 이상한 일이 일어나지 않아 안심하던 찰나 벌어진 일이라 안타까웠다.

모든 이들이 그렇겠지만 그녀 또한 직장을 쉽게 옮길 수는 없었다. 퇴근할 때는 평소보다 더 조심해서 다녔고 혹시나 하는 생각에 집으로 곧장 가지 않는 날들이 이어졌다.

"지문 감식은 어떻게 됐어요?"

현장에서 깨진 채 발견된 유리컵에 지문이 반 정도 남아 있어 희망을 걸고 있었다.

"피해자 지문으로 확인됐어."

"하아⋯⋯."

나현은 저도 모르게 짙은 한숨을 내쉬며 고개를 저었다.

현장에 용의자의 것으로 남아 있는 것은 아무것도 없었다. 스토커가 혼자 사는 그녀 집에 먼저 들어와 그녀가 퇴근해 돌아올 때까지 기다렸는데, 아이러니하게도 남아 있는 지문이 없었다. 실수로라도 남겼을 법한데 원래 없었던 것처럼 흔적이 남아 있지 않았다.

다만 족적이 하나 남아 있었는데 일부분이라 확인 대조가 불가능할 뿐 아니라 너무나 흔한 문양이라 특이성이 없었다.

"내일 경찰서 같이 들어가야 하니까……."

"바로 경찰서로 출근할까요?"

"아, 그래도 되겠네. 그럼, 내일 경찰서에서 보자."

"네."

나현은 서류를 챙겨 팀장실을 나서며 생각에 잠겼다. 병호가 있는 형사 1반이 맡은 사건은 어떻게 진행되고 있는지 궁금했지만 바쁠 거 같아 따로 연락하지는 않았다. 무소식이 희소식이라는 말에 희망을 걸고 있었다. 정말 100만 분의 1의 확률을 타고났다면 신문에 날 일이었다.

"과학수사대에서 실수한 것이 아니기를."

나현은 전화를 걸기 전 휴대폰을 꽉 움켜쥐며 나지막하게 빌었다. 심리 치료를 받기 시작한 여아가 조금씩 안정을 찾아가며 그날의 기억을 일부분이지만 일관성 있게 진술하고 있었다. 그것만으로도 나현은 마치 자신이 큰 강을 건넌 기분이었다.

"바쁜가?"

병호가 전화를 받지 않았다. 바로 받을 것이라는 생각은 안 했지만 예상한 시간보다 더 걸려 그만 끊어야 하나 싶었다.

— 네, 선배.

"아! 병호야. 내가 확인한다고 하고는 이제 생각나서 그러는데……."

— 무슨 일인데요?

"김상헌 체포하던 그날, 피 뽑았어?"

— 네? 피를 왜…….

병호가 당황한 목소리로 반문하자 나현은 일을 그르쳤다는 생각이 들었다.

"그 남자가 혹시 술을 마셨다면서 심신 미약을 내세우면……."

— 아!

병호의 탄성을 들으며 나현은 눈을 질끈 감았다 떴다. 술을 마셔 심신 미약 상태로 저지른 일이라 주장하며 빠져나갈 것을 생각하니 눈앞이 아찔했다. 자신이 이러할진대 그 여아와 부모는 얼마나 참담할 것인가 말이다.

— 선배, 일단 전화 끊어요!

"병⋯⋯."

병호가 다급하게 전화를 끊어 버리자 나현은 자신의 머리칼을 꽉 움켜쥐며 심호흡을 했다. 아이가 한 말 중에서 술 냄새 언급이 있었는지 기억을 더듬던 나현은 답답함을 참지 못하고 자리에서 벌떡 일어났다.

화단 옆에 주차를 하고 내린 나현은 하루 종일 서류와 모니터를 번갈아 보며 시름한 덕분에 눈이 피로했다. 모니터의 빛을 최대한 자극적이지 않게 해 두었는데도 저녁이 되니 사물의 윤곽이 흐릿하게 보였다.

차륵.

"⋯⋯!"

나현은 이상한 느낌이 들어 뒤를 휙 돌아봤다. 분명 자갈이 발에 채는 소리가 났는데 근처에 아무도 없었다.

"낮에 본 서류 때문인가."

스토커에게 무참히 살해당한 여자의 사진이 머릿속을 하루 종일 어지럽히고 있었다. 그래서 그런지 나현의 신경이 예민하게 날을 세우고 있었다.

나현은 소름이 오소소 돋은 팔을 문지르며 아파트 출입문 비밀번호를 재빨리 눌렀다. 자동문이라 닫히는 데 시간이 좀 걸리자 나현은 등골이 오싹해졌다. 그래서 출입문이 닫히고 아무도 따라 들어온 사람이 없는 것을 확인하고 엘리베이터를 향해 몸을 돌렸다.

"헉!"

하지만 돌아서는 순간 나현은 겁에 질린 채 움직이지 못했다. 거울처럼 맑지는 않지만 은색으로 된 엘리베이터 문에 비친 그림자는 분명 검은색 모자를 쓴 남자였다. 피해자 김이경이라는 여자가 수사를 해 달라며 제출한 CCTV 영상 속 남자와 흡사한 모습이었다.

다시 뒤를 휙 돌아본 나현은 식은땀이 등골을 따라 흐르는 것 같았다. 뒷걸음질로 엘리베이터에 오른 나현은 층수를 누르지 않고 닫힘 버튼을 먼저 눌렀다. 누르면서도 출입문 쪽에 그림자가 또 비칠까 경계하며 엘리베이터 문이 닫히기 전까지 시선을 떼지 않았다.

자신이 내려야 하는 14층이 아닌 13층을 누른 나현은 미간을 찌푸렸다. 그러다 다시 14층과 15층을 같이 눌렀다. 마음 같아서는 층별로 다 누르고 싶었지만 참았다.

"아, 확인해 봐야겠다."

나현은 스토커가 임의 동행으로 인해 경찰서에 아직 있는 것인지 확인하려 휴대폰을 꺼내 들다 멈칫했다. 스토커 살인 사건에 감정적으로 너무 개입한 자신의 태도에 고개가 저어졌다. 바보같이. 나현은 속으로 자신을 나무랐다. 매번 냉정을 유지해야 하지만 자신도 사람이다 보니 그것이 쉽지 않았다.

위이잉.

"히익."

휴대폰 진동에 화들짝 놀란 나현은 이내 허탈한 웃음을 터트렸다.

"응, 아영아."

같은 과를 나와 아동 심리 쪽에서 일하고 있는 친구 아영의 전화였다.

— 완전 죽은 줄 알았네.

"야아, 그런 말은 하지 마. 안 그래도 살벌한 범죄자들을 분석하는 친구한테 그게 할 소리냐?"

나현은 아영에게 투덜거렸다. 다양한 사건을 접하고 분석하는 일을 하다 보면 정신이 피폐해지는 기분을 어쩔 수가 없었다. 집안도 나무랄 데 없고 공부도 잘한 학생이 게임에 빠져 현실을 구분하지 못하고 살인을 저지르는 경우도 있었다. 하는 일이 그렇다 보니 세상천지에 사이코패스들이 득실거리는 것 같았다.

— 으이구. 그렇게 평소에 친구 좀 챙기면서 일해.

"그러는 너도 만만치 않으면서."

아영은 아동 심리 치료 일에 뛰어 들었을 때 세상에 아픈 아이들이 왜 이렇게 많으냐고 하소연했었다.

— 그래, 오십보백보다.

아영이 깔끔하게 인정하고 나오자 나현은 맥이 탁 풀리는 기분이었다.

— 너 소개팅했다며? 소혜 말로는 진짜 괜찮은 남자라고 하던데.

"아······."

나현은 그제야 아영이 전화한 이유를 깨닫고 픽 웃었다. '괜찮다'와 '좋다'의 기준은 어떻게 정의 내리냐고 묻고 싶었다.

"나한테는 좋은 남자라고 하고, 너한테는 괜찮은 남자라고 했나 보네."

— 아니, 왜 이렇게 까칠하게 나오실까?

나현은 13층에서 엘리베이터 문이 열리자 아무런 생각 없이 아파트 복도를 쳐다보다 닫힘 버튼을 눌렀다. 아영의 전화 때문인지 몰라도 경계심이 줄어들어 있었다.

"좀 피곤한 거 같아."

— 왜? 남자가 매너 없이 굴어?

"내가 인연이 아닌 것 같다고 분명 의사를 밝혔는데 꽃을 보냈어. 어떻게 생각해?"

— 꽃?

"응!"

나현은 어서 의견을 말해 보라는 듯 목소리를 높여 말하고는 14층에 엘리베이터가 도착하자 자연스럽게 내렸다.

— 남자가 성급했네.

"성급한 정도가 아니라 완전······ 헛!"

도어록을 누르던 나현은 심장이 바닥으로 툭 떨어졌다. 검은 그림자가 덮치듯이 다가오더니 소리를 못 지르게 입을 틀어막았다. 센서 등에 의해 복도가 밝아지자 커다래진 나현의 눈에 낯설지 않은 남자가 들어왔다.

— 야, 왜 말을 하다 말아? 성급한 정도가 아니라 뭐?

휴대폰에서는 아영의 목소리만 떠들고 있었다. 남자가 고갯짓을 한 번 하더니 통화를 계속하라는 듯 천천히 손을 떼 주었다. 나현은 순간 화가 치밀어 남자를 찌를 듯이 쳐다봤다.

"하아…… 도대체 뭐 하는!"

나현은 숨을 몰아쉬고는 더럭 목소리를 높이다 입을 다물었다.

— 야! 모나현? 야, 못난이.

"쿡."

못난이라는 말에 남자가 쿡 하고 웃자 나현은 눈을 한껏 흘겼다. 다시는 볼 일 없을 거라며 장담까지 하고 헤어졌는데 왜 다시 나타난 것일까.

— 뭐야? 전화하다 블랙홀에 빨려 들어간 거야? 나현아, 모나현.

"아, 아영아. 나 지금 다른 급한 전화가 들어와서……."

— 어……? 아, 알았어. 다음에 통화하자.

뭔가 미심쩍다는 듯 구시렁거리던 아영이 전화를 끊자 나현은 눈을 치떴다. 마음 같아서는 버럭 소리를 지르고 싶었지만 입술을 꽉 다물고 버렸다.

"미친 소프라노를 기대했는데."

루카의 입가에 머문 웃음기가 나현은 못마땅하고 불만스러웠다. 살려 달라고 소리를 질렀다면 이 남자는 달아났을까. 아니면 아까처럼 입을 틀어막고 자신을 제압했을까. 아무래도 후자일 가능성이 농후했다.

"아쉽게 됐네."

나현은 너무 놀라 사실 정신이 멍한 상태였지만 애써 안 그런 척 입술을 달싹였다. 조금 전에 아파트 출입문에서 봤던 그림자에게 느낀 공포는 괜한 오버가 아니었다.

"열까."

도어록을 가리키며 어서 열라는 듯 지시하는 루카를 보며 나현은 불만이라는 듯 입술 끝을 아래로 휘었다.

"아니면 그냥 이렇게 계속 서 있을까."

남의 집에 들어오려 하면서 당당하게 구는 루카가 어이없어 나현은 턱을 치켜들었다.

"왜 열어야 하는데?"

집에 들이기 싫다는 의사를 그나마 완곡하게 표현한 나현은 팔짱을 끼고 버티듯 서 있었다. 그러자 루카가 모자를 벗고 앞머리를 몇 번 쓸어 넘기다 다시 모자를 썼다. 그 바람에 잘 보이던 얼굴이 반이나 가려졌다.

"내가 지금 곤란한 상황이라……."

"그건 그쪽 사정이고."

나현은 씨알도 안 먹히는 소리 하지 말라는 듯 루카의 말을 싹둑 잘라 버렸다. 입을 꽉 다문 루카가 낮게 한숨을 내쉬더니 고개를 비스듬히 기울였다.

"내가 호텔에서 구해 줬는데."

나현은 반박할 말이 없었다. 사실 그들이 아군인지 적군인지 모르는 상황에서 구해 준 것이기는 하지만 신세를 진 것은 맞았다.

"오래 안 있어."

"뭐라는 거야."

나현은 이 남자를 집에 들이는 것이 옳은 일인지 호텔로 보내는 것이 현명한 일인지 판단이 서질 않았다. 호텔을 갈 상황이었다면 이 남자가 이곳을 찾아왔을 리도 없었을 것이다.

"한국에 아는 사람 없어? 저번에 보니 대단한 사람을 아는 것 같더만."

"노출되면 곤란해서."

누가 노출되면 곤란하다는 것인지. 주어가 빠진 루카의 대답에 나현은 눈을 가늘게 떴다.

"그렇다고 내가 도와야 해?"

얽이기 싫다는 말을 돌려 말한 나현은 루카를 빤히 쳐다봤다. 위험한 남자였다. 같이 있다 보면 어떤 일에 휘말릴지 알 수 없는 사람이었다.

"매정한 말이네."

"친구도 아닌데 내가 도울 이유가……!"

순간 나현은 불현듯 떠오른 생각에 말을 멈췄다. 루카가 예준인지 확인할
길이 없다고 생각했는데, 이건 호박이 넝쿨째 굴러 들어온 상황 아닌가 말이
다.

예준은 그날 약속이 있다고 했다. 그 약속 상대가 루카였다면 뭔가 상황이
맞아떨어졌다. 어두운 곳에서 본 예준을 루카라고 착각해 누군가가 실수한
거라면 뭔가 말이 되는 상황이었다.

그런데 그 추측대로라면 누군가의 표적인 인물을 집에 들여도 되는 것일까.

"내가 위험해지는 일은 없겠지?"

위험한 일을 하는 남자를 집에 들이며 하는 질문치고는 어이가 없었지만,
나현은 약속을 받아 내고 싶었다. 최소한의 안전 정도는 보장받고 싶었다.
그게 가능할지 모르지만.

"장담은 못……."

"아니! 장담도 못 하면서 여기를 찾아오면 어떻게 하겠다는 거야. 다 같이
죽자는 건가?"

"최선을 다해 피해가 가지 않게 하지."

루카의 대답이 계속 애매모호한 입장을 취하고 있어 나현은 짜증이 치밀
었다. 그래서 루카를 내치고 싶었지만 가슴의 흉터를 확인하고 싶은 욕구가
커 짜증을 내리눌렀다.

"밥은 없어."

"상관없어."

피식 웃는 루카의 얼굴을 보자 심장이 두근거려 나현은 고개를 휙 돌려 버
렸다. 그러고는 도어록을 한 손으로 가리고 번호를 빠르게 눌렀다.

"계란은 바라지도 마."

밥은 없다는 말에 상관없다고 한 건 그냥 한 말이 아니었다. 그런데 그녀
는 라면을 끓여 주며 계란이 없어 못 넣었다는 말 대신 요구하지 말라며 으

르렁거렸다. 그 모습이 좀 귀여운 악마 같아 피식 웃음이 나왔다.

"어, 병호야."

라면을 한 젓가락 먹는데 나현의 휴대폰이 진동했다. 그녀가 너무 자연스럽게 행동하는 바람에 루카는 나현에게 주의 주는 것을 놓쳤다. 자신과 함께 있다는 것을 알리지 말라는 주의를.

"뽑았어?"

루카는 나현이 큰 눈을 커다랗게 뜨며 시선을 맞추자 빨려 들어갈 것 같다고 생각했다. 밝은 갈색 눈동자는 빛을 받는 각도에 따라 색이 조금씩 달라 보였다.

"아, 다행이다."

루카는 한 손을 가슴에 얹고 안도하는 나현을 보며 자신의 기분이 이상함을 느꼈다. 그녀가 얼굴에 화색이 돌 정도로 좋아하니 자신도 덩달아 기분이 좋아지려 했다. 그것을 깨닫자 루카는 난감한 표정을 지었다.

루카는 혼자 고개를 젓고는 라면을 마저 먹었다. 나현은 신이 난 듯 병호와 통화를 이어 나가고 있었다.

"좋은 일인가."

"뭘 상관이래."

통화를 끝낸 나현이 휴대폰을 식탁 위에 올리고는 얼굴에 머물던 웃음기를 싹 거뒀다.

"무슨 일로 왔어?"

루카는 입술을 길게 다물고는 고개를 저었다. 무슨 일로 왔는지 그녀에게 말할 수 없었고, 말하고 싶지도 않았다.

"거참, 비밀이 많은 사람이네."

나현이 마땅찮다는 듯 입술을 씰룩이자 루카는 의자 등받이에 몸을 깊이 기댔다.

"씻으려면 저기."

나현이 고갯짓으로 문을 하나 가리키자 루카는 자리에서 일어났다.

"선반에 있는 새 칫솔 하나 꺼내 써도 아무 말 안 할게."

나현이 어깨를 으쓱하며 하는 말이 비꼬는 것 같아 루카는 허탈한 웃음이 나왔다.

"고마워서 눈물이 나려고 하는데?"

"치이."

콧방귀를 뀌는 나현을 뒤로하고 욕실로 들어온 루카는 단정하게 정리되어 있는 욕실을 빠르게 훑었다. 바닥엔 머리카락 한 올도 없는 청결함을 유지하고 있었다.

탁.

루카는 물을 틀어 놓고 욕조에 걸터앉아 크로마에게 문자로 현재 상황을 알렸다.

「그녀는 잘 지내고 있죠?」

시차가 있어 잠든 크로마가 보지 못할 것이라 여겨 문자만 보내 둘 생각이 었는데 바로 답장이 왔다.

「음…… 크로마 생각은 전혀 안 하고 잘 지내고 있는 것 같아.」

나현의 소식만 묻는 크로마에게 심통이 난 루카는 약을 올리듯 문자를 보냈다. 그랬더니 크로마가 딱 세 단어를 찍어 보냈다.

「Cut the crap! (헛소리하지 마!)」

"입이 점점 거칠어지네."

딸칵.

피식 웃은 루카는 크로마한테 다시 문자를 보내려다 문이 벌컥 열려 고개를 들었다. 살짝 당황한 듯한 나현과 눈이 마주친 루카의 시선이 그녀의 손으로 향했다.

"아…… 수, 수건을 주려고."

고개를 삐딱하게 기울인 루카는 천천히 몸을 일으켜 나현이 아닌 세면대 위 수납장으로 다가갔다. 욕실 바닥을 깔끔하게 유지하는 나현이 수건을 수납장에 넣어 놓지 않았다는 건 납득이 안 가는 일이었다.

검지로 수납장 문을 밀자 부드럽게 열렸다. 그 안에는 수건 여러 장이 가지런히 개켜져 있었다. 수건을 주려고 문을 열었다는 나현의 말에 의구심을 품은 루카는 그녀 쪽으로 몸을 돌렸다.

"수건은 핑계 같은데?"

나현이 말을 못 하고 우물쭈물하며 서 있자 루카는 그녀의 손목을 확 잡아 끌어 벽으로 몰아붙였다.

"아!"

잡은 손목을 들어 벽에 붙이고 내려다보자 난감한 상황에 봉착한 듯 나현이 어쩔 줄 몰라 하는 것이 눈에 보였다. 루카는 시니컬하게 한쪽 입꼬리를 밀어 올렸다.

"연인⋯⋯."

연인이라는 말에 고개를 번쩍 든 나현과 시선이 마주치자 루카는 입을 다물었다. 분명 자신이 욕실로 들어간 것을 몰랐던 것이 아니니 이건 뭔가를 의도한 것이 분명했다.

"사이가 아니지만 같이 샤워를 하고 싶다면⋯⋯."

"미쳤어!"

더럭 목소리를 높이며 대드는 나현의 태도가 어딘지 불안해 보여 루카는 가만히 있었다. 그러자 나현도 입을 닫고 침묵을 지켰다.

"아니면 키스한 사이라서 그렇게 문을 벌컥 열었나?"

"허!"

기가 찬다는 듯 탄성을 내뱉는 나현의 입술이 도톰하게 부풀어 있었다. 욕실 밖에서 서성이며 들어올 구실을 찾느라 버릇대로 입술을 잘근잘근 씹은 모양이었다.

"흡."

루카가 고개를 숙이자 화들짝 놀란 나현이 어깨를 움츠리며 눈을 질끈 감았다. 루카는 그런 나현을 보며 입술 끝을 길게 늘이다 천천히 둥글게 말아 올렸다.

10화
의심

숨소리만이 들리는 욕실은 오히려 숨을 막히게 만들었다. 이런 상황에서 본인의 의지대로 호흡을 컨트롤할 수 없다는 것을 깨닫는 데까지 그리 오랜 시간이 걸리지 않았다.

나현은 감았던 눈을 천천히 떠 루카를 올려다봤다. 루카의 입가에 지어진 것이 미소인지 조롱인지 구분이 안 가서 부아가 좀 치밀었다.

"뭘 확인하고 싶은 거지?"

루카의 가슴에 총상이 있는지 그것만 확인하면 되는 일이었다. 그래서 이 위험천만한 남자를 집에 들였다. 평소라면 절대 있을 수 없는 일인데도 불구하고 말이다.

그런데 확인은커녕 난처한 상황에 놓인 꼴이라니.

"……없어."

"거짓말에 소질이 없네."

눈을 가늘게 뜨던 루카가 눈웃음을 짓자 나현은 뾰로통한 표정을 지었다.

"손 놓지 그래."

말이 떨어지기 무섭게 루카의 눈길이 욕실 벽에 결박되어 있는 그녀의 손목으로 움직였다. 잡힌 손목이 뜨거운 화기에 노출된 듯 화끈거리기 시작했다.

"확인하려던 것이 뭔지 대답 안 했는데?"

기어이 대답을 듣고야 말겠다는 것인지 루카는 물러설 기미가 보이지 않았다. 나현은 시선을 내리다 들고 있던 수건이 생각났다.

"난 그냥 이것만……."

나현은 수건을 더 꽉 움켜쥐며 입술을 달싹이다 말았다. 루카의 등 뒤로 열린 수납장 안이 눈에 들어오자 자신의 변명이 얼마나 우스운지 깨닫는 중이었다.

반면 이런 사소한 것도 그냥 넘기지 않는 루카가 대단하다는 생각이 들었다. 보통 사람들은 수건을 건네면 의심 없이 받고 말지 수납장을 확인하지는 않는데, 이 남자는 달랐다. 온몸에 경계가 배어 있고 눈치가 아주 빠른 남자였다.

"씻고 나와."

나현은 루카의 가슴팍에 수건을 던지듯이 주고는 그의 손을 뿌리쳤다. 생각보다 손을 쉽게 뺄 수 있어 안도감이 밀려들었다. 그가 놓아줄 생각이 없어 힘을 주었다면 벗어나지 못했을 것이다. 문까지 두 걸음도 채 안 되는데 아주 멀게 느껴졌다.

"기세등등하게 문을 열더니 왜 꽁무니를 빼고 그냥 가?"

"뭐?"

나현은 비꼬는 루카의 말에 휙 돌아봤다. 이건 도발이다. 욱하는 마음을 이용해 뭘 하려 했던 것인지 밝히려는 루카의 간악한 꾀였다.

"물에 빠진 사람 건져 주었더니……."

"보따리 내놓으라고 한 적 없는데?"

루카가 상황에 맞지 않는 말이라는 듯 한쪽 눈썹을 치켜올리며 '안 그래?'라는 표정을 짓자 나현은 슬쩍 짜증이 났다. 뭐가 저렇게 쉬운 게 하나도 없는 남자냔 말이다.

"아주 당당하네."

나현은 심기가 뒤틀려 비꼬듯이 말했다. 그러자 루카가 어깨를 으쓱하더니 픽 웃었다.

"안 당당할 이유가 없어서."

"도둑놈처럼 숨어들었으면서!"

쾅!

나현은 소리를 빽 지르고는 욕실 문을 세게 닫아 버렸다. 루카의 웃음소리
가 문을 넘어왔지만 나현은 못 들은 척하며 주방으로 빠르게 걸어갔다.

만나는 순간부터 마음에 풍랑이 일게 하는 재주가 아주 탁월한 사람이다.
말 한마디도 얼마나 계산적으로 하는지 당해 낼 재간이 없었다.

"에잇! 내가 뭘 확인하겠다고 저 인간을 집에 들여서는."

나현은 머리칼을 거칠게 쓸어 넘기다 꽉 움켜쥐고는 씩씩거렸다.

"아! 짜증 나."

드르륵.

"……!"

식탁에 앉아 서류를 보던 나현은 베란다 문소리에 화들짝 놀라며 고개를
번쩍 들었다. 늘 혼자 있던 습관이 배어 있어 아주 잠깐 루카가 있다는 것을
까먹었다.

그가 베란다에서 전화를 한 것인지 담배를 피우고 들어온 것인지 몰라도
나현은 상관하고 싶지 않았다. 루카를 집에 들이기는 했는데 상처를 확인할
방법이 딱히 떠오르지 않아 짜증만 남아 있었다.

엇비슷한 키에 닮은 얼굴이지만 하는 행동이나 분위기는 완전 달랐다. 습
관은 고칠 수 있지만 버릇은 고칠 수 없다 생각했다. 게다가 예준이는 담배
를 피우지 않았다. 폐활량에 나쁜 영향을 주는 것이라며 담배를 멀리했었다.

"왜?"

다가오는 루카를 빤히 쳐다봤더니 그가 고개를 기울이며 물어 왔다.

"왜, 쳐다보면 안 돼?"

나현은 보던 서류를 탁 덮으며 쌀쌀맞은 얼굴로 말했다. 잠자리는 소파면
된다는 루카에게 아버지가 한국에 들어올 때 머무는 방을 내주었다. 거실에 루

176

카가 있으면 자신의 행동반경이 줄어들어 여간 귀찮은 것이 아니므로. 저 남자는 오래 안 있을 거라고 했지 하루만 있겠다고 한 것은 아니었으니까 말이다.

"쌀쌀맞긴."

루카가 예민하게 굴지 말라는 듯 핀잔을 주더니 가까이 다가왔다. 담배 냄새가 안 나는 것으로 보아 베란다에서 통화를 한 모양이었다. 그가 한국엔 왜 온 것일까, 하는 의문이 머릿속을 떠다니기 시작했다.

"커피 줄까?"

가슴의 상처를 확인하려면 일단 루카를 잘 구슬려야 할 것 같아 나현은 호의를 베풀 생각이었다.

"사양하지 않을게."

분명 자신의 집인데 객이 되어 버린 기분을 느낀 나현은 입술을 씰룩였다. 어쩜 저리 당당하다 못해 뻔뻔한 것인지.

"참나."

나현은 새 머그잔에 커피를 따라 루카에게 건네고 자신이 마시던 잔에도 더 채워 넣었다.

"묻고 싶은 게 있는데……."

커피를 한 모금 마시는 루카를 조심스럽게 쳐다보던 나현은 마른침을 삼켰다. 가슴에 총상이 있냐고 묻는다면 솔직하게 말해 줄까 싶었다. 없다는 말을 할 경우 믿지 못하겠다고 하면 직접 보여 줄까?

"뭐?"

루카가 스스럼없이 물어보라는 듯 고개를 까딱이자 나현은 입술 안쪽 살을 깨물었다.

"그러니까……."

맞은편 자리에 앉아 나현을 똑바로 응시하는 루카의 얼굴이 예준과 또 다르게 보였다. 꽉 다물린 입술은 꽤 강단져 보였고 눈매는 더 깊었다. 그리고 눈빛은 시시때때로 다른 느낌을 안겨 주었다.

"그러니까 뭐?"

기다리던 루카가 재촉하듯이 묻자 나현은 한숨을 낮게 내쉬다 입술을 달싹였다.

"……호텔에서 나를 찾아온 남자들과 쫓아오던 남자는 누구였어?"

"우리도 정확하게는 누구인지 몰라. 신분증이 없었거든."

루카의 '우리'라는 말에 나현은 애잔한 얼굴로 크로마와 란토, 유렘을 떠올렸다.

"누구인지 모르면서 왜 나를 구하러 온 거야?"

루카가 팔짱을 끼고 있던 한 손을 풀어 마른세수를 하더니 앞머리를 길게 쓸어 넘겼다.

나현은 루카의 생김새를 하나하나 뜯어보듯이 쳐다봤다. 반듯한 눈썹, 그 아래 살짝 내려뜬 눈과 잘 빚어진 코가 얼굴의 중심을 잡고 있었다. 입술로 시선을 옮기던 나현은 루카와 눈이 마주치자 멈칫하며 고개를 돌려 버렸다.

"다치게 두는 건 아닌 것 같아서."

"아……."

루카가 냉정하게 보여도 약간은 착한 심성이 있구나 싶었다. 아니면 나현 자신에게 도움을 받았으니 양심의 가책을 느꼈거나.

"그들이 누구인지 짐작은 하는 거지?"

천천히 고개를 끄덕이는 루카를 보며 나현은 다음 질문을 생각했다. 괜히 긴장되며 마음이 편치 않았다.

"한국에는 왜 왔어?"

"내가 찾던……."

자연스럽게 루카를 쳐다보게 된 나현은 그의 말을 이어받았다.

"진석이라는 그 남자?"

루카가 고개를 끄덕이더니 다시 말을 이었다.

"진석이 아자르 쪽의 서류를 빼돌려 한국으로 숨은 것 같은데 행방이 묘연해."

"아자르?"

"모라타는 서유럽 쪽에서 정치, 경제적으로 독립을 꾀하는 보와츠라는 도시 국가에서 만들어진 조직이고. 아자르는 모라타에 대적할 만한 조직이지."

"내가 있던 거기가 보와츠였어?"

루카가 작게 고개를 끄덕이자 나현은 다음 질문을 했다.

"그럼 아자르는 어디서 만들었는데?"

"같은 보와츠."

"아……. 러시아 마피아 같은 그런 거야?"

"달라."

"뭐가 달라?"

"모라타와 아자르는 다른 방법으로 컸어."

"다른 방법?"

루카는 더 이상 대답을 않고 커피를 마셨다. 나현은 싸늘하게 식은 머그잔을 두 손으로 감싸며 루카를 쳐다봤다. 그가 더는 말할 기미가 없자 나현은 질문을 바꾸었다.

"그들의 수입원은 뭐야?"

마피아는 아니지만 그들이 조직을 키울 만큼 자금을 가지고 있으려면 그냥 좀 번다고 해서는 안 될 것이다.

"그들의 주 수입원은 무기 밀매."

"위험한 일을 하네. 무기 밀매를 하다 죽기도 한다던데?"

"그들은 일반적인 접근이 아닌 딥 웹이라는 곳에서 거래를 해. 딥 웹은 접근이 어렵고 위험하기도 해."

"딥 웹?"

나현은 크로마가 해 줬던 말이 생각나 미간을 찌푸렸다. 그곳은 추적이 안 되는 곳이며 잡기도 어렵다고 했었다. 잡으려면 덫을 놓아서 걸려들게 만들어야 한다고 했다.

"무기 거래는 딥 웹에서만 이루어져?"

"아니. 그보다 더 아래에 있는 다크 웹이라는 데도 있어."

"거긴 어떤 사이트야?"

"……상상을 초월하는 범죄들이 이루어지는 곳이지."

"구체적으로?"

"이를 테면…… 인신매매 같은 게 있지."

상상을 초월하는 범죄들이 이루어진다면서 루카가 인신매매만 거론하는 것이 의아해 나현은 눈살을 찌푸렸다. 아무래도 루카가 정확하게 말해 주기를 꺼려 하는 것 같았다.

생각을 정리하던 나현은 딥 웹 같은 사이트에서 이루어지는 거래라면 다른 통화(通貨)가 있을 것이라 짐작했다.

"무기 밀매를 할 때 주고받는 돈은 일반적인 화폐가 아니지?"

루카가 커피를 한 모금 마시더니 한쪽 입꼬리를 밀어 올리며 미소 지었다.

"여전히 똑똑하네."

나현은 말을 돌리지 말라는 의미로 엄한 눈짓을 하고는 다시 물었다.

"거래할 때 쓰는 화폐가 뭐야?"

머그잔 손잡이를 쥐고 있던 루카가 잔을 툭 밀더니 고개를 저었다.

"다 알려 줄 수는 없어."

잘 달리던 차가 커다란 벽을 만나 더는 달리지 못하는 것처럼 꽉 막힌 기분이 들었다.

"그때 크로마가 말하기로는 좋은 일이라고 했는데……. 당신은 좋은 일을 하는 사람이야?"

유치한 질문처럼 보일지 모르지만 나현은 루카가 어느 쪽인지 알고 싶었다. 적어도 그가 법에 저촉되는 일을 하는 사람이 아니기를 바랐다.

"좋은 쪽이기를 바라는 건가?"

고개를 비스듬히 기울인 루카가 확인하듯 되묻자 나현은 입술을 앙다물었다. 모라타라는 조직을 잘 알지는 못하지만 그의 말을 토대로 미루어 짐작해 보면 절대 좋은 곳이 아니었다.

"지금 나한테 신세를 지고 있잖아."

"그게 뭐?"

"숙박비라고 생각하고 말해 줘."

나현은 고집을 피우고 있었다. 예준과 닮은 루카가 나쁜 사람이 아니기를 바라는 마음이 컸다. 하지만 그는 모라타의 조직에 속한 사람이었다. 그러니 이런 바람 자체가 어림없는 생각일지도 모른다.

"모나현, 세상은 선과 악만 있는 게 아냐."

"쳇……. 나 참!"

훈계하듯 말하는 루카 때문에 나현은 기운이 쭉 빠지고 기분이 상했다. 그래서 투덜거리듯 콧방귀를 뀌고는 분하다는 듯 입을 비죽거렸다.

'아자르라는 그 사람들이 찾아올 가능성이 있어?'

루카가 갑자기 나타난 것이 호텔에서의 그 남자들 때문이 아닐까, 하는 생각이 들어 던진 질문이었다. 바텐더의 행방까지는 찾아봤지만 그들의 흔적은 아무도 모르고 있어 찾을 수도 없었다. 룸은 깨끗하게 비워져 있었고 나현의 짐은 호텔에서 보관하고 있었다.

'미안.'

루카의 짧고 간결한 사과의 말에 뭐가 미안하다는 것인지 몰라 멀쩡하게 쳐다봤다. 보와츠에서 헤어질 때 잊으라고 해 놓고는 어쩔 수 없이 찾아와서 미안했던 것일까. 하지만 루카의 다음 말에 그 이유를 알았다.

'그들 때문에 온 건 아니지만 나로 인해 그들을 맞닥트릴 가능성이 1%는 올라갔어.'

꽤 담담한 목소리로 말했지만 루카의 눈빛이 곤혹스러워 보였다. 같이 있는 것만으로도 위험해지는 인물. 자신이 위험한 인물이라는 것을 잘 알고 있으면서도 찾아올 수밖에 없었던 이유를 그는 끝내 말하지 않았다. 수박 겉 핥기처럼 겉만 훑다가 말았다.

"서류 뚫어지겠다."

"네? 아……."

나현은 성우의 지적에 멋쩍은 얼굴을 하며 서류를 덮었다.

늘 혼자 나서던 집에서 오늘은 다른 날과 달리 키가 커 현관 입구를 다 막는 듯한 남자의 배웅을 받고 출근했다. 아무것도 만지지 않을 테니 걱정은 접어 두라는 루카의 말에 어이가 없었다는 듯 웃었지만 기분이 나쁘지는 않았다.

"지문이 어떻게 하나도 안 나올 수가 있죠?"

피해자가 오기를 기다리며 집에 머물렀으면서 아무것도 안 건드렸다는 것은 인내심이 대단하다는 말이었다. 하물며 자신이 스토킹한 여자의 집에서 말이다. 아니면 만지고 나서 하나하나 닦아 냈든지.

"자백을 하게 만들어야 하는데……. 쉽지 않을 거 같아."

성우가 난감한 얼굴로 한숨을 길게 내쉬자 나현은 가만히 고개를 끄덕이다 사진을 내려다봤다. 좀 더 세밀하게 분석해 보고자 형사들의 서류를 복사한 거였지만 사진은 추가로 출력한 것이었다. 목이 졸린 흔적이 있는데 이것으로는 증거가 될 수 없었다.

"아! 오래 기다리셨습니다."

풍채가 좋은 서문 경찰서 형사가 문을 벌컥 열고 들어와 다짜고짜 성우와 악수를 나눴다. 나현은 둘의 악수가 끝나고 고개를 숙여 인사했다.

"거짓말 탐지기를 사용하기로 했습니다."

"그런가요."

"아……."

반기는 성우와 달리 나현은 회의적이었다. 사실 거짓말 탐지기는 증거로 들이밀기 어려웠다. 물론 형사들도 너무 답답하니 꺼내 놓은 해결책이겠지만 자칫 잘못하면 빠져나갈 구멍을 만들어 주는 일이었다.

"그럼 가실까요?"

나현은 문을 열고 손짓하는 형사를 보다 서류를 챙겨 들었다. 앞선 두 남자들은 심각하게 말을 주고받으며 취조실로 향하고 있었다.

위이잉.

나현은 손에 쥐고 있던 휴대폰이 진동하자마자 통화 버튼을 눌렀다.

"응, 병호야."

— 선배, 어디세요?

"나 지금 서문 경찰서."

— 우리 김상헌 잡아넣을 수 있을 것 같아요.

병호의 목소리가 흥분으로 물들어 있는 것을 보니 뭔가 잘 해결되고 있는 모양이었다.

"아, 그래? 어떻게?"

— 김상헌 집 주변을 샅샅이 뒤져 목격자를 찾고 그걸 토대로 김상헌 귀가 시간을 CCTV 영상에서 찾았어요. 아이 진술과 맞아떨어지는 시간이에요.

"잘됐다! 정말 잘됐다."

나현은 속을 꽉 막고 있던 체증이 뚫리는 기분이었다. 이제 겨우 형사가 된 지 1년도 채 안 된 병호가 잘하고 있는 것 같아 안심도 됐다. 예준이가 있었다면 잘 가르치고 지도를 더 잘했을 텐데.

— 선배, 저녁에 술 한잔해요.

"그래."

나현은 입가에 미소를 지으며 통화를 끝냈다.

"나현, 뭐 해."

취조실로 들어가려던 성우가 돌아보며 얼른 오라는 손짓을 하자 나현은 가볍게 뛰어갔다.

준비는 이미 마친 상태로 취조실 안에는 질문자와 스토커 박태은 둘만 앉아 있었다. 유리창 너머 그들을 보며 나현은 주먹을 가만히 말아 쥐었다. 적어도 뭔가 꼬투리 될 만한 것을 건지기를 바랐다.

= 이름이 박태은 맞습니까?

= 네.

잔잔한 파동을 그리는 그래프를 보며 나현은 입술을 깨물었다. 증거로 쓸 수 없어도 범인의 동요는 이끌어 낼 수 있기를 원했다.

= 김이경 씨와 아는 사이입니까.

= 네.

= 어떻게 아는 사이입니까.

= 대학교에서 만났습니다.

"……!"

나현은 스토커의 대답에 흠칫하며 성우를 쳐다봤다. 성우의 얼굴에도 낭패감이 서렸다. 박태은은 죽은 피해자와 같은 대학교를 다니지 않았고, 고등학교도 자퇴를 했었다. 그런데 거짓을 말하는데도 그래프의 변화가 일어나지 않았다.

"그냥 만난 장소를 의미하는 것일 수도 있으니까 좀 더 지켜보자."

성우가 성급하게 판단하지 말자는 듯 조심스럽게 말하자 나현은 가만히 고개를 끄덕였다.

= 같은 과였습니까?

= 아뇨.

입가에 미소까지 지어 가며 대답하는 박태은은 여유롭기까지 했다. 마치 모두를 가지고 놀 수 있다는 듯 조롱하는 것 같기도 했다.

= 김이경 씨 퇴근 시간에 맞춰 집에 들어가 기다리며 무엇을 했습니까.

"저건!"

나현은 저도 모르게 박태은이 보이는 유리창 앞으로 한 발 다가갔다. 거짓말 탐지기를 사용할 때 복문으로 질문하는 것은 범인에게 편안함을 주는 일이었다. 혼합된 답을 내야 하는 경우 범인은 어디에 맞춰 대답해야 할지 몰라 질문의 초점에서 벗어나게 되는 것이다.

즉, 허를 찌르는 질문을 해야 하는데 두 가지 질문을 한꺼번에 하면 초조함에서 벗어날 시간을 벌어 주는 것이다. '퇴근 시간에 맞춰 집에 들어갔습니까'와 '기다리며 무엇을 했습니까' 두 가지로 분리해서 질문했어야 한다. 그런데 질문자가 실수로 두 질문을 묶어 버린 것이다.

"멈춰요."

"네?"

나현의 말에 형사가 눈을 둥그렇게 뜨며 멀뚱하게 쳐다봤다.

"더 해 봐도 소용없습니다."

성우가 부연 설명을 덧붙이자 형사가 난감한 표정을 짓더니 마른세수를 거칠게 했다.

"선배, 천천히 마셔요. 안주도 좀 먹고."

나현은 비어 버린 잔을 내려놓으며 어깨를 으쓱했다. 기분이 나쁠 때 마시는 술은 잘 취하지도 않았다.

분명 범인이 있는데 미제 사건으로 처리될 지경까지 몰렸다. 미제 사건이 되는 경우는 사건 현장에 증거가 없을 때였다. 거기에 경찰이 수사 방향을 잘못 잡아 다 놓치는 경우가 합쳐지면 영원히 풀 수 없는 미제 사건이 되는 것이다.

집주인은 비명 소리를 못 들었다고 했고 그날따라 CCTV가 말썽이었다. 범인이 고의로 CCTV를 고장 냈거나 운이 아주 좋거나 둘 중 하나였다.

"병호야, 현장에 두 시간 이상을 머물렀는데 어떻게 지문이 하나도 없을 수 있어?"

"지문이 하나도 없어요?"

"응. 욕실 수납장 밑부분까지 확인했지만 지문이 안 나왔어."

"그렇다면…… 혹시 장갑을 끼고……."

"넌 장갑을 끼고 있다가 여자의 목을 조를 때는 장갑을 벗어?"

"아, 그렇네요."

수많은 변수를 다 생각해 봤지만 이해가 가지 않았다. 현장은 철저하게 깨끗한데 여자를 죽이고는 뒤처리를 하나도 하지 않았다. 오히려 여자한테는 자신의 흔적을 묻혀 두었다. 정액 반응은 없었지만 여자의 뺨에 입을 맞추고 만진 흔적이 발견되었던 것이다. 죽은 여자를 안고 입을 맞추다니, 완전 미친 사이코라고밖에 말할 수 없었다.

하지만 범인은 여자가 집에 들어가기 전 잘 자라고 인사한 것이라고 발뺌

했다. 스토커로 신고한 인간에게 스스럼없이 뺨에 뽀뽀받을 여자가 어디 있느냐 말이다. 미치지 않고서야.

"김상헌 혈액형 사건은 어떻게 된 거였어?"

"그게 과수대에서 엉뚱한 샘플로 검사를 해서……."

탁!

병호가 술을 벌컥 마시고는 짜증 난다는 듯 잔을 소리 나게 내려놓았다. 오염된 증거물은 그 효력을 잃게 된다. 하지만 또 다른 증거가 나와 검찰로 송치가 가능하다고 하니 그나마 다행이었다.

"너무 열받지 마라. 사람이 하는 일이라 실수도 있고 초보니 시행착오도 거치는 거지. 그래도 같은 혈액형이라고 하니 다행이잖아."

"진짜 십년감수한 기분이에요."

증거가 잘못돼서 병호는 더 미친 듯이 목격자를 찾아다닌 듯했다. 그만큼 놈을 놓치기 싫었다는 뜻이었다.

사실 나현이 말은 저렇게 좋게 했지만 자신 같았으면 그 과수대 놈의 멱살을 잡고 분이 풀릴 때까지 쥐고 흔들었을 것이다.

"짜식, 잘하네."

귀엽다는 듯 머리를 쓰다듬어 주자 병호가 손을 슬쩍 밀어 내며 민망하게 웃었다.

"너 많이 컸다."

"선배 저 곧 있으면 후배들이 들어와요."

"어구 그랬어?"

나현은 테이블에 턱을 괴고는 어이없다는 듯 픽 웃는 병호를 빤히 쳐다봤다. 셋이서 잘 뭉쳐 다녔는데 이제는 둘만 남아 있었다.

"만일에 예준이 닮은 사람을 보면 넌 어떨 것 같아?"

"형 닮은 사람요?"

"응."

병호가 고개를 갸웃하며 생각에 빠지자 나현은 앞에 놓인 술을 들이켰다. 이제는 예준을 생각하면 자동으로 떠오르는 사람이 루카가 되고 말았다.

"밥은 먹었나."

갑자기 루카가 하루 종일 집에서 뭘 하며 지냈을지 궁금했다. 냉장고에 먹을 만한 게 있었던가. 나현은 기억을 더듬듯 혼자 고개를 갸웃거렸다.

"우리 아까 저녁 먹었잖아요?"

"아, 그래그래."

병호가 떨떠름한 얼굴로 말하자 나현은 손을 휘휘 내저으며 소리 내어 웃었다.

루카가 집에서 기다린다는 것을 인지하자 심장이 묘하게 두근거리기 시작했다. 할머니와 살 때는 집에서 자신을 기다리는 사람이 있다는 것이 불안하고 싫었었다. 어머니의 부재로 그 마음은 더 깊어졌고 밖으로만 나돌았었다.

그런데 그때와는 마음이 완전 달랐다. 누군가가 기다리고 있으면 불편할 줄 알았는데 강아지풀로 심장을 간질이는 것처럼 입가에 미소가 피어올랐다.

쿵.

"아!"

현관문을 열고 들어온 나현은 신발을 벗다 중심을 잃고 바닥에 무릎을 찧었다. 얼얼한 통증이 다리 전체로 퍼지는 기분이었다.

"몸도 못 가눌 정도로 마셨나."

머리 위로 루카의 낮은 음성이 야단을 치듯 쏟아졌다. 나현은 가방을 바닥에 툭 던지고는 몸을 일으켰다. 거대한 산처럼 앞을 막아선 루카는 한참을 올려다봐야 얼굴이 보였다.

"그냥 중심을 잃은 거지, 술 때문이 아니라고."

"혀도 꼬이고."

"아니래도!"

"성질 좀 죽이라고 했는데 또 잊어 먹었네."

"어휴!"

나현은 한마디도 안 지는 루카를 쨰려보며 입바람을 훅 불었다. 혹시나 자는데 깨울까 염려스러워 조심조심 들어온 자신이 왜 그랬는지 어이가 없을 정도였다.

"술 마시는 걸 나쁘게 보지는 않지만 정신은 차리고 마셔야지."

"정신 말짱하…… 왁!"

나현은 한 걸음을 내디디려던 발이 다른 발에 툭 걸려 또 중심을 잃었다. 그 바람에 앞으로 꼴사납게 슬라이딩을 할 참이었다. 그런데 코에 쿠션감이 탱탱한 무언가가 와 닿았다.

"이렇게 격하게 안기고 싶었던 거면 어제 바로 안기지 그랬어."

아, 미쳐. 나현은 속으로 탄성을 내지르며 몸을 바로 세우려 그의 두 팔을 잡았다. 그런데 몸이 바로 세워지지 않았다.

"놓지."

나현은 자신을 내려다보고 있는 루카를 향해 똑 부러지게 말했다. 그러자 루카가 소리는 내지 않고 입가에 미소를 진하게 걸더니 입을 열었다.

"와인 마실 때는 안 취하더니…… 소주에는 약한가."

"안 취했다니까!"

나현은 자꾸 취한 걸로 몰아가는 루카가 마음에 들지 않아 버럭 소리를 높였다. 하지만 루카는 그 자리에 못이 박힌 듯 미동도 않고 나현을 안은 채 내려다보고 있었다.

"기다렸어."

"……!"

나지막하게 읊조리듯 말하는 루카의 목소리가 다정했다.

집에 따로 전화선을 연결하지 않아 늦는다고 연락할 방법이 없었고, 굳이 연락하지 않아도 된다 생각했다. 그런데 방어하지 못한 부분을 공략하듯 루카가 기다렸다고 하니 심장이 박동 속도를 높였다.

"어련히 알아서 들어오는데 기다리기는."

마주친 시선을 피하며 나현은 대수롭지 않다는 듯 말했지만 자신의 심장이 풍랑을 만난 것처럼 요동치고 있음을 알았다.

나현은 루카를 밀어 내고는 바닥에 내려놓은 가방을 들었다. 주방으로 향하는 발걸음이 두근거리는 심장만큼 후들거렸다. 떨지 않으려 했지만 소용이 없었다. 기다렸어, 이 말이 뭐라고 이리 설레는 건지.

"모나현."

"……!"

뒷덜미를 잡아채는 듯한 루카의 목소리에 나현은 주먹을 말아 쥐었다. 같이 있으면 위험한 정도가 아니라, 정신이 혼미할 정도였다.

"안 들려, 모나현?"

"뭐? 뭐 뭐 뭐. 왜 자꾸 부르는 건데. 나한테 떡고물 떨어질 것도 없는데 왜 불러, 자꾸!"

나현은 계속 자신을 부르는 루카를 향해 휙 돌아서며 말을 다다다 쏟아 냈다. 도망쳐야 한다는 생각이 들었다. 그게 안 되면 최대한 거리를 두어야 한다 생각했다.

"……!"

루카가 성큼성큼 다가오자 화들짝 놀란 나현은 어디로 달아나야 할지 가늠하느라 고개를 이리저리 돌렸다. 왼쪽은 주방 다용도실이었고, 정면에는 루카가 있고, 오른쪽은 현관과 구분 짓느라 막아 놓은 벽이었다. 완벽하게 궁지에 몰린 꼴이었다.

"어?"

가까이 다가온 루카가 허리를 숙이더니 뭔가를 집어 들었다. 그의 손에 들려 있는 것이 서류라는 것을 확인한 나현은 눈을 커다랗게 떴다. 가방에서 떨어져 나온 것인지 서류가 펼쳐진 채였다.

"어제부터 살펴보던 것 같던데."

나현은 손을 뻗어 서류를 가져오려 했는데 루카의 손에 저지를 당했다. 손가락 네 개가 루카의 손에 덮쳐지듯 잡혔다.

"그거 일반인이 보면 안 되는……."

잠깐 시선을 맞춘 루카가 손을 놓아주자 나현은 얼른 등 뒤로 감췄다. 열기가 손에 고스란히 남아 있는 것 같아 난처함이 몰려들었다.

"경부 압박 질식사."

루카는 개의치 않고 사진을 쓰윽 훑더니 서류를 한 장 넘겼다. 빠르게 훑는 그의 미간이 살짝 찌푸려지더니 이내 퍼졌다.

"뭐가 문제지?"

나현은 질끈 깨물었던 아랫입술을 놓으며 불퉁한 표정으로 비죽거렸다. 하긴, 본다고 다 알 수는 없을 것이다.

"용의자가 집에 있었다는 증거가 없잖아."

나현은 아무것도 모르면서 나서지 말라는 눈빛으로 루카를 째려봤다. 그러자 루카가 고개를 기울이더니 답답하다는 표정을 지었다.

"증거?"

"그래. 범인의 지문이 하나도 없어, 집 안에."

"없을 수밖에."

"뭐?"

한쪽 입술 끝을 비튼 루카가 서류를 건네주며 팔짱을 끼더니 가소롭다는 듯 비식 웃었다.

"현장에 처음 도착한 구급대원이 맡은 냄새가 답이잖아."

"뭐라는 거야."

나현은 서류를 넘겨 현장에 출동했던 구급대원의 사건 경위서를 읽었다. 집 안에 퍼져 있던 냄새가 눅눅한 물비린내였다고 적혀 있었다. 세탁기를 돌린 흔적도 빨래를 제대로 탈수하지 않고 널어 둔 흔적도 없는데, 물비린내가 심하게 났다고 했다.

"물비린내라면……."

"물을 뿌려 지문을 지운 거야."

"뭐?"

나현은 커다랗게 뜬 눈으로 루카를 쳐다봤다.

"피해자가 월요일에 출근도 하지 않고 전화도 안 받아서 저녁에 찾아온 직원의 신고로 발견이 됐어. 주말 동안 현장의 물은 다 말랐을 거야. 이런 날씨라면."

"아······!"

감탄사를 내뱉던 나현은 고개를 번쩍 들어 루카를 쳐다봤다. 이 남자는 어떻게 해서 이런 것을 알고 있는 것일까. 죄를 너무 많이 저질러 봐서 범죄 현장의 트릭도 잘 아는 것일까.

"당신 누구야?"

예준이라면 이런 생각을 충분히 해 냈을 것이라는 결론에 도달하자 나현은 미치도록 그가 누구인지 알고 싶어졌다.

"갑자기 뭐라는······."

나현이 한 발 다가서자 루카가 멈칫하더니 입을 다물었다.

나현은 눈앞에 있는 루카의 가슴을 보며 마른침을 삼켰다. 한 번만 들춰보면 되는 일이었다. 나현은 천천히 손을 들어 루카의 옷자락을 잡으려 했다. 만일 예준이면, 그렇다면 무슨 일이 있었던 건지 먼저 물어야 할 테지. 왜 살아 있었으면서 죽은 척했느냐고 묻고, 그동안 마음고생시킨 벌이라며 마구 때려 줘야지.

"뭐 하는 거야."

"······!"

거의 닿을 뻔했는데 루카가 저지하는 바람에 옷자락을 못 잡은 나현은 미간을 구겼다. 탈환해야 하는 고지가 바로 앞이었다.

"모나현, 아직 술이 덜 깼어?"

장난치는 것이라 여기는지 루카가 입가에 엷은 미소를 짓고 있었다. 나현은 그 미소가 평소 예준이 짓는 미소 같아서 심장이 터질 것 같았다. 자신이 거대한 비밀 앞에 서 있는 기분이었다.

"이러면 곤란한데."

루카가 하지 말라는 듯 고개를 젓자 나현은 더 확인하고 싶었다. 차라리 네가 예준이냐고 묻는 것이 나을까.

"너, 예준이야?"

결국 생각이 말이 되어 튀어나왔다.

"뭐라고?"

루카가 무슨 엉뚱한 소리 하느냐는 듯 멀건 표정을 짓자 나현은 입술을 꽉 깨물었다. 지금이 아니면 기회는 없을 것 같았다. 예준이고 아니고는 일단 가슴의 총상을 확인하고 난 후에 추궁해도 늦지 않을 일이었다.

"모나현, 취했으면 그만 가서 자는 게……."

"벗어 봐."

"뭐?"

"보고 싶으니까 벗어 보라고."

나현은 약간 초점을 잃은 눈으로 루카를 올려다봤다. 그의 얼굴에 갈등하는 빛이 역력하자 예준이라는 확신이 들었다. 성형으로 약간만 고친 얼굴이라면 납득할 수 있다 여겼다. 성격이야 노력하면 달라질 수 있는 것이니까. 그리고 2년 동안 떨어져 있었으니 그동안은 눈치를 못 챘을 수도 있었다.

"어이, 못난이. 정신 차려."

"만지고 싶다고!"

계속 거부하는 루카 때문에 나현은 울컥했다. 한 번만 보고, 한 번만 만져 보면 되는 일이었다. 그런데 왜 미적거리며 뒤로 꽁무니를 빼느냔 말이다.

"내 인내력이 끊어지면 나도 내가 어떻게 변할지 모르는데……."

"……!"

루카의 손이 뺨에 닿자 나현은 그제야 그의 눈빛이 짙어져 있는 것을 깨달았다.

"그런 나를 감당할 수 있겠어?"

묘한 미소를 짓는 루카의 얼굴이 시야에 온전하게 들어오는 순간 나현은 정신이 번쩍 들었다.

방금 내가 무슨 말을 들은 거지. 그냥 가슴의 상처 한번 보겠다는데, 인내력이 뭐 어떻다고?

11화
이름

"뭐라고?"

나현은 커다랗게 뜬 눈으로 벙한 표정을 지었다. 총상의 흔적만 확인하겠다는데 뭘 감당하라는 소리인지.

"이미 맛을 알기 때문에……."

루카가 한 발 다가오자 나현은 당황한 얼굴로 어깨를 뒤로 뺐다.

"……맛?"

"그 맛에 굶주려 있는데 이렇게 적극적으로 나오면 자제심을 발휘할 수 없어."

나현은 입술 끝에 미소를 짓고 있는 루카가 또 한 발 다가오자 이번에는 뒤로 걸음을 물렸다. 하지만 식탁에 부딪쳐 더 물러날 자리가 없었다.

"보고 싶다고?"

나현은 입술이 딱 붙은 것처럼 마른침만 삼켰다.

"만지고 싶다고?"

그런 의도가 전혀 아니었는데 루카가 하는 말은 색정적으로 들려 얼굴이 붉어졌다.

"……!"

루카의 손이 머리칼을 헤치고 목덜미를 그러쥐자 나현은 흠칫 놀랐다. 살짝 당기는 힘에 저항하지 못한 나현은 루카의 얼굴 앞까지 끌려갔다.

"내 벗은 모습을 보고 싶다는 건가."

그의 더운 숨결이 얼굴 위로 확 끼얹어졌다. 조바심이 나듯 나현의 심장이 떨리기 시작했다. 루카가 순순히 윗옷을 벗어 준다면 확인은 쉬울 터였다.

"대답해 봐."

확답을 얻어 내지 않는 이상 움직일 생각이 없어 보이는 루카였다. 여기서 그렇다고 대답하면 눈앞에 증거가 펼쳐질 것이다. 그런데 벗은 모습을 보고 난 후 의도한 바와 다르게 흘러갈 확률이 더 컸다. 그의 말대로 감당하지 못할 것 같아 나현은 선뜻 그러라고 말할 수가 없었다.

"바라는 게 아니었나?"

입을 꼭 닫고 가만히 있자 루카가 고개를 비스듬히 기울였다. 나현을 바라보는 눈빛이 정염에 휩싸여 있는 것처럼 붉은빛이 감돌았다.

"적극적으로 나오던 모나현은 어디 갔지?"

아까처럼 달려들지 않고 가만히 있자 루카가 얄밉게 빈정거리며 속을 긁어 댔다. 나현은 일단 후퇴를 하자는 생각이 들어 허탈한 얼굴로 픽 웃었다.

"내가 취했나 보네."

"변명? 아니면 꼼수?"

"뭐, 꼼수?"

나현은 루카의 지적에 욱하는 기분이 들었다. 그래서 눈을 치뜨고 그를 쳐다봤다. 확인해야겠다는 생각에 몰입해 다른 건 염두에 두지 않고 앞만 보고 나갔다. 오늘이 꼭 아니어도, 이런 방법이 아니어도 확인할 방법은 또 있을 것이란 생각에 물러난 것이지 꼼수는 아니었다. 하지만 그가 꼼수라고 하자 기분이 상해 미간이 절로 구겨졌다.

"저런, 기분이 상했나."

루카가 정확하게 마음을 읽어 내자 나현은 입술을 질근 깨물었다. 너무 가깝게 서 있다는 것을 인지한 나현은 목덜미를 그러쥐고 있는 그의 팔을 밀어 내려 손을 들었다.

"입술이 무슨 죄가 있다고."

"……뭐?"

나현은 루카의 말을 이해 못 해 멀뚱한 얼굴로 되물었다. 그러자 그가 갑자기 고개를 숙여 다가왔다. 화들짝 놀란 나현은 그를 저지해야 한다는 생각에 급하게 말했다.

"잊으라며."

달싹이는 입술 바로 앞에서 멈춘 루카의 눈썹이 꿈틀거리다 제자리로 돌아갔다. 자신이 뱉은 말이니 잘 기억하고 있을 것이다. 그의 저택에서 헤어질 때 서로가 마지막이라 생각하지 않았나. 그리고 지금 루카와 키스하면 감당하지 못하는 건 나현 자신일 수도 있었다.

"그래서?"

뭐? 나현은 말을 뱉어 내지 못하고 멍한 눈으로 입술을 반쯤 벌렸다. 그래서라니.

"훗."

그가 뺨을 가만히 만지자 온몸의 솜털이 바짝 곤두서기 시작했다. 밀어 내야 한다는 생각에 힘을 주는 순간 몸이 앞으로 기울었다.

"그 말 잊어."

나현은 고개를 번쩍 들었다. 잊으라고 한 것을 잊으라는 루카의 말에 기가 찼다. 장난치지 말라고 한 소리 하려 했는데 루카의 입술이 닿을 듯 다가와 있었다.

"그리고 지금 인내력 고갈됐어."

쪽, 소리를 내며 닿은 입술이 뜨거웠다. 다음 순간 그가 집어삼키듯 입술을 덮쳤고 윗입술과 아랫입술이 깨물리듯 정복당했다. 맞붙었던 입술이 비벼지다 미끄러지더니 다시 잡아채듯 물렸다. 강한 힘에 저항할 수 없을 정도로 아니, 정신을 못 차릴 정도로 파고드는 루카의 집요함에 나현은 숨이 막혔다.

"……!"

어느 순간 입안으로 들어온 루카의 혀를 느낀 나현은 눈을 커다랗게 떴다. 폭탄을 떨어뜨려 초토화를 시키려는 것처럼 입안을 휘젓는 혀가 거침없었다.

입안 여린 점막이 핥아지고 빨리는 힘이 강해 나현은 어쩔 줄을 몰랐다. 그의 혀가 움직이는 속도와 비례하여 자신의 심장이 통증을 느낄 만큼 빠르게 뛰고 있었다.

"하아, 하아, 하……."

루카가 입술을 떼자 막혔던 숨이 터지며 뜨거운 열기가 쏟아져 나왔다. 가슴을 들썩일 만큼 거친 숨을 급하게 몰아쉬며 정신을 차리려 했는데 루카의 다음 말에 몸이 굳어졌다.

"침대로 갈까?"

진심인 듯했다. 나현은 당황스럽기도 하고 어떻게 하다 상황이 이렇게 흘러갔나 싶어 벙한 얼굴로 있었다.

"그냥 여기서 할까? 식탁도 나쁘지 않……."

"미쳤어! 흐읍."

다시 미끄러져 들어온 루카의 혀는 나현의 혀를 옭아매며 진하게 핥다가 풀어 주었다. 아랫입술을 깨물듯이 핥고 빠는 루카의 애무에 녹을 것 같았다.

격하게 파고드는 루카를 감당하지 못한 나현은 그대로 밀려나 식탁에 엉덩이를 걸친 모습이었다. 그의 한 손에 허리가 잡히고 목덜미를 그러쥔 손은 뒷머리를 받치고 있었다.

부드러운 입술 안쪽 살이 맞닿자 나현의 단전에서 뜨거운 열기가 치솟았다. 게다가 벌어진 다리 사이로 루카의 다리가 들어와 있었다. 루카의 품에 안긴 나현은 그의 열기가 느껴질수록 아찔함에 몸을 떨었다.

"흐읏."

신음이 절로 흘러나오고 몸이 밀착되었다. 키스만으로 정신을 흐물거리게 만드는 남자였다. 폭격을 당한 잔해를 휩쓸어 담는 것처럼 그의 혀는 입안을 유영하고 있었다. 맞닿았던 혀가 서로 얽히다 풀어지고 다시 얽매이기를 반복했다.

"……!"

셔츠 안으로 그의 손이 들어오자 나현은 눈을 왕방울만 하게 떴다. 거침없이 들어온 루카의 손이 젖무덤을 꽉 그러쥐었다. 그 바람에 나현의 입에서 아홋, 하는 신음이 터져 나왔다. 하지만 낯선 경험에 놀란 나현은 몸을 움츠렸다.

"자, 잠깐……."

다급하게 입술을 뗀 나현은 발갛게 물든 얼굴로 루카의 손을 저지했다. 가만히 내려다보는 루카의 눈은 탐욕에 물든 것처럼 이글거렸다. 곧 터질 것 같은 화산을 바라보는 기분이었다. 용암에 모든 것이 집어삼켜지고 흔적도 없이 사라질 것만 같은 불안감이 들었다.

"그만······."

"식탁이 불편한가."

나현은 절대 물러서지 않을 것 같은 루카의 단단한 모습에 낭패감을 느끼는 반면 묘한 야릇함을 느꼈다. 아! 이러면 안 돼. 정신 차려, 모나현.

"웃."

루카가 다시 다가오자 나현은 고개를 돌리고 어깨를 움츠렸다. 그의 손이 옆머리에 얹어지더니 가만히 머리칼을 쓰다듬었다. 마치 안심해도 된다는 듯 위로하는 것 같아 마음이 설레면서도 안정이 됐다.

하지만 아직 루카를 받아들일 준비가 안 되어 있었다.

"늦었으니 그만 자는 게······."

"같이 자자고?"

"내가 언제!"

나현은 고개를 휙 들어 루카를 째려봤다. 입술에 남아 있는 루카의 흔적 때문에 몸이 아직도 덜덜 떨리고 있었다. 하지만 애써 내색하지 않고 그 감각들을 무시하며 눈을 치켜떴다.

"발톱 그만 세워."

"뭐?"

루카가 몸을 살짝 뒤로 물리자 나현은 안심이 됐다. 조금만 더 나갔다면 정말 예측할 수 없는 일이 벌어졌을 것이다.

"겁먹은 고양이처럼 말이야."

"내가 언제!"

"그 말 좀 전에도 했는데."

"뭐······."

"풋."

엄지와 검지로 이마를 짚던 루카가 웃음을 터트리자 나현은 어이가 없으면서도 같이 웃음이 나왔다.

도대체 저 남자와 자신의 관계는 뭐란 말인가.

"스토커 사건 때문에 잠 못 잤어?"

"네? 아, 네……."

나현은 멋쩍은 얼굴로 눈을 비볐다. 스토커 사건 때문이 아니라 평온한 일상을 매번 뒤흔들어 놓는 루카 때문이었다.

거의 잠을 제대로 이루지 못하다 두 시간 정도 잠깐 눈을 붙였다. 알람 소리에 놀라 깨는 순간 집이 무척 적막하다는 것을 깨달았다. 느낌이 이상해 루카가 있는 방문을 열었더니 그는 흔적도 없이 사라져 있었다. 마치 머물지 않았던 사람처럼 잠자리마저 흔적이 없었다.

메모 한 장 없이 사라져 버린 루카 때문에 아침부터 우울한 기분을 느끼고 있었다.

"자, 커피 한잔해."

멍하게 앉아 있는 나현이 안쓰러워 보였던 것인지 근령이 커피를 내밀었다.

"아, 선배님. 감사합니다."

"네가 스토커 사건에 큰 힌트를 줬다며? 곧 잡을 수 있을 거니깐 너무 상심하지 마."

"네……."

근령이 어깨를 토닥여 주고 자리로 가자 나현은 두 손으로 뜨거운 커피 잔을 감싸 쥐었다.

스토커 사건의 결정적인 힌트를 찾아낸 것은 루카였다.

'경부 압박 질식사.'

피해자의 부검 사진을 보고 사망 원인을 찾아내고 전문 용어를 아주 자연스럽게 쓰는 의문투성이의 남자. 올 때도 갈 때도 바람처럼 흔적이 없는 남자였다. 하루 종일 집 안에 틀어박혀 무엇을 했던 것일까. 그저 조용히 몸을 피하고만 있었던 것일까.

"입 밖으로 내는 말은 지키는 사람이네."

나현은 혼자 허탈하다는 듯 픽 웃었다. 오래 안 있겠다는 말을 신뢰하지 않았는데.

그는 보와츠로 돌아갔을까, 아니면 다른 은신처를 찾았을까. 왜 숨어 있던 것일까. 모라타에서 쫓겨난 걸까. 모라타의 수장인 재클린 회장에게 인정받을 만큼 입지가 강한 사람이 왜 쫓기는 것일까. 아니, 아니야. 쫓긴다는 말을 한 적은 없으니 이건 가능성이 희박한 추측이지.

"하⋯⋯ 나 지금 뭐 하는 거지?"

나현은 루카의 걱정으로 골머리를 썩이고 있는 자신이 우스워 낮게 혀를 찼다.

'인내력 고갈됐어.'

"⋯⋯!"

움찔 놀란 나현은 눈을 질끈 감았다. 거침없이 정복해 들어오는 입술에 당황했지만 사실 루카에게서 떨어지지 않으려 그의 두 팔을 꽉 잡았었다. 그때는 뒤로 넘어지지 않기 위해서였다고 애써 변명했지만 혼자 있는 지금은 솔직할 수 있었다.

"미쳤나 봐."

처음이 어렵지 두 번, 세 번은 쉽다는 말이 괜히 나온 게 아닌가 보다. 나현은 열이 오르는 뺨을 손등으로 한 번 쓰윽 훑고는 커피를 마셨다.

한 사람일 때와 두 사람일 때의 집 기운이 무척 다르다는 것을 깨달았다. 그리고 비록 반기지 않은 불청객이었지만 귀가를 했을 때 그가 맞아 주어 좋았다. 아버지와 예준을 제외한 사람에게서 잔소리 아닌 참견을 당한 것도 오랜만이었다.

"아, 예준⋯⋯."

끝내 루카의 가슴 부위에 있는 총상을 확인하지 못한 나현은 눈을 가늘게 떴다. 죽은 예준이 누워 있는 것을 봤고 입관하는 것도 봤다. 그런데도 그가 살아 있을지도 모른다는 생각에 매여 이성을 잃었었다.

하지만 만일 화장터로 가는 동안 관을 바꿔치기하고 예준이 빠져나온 것이라면. 나현은 양쪽 관자놀이를 지그시 누르며 눈을 감았다. 확인해 봤어야 했다. 그랬다면 이런 이상한 생각에 빠지지 않았을 텐데.

위이잉. 위이잉.

휴대폰 진동에 멈칫한 나현은 조심스럽게 발신자를 확인하다 픽 웃었다.

"아빠."

— 우리 딸, 무슨 일 있어?

"으응? 무슨 일?"

— 정신없이 바빠서 그래?

사실 봄에는 강의를 맡는 바람에 눈코 뜰 새 없이 바빴지만 지금은 바쁘지 않았다. 그냥 적당히 딴생각을 할 정도로 여유가 있었다.

"저 안 바빠요."

나현은 대답을 하면서 뭔가 의아함이 들었다. 아버지의 목소리 뉘앙스가 어딘가 달라져 있어 신경이 쓰였다.

— 곧 엄마 기일인데…….

"아, 맞다!"

나현은 저도 모르게 자리에서 벌떡 일어났다. 아버지의 목소리가 왜 이상하게 들렸던 것인지 깨달은 나현은 금방 미안한 얼굴이 되었다. 어떻게 어머니 기일을 잊고 있을 수가 있는지. 예준이 기일은 칼같이 기억하고 있었으면서.

— 이번에는 며칠 동안 머물다 갈 수 있어?

나현은 자리에 다시 앉으며 책상 달력을 끌어당겼다. 여름휴가는 본의 아니게 보와츠에서 다 써 버려 월차나 연차를 써야 했다.

— 최대한 길게 있다가 가면 좋은데…….

작은 목소리로 혼잣말하듯 중얼거리는 아버지 때문에 나현은 피식 웃음이 나왔다.

고등학교부터는 한국에서 다녀야 한다는 할머니의 성화에 돌아왔지만 한국 생활에 적응을 못 하는 어머니 때문에 아버지가 무척 힘들어하셨다. 아버지는 할머니로부터 어머니를 지키는 든든한 방패가 되어 주려 했지만 어머니의 향수병은 심해졌고 어쩔 수 없이 나현을 남겨 두고 두 분은 다시 영국으로 돌아갔다. 혼자만 남겨 두고 가서 원망 아닌 원망도 했었다.

손녀였지만 그리 마음에 들지 않는 혼혈 손녀라서 그런지 할머니의 간섭은 이만저만이 아니었다. 물론 사랑을 주실 때도 있었지만 상처가 더 커 그 사랑이 보이지 않았다. 지금은 그것이 할머니의 사랑이었구나, 라고 깨닫지만 그때는 반항심이 넘치던 시기였다.

"최대한 길게 써 볼게요, 휴가."

나현은 말은 그렇게 하면서도 가능할까, 싶었다. 여름휴가도 남들보다 길게 썼는데 연차 휴가를 다 쓰겠다고 하면 소장이 눈으로 레이저를 쏠 것이다.

— 그래? 티켓팅하고 전화해. 아빠가 통장으로 돈을…….

"아빠, 저도 돈 벌어요."

— 아, 하하. 그렇지.

고등학교 3학년 2학기에 접어들자마자 수업을 빼먹고 영국으로 가게 돈을 달라고 했었다. 아버지는 아무것도 묻지 않고 돈을 부쳐 주는 대신 티켓을 예약해 주었고, 나현은 곧장 영국으로 향했다.

영국에서 친구들을 다시 만난 것도 좋았지만, 뭐니 뭐니 해도 부모님과 함께 보내는 시간이 제일 좋았다.

그런데 자신이 한국으로 돌아가는 날 공항에 배웅을 나왔다가 돌아가던 어머니는 교통사고를 당했고, 그 자리에서 돌아가셨다.

한국에 도착하자마자 전해 들은 소식에 땅이 꺼지고 하늘이 무너졌다. 자신만 영국으로 가지 않았다면 어머니가 죽을 일 따위는 없었을 거라는 생각에 미칠 것 같았고 시간을 되돌리고 싶어 마음이 너무 괴로웠다.

그런 손녀를 앞에 두고 할머니는 매정하게 갈 때가 돼서 갔다는 말을 아무렇지 않게 했다. 어머니를 잃은 상실감과 죄책감이 할머니를 향한 분노로 나타났다. 그래서 부딪치면 늘 싸웠고 눈만 마주치면 원망을 쏟아 내고 아무것도 아닌 일에도 말이 거칠게 나갔다.

'나현아, 니 잘못은 하나도 없어. 다 이 할머니가 부덕해서 그런 거야.'

숨이 넘어가기 전 자신의 손을 잡고 힘겹게 한 자 한 자 말하시던 할머니의 눈꼬리에서 눈물이 툭 떨어지는 순간 오열하고 말았다.

엄마를 떠나보낸 손녀가 죄책감에 방황하는 것을 할머니는 알고 계셨다. 그래서 모질게 말해 그 원망을 자신에게 다 퍼부을 수 있게 해 주셨던 것이다. 그것을 너무 늦게 깨달은 나현은 가슴이 터질 것 같았다.

1년 사이에 자신과 가장 가까웠던 두 사람을 떠나보낸 나현은 삶의 의미를 잃고 방황했었다. 그리고 그녀가 그러한 상황을 극복하게 도와준 이가 바로 예준이었다. 한결같이 곁에 머물며 웃게 만들어 주고 사소한 것 하나까지 챙겨 주었었다.

"아빠……."

— 으응?

"보고 싶다."

모두가, 라는 말을 삼킨 나현의 눈가에 물기가 어렸다.

— 그래, 나도 얼른 우리 딸 보고 싶다.

"곧 갈게요."

다시 환한 미소를 지은 나현은 검지 마디로 눈꼬리에 맺힌 물기를 콕 찍어 냈다.

"영국 간다고? 가서 멋진 남자 좀 잡아 와."

"뭐라는 거야."

나현은 어이가 없다는 듯 아영을 향해 픽 웃었다. 어머니 기일이라 간다는 말을 굳이 하지 않은 건 우울한 기분에 침울함까지 얹고 싶지 않아서였다.

"요즘 한국 남자들이 얼마나 꾀를 부리는지……. 연애할 맛이 안 난다."

"너 만나는 남자 있어?"

남자 친구와 헤어졌으니 술을 사 달라던 아영에게 불려 나간 것이 석 달 전이었다. 하루가 멀다 하고 술타령을 하던 아영이가 그동안 잠잠했던 이유가 새 애인이 생겨서였구나 싶었다.

"두 달 정도 만나다 접었어."

"왜에?"

나현은 놀리듯 일부러 눈을 더 동그랗게 떴다. 그랬더니 아영이 눈을 흘기더니 이내 한숨을 푹 내쉬었다.

"처음에는 해 달라는 거 다 해 줄 것처럼 굴더라고."

"그래?"

나현은 그게 뭐 문제냐는 듯한 얼굴로 고개를 기울였다.

"내가 계산해도 괜찮아. 그까짓 밥값? 그까짓 커피값? 아무 상관 없었어. 나만 사랑해 준다면 내가 별도 따 줄 수 있어. 꼭 남자만 별을 따다 주라는 법 있냐? 능력 되는 인간이 하면 되는 거지."

"그런데 뭐가 문제야?"

나현은 팔짱을 끼며 미간을 찌푸렸다. 남녀 사이가 늘 평탄할 수는 없지만 아영이가 저런 마음을 먹고 있는데 트러블이 일어날 리 없다 여겼다.

"지갑을 안 가져왔다기에 난 아무 생각 없이 계산을 했어."

"그래서?"

아! 나현은 아영에게 질문을 하다 루카의 '그래서'가 생각나 멈칫했다. 사는 곳은 알지만 연락이 닿지 않는 사람인데 루카의 의지만 있으면 만나게 되는 사람이었다. 나현의 의지와는 상관없이 말이다.

"그런데 일부러 지갑을 놓고 온 것을 알고는 완전 정떨어졌지."

"어이없다."

"그렇지? 그때부터 하는 짓이 완전 개진상 같은 거야."

아영은 시원시원한 성격답게 뒤끝이 없었다. 흑과 백이 뚜렷한 아영은 아이들이 부당한 일을 당하면 참지 않고 분개하지만, 조언을 구하면 현실적인 상담을 해 주는 편이었다. 너무 현실적이다 보니 본의 아니게 부모에게 상처를 줄 때도 있어 아동심리상담센터 소장이 부모님 상담은 당분간 하지 말라고 할 정도였다.

"누가 개진상이라고?"

"아, 소혜야."

"왔어?"

자리에 앉은 소혜가 궁금한 얼굴로 쳐다보자 나현은 어깨를 으쓱하며 대답했다.

"아영이가 두 달 만나다 헤어진 남자."

"너 연애했었니? 언제? 누구랑? 뭐 하는 사람이었는데? 왜 우리한테 말 안 했어?"

의외라는 듯 눈을 커다랗게 든 소혜가 질문을 퍼붓자 아영이 썩은 미소를 지었다.

"야, 입맛 떨어진다. 그놈 얘기는 그만하자."

"아니, 왜 나한테는 말을 안 해 주는 건데?"

"남자가 일부러 지갑 안 갖고 나와서 계산을 안 하더래."

소혜가 투덜거리며 아영이 아닌 나현을 쳐다보자 그녀는 짧고 간결하게 설명해 주었다.

"진짜?"

소혜가 동그랗게 뜬 눈으로 아영을 보며 입술을 씰룩였다.

"이미 헤어졌다고."

아영이 헤어졌으니까 더 말하지 말라는 태도를 보이자 소혜는 뭔가 말하고 싶은데 참는 모습이었다. 그러다 나현을 휙 돌아보며 다른 게 생각났다는 듯 눈을 반짝였다.

"넌 왜 김세민 씨가 싫다는 거야?"

갑자기 화살이 자신을 향해 날아오자 나현은 거북한 표정을 지었다. 그냥 마음이 안 가는데 이유가 있어야 하나, 싶었다. 하지만 소혜를 이해시키려면 작은 이유라도 있어야만 했다.

"김세민 씨가 뭐가 부족하냐? 잘생겼지."

잘생긴 건 루카가 더 나아.

"키 크지."

키도 그가 더 커.

"자상하지."

크로마한테 하는 걸로 봐서는 그도 자상한 사람이야.

헛! 소혜의 말에 반박하는 것처럼 속으로 중얼거리던 나현은 흠칫 놀랐다. 왜 자신이 지금 루카를 변호하듯 말하는 것인지 모를 일이었다. 누가 들으면 루카와 연애라도 하는 줄 알겠다.

"코 큰 걸로 보아 밤일도 아주 잘할 거 같은데."

나현은 황당한 얼굴로 눈썹을 일그러뜨렸다. 추측을 사실처럼 말하는 일반적인 오류였다. 아무리 좋은 점을 강조하고 싶었다 해도 이건 너무 나가지 않았느냔 말이다.

"야, 헛소리하지 마."

가만히 듣던 아영이 근거 없는 소리 하지 말라는 듯 말을 툭 내뱉었다. 그러자 소혜도 좀 오버했나 싶은 표정을 짓더니 더럭 목소리를 높였다.

"아무튼! 부족한 거 하나도 없는데 왜 싫다는 거야."

나현은 김세민에 대한 소혜의 의견을 인정할 수 없다는 듯 콧잔등에 주름을 만들었다. 아무리 완벽한 남자라도 관심이 가지 않는데 어쩌란 말인지. 오늘도 내내 루카 생각을 했었다. 물론 일이 먼저였지만 문득문득 그의 안부가 궁금해졌다.

"너 나현이 눈 높은 거 몰라?"

아영이 들고 있던 커피 잔을 내려놓으며 몰랐느냐는 듯 소혜를 향해 눈을 크게 떴다. 나현은 어이가 없어 한쪽 눈썹만 들었다 내렸다.

"하긴."

"내가 뭘?"

자신이 언제 그랬느냐며 되묻는 나현과 달리 소혜는 인정한다는 표정을 지었다.

"예준이 같은 꽃미남이 옆에 있어서 눈만 높아진 거지."

아영이 새로운 사실도 아니라는 듯 핀잔 주듯이 말하자 나현은 '으응?' 하는 표정을 지었다. 예준이가 준수하게 생겼다고 생각은 했지만 그 때문에 눈이 높아져 다른 남자들이 눈에 안 들어온 것은 아니었다.

"뭐라는 거야. 그런 근거 없는 말 남발하지 마."

"예준이가 너한테 좀 잘했냐. 그리고 너도 예준이한테만큼은 잘했잖아."

나현은 고개를 저었다. 향수병 때문에 자신만 두고 영국으로 돌아가 버린 아버지와 어머니. 그 상실감이 좀 컸었다. 친구도 별로 없는데 혼자만 남겨진 고등학생 때 자신을 가장 많이 위로해 주고 마음을 다독여 준 친구가 예준이라 각별할 수밖에 없었다.

"그게 아니면 너 김세민 씨하고 사귀어."

"하, 나 참."

소혜가 증명해 보라는 듯 도발하고 나오자 나현은 답답해하며 탄성을 내뱉었다. 예준과 자신의 끈끈한 우정을 남녀 사이로만 규정하는 이 친구들한테 아무리 말해 봐야 무슨 소득이 있을까, 싶었다. 소득 없이 입만 아플 뿐이라서 나현은 남은 커피를 마시며 대꾸를 말았다.

— 뭔가를 찾은 거 같아요.

"뭘?"

나현은 병호와 통화를 하며 캐리어에 넣을 옷들을 개키고 있었다. 얇은 긴소매 옷들을 챙기다 아버지 집에서 간단하게 입을 옷들도 챙겼다.

— 저번에 예준 선배 물건이 혹시 빠진 거 있나, 하고 물었잖아요.

"아! 응."

나현은 탄성을 내뱉으며 마치 병호가 눈앞에 있는 것처럼 고개를 힘차게 끄덕였다.

— 예준 선배가 가지고 있던 경찰수첩이 있었는데…….

"그거 지금 어디 있어?"

— 저한테 있어요.

"안에 뭐 특별하게 적힌 거 없어?"

나현은 카디건을 만지작거리다 손에서 놓으며 휴대폰을 귀에 바짝 가져다

댔다.

— 제가 샅샅이 뒤져 봤는데 특별한 메모는 없었어요.

"없어?"

나현은 실망감을 애써 감추며 카디건의 단추를 의미 없이 손톱으로 꾹꾹 눌렀다.

— 탐문 수사를 하면서 받아 적은 것들이 있기는 하지만…….

"뭐라고 적혀 있는데?"

— 그냥 일반적인 답변이 다였어요. 그런데…….

"그……런데?"

나현은 마른침을 꿀꺽 삼키며 병호의 다음 말을 기다렸다. 뭔가를 찾은 것 같다고 했으니 아주 작은 단서라도 있지 않을까 싶었다.

— 뒷장에 찢어진 종이가 있는데…….

나현은 가만히 숨을 죽이며 병호의 말을 하나도 놓치지 않겠다는 듯 귀를 쫑긋 세웠다.

— 연필로 눌린 자국을 확인해 보니 딱 세 글자뿐인데…….

"뭐였는데?"

나현은 참지 못하고 병호의 말을 잘랐다. 뭔지는 모르겠지만 안갯속에 있던 예준의 죽음에 한 줄기 빛이 들어오는 느낌이었다.

— 이름이었어요.

"이름?"

— 네. 차현준이라는 이름이 적혀 있었어요.

차. 현. 준. 나현은 나지막하게 그 이름을 읊조려 봤다. 혹시 그동안 자신과 예준을 스쳐 간 이들 중에 그런 이름이 있었는지 기억을 더듬어 봤지만 처음 듣는 것처럼 낯설었다.

"검색해 봤어?"

— 그게…….

병호가 미적거리며 말을 잇지 못하자 나현은 답답했다. 하지만 닦달하지 않고 차분하게 대답을 기다렸다.

— 경찰청 데이터베이스로 검색을 했는데 접근 불가로 뜨는 이가 한 명 있었어요.

"……!"

접근 불가라는 말에 나현의 눈이 커졌다. 보안 등급이 낮은 병호는 볼 수 없지만 높은 사람은 충분히 볼 수 있다는 소리였다.

"보안 등급이 얼마나……."

— 그걸 볼 수 있는 사람은 경찰청장님뿐이에요.

"아……."

나현은 안갯속을 비출 한 줄기 빛이 흔적도 없이 사라지는 기분을 느끼며 탄성을 내뱉었다.

"아, 피곤해."

나현은 에든버러 공항에서 수속을 마치고 짐을 찾으러 가면서 뻐근한 어깨를 크게 돌렸다. 열다섯 시간이나 되는 비행시간 동안 잠을 자기도 하고 책을 읽으며 시간을 보냈지만 침대만큼 편할 수는 없었다.

기내 수화물을 내보내는 레일 앞에 사람들이 캐리어를 찾으러 모여 있는 것을 보다 나현은 휴대폰을 꺼내 들었다.

툭.

"어!"

"I'm so sorry."

남자가 다급하게 지나가다 어깨를 부딪치는 바람에 휴대폰이 바닥으로 곤두박질쳤다. 다행히 다시 고친 액정이 부서지지 않아 나현은 괜찮다는 의미로 남자에게 손을 내저었다. 그러다 거울에 비친 자신의 얼굴을 보며 그 자리에 멈춰 섰다. 혼혈의 생김새는 가끔 어느 곳에도 속하지 못하는 경우가 있었다.

"여기서도 난 다르네."

허탈한 웃음을 지은 나현은 휴대폰 전원을 켜다 미간을 구겼다. 아까 떨어지면서 액정이 무사한 것과 달리 기기가 고장 난 것인지 전원이 들어오지 않았다.

"아, 안 돼. 왜 하필⋯⋯."

나현은 공항에서 집까지 눈 감고도 가는 길이라 아버지께 마중 나오지 말라고 했지만 혹시나 길이 엇갈릴까 봐 조바심이 났다.

"⋯⋯!"

전원이 켜지지 않는 휴대폰을 포기하고 캐리어를 찾기 위해 몸을 돌리려던 나현은 화들짝 놀랐다. 이쪽을 보며 서 있다 기둥 뒤로 몸을 숨기던 남자와 눈이 딱 마주쳤던 것이다. 나현은 뒤로 휙 돌아 기둥 쪽을 뚫어지게 쳐다봤다. 하지만 거기서 다시 모습을 드러내는 사람은 없었다.

"확인을⋯⋯."

기둥 뒤로 숨은 이가 누구인지 확인하고 싶었지만 왠지 두려움이 일어 나현은 움직이지 못했다.

"안 되겠다. 먼저 캐리어부터⋯⋯."

휴대폰을 꽉 쥔 나현은 남자와 우연히 눈이 마주친 것이기를 바라며 캐리어를 찾으러 잰걸음을 걸었다. 이미 많은 사람이 빠져나가 그런지 캐리어를 수월하게 찾을 수 있었다.

"바퀴가⋯⋯."

바퀴 하나가 빠진 캐리어를 보자 나현은 입이 절로 다물어졌다. 튼튼하기로 유명한 회사의 캐리어고 영국뿐만 아니라 여러 나라를 다니며 한 번도 이런 적이 없어 당황스러웠다. 그나마 다행인 것은 여행 온 것이 아니라는 점이다. 여행 온 것이면 매번 뒤뚱거리는 캐리어를 끌고 다니기가 번거로웠을 것이다.

"할 수 없지."

캐리어를 끌고 가던 나현은 남자가 숨었던 기둥 뒤쪽이 서서히 드러나자 마른침을 꿀꺽 삼켰다. 하지만 완전히 드러난 기둥 뒤에는 아무도 없었다.

"예민해졌나."

나현은 애써 자신이 예민하게 군다고 구박하고는 입국장으로 들어갔다. 플래카드를 들고 여행객들을 찾는 가이드와 가족을 마중 나온 이들이 입국장을 어수선하게 만들고 있었다.

나현도 혹시 아버지가 마중을 나왔나 싶어 이리저리 고개를 돌렸다. 출발하기 전 혼자서 갈 수 있으니 바쁜 시간 쪼개서 나오지 말라고 했지만 혹시나 하는 마음이 들었다.

"없는 거 같은데……."

나현은 쥐고 있던 휴대폰을 내려다보다 이내 결심한 듯 걸음을 옮겼다. 택시나 버스를 타러 승강장과 가까운 문으로 향했다. 아마 아버지는 오늘도 빼먹지 않고 위스키를 한잔 마셨을 것이다. 어머니가 돌아가신 후 허전함을 메우는 아버지만의 극복 방법이었다. 어차피 아버지가 마중을 나왔어도 술 때문에 운전은 안 되고 택시나 버스를 타고 집으로 돌아가야 했을 것이다.

퍽.

"아!"

나현은 공항 출입구를 향해 직진하다 옆으로 가로지르듯 걷던 남자와 세게 부딪쳤다. 오늘 일진이 안 좋은지 공항에 도착하는 순간부터 사건 사고가 끊이질 않았다. 바퀴가 빠진 캐리어는 소리를 내며 바닥으로 철퍼덕 엎어졌지만 자신은 부딪친 남자가 잡아 주어 그나마 간신히 중심을 잡았다.

"괜찮아?"

"……!"

나현은 익숙한 한국말에 고개를 번쩍 들었다. 그러다 눈을 커다랗게 뜨고는 뭔가를 말하려 입술을 벌렸다. 그런데 마음이 급해서 그런지 말이 나오지 않고 입술만 뻐끔거리게 되었다.

"자연스럽게 걸어."

모자를 깊게 쓴 루카의 눈이 보이지 않고 얼굴도 반만 보였다.

"어, 어떻게……."

한 손으로 자신의 팔을 잡은 루카가 빠르게 주위를 훑으며 걷기 시작하자 나현은 질질 끌려가듯이 걸음을 뗐다.

"자, 잠깐만 내 캐리어……."

나현은 공항 로비 중간에 넘어진 채 덩그러니 남아 있는 자신의 캐리어를 보다 루카를 돌아봤지만 소용이 없었다. 그는 들리지 않는 사람처럼 계속 걸음을 뗄 뿐이었다.

"내 캐리어가 저기에……."

"죽고 싶지 않으면 그냥 계속 걸어."

팔을 우악스럽게 잡은 루카 때문에 나현은 미간을 구겼다. 갑자기 눈앞에 나타나서 한다는 소리가 죽고 싶지 않으면이라니.

"아니, 말도 없이 사라지더니 이게 도대체 뭐야? 그리고 어떻게 여기에 있어?"

나현은 공항 건물을 빠져나오자마자 루카의 앞을 막아서며 물었다. 그런데 루카는 입을 닫고 가만히 내려다볼 뿐 대답이 없었다. 그간 일이 힘들어 스트레스가 심했는지 몰라도 살이 좀 빠진 것 같기도 했다. 그 모습을 보는데 이상하게 속이 상하고 욱하는 마음이 들었다. 그래서 나현은 나무라듯 말을 뱉어 냈다.

"물으면 대답 좀 해. 그리고 사람이 가면 간다, 오면 온다 말이라도 좀 하고 사라지……."

"말없이 가서 섭섭했나?"

속사포같이 말을 뱉어 내던 나현은 루카의 말에 멀뚱한 표정을 지었다. 인지하지 못했었는데 루카가 말없이 가서 섭섭했던 것일까.

"걱정해 주니 나쁘지 않네."

나현은 오버하지 말라는 눈빛으로 루카를 올려다봤다. 흔적도 없이 사라지더니 갑자기 에든버러 공항에 나타나 섭섭했냐는 질문을 아무렇지 않게 툭 던지는 남자라니.

"나쁘지 않기는. 보는 순간 짜증 났는데."

나현은 입술을 씰룩이다 루카를 흘겨봤다. 그러자 루카가 입술 끝에 미소를 걸며 천천히 입을 열었다.

"짜증은. 그냥 내가 그리웠다고 말해."

하! 참나……. 나현의 입술을 비집고 어이없는 탄성이 푹 내뱉어졌다.

12화
눈물

"아니, 기다려."

루카가 갑자기 뜬금없는 소리를 하자 나현은 멈칫한 얼굴로 쳐다봤다. 하지만 그의 시선은 나현이 아닌 더 먼 곳을 응시하고 있는 듯했다.

루카의 귀에 무선 이어폰이 끼워져 있는 것을 본 나현은 눈을 가늘게 떴다. 누군가한테서 연락과 지시를 받는 것인지 몰라도 그가 귀를 기울이고 있었다.

"A11 구역? 알았어."

말을 마친 루카의 시선이 자신을 향하자 나현은 무슨 상황인지 설명하라는 눈빛을 지었다. 그런데 그는 설명은커녕 자신을 재촉하며 걸음을 떼려 했다.

"움직여."

루카가 또 자신의 팔을 잡고 가려 하자 나현은 그의 손을 탁 쳐 내며 꼼짝하지 않았다.

"설명해."

도전적인 눈빛으로 쳐다봤지만 루카는 무표정하게 내려다볼 뿐이었다. 그러더니 한쪽 입꼬리를 올리며 가소롭다는 듯 웃음을 지어 보였다. 나현은 그 웃음이 자신을 어린애 취급 하는 것 같아 역정이 났다.

"설명하라잖…… 앗!"

더럭 목소리를 높였지만 그것이 무색할 만큼 루카가 허리를 확 끌어당기며 몸을 밀착해 왔다.

"뭐, 뭐 하는……. 이거 안 놔?"

"목소리 낮춰."

나현은 루카의 눈길이 멈춰 있는 곳으로 시선을 돌리다 움찔했다. 공항 경찰이 순찰을 도는 것인지 어슬렁거리며 다가오고 있었다. 자신이야 여기서 소리를 지르고 보호를 받으면 되지만 루카는 입장이 달랐다. 그는 아마 못해도 몇 개의 범죄에 연루되어 있는 사람이니 아주 많이 곤란할 것이다.

"싫은데."

약을 올리듯 눈을 반짝이며 말하자 루카가 재미있다는 듯 씨익 웃었다.

"깜찍하게 구네."

"내가 여기서 소리를 지르면…… 읍!"

순간적으로 루카의 입술이 닿자마자 말하던 도중이어서 그의 혀가 쉽게 입 안으로 미끄러져 들어왔다. 얼떨떨하게 있던 혀가 그에게 빨리고 얽히며 핥아지는 동안 나현의 발뒤꿈치가 자연스럽게 들렸다. 입안을 감미롭게 휘젓는 루카의 혀는 여린 점막을 톡톡 치며 안부를 전하듯 구석구석 핥고 있었다.

살짝 입술이 떨어진다 싶었는데 그가 고개의 각도를 바꿔 다시 다가오자 숨이 찼다. 그의 커다란 손이 귀를 감싸듯 옆얼굴을 그러쥐고는 혀를 더 깊이 넣었다. 나현은 아득한 기분에 몸을 떨며 루카의 팔을 꽉 움켜쥐었다.

"하아, 하…… 하아."

벌어진 입술 사이로 차올랐던 숨이 해방되기도 전에 루카의 손에 이끌려 걸음을 떼야 했다. 그의 다부진 등만 보이는 상황이었다. 나현은 흐릿해진 눈을 몇 번 깜빡이며 시야를 회복하려 했지만 정신이 없었다. 루카의 입술이 닿았던 자신의 입술이 얼얼했고 혀가 아릿한 통증에 울부짖고 있었다.

"타."

"어디로 가는데?"

나현은 그 와중에 겨우 정신을 차려 행선지가 어딘지 물었다. 그러자 루카가 한 발 다가오더니 목덜미를 그러쥐고 앞으로 살짝 끌어당겼다.

"너하고 도망가고 싶은 거 참고 있으니까 더 이상 도발하지 말고 차에 올라타."

뭐, 도망? 으르렁거리는 목소리는 한계선 바로 앞에 다다른 듯 날카롭고 메마르게 울렸다. 하지만 루카가 모자를 깊이 당겨 쓰는 바람에 눈빛을 볼 수가 없었다. 그가 지금 어떤 심정인지 알 길이 없어진 나현은 입을 꼭 다물어 버렸다. 뜨거웠던 입술과 혀가 입안을 휘저었던 감각이 그제야 심장으로 내려가고 있었다.

운전석에 오른 루카를 돌아봤지만 그는 다른 곳을 주시하고 있었다. 그가 무엇을 보는지, 어디를 보는지 알 수 없는 나현은 낮은 한숨을 내쉬며 인상을 구겼다.

"시끄러워."

"……!"

멀뚱해진 눈으로 루카를 돌아보다 눈이 딱 마주쳤다. 그의 손이 이어폰을 살짝 누르는 것으로 보아 누군가의 말에 반응한 모양이었다.

"아버지 집으로 가면 되는 거지?"

"응?"

나현은 잘못 들었나 싶어 눈을 동그랗게 떴다. 루카는 나현의 대답을 듣지 않고 차를 출발시켰다. 그 순간 공항 건물 입구로 우르르 쏟아져 나오는 관광객들을 보던 나현은 소리를 질렀다.

"내 캐리어!"

그가 키스하는 바람에 다른 생각을 못 한 자신이 바보 같았다.

"캐리어는 분실물 센터에 접수됐어."

"뭐?"

나현은 버럭 하는 마음으로 루카를 쳐다봤다. 캐리어를 가져왔다면 다시 찾으러 갈 수고를 덜 테고, 번거롭지 않았을 텐데 이 무슨 경우인지 기가 찼다.

"왜 내 캐리어를 가져오지 못하게 한 건데? 그리고 넌 왜 또 여기에 나타난 건데? 뭐 때문에 나타나 일을 꼬이게 만드는 건데!"

그가 대답해 주지 않을 것임을 알면서도 나현은 질문을 퍼부었다. 뭔가 속

214

이 상하면서 억울한 심정이 되었다. 루카를 생각하면 이상하게 속이 아프고 심장이 울렁거려 진정이 안 됐다. 그런데 막상 만나니 이게 뭔가 싶어 당황스러웠다.

"캐리어에 다른 것이 들어 있어서 네가 끌고 가게 둘 수가 없었어."

"……어?"

나현은 루카의 대답에 벙한 표정을 지었다. 딱히 대답을 들을 것이란 기대를 안 하고 있었는데 답을 들으니 멍해졌다. 그런데 더 미궁 속으로 빠져들어 가는 기분이었다.

"뭐가 들어 있는데?"

"오늘 아버지를 뵙고, 꼭 봐야 할 볼일을 지체하지 말고 내일 다 처리해."

나현은 루카가 왜 이러나 싶어 멀건 눈으로 쳐다봤다. 운전하고 있는 루카의 얼굴은 무표정이었다. 마치 아랫사람에게 지시할 사항을 나열하는 상사의 사무적인 태도처럼 느껴졌다.

"왜 그래야 하는데?"

"아버지가 위험해지는 걸 바라는 건 아니지?"

고개를 돌린 루카의 눈빛이 당장에라도 덮칠 것처럼 위협적이었다. 나현은 얼음이라도 된 듯 그런 루카의 눈빛에 옴짝달싹 못 하고 앉아 있었다. 고개를 돌려 그의 시선을 피하고 싶은데 움직여지지 않았다.

"아버지를……."

"내려."

겨우 입술을 움직이던 나현은 루카의 말에 고개를 돌려 주변을 확인했다. 언제 도착한 것인지 아버지 집 바로 앞이었다.

"See you."

나현은 루카에게 작정하고 따져 물을 심산으로 숨을 깊게 들이켜다 인사말에 멈칫했다. 어서 내리라는 듯 고개를 까딱이는 루카를 한 번 흘겨본 후 나현은 차에서 내렸다.

부웅.

"뭐 하자는 거야, 도대체!"

215

루카가 차창을 내릴 것이라 여겼는데 나현이 내리자마자 휭하니 가 버렸다. 이에 나현은 황당한 마음과 함께 욱하는 성질이 치솟았다.

"아빠."

나현은 계단을 내려오다 소파에 앉아 신문을 보는 아버지를 발견하고는 밝은 목소리로 불렀다.

"오, 우리 딸. 잘 잤어?"

"그럼요."

나현은 일어나 두 팔을 벌려 주는 아버지의 품에 파묻히듯 안기며 눈을 감았다.

아버지와 그동안 못다 한 이야기를 한다고 늦은 밤까지 거실에 머물렀지만 정작 침대로 들어가서는 잠을 청하지 못했다. 시차 적응 때문에 몸이 피곤할 법도 한데 잠을 제대로 못 잔 나현은 새벽녘에는 아예 잠들기를 포기했다. 눈이 좀 따가웠지만 겉모습은 멀쩡해 보여 아버지에게 능청스럽게 말할 수 있었다.

"어? 이거 무슨 냄새예요?"

"옆집의 마사가 너 왔다고 사과파이를 구워서 보냈어."

"오!"

나현은 반가운 얼굴로 환호성을 지르며 주방으로 들어갔다. 사과파이를 한 조각씩 잘라 접시에 담아내자 아버지는 커피를 잔에 따랐다.

"마사 아줌마하고 해리엇은 잘 지내고 있죠?"

해리엇과 같은 학교를 다니며 서로의 집을 제집 드나들듯이 하며 자랐었다. 혼혈이라고 놀림을 받을 때 해리엇이 멋진 왕자님처럼 짜잔, 하고 나타나 아이들에게 눈을 흘기고 주먹을 치켜들어 주기도 했다.

"으음, 맛있어."

나현은 사과파이를 오물거리며 행복한 표정을 지었다.

"해리엇 곧 결혼한다고 하더라."

"으응? 누구하고요?"

이따가 마사 아줌마에게 가서 차 한잔 마시며 수다를 떨고 와야겠다고 생각하던 나현은 눈을 동그랗게 떴다.

"들으면 놀랄걸?"

"누군데요?"

나현은 궁금한 얼굴로 커피를 한 모금 마시며 아버지를 눈으로 재촉했다.

"에밀리아."

"푸흡!"

저도 모르게 마시던 커피를 뿜어 버린 나현은 후다닥 일어나 아버지의 옷을 털어 내기 시작했다.

"아, 아빠 죄송해요."

"아니, 괜찮아. 내가 놀랄 거라고 했잖아."

"그, 그러게요."

에밀리아는 나현을 몹시도 괴롭히던 아이였다. 길을 가다 머리를 잡아당기기도 하고 발을 걸어 넘어트리기도 했다. 나현이 괜찮다고 말려도 해리엇은 에밀리아에게 나쁜 말을 했으며 때리기도 많이 때렸다. 그래서 두 어머니들은 서로 마주치기만 해도 으르렁거렸었다. 그런데 둘이 결혼한다고 하니 놀랄 수밖에.

"어떻게 된 거래요?"

"아빠가 듣기로는 대학 졸업하고 취직한 곳에서 만났다고 하더라."

"아……."

두 사람의 조합이 믿기지 않았지만 나현은 이내 수긍하며 입을 열었다.

"해리엇 결혼 축하 선물은……."

사실 에밀리아를 생각하면 해 주기 싫지만 해리엇은 자신에게 각별해 반감이 상쇄되는 기분이었다.

"뭐를 해 주면 좋죠?"

주변에 결혼한 친구들이 없어 나현은 난감함을 느꼈다. 게다가 해리엇은 남자라 뭘 해 주어야 할지 막막하기도 했다.

"아빠랑 저녁에 밖에서 밥 먹고 같이 쇼핑할까?"

"아, 좋아요! 그럼, 나 엄마한테 갔다가 5시쯤 어서 홀 노천카페에 있을게요."

"그래. 아빠도 일찍 마치고 갈게."

"네."

나현은 기분 좋은 얼굴로 남은 사과파이를 입에 넣다가 미간을 찌푸렸다. 아버지가 위험해질지도 모른다는 루카의 말이 신경 쓰였다.

"흐음……."

한숨을 길게 내쉰 나현은 혼자 고개를 저었다. 노천카페에 사람이 얼마나 많은데. 설마 무슨 일이 생길까.

"엄마, 나 왔어."

나현은 들고 온 꽃다발을 어머니 묘비 앞에 놓고 그 앞에 마주 보고 앉았다.

"옷이 선머슴 같다고 야단치고 있는 거 알아요. 하지만 캐리어를 통째로 날려 버린 놈이 있어서 그래."

나현은 루카를 '놈'이라 칭하며 고소하다는 듯 혼자 벙싯 웃었다.

하얀 피부 때문에 인형 같다는 말을 들으며 자란 나현은 매번 공주풍 옷을 입히던 엄마 덕분에 주위의 시선을 더 끌었었다. 학교에서는 불편하다고 안 입는다고 떼를 쓰고 짜증을 내도 엄마는 늘 최고로 예쁘다는 수화로 자신을 달랬다. 그러면 마음이 약해져 학교에 입고 갔다가 집에 오자마자 벗고는 했다.

"엄마한테 올 때 입을 예쁜 원피스 샀어. 그러니 너무 속상해하지 마. 알았죠?"

나현은 혼자 중얼거리다 세운 무릎에 팔을 올리고 턱을 괴었다. 한국의 가을과 비슷한 영국 날씨지만 비가 오려는지 습한 바람이 불어왔다.

자상한 아버지 때문에 어머니는 한국 남자들이 다 그런 줄로만 알았다고 했다. 그래서 자신의 딸도 한국 남자를 만나기를 바랐다고. 하지만 상상하지 못한 시집살이에 어머니는 기겁을 했고 한국 남자 만나는 것을 다시 생각해 보라고 말할 정도였다.

그 말에 나현은 박장대소를 했었다. 그때 고등학생이었던 자신을 붙잡고 그런 얘기를 하는 어머니가 너무 오버하는 것이 아닌가, 생각했다.

"그놈…… 있잖아. 아마도 한국 사람인 것 같은데…… 엄마는 어떤 거 같아?"

나현은 입가에 쓸쓸한 미소를 지으며 물었다. 대답이 돌아올 리 없지만 속에 담아 두려니 가슴이 자꾸만 아파서 견딜 수가 없었다.

그를 생각하면 머리가 혼란스럽고 심장이 격하게 뛰었다. 만나면 투덕거리게 되는데 안 보이면 궁금하고 신경이 쓰였다. 루카의 입술이 닿았을 때 느꼈던 감촉과 느낌이 온몸을 지배하면 나른하게 힘이 빠지기도 했다.

"그냥 신경 쓰여 그런 거겠지? 설마 내가 그 사람을 좋아하겠어?"

좋아하는 감정을 깨닫기도 전에 키스부터 하게 된 사이였다.

"그러고 보니 참 이상한 사이네."

나현은 턱을 괴었던 손을 내리며 어이없다는 표정으로 어깨를 으쓱해 보였다.

"엄마, 주말에 아빠하고 다시 올게."

자리에서 일어난 나현은 옷을 툭툭 털고는 묘비를 손으로 가만히 쓰다듬었다. 짠한 표정을 짓던 나현은 이내 고개를 젓고는 씩씩하게 웃었다.

"영국 날씨가 이렇게 좋았었나."

나현은 노천카페에 앉아 하늘을 올려다보다 가만히 눈을 감았다. 가방에는 언제나 우산을 상비해야만 하는 영국에서 살다가 한국으로 갔을 땐 신기하기만 했었다.

"놀고먹으니 좋기는 한데……. 아! 해리엇."

나현은 관광객으로 보이는 이들을 느긋한 얼굴로 보다 휴대폰을 꺼내 들었다. 휴대폰이 떨어지며 충격을 받았던 건지 먹통이더니 이제는 잘되고 있

219

었다. 해리엇의 결혼 선물로 무엇을 고르면 좋을지 사전 조사를 해 두려 나현은 인터넷을 뒤지기 시작했다.

[시엔나 모?]

"……!"

나현은 자신의 영국 이름을 부르는 이를 놀란 눈으로 올려다봤다. 적주황이라는 뜻을 가진 시엔나는 자신의 밝은 갈색 머리칼 때문에 어머니가 지어 준 영국 이름이었다.

[네, 제가 시엔나입니다.]

[조사할 것이 있습니다.]

그들은 한눈에 보기에도 제복을 입고 있지 않았지만 영국 경찰임이 드러나는 옷차림이었다.

"무슨 조사……. 아!"

나현은 스스럼없이 한국어를 내뱉다 아차 싶어 고개를 내저었다. 그러다 싸늘한 얼굴로 그들을 쳐다보며 입을 열었다.

[무슨 조사를 받아야 하는데요?]

어이가 없기도 했지만 한편으로는 이 사태가 다 루카 때문이라는 생각이 들었다. 그래서 말이 곱게 나가지 않았다. 그를 모른다고 할 수도 없고 안다고 할 수도 없었다.

[일단 경찰서까지 동행해 주셔야겠습니다.]

나현은 이런 상황에서는 말을 아끼는 것이 유리하다는 것을 알고 있었다. 괜한 말을 해 그들에게 빌미를 줄 수는 없었다. 그리고 아무것도 모른다고 말해 봐야 이들은 자신을 이방인으로 간주해 믿지 않을 것이다.

[차는 저기에 있습니다.]

어떻게 해야 할지 막막한 심정이었다. 나현은 한 남자가 손짓으로 가리키는 차를 쳐다보다 자리에서 일어났다. 형사 두 명이 나현을 중간에 서게 하고는 앞뒤로 도주로를 차단하듯 걸었다.

"하……!"

나현은 답답하다는 생각을 하며 한숨을 내쉬다 흠칫 놀랐다. 그들의 차로 향하던 나현의 눈에 익숙한 모습의 남자가 들어왔다. 다만 그가 다른 때와 달리 슈트를 갖춰 입고 있어 의외였다. 앞에 카메라가 있었다면 화보를 찍고 있나, 하고 생각할 정도였다.

〈숙여. 최대한 깊게.〉

'뭐?'

나현은 멀뚱한 표정을 짓다 걸음을 딱 멈췄다. 자신에게 메시지를 전달하는 루카의 입술을 읽어 낸 나현은 본능적으로 머리를 감싸 쥐며 몸을 웅크렸다.

쾅! 펑! 쿠당당탕!

[까아악!]

[무슨 일이야!]

[아악!]

[차가 폭발했어!]

굉음의 폭발 소리와 함께 차가 공중으로 치솟았다가 바닥으로 내리꽂히며 시끄러운 소리를 냈다. 주변에 있던 차들의 경보장치가 같이 울리며 비상등이 정신없이 켜졌다 꺼지기를 반복했다.

[콜록콜록. 연기가……. 앞이 안 보여.]

앞서 걷던 형사가 바닥에 넘어진 것을 본 다른 형사는 연기를 없애려는 듯 팔을 휘저으며 다가가고 있었다.

나현은 주저앉은 채로 폭발한 영국 형사의 차를 쳐다보다 아수라장이 된 길거리를 멍한 눈으로 훑었다. 이게 도대체 무슨 일인가 싶었다.

"……헛!"

몸이 공중으로 붕 뜬다고 생각한 순간 나현의 시야 속으로 낯익은 얼굴이 불쑥 다가왔다.

"안녕, 못난이?"

이런 상황쯤은 아무것도 아니라는 듯 루카가 싱긋 미소 지으며 나현을 번쩍 안아 일으켰다. 나현은 몸을 바로 세우며 그를 떨떠름하게 쳐다봤다.

"어떻게……."

"다시 읽어 봐."

루카의 입술이 움직이는 것을 망연한 눈길로 보던 나현은 미간을 구겼다.

〈달아나, 힘껏.〉

루카의 말이 어이가 없어 나현은 움직이지 않고 쳐다만 봤다. 그랬더니 그가 방향을 잡아 주듯 몸을 돌리더니 등을 떠밀었다.

"어서!"

나현은 루카의 말이 100m 달리기 출발 신호라도 되는 듯 힘껏 달리기 시작했다. 분명 왜 달려야 하는지 반항심을 가득 안고 있었으면서도 그의 단호한 말에 발이 제멋대로 움직이기 시작했다.

그렇게 몇 분을 달리자 나현은 왜 자신이 미친 듯이 달리고 있는 것인지 이해가 되지 않았다. 그가 등을 떠밀었지만 이 방향으로 달리는 것이 맞는지도 의문이 들었다.

문득 영국 형사들이 쫓아오지 않는다는 것을 깨달은 나현은 뛰는 것을 멈췄다.

"허억 허억, 왜 달아나야 되냐고……. 하아."

나현은 힘이 빠져 무릎을 짚고 몸을 숙였다. 바닥을 바라보며 숨을 고르던 나현은 불쑥 다가온 구두에 화들짝 놀랐다.

"……!"

퍽.

뭔가가 둔탁하게 부딪치는 느낌에 놀란 나현은 심장이 바닥으로 툭 떨어졌다. 그런데 다음 순간 자신의 몸이 공중으로 뜨더니 차에 태워지고 있었다. 상황을 파악하기 전에 경악해 버린 나현은 소리를 질렀다.

"놔! 이 미친 것아! 놓으라고! 이 변태 자식아! 떨어져, 떨어지라고!"

나현은 손이 닿는 대로, 발이 닿는 대로 주먹질과 발길질을 하며 몸부림을 쳤다.

"자, 잠깐만. 나현, 욱! 으악, 잠깐만요! 좀 진정해 봐요! 억!"

발길질을 하는 와중에 나현의 무릎에 가슴을 제대로 맞은 것인지 남자가 새된 비명을 지르며 몸을 앞으로 푹 숙였다.

"나현 씨!"

크로마의 목소리가 들리는 순간 나현은 몸부림을 멈추고 차 안을 둘러봤다. 운전석에 앉은 크로마가 걱정하지 말라는 눈빛으로 자신을 보며 고개를 끄덕였다.

"일단 약속한 장소로 가야 하니 얘기는 나중에……."

운전을 하는 크로마를 보며 나현은 안도감을 느낌과 동시에 울컥했다.

"마, 많이 놀랐죠?"

란토가 미안한 얼굴로 나현의 무릎에 타격당한 가슴을 문지르며 애써 웃고 있었다. 나현은 입을 꼭 다물고 덜덜 떨리는 손을 맞잡은 채 가만히 앉아 있었다. 납치라고 생각해 차에 태워지는 순간 기겁할 수밖에 없었다.

나현은 맞잡았던 손을 풀고 주먹을 꽉 쥐었다. 한국에서 꽤 조용한 삶을 살아가고 있었는데, 루카를 알게 된 최근부터 겪은 일들이 너무 파란만장했다.

"도착했어요."

크로마가 뒤를 돌아보며 말을 걸었지만 나현은 입술 안쪽 살을 짓씹으며 대꾸하지 않았다. 너무 놀라 지금 자신이 화가 나 있는 건지 아닌지에 대한 감도 없었다.

"내리셔야……."

란토가 조심스럽게 말을 건네는데 뒷문이 벌컥 열리며 루카의 음성이 들렸다.

"안 내리고 뭐 해?"

"아, 형님. 저 그게……."

란토가 난처한 얼굴로 나현을 곁눈질하더니 뒷머리를 긁으며 차에서 내렸다. 두 사람의 나지막한 말소리가 들리다가 이내 문이 닫혔다. 잠시 정적이 찾아들더니 차 문이 다시 열렸다.

"모나현."

나현은 주먹을 더 꽉 움켜쥐었다. 루카가 옆에 앉아서 이름을 부르는데 눈물이 왈칵 쏟아질 것 같았다.

"지금 움직여야……."

"이 나쁜 놈아! 네가 뭔데 나를 이 지경으로……. 흑."

눈물이 쏟아지기 시작하자 나현은 말을 할 수가 없었다. 격한 감정에 휘말렸다 평온을 찾은 안도감에 미친 듯이 눈물이 흘러내렸다. 그런데 그런 자신을 말없이 쳐다보기만 하는 루카 때문에 나현은 몹시 언짢아지며 화가 났다. 그래서 모진 말들을 쏟아 내기 시작했다.

"너 때문에 내 인생이 꼬이기 시작했어! 꼴도 보기 싫어. 왜 내 앞에 나타났어! 꺼져! 나쁜 놈, 이게 도대체 뭐냐고!"

차분한 얼굴로 듣기만 하던 루카가 한 손으로 마른세수를 하더니 앞머리를 길게 쓸어 넘겼다. 나현은 신경질적으로 뺨을 적시는 눈물을 훔쳐 내며 울음을 추스르고 있었다.

"내가……."

나현은 눈가의 물기를 손등으로 닦아 내며 루카를 향해 눈을 흘겼다. 그가 눈물을 닦아 주려는 듯 다가오자 나현은 그의 손을 탁 쳐 냈다.

"치워."

손이 내쳐진 루카가 허공에 든 손을 천천히 내리더니 낮고 깊은 어조로 입을 열었다.

"네 앞에 나타나서…… 미안해."

"흑…… 으앙!"

루카의 미안한 얼굴과 진심이 담긴 사과에 나현은 그만 아이처럼 엉엉 울고 말았다.

— 와우! 둘이 벌써 키스하는 그런 사이야?

이어폰을 통해 들려오는 크로마의 목소리는 흥분으로 잔뜩 물들어 있었다. 공항 건물 CCTV를 통해 크로마가 지켜본다는 것을 알았지만 공항 경찰에게 걸리지 않아야 했다. 또한 나현을 보는 순간 키스하고 품에 안고 싶었다, 솔직히.

— 한국에 있는 동안 둘이 얼마나 진전된 거예요? 둘이서 벌써 그렇고
그런 사이?

'시끄러워.'

커다란 눈을 휘둥그레 뜬 나현이 쳐다보는 것을 알았지만 무시했다. 나현이
앞에 있어서 그렇고 그런 사이가 뭐냐고 크로마한테 핀잔을 주려다 말았다.

"스트레스가 심했나 봐요."

크로마가 대신 울어 주기라도 할 것처럼 잔뜩 죄지은 얼굴이었다.

"그런가 봐."

루카는 크로마가 건네는 위스키 잔을 받아서 한 모금 마시고는 고개를 끄
덕였다.

아무렇지 않아 보여 괜찮은 줄 알았는데 나현의 눈물을 보는 순간 마음이 아
파 왔다. 이렇게 난감하게 만들 생각 따위는 없었는데. 엮여서 좋을 것이 없는데
도 자신이 처한 상황 때문에 또 그녀를 찾아가게 되었고 곤란하게 만든 것이다.

"크로마, 출발해."

"내가 나현 씨 곁에 있는 게 낫지 않을까요?"

크로마가 그게 최선이지 않느냐는 얼굴로 말하자 루카는 남은 위스키를
다 들이켰다. 그녀의 눈물을 본 순간부터 자신의 곁에서 절대 떨어트리지 않
으리라 다짐한 루카는 크로마를 향해 고개를 저었다.

"네가 있어야 윰과 란토가 움직이기 쉬워."

"아……."

크로마가 안타까운 탄성을 내뱉다 이내 알겠다는 듯 고개를 끄덕이며 가
방을 챙겼다.

"삼 일 후에 봐요. 나현 씨 잘 데리고 오세요."

"무슨 일 생기면 연락해."

"Sure."

크로마가 외투를 걸치고 현관을 나서자 루카는 소파에서 잠이 든 나현을
돌아봤다. 맑은 갈색 눈동자에서 눈물이 펑펑 쏟아지는데 참 난감하다는 생

각이 들었다. 울릴 생각 따위는 없었는데 그녀를 기어이 울리고 만 자신을 처음으로 한심하다 생각했다.

루카는 소파에서 쪽잠을 자듯 웅크리고 있는 나현을 내려다보다 그 앞에 무릎을 접고 앉았다. 긴 속눈썹이 아직 물기를 담고 있었다. 하얀 얼굴은 창백하게 질려 있었고 입술은 상대적으로 붉게 보였다.

벽시계를 쳐다보고 시간을 확인한 루카는 나현을 깨우려 손을 뻗었다가 주먹을 가만히 말아 쥐었다. 임시 거처로 며칠 임대한 집이라 떠나기 전까지 한 시간 정도는 더 자게 내버려 둘 수 있었다.

"흑……."

자면서 꿈을 꾸는 것인지 나현이 훌쩍이자 눈가에 맺혔던 눈물이 콧등을 지나 뚝 떨어졌다. 나현에게 죄를 지은 루카는 검지를 들어 눈물 자국을 쓸어 담듯이 지워 줬다. 흐트러진 머리칼을 귀 뒤로 가만히 넘겨 주던 루카는 한숨을 길게 삼켰다.

'벗어 봐.'

맹목적인 확인을 바탕에 깔고 덤비는 나현을 보는 순간 갈등이 일었다. 나현에게 굶주려 있는데 벗어 보라는 도발은 폭탄을 터트리는 심지나 다름없었다. 다만 다음 날 떠나야 하는 입장이라 제 욕구만 채울 수는 없었다.

뜨거운 열기를 쏟아 내듯 거친 숨을 몰아쉬는 나현을 눕히고 정복하고 싶은 생각에 돌아 버리는 줄 알았다. 미친놈처럼 아까 울고 있는 나현을 보면서도 그런 생각을 했다. 자신에게 안기면서 희열에 떨며 우는 나현을 보고 싶었다.

"하아……."

루카는 두 손에 머리를 묻으며 소파에 기댔다. 나현을 옆에 두게 되었는데 이게 잘한 일인지 헷갈리기 시작했다.

'움직이기 시작했어요. 아무래도 어디를 가는 것 같아요.'

나현의 물건 속에 숨긴 것인데 그것이 제 발로 어딘가로 갈 상황에 놓인 꼴이었다. 안전하다 생각했는데 그녀가 아버지를 만나러 출국하리라는 예상을 못 했던 것이다.

"⋯⋯!"

머리에 뭔가가 얹어지는 느낌에 루카는 고개를 들었다. 나현의 손이 루카의 머리에 얹어졌다 멀어지려는 순간 그는 그 손을 잡아챘다. 마주친 시선만 얽힐 뿐 서로가 말이 없었다.

"하⋯⋯."

루카는 나현의 손을 두 손으로 감싸듯이 잡고는 이마를 기댔다.

"죄인 코스프레 그만해도 되는데."

피식거리는 웃음이 입술을 비집고 나왔다. 화가 풀린 것인지 평정심을 되찾은 것인지 몰라도 나현이 여유를 부리고 있어 마음이 좀 놓였다.

"좀 진정됐어?"

"⋯⋯응."

나현이 상체를 일으켜 앉았지만 루카는 소파 앞에 무릎을 접고 앉은 채로 그녀를 올려다봤다.

"이제 설명해 봐."

진정이 되었으니 어떻게 돌아가는 상황인지 설명하라는 나현의 말에 루카는 한숨을 내쉬었다.

"가장 궁금한 거 한 가지만 물어봐."

커다란 눈동자를 굴리며 무엇을 먼저 물어야 할지 고민하는 나현을 보며 루카는 끈기 있게 기다렸다. 불안한 듯 손가락을 폈다 말았다 하는 나현의 손이 애처로웠다. 그리고 입술은 말을 할 듯 말 듯 반쯤 열린 상태였다.

"아버지⋯⋯."

"네가 안전하다는 것을 알렸고 조만간 신변 보호를 할 거야."

"신변 보호? 어떻게⋯⋯."

"나머지 상황 설명은 우리가 배를 타고 나면 말해 줄게."

"뭐?"

당황한 나현의 눈이 올곧게 쳐다보자 루카의 미간이 찌푸려졌다. 어떻게 이렇게 쳐다보는 눈길만으로 심장을 떨리게 할 수 있는 건지.

"배를 왜…… 읍."

루카는 몸을 일으키는 동시에 나현의 입술을 덮쳤다. 말랑한 입술을 깨물고 더운 숨을 내뱉는 나현에게 취한 루카는 그녀의 뒷목을 감싸 쥐고는 혀를 더 깊게 넣었다. 젖은 입안에서 느껴지는 끈적함이 심장을 옥죄는 기분이었다.

촉촉한 입술 안쪽 살과 부드러우면서 찰진 소리를 내는 혀를 왈칵 베어 물듯 깨물자 그녀의 입에서 읍, 하는 신음이 터져 나왔다.

루카는 입술을 떼고 나현의 이마에 자신의 이마를 기댔다. 거칠어진 숨을 진정시키려 할수록 심장은 더 미친 듯이 뛰어 댔다.

"심장 뛰는 게 느껴져."

나현이 가슴에 손을 올리자 루카는 눈을 찡그렸다. 그녀가 가슴을 후벼 파고 심장을 꺼내는 것처럼 통증이 일었다.

"네 심장은?"

가라앉은 목소리가 그녀를 질책하는 것처럼 갈라져 나왔다. 자신의 심장이 뛰는 만큼 그녀의 심장도 뛰는 것인지 궁금했다. 그러자 그녀가 루카의 손을 가져가 자신의 심장 박동을 느낄 수 있게 해 주었다. 쿵쿵거리는 심장은 마치 북을 내려치는 것처럼 큰 파동을 일으키며 뛰고 있었다.

루카는 나현의 목을 끌어당기며 다시 입술을 붙였다. 말랑한 혀가 입안을 맴돌며 자신을 애태우고 있었다. 슬쩍 깨물자 나현이 움찔하더니 이내 작게 웃음소리를 냈다.

"하웃."

목덜미로 입술을 미끄러트리자 얕은 비명을 지르는 나현의 허리를 당겨 안았다. 무방비하게 있던 그녀를 탐하고 있음을 인지했지만 멈출 수가 없었다. 여기서 멈추면 자신이 견디지 못하고 터져 버릴 것 같았다.

루카는 나현의 윗옷 속으로 손을 넣어 젖무덤을 감싸 쥐었다. 화들짝 놀라 몸을 움츠리는 나현의 입술을 다시 덮치며 혀를 옭아맸다. 손안에 가득 만져지는 젖무덤을 살짝 힘주어 잡자 나현의 숨소리가 더 거칠어졌다.

"하……. 자, 잠시만…… 웃."

루카는 모든 동작을 멈추고 나현의 눈을 똑바로 쳐다보며 입을 열었다.

"멈출까."

마주한 시선 속에서 몇 초간의 정적이 흘렀다. 루카는 나현의 눈동자를 보며 수만 가지의 빛이 머물며 충돌하고 있다 여겼다. 두려움과 망설임, 실망감과 나아가려는 용기가 교차하는 듯 보였다. 루카는 그녀의 귓불에 입술을 가까이 붙이며 나지막하게 속삭였다.

"선택은 네가 할 수 있게 해 줄게."

마음 같아서는 그냥 밀고 나가고 싶었다. 한 번도 이런 깊은 감정에 휘말린 적이 없어 냉철함을 유지하는 것이 사실 어려웠다.

"나현?"

대답이 없는 나현을 재촉하듯 부르자 그녀가 시선을 마주하더니 차분하게 읊조리듯 말했다.

"책임지기 싫어 선택을 나한테 떠넘기는 건가."

"뭐?"

책임지기 싫은 건 아니지만 조심스러운 부분은 있었다. 눈빛이 살짝 짙어지는 나현의 눈동자를 보며 루카는 그녀를 번쩍 안아 올렸다. 이건 분명 허락의 의미라고 단정 지었다.

"읍!"

마주 보며 안아 올린 나현의 입술을 깨물고 핥고 빨며 루카는 2층으로 향했다. 자신의 목을 끌어안고 적극적으로 입을 맞추는 나현을 계단 중간쯤 벽에 밀어붙이고는 미친 듯이 탐했다. 옷 위라는 것도 상관하지 않고 젖무덤을 깨물고 쭉쭉 빨았다. 헉헉거리는 나현의 거친 숨소리가 흥분제가 되어 루카를 몰아세웠다.

"흡."

바지 버클을 풀고 지퍼를 내려 손으로 덮듯이 나현의 둔덕을 움켜쥐자 그녀가 흠칫하며 몸을 떨었다. 루카는 그녀를 벽에 기대게 하고는 바지를 끌어내렸다. 하얀색 레이스로 만들어진 브리프가 모습을 드러냈다.

루카는 그녀의 윗옷을 위로 끌어올려 벗겨 냈다. 브리프처럼 하얀색 레이스로 뒤덮인 브래지어는 젖무덤을 반쯤 가리고 있었다. 루카는 어깨끈을 잡으며 마른침을 꿀꺽 삼켰다. 눈앞에 이미 드러나 있는 젖무덤이 너무 투명한 빛을 내고 있어 기대감이 상승했다.

"하아……."

감싸 주던 브래지어가 사라지자 젖무덤이 출렁하며 모습을 드러냈다. 젖무덤의 정점에 자리한 엷은 갈색 유두와 유륜을 보는 순간 루카의 눈에 광기가 어렸다.

등 뒤로 푹신한 커버의 감촉이 닿는다고 생각한 순간 루카가 날렵한 동작으로 올라탔다. 묵직한 그의 체중이 단전을 지그시 눌렀다. 그런데 누르는 힘이 무거워야 하는데 무겁기는커녕 야릇한 흥분을 일으켰다.

"아흑."

유두를 덥석 물고 빠는 그의 힘이 강해 나현은 앓는 듯한 신음 소리를 내뱉었다. 유두가 그의 입안에서 희롱당할수록 정신이 아득해지고 몸이 나른하게 가라앉았다. 키스할 때와는 완전 다른 감각에 나현은 뜨거운 숨을 연신 토해 냈다.

"아, 안 돼."

아릿한 통증이 일 만큼 루카가 유두를 빨자 나현은 손으로 가리려 했다. 하지만 작은 저항은 그의 손에 저지를 당했고, 두 손목은 루카에게 결박당했다.

타액으로 흥건하게 젖은 유두를 내려다보는 루카의 눈빛이 발갛게 불타고 있는 것 같았다. 아직 입을 대지 않은 다른 유두를 바라보는 루카의 얼굴에 묘한 미소가 피어나더니 이내 입안으로 유두를 감추었다.

그의 새카만 머리를 보다 나현은 고개를 뒤로 젖혔다. 찌릿한 감각이 온몸으로 퍼지며 마비 증상을 일으키는 것처럼 정신이 점점 희미해지고 눈에 보이는 것들이 매우 멀게 느껴졌다.

"아앗."

빨고 핥는 루카의 힘에 의해 유두가 뽑힐 것 같다는 생각을 하며 나현은 몸을 비틀었다. 하지만 마음뿐이었고 올라탄 루카에게서 조금도 달아나지 못했다.

젖무덤을 한 손에 하나씩 그러쥔 루카가 번갈아 가며 흡입하듯 빨아 대자 나현은 헉헉거리는 숨을 몰아쉬었다. 이러다 그에게 온몸이 빨려 하나도 안 남을 것만 같았다.

"……!"

그러쥔 젖무덤을 놓은 루카가 몸의 굴곡을 따라 손을 미끄러뜨리자 나현은 몸이 오소소 떨렸다. 단전을 내려다보던 루카가 고개를 들더니 시선을 마주했다. 그가 시선을 마주한 채로 풀어진 넥타이를 카라에서 쭉 빼는 것을 나현은 가만히 숨죽이며 쳐다봤다. 이제 그가 드레스 셔츠를 벗으면 그동안 해 왔던 의심을 종식시킬 수 있었다.

그가 침대 위로 넥타이를 툭 던지자 나현은 팔을 겹치듯 교차해서 젖무덤을 가렸다.

"안 가렸으면 하는데."

그가 고개를 삐딱하게 기울이며 하지 말라고 말했지만 나현은 애꿎은 입술만 깨물며 말을 듣지 않았다.

한쪽 입꼬리를 비틀어 올린 루카가 한발 물러선다는 눈빛을 짓더니 셔츠 단추를 하나하나 풀자 나현의 목을 타고 마른침이 넘어왔다. 벌어진 드레스 셔츠 앞섶 사이로 드러나는 루카의 가슴. 그것을 뚫을 듯이 바라보는 나현의 눈에 서서히 힘이 들어갔다.

"……!"

드레스 셔츠를 벗어 침대 밖으로 툭 던지는 루카를 보던 나현은 저도 모르게 입술을 반쯤 벌렸다.

13화
확인

"상처가……."

붉은 입술을 달싹이다 마는 나현을 보며 루카는 입가에 미소를 지었다. 그녀의 시선이 몸을 더듬듯 분주하게 움직이는 것을 본 루카는 몸을 숙여 나현의 시선을 잡아챘다.

"보고 싶어 하더니, 확인했어?"

대답을 못 하고 입술을 감쳐무는 나현을 보며 루카는 그녀의 뺨을 손등으로 쓰다듬었다. 도자기 인형처럼 하얀 얼굴이 붉어지자 잘 익은 복숭아가 연상되었다.

"어떻게 다친 거야?"

"하……."

나현의 손가락이 가슴 부위의 상처에 닿자 루카는 움찔했다. 그녀의 손가락이 간지럼을 태우는 것처럼 더듬자 심장이 욱신거렸다. 흉터를 따라 나현의 부드러운 손가락이 조심스럽게 움직였다. 그 손가락이 지나가고 나면 상처가 사라질 것만 같았다.

"아팠을 텐데……."

손가락을 거둔 나현이 가만히 주먹을 말아 쥐자 루카는 그 가느다란 손목을 잡고 가볍게 입을 맞췄다.

"누가 그런 거야? 도구는 뭐였어?"

도구라고 지칭하는 나현의 표현에 루카는 실소가 터질 것 같았다. 일반적인 사람들은 쓰지 않는 도구라는 단어에 고개가 기울어졌다. 그녀의 직업적인 관점이 여기서 드러나나 싶었다.

"칼에 찔렸어."

"합."

그 느낌을 상상했는지 나현이 입을 앙다물며 인상을 썼다. 루카는 그런 나현을 보며 눈꼬리를 접으며 웃었다. 그러다 손가락으로 그녀의 구겨진 미간을 가만히 쓰다듬다 코 선을 따라 내려왔다. 앙다문 붉은 입술을 지그시 누르자 하얀 치아가 얼핏 보였다.

"읍."

루카는 도톰한 나현의 입술에 자신의 입술을 포개며 혀를 밀어 넣었다. 슬쩍 뒤로 빠지려는 나현의 혀를 잡아채 감아올리며 진득하게 빨았다.

얕은 신음 소리를 내뱉는 나현을 품에 안자 심장이 쿠당탕, 소리를 내며 바닥으로 곤두박질쳤다. 도자기 같은 피부가 닿는 순간 너무 매끄러워 품에서 놓고 싶지 않았다.

단물을 흡입하듯 유두를 입에 넣고 빨자 나현의 어쩔 줄 몰라 하는 몸짓이 아름다웠다. 옅은 갈색빛의 유두와 유륜이 타액에 젖어 반짝거리는 것을 보며 루카는 미간에 금을 그었다. 성이 난 남성이 드로어즈 밖으로 나오고 싶어 안달하고 있었다.

나현을 품에서 놓고 침대를 내려온 루카는 단숨에 바지와 드로어즈를 벗어 던졌다. 움찔 놀라며 고개를 돌리고 있는 나현의 자태가 너무 예뻐 한순간도 눈을 떼고 싶지 않았다.

"핫."

침대로 다가가 누워 있는 그녀의 단전에 입술을 내려 입을 맞추자 나현이 헛숨을 삼켰다. 브리프 허리선에 손을 넣고 천천히 끌어 내리자 나현이 놀라 허벅지를 딱 붙였다. 루카는 별로 개의치 않으며 그녀의 왼쪽 발목을 잡고 당겼다. 그러자 힘을 줘 붙이고 있던 나현의 허벅지가 벌어졌다.

어떻게 해서든 가리려는 나현의 노력이 가상했지만 루카는 그것을 허용하지 않았다. 아래를 가리려 뻗은 나현의 손에 브리프를 쥐여 주자 그녀가 악, 하는 비명을 터트렸다.

"꼭 쥐고 있어. 잃어버리지 않게."

"하아……."

엷게 물들었던 그녀의 얼굴은 이제 발갛게 달아올라 있었다. 루카는 그녀의 위로 올라가 입술을 열고 혀를 옭아맸다. 부드러운 혀를 어루만지듯이 빨던 루카는 천천히 입술을 뗐다.

상체를 일으킨 루카는 나현의 다리를 벌리고 그 사이에 자리를 잡았다.

"핫!"

루카는 그녀의 표정이 어떻게 변하는지 하나도 놓치지 않고 보고 싶었다. 화들짝 놀라며 손을 포개어 입을 가리는 나현을 보며 루카는 거웃을 헤치고 음부를 찾았다. 살을 가르듯 손가락을 넣어 긁적이자 촉촉하게 젖은 여린 살이 닿았다. 투명한 애액을 주변으로 퍼트리듯 문지르자 나현의 엉덩이가 들썩였다. 그 바람에 젖무덤이 같이 출렁였다.

"하앗! 하……. 그, 그만…… 하악."

살살 긁듯이 문지르다 음부 안으로 손가락을 넣자 나현의 고개가 젖혀졌다. 입술 안쪽 점막보다 더 부드러운 살이 손가락을 감싸듯 조여들었다. 좁은 길을 지나는 것처럼 뻑뻑한 느낌이 손가락을 압박했다.

자신의 손가락을 다 삼켜 버리는 나현을 보며 루카는 이를 악물었다. 자신의 남성이 성이 난 듯 고개를 쳐들고 돌진할 것처럼 끄덕거리고 있었다.

"흐으으윽."

루카는 몸을 비틀며 달아나려는 나현의 허리를 꽉 잡고는 넣었던 손가락으로 펌프질을 시작했다. 손가락을 물고 탄력 있게 벌어졌다 다물어지는 나현의 음부를 보며 루카는 자신을 다독이듯 눈을 질끈 감았다 떴다. 당장 들어가고 싶어 재촉하는 남성을 달래며 나현이 조금이나마 자신의 남성에 놀라지 않기를 바랐다.

"하……앗."

열심히 안을 휘젓던 손가락을 빼자 나현이 축 처지듯이 몸에서 힘을 뺐다. 이마에 송골송골 맺힌 땀으로 보아 매우 긴장하고 있는 듯했다. 잘 벌어지지 않는 음부와 어쩔 줄 몰라 하며 바들바들 떨고 있는 나현의 모양새를 본 루카는 고개를 모로 기울였다.

"처음이야?"

눈을 휘둥그레 뜨던 나현이 고개를 휙 돌려 시선을 피하자 루카는 짙은 한숨을 쉬며 앞머리를 쓸어 넘겼다. 처음이면 자신을 받아들인 그녀가 까무러칠 수도 있었다.

"핫!"

고개를 숙여 음부에 입술을 대자 그녀의 입에서 새된 신음이 터졌다. 루카는 미끈거리는 애액을 쪽쪽 빨아 먹다 혀로 음부 입구를 파고들며 핥기 시작했다. 질척거리는 소리 사이로 나현의 당황한 신음 소리가 같이 울렸다. 대음순, 소음순을 지나 클리토리스를 핥자 나현의 허벅지가 파르르 떨렸다. 손으로 입을 막은 것인지 신음 소리는 둔탁하게 들렸다.

루카는 나현의 다리 사이에 머리를 박고는 질척질척 소리가 나도록 깊게 빨고 집요하게 핥았다.

"아아…… 헛, 그만. 아! ……흑, 아, 아앙……."

달아나는 나현의 허리를 잡아챈 루카는 자신의 몸 쪽으로 그녀를 당겼다. 다리를 벌린 채 끌려오는 나현을 보며 루카는 그녀의 유두를 손가락 끝으로 비틀었다.

신음을 터트리는 나현을 보며 루카는 남성을 잡고 귀두로 음부 입구를 슬쩍 건드렸다. 그러자 그녀의 눈이 커다래지더니 입술이 절로 벌어졌다. 그 모습을 보자 기대감으로 쿠퍼액이 흘러내렸다.

"모나현, 소리 질러."

"뭐…… 아아악!"

"하!"

루카는 나현의 비명에 흠칫하며 넣으려던 남성을 제대로 밀어 넣지 못하고 그 자리에서 멈췄다. 두려움이 내려앉은 나현의 얼굴을 보자 미안하기도 하고 안쓰럽기도 했다. 하지만 여기서 물러설 수 없었다. 이미 터지기 일보 직전인 남성은 음부 안쪽까지 파고들 것처럼 크기를 키우고 있었다.

"미안한데 아직 안 넣었어."

"아, 하아……."

당황해 얼굴이 발개진 나현의 젖꼭지를 덮치듯 물고는 진하게 빨았다. 혀로 젖꼭지를 밀었다가 입술로 씹듯이 깨물었다. 그러다 유륜까지 쪽쪽 소리가 나게 핥다 남성을 들이밀었다. 남성의 귀두를 쫙 빨아들이는 느낌에 루카의 숨이 멎었다.

"헛!"

단숨에 들어가리라 생각했는데 너무 좁은 길에 막혀 음부 입구에서부터 압사당할 지경이 되자 루카는 미간에 금을 그었다. 헛숨이 절로 목을 넘어와 등줄기를 타고 흘렀다. 얼마나 조여드는지 애액을 충분히 흘렸음에도 뻑뻑함을 이기지 못했다.

"흐윽…… 아…….'"

"천천히 호흡해. 그러면 괜찮아."

루카는 눈가에 눈물이 그렁그렁 맺힌 나현을 보며 달래듯 말했다. 나현은 여기서 멈춰 주기를 바라겠지만 절대로 그럴 수 없었던 루카는 그녀의 젖꼭지를 비틀며 남성을 천천히 마저 밀어 넣었다. 비명도 못 지른 나현이 입술을 벌린 채 고개만 젖히며 루카의 팔에 손톱자국을 남겼다.

"하아, 하……."

완전히 다 밀어 넣자 루카는 저도 모르게 숨을 몰아쉬었다. 꽉 물고 압박을 가하는 나현 때문에 루카는 정신을 못 차릴 지경이었다.

"괜찮아. 곧 괜찮아질 거야."

루카는 움직이기 전에 나현을 달래면서 그녀의 머리칼을 뒤로 넘겨 주고 귓불을 찾았다.

"하윽."

볼록한 그녀의 귓불을 입술로 깨물고 혀로 핥자 나현이 앓는 듯한 신음을 흘리며 아래를 조여 왔다. 그녀의 고통을 덜어 주려다 루카 자신이 고통받는 꼴이었다.

루카는 그녀의 귓불을 이로 잘근잘근 씹다 다시 혀로 핥으며 움직이기 시작했다. 쳐올리는 만큼 하느작거리며 밀려나는 나현이었다. 그런 나현과의 교합을 풀지 않고 밀어붙이자 그에 못지않게 그녀의 젖무덤이 출렁였다.

그녀의 목을 핥던 루카는 젖꼭지를 번갈아 가며 빨다 그녀의 음부에 남성을 치댔다. 버거움에 몸을 떨면서도 자신을 끝까지 받아들이는 나현의 모습에 루카는 그만 이성의 끈을 놓아 버렸다.

[클라이든 부인 즐거운 여행 되시기를 바랍니다.]

"Thank you."

낯선 이름이 적힌 크루즈 티켓을 건네는 직원을 향해 나현이 고개를 까딱이자 루카가 자연스럽게 허리를 감아 안았다. 그에게 안겨 걸음을 떼던 나현은 쓰읍, 하는 신음을 삼켰다.

"아직 아파?"

품으로 끌어당기듯 안은 루카가 정수리에 입술을 내리자 나현은 가만히 눈을 감았다. 낯선 경험에 대비를 하기도 전에 충격을 받은 것처럼 둔통에 몸이 얼얼했다.

"선실로 가서 눕자."

자신의 어깨를 감싸 안던 루카가 손을 가만히 잡자 심장이 울렁거렸다.

선실로 들어서자 깔끔하게 정리된 침대가 먼저 눈에 들어왔다. 나현은 침대로 곧장 가 모로 누웠다. 새우잠을 자듯이 몸을 둥글게 말자 루카가 다가와 그 앞에 무릎을 꿇었다.

"잠 와?"

"아니."

나현은 커다란 눈을 끔뻑이다 루카를 똑바로 쳐다봤다. 자신을 눈에 담고 있는 루카의 눈빛이 예전과 많이 다르게 느껴졌다. 날카롭고 뭔가를 파괴하고 싶어 하던, 격렬하게 일렁이던 눈빛이 조금 순해진 느낌이 들었다.

"캐리어는 란토와 유렘이 찾아올 거야."

"어떻게?"

본인이 아닌데 공항 분실물 센터에서 가방을 내어 줄 리가 없었다.

"알아서 가져오라고 했으니…… 눈치껏 할 거야."

개구진 루카의 뉘앙스에 나현은 짐짓 꾸짖듯 미간을 구겼다. 계면쩍은 얼굴로 웃던 루카가 교차시킨 팔을 침대에 올리며 턱을 괴고 빤히 쳐다봤다.

"미안. 너는 안 엮이게 했어야 했는데 내 실수야."

"뭐 하는 사람이야, 너?"

입을 닫고 난감한 표정을 짓는 루카를 보며 나현은 낮은 한숨을 내쉬었다. 이런 순간조차 비밀을 발설할 수 없는 사람이라서 참 곤혹스러웠다.

"그럼 다른 질문. 캐리어에 뭘 숨겼는데?"

"정확하게는 캐리어에 든 물건 속에 숨긴 거야."

나현은 상체를 일으켜 앉으며 다리를 침대 아래로 내렸다. 캐리어는 란토와 유렘이 가져온다고 했으니 물건을 꺼낼 때 보면 답이 나올 것이다. 자신의 손을 가만히 잡는 루카를 보며 나현은 다시 입술을 달싹였다.

"나를 굳이 보와츠로 데려가려는 이유는 뭔데? 아니, 그 전에 영국 경찰이 왜 나를 찾아왔어?"

한 손으로 마른세수를 한 루카가 시선을 맞추더니 입을 열었다.

"한국을 떠난 너를 감추려면 어쩔 수 없이 테러리스트로 만들어야 했어."

"뭐라고?"

나현은 황망한 표정을 지으며 루카를 내려다봤다. 자신도 알지 못한 사이에 범죄자가 되었다는 소리였다.

"경찰에 거짓 정보를 흘린 건 나야. 하지만 아버지께는 피해가 가지 않을 거야. 그 거짓 정보가 가짜라는 것을 영국 경찰들도 지금쯤 알았을 테니까."

나현은 혼란스러운 눈빛으로 루카를 내려다봤다. 뭐가 어떻게 돌아가는지 하나도 알 수 없는 기분이었다.

"당황스러운 거 알아."

루카가 가만히 쳐다보더니 손을 들어 나현의 머리칼을 귀 뒤로 넘겨 주었다. 그의 가늘고 긴 손가락이 뺨을 스치자 심장이 두근거렸다.

"……네가 한국에 있었다면 나는 너를 보와츠로 데려가지 않았을 거야. 하지만 넌 한국을 떠났고 영국으로 오는 바람에 위험에 빠진 거야."

"내가 왜 위험해졌는데?"

루카의 표정이 굳어지는 것을 보며 나현은 마른침을 넘겼다. 아무래도 그 원인이 루카인 것 같았다.

"너 때문이야?"

"……응. 한국에 있는 동안 바니의 추적을 피했다 여겼는데 아니었어."

"바니?"

"재클린 회장의 아들. 곧 모라타 조직을 대표하게 될 거야."

몰라서 되물은 것이 아닌데 루카가 설명을 덧붙였다.

"바니가 나를 알아?"

"그 부분은 정확하지 않아. 나만 추적한 것인지 너도 같이 추적한 것인지는."

들으면 들을수록 깊은 수렁에 빠지는 느낌이 들어 나현은 눈을 감아 버렸다.

"나현……."

"됐어. 나 그만 좀 잘게."

나현은 침대에 다시 누우며 루카에게서 등을 돌렸다.

"그래."

루카가 이불을 덮어 주고 멀어지는 소리가 나자 나현은 이불깃을 꽉 움켜쥐었다. 뭐가 뭔지 알려고 하면 할수록 더 미궁 속으로 빠져드는 기분이었다. 죄를 지은 범죄자냐고, 혹시 인터폴에서 찾고 있는 수배자냐고, 나쁜 일을 하는 극악한 놈이냐고 하나도 묻지 못했다.

꽉 쥔 주먹으로 입을 틀어막은 나현은 눈을 질끈 감았다. 나른한 기운에 잠이 몰려들 것 같은데 막상 잠은 오지 않았다.

"흐음."

한숨을 푹 쉰 나현은 억지로 감은 눈에 힘을 주며 잠을 청했다. 하지만 머릿속이 어지러웠다. 이건 아마도 스톡홀름 증후군에서 기인한 회피성 정당화인 것 같았다. 루카가 절대 나쁜 사람이 아닐 것이라는 막연한 생각에 확인하기를 거부하는 그런 마음이 자리 잡은 것 같았다.

딱.

경쾌한 소리에 눈이 떠진 나현은 은은한 조명만 켜진 침대 주위를 훑다가 고개를 돌렸다. 소파에 앉은 루카는 노트북 앞에 앉아 캔 맥주를 마시고 있었다. 샤워를 했는지 머리칼이 젖어 있었다.

설핏 잠이 들었던 모양이다.

"하나만……."

"일어났어?"

소파로 다가가자 루카가 고개를 들며 차분한 눈길로 쳐다봤다. 저 잘생긴 얼굴을 무기로 타인에게 죄를 저질렀을까.

"하나만 더 물어볼게. 솔직하게 말해 줘."

나현이 하얗게 질린 얼굴로 말하자 루카가 다가와 뺨을 만졌다. 올려다봐야 하는 루카의 눈에 걱정이 깃들어 있는 것 같았지만 그건 착각일 수도 있었다. 그를 신뢰하고픈 마음에 나온 판단의 오류일 수도 있었다.

"넌 누구를 해하거나 법을 어기거나 한 범죄자야?"

표정 없는 얼굴로 나현을 내려다보는 루카의 눈빛이 날카롭게 번뜩였다. 마치 못 들을 말을 들었다는 듯 심기가 뒤틀린 얼굴이었다. 하긴, 그런 조직에 몸을 담고 있으면 자의든 타의든 죄를 지을 수밖에 없었을 것이다. 그러니 이런 질문이 반갑지 않을 테지.

"……그게 마음에 걸려?"

루카가 무표정한 얼굴로 내려다보며 힘겹게 입을 열자 나현은 고개를 끄덕였다. 뭐 하는 사람인지 절대 입을 열지 않지만 크로마가 나쁜 일은 아니라고 한 말에 희망을 걸고 있었다.

"너 절대 실망시키는 일 없을 만큼 깨끗해."

"진짜야?"

나현은 확인을 받고 싶은 심정으로 되물었다. 상황을 모면하려 거짓을 말하는 것 같지는 않아 보였다. 믿음을 주려는 듯 시선을 피하지 않고 올곧게 바라보는 루카의 눈빛이 따스했다.

"응, 진짜. 내 목숨을 걸고 맹세할 수 있어."

나현은 고개를 끄덕이다 그의 가슴께에 손을 올렸다. 뜨거운 피가 도는 심장 부위는 따스했다. 그가 말할 때마다 심장이 뜨거운 피를 펌프질해서 그런 것인지 손바닥에 미세한 진동이 느껴졌다.

"흐음, 샴푸 냄새 좋다."

나현은 가까이 있는 루카에게서 나는 향을 맡으며 나른한 얼굴로 눈을 끔뻑였다.

"기분 전환하게 너도 씻을래?"

샤워실을 돌아본 나현은 고개를 저었다. 감기 기운이 있어 그런지 컨디션이 그리 좋지 않았다.

"그럼 다른 걸로 기분 전환할까?"

"으응?"

가만히 고개를 기울이자 루카가 입술을 포개더니 나현을 안고 소파에 앉았다.

"하아……."

루카의 허벅지 위에 마주 보며 앉은 나현은 그에게 입술이 열리고 혀가 낚아채었다. 깊고 진하게 빨아 대는 힘이 강해 숨이 차올랐다.

놓치지 않겠다는 듯 집요하게 파고드는 루카와 입술을 떼자 타액이 둘 사이에 길게 늘어졌다. 가만히 아랫입술을 엄지로 쓰다듬어 준 루카가 허리를 바짝 당겨 안자 나현은 그대로 끌려갔다.

"추워?"

나현은 루카의 말에 그제야 자신이 떨고 있다는 것을 알았다.

"모, 모르겠어."

춥지는 않은데 몸이 잘게 떨리기는 했다.

"따스하게 해 줄게."

"읏!"

치마 속으로 들어온 루카의 손에 브리프가 젖혀지는 순간 그의 손가락이 안으로 파고들 듯 불쑥 들어왔다. 거웃 위를 스치듯이 만지던 루카가 입술을 물고 여린 살을 비벼 댔다. 거웃을 가른 손가락이 휘젓듯 음부 주위를 비벼 대자 나현의 입에서 뜨거운 숨이 뱉어졌다.

"하앗."

진득하게 밀고 들어온 루카의 손가락에 음부가 열리고 그의 혀에 입술이 열렸다. 살과 살이 부딪치며 맞닿은 곳에서 열기가 피어올랐다.

나현은 자신의 허리를 바짝 당겨 안은 루카의 목에 팔을 두르고 그의 입술을 같이 탐했다. 올려다보던 위치가 바뀌어 루카를 내려다보는 위치에서 키스하자 나름 색다르며 기분이 묘했다.

지지직.

허리를 안았던 루카의 손이 원피스 지퍼를 거침없이 내렸다. 그러자 원피스가 어깨에서 미끄러져 내려갔다. 루카의 입술이 어깨로 내려앉자 나현은 신음을 흘렸다. 유두가 바짝 선 채 예민하게 움찔거리고 있었다.

"어깨선 내려."

루카가 브래지어 어깨선을 이로 물다가 놓아주자 나현은 순순히 끈을 내렸다.

"더."

"하앗!"

젖무덤이 보이게 끈을 더 내리자 루카가 와락 달려들어 유두를 입에 머금었다. 루카가 유두를 빼는 만큼 음부에 넣어 둔 손가락을 같이 움직이자 나현은 고개를 뒤로 젖혔다. 그에게 뽑힐 것처럼 물려 빨리고 있는 유두와 마구 쑤셔지고 있는 아래 때문에 정신이 아득해졌다.

"야릇한 신음이네."

루카의 갈라진 목소리가 귓가에 울리자 나현은 거친 숨을 토해 냈다. 자신이 얼마나 야한 교성을 내질렀는지 나현은 인식하지 못하고 있었다.

치마를 확 들춰 루카가 눈길을 그곳에 박으며 손가락을 휘젓고 있었다. 다리를 모으려고 해도 앉은 자세 때문에 불가능해진 나현은 그의 어깨를 꽉 움켜쥐었다. 나현은 손가락만으로도 가 버릴 것 같은 흥분에 휩싸여 루카의 목을 끌어안았다. 그러자 욕망에 물든 루카의 목소리가 들려왔다.

"사람 미치게 하네."

나현은 묵직한 둔통을 느끼며 눈을 감았다 떴다. 까무룩 잠이 들었다 눈을 떠 천장을 보며 든 첫 생각은 '없었어'였다. 루카의 가슴에 몇 개의 상처가 있었지만 총상에 의한 흉터는 없었다. 그토록 예준일 거라 의심했었는데 막상 아닌 것을 알게 되자 실망감과 함께 다른 기대가 일어 당황스러웠다.

뜨겁게 안아 주는 루카 때문에 정신을 놓아 버렸었다. 처음인데도 익숙함이 온몸을 지배하는 순간 괴리감이 들었다. 어째서 낯설지 않은 것인지 그 원인을 찾을 수 없었다.

그래, 그는 예준이 아니고 도플갱어처럼 닮았을 뿐이었다. 하지만 언뜻언뜻 비치는 익숙함에 속고 있는 기분도 들었다.

"바람이 차."

뒤로 다가온 루카가 담요를 덮어 주며 안아 줬다. 다들 크루즈에서의 마지막 날, 밤바다를 보러 나와 있었다. 나현은 광활하게 뻗은 바다를 보다 루카를 올려다봤다.

"뭐 할 말 있어?"

가만히 쳐다보기만 하자 루카가 먼저 입을 열었다. 나현은 아니라는 듯 엷은 미소를 지어 보였다.

"속은 괜찮아?"

나현은 고개만 끄덕였다. 거의 실신하듯 잠만 자며 식사도 거르다 저녁을 조금 먹었는데 속이 매슥거렸다.

"시원한 공기를 마시니 나아졌어."

자신의 정수리에 입을 맞추는 루카를 느끼며 나현은 눈을 감았다.

어젯밤에 출발한 크루즈는 보와츠를 향해 쉼 없이 항해하고 있었다. 비행기로 들어가는 건 위험해서 관광객들 사이에 섞여 들어가야 한다고 했다. 그래서 가짜 신분증을 받아 든 나현은 좀 혼란스러웠다. 너무 당연하다는 듯 범죄를 저지르는 거 같아 양심이 편치 않았다.

그런데 신분증을 확인하는 순간 어이없는 웃음이 터졌다. 랜디 클라이든과 제니 클라이든이라니. 즉, 루카와 나현은 부부 사이였다.

"들어갈까?"

"응, 들어갈래."

나현이 돌아서자 루카가 허리를 받치듯이 안아 주었다. 바닷바람이 생각보다 세고 차가웠다. 한 가닥으로 묶었는데도 머리칼이 정신없이 날렸다.

"아, 바람이 정말……."

선실로 들어온 나현은 흐트러진 머리칼을 손으로 대충 빗다 루카에게 손목이 잡혔다. 입을 꽉 다물고 쳐다보던 루카가 머리 끈을 풀고 흐트러진 머리칼을 조심스럽게 정리해 주었다. 귀 뒤로 머리카락을 넘길 때 루카의 손가락이 닿자 나현은 저도 모르게 어깨를 움츠렸다.

"예민하게 느끼네."

"으응?"

나현은 멀건 얼굴로 자신을 뚫어지게 쳐다보는 루카를 올려다봤다.

"왜…… 으읍."

루카의 혀가 입술 사이를 거침없이 파고들더니 입안을 휘저었다. 혀를 감았다 풀어 주고 다시 감아올려 빨기 시작했다. 나현은 숨을 몰아쉬며 루카의 입술을 깨물었다. 비벼지다 엇갈리듯 맞물린 입술이 루카에게 덮쳐지자 나현은 그의 목에 팔을 둘렀다.

"훗."

자신을 번쩍 안아 올린 루카에게 매달렸던 나현은 곧 침대로 내려졌다. 두 손을 얼굴 옆에 짚고 몸을 숙인 루카가 가만히 시선을 맞춰 왔다. 눈으로 더 듬듯 얼굴을 만지는 루카의 눈동자에 욕망이 넘실거리는 것 같았다.

"몇 번 할 건데?"

피식 웃는 루카의 얼굴을 보며 나현도 개구지게 웃었다. 한 번만 하면 끝 나는 줄 알았는데 아니었다. 끊임없이 파고드는 루카를 다 받아 내는 게 제 일 버거운 일처럼 느껴졌다. 몸살처럼 둔통이 며칠째 이어지고 있어 오늘은 그를 말리고 싶었다. 그리고 내일이면 보와츠에 도착하니 푹 자 둬야 할 것 같았다.

그런데 나현의 셔츠 단추를 톡톡 풀어내는 루카는 그럴 생각이 전혀 없어 보였다.

"한 번만 할 거지?"

나현은 살짝 애원하는 표정을 지으며 큰 눈을 깜빡였다. 적어도 루카가 들 어주는 척이라도 할 것이라 생각했다.

"장담을 못 하겠는데?"

루카가 그것을 어떻게 예상하느냐는 듯 시니컬하게 말하자 나현은 곱게 눈을 흘겼다. 그러다 루카가 젖무덤을 꽉 움켜쥐자 아흑, 하는 신음을 터트 렸다.

"달콤함으로 넘쳐 나는데 어떻게 한 번만 하라는 거야."

"흐읍!"

반쯤 풀다 만 셔츠를 젖히고 브래지어를 당겨 내린 루카가 유륜까지 와락 덮치자 나현은 놀라 비명을 터트렸다. 루카의 입안에 들어간 젖꼭지가 이리 저리 휩쓸리고 혀에 치이는 감각이 적나라해 단전에서 열이 올랐다. 다 먹어 치우기라도 하듯 루카가 집요하게 탐하자 젖꼭지가 아릿하게 아파 왔다.

"훗, 아……."

루카가 인정사정없이 젖꼭지를 훑으며 다른 젖무덤을 그러쥐더니 손가락 사이에 젖꼭지를 끼우고 젖을 주물렀다. 루카의 혀에, 손에 젖꼭지와 젖무덤 이 희롱당할수록 나현은 몸을 비틀었다. 이미 멀리 달아났다고 생각했지만 현실은 아니었다. 루카의 아래에 깔려 헐떡이고 있는 건 다름 아닌 나현 자신이었다.

"이제 아픔도 덜 느낄 텐데 한 번만 하라는 건 사람 약 올리는 거지."

"하나도 남아나지 않을 정도로, 아흑…… 핥아 대니."

루카가 치마를 들추고 다리를 벌리게 하더니 브리프를 벗기지도 않고 손가락을 밀어 넣었다. 그 바람에 나현은 넘어갈 듯한 숨을 몰아쉬었다. 아래가 흥건하게 젖었다는 것을 루카의 손가락 움직임으로 깨달은 나현은 얼굴을 발갛게 물들였다.

"이렇게 젖었다는 건 너도 원했다는 소리잖아."

루카가 왜 감췄느냐는 듯 핀잔을 주자 나현은 민망함에 시선을 피했다. 고개를 돌리던 나현은 소파를 보고 눈을 질끈 감았다. 어제 소파에서 루카의 위에 올라타 다리를 벌렸던 기억이 나자 온몸이 뜨겁게 타오르는 것 같았다. 물론 루카의 손에 끌려간 것이라고 해도 자신도 거부하지 않았던 것이다. 미친 듯이 자신을 탐하는 루카의 맹목적인 탐욕이 오히려 희열감을 상승시키게 만들었다.

"빨아 줄까."

"하악."

빨아 줄까, 하고 물은 루카의 입술은 벌써 다리 사이 음부에 닿아 있었다. 언제 브리프가 벗겨졌는지 모를 정도로 정신이 혼미해졌다.

음부 입구를 입술로 비비다 혀로 핥고 빨아 대는 행위가 낯설어 처음에는 까무러칠 정도였다. 그런데 지금은 몇 번 길들여져 그런지 야릇한 흥분에 몸을 맡기고 있었다. 입술 사이로 어떤 신음을 흘리고 있는지 잘 인지도 되지 않았다. 이렇게 음탕하게 굴어도 되는 것일까, 하는 마음에 주춤거리면 루카가 귀신같이 그것을 눈치챘다. 겨우 이틀 사이에 루카에게 몸뿐만 아니라 마음까지 모두 파악되고 만 나현이었다.

"쓰읍."

입술을 손등으로 쓰윽 닦아 내는 루카의 눈빛은 이제 그 누구도 건드릴 수 없는 정염에 휘말려 있었다.

그의 거대한 분신이 모습을 드러내자 나현은 저도 모르게 입술을 벌렸다. 잘 모르지만 루카의 것이 작지 않다는 건 알 수 있었다. 자신의 안으로 들어와 휘젓듯이 길을 넓히고 파고들 때면 필름이 툭 끊어질 만큼 아득했다.

"하아악."

이마에 핏줄이 도드라진 루카를 보며 나현은 몸에 힘을 바짝 줬다. 몇 번 받아들였는데도 매번 처음처럼 낯설고 아릿했다.

"후…… 천천히 호흡해 봐."

나현은 루카의 말대로 숨을 천천히 뱉었지만 꽉 들어찬 아래가 얼얼해 숨을 쉬기가 쉽지 않았다. 그가 움직이기 시작하자 나현은 루카의 목에 팔을 둘렀다. 그와 떨어지면 더 아픔이 찾아온다는 것을 그 짧은 시간에 터득한 것이다.

"헉헉……."

거친 숨이 리듬을 타듯 흘러나왔다. 몸이 위로 치받쳐 올라가면 헉헉거리는 소리가 나왔고, 아래로 끌려가면 아흐흑 하는 소리가 새어 나왔다. 맞물린 아래는 뜨겁고 가슴은 루카의 입술에, 손가락에 마구 지분거려지고 있었다.

루카의 타액에 흥건하게 젖었던 젖꼭지가 성이 나 고개를 빳빳하게 쳐들고 있었다. 그런 젖꼭지에 루카의 가슴이 닿자 나현은 앓는 소리를 했다.

"……아파."

"곧 괜찮아질 거야. 아직 몇 번 안 해서 그래."

달래는 루카를 보며 나현은 어이가 없어 곱게 눈을 흘겼다. 핥아지고 빨린 젖꼭지를 그가 꼬집듯이 비틀자 나현은 앙앙거리는 신음을 흘렸다.

"헉헉, 하악. 앙, 아앙."

끝까지 닿아야 직성이 풀리는 듯 계속 파고드는 루카를 감당하기 버거워 나현은 그가 못 움직이게 아니, 움직임을 둔하게 만들려 몸을 밀착시켰다. 그런데 오히려 그것이 그를 더 자극한 모양이었다.

"윽!"

새된 비명을 내지른 루카가 단전에 비말을 뿌리듯 쏟아 내자 나현은 그대로 축 처지고 말았다. 뜨거운 루카의 흔적이 단전 위에서 서서히 식고 있었다.

"이제 그만 좀 쉬는 게……."

거칠어졌던 숨을 고르게 내쉬며 나현은 루카에게 이제 성욕을 풀었으니 되지 않았느냐는 표정을 지었다.

"하…… 사람 돌아 버릴 정도로 쏙 안겨 오네."

"으응?"

"착 감겨 오듯 안겨서 앙앙거리는데 한 번은 안 될 말이야."

"악!"

놀란 나현은 도망을 치려 침대에서 몸을 일으켰는데 상체를 다 일으키기도 전에 루카의 품속으로 끌려 들어갔다.

보와츠에 도착한 후 나현은 루카와 같이 움직일 수 없었다.

'가르쳐 준 길로만 조심해서 움직여.'

알았다는 답을 하려 뒤를 돌아봤을 때 루카는 이미 사라지고 없었다. 크루즈에서 머문 2박 3일 동안 자신의 곁에서 떨어지지 않던 루카가 또 사라지자 나현은 불안해지기 시작했다.

하지만 시간을 마냥 지체할 수 없어 몇 안 되는 CCTV를 피해 부두를 벗어났다. 가르쳐 준 길로 얼마 가지 않자 란토가 반가운 얼굴로 다가왔다. 나현은 란토를 보자 조금 안도할 수 있었다.

"홋, 자, 잠깐만……. 루카, 제발."

저택으로 들어오자 자신보다 먼저 도착한 루카에게 이끌려 방으로 들어간 나현은 그에게 입술을 강탈당하고 젖무덤을 내어 주어야 했다. 아기가 엄마의 젖에 달려드는 것보다 더 고집스럽고 끈질기게 매달리는 루카였다.

루카를 만난 횟수보다 그의 품에 안긴 횟수가 더 많아지고 있었다. 만일 크로마, 란토, 유렘이 없었다면 루카는 자신을 보자마자 또 안았을 것 같다.

"하아……."

낮은 숨을 내쉬며 광기에 물들었던 루카의 눈빛이 서서히 평정을 찾아가자 나현은 그의 얼굴을 만졌다. 초조한 기색이 역력해 의아하기도 했다.

"불안해?"

자신이 저택에 다시 머물게 된 것이 그를 불안하게 만든 건 아닐까, 하는 생각이 들었다. 그런데 그가 가만히 고개를 저었다.

"그럼?"

풀었던 셔츠 단추를 채워 주는 루카를 빤히 보며 나현은 고개를 기울였다. 단추를 다 채운 루카가 시선을 맞추더니 한쪽 입꼬리를 밀어 올렸다.

"이제부터 눈치 봐야 하니까."

"무슨 눈치?"

"너 안는 일."

"뭐어?"

나현은 미간을 구겼다 펴며 허탈한 얼굴로 웃었다. 불안해야 하는 건 자신인데 왜 주객이 전도되었냐고 나무라려고 했는데 이유를 듣는 순간 웃음이 나왔다.

쪽, 소리가 나게 입을 맞춘 루카가 머리칼 속으로 손가락을 집어넣어 빗듯이 넘겨 주며 입술만 움직였다. 그러고는 문을 열고 나가 버렸다.

"하……."

짙은 한숨을 내쉬는 나현의 얼굴이 한껏 붉어졌다.

〈그래도 밤마다 올게.〉

루카는 눈치를 보지만 굴하지 않고 올 것이라는 의지를 드러냈다. 그러니 그것을 아무도 듣지 못하게, 나현만 알아들을 수 있게 무성으로 말하고는 방을 나갔던 것이다.

딸깍.

"가져와."

나갔던 루카가 다시 들어오다 뒤돌아보며 말하자 란토가 캐리어를 끌고 들어왔다.

"아, 내 캐리어!"

나현은 반가움에 캐리어를 잡으려고 했는데 루카의 손에 저지를 당했다.

"기다려."

"아, 뭔데?"

나현은 루카를 향해 눈을 찌릿하며 목소리를 높였다. 그러자 란토가 민망한 얼굴로 웃으며 눈치를 슬금슬금 살폈다.

"란토 확인은 내가 할게."

"네, 형님."

란토가 나가자 나현은 팔짱을 끼고 루카를 쳐다봤다. 자신의 캐리어인데 만지지도 못하게 하고, 가까이 가지도 못하게 하니 부아가 치밀었다. 게다가 샤워를 했다지만 단 두 벌의 겉옷과 한 벌의 속옷으로 버티고 있었기에 옷을 갈아입고 싶어 마음이 조급했다.

"물건만 꺼내고 만지게 해 줄게."

캐리어를 여는 루카의 손을 조급한 마음으로 보던 나현은 눈을 가늘게 떴다.

"어?"

도대체 무슨 물건을, 어디에 숨겼는지 한번 보자는 심보로 쳐다보던 나현은 의외라는 표정을 지었다. 그가 캐리어에서 카디건을 꺼내 들자 나현은 뭐지? 하는 눈빛을 지었다. 어머니 조엘의 생일을 맞아 고등학생이었던 나현이 사 드린 카디건이었다.

"뭐야? 도대체 뭘 숨긴 거야."

"마이크로 SD카드."

루카가 뒷주머니에서 칼을 꺼내 단추가 달려 있는 안쪽 박음질 선을 따자 마이크로 SD카드가 나왔다.

"내가 그 카디건을 버릴 수도 있었잖아."

너무 황당한 마음이 들어 나현은 질책하듯 말했다. 캐리어에 넣으려다 병호와 통화를 하는 바람에 단추를 만지작거렸던 기억이 났다. 하지만 솔직히 나현은 전혀 느끼지 못했던 것이다.

"안 버릴 걸 알았거든."

"어떻게?"

나현은 그걸 어떻게 장담한 것인지 어서 설명해 보라는 얼굴로 루카를 재촉했다.

"같이 사진을 찍은 분이 어머니?"

"아……."

나현은 루카가 자신의 집에 왔을 때 어머니와 찍은 사진을 봤다는 것을 알았다. 딸이 사 준 옷을 입고 기념 촬영을 해야 한다고 해서 휴대폰 카메라로 찍었던 사진이었다. 그것을 나현은 현상해 액자에 넣어 둔 것이고.

"맞아. 그런데?"

사진을 같이 찍은 것과 이것이 무슨 연관이 있다는 것인지. 나현은 앞뒤가 맞지 않는 상황에 고개를 갸웃거렸다.

"원래 이 옷의 주인은 어머니고, 넌 어머니의 유품과 다름없는 이 옷을 절대 버리지 않을 것이라 짐작했거든."

나현은 사진 한 장으로 많은 것을 유추해 내는 루카를 올곧게 쳐다봤다. 지금은 어머니의 유품으로 자신이 가지고 있는 카디건이었다. 이제는 너무 낡아 입고 나갈 수가 없었지만 집에서라면 얼마든지 입을 수 있었다. 설령 닳아서 해어져 더 이상 못 입는다고 해도 버릴 수 없는 옷이었다.

"낡았는데 정성스럽게 개켜져 있는 것을 보고 알았지."

나현은 루카가 카디건을 다시 개키는 것을 보며 입술을 꾹 깨물었다.

"울고 싶은 거야?"

루카가 반신반의하는 얼굴로 쳐다보며 조심스럽게 묻자 나현은 눈썹을 휙 치켜올렸다.

"아무것도 안 만진다고 했으면서 내 방을 뒤진 거지!"

"아……."

루카가 아차, 하는 표정을 짓다 이내 실실 웃음을 흘렸다. 나현은 뭔가 뒷

251

골이 쫘악 당기는 게 꺼림칙했다. 분명 카디건을 넣어 둔 옷장 밑 서랍도 열어 봤을 것이라는 생각이 들었다. 처음부터 어디에 숨길지 정하고 옷장을 연 건 절대 아닐 것이다. 설사 카디건으로 정했다고 해도 어디 있는 줄 알고 단번에 찾는단 말인가.

"서랍도 열었어?"

루카가 입을 다물고 가만히 쳐다보다 멋쩍게 눈꼬리를 접자 나현은 버럭 소리를 질렀다.

"이 변태!"

서랍장에는 브리프와 브래지어를 가지런히 개켜 넣어 두었던 것이다. 저리 대답을 안 하고 웃고 있는 것은 자신의 속옷을 다 구경했다는 반증이었다.

"내가 왜 변태야?"

"그걸 몰라 물어? 여자 속옷을 뒤지는 게 변태가 아님 뭐야."

나현은 욱하는 표정으로 루카를 한 대 칠 것처럼 주먹을 움켜쥐었다.

"그럼 너는?"

"뭐가?"

나현은 왜 또 요점을 벗어나느냐는 얼굴로 루카를 쳐다봤다. 그러자 그가 입가를 길게 늘어트리며 개구지게 웃었다.

"그 속옷 중 하나를 입고 변태한테 안긴 모나현도 변태겠네."

"헛!"

나현은 벌어진 입술을 못 다물고 루카를 쳐다보다 이내 분하다는 듯 눈을 부릅떴다. 반박할 수 없게 치사하게 나오네. 우이씨!

14화
수첩

"나 그만 쉬고 싶어."

나현은 더 이상 왈가왈부해 봐야 얻는 것이 없을 것 같아 불퉁한 표정으로 루카를 쳐다봤다. 그러자 루카가 마이크로 SD카드를 뒷주머니에 넣더니 다가왔다.

"나가 줘."

나현은 손가락으로 문을 가리키며 당장 나가라는 제스처를 취했다. 얄밉게 구는 루카를 계속 보다가는 열이 뻗칠 것 같아 강제 휴전이 필요했다.

"저녁은 7시에 먹을……."

"알았으니까 나가라…… 흣."

바락 소리를 지르던 나현은 루카에게 허리를 잡혔다. 입술 끝을 묘하게 비틀고 내려다보는 루카의 눈이 웃고 있었다. 나현은 약이 더 오름을 느끼며 입술을 뿌로퉁하게 내밀었다.

"나 지금부터 할 일 없는데 같이 있을까."

"허!"

기가 찬 탄성을 내뱉은 나현은 귀찮다는 눈빛으로 루카를 째려봤다. 같이 있으면서 뭔 짓을 하려고 그러는지 안 봐도 뻔했다. 쳇, 하며 콧방귀를 뀌던 나현은 뭔가 번득인 생각에 눈을 동그랗게 떴다가 얼른 루카를 마주 보고 안았다.

"같이 뭘 할 건데?"

나현은 눈웃음을 치며 입가에 친근한 미소를 지었다. 그런 나현을 본 루카의 고개가 삐뚜름하게 기울어졌다.

"뭐지?"

나가라고 언성을 높이던 나현이 적극적으로 끌어안자 루카가 눈꼬리에 의심을 달았다.

"너무 오랜 시간 같이 있으면 다들 이상하게 보지 않을까?"

"콧소리까지?"

루카가 점점 의심스럽다는 듯 나현의 애교 있는 목소리까지 타박하고 나왔다.

"그러니까 그냥 서로 정리할 시간을 가지고 나서 이따 저녁 먹을 때 봐."

살살 달래듯이 말하자 루카의 눈썹이 휙 치켜 올라갔다. 마치 나현의 꿍꿍이가 뭔지 파악하려는 눈빛이었다.

"난 좀 쉴게. 잘 가."

"나가라고 목소리를 높이다 먹히지 않으니 전략을 바꾼 것처럼 보이는데?"

루카가 너무 표 나게 구는 것 아니냐는 뉘앙스로 지적했지만 나현은 그에 굴하지 않고 눈을 반으로 접으며 배시시 웃었다.

"참, 키스는 해 주고 가."

고개를 뒤로 젖힌 나현은 일부러 입술을 살짝 벌리며 루카를 올려다봤다. 마른침을 삼키는 루카의 목울대가 크게 출렁이자 나현은 발뒤꿈치를 들었다. 그러면서 나현은 생각했다. 따지지 말고 의심하지 말고 그냥 좀 넘어와, 라고.

"읍!"

루카의 입술에 먼저 포개려던 나현의 입술이 덮쳐지고 벌어진 입술 사이로 혀가 밀려 들어왔다. 나현은 루카의 혀를 감았다 빨며 그의 입술을 깨물었다. 그러다 숨을 쉬는 척 슬쩍 뒤로 물러나자 루카가 잡아채려는 듯 고개를 더 숙여 다가왔다.

나현은 루카의 허리에서 손을 내리며 그에게서 떨어지려 했다.

"악!"

순간 나현은 비명을 지르며 눈을 커다랗게 떴다.

"내가 모를 줄 알았어?"

그의 뒷주머니를 뒤졌던 나현의 손목이 거침없이 잡혔다. 독수리가 먹이를 낚아채는 것처럼 빈틈없는 동작이었다.

"아…… 아아앙."

나현은 일부러 더 아프다는 듯 징징거리며 그의 동정을 사려 했다. 거의 성공에 가까워졌다 생각했는데 손을 거두려는 순간 루카에게 들켰던 것이다.

"아파!"

손목을 잡은 루카의 힘이 완강함을 담고 있어 나현은 눈물이 찔끔 날 지경이었다.

"남의 것을 훔쳤으니 그 정도는 참아."

루카가 다른 손으로 SD카드를 쏙 낚아채 가자 나현은 입을 비죽 내밀며 울상을 지었다. SD카드를 쥐고 있으면 멋대로 구는, 말 안 듣는 그를 좌지우지할 수 있을 줄 알았는데 우위를 차지하기도 전에 물거품이 된 꼴이었다.

"읍."

카드를 회수한 루카가 입술에 쪽 소리가 나게 입을 맞추고는 손목을 풀어 주었다. 나현은 통증이 가라앉고 있는 손목을 쓰다듬으며 인상을 구겼다.

"어쩐지 이상하다 했어."

어이가 없다는 듯 허탈하게 웃는 루카를 보며 나현도 이내 멋쩍게 웃었다.

"그 카드에 들어 있는 내용이 뭐야?"

그가 숨겨 두려 했던 것이 무엇인지 궁금했다. 그가 밝힌 일은 무기 밀매라고 했으니 그곳에 쓰이는 중요한 자료나 거래처 명단이었을까. 만일 그렇다면 왜 굳이 한국에 숨겨야 했을까.

"아주 많이 중요한 거였어?"

손바닥에 올려 둔 SD카드를 내려다보는 루카의 눈빛이 차갑게 가라앉는 것을 본 나현은 괜한 질문을 했나 싶었다.

"바니는 모르는 거야?"

그가 바니를 피해 숨어 있어야 해서 자신을 찾아온 것이라면 그 정도는 유추가 가능했다.

"몰라도 돼."

루카가 말해 줄 의향이 없음을 피력하자 나현은 눈살을 찌푸렸다.

"그렇게 말하면 내가 이곳에 있을 이유가 없잖아."

"무슨 소리야?"

"적어도 네가 무슨 일을 하는지, 뭘 하는지, 왜 하는지 정도는 알아야 나도 협조라는 것을 하지."

말속에서 동료의 의미를 강조한 나현은 루카의 반응을 기다렸다. 그가 적어도 자신을 필요로 한다면 뭔가 대답해 줄 것이라 생각했다.

"넌 아무것도 안 해도 돼."

기대와 다른 대답이 나오자 나현은 욱하는 마음이 들었다.

"그건 말이 안 되는 소리야. 여기 안전해? 그 어떤 공격이 와도 안전하냐고?"

빤히 쳐다보는 루카의 표정에서는 아무것도 읽을 수가 없었다. 그가 어떤 대답을 고민하는지, 대답 유무를 갈등하는지조차 가늠할 수 없어지자 나현은 답답함이 몰려들었다. 그래서 그의 죄책감을 이용하기로 했다.

"네 덕분에 난 공식적으로 테러리스트가 됐어. 그러니 넌 나를 동지로 받아들여야 하고 내가 하는 질문에 대답할 의무가 있어."

루카의 눈썹이 위로 휙 치켜 올라가더니 이내 일그러졌다. 적어도 루카가 이번만큼은 죄책감은 느끼는 것같이 보였다.

"그냥 네가 주는 떡이나 먹고 태평하게 앉아 있을까?"

입을 다문 루카가 낮은 한숨을 내쉬더니 팔짱을 끼며 나현을 내려다봤다. 생각을 정리하는 건지 몰라도 뭔가 갈등하는 빛이 느껴졌다. 나현은 이번에는 그를 자극하지 않고 끈기 있게 답을 기다렸다.

"최대한 몰랐으며 해, 내가 뭘 하는지."

"왜? 위험한 일이라서?"

무기 밀매를 한다고 했으니 대충 하는 일이 뭔지 짐작하고 있지만 말하는 것으로 보아 그것만은 아닌 듯했다.

"난 알아야겠어. 계속 숨기려 든다면 난 여기 있고 싶지 않아."

루카의 보호에서 벗어나면 자신의 운명이 어떻게 바뀔지 장담할 수 없었다. 한국으로 입국하는 것이 허용되지 않을 수도 있고, 영원히 테러리스트로 오해

256

받으며 쫓길 수도 있었다. 영국에 흘린 거짓 정보가 수습이 되었다고 하지만 경찰차를 폭발시킨 일에 연루되어 있어 얼마든지 난처해지고 위험할 수 있었다.

"무서운 협박이네."

루카가 못마땅하다는 얼굴로 낮게 말하자 그 위압감이 상당했다. 하지만 나현은 물러서지 않고 그를 똑바로 쳐다봤다.

"뭐가 들어 있어?"

"이 카드에는…… 살인의 증거가 담겨 있어."

"뭐, 살인?"

나현은 흔들리는 동공으로 루카를 빤히 쳐다봤다.

"봐, 알아서 좋을 것이 없잖아."

루카가 괜한 일에 끼어들지 말라는 듯 말하자 나현은 못마땅한 표정을 지었다. 그러다 하나하나 짚어 가듯 생각을 정리했다. 살인의 증거가 담겨 있다고 했지 그가 살인을 저질렀다는 말은 아니지 않은가. 그리고 그는 자신에게 실망시키지 않을 만큼 깨끗하다고 했다. 나현은 이내 각오한 얼굴로 고개를 들었다.

"앞으로는 내가 물으면 미적거리지 말고 대답해 줘."

그가 한국에 왔을 때 밝히지는 않았지만 자신의 도움을 필요로 했었다. 찾아와 은신을 했고 증거를 집에 숨겼었다. 그가 위험해질지 모르고 생각 없이 그렇게 했을까, 싶었다.

"하……."

루카가 깊은 시름을 담은 한숨을 내쉬더니 마지못해 고개를 끄덕였다.

"아! 그리고."

돌아서던 나현은 갑자기 생각이 났다는 듯 다시 루카를 향해 돌아섰다.

"이렇게 번거롭게 찾았어야 했어?"

나현의 말에 루카의 고개가 불량하게 기울어졌다.

"네가 이 캐리어를 들고 집으로 갔을 경우를 생각해 봤어?"

따지고 들 문제와는 차원이 완전 다름을 강조하는 어투였다.

"흐음."

루카의 말에 소름이 돋은 나현은 눈썹을 일그러뜨렸다. 도대체 이 남자가 끌고 다니는 사건은 어느 정도의 위험도를 가진 것인지 전혀 가늠이 안 됐다.

"그냥 달라고 했으면 내가 줬을 수도 있잖아."

"네가? 퍽도."

루카가 어림없는 소리 말라는 듯 콧방귀를 픽 뀌자 나현은 입술을 비죽 내밀었다. 그의 말대로 호락호락하게 내어 주지 않고 따져 물었을 것이다.

"내가 가지고 나온 걸 어떻게 알았어?"

"캐리어에 위치 추적 장치를 달아 뒀고 외국으로 나갈 경우는 당연히 가져갈 것이라 생각했어. 네가 가진 어머니의 유일한 유품이니까."

그 내면까지 파악하는 루카의 예리함에 나현은 멈칫했다. 아버지를 만나러 가는 것은 당연히 어머니를 찾아간다는 의미도 포함되어 있었다. 그래서 나현은 늘 그 카디건을 들고 어머니를 만나러 갔었다. 그러면 아버지가 유행 지난 카디건을 들고 다니면 남자들이 촌스러워하며 멀리한다고 놀리고는 했었다.

미간을 구긴 나현은 위치 추적 장치라는 말에 자신의 캐리어를 쳐다봤다. 어디에 그 장치가 달려 있는지 궁금함이 일었다.

"위치 추적 장치는 손잡이 옆 고정 부분에 넣어 뒀어."

나현이 궁금해하는 것을 눈치챈 루카가 묻지 않았는데도 답을 줬다. 나현은 입술을 이리저리 비죽거리다 입꼬리를 끌어당겼다.

"혹시 바퀴가 빠진 것도 연관이 있어?"

나현은 뭔가 연관성이 있지 않을까 생각했다.

"표시지."

"무슨 표시?"

"네 캐리어에 그들이 찾는 것이 들어 있다는 표시. 즉, 네가 그 캐리어를 끌고 공항 밖으로 나갔다면 캐리어도 잃고 목숨도 잃었을 것이라는 말이지."

"……!"

흠칫 놀란 나현은 미간을 모으며 공항에서 루카가 했던 말을 떠올렸다.

'죽고 싶지 않으면 그냥 계속 걸어.'

말을 듣게 하려는 겁박인 줄 알았는데 정말 죽을지도 모를 상황이었다는 것을 깨닫자 어깨가 떨리기 시작했다.

"그럼 일부러 분실물 센터에……."

"응."

다가와 가만히 안아 주는 루카의 가슴에 머리를 기댄 나현은 놀란 마음을 진정시켰다. 다음에는 루카가 하지 말라는 건 정말 하지 말아야 됨을 깨닫는 중이기도 했다.

"바니가 나를 알고 있는지에 대해선 모른다고 했는데 어떻게 내 가방에 표시를 해?"

가만히 생각하던 나현은 앞뒤가 안 맞는 말이라 여겼다. 그가 한국에 들어왔을 때 바니에게 추적을 당했으니 자신도 이렇게 된 것이 아닐까.

"그 표시는 바니 즉, 모라타의 처리 방식이 아냐."

"그럼?"

"아자르."

"……아자르?"

나현은 다물어지지 않는 입술을 벌린 채 멍한 표정을 지었다. 루카가 그냥 서 있는 것처럼 보이지만 그게 아님을 알았다. 공항에서 자신을 보면서도 공항 경찰의 등장을 단번에 캐치하지 않았느냔 말이다. 그만큼 주변을 경계하고 있었다는 말이었다. 오히려 신경 쇠약에 안 걸린 것이 이상할 정도다.

"한국에서 아자르에게 추적을 당해 집으로 나를 찾아왔을 때……."

"그건 아닌 것 같아."

말을 자른 루카가 겸연쩍은 표정을 짓다 마른세수를 하자 나현은 눈을 가늘게 떴다. 분명 그의 실수가 이런 사태를 만든 게 맞는 것 같았다.

"너를 한국에서 처음 만났을 때 노출이 된 것 같아."

"처음 만났을 때?"

나현은 미간을 구겼다. 분명 납골당에서는 루카의 일행 이외에 만난 사람이 아무도 없었다.

"바텐더."

"아!"

나현은 그제야 생각이 나 탄성을 내뱉었다. 흔적을 찾을 수 없었던 바텐더가 아자르 조직의 하수인 노릇을 했다면 뭔가 말이 맞아 들어갔다.

"나는 이제 한국으로 못 돌아가? 아버지를 뵐 수도 없어?"

루카가 대답을 하지 않자 조바심이 난 나현은 그를 재촉하듯 쳐다봤다.

"돌아갈 수…… 있는 거지?"

아까는 루카를 협박하는 수단으로 자신이 떠날 것이라고 했으면서 지금의 나현은 불안감 때문에 소극적으로 변했다.

"언젠가는."

만족할 만한 대답은 아니었지만 적어도 안 된다는 대답이 아니라 나현은 미흡하게나마 안심할 수 있었다.

"좀 걸리겠지만…… 내가 반드시 해결할게."

나현은 루카의 품을 파고들며 가만히 눈을 감았다. 따스하게 안아 주고 기댈 수 있는 루카가 있어 혼자 서서 버티던 때보다 훨씬 좋다는 생각이 들었다.

쿵.

"나현 씨!"

예고 없이 벌컥 열린 문이 벽에 부딪치는 소리가 나더니 크로마가 두 사람 앞으로 쏜살같이 다가왔다.

"나도 안아 볼래."

"윽."

겸연쩍은 얼굴로 루카의 품을 벗어나던 나현은 와락 끌어안는 크로마 때문에 숨이 턱 막혔다.

"흐음, 좋다. 나현 씨 냄새."

숨을 깊게 들이마시는 크로마 때문에 당황한 나현은 그녀를 슬쩍 밀어 냈다. 옷을 갈아입지 않아 난처함이 몰려들었던 것이다.

"인사는 그 정도로 해 둬."

"Why not?"

크로마가 왜 제 마음을 더 표현하지 못하게 하느냐는 듯 항의의 눈빛으로 쳐다보자 루카가 고개를 저었다.

"좀 쉬어야 해. 나가자."

"아……."

크로마가 짧은 탄성을 내뱉다 아쉽지만 이해했다는 얼굴로 손을 흔들며 활짝 웃었다.

"이렇게 다시 보니 좋네! 식사 때 봐요."

문손잡이를 잡고 기다리던 루카는 크로마가 나가자 쉬라는 듯 고개를 까딱이고는 문을 닫아 주었다.

"흐음."

두 사람이 나가고 방 안은 적막감에 휩싸였다. 나현은 방을 둘러보다 어깻숨을 천천히 내쉬었다. 돌아올 줄 몰랐는데 이렇게 다시 보니 방의 전경이 반갑기도 하고 좀 씁쓸하기도 했다.

"시작해."

루카의 말에 란토가 팔에 힘을 주자 나현은 입술을 꽉 다물고 손에 힘을 실었다.

"란토, 제대로 잡아."

슬쩍 힘을 빼고 있던 란토가 루카의 지적에 움찔했다. 나현은 열이 오른 얼굴로 씩씩거리며 란토의 손을 잡아 누르려 했다. 그런데 키 차이도 있고 힘 차이도 엄청나 역부족이었다.

"모나현, 그렇게 해서 잘도 빠져나오겠다."

나현은 루카를 향해 눈을 흘기고는 자신을 뒤에서 안은 란토를 벗어나려 발버둥을 쳤다. 이론적으로는 얼마든지 가능한 일이 막상 실전에서는 생각만큼 되지 않아 슬슬 짜증이 났다.

"그만해."

란토가 루카의 말을 기다렸다는 듯 뒤로 성큼 물러나자 나현은 거친 숨을 몰아쉬었다. 설명을 들을 때만 해도 충분히 가능할 것 같았는데 막상 란토가 힘을 주고 버티자 쉽지 않았다. 게다가 란토는 나현을 종잇장처럼 거뜬하게 들어 올릴 수 있는 인물이었다.

"힘으로만 해결하려고 하니 안 되는 거야. 모나현은 머리만 똑똑하지 몸은 영 따라 주지를 못하네."

"뭐!"

"풉!"

루카의 신랄한 지적에 버럭대던 나현은 란토가 웃음을 터트리자 민망한 표정을 지었다. 그러다 루카를 향해 눈을 부릅떴다.

"처음부터 잘하는 사람이 어디 있어!"

"있어."

"뭐?"

기세등등하게 따지던 나현은 벙한 표정을 지으며 루카를 올려다봤다. 비실비실 웃고 있는 것이 아무래도 놀리는 얼굴이었다.

"쳇. 그 사람은 스승이 좋은 분인가 보지."

나현은 루카의 말에 약이 올라 지지 않고 따박따박 대들었다.

"저…… 형님."

란토가 눈치를 보듯 루카를 부르자 나현은 흐트러진 머리칼을 다시 묶으려 등을 돌렸다.

"유렘과 나갈 시간이라서요."

"아, 다녀와."

루카가 잊어 먹고 있었다는 듯 짧은 탄성을 내뱉다 흔쾌히 말하는 것을 들으며 나현은 옷매무새를 고쳤다.

"어디 가?"

란토가 짐 플레이를 벗어나는 것을 보며 수업이 끝났다 여긴 나현도 나가려고 했다.

"끝난 거 아니야?"

"뭐가 끝나? 제대로 빠져나오지도 못했으면서. 다시 해."

평소 운동하고는 담을 쌓고 살았던 나현은 그만 방으로 돌아가 씻고 쉬고 싶다는 생각을 했다. 그런데 루카가 안 끝났다고 하니 어쩔 수 없이 매트 위로 다시 올라갔다.

"뒤돌아."

아까 란토가 하려던 역할을 루카가 하려는 모양이었다. 입을 비죽이며 루카를 보던 나현은 순순히 돌아섰다.

"팔까지 감싸 잡혔을 때와 허리만 잡혔을 때 대처 방법이 달라. 그러니 다 익혀 두고 연습을 여러 번 하는 게 좋아."

"거참 말 많네. 그래서 뭐를…… 악!"

루카가 허리만 꽉 끌어안자 나현은 비명을 지르다 이내 배운 것을 떠올리며 몸을 움직였다. 왼쪽으로 한 발을 움직여 몸을 깊게 숙이자 루카의 발이 보였지만 손이 닿지 않았다.

"반동을 이용해야지!"

"그게 생각만큼 안 된다고!"

루카가 버럭 소리를 지르자 나현도 지지 않고 소리를 질렀다. 동영상에선 쉬워 보였는데 왜 실전은 안 되느냔 말이다.

"상대가 생각할 시간을 주지 마."

"알았어. 다시…… 어!"

나현은 고개를 크게 끄덕이다 루카의 품속으로 확 끌려 들어갔다.

"1분 줄게. 벗어나 봐."

뒤에서 양팔까지 단단하게 포박하듯 안은 루카가 귓가에 속삭이자 나현의 심장이 파르르 떨렸다. 치한 역할을 하는 사람이 루카라 제대로 된 연습이 불가능하단 생각이 들었다.

"못 벗어나면 오늘 저녁에 안 재울 거야."

"헛!"

화들짝 놀란 나현은 몸을 움츠리다 떠오른 생각에 눈을 동그랗게 떴다. 예전에 경찰청에서 주관한 치한 퇴치법 강의를 들었던 것이 생각나 그 자리에서 주저앉아 버렸다.

멈칫하는 루카를 올려다본 나현은 그의 발목을 두 손으로 있는 힘껏 잡아

당겼다.

쿠당!

"아……."

둔탁한 소리와 함께 넘어진 루카의 입에서 작은 신음이 새어 나왔다.

"방심하면 안 되지이―"

저번 때와 같은 방법으로 넘어간 루카를 보며 나현은 놀리듯이 말했다.

"어째 같은 방법으로 두 번이나 당하냐? 쯧쯧."

나현은 의기양양한 얼굴로 루카를 내려다보며 으쓱거렸다. 그러자 루카가 어이없다는 듯 픽 웃더니 손을 뻗었다. 나현은 이번에는 잘 일으켜 줄 수 있다는 얼굴로 손을 뻗어 맞잡았다.

"어……? 어!"

손을 잡아당기려는 찰나 나현은 루카의 손에 이끌려 그대로 풀썩 쓰러졌다. 나현을 꼭 안은 루카는 그녀의 뒷머리를 가만히 쓰다듬으며 말을 이었다.

"안 재운다는 협박에 이렇게 잘할 줄이야."

나현은 루카의 말에 큭큭거리며 웃다 몸을 일으키려 했지만 그가 꼭 안고 있어 불가능했다.

"뭔데?"

못 일어난 나현은 불만스러운 얼굴로 따지듯이 루카에 말했다. 그러자 루카가 상체를 일으켜 몸을 빙글 돌리자 나현이 아래에 깔린 형국이 되었다.

"안 놔?"

루카에게 양 손목을 결박당해 매트 위에 눌린 나현은 까칠한 어조로 놓으라는 눈짓을 보냈다. 하지만 루카는 입가에 보일 듯 말 듯 한 미소를 지으며 입을 열었다.

"수업의 연장선이니까 어디 한번 벗어나 봐."

"하……."

나현은 황당하다는 듯 한숨을 내쉬고는 손목을 이리저리 비틀어 봤다.

"쯧쯧쯧. 그러다 손목 망가져."

루카가 약 올리듯 혀를 차며 말하자 나현은 눈을 치켜떴다. 그러다 이내 눈을 가늘게 뜨며 어떻게 벗어날지 고민했다. 두 손은 잡혀 있지만 두 다리는 그나마 자유로웠다.

"네가 그렇게 머리를 굴리는 사이 치한은 다음 행동을 취하겠지?"

나현은 동그랗게 뜬 눈으로 다가오는 루카를 쳐다봤다. 곧 입술이 닿을 것 같은 위기감에 몸을 버둥거렸다. 가까이 다가온 루카가 씨익 웃자 나현의 얼굴이 경직되었다.

"어떤 사태가 일어나도 난 책임 안 져."

나현은 경고를 하고는 다리를 슬금슬금 움직여 봤지만 루카에게 눌려 생각만큼 공간이 없음을 알았다. 즉, 무릎으로 급소를 공격하기는 어려울 것 같았다.

"어떻게 빠져나올 건데."

"알려 주면 재미없지."

씨익 웃어 보인 나현은 목에 힘을 주며 머리를 빠르게 움직여 박치기를 시도했다.

"악!"

"욱!"

빡! 소리와 함께 두 사람은 동시에 비명을 질렀다.

"아…… 너무 아파."

나현은 얼얼한 이마를 만지며 몸을 배배 꼬았다. 루카에게서 손목이 자유로워진 반면 그 타격이 너무 세 머리가 띵했다.

"모나현…… 진짜…….""

머리를 만지던 루카가 고개를 들더니 이내 허탈한 듯 웃기 시작했다. 나현은 아픔이 채 가시지 않은 머리를 만지며 같이 웃었다. 그러다 루카의 입에서 나온 말에 동의할 수 없다는 듯 바락 소리를 질렀다.

"못난이, 완전 돌머린데?"

"누가 할 소리!"

"아야……."

이마에 얼음주머니를 대던 나현은 얕은 신음을 내뱉으며 울상을 지었다.

자신은 후폭풍이 거센 반면 루카는 이제 멀쩡해 보였던 것이다.

"기세 좋게 박더니."

루카가 생각 없이 행동한 결과라며 핀잔을 주자 나현은 눈을 가늘게 뜨다 고개를 휙 돌려 버렸다.

"나현 씨, 여기 얼음."

"괜찮아요?"

"네."

크로마가 얼음을 더 가져와 넣어 주는 것을 보던 란토가 걱정스러운 얼굴로 묻자 나현은 애써 미소를 지어 보였다.

"루카 님, 빨리 사과해야 한다."

"내가 왜?"

옆에서 지켜보던 유렘이 사과하라고 하자 루카가 황당하다는 표정을 지었다.

"예쁜 나현 씨 아프게 했다. 사과해야 한다."

유렘이 확고한 표정을 지으며 어서 사과하라고 종용했지만 루카는 입술 끝을 비틀며 입을 열지 않았다. 다만, 나현을 보며 대책 없다는 듯 피식 웃을 뿐이었다.

"됐어."

나현은 그만두라는 손짓을 하며 눈을 감았다. 사실 많이 나아졌는데 크로마를 비롯해 란토와 유렘이 호들갑을 떨었던 것이다.

"방에 데려다줄게."

언제 다가왔는지 루카가 나현을 내려다보고 있었다. 입가에 머금고 있는 미소가 어딘지 약을 올리는 것 같아 나현은 입술을 비죽거렸다.

"벌써? 이제 겨우 9신데?"

크로마가 아쉽다는 표정을 지으며 반기지 않는 얼굴을 했다. 하지만 나현은 슬슬 졸음이 몰려오고 있었다. 낮에 호신술을 배운다고 힘을 써서 그런지 다른 때보다 더 지치는 것 같기도 했다.

"먼저 갈게. 다들 잘 자요."

나현은 자리에서 벌떡 일어나 루카를 쳐다보며 말을 이었다.

"혼자 갈 수 있어."

"혹시 방향 감각을 상실했을 수도 있잖아."

머리를 가리키며 짓궂은 웃음을 짓는 루카가 어이없어 나현은 뿌루퉁한 표정으로 눈을 흘겼다.

"쳇, 혼자 갈 수 있다니깐."

작게 콧방귀를 뀌며 거실을 빠져나가자 루카가 옆에서 나란히 걸었다. 나현은 그런 그를 힐끔 올려다봤다. 눈이 마주친 루카가 씨익 웃듯 입가에 미소만 짓자 나현도 피식 웃었다.

말없이 나란히 걷던 루카가 손을 잡아 주자 좀 든든한 느낌이 들었다.

"다음에는 신체에 해를 가하면서 벗어나려 하지 마."

나현은 자신의 판단과 행동을 나무라는 루카의 말에 인상을 구겼다. 급박한 상황에 처했을 때 그런 판단이 설까 싶었다.

"신체에 입은 데미지가 커서 오히려 역효과가 날 수도 있으니까."

"많이 아팠어?"

나현은 새삼스럽게 루카의 머리를 쳐다봤다. 빠져나갈 수 있다는 것과 당하지 않고 자신이 충분히 처리할 수 있다는 것을 보여 주고 싶었다. 그런데 충격이 상당했다. 얼얼한 이마로 인해 다음 행동을 취할 수가 없었다.

퍽.

"읏."

루카의 손에 끌려 벽으로 밀쳐진 나현은 얕은 비명을 지르다 눈을 치떴다. 지금 여기서 호신술 수업을 또 하자는 거야 뭐야, 라며 나현은 속으로 투덜거렸다.

"차라리 그냥 키스 한 번으로 끝내지 그랬어?"

루카가 양손으로 얼굴을 감싸며 고개를 숙여 다가오자 나현은 어이가 없다는 듯 중얼거렸다.

"키스 한 번으로 끝나는 건 맞고?"

"아마, 아닐걸?"

"풋, 으음."

웃음을 터트리려던 나현은 루카에 의해 가로막히고 입술이 열렸다. 천천히 스며들 듯 입안을 유영하던 루카의 혀가 점점 급박하고 거칠게 휘젓기 시작하자 나현의 머리가 벽에 짓이겨졌다.

퉁.

"아."

벽에 뒷머리를 찧은 나현이 짧게 비명을 지르자 루카가 손으로 머리를 감싸 쥐었다.

"참나, 이래도 다치는 건 마찬가지네."

"그러게……!"

루카의 말에 허탈한 듯 웃던 나현은 그가 번쩍 안아 올리자 반사적으로 목을 끌어안았다. 그에게 안긴 채로 복도를 지나던 나현은 높다란 천장을 보며 중얼거렸다.

"그런데 이렇게 큰 저택에서 지내려면 돈이 많이 들 텐데……."

그들이 생활하는 데 있어 돈 때문에 곤란을 겪거나 힘들어하는 것을 본 적이 없었다. 더군다나 루카는 크로마, 란토, 유렘에게 월급처럼 일정액까지 지급하고 있는 듯했다.

"별걸 다 걱정하네."

나현은 쓸데없는 걱정 말라는 듯 심드렁하게 말하는 루카를 빤히 올려다 봤다.

"왜 그렇게 봐?"

"혹시 누가 공짜로 빌려줬어?"

무료로 쓰는 것이 아니라면 이 많은 비용을 어디서 다 충당하는 것일까.

"그게 중요해?"

"……!"

나현은 루카의 대답에서 한 가지 패턴을 파악하고는 고개를 번쩍 들었다. 근사치에 가까운 질문을 하면 그도 질문으로 답을 돌려준다는 것을 알았다. 매번 같은 패턴은 아닐 테지만 지금은 그 패턴이라는 확신이 들었다.

"무료로 쓰는 거 맞구나."

루카가 갑자기 입을 꽉 다물어 버리자 긍정의 의미같이 보였다. 나현은 자신의 판단이 맞았다 여겼다. 이곳의 소유주는 이렇게 커다란 저택을 무료로 빌려줄 만큼 루카를 신뢰하는 모양이었다. 만일 그렇다면 둘 사이에 연결된 공통 코드는 뭘까.

"맞지?"

나현은 추궁하듯 답을 강요했다.

"알면?"

루카가 알려고 들지 말라는 듯 되묻자 나현은 짜증이 났다. 대답 잘하라고 약속을 받아 낸 것인 며칠 전인데 이러면 또 제자리걸음이었다.

"아, 됐어!"

나현은 루카의 품에 안겨 있다 내려오려고 발버둥을 쳤다. 그런데 루카는 내려 줄 생각이 없는지 그대로 나현의 방 앞을 지나쳤다.

"뭐 하는 거야! 내 방은 저기잖……."

더럭 목소리를 높이던 나현은 루카가 다른 방의 문을 열자 눈을 커다랗게 떴다. 한 번도 들어와 보지 않았던 루카의 방이었다.

"난 거실에서 마저 할 얘기가 있으니 여기 있어."

"여기에? 왜?"

루카의 품에서 내려온 나현은 왜 자신의 방을 두고 여기 있어야 되느냐는 표정으로 그를 쳐다봤다. 그러자 그가 개구진 웃음을 입가에 달더니 고개를 숙였다.

"책 보면서 잠들지 말고 있어."

"치이."

나현은 콧등에 잔주름을 만들며 민망한 표정을 지었다. 사실 전혀 이상하다거나 야한 말이 아니었는데 루카가 다른 뜻을 담고 말하고 있다는 게 문제였다.

"나도 같이 들으면 안 돼?"

"나중에."

"나중에 언제…… 읍."

대들 듯이 말하던 나현의 입술이 루카의 입술에 막히고 혀가 낚아채었다. 감았다 풀어 주고, 옭아맸다 풀어 주는 루카의 혀에 매여 나현은 숨을 몰아쉬었다. 부드러운 듯 강하게 파고드는 루카의 입술과 혀에 아릿한 감각을 느꼈다. 방금 전 복도에서 했던 키스와 또 달랐다.

루카가 고개 각도를 바꾸자 입술이 비벼지며 다시 맞물렸다. 나현은 루카의 입술을 살짝 깨물다 놓으려 했는데 그가 뒷머리를 지그시 누르고 있어 더 깊게 맞물렸다. 젖은 혀가 서로 부딪치니 질척이는 소리가 났다.

"하…… 오늘 밤에는 그냥 못 넘길 거 같은데."

나현은 루카의 품에 파묻히듯 안겨 거친 숨을 몰아쉬었다. 크로마와 란토, 유렘의 눈치를 본다고 루카가 많이 참는 듯했지만 사실 그는 너무 바빠 저택에 있는 시간이 별로 없었다.

"자지 마."

흐트러진 머리칼을 귀 뒤로 넘겨 준 루카가 들어가라는 듯 살짝 밀어 주자 나현은 못 이기는 척 방 안으로 들어섰다.

확 트인 공간에 가구는 그리 많지 않았다. 길쭉한 방을 분할하여 한쪽은 서재로 반대편은 침실로 꾸민 복합형 방이었다. 잘 정돈된 침대를 보자 자신의 집에서 루카가 정리했던 침대가 생각났다.

"늘 직접 하는 건가?"

고개를 갸웃한 나현은 뒤로 물러서다 책장 쪽을 돌아봤다. 빼곡하게 꽂혀 있는 책들을 보다 나현은 책장으로 성큼 다가갔다. 저 많은 책을 루카가 다 읽었을까, 하는 궁금증이 일었다.

나현은 눈높이에 있는 책을 한 권 꺼내 첫 장을 확인했다. 화폐 금융에 관해 관심이 많은 것인지 읽은 흔적이 꽤 많은 책이었다.

"아, 그래. 무기 밀매를 하면서 상용하는 통화. 여기에 답이 있지 않을까."

나현은 예전에 루카가 다 말해 줄 수 없다며 대답을 회피한 것이 생각나 책장을 더 넘겨 보았다.

"어?"

요즘 사람들 사이에서 주가를 올리고 있는 암호화 화폐에 관한 메모가 책 한쪽 귀퉁이에 적혀 있었다.

「혼조세에 접어든 스틸 코인을 움직이는 자?」

"스틸 코인?"

270

나현은 무기 밀매 때 쓰이는 암호 화폐를 스틸 코인이라 부르는 거라 여겼다. 그런데 뒤에 붙은 물음표 때문에 뭔가 의구심이 들었다.

　주식 시장에서 불안정한 흐름이나 경향을 혼조세라고 했다. 그러니 스틸 코인이 확고하게 자리 잡은 것이 아니라는 말이 될 수도 있었다.

　나현은 책을 제자리에 꽂아 두고는 뒤로 물러났다. 느낌이 이상했다. 뭔가 알아서는 안 되는 것을 알아 버린 기분이 들어서인지 방 안 공기가 쎄하게 느껴졌다.

　투두둑!

　뒤로 물러나던 나현은 책상 모서리에 다리가 툭 부딪쳤다. 그 바람에 바닥으로 노트와 책이 몇 권 떨어졌다.

　"아, 이런……?"

　얼른 책을 집어 책상에 다시 올리고 돌아서려던 나현은 작은 수첩에 눈길이 갔다. 수첩 겉표지에 찍힌 년도는 올해 년도가 아닌 2년 전을 나타내고 있었다. 안을 들추고 싶었지만 나현은 개인적인 메모를 보는 건 실례가 될 것 같아 고개를 저었다.

　"하, 미치겠다."

　수첩을 책상 위에 놓으려던 나현은 유혹을 이길 수가 없음을 깨닫고 짙은 한숨을 내쉬었다. 조심스럽게 수첩을 펼친 나현은 으응? 하는 표정을 짓다 허탈하게 픽 웃었다. 수첩 안에는 아무것도 기록되어 있지 않았다. 한 번도 쓴 적이 없는 수첩을 의미 없이 드르륵 넘기던 나현은 그대로 내려놓으려다 멈칫했다.

　"방금……."

　종이를 찢어 낸 자국을 얼핏 본 것 같아 나현은 다시 수첩을 들었다.

　"있다!"

　나현은 눈을 가늘게 뜨고 찢어진 자국을 손으로 가만히 훑었다. 그러다 책상 위에 놓인 뭉뚝하게 심이 닳은 연필을 집어 들었다.

　쓱, 쓱, 쓰스슥.

　연필로 눌린 자국을 찾아낼수록 나현의 눈이 커다래졌다.

　"설……마."

고개를 번쩍 들고 문 쪽을 휙 돌아본 나현의 눈동자가 심하게 흔들렸다.

「7/9 인천.」

수첩에 적힌 숫자는 날짜를 의미하는 것 같았다. 만일 날짜를 의미하는 것이 맞는다면 결코 그냥 넘길 수가 없는 날이었다. 예준의 시신이 발견된 날은 10일이었지만 사망 추정 시간으로 보면 9일이었다.

"예준이가…… 죽었던 날인데."

나현은 '인천'이라는 두 글자에 미간을 꽉 구겼다.

15화
진석

"예상대로였어요."

"하……."

크로마의 말에 루카는 속에서부터 끓어오른 한숨을 내쉬었다.

진석을 아자르에서 납치해 갔을 것이라는 예상은 했지만 계속 확인이 안 돼서 초조했었다. 늘 주시를 하고 있었지만 걸려드는 정보가 없어 애가 탔었다. 그러다 매수한 아자르 정보원에게서 연락이 왔다.

"그런데 왜 이제 와 본진으로 옮긴 걸까요?"

크로마가 눈을 가늘게 뜨며 의심 가득한 표정을 지었다. 루카는 그런 그녀를 보다 란토를 돌아봤다. 돈으로 매수한 아자르의 일원에게서 받은 정보라 신중을 기해야 했다.

"의심은 해 봐야 합니다."

눈이 마주친 란토가 크로마의 의견에 동의한다는 듯 고개를 끄덕이다 입을 열었다.

"의심할 시간이 있을까."

루카는 어금니를 꽉 맞물며 미간을 좁혔다. 더 이상의 시간 지체는 진석을 버리게 되는 행위였다.

"동태를 더 살펴보는 건 어때요?"

크로마의 말에 루카는 가만히 고개를 내저었다. 오늘 낮에만 해도 진석의 행방을 알아낼 거라는 기대는 하지 않았다.

"그들이 눈치채고 준비할 시간을 주는 게 더 위험해."

돈으로 매수한 정보원이 이중으로 정보를 팔 경우를 대비해 지체 말고 치고 들어가야 했다. 그것이 가장 안전하고 성공할 확률이 높았다. 그러니 미적거릴 시간 따위는 불필요했다.

"건물 도면 띄워 봐."

루카는 결심한 얼굴로 크로마를 쳐다봤다. 낮은 한숨을 내쉰 크로마가 루카의 지시에 노트북을 가까이 당겼다.

"뭐지, 외관과 도면이 일치하지 않는데?"

루카는 빔으로 벽에 펼쳐진 도면과 외관 사진을 보다 눈살을 찌푸렸다.

"거긴 도면상 없던 입구 맞아요."

"유렘하고 확인해 본 결과 새로 만든 출입구 같습니다."

크로마의 말에 란토가 확인한 사실을 덧붙이자 루카는 턱을 쓰다듬으며 생각에 잠겼다. 도면과 외관 사진을 뚫어질 듯이 비교하며 쳐다보던 루카는 한 지점에 다다라 고개를 갸웃했다.

"윰."

"네, 루카 님."

유렘은 소파 팔걸이에 느긋하게 걸터앉아 있다 허리를 곧추세웠다.

"여기."

루카가 한 지점을 손가락으로 딱 짚자 유렘의 고개가 비스듬히 기울어졌다.

"주변에 시야, 방해 많다."

유렘의 말에 루카는 안다는 듯 고개를 끄덕이며 입술 끝을 비틀었다.

"맞출 필요 없어."

"에?"

유렘이 당황스러운 표정을 짓자 루카는 천천히 팔짱을 꼈다. 스나이퍼를 만나지 않을 것이라 여긴 곳에서 스나이퍼의 공격을 받으면 생각할 틈 없이 몸을 숨기기 급급할 것이다. 그 빈틈을 노려 일을 재빠르게 처리해야 했다.

"나무든 건물이든 그냥 쏴. 그러다 얻어걸린 놈이 비명을 멋지게 질러 주면 고맙고."

눈을 멀뚱하게 뜨고 있던 유렘이 허를 찌르는 계획에 반색하며 무릎을 탁! 쳤다.

"Okay! 윰, 비명 나오게 한다."

유렘이 흔쾌히 그렇게 하겠다는 말을 하며 손가락 경례를 해 보였다. 루카는 피식 웃다가 턱을 괴며 미간을 찌푸렸다.

아자르 조직원들이 우왕좌왕하는 찰나의 시간만 벌면 되는 일이었다. 하지만 문제는 진석의 상태였다. 사라진 지 너무 오랜 시간이 지났고, 고문을 당했을 수도 있다. 건강하지 않을 것이고 어쩌면 신체 어딘가가 상했을 수도 있다. 그를 업고 나오는 건 그마나 다행인 경우였다. 만일 최악의 상황을 맞닥트리면 어떻게 해야 하는 것일까.

"하……."

루카는 두 눈을 질끈 감다 마른세수를 두어 번 했다. 무슨 일이 있어도 진석을 구해 내야 했다.

"윰은 저격, 란토는 입구, 크로마는 통신. 잠입은……."

"제가 들어가겠습니다."

란토가 말을 자르며 한 발 앞으로 나서는 폼이 결연했다. 하지만 루카는 고개를 저었다.

"내가 해."

"진석을 지키지 못한 건 접니다. 그러니 제가 하겠습니다."

"그를 보낸 건 나였어."

"하지만……."

"감정적으로 굴지 마. 란토는 입구만 막히지 않게 지켜 줘."

"……네."

란토가 하는 수 없다는 듯 뜻을 꺾자 루카는 그를 향해 애써 미소를 지었다.

진석을 구하는 일을 다른 이에게 맡기기 싫은 것도 있지만 제일 먼저 그를 봐야 하는 건 루카 자신이었다. 그의 안위를 확인하지 못한 상태로 또 기다려야 하는 시간을 견디기 어려울 것 같았다. 어디에 있는지 몰랐을 때와는 마음이 천지 차이였다. 란토에게 감정적으로 굴지 말라고 했지만 실상 루카 자신이 더 감정적으로 굴고 있었다.

"장비 챙기고 30분 후 출발."

"네."

다들 분주하게 자리를 뜨자 루카는 그들을 물끄러미 바라봤다. 자신을 믿고 따라 주는 그들에게 처음으로 미안한 마음이 들었다. 고마운 마음은 늘 가지고 있었지만. 그들도 이제는 지쳤을지도 모를 일이었다. 이 끝없어 보이는 싸움에서.

"진석아, 곧 갈게."

혼잣말을 한 루카는 손목시계를 확인하고는 거실을 나섰다.

"나현?"

나현은 침대에 걸터앉은 채로 방으로 들어온 루카를 빤히 쳐다봤다. 자신을 향해 성큼성큼 다가오는 루카의 걸음은 거침없었다.

"왜 그렇게 날을 세우고 있지?"

나현은 루카의 말에 눈을 깜빡였다. 표정만으로 자신의 현재 기분을 알아차리는 루카가 예리하다 생각했다.

그 메모를 발견한 순간부터 루카에게 달려가고 싶은 것을 억누르며 그가 오기만을 내내 기다렸다. 그가 오면 내내 고민했던 질문을 퍼부을 생각이었다. 그런데 막상 얼굴을 보자 입에 자물쇠라도 채워진 듯 입술이 떨어지지 않았다.

"하아……."

루카가 한 손으로 뺨을 감싸 쥐며 엄지로 입술을 만지자 나현의 입에서 뜨거운 숨이 새어 나왔다.

"피곤하면 자. 난 곧 나가 봐야……."

"할 말이 있어."

겨우 한마디를 뱉은 나현은 온몸의 힘을 끌어모아 루카와 마주 보고 섰다.

"할 말?"

나가 봐야 한다는 말을 끝맺지 못한 루카가 곤란한 얼굴을 했지만 나현은 각오를 다진 얼굴로 입을 열었다.

"SD카드에 살인의 증거가 있다고 했는데, 누가 죽은 거야?"

"갑자기 그건 왜?"

루카가 이상하다는 듯 눈을 가늘게 뜨자 나현은 입술을 앙다물었다. 혹, 그가 가지고 있던 SD카드에 담긴 살인의 증거가 예준과 관련 있는 것이면 어떻게 해야 하는 걸까.

"죽었어? 아님, 죽였어?"

굳어지는 루카의 얼굴을 보며 나현은 답을 기다렸다. 하나하나 답을 얻어 마지막 질문에 다다를 생각이었다.

"죽었어."

"누가?"

나현은 루카가 빠져나갈 여유를 주지 않고 몰아붙이듯 질문을 이었다. 선뜻 루카의 입이 열리지 않자 나현은 미간을 찌푸렸다.

"누가, 왜 죽였어?"

루카가 살인과 연관이 없다는 전제하에 나현은 질문을 바꾸었다. 미묘한 글자의 차이로 인해 뜻이 완전히 달라지기 때문에 신중하게 질문을 던지고 있었다.

"여자야, 남자야?"

"……."

"언제, 어떻게 죽었어?"

"……."

"총으로 죽였어? 아님 목을 졸랐어?"

"……."

"왜 죽인 건데?"

나현은 침착하고 치밀하게 질문을 던졌지만 루카는 입을 닫고 있었다. 그 어느 것도 들을 수 없을 거라는 생각이 들자 나현은 침울한 기분이 들었다. 믿는다고 했는데 왜 말해 주지 않는 것인지.

"몰라서 좋을 경우도 있어."

"하아."

나현은 실망스러운 한숨을 내뱉으며 미간을 구겼다. 몰아붙인 보람도 없게 루카가 자연스럽게 빠져나가자 짜증이 밀려왔다. 다음으로 던질 질문이 아직 많은데 첫 단계부터 저지를 당한 기분이 들었다. 잘 빠져나가는 그를 어떻게 옭아매야 할지 고심하다 보니 골이 지끈거렸다.

"2년 전……."

나현은 말을 하다 입술을 질끈 깨물었다. 7월 9일에 인천에 있었느냐고 물어야 하는데 목이 꽉 막혀 왔다.

"2년 전?"

루카가 의아한 얼굴로 고개를 기울이자 나현은 마른침을 삼켰다. 아무래도 예준을 아느냐고 먼저 물어야 할까. 아니다. 그러면 힌트를 너무 던져 주는 꼴이다. 나현은 가만히 고개를 젓다 다시 말했다.

"7월 9일 인천에 있었어?"

"……뭐?"

나현을 내려다보는 루카의 얼굴빛이 순간적으로 변했다.

"2년 전 7월 9일 인천에 있었냐고."

"무슨 말이야?"

루카가 발뺌을 한다고 생각한 나현은 수첩을 들어 보였다. 수첩을 바라보는 루카의 표정이 굳어지고 눈이 가늘어졌다.

"내 물건을 뒤지라고 한 적은 없는데."

루카가 고개를 삐딱하게 꼬며 기분 나쁜 티를 내자 나현은 주눅 들지 않으려 애를 썼다. 여기서 밀리면 알고자 하는 것을 하나도 알 수 없을 것이라는

278

생각이 들었다.

"그건 나중에 따지고 내 질문에 대답해."

나현은 주먹을 꽉 말아 쥐었다. 루카가 예준이 아닌 것은 확인했으니 그의 죽음에 무슨 연관이 있는지는 알아야 했다.

"왜 대답을 못 해? 넌 그날 인천에 있었어."

나현은 마치 그날 루카를 본 것처럼 확신에 차서 말했다.

만일 루카가 예준을 죽인 거라면……. 아! 생각하기도 싫은 가정문에 나현은 미간을 꽉 구기며 진저리를 쳤다.

"진실을 말해 줄 거라고 생각해."

그에게 일말의 양심이라도 있기를 바라며 던진 말이었다.

"그날 인천으로……."

"잠시만."

나현은 루카의 입에서 무슨 대답이 나오든 놀라지 않으려 몸에 힘을 바짝 줬다. 그러고는 숨이 잘 쉬어지지 않는 가슴을 폈다. 아직은 그가 예준의 죽음에 직접적인 연관이 없으니 부정적인 생각을 하지 않으려 애썼다. 하지만 예상을 빗나갔을 경우도 생각해야 했다. 만일 그가 예준을 죽였다면 자신은 이곳에서 도망쳐야 했다.

"됐어. 이제 말해."

나현은 떨리는 몸을 진정시키려 입술 안쪽 살을 지그시 깨물며 루카를 올려다봤다.

"인천으로 가는 일정이 있었지만 가지 못했어."

"진……짜야?"

나현은 꽉 막혔던 목이 탁 풀리는 기분을 느끼며 침대에 털썩 주저앉았다.

"모나현."

당황한 듯한 루카가 몸을 숙여 시선을 맞추자 나현은 흔들리는 눈동자를 감추려 눈을 감았다. 그러다 루카의 속을 훑듯이 똑바로 쳐다봤다. 그날이 예준과 연관된 날이기 때문에 루카는 분명 기억하고 있을 것이다. 나현은 심란한 마음을 억누르고 입을 열었다.

"그날 왜 한국에 들어오려 한 건데?"

"흐음."

짙은 한숨을 내쉰 루카가 옆에 앉자 나현의 몸이 기우뚱했다. 나현처럼 침대에 걸터앉은 루카는 입술을 꽉 다물고 있었다. 하지만 시선은 나현을 향해 올곧게 뻗어 있었다.

"말해 줘."

"누구를 만날 예정이었어."

"누구?"

나현은 저도 모르게 마른침을 꼴깍 삼켰다. 그의 얼굴에 고뇌의 빛이 감돌자 왠지 예준을 만날 예정이었을 거라는 확신이 점점 들었다.

"존재 자체도 몰랐던……."

"형님."

"……!"

문밖에서 루카를 부르는 란토의 목소리에 나현은 고개를 휙 돌렸다.

"형님, 준비 마쳤습니다."

"……곧 갈게. 시동 걸어."

"네, 알겠습니다."

문 쪽으로 고개를 돌린 나현과 달리 루카는 그녀에게 시선을 박은 채 말하고 있었다.

"어디 가는 건데?"

나현은 그날의 진실에 거의 도달했다가 갑자기 다리가 끊어져 못 가는 것처럼 막막함과 초조함이 들어 미칠 것 같았다.

"지금 가 봐야……."

나현은 일어서려는 루카의 팔을 확 낚아채듯 잡았다. 돌아보는 루카의 얼굴에 곤혹스러움이 역력했다.

"죽은 사람이 누구였는지 대답만 해 주고……."

"루카 님, 출발한다."

이번에는 유렘의 목소리가 문을 타고 넘어왔다. 그가 무슨 일을 하러 나가는지 모르지만 밖에서 기다리며 재촉하는 이들의 목소리가 긴장으로 물들어 있는 듯했다.

"가야 해."

루카가 더 이상 잡지 말라는 듯 팔을 잡은 손을 토닥이자 나현은 할 수 없이 손을 거뒀다. 문 쪽으로 다가가는 루카의 걸음이 아까와 달리 다급해지는 것을 본 나현은 시선을 돌려 밖을 쳐다봤다. 완전한 어둠이 찾아든 밖은 아무것도 보이지 않는 것 같았다.

"흡."

갑자기 턱이 잡히고 고개가 휙 돌려진 나현의 입술에 루카의 입술이 와 닿았다. 엇갈리듯 맞물린 루카의 입술이 깨물듯이 핥다가 멀어졌다.

"다녀와서 다 말해 줄게."

속삭이듯 말하는 루카의 목소리에 나현은 차분하게 고개를 끄덕였다.

루카가 문을 열자 유렘이 들고 있던 가방을 건네는 모습이 보였다. 돌아보지 않는 루카와 달리 유렘은 눈치를 보듯 어색하게 웃고 돌아섰다.

"루카……."

나현은 루카의 뒷모습을 보는 순간 가슴이 이상하게 시렸다. 루카가 밤에 나가는 일이 처음도 아니었다. 그런데 오늘은 그가 무슨 일을 하러 가는지도 모르면서 나현은 막연하며 미묘한 불안감을 느꼈다.

"교대 시간을 맞추기는 했지만 구역마다 조금씩의 차이가 있어 조심해야 합니다."

루카는 란토의 말에 고개를 끄덕이고는 밧줄을 팽팽하게 당겼다. 이 벽을 넘어가면 진석에게 한 발 더 가까워진다는 생각에 루카의 팔에 힘이 들어갔다.

"15분. 시간을 넘기면 기다리지 말고 철수해."

"시간 안에 나올 거라 생각하고 기다리겠습니다."

란토가 두고 가지 않겠다는 의지를 내비치자 루카는 고개를 저었다. 모두를 위험에 노출시킨 것만 해도 부담이 컸다.

"시간 지켜. 뒤도 돌아보지 말고 움직여."

"형님!"

모자를 눌러쓰던 루카는 눈살을 찌푸리는 란토의 어깨를 툭툭 치며 걱정하지 말라는 듯 빙긋 웃어 보였다.

"만일은 늘 대비해서 나쁠 게 없잖아."

걱정스러움에 낮은 한숨을 내쉬는 란토를 보다 루카는 힘차게 벽을 발로 차며 올라가기 시작했다. 발이 벽과 붙기라도 한 것처럼 한 걸음 한 걸음이 신중하고 조심스러웠다.

담 위에 거의 다다를 즈음 루카는 고개를 돌려 아래를 쳐다봤다. 위를 쳐다보고 있던 란토가 고개를 끄덕이는 것이 희미하게 보였다. 루카는 입술을 꽉 깨물며 반대편 벽으로 몸을 돌렸다.

"담장이 높다고 도둑이 안 드는 건 아니지."

탁.

루카는 담을 넘어 밧줄을 타고 내려가다 풀쩍 뛰어내렸다. 땅에 발이 닿자마자 빠르게 움직여 어둠 속으로 몸을 숨겼다.

진석이 있는 곳으로 추정되는 장소의 입구를 바라보던 루카는 뒤를 슬쩍 돌아봤다. 보이진 않지만 유렘이 대기 중인 곳을 살피며 루카는 모자를 깊게 눌러썼다.

끼이익.

뻑뻑하게 열리는 문을 몸이 통과할 만큼만 조심스럽게 연 루카는 주위를 훑으며 걸음을 뗐다. 퀴퀴한 냄새가 코끝을 찔렀지만 그런 것에 신경 쓸 만큼의 여력이 루카에게는 없었다. 1초라도 빨리 진석을 찾아야 한다는 조급함에 걸음의 보폭이 넓어지고 빨라졌다.

"······!"

루카는 지하로 통하는 계단으로 들어서다 끙끙 앓는 듯한 목소리에 심장이 철렁 내려앉았다. 진석이 고통에 몸부림치는 것이라 여기자 몸이 저절로 움직여졌다.

"보초가……."

"으으윽, 끄응…… 아악."

지키는 이들이 하나도 보이지 않아 루카는 의문이 일었지만 갑자기 또렷하게 들린 진석의 비명에 두 번 생각하지 않고 다가갔다.

"진석아."

낮지만 힘을 실은 루카의 목소리에는 반가움이 깃들어 있었다. 고개를 푹 숙이고 축 늘어져 있는 진석의 몸에서는 피비린내가 났다. 구타를 당했거나 고문으로 인해 피를 흘려 그런 듯했다.

"진석아, 정신 차려 봐. 진석……."

루카는 진석에게 자신이 왔음을 빨리 인지시키고 싶어 허리를 낮추고 그의 얼굴을 보려 했다. 하지만 얼굴에 붙은 피딱지로 인해 진석의 얼굴은 엉망이었고 알아보기가 어려웠다.

"하아, 진석아."

루카는 가슴이 미어지는 것을 느끼며 그의 어깨를 안아 일으켰다. 하지만 지금은 감상에 젖어 있을 때가 아니었다. 비록 다치고 정신을 잃은 듯하지만 시간이 걸릴 뿐 회복할 가능성이 크므로 자책은 뒤로 미루었다.

"진석아, 나한테 기대서……!"

나현은 큰 저택에 혼자 덩그러니 남은 기분을 느끼며 발코니로 나갔다. 물론 저택 어딘가에 크로마가 있다는 것을 알았지만 찾아 나서지 않았다.

'다녀와서 다 말해 줄게.'

나가면서 루카가 한 말을 곱씹으며 나현은 저택의 입구를 바라보며 서 있었다. 무슨 일을 하러 간 것인지 몰라도 어딘지 평소와 달라 보이던 루카의 모습이 자꾸 머릿속을 어지럽혔다.

"흐음."

긴 한숨을 내쉰 나현은 이마를 짚으며 눈을 감았다. 그 어떤 말보다 SD카드만 확인한다면 모든 것이 명확하게 드러날 것이다.

부아앙!

"어?"

저택 입구 쪽에 굉음을 내며 달려오는 차가 보이자 나현은 눈을 커다랗게 떴다. 먼지를 날리며 미친 듯이 달려오는 것을 헤드라이트 불빛의 이동으로 알 수 있었다.

"무슨 일이 생긴 거야!"

나현은 순간 섬뜩함이 들자 얼굴에서 핏기가 가시는 것이 느껴질 만큼 온몸에 소름이 돋았다. 주먹을 꽉 쥐고 있던 나현은 발코니에서 곧장 방문으로 내달렸다. 저렇게 정신없이 달려오는 데는 분명 이유가 있을 것이다.

나현이 긴 복도를 달려 아래층으로 내려갈 수 있는 계단에 다다르자 현관 앞에 크로마가 서 있는 것이 보였다.

"크로마!"

자신의 부름에 뒤를 돌아보는 것 같았는데 크로마는 그대로 현관문을 밀치고 나갔다. 그 행동이 너무 다급하게 보여 나현은 계단 난간을 꽉 움켜쥐었다.

쾅!

잠시 후 란토가 발로 찬 것인지 문이 세차게 열리더니 유렘과 크로마가 모습을 보였다. 그런데 단 한 사람만이 그들과 다른 모습으로 들어오고 있었다.

"루카!"

나현은 루카에게 가기 위해 계단을 빠르게 내려오며 불렀지만 그들은 들리지 않는 듯 다른 방문을 열고 들어갔다.

"헉헉."

계단을 두 칸씩 건너뛰어 내려와 그들이 사라진 방문을 여는 나현의 손에 힘이 들어갔다. 다친 것인지 의식 없이 란토와 유렘에게 들려져 들어온 루카의 얼굴은 창백했다.

"루……."

란토가 가위를 들고 그의 옷을 찢고 있었고 크로마는 맥박을 재고 있었다. 그리고 수술대 같은 데 누운 루카는 창백한 얼굴로 의식이 없었다.

"나현."

"응, 루카가 다쳤어?"

문 앞에 서 있는 나현을 본 유렘이 다가와 양어깨를 그러쥐었다. 마치 안심하라는 듯 눈높이를 맞추고는 어색하게 미소를 지었다.

"괜찮아. 금방 괜찮아."

나현은 유렘을 한 번 쳐다보고는 걸음을 뗐다. 란토의 손에 묻어 있는 흥건한 피가 루카에게서 나온 것임을 안 나현은 비명이 터지려는 입을 두 손으로 틀어막았다.

"나현."

뒤에서 유렘이 불렀지만 나현은 물귀신에게라도 끌려가는 것처럼 루카를 향해 걸음을 뗐다. 핏기 하나 없이 누워 있는 루카를 보자 심장이 멎는 것 같았다.

"마취제 투여했어."

크로마가 들고 있던 주사기를 던져 놓듯이 말하고는 플래시를 들고 루카의 동공을 확인했다. 그러자 란토가 가위를 내려놓고 옷을 젖혔다. 나현의 눈에 피가 울컥울컥 뿜어져 나오는 것이 보였다.

"흑."

놀란 나현의 눈에 가득 고였던 눈물이 뺨을 타고 흘러내렸다. 심장에서 피를 뿜어내면 저렇게 흥건하게 되는 것일까.

"란토, 시작해!"

크로마의 외침에 란토가 능숙하게 메스를 상처에 갖다 댔다. 나현은 당황스럽고 어떻게 해야 할지 몰라 그 자리에 못 박힌 듯 서 있었다. 그러다 크로마와 눈이 마주쳤는데 그녀는 이내 시선을 거뒀다. 적어도 크로마가 상황을 설명해 줄 것이라 여겼는데 아니었다.

"나현, 나가자."

유렘이 다가와 팔을 잡고 끌었지만 나현은 움직이지 않았다. 눈앞에 펼쳐진 상황을 여과 없이 바라보다 어금니를 맞물었다.

"방해된다."

나현은 그제야 유렘을 향해 고개를 돌렸다. 난감한 얼굴로 나현을 내려다보는 유렘의 얼굴이 평소와 달리 장난기라고는 하나도 없었다.

"어떻게, 어떻게 된 거야?"

나현은 덜덜 떨리는 입술을 꽉 깨물며 유렘을 쳐다봤다.

"함정이었다."

"⋯⋯!"

나현은 고개를 휙 돌려 루카를 쳐다봤다. 짜 맞춘 듯 움직이던 그가 함정에 빠져 다쳤다는 말에 나현은 감당할 수 없는 두려움을 느꼈다.

16화
눈독

"얼굴이 창백해요."

나현은 크로마의 말에 멍한 표정을 지었다. 방금 무슨 일이 일어났는지 정리도 되기 전에 다음 일에 떠밀리는 기분이었다.

"좀 마셔 봐요."

크로마가 내민 잔에는 갈색의 술이 찰랑이고 있었다. 나현은 거부하지 않고 그 술을 단숨에 들이켰다. 맑은 정신으로 버텨야 할 것 같은데 제정신으로 있는다는 것이 쉽지 않았다.

"하아."

화한 느낌이 입안에 머물다 목을 타고 넘어가자 위장이 뒤틀리는 기분이었다. 하지만 다들 그렇게 스트레이트로 마시고 있었다. 그리고 다들 약속이나 한 것처럼 침묵을 지키고 있었다.

"도대체 무슨 일이……."

나현은 중얼거리듯 말하다 입을 다물었다.

응급 처치가 끝나고 얼마 지나지 않아 헬리콥터에 루카를 태워 보내면서 이들 중 그 누구도 동행하지 않았다. 다친 사람을 저렇게 혼자 보내도 되느냐며 나현이 따라가려 했지만 란토에게 저지를 당했다.

그의 옆에 있어 주지 못해 애가 마르는 기분이었다. 적어도 눈을 맞추고 걱정하지 말라는 말이나 위로를 건넬 수 있었다면 이렇게 불안하지는 않았을 것이다.

'빠져 계십시오.'

관여하지 말라는 말에 울컥했지만 루카의 안정과 회복이 먼저기에 실랑이를 하지 않았다. 그렇게 루카를 태운 헬리콥터가 시야에서 사라질 때까지 모두 그 자리에 서서 한참을 바라봤다.

"에잇!"

크로마가 화를 주체 못 하고 쿠션에 주먹을 꽂으며 눈을 치떴다. 유렘은 팔짱을 낀 채 눈을 감고 있었다. 란토는 마른세수를 하다 두 손으로 입을 가렸다.

나현은 란토의 손을 보다 진저리를 치며 시선을 돌렸다. 지금은 아니지만 루카의 피가 묻어 있던 란토의 손을 보자 그의 창백한 얼굴이 떠올랐다. 나현은 입술 안쪽 살을 지그시 깨물며 눈을 감았다. 의식 없이 누워 있는 루카를 보자 심장이 얼어 버린 것처럼 뛰지 않았다.

"화난다!"

유렘이 벌떡 일어나며 뭔가 할 것처럼 굴자 란토가 미간을 구겼다.

"윰 앉아."

"죽인다, 정보원."

"그래, 죽이자."

유렘의 말에 크로마가 동의하고 나오자 란토가 자신의 머리를 손으로 마구 비비다 고개를 번쩍 들었다.

"지금 움직이면 더 위험해지는 건 형님이야!"

나현은 처음으로 화내는 란토를 보며 한숨을 삼켰다. 늘 조용하게 움직이고 말이 별로 없던 란토였다. 루카의 말에 절대 복종을 외치는 것처럼 군소리하지 않고 따르던 사람이었다. 그런 그가 루카의 빈자리를 얼마나 강하게 느낄지 굳이 말하지 않아도 전해졌다.

"다들 눈을 좀 붙이도록 해. 이렇게 모여 앉아 헛소리한다고 달라질 것은 없으니까."

란토의 말에 유렘과 크로마가 토를 달지 않고 거실을 빠져나갔다. 오늘 밤이 중에서 그나마 이성적으로 구는 건 란토인 듯했다.

"방으로 돌아가십시오."

나현은 나가는 크로마와 유렘을 쳐다보며 그대로 앉아 있었다. 그랬더니 란토가 나현에게도 방으로 돌아가라며 재촉했다.

"란토."

"……네."

"무슨 일인지 말하는 것이 힘들겠지만…… 지금 말해 줄 수 있어요?"

나현은 설명을 듣기 전에는 방으로 돌아가지 않을 것이라는 의지를 내비쳤다. 아무것도 모르면서 방에서 혼자 불안해하며 초조하게 기다리는 건 싫었다. 게다가 헬리콥터가 의식도 없는 루카를 태우고 어디로 간 건지도 알고 싶었다.

"오늘 밤……."

란토가 입술을 떼다 한숨을 깊게 내쉬고는 잠시 입을 다물었다. 뭔가 충격을 받은 얼굴이었다. 루카의 몸에 난 상처로 보아 다치는 일이 비일비재한 모양인데도 란토의 반응이 좀 달랐다.

"루카 상태가 심각한가요?"

란토의 시선이 나현을 똑바르게 응시했다. 그 눈빛에 억울함과 분노가 같이 들어 있는 듯했다.

"안전한 곳으로 가셨으니 곧 회복하실 겁니다."

란토의 대답으로 미루어 보아 그는 루카가 간 곳을 알고 있는 모양이었다.

"위험하지 않은 곳인가요?"

나현은 어딘지는 몰라도 그가 정말 안전한지 알고 싶었다. 그를 안전하게 보호하는 곳은 어디며 누구일까.

"가장 믿고 맡길 수 있는 곳입니다."

"가장?"

란토가 단호하게 말하자 나현은 눈을 내려뜨며 자신이 아프면 몸을 의지할 곳이 어디일까 생각해 봤다. 가장 믿고 맡길 수 있는 곳. 자신의 경우라면 아버지일 것이다.

그렇다면 루카는 아버지에게로 간 것일까. 만일 아버지가 아니라면 아버지만큼 의지할 수 있는 친밀한 사이이거나.

"그만 쉬십시오."

란토의 얼굴에 피곤한 기색이 역력한 것을 본 나현은 자리에서 일어섰다. 루카를 해하지 않을 사람이라는 확신이 있으니 란토가 그만 보낸 것이겠지. 나현은 안 그래도 힘들 란토를 생각해 더 이상 추궁할 마음을 접었다.

"란토도 잠을 좀 자요."

"······네."

고개를 끄덕여 주는 란토에게 인사를 건넨 나현은 방으로 돌아갔다. 다 말해 주겠다고 한 루카에게 생긴 변수는 전혀 예상치 못한 일이었다.

탁.

나현은 방문을 닫고 문에 기대며 짙은 한숨을 내쉬었다. 칠흑 같은 어둠이 서서히 밝아지고 있었다. 몇 시간 후면 해가 뜰 시간이었다.

쿠션을 품에 안고 소파에 모로 누운 나현은 뻑뻑한 눈을 끔뻑였다. 꿈쩍도 안 할 것처럼 단단했던 남자가 그리 힘없이 누워 있는 것을 보고 나니 가슴이 미어지고 아파 왔다.

"흐응."

나현은 눈물을 흘리지 않으려 코를 훌쩍였다. 그런데 눈물이 중력의 법칙을 감당하지 못하고 흘러내리기 시작했다. 울지 않으려 손등으로 눈을 눌렀지만 쉽사리 멈춰지지 않았다.

"아냐, 괜찮아, 괜찮을 거야."

나현은 자신에게 최면을 걸 듯 괜찮다는 말을 계속 되뇌었다.

"나현?"

해가 뜨자마자 방에 가만히 있기에는 너무 답답해 저택 주변을 걷다 유렘과 마주쳤다. 고개를 숙이고 시선을 맞추는 유렘의 눈이 멀뚱하게 커져 있었다.

"눈…… 이상하다."

"아……."

나현은 그제야 당황하며 햇빛을 가리는 척 눈썹 위에 손차양을 만들어 눈을 가렸다. 울다 설핏 잠이 들었는데 깨어 보니 눈이 좀 부었던 것이다. 루카 걱정에 제대로 못 잔 영향도 있지만 젖은 눈으로 잠든 탓도 있었다.

"괜찮아."

"안 괜찮다."

유렘이 울상을 지으며 고개를 기울이자 나현은 멋쩍은 웃음을 지었다. 다들 걱정을 입 밖으로 내뱉지만 않을 뿐 언뜻언뜻 비치는 표정에서 루카를 생각하는 것이 다 드러나고 있었다. 그렇게 모두 태연하게 생활하는데 혼자 오버하는 건 웃기는 일이었다. 그래서 나현도 부러 밝은 척을 했다.

"여기는 꽃이 없어."

"으응? 꽃?"

나현은 화제를 돌리려 꽃 얘기를 꺼냈다. 저택을 둘러싼 길 주변으로 꽃이 있으면 더 좋을 것 같았다. 안 그래도 불안한데 덜 삭막하게 느껴지게 말이다.

"심으면 된다."

아주 당연하다는 듯 유렘이 답하자 나현은 눈썹을 동그랗게 뜨고 그를 쳐다봤다.

"나현, 왜?"

나현은 꽃을 심는 것도 좋겠다는 생각이 들었다. 할 일 없이 시간을 보내느니 꽃을 심으면 저택도 운치 있게 보일 테고, 루카가 돌아와서 보게 된다면 나쁘지 않을 것 같았다. 그가 언제 돌아올지는 모르지만.

"음, 꽃 사러 가자."

"꽃?"

유렘이 무슨 뚱딴지같은 소리냐는 얼굴로 내려다보자 나현은 어색하게 웃었다. 지금은 루카를 기다리는 일 말고 다들 할 일이 없지 않느냐 말이다. 그러니 좀 건설적인 일을 하며 시간을 보내자는 거지.

"차 어딨어?"

나현은 말이 나온 김에 시작할 생각으로 유렘의 등을 떠밀었다.

"와! 이게 다 뭐예요?"

크로마가 유렘과 나현이 나가서 사 온 꽃을 보며 탄성을 질렀다. 형형색색
의 꽃도 꽃이지만 하루 종일 심어도 다 못 심을 양이었다.

"이건 모종삽이에요?"

크로마가 작은 삽을 들고는 귀엽다는 표정을 짓자 나현은 피식 웃었다. 그
러곤 창이 큰 모자를 눌러쓰고 꽃들을 고르기 시작했다.

"나현 씨, 벌써?"

크로마가 너무 성급한 것 아니냐는 얼굴로 쳐다봤지만 지체할 필요가 없
는 일이었다. 나현은 어깨를 으쓱하고는 작은 화분을 몇 개 골라 상자에 담
았다. 그러자 옆에 서 있던 유렘이 상자를 받아 거뜬하게 들어 주었다.

"나현, 어디로 가?"

"저기."

나현은 출입구 쪽에서 바로 보이는 자리를 가리켰다. 문을 열고 나왔을 때
색다른 기분을 느낄 수 있을 것이다.

"무리하지 말아요."

"크로마도 같이해."

"난 사양할게요."

크로마가 그런 일은 질색이라는 듯 손사래까지 치며 뒷걸음질을 쳤다. 그
런 크로마에게 누근하게 웃어 준 나현은 장갑을 끼고 마당 한곳에 자리를 잡
고 앉았다.

"나현, 잘한다."

"그렇게 서 있지 말고 유렘도 같이……."

나현은 소박하게 심어진 꽃들을 보며 흡족한 미소를 짓다 유렘에게도 동

참할 것을 요구했다. 그런데 유렘의 시선이 다른 곳에 가 있었다.

"어? 누가 오는데?"

저택의 정문에서 달려오는 차를 보며 나현은 유렘의 옆에 섰다. 루카가 탄 차가 아닐까, 하는 생각이 들자 나현의 심장이 두근거리고 얼굴에 화색이 돌았다.

"나현!"

"……!"

당황하며 목소리를 높이는 유렘의 태도에 나현은 흠칫했다. 그리고 순간 깨달았다. 저 차에 탄 사람은 루카가 아니라는 것을.

"빨리 들어가."

"왜……."

"주스 마시고 해."

때마침 주스를 들고 나오던 크로마가 그 자리에 못 박힌 듯 서 버리자 나현은 사태의 심각성을 깨달았다.

"바니가 왔다."

"그러게."

긴장한 유렘과 달리 크로마는 짜증 난다는 표정을 지으며 나현을 돌아봤다. 마주친 크로마의 눈빛에서 곤란함이 느껴졌다.

"나현 씨, 들어……."

"늦었다."

크로마의 말을 낚아챈 유렘이 미간을 구기며 차에서 내리는 바니를 경계의 눈으로 쳐다봤다.

"나현 씨. 모자 깊게 눌러쓰고 아무 말도 하지 말아요."

나현이 고개를 끄덕이자 유렘과 크로마가 그녀의 앞을 가리듯 섰다. 나현은 두 사람 사이로 보이는 바니라는 남자를 쳐다봤다. 키는 루카보다 작았지만 풍기는 아우라가 살벌했다. 잘생겼다는 말이 나올 정도의 얼굴이었다. 금발에 상큼한 미소를 짓고 있는 것처럼 보였지만 나현의 눈에는 그가 지은 미소가 비열해 보였다.

〈루카 찾아. 상태가 어떤지 확인하고.〉

〈네, 바니 님.〉

"······!"

나현은 바니가 부하를 향해 지시하는 입 모양을 읽고는 흠칫 놀랐다. 루카가 다친 것을 바니가 알고 있다는 확신이 들었다. 바니가 이곳으로 온 것은 루카를 걱정해서가 아니었다. 그의 상태를 파악해 약점을 찾으려는 목적이 분명했다.

"루카가 다친 것을 알고 있어."

나현은 나지막한 목소리로 크로마와 유렘이 들을 수 있게 속삭였다. 주먹을 꽉 쥔 크로마가 낮게 욕설을 지껄이는 반면 유렘은 움찔하더니 이내 조용해졌다.

[헤이! 크로마, 유렘.]

두 팔을 벌려 두 사람을 포옹이라도 할 것처럼 바니가 다가오자 나현은 뒤로 물러났다. 그의 시선에 걸려들기 전에 자리를 피했어야 했는데 그러지 못한 것이 후회됐다. 유렘이 빨리 들어가라고 했을 때 그냥 집 안으로 뛰어 들어갔어야 했는데.

[무슨 일로 왔어?]

까칠한 크로마의 말에 실없는 사람처럼 웃어 보이는 바니였지만 나현은 그것마저 계산된 행동임을 알 수 있었다. 그는 아무리 못해도 모라타 조직을 이끄는 제2인자라고 알고 있었다. 보와츠를 대표하는 거대 조직 중 하나를 이끄는 자가 크로마 하나를 어쩌지 못해 저리 실실 웃고 있을 턱이 없으니까.

[누구?]

나현은 지금이라도 슬그머니 자리를 피할까 생각하며 뒷걸음을 치려고 한 발을 뗐다. 그런데 그만 바니의 눈에 걸려들어 옴짝달싹할 수 없는 지경에 다다랐다.

[못 보던 얼굴인데?]

"난······."

[정, 정원사!]

뭔가 말을 하려던 나현은 크로마의 외침에 입을 다물었다. 그들과 평상시에도 한국어로 소통하다 보니 인지를 못 하고 있었다. 바니에게 한국어는 생소할 것이다. 하마터면 그의 이목을 끌 뻔한 나현은 신중하지 못한 자신을 속으로 질책했다.

[정원사?]

[날이 더운데 실내로 들어가죠.]

[아, 그럴까?]

바니가 유렘의 말에 순순히 응하며 자리를 뜨자 나현은 그제야 숨을 몰아쉬었다. 바니를 따라가던 크로마와 유렘이 한 번씩 나현을 돌아봤지만 말없이 그대로 걸음을 옮겼다.

"하아."

나현은 등줄기를 타고 흐르는 식은땀을 느끼며 얼른 저택 뒤쪽으로 향했다. 바니가 갈 때까지 보이지 않는 곳에 숨어 있어야 할 것 같았다.

저택 뒤편으로 온 나현은 그제야 느릿하게 걸으며 저택의 벽 아래서 자란 잡초들을 뽑았다. 그래도 누군가가 꾸준히 관리한 모양인지 잡초가 생각보다 적었다.

"여기에도 꽃을 심어 놓으면 산책하다가 반갑겠네."

나현은 혼자 중얼거리며 뽑은 잡초들을 한 손으로 몰아 쥐었다. 그러다 고개를 들어 저택의 벽을 눈으로 훑다 모자를 당겨 썼다. 갑자기 찾아온 바니 때문에 집 안으로 못 들어가는 상황에 놓이자 기분이 언짢아졌다.

"루카가 다쳤다는 것을 어떻게 알고 있는 거지?"

눈을 가늘게 뜬 나현은 마치 바니가 있는 것처럼 저택 앞쪽을 째려봤다.

'함정이었다.'

"아!"

유렘의 말이 생각난 나현은 짧은 탄성을 내뱉고 혼자 고개를 주억거리며 인상을 썼다.

"그래 놓고는 모르는 척 찾아와? 아주 나쁜 놈이네."

나현은 저택의 뒤편으로 더 걸어가다 나무 그루터기를 발견하고는 그곳에 앉았다. 장갑을 벗고 손을 탁탁 턴 나현은 모자도 벗었다.

루카는 이제 괜찮은 것일까. 아직 의식을 못 찾았으면 어떻게 하지. 그의 안위를 모르는 시간이 늘고 있어 불안했다. 적어도 연락이 되거나 찾아갈 수 있다면 얼마나 좋을까 싶었다.

무릎에 팔을 올리고 턱을 괸 나현은 멍한 눈으로 태양을 바라봤다. 그 어느 때보다 루카의 소식이 궁금하고 기다려졌다. 그리고 그에게서 듣고 확인해야 할 것들이 있었다.

"그나저나 이렇게 태평하게 바니라는 남자를 집에 들여도 되는……!"

혼잣말을 하던 나현은 화들짝 놀라며 자리에서 튕기듯이 일어섰다. 만일 바니가 총으로 크로마와 유렘, 란토를 죽인다면, 갑자기 그런 생각이 들자 몸이 저절로 반응했다.

나현은 앞뒤 잴 것 없이 현관을 향해 내달렸다. 총소리가 나지 않았지만 소음기를 끼웠다면 총소리는 당연히 나지 않았을 것이다.

"헉헉, 하아."

저택의 앞쪽으로 돌아 나가기 전 나현은 거칠어진 숨을 고르며 달리는 것을 멈췄다. 조심스럽게 집 주변의 기운을 느끼며 걷던 나현은 너무 고요한 분위기에 눈살을 찌푸렸다.

퍽!

귀를 쫑긋 세우고 집 안을 들여다보려 기를 쓰며 걷던 나현은 뭔가에 툭 부딪치며 중심을 잃었다.

"아야……."

다른 것에 신경 쓴다고 앞을 살피지 않았던 나현은 넘어지면서 무릎을 찧었다.

[괜찮아요?]

"……!"

낯설지만 누구의 목소리인지 금방 파악한 나현은 당황한 눈으로 고개를 들었다.

[일어설 수 있겠어요?]

미소를 띤 얼굴로 손을 내밀고 있는 바니를 보자 나현은 소름이 돋았다. 깨끗하고 잘 관리된 손이지만 나현의 눈에는 잔인하기 그지없어 보였다.

[……괜, 괜찮아요, 혼자 일어날 수 있어요.]

잡으라고 재촉하는 바니의 손을 거부한 나현은 저택 현관 쪽을 한 번 돌아봤다. 차분하고 고요한 저택은 변함이 없었다. 부하는 어디를 간 거지? 바니의 뒤를 살피던 나현은 눈을 가늘게 떴다. 저택 어딘가를 뒤지고 있는 걸까, 아니면…….

"……!"

섬뜩함이 밀려온 나현은 어깨를 움츠리고 눈을 질끈 감았다. 집 안으로 들어가지 않는 이상 상황 파악을 할 수 없을 것 같아 초조함이 일었다. 게다가 웃고 있지만 싸늘함을 띤 바니가 바로 눈앞에 버티고 있었다.

[저택을 구경하던 중이었어요.]

나현의 염탐하는 눈길을 눈치챈 건지 바니가 느긋한 목소리로 변명처럼 말했다.

[오래된 것일수록 주변의 기운을 모두 빨아들이는 거 같아요.]

감상적인 바니의 말을 듣는 둥 마는 둥 한 나현은 2층을 힐긋 올려다봤다. 설마 사람을 죽여 놓고 여기서 이렇게 여유를 부리는 건 아니겠지.

나현은 얼른 안으로 들어가 크로마와 유렘, 란토의 안위를 확인하고 싶었다. 아니, 어쩌면 지금 달아나야 할지도 모를 일이었다. 나현은 점점 다리가 떨리기 시작했다.

[정원사면…… 내 저택 정원도 부탁해도 될까?]

[……네?]

나현은 허를 찔린 표정으로 바니를 쳐다봤다. 마치 자신이 집 안으로 들어가는 것을 저지하려는 듯 그가 일부러 붙잡고 있는 듯했다. 극도로 초조해진 나현은 입술을 질끈 깨물었다. 그가 일을 의뢰하는 의도를 파악할 수 없었다. 나현은 당장 크로마의 얼굴을 봐야 안심할 것 같아 땀이 바짝바짝 났다.

[페이는 후하게 줄게요.]

지금 돈이 문제냐고!

나현은 혹시나 하는 생각에 저택을 휙 돌아봤다. 그들 중 한 사람이라도 밖을 내다본다거나 밖으로 나온다면 확인이 가능할 텐데. 아무리 창을 살펴도 그들이 보이지 않았다.

[연락은…….]

나현은 바니의 부하가 현관에 모습을 드러내자 흠칫 놀라며 뒤로 물러났다. 그런 그녀의 행동에 말을 하던 바니가 뒤를 돌아봤다. 곧장 바니에게로 다가오는 그 부하의 손에는 아무것도 들려 있지 않았다. 하지만 품속 어딘가에 총을 숨겼을 거라고 생각한 나현은 마른침을 삼켰다.

〈바니 님, 확인 끝났습니다.〉

바니의 뒤로 다가온 그가 낮게 속삭이는 입술을 읽은 나현은 미간을 구겼다. 분명 저택의 곳곳을 뒤지고 나온 모양새였다.

[어떻게 됐어?]

바니가 고개를 돌리고 있었지만 목소리를 들을 수 있는 것과 달리 부하의 말은 들을 수도 읽을 수도 없었다. 나현을 의식한 것인지 부하가 손으로 입을 가리고 있어 볼 수가 없었다.

독화의 단점이었다, 입술을 가리는 건.

[시간 괜찮을 때 연락해요.]

부하를 향해 고개를 끄덕인 바니가 명함을 꺼내 내밀자 나현은 저도 모르게 주먹을 말아 쥐었다. 그의 명함을 받고 싶지 않았다. 바니의 뒤에 선 부하가 어서 받으라는 듯 인상을 구겼지만 나현은 움직이지 않았다.

"……홋!"

그러자 바니가 나현의 손목을 낚아채더니 명함을 강제로 쥐여 주었다. 나현은 자신의 손바닥에 놓인 명함을 보다 커다래진 눈으로 바니를 쳐다봤다. 시선을 마주치는 바니의 눈빛이 광기로 번뜩이는 것처럼 보였다.

[그럼.]

바니가 만족한 얼굴로 가볍게 묵례하고 돌아서자 나현은 헛숨을 삼켰다. 앞에 딱 버티고 서서 오도 가도 못 하게 하던 방해물이 사라지자 주저앉을 것처럼 다리가 후들거렸다.

"뭐야……."

바니가 이미 차에 탔을 것이라 생각했던 나현은 눈이 마주치자 멈칫하며 낮게 중얼거렸다. 눈을 가늘게 뜨고 낚아챌 듯이 바라보는 바니 때문에 소름이 가시지 않았다.

〈일이 남으셨습니까?〉

바니가 차에 타지 않고 나현을 보며 서 있자 그의 부하가 물었다. 그러자 빤히 쳐다보던 바니의 눈길이 나현에게서 잠깐 떨어졌다. 나현은 불안을 느끼면서도 그들의 입술을 읽어 내려 시선을 고정하고 있었다.

〈흥미롭네.〉

입가에 묘한 미소를 지은 바니가 나현을 한 번 더 쳐다보고는 차에 올랐다. 나현은 바니의 차가 출발하고 멀어질 때까지 그 자리에 못 박힌 채 서 있었다.

"아! 크로마……."

바니의 차가 막 정문을 빠져나가자 나현은 후다닥 저택 안으로 달려 들어왔다.

"나현 씨, 뭘 받았어요?"

그들도 저택 안에서 다 지켜보고 있었던 것인지 곧장 그녀의 곁으로 다가왔다.

"아, 크로마. 무사해서 다행이다."

나현은 세 사람이 무사한 것을 보고는 안도의 숨을 내뱉었다. 하지만 그녀의 손에 있던 명함을 낚아채듯 가져간 크로마는 질린 표정을 지었다.

"이걸 왜……."

바니가 명함을 왜 준 것인지 가늠하던 크로마의 눈동자가 이내 나현에게 와서 꽂혔다.

"정원 일을 의뢰하고 싶다고……."

황당했지만 나현은 대수롭지 않다는 듯 말했다. 자신은 정원사가 아니니 그냥 무시하면 될 것이라 여겼다. 그런데 크로마의 반응이 개운하지 않았다.

"원예 책을 좀 봐야겠네요."

"왜?"

나현은 어이없다는 얼굴로 크로마를 쳐다봤다. 그러자 크로마가 어깻숨을 푹 내쉬더니 느릿하게 말했다.

"바니는 아무한테나 명함을 안 줘요."

"뭐?"

"우리 중에서 명함을 받은 이는 없어요, 루카조차."

나현은 휘둥그레진 눈으로 고개를 젓고 있는 크로마를 쳐다봤다.

"흔한 명함인데?"

이까짓 명함이 뭐라고. 바니가 명함에 거창한 의미를 부여하고 있는 것 같아 나현은 짜증이 났다.

"하……."

크로마가 명함을 찢을 것처럼 손을 바르르 떨더니 이내 구겨 버렸다.

"또 봐야 하네."

명함을 받았기 때문에 바니를 다시 만나게 될 거라는 크로마의 말에 나현의 얼굴이 굳어졌다. 역대급 또라이를 만난 기분이 들었다.

[뒤질 수 있는 곳은 다 확인했는데 없었습니다.]

워킨스의 보고에 바니는 재킷 안주머니에서 시가를 꺼내 끝을 싹둑 잘랐다. 워킨스가 라이터를 내밀어 불을 붙여 주자 바니는 눈을 가늘게 떴다.

[없었다?]

[네.]

바니는 의자 등받이에 느긋하게 기대며 담배 연기를 내뿜었다.

[일 때문에 며칠 후에 올 거야.]

분명 총상을 입었다고 했는데 크로마의 대답은 달랐다. 아무 일이 없었던 것처럼 태연하게 보여 정보가 잘못되었나 생각했다.

[저…… 바니 님.]

바니는 눈동자만 움직여 워킨스를 쳐다봤다. 뭔가를 말해야 할지 말아야 할지 판단이 서지 않는지 워킨스가 미적거리고 있었다.

[개미 새끼 한 마리라도 있었다면 보고해.]

바니가 그들과 대화하는 척하며 거실에 잡아 두는 동안 워킨스는 저택을 자유롭게 돌아다니며 뒤졌을 것이다.

[네. 여러 방 중에서 여자가 머무는 방이 있었습니다.]

[크로마의 방이겠지.]

바니는 아무렇지 않은 얼굴로 대꾸했다.

[그게 아닌 듯했습니다.]

[그래?]

바니는 의자에 기댔던 등을 곧추세우며 관심을 표했다. 그 저택에 머무는 사람들이 누구인지 이미 알고 있었다. 그 큰 저택이 루카의 소유인 줄 알고 질투를 했었는데 어이없게도 소유주는 허름한 회사였다. 유지비가 많이 들어 팔려고 내놨지만 팔리지 않아 루카에게 임대한 걸로 알고 있었다.

[여자라…….]

바니는 흥미로운 표정으로 중얼거리다 정원사 얼굴을 떠올렸다. 밝은 갈색 머리칼처럼 눈동자 색도 갈색인 여자. 눈을 깜빡일 때마다 드리워지는 긴 속눈썹과 흰 뺨. 살짝 열린 붉은 입술은 삼키고 싶은 욕구를 불러일으켰다.

[루카가 만나는 여자가 있었나?]

[없습니다.]

[어떻게 자신하지?]

바니는 단호한 워킨스의 말에 삐딱한 표정을 지었다. 마치 그 정원사가 루카의 여자는 아닐 거라는 단정으로 들려 피식 웃음이 나왔다.

[하룻밤을 청하는 여자도 없는 걸로 압니다.]

[하긴.]

바니는 루카를 생각하며 수긍의 의미로 고개를 끄덕였다. 일밖에 모르는 루카였다. 그가 하면 일이 성사될 확률이 높았지만 다른 이가 나서면 꼭 일이 실패로 끝났다.

'훗!'

손목을 낚아채자 화들짝 놀라는 그녀가 안쓰러울 지경이었다. 얼굴만큼 하얀 손을 보는 순간 깨물고 싶다는 생각이 들었다. 하얗고 가느다란 손가락을 펴지 않으려 할 때는 부러트려서라도 펴게 만들고 싶었다.

[그 정원사 말이야.]

바니는 워킨스를 빤히 쳐다봤다. 워킨스에게 눈길을 박고 있던 그녀의 눈동자가 머리에서 떠나지 않았다. 워킨스의 어디를 보고 있었던 거지. 그냥 쳐다보는 느낌이 아니었는데.

[네?]

[아냐.]

바니는 이내 고개를 젓고는 시가를 입에 물었다. 가늘게 떨리던 정원사의 입술을 빨고 싶다는 생각이 들자 아래가 화끈거렸다. 차에 타기 전 돌아본 그녀는 두려워하면서도 시선을 피하지 않았다. 하지만 눈이 마주친 것은 찰나였고 그녀의 눈길은 다른 곳에 있었다. 눈보다는 더 아래쪽 어딘가에 머물렀는데, 턱을 바라봤던 것일까.

바니는 워킨스의 턱이 유난히 눈에 띄는 모양새인가 싶어 새삼스럽게 쳐다봤다.

[뭐가 이상합니까?]

워킨스가 멋쩍은 얼굴로 묻자 바니는 고개를 저었다. 아무리 봐도 그저 흔하고 평범한 턱이었다.

딸칵.

[바니!]

금발의 늘씬한 몸매를 가진 미녀가 들어오며 반가운 미소를 짓자 바니는 워킨스에게 나가 보라는 손짓을 했다.

[요즘 바빠?]

묵례를 한 워킨스가 나가는 것을 끝까지 확인한 여자가 책상과 바니 사이로 비집고 들어왔다.

[바빠.]

[나 볼 시간도 없을 만큼?]

여자가 섭섭하다는 표정을 짓다 애교 섞인 눈웃음을 지었다. 바니는 자신의 어깨를 만지는 여자의 손을 잡아 내리고는 무심한 눈으로 입을 열었다.

[마음대로 찾아오지 말라고 했을 텐데.]

바니의 말에 여자가 눈을 살짝 흘기더니 입술을 달싹였다.

[보고 싶은데 참을 수가 있어야지.]

여자가 살살 눈치를 보면서 바니의 얼굴을 만지려 손을 들자 그가 그녀의 손을 툭 밀어 냈다.

[벌려.]

[바니…….]

바니는 여자의 다리를 벌리고는 치마 아래로 손을 넣었다. 여자가 낮은 신음을 흘리며 책상에 엉덩이를 걸치자 바니는 미간을 구겼다.

[으음, 좋아.]

여자의 허벅지를 만지던 바니는 이내 흥미가 떨어진 표정으로 손을 거뒀다.

[바니, 왜?]

바니는 팔짱을 끼며 의자 등받이에 기댔다. 여자가 무안해하며 얼굴이 붉어지자 바니는 정원사의 얼굴을 떠올렸다. 그녀가 정념에 휩싸여 얼굴을 붉히면 어떤 모습일지 궁금했다.

[바니?]

앞에서 요염을 떠는 여자의 얼굴 위로 순간 정원사의 얼굴이 겹쳐지자 바니는 자리에서 벌떡 일어났다.

쿠당탕.

[바니!]

여자를 돌려세운 후 책상에 밀어트린 바니는 치마를 들춰 팬티를 끌어 내렸다. 탐스러운 엉덩이가 출렁이자 바니는 바지 지퍼를 내렸다.

"아흑!"

인정사정 봐주지 않고 들이박자 여자가 교성을 내뱉으며 몸을 비틀었다. 바니는 재킷 안주머니에서 칼을 꺼내 여자의 엉덩이로 가져갔다.

툭.

끈을 잘라 버린 팬티를 바닥으로 던진 바니는 여자의 다리를 더 넓게 벌렸다. 그러고는 무지막지하다 싶을 만큼 몸을 움직이며 여자의 속을 헤집고 유린했다.

17화
불안

"형!"

천진난만한 웃음을 지으며 달려오는 진석을 향해 루카는 손을 한 번 들어 보였다.

"왜 나와 있어요? 소윤이는 왔어요?"

달려와 앞에 서던 진석이 의아한 눈으로 쳐다보자 루카는 카페 안을 돌아 봤다.

"왜 그래요?"

눈살을 찌푸리자 진석이 목을 길게 빼고는 카페 안을 살폈다. 약간 서구적 으로 생긴 루카의 여동생은 어디를 가나 시선을 끄는 타입이었다. 그리고 지 금 카페 안에서 어떤 남자가 소윤에게 대시하고 있는 모양새였다. 소윤은 다 가온 남자에게 거절하는 듯 손을 내젓고 있었다.

"형, 여기서 이러고 있으면 어떡해요!"

루카는 자신이 나서기도 전에 뛰어가는 진석을 바라봤다.

진석이 다급하게 카페 안으로 들어가자 소윤의 얼굴에서 이제 살았다, 하 는 반가움이 드러났다. 남자가 끈질기게 대시를 한 모양인지 소윤이 진석의 뒤로 슬쩍 숨듯이 걸음을 옮겼다. 하지만 진석이 억지웃음을 지으며 예의 바르게 굴어도 남자가 쉽게 포기하지 않으려 했다.

"불안하다는 말을 저래서 했구나."

어디를 가나 눈길을 끄는 소윤이지만 진석이 좀 과보호한다는 생각을 했었는데 오늘 보니 과보호도 아닌 듯했다.

남자가 사라지자 마주 보며 어이없다는 듯 피식 웃고 있는 두 사람이었다. 그녀의 머리칼을 조심스럽게 넘기는 진석의 행동에서 사랑이 넘쳐 나는 것 같았다. 그런 둘을 보는 루카의 얼굴에서도 사랑이 넘쳐 났다.

"루카 칼라르누!"

"……!"

다급하게 외치는 소리에 루카의 고개가 휙 돌아갔다. 하지만 자신을 부른 이가 보이지 않았다. 의아한 생각이 들어 루카는 카페 앞 도로로 내려와 주변을 살폈다. 하지만 언제 안개가 낀 것인지 앞이 뿌옇게 보였다.

"오빠……."

"소윤?"

분명 카페 안에 있던 걸 봤는데 안개 속에서 소윤이 모습을 드러냈다.

"왜 이리 땀을 흘려."

그녀의 서늘한 손이 이마에 닿자 시원함이 느껴졌다. 안쓰러운 눈으로 쳐다보면서 자신을 쓰다듬고 있는 소윤의 얼굴을 빤히 쳐다봤다. 이렇게 생생한데 어째서…….

"왜 울어?"

소윤의 뺨을 타고 눈물이 주르륵 흐르자 루카는 당황스러웠다. 늘 밝은 소윤이 눈물이 그렁그렁한 눈으로 쳐다보며 슬프고도 아프게 웃고 있었다.

"이리 와."

루카는 가슴이 찢어질 듯 아파 오는 고통 속에서도 손을 뻗어 그 눈물을 닦아 주려 했다.

"으윽!"

하지만 손을 드는 것이 무척 힘들었다. 팔에 무거운 추가 달린 것처럼 움직여지지 않았다. 눈물을 한 방울 뚝 떨어뜨린 소윤의 얼굴이 이지러지기 시작하자 루카의 미간이 구겨졌다.

통증의 원인이 무엇인지 찾으려 고개를 돌리던 루카는 자신에게로 손을 뻗는 소윤을 쳐다봤다. 그러다 소리를 질렀다.

"소윤아!"

누가 잡아당기기라도 한 듯 소윤이 안개 속으로 훅 사라졌다. 마치 삼켜진 것 같았다.

"안 돼!"

뻬이이익. 삑. 삑. 삑.

눈을 번쩍 뜬 루카의 귀에 생소한 기계음이 들려왔다.

[정신이 들었는가?]

하얀 수염과 백발이 성성한 남자가 루카를 내려다보며 걱정스러운 목소리로 물어 왔다.

[……칼라르누.]

[나를 알아보는 걸 보니 머리는 이상 없는 것 같군.]

온화한 얼굴로 고개를 끄덕인 칼라르누가 옆에 선 의사를 쳐다보자 그가 다가와 루카의 바이탈을 체크했다.

[의식을 못 찾아 걱정했는데……. 다행이야, 다행.]

칼라르누의 말에 루카의 눈이 답을 요구하듯 의사에게로 향했다. 자신이 며칠 동안 의식을 잃었던 것인지 말해 주지 않으면 누운 상태로는 알 길이 없었다.

[여기로 온 지 사 일째 되는 날입니다.]

답을 원하는 루카의 마음을 읽었던 것인지 의사가 간결하게 사실만 말해 줬다.

[바이탈은 다 정상인데 깨어나지를 않아서……. 뭔가 거부 반응도 일고.]

의사가 한시름 놨다는 듯 말하자 루카는 한숨을 내쉬었다. 진석을 못 구했다는 죄책감에 현실을 회피하고 싶었던 모양이다.

[그들은…….]

같이 움직였던 란토, 유렘의 안부가 궁금했다.

'루카, 정신 차려! 뭐라고 말 좀 해 봐!'

자신을 애타게 부르던 크로마의 음성에 란토와 유렘의 말이 묻혔다.

'란토! 루카 어딨어? 유렘! 그를 어서 찾아! 못 찾으면 나한테 다들 죽을 줄 알아!'

통신 장비에 대고 미친 듯이 소리를 지르던 크로마의 음성이 떠올랐다.

[그녀는⋯⋯.]

루카는 그중에서 나현의 안부가 가장 궁금했다. 잘 지내고 있는지, 많이 놀란 건 아닌지 걱정되었다.

[그녀? 아, 다들 연락 오기만을 기다리고 있지.]

그녀? 라며 반문하던 칼라르누가 크로마를 지칭한다고 여기는 듯했다. 안심하라는 표정을 짓는 칼라르누를 보자 루카는 가시를 삼킨 것처럼 심장이 아팠다.

[걱정을 끼쳤습니다.]

[아냐, 아냐. 이렇게 버텨 준 게 더 고마워.]

십년감수한 얼굴로 입술을 바르르 떠는 칼라르누를 보다 루카는 주변을 천천히 둘러봤다. 고풍스러운 벽지에 앤티크한 가구들이 있는 것으로 보아 칼라르누의 저택인 듯했다.

[안 됩니다!]

"윽!"

일어나려던 루카는 어깨와 등에 강한 통증이 느껴져 새된 비명을 질렀다. 찌르듯 날카롭고 긁어 대는 것처럼 욱신거리는 통증이 온몸뿐만 아니라 정신까지 지배하는 느낌이었다.

[아직은 움직이면 안 됩니다.]

의사가 갑자기 움직인 루카 때문에 놀랐던 것인지 눈으로 엄하게 꾸짖고 있었다.

[이대로 있을 수는…….]

[본인이 정상이라고 생각하지 말아요. 당신은 환자입니다.]

루카는 당장 일어나야 할 처지임을 의사에게 말하다 꾸지람을 들었다.

[얼마나 더 누워 있어야겠나?]

걱정스러운 얼굴이 된 칼라르누가 루카를 대신해 물었다.

[적어도 상처는 아물어야 하니 이삼 일은 더 지나야 앉을 수 있습니다. 다행이 뼈를 피해 가서…….]

부러진 뼈가 없다는 말에 루카는 안도하는 표정을 지었다. 그러다 경거망동하지 말라는 의사의 다음 말에 입을 꾹 다물어 버렸다.

[다친 혈관을 연결했으니 또 터지고 싶지 않으면 당분간 조심해야 합니다.]

벌써 사 일을 허비한 참이었다. 의식을 잃은 루카를 제외한 모든 이에게는 시간이 흘러가 있었다. 행방과 생사를 알 수 없는 진석에게마저도.

[허허, 루카 들었지? 당분간 아무 생각 하지 말고 회복에 전념해.]

옆에서 듣던 칼라르누가 초조해하는 루카의 손등을 톡톡 두드리며 위로를 건넸다.

"하아……."

의사와 칼라르누가 나가고 나자 루카는 미간을 구기며 눈을 가늘게 떴다. 진석인 줄 알았던 녀석의 반격에 당황한 순간 기선 제압을 뺏겼었다. 하지만 치고받고 하는 몇 번의 합 속에서 녀석의 공격 패턴을 읽었고 거의 이겼다 생각했다. 조금만 더 하면 놈을 제압하고 진석의 행방을 물을 수 있을 것이라 여겼는데, 갑자기 울린 총성과 더불어 놈의 몸이 자신에게로 기울었다. 그리고 같이 관통해 버린 총알.

다친 어깨를 부여잡고 건물을 빠져나오자 총알이 빗발쳤다. 그 속을 어떻게 뚫고 나왔는지 기억이 잘 나지 않았다. 그저 저격수로 대기 중인 유렘이 자신을 엄호해 줄 거라는 믿음밖에 없었다.

"아군을 희생시켜서라도 잡고 싶었다는 건가."

루카는 천장을 올려다보며 혼자 중얼거렸다. 상당한 무술 실력자를 버리면서까지 자신을 잡고자 한 아자르의 음모에 치가 떨렸다.

◇ ◆ ◇

하루하루가 불안하고 불안했다. 소식이 없는 루카와 다시 올지 모를 바니 때문에 나현은 불안감과 짜증을 동시에 느끼고 있었다. 게다가 바니가 저를 찾는다는 말에 저택 밖으로는 나가지 않았다. 그저 발코니에 서서 산책을 즐기던 길만 바라봤다.

"후우."

나현은 강하게 내리쬐는 해를 향해 눈을 찡그리다 손차양을 만들었다. 자신이 심은 꽃들이 바람에 흔들리는 것이 보였다.

나현은 꽃들을 보다 시선을 더 멀리 두었다. 바니의 차가 보이는 건 아닐까, 하는 마음으로 한참을 바라보던 나현은 결심한 표정으로 몸을 돌렸다. 해가 지고 있으니 꽃들에게 물을 줘야 했다. 그리고 이 시간에는 바니가 오지 않을 것이라는 생각도 들었다.

"나현, 어디 가?"

복도를 지나 계단을 내려오자 유렘이 다가왔다. 크로마와 란토는 아침부터 어디 갔는지 보이지 않았다.

"꽃에 물 주려고."

"아, 물."

고개를 주억거리는 유렘을 지나쳐 현관으로 가려 했다. 그런데 유렘에게 팔이 붙잡혔다. 들킬 수도 있으니 나가지 말라는 뜻인 듯했다.

"왜?"

나현은 살짝 화가 난 눈으로 유렘을 올려다봤다. 꽃에 물만 주고 바로 들어올 건데 너무 오버하는 거 아닌가 싶었다.

"화내지 마."

반항기 다분한 얼굴로 유렘을 보던 나현은 심호흡을 하며 입술을 꾹 깨물었다.

"나가서 저녁 먹자."

“어?”

보다 못한 유렘이 답답해하는 나현을 배려하려는 듯 보였다. 거의 모든 시간을 루카의 방에 있는 책을 읽으며 보냈지만 시간은 생각보다 더디게 흘렀다.

“드라이브도 하고.”

“정말?”

나현은 반가운 기색을 내비치며 눈을 동그랗게 떴다. 드라이브 정도는 문제가 안 될 것 같았다. 저택에 있는 것보다 바니를 만날 확률도 떨어지니 마다할 이유가 없었다.

“음, 차 키 가져온다.”

씨익 웃은 유렘이 차 키를 가지러 가자 나현은 현관으로 향했다. 꽃에 잠깐이라도 물을 줄 생각이었다.

“그래도 며칠 전보다는 덜 더운 것 같네.”

해가 기울고 있어 그런지 뜨거운 한낮의 기운은 이미 꺾여 있었다. 나현은 혼잣말로 작게 중얼거리며 꽃에 물을 주기 시작했다.

“시원하지?”

꽃에게 말을 걸던 나현은 유렘이 다가오자 물뿌리개를 얼른 제자리에 놓고는 그의 앞으로 쪼르르 달려갔다. 간만에 하는 외출이라 기대감이 일었다. 사실 나가 봐야 별거 없을 테지만.

“나현, 나가는 거 좋아한다.”

나현은 유렘의 장난에 피식 웃으며 그의 손에 있는 선글라스를 가져와 썼다.

“어울려?”

“얼굴이 다 가려졌다.”

유렘이 짐짓 심각하다는 듯 쳐다보자 나현은 입꼬리만 둥글게 말았다. 루카가 저택을 나간 후로 잘 웃을 수가 없었다. 자신의 자리에서 잘 지내는 것이 루카를 도와주는 일이라는 것을 알지만 문득문득 가슴으로 시린 바람이 불어 불안했다. 란토와 유렘, 크로마에게 루카의 안부를 묻는 일도 자제했다. 그들도 힘들고 괴롭다는 것을 아니까.

나현은 조수석에 앉아 차창 틀에 팔을 걸치고는 바람을 고스란히 맞았다. 머리칼 사이로 파고드는 바람이 시원해서 좋았다.

"머리 날린다."

유렘이 운전을 하다 웃으며 흩날리는 머리칼을 어떻게 좀 하라는 듯 말했다. 그래서 나현은 손으로 대충 틀어쥐고는 머리칼을 내려다봤다.

"너무 길어. 좀 자를까?"

"No."

유렘이 망설이지 않고 고개까지 저으며 대답하자 나현은 뚱한 표정을 지었다.

"치렁치렁하잖아?"

"치렁치렁?"

"아…… dirty? 아니면 messy?"

나현은 '치렁치렁'을 표현할 적당한 영어 단어가 떠오르지 않아 머릿속을 먼저 차지한 단어를 생각나는 대로 말했다. 그러자 유렘이 눈을 휘둥그레 뜨고 쭉 살피더니 공감할 수 없다는 표정을 지었다.

"나현 아니다, dirty 아니다. messy도 아니다. 나현 인형 같다."

"인형은 무슨."

나현은 유렘이 연속으로 부정하다 마지막에 한 말에 씁쓸한 미소를 지었다. 어렸을 때는 유난히 흰 피부로 인해 유약을 바른 도자기 인형 같다는 말을 여러 번 들었었다. 하지만 그때는 깨지기 쉬운 도자기에 빗대어 말하는 거라 싫어했었다.

"진짜 예뻐!"

나현이 부정하듯 시니컬하게 말하자 유렘이 믿어도 된다는 듯 목소리를 높였다.

"그래그래. 고마워."

나현은 부러 고개를 크게 끄덕이며 유렘의 말에 수긍해 주고는 다시 바람에 머리칼을 맡겼다. 차가 천천히 달리는데도 지나가는 풍경이 눈에 들어오지 않았다. 하늘의 붉은 노을을 봐도 별 감흥이 없었다. 스쳐 가는 모든 것들이 그냥 나무며, 풀이며, 흙일 뿐이었다.

무감한 눈이 된 나현은 차창 틀에 팔을 걸치고 턱을 올렸다. 루카를 생각하면 이유 없이 심장부터 아프고 욱신거렸다. 인연과 관계를 부여한 사람이라는 단순한 이유 때문이 아니었다. 생각만으로도 커다란 존재감을 가진 남자는 처음부터 나현의 머릿속을 잠식했던 것이다. 그것을 이제 깨닫기 시작한 나현은 또다시 통증을 일으키는 심장 때문에 미간을 구겼다.

"나현?"

"으응?"

나현은 유렘을 돌아보지 않고 대답만 했다.

"루카 님 의식 찾았다."

"뭐!"

유렘에게 당장 달려들 것처럼 몸을 튕기듯이 세운 나현은 눈을 커다랗게 떴다. 방금 잘못 들은 건 아니지, 하는 표정으로 유렘을 뚫어질 듯이 쳐다봤다.

"정말이야, 루카가 의식을 찾았다는 게? 다친 곳은 다 나았대? 그러니깐 상처가 덧나거나 아니아니, 사람들은 알아보는 거지?"

유렘이 차를 멈추더니 나현을 돌아봤다. 그러고는 입가에 개구진 미소를 지으며 걱정하지 말라는 듯 고개를 끄덕였다.

"어, 언제 돌아오는데?"

나현은 자신이 말을 더듬고 있다는 것도 모를 정도로 유렘을 빤히 쳐다보고 있었다.

"언제 돌아오는지 유렘 몰라."

"아……."

나현은 약간 실망스러운 표정을 짓다 이내 밝은 미소를 지었다. 속으로 다행이라는 말이 거품이 일듯 마구 쏟아져 나왔다.

"나현, 기쁘지?"

"……응."

나현은 자신의 눈에 물기가 가득 고이는 것을 느끼며 고개를 끄덕였다. 유렘이 옆에 없었다면 아마 소리 내어 울었을지도 모른다.

"울지 마, 나현."

"아냐, 나 안 울어."

나현은 다급하게 손을 내저으며 일부러 환한 미소를 지었다.

"웃으니 좋다."

유렘이 칭찬처럼 말하자 나현은 멋쩍은 얼굴로 눈가에 맺힌 눈물을 닦아 냈다. 이렇게 기분 좋게 웃을 수 있는 것도 루카가 고비를 넘겼다는 소식 때문이다. 이제 회복만 하면 그가 돌아오는 것은 당연한 수순이었다.

"나현, 배고파?"

유렘이 손가락으로 가리킨 곳은 간단한 식사를 할 수 있는 카페테리아 같은 곳이었다. 그곳을 보자 나현은 갑자기 식욕과 허기를 느꼈다.

"나현, 화장실 다녀와."

"응. 난 햄버거."

"Okay."

나현은 차에서 내려 카페테리아 안으로 들어가 바로 화장실로 향했다. 루카가 의식을 찾았다는 말을 듣는 순간 세상의 모든 근심과 걱정이 사라지는 기분이었다. 손을 씻는 나현의 얼굴에 화색이 돌았다. 그를 만나면 뭐라고 인사를 건네야 할지 갑자기 고민되기 시작했다.

"괜찮아? 많이 아팠어? 다 이상하네……!"

인사말을 연습하던 나현은 손에 물기를 털고 화장실을 나가려다 멈칫했다. 카운터 앞에 서 있던 유렘은 혼자가 아니었다. 정장을 입은 남자가 유렘에게 말을 걸고 있었지만 그는 대화에 그다지 적극적이지 않아 보였다.

"그냥 우연히 대화를 하게 된 사람인가."

나현은 별일 아니라 여겨 화장실을 나와 유렘에게로 가려 했다. 막 걸음을 떼려는데 고개를 돌린 유렘과 눈이 마주쳤다.

"뭐?"

나현은 유렘이 입술만 움직이고 있다는 것을 알고는 눈을 크게 떴다.

〈나현, 숨어.〉

"……!"

화들짝 놀란 나현은 순간 몸이 굳어졌다. 유렘의 옆에 선 남자가 바니의
부하라는 것을 알아본 탓이었다. 그가 있다는 것은 바니도 여기 어딘가에 있
을 수 있다는 소리였다.

'냉혈하고 잔인한 사이코?'

순간 바니를 정의 내리던 크로마의 말이 귀에 울렸다. 마음이 조급해진 나
현은 최대한 눈에 띄지 않으려 애쓰면서 복도 끝 쪽 문으로 걸음을 뗐다.

끼기긱.

묵직한 문을 밀수록 밖이 보이자 나현은 안도하며 팔에 힘을 실었다. 조심
스럽게 고개를 내밀고 주위를 살핀 나현은 유렘의 차로 가기 위해 건물 모퉁
이를 돌았다. 카페테리아 앞에 주차된 다른 차들 중에 바니의 차가 있는지
살피던 나현은 후다닥 몸을 다시 숨겼다.

"하아."

바니의 부하가 카페테리아를 나와 차로 걸어가는 것이 보였다. 나현은 불
안한 가슴을 진정시키려 손을 얹고는 숨을 죽였다. 간발의 차로 그들과 주차
장에서 맞닥트리는 것을 모면했음을 깨닫자 등으로 식은땀이 흘렀다.

저벅저벅.

"흡!"

나현은 가까이 다가오는 발소리에 눈을 커다랗게 떴다. 소리가 나지 않는
반대편으로 움직이려 몸을 돌리려던 나현은 강인한 힘에 잡혀 휘청했다.

"아악……."

놀라 비명을 지르려는 순간 커다란 손이 입을 틀어막았다. 나현은 숨이 넘
어갈 것처럼 정신이 아득해졌다.

"쉿!"

"……!"

이대로 있다가는 큰일 나겠다 싶어 발버둥을 치려던 나현은 익숙한 목소리와 느낌에 어깨를 떨었다. 설마 하는 마음으로 천천히 뒤돌아보자 입을 막았던 손이 자연스럽게 떨어져 나갔다. 붉은 노을을 그대로 담은, 낯익은 눈동자가 나현에게로 올곧게 쏟아지고 있었다.

"아……."

빛을 받아 노을처럼 물든 루카의 눈동자가 납골당에서의 모습과 겹쳐 보였다. 루카의 손에 얼굴이 만져지는 순간 나현은 울음 섞인 신음을 흘렸다.

"흑, 루카."

"안녕, 못난이."

루카의 목소리가 이렇게 낮고 깊으며 매혹적이었나.

"루…… 흐읍."

뒷머리를 그러쥔 루카에게 붙들려 나현의 입술은 고스란히 그의 차지가 되었다. 마치 맡겨 둔 것을 찾으러 온 사람처럼 다급하고 거친 입맞춤이었다.

그의 입술에 모든 숨을 빼앗긴 것처럼 어지러움이 밀려들었다. 반가움을 안은 입술은 가늘게 떨리고 그를 받아들이는 혀는 애잔함에 녹고 있었다. 나현도 그의 목에 팔을 두르며 서두르듯 루카의 입술을 파고들었다.

"흑."

허리를 끌어안은 루카의 단단한 팔을 느낀 나현은 저도 모르게 눈물을 주르륵 흘렸다.

카페테리아에서 루카를 만나고 무사히 저택으로 돌아왔을 때만 해도 분위기는 좋았다. 그런데 루카가 바니의 명함을 본 후 분위기는 급속도로 싸늘해졌다.

"정원사?"

기가 찬다는 듯 나무라는 루카의 눈빛이 매섭게 번득였다.

"그건 임기응변으로……."

드라이브를 가기 전 유렘이 크로마와 연락을 주고받아 행선지를 알게 되었다고 했다.

"그 상황에서는 적절한 대처였다고……."

일주일 넘게 못 보다 겨우 마주한 순간인데 루카가 못마땅해 죽겠다는 듯 화만 내고 있어 나현은 속상했다. 잘못했다는 듯 몰아붙이는 루카한테 슬쩍 부아도 났지만 그의 화를 풀어 주는 게 우선이라 여겨 어떻게든 변명하려 애썼다.

"게다가 명함?"

"그건 내가 받은 게 아니라 억지로 쥐여 준 거라고."

루카가 변명할 여지를 주지 않고 나무라기만 하자 나현은 눈을 흘기듯 치떴다. 카페테리아에서 만났을 때는 생각지도 못한 장소라 너무 반갑고 애틋했는데 이렇게 잔소리를 늘어놓고 있으니 반가움이 반감돼 우울해지려 했다.

"하!"

루카가 앞머리를 길게 쓸어 넘기며 짜증 난다는 듯 탄성을 내뱉자 나현은 조심스럽게 다가갔다. 다쳐서 의식이 없었던 사람이 화를 내는 건 몸에 해로운 일이지 않은가 말이다.

"루카."

휙 돌아보는 루카의 눈에 못마땅함이 역력했다.

"화를 가라앉혀."

나현은 그의 허리를 안고 시선을 지그시 맞췄다. 나현은 집어삼킬 것처럼 이글거리는 루카의 눈을 보며 그가 정말 돌아왔음을 느꼈다.

"흐음."

뭐라 더 나무라고 싶은데 그럴 수 없어서 그러는지 그가 코로 한숨을 푹 내쉬었다.

"화내는 거 몸에 안 좋아. 그러니…… 읍."

나현의 다음 말은 루카의 입속으로 빨려 들어갔다. 거침없이 밀고 들어온 혀는 익숙하다는 듯 입안을 휘젓고 혀를 감아올렸다. 맞붙은 입술은 서로 비벼지고 애욕은 몸으로 녹아들고 있었다. 맞붙었다 떨어지던 입술 사이로 뜨거운 열기가 들락거렸다.

"아웃."

젖무덤을 움켜쥐는 루카의 손에 심장이 비틀리는 기분이었다.

"루카……."

나현은 파고드는 루카를 저지하며 그를 불렀지만 소용이 없었다. 다 먹어 치울 것처럼 뺨에 입을 맞추고 귓불을 핥는 루카 때문에 나현은 어깨를 움츠렸다.

"잠시…… 아, 루카…… 잠시만!"

겨우 루카에게서 빠져나온 나현은 거친 숨을 몰아쉬며 그를 향해 눈을 흘겼다.

"쉬어야지. 몸이 안 좋은데 무리하면…… 앗!"

나현의 말을 가볍게 무시하고 번쩍 안아 올린 루카는 침대를 향해 걸었다. 루카를 생각해 참으라고 말했던 나현의 마음과 배려는 완전 묵살당해 버렸다.

"무리하면 안 좋아. 그러니 쉬어야지."

루카가 팔을 교차해 윗옷을 벗어 던지자 나현은 입술을 꾹 깨물었다. 말을 듣지 않겠다는 것을 루카가 행동으로 확실하게 보여 주고 있었다. 그녀의 위로 드리우듯 자리를 잡고 내려다보는 루카의 입가에 집요한 탐욕이 어려 있었다. 루카가 손을 잡아 자신의 심장에 올리자 나현의 눈이 커졌다.

"미친 듯이 뛰고 있어."

나현은 손바닥을 통통 치는 듯한 루카의 심장 박동을 느끼며 뜨거운 숨을 내뱉었다.

"가라앉히려면 방법은 하나뿐이야."

"그게 뭔데?"

"나를 삼키고…… 빨아들이는 거."

"루카!"

318

얼굴이 발갛게 물든 나현이 바락 소리를 지르자 루카가 낮게 웃었다. 그 웃음소리가 꿈같이 들려 나현은 가만히 숨을 죽였다. 그러다 루카의 어깨에 난 상처를 보고는 눈물이 맺혔다.

"괜찮아?"

상처가 아문 흔적이 선명한 곳을 나현은 손가락으로 천천히 만졌다. 혈관이 터져 위험했다는 말에 하마터면 비명을 지를 뻔했다.

괜찮다는 의미로 고개를 끄덕인 루카는 상처를 어루만지고 있는 나현의 손에 가만히 입을 맞췄다. 루카의 입술이 닿은 손가락 하나하나에 아릿한 통증이 머물다 사라졌다.

"루카, 보고 싶었어."

가슴이 미어지는 것을 감당하지 못한 나현은 눈물을 주르륵 흘렸다. 그러자 루카가 손등으로 눈물을 닦아 주며 그녀를 안아 주었다.

"나만큼이었겠어?"

루카가 더한 마음을 안고 있었다는 말을 하자 나현은 벅찬 감동에 그를 마주 끌어안았다. 그의 뺨에 입을 맞추고 입술을 맞댄 나현은 조용히 속삭였다.

"오늘 밤 내가 살살 다뤄 줄게."

어이없다는 듯 피식 웃은 루카가 낚아채듯 입술을 덮치고 혀를 찾았다. 질척질척 소리를 내며 엉켰던 혀가 다시 풀리고 감기기를 반복했다.

부드럽고 때로는 거칠게 파고들던 루카의 입술은 쇄골에 흔적을 남기고는 아래로 내려갔다. 윗옷을 들추고 단전에 입술을 내린 루카는 나현의 바지 버클을 풀었다. 팬티와 바지를 무릎까지 같이 끌어 내린 루카는 거웃을 손가락으로 쓰다듬듯이 만졌다. 나현은 벗다 만 자신의 모습에 민망함이 들어 입술을 깨물었다.

"아!"

아래를 완전히 다 벗긴 루카가 다리를 벌리고 자리를 잡자 나현은 탄성을 내뱉었다. 밑으로 찬 기운이 이는 것인지 오소소 떨리기 시작했다. 양손의 엄지로 거웃을 가르고 붙어 있던 살점을 벌리는 루카의 손에서 다급함이 점점 묻어났다.

찌이직.

지퍼 내리는 소리에 고개를 들던 나현은 거대한 루카의 남성에 놀라 눈을 휘둥그레 떴다. 입가에 묘한 미소를 지은 루카가 나현의 엉덩이를 들어 허벅지 위에 올렸다. 루카가 벌어진 나현의 음부를 귀두 부분으로 비비기 시작했다.

"아홋."

나현은 자극적인 쾌감에 몸을 바르르 떨며 허리를 비틀었다. 하지만 자리를 이탈하려는 나현의 몸부림은 무용지물이었다. 애액으로 범벅이 된 귀두가 서서히 밀고 들어오자 나현의 숨이 거칠어졌다.

"으윽."

루카가 낮은 비명을 지르며 음부로 남성을 들이밀자 나현은 손등으로 입을 틀어막았다. 루카와 처음도 아닌데 처음인 것처럼 음부가 열리지 않고 뻑뻑했다. 그 좁은 길로 들어오려 밀어붙이는 루카의 집요함을 나현은 다 받아 주고 있었다.

"하웃."

나현은 아래를 가득 채운 루카를 느끼며 신음을 흘렸다. 한 치의 오차도 없이 맞물린 곳에서 열기가 피어나고 있었다. 서두르지 않고 천천히 들어온 것과 달리 루카가 움직이기 시작하자 나현의 몸이 마구 흔들렸다.

퍽퍽 소리가 날 정도로 드나드는 루카의 남성은 나현의 음부를 채웠다 비웠다를 반복했다. 그 반복 속에서 자극을 받은 질벽에서는 애액이 마구 비벼지고 있었다. 뻑뻑함은 온데간데없어지고 질퍽질퍽하는, 물이 철벅이는 듯한 소리가 울리고 두 사람의 교합은 열기에 사로잡혔다.

"나현."

루카가 손을 내밀자 나현은 그 손을 잡았다. 그와 동시에 상체가 일으켜진 나현은 루카의 남성을 더 깊이 삼키게 되었다.

"아흐흑."

루카와 마주한 나현은 신음을 내뱉다 입술을 빼앗겼다. 밀고 들어온 루카의 혀는 다 빨아 먹겠다는 듯 나현의 입안을 휘저었다. 아직 다 벗지 못한 윗옷이 루카의 손에 벗겨지고 브래지어에 감싸인 젖무덤이 모습을 드러냈다.

"살은 빠진 것 같은데 가슴은 왜 커졌지?"

"핫, 뭐라는…… 읏."

브래지어를 한 번에 벗긴 루카가 유두를 잡고 비틀자 나현은 몸을 뒤로 빼려 했다. 그런데 잡힌 유두를 통해 저릿한 감각이 올라왔다.

"여기를 만지면 아래를 조이는 거 알아?"

"악. 그런 말 하지 마!"

나현은 루카가 짓궂다는 표정을 짓다 그의 목을 끌어안았다. 루카의 손에 잡힌 젖무덤이 희롱당하고 아래는 그에게 박혀 휘저어지고 있었다.

까무룩 잠이 들었던 나현은 무거운 눈꺼풀을 들어 올리다 멈칫했다. 자신의 허리를 끌어안고 있는 팔의 묵직함을 느끼고 고개를 돌렸다. 잠이 든 듯 고요한 루카의 얼굴에서는 평온함이 깃들어 있었다.

미친 듯이 덤벼드는 루카에게 붙잡혀 다양한 체위로 다리를 벌려야만 했던 나현의 얼굴이 새삼 달아올랐다. 침대에서 몇 번을 안았는데도 풀리지 않는 건지 만족을 못 하는 건지 끊임없이 달려드는 루카였다.

처음에는 성욕만 채우려는 듯 조급하게 굴더니 점점 애무가 깊어졌다. 팔베개를 하며 누워 있는 그의 위로 올라가 말을 타듯 허리를 움직이자 그가 양쪽 젖꼭지를 잡고 마구 비틀었다. 절정에 이미 올랐기에 또다시 절정에 다다를 줄 몰랐다. 헉헉거리는 숨소리가 야해서 좋다는 루카의 말에 민망해 죽는 줄 알았다.

"흐음."

나현은 깊은 심호흡을 하고는 허리에 올려진 루카의 팔을 치우려 했다. 생각보다 무거워 쉽지 않다 여기는데 갑자기 몸이 휙 돌려졌다.

"어디 가려고?"

"……!"

루카가 깬 줄 몰랐던 나현은 흠칫 놀라며 눈을 동그랗게 떴다. 반쯤 눈을 뜨던 루카가 다시 눈을 감으며 인사를 건네 왔다.

"잘 잤어?"

"……."

나현은 입가에 미소를 짓고 있는 루카를 바라보기만 했다. 그러다 손을 들어 루카의 뺨을 손가락으로 꾸욱 눌러 봤다.

"뭐 하는 거야?"

"진짜인가 싶어서."

피식 웃던 루카가 눈을 뜨고는 가만히 시선을 맞춰 왔다.

"아!"

뺨을 만지던 두 번째 손가락을 가만히 잡던 루카가 이로 꽉 깨물자 나현의 눈썹이 휘어졌다. 이게 뭐야, 라는 눈으로 쳐다보자 그가 입가에 슬쩍 미소를 지으며 입술을 열었다.

"진짜인지 확인시켜 주는 거."

"아…… 피이."

나현은 싱겁다는 표정을 짓다 입으로 바람 빠지는 소리를 냈다. 그러자 루카가 이마를 맞대고는 나지막하게 중얼거렸다.

"일어나기 싫은데 그냥 한 번 더 하고 잘까."

"악! 싫…… 읍."

덮치듯이 다가온 루카에게 입술을 빼앗긴 나현은 아침부터 그에게 혀부터 시작해 하나하나 내어 주어야 했다. 방으로 들이치기 시작한 아침 햇살을 등진 루카의 눈빛은 그늘 안에서도 번득이며 나현을 삼킬 것처럼 빛났다.

18화
진실

나현은 묘하게 두근거리는 심장을 가라앉히며 루카를 쳐다봤다. 그런 나현의 시선을 못 느끼는 것인지 루카는 커피 잔을 든 채 크로마와 얘기 중이었다. 크로마에게 가볍게 고개를 흔들던 루카가 입가에 엷은 미소를 걸자 나현은 입술을 앙다물었다.

안 좋다, 심장이 폭행을 당하고 있어서.

"나현, 그만 봐라."

"으응?"

나현은 뜨끔한 표정으로 유렘을 돌아봤다. 그러자 유렘이 어깨를 으쓱하고는 루카를 향해 턱짓을 했다. 루카만 뚫어질 듯이 보고 있었더니 그걸 또 유렘이 놓치지 않고 본 모양이었다.

"그렇게 보다 빵꾸 난다."

"푸흡."

나현은 차를 마시다 유렘의 말에 웃음이 터졌다. 어디서 저런 말을 배운 것인지, 들은 것인지 몰라도 어이가 없어 눈썹을 일그러트렸다.

"음, 그 말은 누구한테 배웠어?"

"크로마."

323

유렘이 노트북에 코를 박고 있는 크로마를 손가락으로 가리키며 뭐가 잘못됐냐는 얼굴로 쳐다봤다.

"그럴 거 같았어."

나현은 미소를 지으며 고개를 끄덕이다 루카와 눈이 마주쳤다. 눈이 마주친 루카는 고개를 삐딱하게 기울이며 무슨 할 말 있느냐는 표정으로 눈썹을 들어 올렸다 내렸다. 사실 루카에게 듣고 싶은 말이 있어 언제가 좋을지 기회를 엿보던 참이었다.

"루카."

나현은 자리에서 일어나 루카 앞으로 다가갔다. 응? 하는 표정을 짓는 루카의 얼굴에 부드러운 미소가 걸려 있었다.

"남은 숙제를 해야 하지 않을까?"

"남은 숙제?"

루카가 멀건 눈으로 쳐다보다 이내 알아들었는지 아! 하고 짧은 탄성을 내뱉었다.

"내가 심은 꽃 볼래?"

"응, 꽃을 예쁘게 심었던데."

흔쾌히 나가자는 듯 대꾸하는 루카의 대답에 나현은 고개를 끄덕였다. 자연스럽게 거실을 빠져나와 현관 로비로 나오자 란토가 두 사람의 앞을 가로막듯이 섰다.

"어디 가십니까?"

"산책."

"지금은 위험……."

"조심할게."

루카를 향해 란토가 잔소리를 하려다 이내 입술을 다물고 비켜섰다.

"갈까."

현관문을 연 루카가 손을 내밀자 나현은 망설임 없이 그 손을 잡았다.

"질의응답으로 할까?"

꽃을 심어 둔 길로 접어들자 루카가 나현을 조용히 내려다보며 물어 왔다.

올곧게 나현을 쳐다보는 눈빛이 짙으면서 눈동자의 경계가 뚜렷했다. 이렇게 오랜 시간 동안 그의 눈동자를 쳐다본 적이 있었나 싶었다. 무한한 신뢰를 줄 수 있다는 듯 눈동자는 흔들림조차 없었다.

"그냥 말하고 싶은 대로 해."

나현은 루카가 편하게 얘기를 꺼낼 수 있도록 천천히 들으며 기다릴 생각이었다.

"그럼…… 2년 전 그날 난 한국에서 누군가를 만날 예정이었어."

나현은 목울대가 움직일 정도로 마른침을 삼켰다. 그 누군가가 굳이 말하지 않아도 예준이라는 것은 짐작할 수 있었다.

"그 약속에 앞서 진석이가 나가기로 한 거래가 있었는데, 정보가 누출되어 거래를 막든 상대를 죽이든 결정을 내려야 했어."

"죽이든?"

나현은 자신의 목소리가 갈라져 나온다는 것도 모른 채 물었다.

"진석을 구하기 위해선 어쩔 수 없었어."

입술 안쪽 살을 짓씹고 있던 나현은 미간을 구기다 입을 열었다.

"나한테 실망시키는 일 없을 만큼 깨끗하다고 했잖아."

나현은 살인에 있어 정당성은 허용되지 않는다고 생각했다. 상대가 누구든 법의 심판으로 올바른 판가름을 내야 하는 것이라고 믿고 있었다.

"그들이 무슨 짓을 벌였는지 안다면 그런 말은 못 할 거야."

나현은 눈을 질끈 감았다 뜨며 울타리를 잡고 몸을 숙였다. 잘잘못을 따지려던 건 아니었으니 지금은 이성을 가다듬어야 했다.

"그만 들을래?"

"아니."

나현은 고개를 들고 루카를 쳐다봤다. 표정이 없는 루카는 이런 일이 익숙한 듯 보였다.

"들을게. 계속해."

나현은 팔을 교차해 어깨를 쓰다듬고는 가슴을 폈다. 상황 파악은 좀 더 듣고 나서 해도 되는 일이다.

"그들이 앙심을 품고 정보를 빼내 그를 죽인 것으로 알고 있어."

나현은 커다래진 눈으로 루카를 올려다봤다. 루카의 입에서 한 번도 예준의 이름이 나오지 않아 서로 같은 사람을 생각하고 있는 것인지 의문이 들었다.

"그가 누군데."

나현은 명확하게 짚고 넘어가야겠다는 생각으로 물었다.

"그는 내 이복형제라고 알고 있어."

"이복형제?"

나현은 믿을 수 없다는 얼굴로 루카를 보다 현기증을 느꼈다. 루카와 순간적으로 겹쳐지는 예준의 얼굴. 그저 조금 닮았다고, 도플갱어일지도 모른다고 과민하게 여기지 않으려 애를 썼었다. 눈빛이 언뜻언뜻 비슷하기도 해 의아했지만 자신이 기억을 끼워 맞춘 것이라 생각했었다.

"그 사람이 안예준이야?"

루카가 가만히 고개만 끄덕이자 나현은 자신의 이마를 짚었다. 예준은 그날 이복형을 만나러 나갔고, 루카에게 복수하려던 이들에게 죽임을 당했다는 말이었다.

"예준은 한 번도 형이 있다는 얘기를 하지 않았어."

나현은 따지듯이 말했다. 아버지는 어릴 때 돌아가셔서 얼굴도 기억 안 난다고 말했던 예준이었다. 그런데 이복형제라니.

"몰랐으니까."

"뭐?"

나현은 황당한 얼굴로 입술을 벌린 채 루카를 빤히 쳐다봤다.

"예준이는 아버지가 살아 있다는 것을 몰랐으니까. 아버지도 아들이 나 말고 더 있다는 것을 몰랐으니까."

"……아버지가 누군데?"

처음 들은 진실에 나현은 머리가 멍했다. 예준의 어머니가 예준에게도 비밀로 할 만큼 아버지가 대단한 분이셨나. 아니면, 상종도 못 할 인간이라 연을 끊었던 것일까.

"몇 해 전까지 경찰총장을 지낸……."

"차명환 경찰총장님?"

나현이 이름을 바로 말하자 루카가 멈칫하다 고개를 끄덕였다.

"그러니까 차명환 경찰총장님 아들이 당신이고, 예준이는 혼외 자식으로……."

예준의 웃는 얼굴이 떠오르자 나현의 가슴이 아려 왔다. 돌아가시는 그 순간까지 예준의 어머니는 예준에게 아버지의 존재를 밝히지 않았었다. 예준을 처음 가졌을 때부터 외면당해서 그랬던 것일까.

"왜 자신의 아이를 가진 여인을 외면했……."

왜 외면했느냐고 물으려던 나현은 입을 닫았다. 아까 루카가 몰랐다고 했던 대답이 떠오른 까닭이었다.

"예준이 어머니가 사라졌었어."

"사라져?"

"아버지의 앞길에 걸림돌이 된다 여기셨는지 어느 날 흔적도 없이 사라졌다고."

나현은 안쓰럽고 애잔한 눈길로 루카를 쳐다봤다. 아버지의 불륜을 알았을 때 기분이 어땠을까, 생각하자 짠한 마음이 들었다.

"그렇게 불쌍하게 보지 않아도 돼."

"으응?"

"예준의 어머니를 만났을 때 아버지는 사별한 상태였고, 지금의 새어머니와 만나기 전의 일이었으니까."

나현은 자신이 생각하던 불륜이 아님을 깨닫자 멋쩍은 얼굴이 되었다. 너무 안 좋은 방향으로만 생각한 거 같아 반성하는 마음이 일었다.

"찾지 않으셨어?"

"그 당시는 지금처럼 정보가 부족했고 작정하고 숨어 버려서 아버지도 어쩌지 못하셨나 봐."

사실 모두가 피해자가 된 묘한 상황이었다. 아이 가진 것을 알고도 진실을 감추며 숨어 버린 예준의 어머니나 그런 그녀를 끝내 찾지 못한 루카의 아버지. 그리고 한 사람 더, 이런 사실을 모르고 재혼한 그의 새어머니.

"사실을 알고 충격을 먹었을 것 같은데?"

"글쎄. 어렸을 때 아버지에게 혼외 자식이 있다는 것을 알았다면 끝없는 반항을 일삼았겠지만 나도 2년 전에 처음 알았으니까."

"어떻게……."

"어떻게 알았냐고? DNA가 일치한다며 만나고 싶다는 연락이 왔었어."

"DNA?"

"나와 내 여동생 DNA가 경찰청 데이터베이스에 등록되어 있거든."

"왜, 왜 등록이 되어 있는 건데?"

막힘없이 대답하던 루카가 손으로 입을 가리더니 시선을 피하며 고개를 돌렸다. 나현은 그의 그런 모습에서 뭔가가 심상치 않음을 깨달았다.

"여동생이…… 실종됐었거든."

곤혹스러운 눈빛이 된 루카가 대답을 하고는 짙은 한숨을 내쉬었다. 마치 눈앞에 뭐가 보이기라도 하는 듯 눈살을 찌푸리며 미간에 금을 그었다.

"실종……? 사별?"

나현은 상황을 정리하려 자신이 알고 있는 모든 정보를 머릿속에서 끄집어냈다. 그러다 한 가지 떠오른 정보에 눈을 커다랗게 떴다.

"혹시 차명환 국회 의원이 그럼……."

"맞아."

딸의 실종 사건으로 경찰청장 자리에서 물러난 차명환은 곧 국회 의원 선거에 출마했다. 평소 청렴결백하기로 소문이 자자했던 분이었다. 거기다 국회에서 올바르고 소신 있는 행보로 국민들의 지지를 많이 받고 있는 국회 의원 중 한 명이었다. 그를 지지하는 이들은 차명환을 두고 차기 대통령 선거에 출마해야 한다고 말할 정도였다.

나현은 심각한 얼굴로 생각에 잠기다 고개를 들었다. 동생을 찾았는지 물어봐야 하는데 입이 잘 떨어지지 않았다.

"……여동생은 찾았지?"

경찰청장의 딸이 실종되었다는 기사는 읽었는데 찾았다는 보도를 본 기억이 없었다. 하루하루 수없이 변화하는 시대를 살며 남의 일에 끝까지 관심을 가지는 것이 쉽지 않았다.

"……죽었어."

"흡!"

나현은 두 손으로 입을 틀어막으며 새어 나오는 비명을 억눌렀다.

"여동생을 죽인 인간들이 누구인지 찾기 위해 안 해 본 짓이 없어. 겨우 잡은 실마리는 '모라타'라는 조직의 이름뿐이었지."

"그래서 신분을 속이고 들어와 있는 거야?"

루카가 천천히 고개를 끄덕이자 나현은 짠한 마음이 들었다. 신분을 속여 모라타의 일원이 되기까지 얼마나 많은 일을 겪었을지. 힘들었을 거라는 건 짐작하지만 그 고통의 강도를 짐작하는 건 어려운 일이다.

"그럼, 원래 이름이 뭔데?"

"차현준."

"……!"

나현은 보안 등급이 높아 접근이 안 된다던 병호의 말이 떠오르는 것과 동시에 의문이 들었다.

"보안 등급이 높아서 아무나 접근할 수 없다고 했는데 예준이는 어떻게 자료를 봤으며, 연락을 한 거지?"

"예준이 일이 있고 나서 보안 등급이 올라갔어. 아마도 아버지가 지시하신 모양이야."

루카의 설명을 듣던 나현은 무의식적으로 고개를 끄덕이다 다시 입을 열었다.

"루카의 뒤를…… 그러니까 차현준이라는 사람의 뒤를 봐주는 분이 아버지 차명환 경찰총장님이야?"

여권 없이 입국이 가능했던 이유를 이제야 알게 된 나현은 퍼즐 조각을 하나 맞춘 기분이었다. 그런데 퍼즐 하나가 맞춰지자 이번엔 다른 조각이 툭튀어나왔다.

"하지만 여긴 외국인데. 경찰총장님이 아무리 뒤를 봐준다고 해도 그리 쉽지 않았을 텐데."

"내가 위장한 신분 이름은 루카 칼라르누. 보와츠의 대부호이자 시의원인 카벤스 칼라르누의 사촌 동생이 입양한 아들로 되어 있어."

"입양?"

나현은 끝없이 새로운 것을 말하는 루카를 아니, 현준을 가만히 쳐다봤다.

"사촌 동생은 외국에서 살고 있어. 입양한 아들과 같이."

"아……."

나현은 먼 타국에서 신분까지 위장하며 버티고 있는 루카가 새삼 대단하다는 생각이 들었다.

"그분, 그러니까 카벤스라는 그분은 어떻게 알게 된 거야?"

"서로 증거를 찾아 헤매다……. 딸이 동생과 같은 시기에 실종됐거든."

"그래서……."

나현은 안타까운 마음이 들었다. 자식을 잃은 부모의 심정을 다 헤아리지는 못하지만 그 상실감이 어떤지는 알고도 남음이었다.

"그럼, 루카의 국적은 대한민국이야?"

루카가 말없이 고개만 끄덕였다.

"이 일이 다 끝나면 한국으로 돌아갈 거야?"

또 루카가 고개만 끄덕이자 나현은 한숨을 길게 내쉬었다. 그러다 생각난 것이 있어 얼른 입을 열었다.

"예준의 죽음에 관한 일 처리에 관여했어?"

"그건 내가 한 것이 아니라 아버지께서."

"아."

나현은 알겠다는 얼굴로 고개를 끄덕였다. 김석현 반장님이 그리 서둘러 처리했던 이유가 이것이구나, 싶었다. 그토록 재수사해야 한다고 난리를 쳤었는데 먹히지 않았던 이유가 여기 있구나 싶었다.

"왜?"

루카를 빤히 쳐다보고 있자 그가 고개를 살짝 기울였다.

"집으로 찾아왔을 때, 내가 예준이 이름을 말했었는데 그때는 왜 모른 척

했어?"

"이름을 말했었다고?"

루카가 황망한 눈으로 나현을 내려다보며 기억나지 않는다는 듯 미간을 구겼다.

"내가 벗어 보라고 하면서 너 예준이냐고 물었었잖아."

"그랬었나?"

"응, 그랬어!"

나현은 답답해 죽겠다는 얼굴로 힘차게 대답했다. 그러자 루카가 입가에 미소를 짓더니 나현의 머리를 쓰다듬었다.

"그때 네가 옷을 벗기려고 해서 얼마나 당황한 줄 알아? 그 정신에 다른 건 기억하기가……."

"하, 참……. 잘도 빠져나가네."

"빠져나가는 게 아니라 그 상황이 되면 아마 모든 남자들이 다른 건 기억 못 할걸?"

"아니, 왜 예준이 이름을 들은 기억이 없…… 읏."

덮치듯 맞물린 루카의 입술에 함락당한 나현의 입술은 자연스럽게 벌어져 그의 혀를 받아들였다. 입안에서 얽힌 혀가 서로를 탐하며 얽혔다.

"하아, 이렇게 덮쳐야 하나 말아야 하나 갈등하는 순간에 다른 게 들어올 리가."

나현은 루카의 말에 어이가 없다는 듯 피식 웃다 고개를 저었다. 나현 자신도 새삼스럽게 그때의 긴박했던 순간이 기억나며 그 감정들이 느껴지기는 했다.

"왜. 변명 같아?"

나현이 아무 말 없이 물끄러미 올려다보기만 하자 루카가 못 믿겠느냐는 얼굴로 물어 왔다.

"아니, 믿어."

나현은 씩씩하게 웃어 보이고는 다시 입술을 달싹였다.

"그 오랜 시간 동안 많이 힘들었지?"

나현은 루카를 꼭 안아 주었다. 그러고는 천천히 그의 등을 쓰다듬어 주었다. 있는 줄도 몰랐던 이복동생이 주검이 되어 돌아왔을 때 어떤 기분이었을지 차마 물어볼 수가 없었다. 게다가 여동생은 실종 후 죽었다는 것을 알게 되었으니 얼마나 절망스러웠을까.

"여동생 죽음에 관한 증거는 찾았어?"

아픈 곳을 후벼 파는 것 같아 미안했지만 이미 들추기로 한 시점에서 전부 물어봐야 할 것 같았다. 나중에 다시 이 아픈 일을 또 거론하기가 어려울 테니깐.

"응, 그걸 찾으려고 진석과 그 오랜 시간 동안 이곳에서 버텼으니까."

"그 증거 나한테도 보여 줄 수 있어?"

나현은 자신이 루카에게 도움이 되기를 바랐다. 적어도 자신은 범죄 심리를 공부한 사람이니 그에게 미약하게나마 도움이 되지 않을까 싶었다.

"보여 주고 싶지 않아."

"왜?"

나현은 고집을 부리며 뒤로 확 빠지는 듯한 루카의 말에 당황해 저도 모르게 한 발 다가섰다.

"너는 그런 거 안 봤으면 해."

나현은 루카의 말에 눈을 가늘게 뜨고 그의 표정을 세심하게 살폈다. 절실하게 막아 주고 싶어 하는 루카의 마음이 전해지자 심장이 울렁거렸다.

"그럼, 다른 질문."

나현은 조심스럽게 질문을 바꿔 물었다. 무조건 안 된다고 하는 게 아니라서 다른 접근을 시도했다.

"그 증거가 어디 있어?"

루카가 대답은 않고 내려다보기만 하자 나현은 그의 팔을 슬쩍 잡았다.

"그 증거가 혹시 그때 그 SD카드, 맞아?"

루카의 눈살이 찌푸려지는 것으로 보아 나현은 자신이 짐작한 것이 맞았음을 알았다. 전에 분명 루카가 살인의 증거가 담겨 있다고 말했으니까. 그때는 예준의 죽음에 관한 것이 아닐까 짐작했었는데 말이다.

"내가 보고 판단할게. 그러니……."

"보여 줄 수 없어!"

"······!"

확고한 의지를 담은 루카의 단호한 말에 나현은 움찔했다. 사나워진 루카의 눈빛은 만일 나현이 그것을 본다면 용서하지 않을 기세였다.

"크로마."

"으응?"

노트북 키보드를 신나게 두드리던 크로마가 멀뚱한 얼굴로 고개를 들었다.

"지금 뭐 해?"

"그게, 증거 자료를 정리하고 있어요."

어제 루카가 나현에게 비밀을 밝혔다는 것을 알고 있어서 그런지 크로마가 별로 경계하지 않고 술술 대답해 주었다.

"증거?"

나현은 어제 루카가 말한 SD카드도 있을 것 같아 크로마의 옆에 찰싹 달라붙어 앉았다.

"SD카드에 있는 내용을 좀 볼 수 있어?"

"네에?"

화들짝 놀라는 크로마의 반응에 나현은 부러 눈을 동그랗게 뜨며 말했다.

"루카가 봐도 된다고 했는데."

크로마가 그녀의 말이 진짜인지 아닌지 의심하는 눈으로 빤히 쳐다보자 나현이 배시시 웃었다. 웃음만큼 경계를 풀게 하는 것도 없지.

"정말 루카가 봐도 된다고 했어요?"

크로마가 의심을 풀지 않고 확인하듯 묻자 나현은 부러 고개를 크게 끄덕였다. 곤란한 대답을 해야 할 경우엔 차라리 몸짓으로 소통하는 것이 나았다. 떨리는 목소리 때문에 들통나는 것보다는 말이다.

"안 보는 게 좋을 텐데……."

"나 범죄 심리 연구하는 사람이야. 뭐라도 도움이 되지 않겠어?"

크로마가 입술을 오므리며 고민하자 나현은 노트북을 슬쩍 당겨왔다.

"빨리 파악해서 분석하면 좋잖……!"

얼떨결에 노트북을 뺏긴 크로마가 다시 확 잡아채듯 가져가자 나현은 멈칫했다. 마주한 크로마의 눈동자에 곤혹스러운 빛이 어른거렸다.

"크로마, 이렇게 지체할 시간 없어. 나 이미 각오하고 보겠다는 거야."

나현은 걱정하지 말라는 얼굴로 크로마를 설득했다. 자신이 많은 사건 현장을 본 건 아니지만 어느 정도의 단련은 되어 있다 여겼다.

"하아……."

크로마가 체념하듯이 한숨을 내쉬자 나현은 얼른 노트북을 가져와 허벅지 위에 올렸다. 그러고는 노트북에 시선을 박고 크로마에게 말했다.

"이거 클릭하면 돼?"

"나현 씨, 아무래도."

나현은 노트북을 다시 뺏길까 봐 얼른 마우스를 움직였다.

"……!"

[까아악! 날 내버려 둬! 저리 가.]

영상을 클릭하자마자 비명이 터져 나와 나현은 움찔 놀랐다. 공포에 질린 눈과 카메라를 향해 내젓는 손은 가늘었지만 단호했다. 하지 말라는 경고를 끊임없이 하는 여자의 말에 카메라 안으로 들어오지 않은 상대는 조롱하며 그녀에게 해코지를 멈추지 않았다. 목소리로 보아 상대는 남자로 추정되었다.

"아악 엄마!"

한국어가 들리자 나현은 영상으로 눈을 더 가까이 가져갔다. 지금 벌어지고 있는 일의 파악을 위해 주변을 샅샅이 훑으며 영상 속 여자의 비명과 절

334

규를 들었다.

영어와 한국어를 번갈아 쓰고 있는 여자는 검은색 머리칼이었지만 이목구비는 서구적이었다. 꽤 예쁜 외모의 여자는 두 손을 모아 살려 달라고 빌고 있었다. 그러다 분노가 인 얼굴로 카메라를 향해 달려들려고 했다.

[날 죽일 수는 없어! 날 내보내 줘!]

의지가 강한 여자의 외침에도 남자의 목소리는 아랑곳하지 않고 조롱의 말을 던졌고 여자의 팔을 잡아끌었다. 그리고 다음 순간 이어진 장면을 보던 나현은 그대로 얼어 버렸다.

"나현 씨!"

나현은 노트북을 소파로 내던지고는 화장실로 달려갔다. 심한 구토증이 일었다.

"우욱! 컥…… 으욱."

변기를 붙잡고 속에 있는 것을 다 토해 낸 나현은 힘없이 욕실 바닥으로 주저앉았다. 잔혹하다는 말로는 표현이 안 될 만큼 역겹고 잔인한 행위에 할 말을 잃은 나현은 손을 부들부들 떨었다.

"괜찮아요?"

"크로…… 흐윽!"

걱정스러운 얼굴로 내려다보는 크로마를 보자 억눌렸던 감정이 터지듯 나현은 울음이 터져 나왔다.

"그러니까 내가 안 보는 게 좋다고……."

나현은 저를 안아 주는 크로마의 품을 파고들며 바들바들 떨었다. 눈물은 멈추지 않았고 이미 비워 낸 속은 또 토하고 싶다는 듯 매슥거렸다.

"흑흑흑, 어떻게, 어떻게…… 흐흑, 흑."

나현은 크로마의 옷이 구원의 밧줄이라도 되는 양 꽉 틀어쥐었다. 그렇게 하지 않으면 그 잔인하고 끔찍한 영상 속으로 빨려 들어갈 것만 같아 두려웠다.

잔혹한 행위와 반대되는 음악은 경쾌하게 흘렀지만 그래서 더 괴이하게 느껴졌다. 청소를 하지 않아 지저분하게 보였던 영상 속 벽과 바닥으로 피가 튀는 순간에 괴리감이 느껴졌다. 잔인한 사건 현장을 몇 번 봐서 단련이 되어 있을 것이라 여겼던 자만이 여지없이 무너졌다.

"어떻게 그런 일이, 크흑, 흑흑, 미쳤어. 미쳤⋯⋯."

"나현 씨!"

자신을 부르는 크로마의 뒤로 루카가 모습을 드러내는 것과 동시에 나현은 의식을 잃어버렸다.

"루카, 나현 씨 일은 죄송해요."

나현이 영상을 보다 쓰러졌다는 것을 안 루카는 불같이 화를 냈다. 왜 확인도 하지 않고 나현에게 영상을 보여 줬냐고 화를 내는 루카의 모습에 크로마는 아무 말도 할 수 없었다.

"이번에는 정확한 거야?"

다시 차분한 루카로 돌아간 그를 보며 크로마는 확인한 것을 말했다.

"네. CCTV에 찍힌 영상으로 얼굴을 분석한 결과 진석이 맞았어요."

아자르에 잡혀 있는 것으로 알고 있었던 진석이 지금은 바니의 저택에 있었던 것이다.

"아자르에게 돈을 주고 산 건지, 무슨 모종의 거래가 있었던 건지는 몰라도 이 일에 바니가 깊게 관여해 있다는 말이죠."

"어차피 신의 따위 없던 놈이니까."

루카가 마른세수를 하다 앞머리를 쓸어 넘기자 크로마는 눈을 가늘게 떴다. 진석에게 고문을 가하며 무슨 말을 들었는지 알 수 없는 상황이라 섣불리 움직이면 안 될 것 같았다.

"바니 쪽 저택 도면 띄워 봐."

"형님!"

란토가 말리려는 듯 자리에서 벌떡 일어나며 루카를 불렀다.

"루카 님, 위험하다."

유렘도 란토의 반응에 동조하며 고개를 절레절레 저었다.

"이번엔 저번과 달리 확실하잖아."

루카가 크로마를 보다 두 사람에게 차례로 시선을 옮기며 말했다.

"지난번엔 정보를 의심하지 않고 덥석 문 내 잘못이지만, 지금은 크로마가 얼굴 분석으로 일치한다는 것을 확인했으니……."

"하지만 어느 장소에 있는지는 모릅니다. 게다가 바니의 저택은 여기보다 몇 배나 더 큽니다. 무작정 뒤지는 것은 무모합니다."

란토가 조목조목 따지고 들자 루카의 얼굴에 난감함이 서렸다.

"크로마, 바니의 저택에 있는 CCTV를 모두 뒤지면 찾을 수 있지 않아?"

란토가 그렇지 않느냐고 묻자, 크로마가 난처한 얼굴로 어깨를 으쓱했다.

"바니의 저택 외부 주변으로는 CCTV가 많지만 안에는 입구와 거실뿐이라……."

"아."

란토가 기운 빠진다는 듯 짧은 탄성을 내뱉자 유렘이 슬쩍 끼어들었다.

"첩자가 필요하다."

유렘이 던지듯이 말하고는 뒤로 빠지자 크로마가 고개를 저었다. 바니의 저택에 몰래 들어가는 건 하늘의 별을 따는 것처럼 어려운 일이었다. 매일 가서 이곳저곳을 염탐할 수만 있다면 좋겠지만 그러면 바니의 의심을 사게 될 것이다.

"바니가 외출한 틈을 타는 건?"

란토가 답답한 얼굴로 물어 오자 크로마의 눈이 가늘어졌다. 그는 일이 바쁜 사람이니 집에 있는 시간보다 나가 있는 시간이 더 많았다. 하지만 그렇다고 집이 텅텅 비는 것이 아니었다. 고용인들이 각자의 일을 하고 있으며, 그의 수하들이 곳곳을 지키고 있었다.

"바니가 없는데 들여보내 줄 리도 없고 그가 불시에 들이닥치면 곤란해."

"그러니 첩자 필요하다."

유렘이 앵무새처럼 똑같은 말을 되풀이하자 크로마는 욱하는 기분이 들었다. 첩자가 필요한 것을 몰라 이러고 있는 것이 아니었다.

얼마 전 루카가 다친 일이 있고 난 후 바니의 저택에서 일하는 사람들이 싹 다 바뀌었다는 것이 문제였다. 바뀌기 전 어렵게 심어 둔 이가 물갈이된 마당에 새로운 첩자를 또 심기에는 부담이 컸다. 물론 책임자급들은 바뀌지 않았지만 그들은 바니가 신분 조사까지 해 가며 오랜 시간 동안 곁에 두고 쓴 이들이었다.

"첩자……."

"아! 윰 그만 좀 해! 우리도 첩자가 필요한 거 알아. 그런데 지금은 구할 수 있는 상황이 아니잖아!"

버럭 소리를 지른 크로마 때문에 놀란 것인지 유렘이 눈을 휘둥그레 떴다. 그러다 억울한 표정으로 입을 쭈욱 내밀었다.

"첩자가 있는데……."

"뭐?"

놀라 되묻는 크로마와 눈으로 유렘을 주시하는 루카와 란토였다.

"어휴, 기특해. 윰, 언제 그런 작업을 해 뒀어?"

"작업 아니다."

"아니, 뭘 또 겸손을 떨고 그래. 아무튼 대단하……."

"첩자는 나현이다."

"……!"

유렘을 마구 칭찬하던 크로마의 입술이 벌어진 채 굳어 버렸다.

머리카락을 만지는지 이마를 만지는지 몰라도 손가락이 스치자 무거웠던 눈꺼풀이 거짓말처럼 들렸다.

"……루……."

"정신이 좀 들어?"

현기증이 인다는 생각은 들었지만 자신이 정신을 놓은 줄은 몰랐다. 무서운 악몽을 꾸며 식은땀을 흘린 것처럼 몸이 아직도 떨렸다.

"루카."

나현은 벌떡 일어나 침대에 걸터앉아 있던 루카의 목을 확 끌어안았다. 그 영상 속 여자가 루카의 여동생이라는 것이 너무 아프고 끔찍했다. 여동생의 죽음을 눈으로 보면서 아무것도 할 수 없었을 루카를 생각하자 나현의 마음이 갈기갈기 찢어지는 것 같았다. 자신이 이러할진대 루카는 더했으면 더했지 덜하지는 않았을 것이다.

"나현?"

"미안해."

"뭐가?"

"보지 말라고 한 말 안 들어서 미안하고. 내가 도움을 주기는커녕 이리 나약한 모습을 보여서 미안해."

유학 생활 중에 우연히 패션 디자이너의 눈에 띄어 모델 일로 접어들었다고 했다. 치열한 모델들의 세계에서 그녀는 승승장구하며 '엔젤 하론'이라는 이름으로 활동했다. 하지만 누군가가 시샘한 것인지 어느 날 흔적도 없이 사라졌다고.

"됐어."

루카가 가만히 안아 주며 등을 토닥이자 나현의 눈에 또 눈물이 차올랐다. 울음소리를 내지 않으려 입술을 깨물고 눈을 감자 눈물이 흘러내렸다.

"다음부터는 말 좀 들어."

"흑."

응, 하고 대답하려 했는데 울음소리가 섞여 나와 버렸다. 그러자 루카가 팔을 풀고 얼굴을 들여다봤다. 손등으로 뺨을 적신 눈물을 닦아 주는 그의 손이 따스했다. 나현은 그 손을 두 손으로 가만히 감싸 쥐었다.

"얼마나 찾아 헤맨 거야?"

"10년."

담담하게 말하는 루카를 보며 나현은 고개를 푹 숙였다. 확고한 신념을 가진 이들도 그 세월이면 지쳐 버린다. 요즘은 한 달도 채 안 되어 강산이 변한 다는데.

"증거를 찾았는데 왜 여기서 이러고 있어?"

나현은 당장 증거를 제출하고 범인들을 응징하지 않고 뭐 하냐는 투로 물었다. 자신 같으면 증거를 찾은 순간 바로 경찰을 찾아갔을 것이다.

"진석을 찾아야 해."

"아……."

처음부터 그랬다. 루카는 진석을 찾기 위해 나현에게 왔던 사람이다. 진석 이라는 사람이 루카에게 얼마나 중요한 사람인지 새삼 깨닫게 되는 순간이었다.

"진석이라는 사람하고는 어떤 관계야?"

단순한 상하 관계가 아니라는 건 대충 눈치로 알았지만, 더 명확한 관계를 알고 싶었다.

"그는 내 여동생 소윤의 남자 친구이자 약혼자였어."

"아, 그래서 같이 찾아다녔던 거야?"

루카가 천천히 고개를 끄덕이자 나현은 입술을 깨물었다. 사랑하는 사람이 하루아침에 사라졌으니 미칠 노릇이었을 것이다. 나현은 진석이라는 사람의 마음을 조금은 알 것 같았다. 자신은 루카가 치료를 위해서 갔는데도 떨어져 있는 동안 불안에 떨었으니까.

"진석은 지금 어디 있어?"

"아자르에 있는 줄 알았는데……."

루카가 엄지로 관자놀이를 누르다 나머지 손가락으로 미간을 쓸며 고통스러운 표정을 지었다. 나현은 그런 루카를 보다 조금 더 다가앉았다.

"그날, 루카가 다쳤던 날. 진석을 찾으러 간 거였어?"

고개를 든 루카가 마지못한 얼굴로 고개를 끄덕이자 나현은 안쓰러운 표정을 지었다.

"아자르가 아니면 지금은 어디 있는데?"

굳게 다문 루카의 입술이 좀처럼 열리지 않을 것 같았다. 하지만 나현은 확신했다, 진석이 있는 곳을 루카가 알아냈음을.

"나한테 다 말해 준다고 했잖아. 지금 어디 있어?"

나현을 가만히 바라보던 루카가 심호흡을 크게 하고 나서 입을 열었다.

"바니의 저택에."

"……!"

바니, 라는 이름에 흠칫 놀랐던 나현은 얼른 표정을 갈무리하고는 태연한 척 루카를 쳐다봤다. 나현은 바니가 루카의 목줄을 쥐고 있다는 생각이 들었다. 이러지도 저러지도 못하게 말이다.

"혹시 SD카드에 바니와 연관된 증거가 있어?"

영상을 끝까지 보지 못한 나현은 목소리만 들리던 남자가 바니가 아닐까 추정했다.

"그건 없어."

"그럼 그 증거는 어떻게 찾았어?"

"진석이 아자르에 잠입해 찾아내고는 명단과 함께 한국에 숨긴 거였어."

루카의 대답에 나현은 빠르게 두뇌를 움직였다. 누군가의 죄를 입증하는 것이 증거만 있으면 쉬울 것 같지만 나현이 본 영상만으로는 부족했다. 살인을 저지른 이가 찍히지 않은 영상이라 어쩌면 진석의 증언이 더 절실할지도 모를 일이었다.

"아자르에 잠입했다면서 지금은 왜 바니의 저택에 있는 건데?"

"그 부분은 더 파헤쳐 봐야 할 것 같아."

나현은 고개를 끄덕이며 바니를 생각했다. 그의 얼굴에 흐르던 비열함이 그냥 밴 것이 아님을 알았다. 진석을 미끼로 루카의 목을 조르다 죽게 만들 수도 있겠다는 생각이 들었다.

"아자르에 있던 증거, 바니의 저택에 있는 진석……. 아자르와 모라타가 서로 협력하고 있거나 모종의 거래를 하고 있는 거구나."

멈칫하는 루카의 표정을 본 나현은 자신의 추리가 맞았음을 알았다.

"그럼, 진석만 찾으면 한국으로 돌아갈 수 있는 거야?"

"일단은."

341

루카가 약간은 체념하듯이 대답하자 나현은 그의 손을 꽉 잡았다. 이번에도 그가 다쳐서 온다면 견딜 수 없을 것이다.

"진석을 구하러 언제 가?"

"어떻게 할지 고민 중이야."

나현은 쉽게 나서지 않는 루카의 대답에 의아한 눈빛을 지었다. 당장 구하러 나서던 전과 너무 다른 태도였다. 그만큼 신중을 기한다고 할 수도 있지만 루카의 표정으로 봐서 그것만은 아닌 듯했다.

"왜? 바니의 저택이라서?"

느릿하게 고개를 끄덕이는 루카를 보며 나현은 몇 가지 궁금한 것을 더 물어야겠다는 생각에 입을 열었다.

"바니의 저택에 들어가는 게 어려워? 아님, 크로마가 CCTV를 해킹하면……."

"모라타의 제2인자 집에 들어가 진석을 찾는 일이 쉬운 일일 것 같아?"

루카가 나현을 철없다는 듯 쳐다보자 그녀는 눈을 가늘게 떴다. 그 저택에 들어가 돌아다녀도 의심받지 않을 일이라면 방법은 있었다.

"바니의 저택에 의심받지 않고 들어갈 방법이 있어."

루카가 무슨 소리냐는 듯 고개를 삐뚜름하게 기울이자 나현은 각오한 얼굴로 입을 열었다.

"내가 갈게."

"뭐?"

"바니의 저택 정원사로, 내가 갈게."

입을 다문 채 나현을 빤히 보는 루카의 눈에 무겁고 싸한 기운이 감돌았다. 더불어 둘 사이를 묵직한 침묵이 휘감았다.

19화
신경전

"안 돼!"

단호하게 말하며 벌떡 일어서는 루카의 손을 나현은 와락 잡아챘다.

"루카, 안 된다고 하지 말고……."

"미쳤어?"

"루카!"

나현은 그가 왜 자신의 마음을 몰라주나 싶어 볼멘 얼굴로 루카를 올려다 봤다. 크로마는 바니가 또라이의 급을 넘어 소시오패스 같은 놈이라고 했었다. 하지만 지금 가장 의심 없이 바니의 저택을 드나들기엔 자신이 적합하다고 생각했다.

"거기가 어디라고 간다고 나서? 그렇게 겁도 없이 구니까 보지 말라는 영상을 기어이 봤지. 방금 전 미안하다고 했으면서 지금 또 내 말을 안 들으려고 하지? 영상 때문에 이제 겁을 좀 먹고 조용히 있나 싶었는데, 왜 되도 않는 일을 하겠다며 사람 속을 뒤집는데. 안 그래도 신경 날카로우니까 더 자극하지 말고 가만히 있어."

이제껏 대화한 것 중에서 제일 많은 말을 한 루카였다. 늘 단답형으로 짧게 대답하던 루카가 속사포처럼 다다다 말을 쏟아 내고 있다는 것은 그만큼 지쳤고 힘들다는 반증이었다.

"루카 화내지 말고 이성적으로 생각해."

"지금 난 충분히 이성적이야."

나현은 침대를 내려와 루카와 마주 보고 서며 그의 두 팔을 잡았다. 막연하게 도움을 주려는 것이 아니었다. 생색을 내려는 건 더더욱 아니었다.

"진석을 구하면 다 같이 한국으로 돌아가 일을 마무리할 수 있잖아. 그런데 왜 할 수 있는 방법을 두고 어렵게 돌아가려 하는데?"

입을 다문 루카는 나현을 뚫을 듯이 쳐다보기만 했다. 나현은 그런 루카의 마음을 알 것 같았다. 나현을 이용해 진석을 구하려니 위험하기도 하지만 그녀에 대한 책임감과 일의 완성에 대한 압박을 동시에 느끼고 있을 터였다.

"루카, 생각해 봐. 이 방법이 제일 좋은 방법이야. 게다가 난 독화를 할 줄 아니까 가까이 가지 않고도 위험을 알아챌 수 있어. 여차하면 도망쳐 나올 수도 있고."

나현은 자신만만했다. 자신의 장점을 최대한 살려 내 진석을 구하고 싶었다. 바니의 부하들이 하는 말들은 농담 하나도 놓치지 않고 읽어 낼 자신이 있었다.

"진석이 바니의 저택 어디쯤에 있는지 아직도 못 알아냈는데 앞으로 알아낸다는 보장이 있어?"

미간을 구겼던 루카가 팔을 잡고 있는 나현의 손을 내려다보다 시선을 마주했다. 열릴 것 같지 않던 루카의 입술이 천천히 움직였다.

"사격할 줄 알아?"

"어?"

나현은 멀뚱한 눈으로 루카를 쳐다보다 고개를 저었다. 프로파일러가 총 쓸 일은 없었다. 개인이 총을 소지할 수 있는 나라가 아닌데 루카가 그것을 몰라 물었을 리는 없을 것이다.

"진석을 구하러 가겠다는데 갑자기 그건 왜……."

"단 한 번이라도 표적지 정중앙에 맞히면 그 제안 한번 생각해 볼게."

"알았어! 지금 당장 연습하러……. 루카, 같이 가!"

루카가 먼저 방을 나서자 나현은 후다닥 그 뒤를 따랐다. 한 번도 총을 쏴 본 적이 없지만 연습하면 가능할 것이라 여겼다.

"여기는……."

저택의 지하에 사격장이 마련되어 있는 줄 몰랐던 나현은 루카를 따라다 니며 두리번거렸다. 직사각형의 창고 같은 공간에 약식으로 구비되어 있는 장비들을 보며 나현은 심호흡을 했다.

"장전부터 해 봐."

루카가 총과 탄창을 내밀자 나현은 마른침을 꿀꺽 삼켰다. 총을 한 번도 만져 본 적이 없어 두려움이 일었다. 오발되어 다치기라도 하면 큰일이었다.

"어떻게?"

나현은 탄창을 어떻게 끼워야 하는지 몰라 루카를 쳐다봤다. 팔짱을 낀 루 카가 가르쳐 줄 의향이 없음을 드러내며 쳐다만 보고 있었다.

"루카?"

가르쳐 주지 않고 뭐 하냐는 얼굴로 나현이 재촉하자 루카가 눈을 가늘게 뜨다 입을 열었다.

"내가 연습시켜 준다고 말한 적은 없는데."

"뭐?"

나현은 커다랗게 뜬 눈을 끔벅이다 눈살을 찌푸렸다. 루카는 자신이 포기 하기를 바라고 있었다. 가르쳐 주지 않는데 혼자 표적지의 정중앙에 총알을 박을 수 있을까. 배우지 않고 처음부터 잘하는 이가 세상에 얼마나 될까.

"유치하지 않아? 나 못 하게 하려고 이러는 건 반칙이잖아!"

"반칙? 네가 가고자 하는 그곳은 반칙 정도는 우스운 곳이야. 윤리? 개도 안 물어 가는 그딴 윤리 아무도 신경 안 써."

시니컬하게 빈정대는 루카를 보며 나현은 입술을 질끈 깨물었다.

"네가 들어가고자 하는 그곳에선 총으로 사람을 아주 쉽게 죽여. 바니의 한마디에 망설이지도 않고 방아쇠를 당긴다고!"

화를 억누르던 루카가 끝내 감정을 추스르지 못하고 폭발을 시키자 나현은 분통이 터졌다. 고의로 방해꾼을 자처하는 루카에게 보란 듯이 해 보이고 싶었다.

"좋아!"

나현이 도발적인 눈빛을 보내자 루카의 눈썹이 휙 치켜 올라갔다.

"내가 삼 일 아니, 이틀 안에 저 과녁 중앙을 맞히면 그때는 군소리 없이 내 말에 따라. 알았어?"

나현은 오기가 발동했다. 지금 이렇게 서로 신경전을 벌이며 시간을 보내는 것이 맞느냐 말이다.

적어도 이 저택 안에는 루카를 제외한 나머지 사람들 중에서도 총을 다룰 수 있는 이가 있었다. 그들에게 배울 수도 있는 걸 가지고 루카에게 빌빌거리기는 싫었다. 유렘은 전직 스나이퍼라고 했으니 어련히 잘 가르쳐 줄까.

"왜 대답 안 해? 내가 못 해낼 것 같아?"

"하루."

"뭐?"

"내일 이 시간까지."

나현은 너무 짧은 시간을 제시하는 루카 때문에 멈칫했다.

"네 말대로 시간이 그리 많지 않아서."

나현은 손에 있던 권총과 탄창을 도로 가져가 버리는 루카를 보며 꼭 해 보이겠다는 의지를 다졌다.

"그러지."

뒤돌아보는 루카를 향해 나현은 씨익 웃어 보였다. 까짓것 밤새 연습하면 어떻게든 표적지 중앙 근처라도 맞히겠지.

쿵!

"윽!"

나현의 비명이 매트 위에서 울렸다. 정신을 차리기도 전에 란토가 발목을 잡고 끄는 바람에 나현은 안 끌려가려고 몸을 틀었지만 역부족이었다.

　퍽!

　"악!"

　나현은 란토에게 끌려가다 다시 또 매트 위로 던져졌다. 틈을 주지 않고 무자비하게 공격하던 란토는 슬쩍 루카를 돌아봤다.

　"저러다 다치겠는데……. 루카, 그만해요."

　크로마가 걱정스러운 얼굴로 쳐다보든 말든 루카는 나현에게 시선을 꽂고 있었다.

　사실 바니가 나현을 만나고 싶어 하니 저택으로 들어가는 건 문제가 아니었다. 그런데 나현은 정원사가 아니었다. 설사 정원사 일을 하고 나온다고 해도 문제였다. 진석이 있는 곳을 어떻게 찾는다는 건지. 전문적인 훈련도 안 받은 몸이면서 용감하기만 하면 다냐고.

　쿠당탕.

　"괜찮으세요!"

　나현에게 호신술과 격투를 가르치던 란토는 자신이 넘어트려 놓고는 놀라 소리를 질렀다.

　"내 저럴 줄 알았어!"

　크로마가 쏜살같이 나현에게로 달려가는 것을 루카는 그저 보고만 있었다. 지금 마음이 약해져 그녀의 요구를 들어주면 오히려 일이 커지게 된다. 그녀마저 위험에 빠트릴 수는 없었다.

　"흐음."

　루카는 오른손으로 턱을 감싸 쥐며 한숨을 내뱉었다. 사격 연습하러 갈 시간을 주지 않기 위해 전에 배우던 호신술을 마저 마스터하라며 시간을 끌고 있었다. 그런 자신의 의도를 알면서도 나현은 순순히 응하고 있었다. 사격 배울 시간이 부족하다며 짜증을 낼 줄 알았는데 그녀가 예상과 달리 묵묵히 연습에 임하고 있었다. 게다가 열심히 하기까지.

　"겁도 없어."

란토가 미안한 얼굴로 연신 뭐라고 말하자 나현이 방긋방긋 웃으며 손을 내젓고 있었다.

"웃지 마라."

루카는 심술이 나 눈을 가늘게 떴다. 저녁을 먹고 유렘과 속닥거리는 것으로 보아 사격술에 관한 대화라 짐작했다. 유렘에게 부탁하려는 나현을 데리고 짐 플레이로 들어왔지만 막상 자신이 대련 상대를 하려니 내키지 않았다. 뒤따라 들어온 란토에게 따끔하게, 정신을 쏙 빼놓을 정도로 몰아붙이라고 일러둔 참이었다. 하지만 그 말을 란토가 너무 충실히 따르고 있어 슬슬 걱정이 됐다.

"멍들었겠네."

나현이 아픈지 란토의 시선을 피해 팔을 꾹꾹 만지고 있자 루카의 얼굴에 못마땅함이 피어났다.

"차라리 잘된 건가."

팔이 아프면 사격 연습을 못 하거나 힘들어질 테니 소기의 목적은 달성한 셈이었다.

"팔."

소파에 앉아 나현이 씻고 나오기를 기다렸던 루카는 그녀가 욕실을 나오자 팔을 내밀라고 했다. 그런데 나현이 살짝 삐진 얼굴로 입술을 비죽 내밀었다.

"팔."

다시 한번 팔을 내밀라고 했더니 나현이 다가와 소파가 아닌 테이블에 마주 보고 앉았다. 그러고는 루카를 빤히 내려다봤다. 루카 또한 그런 나현을 가만히 응시했다.

"이런 기분이구나."

"뭐가."

"내려다보는 기분 말이야."

눈높이가 별 차이도 없는데 나현이 흡족하다는 얼굴로 말하니 기가 찼다.

"흡! 뭐 하는 거야!"

나현이 입고 있는 가운 깃을 잡아당기자 그녀가 얼굴을 붉히며 방어적인 태세를 취했다. 그 모습이 어이가 없어 루카는 고개를 삐뚜름하게 기울였다.

"그냥 두면 내일 더 아파."

"내, 내가 바를게."

그녀가 루카의 손에 있는 바르는 파스를 달라는 듯 손을 내밀었다. 루카는 내밀어진 나현의 손을 가만히 보다가 확 잡아당겨 안았다. 젖은 머리칼이 뺨에 닿자 시원하면서도 열기가 피어났다.

"안에 속옷 입었어?"

흡, 하며 숨을 삼키는 나현이 귀여워 루카는 입가에 피식 미소를 지었다. 손가락을 그녀의 젖은 머리칼 사이로 넣자 촉촉하며 은은한 향이 흐르는 것 같았다.

"루카, 마음이 바뀌었어?"

나현의 질문에 루카는 설핏 미간을 구기다 그녀를 놓아주었다.

"피곤할 텐데 그만 자."

루카는 젖은 머리칼을 손으로 빗듯이 만지다 나현에게 말했다.

"갑자기 다정하게 굴지 마. 내가 모를 줄 알아?"

"뭘?"

루카는 느긋하게 나현의 말에 응수했다. 엷게 붉어지는 뺨을 손가락으로 더듬듯이 만지자 나현이 한쪽 어깨를 움츠리며 귀엽게 인상을 썼다.

"호신술 연습으로 나 피곤하게 만들어서 사격 연습 못 하게 하려는 거잖아."

루카는 억울함과 반항기 가득한 나현의 얼굴을 보다 쿡, 하고 웃음을 터트렸다. 란토가 좀 과격하게 가르쳐 내일이면 나현의 온몸이 쑤실 것이다. 그러면 오늘뿐만 아니라 내일도 사격 연습을 당연히 못 하게 될 거고.

"역시 똑똑하네."

"나빠!"

나현이 바락 소리를 지르며 눈을 부릅떠 노려봤지만 루카는 그저 어깨를 한 번 으쓱할 뿐이었다. 막아야 하는 입장에서는 선의의 경쟁도 아닌데 정당하게 구는 것 따위 소용없는 짓이다. 특히 연인이 악의 소굴로 들어가겠다는

데 가만있을 사람이 있을까.

"지금 안 바르면 내일 너무 아파서 팔을 못 들 거야."

루카가 당장 바르자는 의미로 팔을 잡자 나현은 이리저리 생각하듯 눈동자를 굴렸다. 그러다 루카를 향해 배시시 웃으며 입을 열었다.

"생각해 줘서 고마워. 옷 갈아입으면서 바르고 그만 잘게. 루카도 얼른 방으로 가서 자."

나현의 그만 나가 달라는 제스처에 어이없다는 듯 헛웃음을 지은 루카는 소파에서 일어섰다. 그러고는 아직 테이블에 앉아 있는 나현의 정수리에 손을 얹었다.

"머리도 말리고 자."

"노친네같이 잔소리가 자꾸 늘어."

나현이 루카의 손을 슬쩍 밀어 내고 일어서자 루카의 한쪽 입꼬리가 올라갔다. 통통거리며 말대꾸하는 것이 꼭 십 대 소녀 같았다.

"너보다는 나이가 많아."

"어련하실까."

투덜거리는 나현을 뒤로하고 문으로 다가간 루카가 지긋한 눈으로 돌아보며 소리 없이 말했다.

〈혼자 자면 추울지도 모르는데.〉

"그래서 뭐?"

나현이 턱을 치켜올리며 뭐 어쩌라고 하는 표정을 짓자 루카는 또 입술만 달싹였다.

〈같이 잘까.〉

"사양할게."

나현이 새침한 표정을 지으며 고개를 젓자 루카는 눈을 찡그렸다.

〈그냥 안고만 잘게. 다른 거 안 하고. 어때?〉

순간 멈칫한 나현이 고민하듯 눈동자를 또르르 굴리자 루카는 입가에 승리의 미소를 지었다. 자신과 같이 있으면 나현이 오늘 밤 유렘에게 개인 레슨을 받지 못할 테니까.

"미안하지만 됐어."

"뭐가 미안하지만 됐어, 라는 거지?"

나현이 입술을 오므리며 마땅한 답변을 찾는 동안 루카는 얼마든지 변명해 보라는 얼굴로 기다렸다.

"내가……."

가까이 다가온 나현이 귓속말을 하듯 까치발을 들고는 속삭였다. 루카는 귀에 닿은 나현의 숨결이 달콤해 주먹을 가만히 움켜쥐었다.

"……루카를 그냥 재울 자신이 없네."

"뭐?"

"잘 자. bye bye."

나현이 손가락 인사를 하고는 문을 닫아 버리자 루카는 황당한 표정을 지었다. 눈꼬리를 곱게 접고 예쁜 미소를 짓던 나현의 얼굴과 그녀의 말을 되씹던 루카는 문 앞에서 허탈한 웃음을 터트리고 말았다.

"숨, 참는다. 그리고 당긴다."

루카를 방에서 내보낸 나현은 한 시간 동안 꿀잠을 자고는 막 잠들려던 유렘을 깨워 사격장으로 내려왔다.

"흐음……."

길게 호흡을 내뱉은 나현은 조용히 숨을 죽였다. 권총에 탄창을 끼우고 분리하는 법을 배우던 나현은 살이 집혀 손에서 피가 났지만 그만두지 않았다. 유렘이 아무래도 무모하다고 말렸지만 나현은 수긍하지 않았다.

"이번에는 저 표적지에 쏜다."

나현은 표적지를 바라보며 고개만 끄덕였다. 정확하고 빠르게 하려고 애쓰는 나현의 마음을 알았던 것인지 유렘이 편하게 하라며 계속 다독여 줬다.

"눈, 목표 지점 본다."

나현은 유렘의 말을 들으며 권총의 날렵한 총구를 지나 표적지를 쳐다봤다. 저격용 총과 달리 권총은 망원경이 없었다. 그래서 시각으로 거리감을 익히고 손으로 반동을 감수하며 몸과 머리가 그 감각을 기억해야 했다.

탕! 탕! 탕!

위이이잉.

유렘이 버튼을 누르자 표적지가 자동으로 움직여 나현의 앞으로 다가왔다.

"오! 제법 맞았다."

"진짜?"

나현은 표적지의 마지막 선에 박혔던 총알이 다음에는 더 안쪽 원을 뚫고 지나간 흔적을 보며 흡족한 미소를 지었다. 몇 번의 사격으로 점점 표적지 중앙에 가까워지는 정확성에 스스로가 대견하기까지 했다.

"나현, 조금 더 하면 된다."

용기를 얻은 나현은 고개를 크게 끄덕이며 환하게 웃었다. 작지만 이렇게 성공하기 시작하면 그 기세를 몰아 모든 총알이 표적지의 정중앙에 도달할 것만 같았다.

"자, 탄창을 갈고."

나현은 이제는 제법 능숙하게 탄창을 빼고 갈아 끼웠다.

"다리는 어깨 정도 넓이. 잘하고 있어."

유렘이 칭찬하며 총을 든 손의 위치를 잡아 주자 나현은 다시 숨을 고르며 표적지를 바라봤다. 묵직했던 권총의 무게가 제법 손에 익어 반동도 염두에 둘 줄 알게 되었다.

"나현, 이번에는 총알 모두 연속 사격한다."

"어?"

나현은 저도 모르게 유렘을 돌아봤다. 탄창에 들어가 있는 총알은 12발이라 했고 총구에 하나를 끼운 후 탄창을 장착하면 13발을 쏠 수 있다고 있다.

"사람 움직인다, 계속."

"아……."

나현은 알겠다는 듯 고개를 끄덕이고는 표적지를 뚫어지게 쳐다봤다. 한 발이 주는 반동과 연속으로 쏘았을 때의 반동은 다를 것이라고 계산했다.

탕탕탕탕. 탕. 타앙!

방음 헤드셋을 쓰지 않았다면 귀가 먹먹했을 것이다. 나현은 눈을 가늘게 뜨고는 다시 남은 총알을 겨누었다.

탕탕탕탕! 탕탕!

종이로 된 표적지가 춤을 추듯 흔들리는 것을 보며 나현은 인상을 썼다. 네 귀퉁이가 모두 고정되어 있지 않은 표적지였다. 한 발만 쏠 때는 표적지의 출렁임 따위 상관없었지만, 여러 발을 연속으로 쏠 때는 표적지가 시야를 벗어나기도 해서 당황스러웠다.

유렘이 버튼을 누르자 표적지가 앞으로 오며 나현이 쏜 총알의 위치를 드러냈다.

"에잇."

유렘보다 먼저 표적지를 본 나현은 실망감에 짜증을 냈다. 중구난방으로 퍼져 있는 총알의 흔적들은 중앙에서 멀리 떨어져 있었다. 게다가 수를 세어 보니 두 발의 흔적이 없었다.

"두 발은 어디를 맞은 거야."

나현이 표적지를 보면서 불퉁한 목소리로 말하자 유렘이 종이 하단의 한 지점을 가리키며 씨익 웃었다.

"어? 거기 맞은 거야? 그래도 아예 안 맞은 건 아니네."

미세하지만 총알이 지나간 흔적이 남은 표적지 하단을 보며 나현은 그래도 이 정도면 괜찮지 않느냐는 얼굴로 유렘을 쳐다봤다.

"다음 공격을 하기 전에 죽을 수도 있겠네."

"……!"

나현은 유렘의 뒤에서 들린 루카의 목소리에 흠칫 놀랐다.

"루카 님?"

눈을 커다랗게 뜨고 굳은 듯 서 있자 유렘이 뒤를 돌아보다 그를 불렀다. 루카가 살벌한 얼굴로 입꼬리에 냉소를 짓고 서 있었다. 나현은 그 모습이 어딘지 섬뜩해 유렘의 뒤로 슬쩍 숨었다. 그런 나현이 마음에 안 드는지 루카가 성큼성큼 걸어와 거리를 좁혔다.

"루카 님, 나현 잘한다."

유렘이 가리키는 표적지로 눈길을 잠시 두었던 루카가 억지웃음을 짓더니 입을 열었다.

"윰, 이제 내가 할게."

"네?"

멀뚱한 표정을 짓던 유렘이 돌아보자 나현은 가지 말라는 뜻으로 고개를 저었다.

"늦었어. 올라가 쉬어."

"윰은 괜찮……. 아니, 생각하니 피곤하다."

유렘이 괜찮다고 말하려다 루카의 눈치를 보고는 얼른 말을 바꿨다. 나현은 그런 유렘을 향해 이런 배신이 어디 있느냐고 눈으로 질책했지만 먹히지 않았다.

"안 돼, 윰."

나현은 유렘의 티셔츠 자락을 쥐고는 고개를 마구 저었다. 하지만 루카의 눈치를 보던 유렘이 나현의 손을 토닥이다 떼어 냈다.

"나현, 수고."

"유윰."

나현은 엄마 잃은 아이처럼 유렘을 불렀지만 그는 뒤도 안 돌아보고 가 버렸다. 슬쩍 짜증이 난 나현은 휙 돌아서며 루카를 째려봤다.

"이렇게 방해하는 건 아니지!"

"누가 방해를 했다고?"

팔짱을 낀 채 루카가 고개를 삐딱하게 기울이고 있었다. 방해하러 온 것이 분명한데 아닌 척해서 나현은 부아가 치밀었다.

"쩨쩨하기는."

나현이 구시렁거리며 눈을 치뜨자 루카가 입꼬리를 비틀었다.

"실수로 빗맞혀서 상대가 반격을 해 오면 그 데미지는 네가 입어."

반박할 수 없는 말에 나현은 입을 꼭 다물고 루카를 쳐다봤다. 도대체 이제 겨우 한두 걸음을 뗀 아이한테 달리라고 종용하는 이유가 뭐냐고 따져 묻고 싶었다. 더군다나 말릴 땐 언제고 이제 와 훈계라니.

"그러니깐 연습하는 거잖아. 잘하고 있는 사람 방해하더니 이젠 비난이나 하고. 치사하게 말이야."

나현은 지지 않고 제 할 말을 다 했다. 자신을 걱정해서 하는 말이라는 건 알지만 이건 명백한 방해 공작이었다.

"총 들어."

나현은 퉁한 눈으로 안 믿긴다는 듯 루카를 쳐다봤다. 유렘을 보내고 진짜 본인이 스승을 자처하려는 건가 싶었다.

"자리에 서."

나현은 떨떠름한 얼굴로 자리를 잡고 헤드셋을 쓰며 사격 자세를 잡았다.

"어?"

그런데 루카의 손길에 헤드셋이 사라지자 나현은 눈을 동그랗게 떴다.

"총을 쏠 땐 주변이 평온하지만은 않아."

"그래서?"

"헤드셋을 찾아 쓸 동안 총에 맞겠다."

루카의 말이 틀리지는 않았지만 나현은 반항심이 일었다.

"지금은 연습이잖아!"

"연습은 실전같이, 실전은 연습처럼. 몰라?"

"하……."

나현은 속이 부글부글 끓었다. 적으로 돌아선 것 같은 루카는 철저하게 따지고 들고 집요하게 파고드는 성격이었다.

"집중해서."

"읏."

루카가 뒤로 다가와 허리에 손을 얹자 나현은 낮은 신음을 흘렸다. 그러다 뒤를 획 돌아보며 눈을 치떴다.

"뭐 하는 거야!"

그냥 자세를 잡아 주려는 것인 줄 알았는데 루카의 손이 노골적으로 복부와 허리를 쓰다듬었다.

"말했잖아. 상황이 여의치 않을 수도 있다고."

"아니, 누가 총을 들고 있는 사람 뒤로 다가와? 말도 안 돼."

나현은 어이가 없다는 듯 루카를 향해 구시렁거렸다. 이건 모든 상황에 대비하라는 조언이 아니라 가르침을 가장한 해를 끼침이다.

"뒤가 비었는데 적이라면 기회를 놓치지 않고 접근하겠지. 그렇게 네 이론만 옳다고 주장할 거면 그만둬."

루카의 말에 정곡을 찔린 나현은 속으로 칫, 하는 탄성을 내뱉고는 입술을 앙다물었다.

다시 사격 자세를 잡은 나현은 루카가 그 어떤 짓을 해도 흔들리지 않으리라 다짐하며 표적지를 조준했다. 점점 나아지고 있다는 유렘의 말에 힘을 얻고 있는 중이었는데 초를 치는 루카 때문에 짜증이 자꾸 일었다.

나현은 왼손으로 권총을 쥔 오른손을 받치며 호흡을 가라앉혔다. 왠지 이번에는 모든 총알이 표적지의 정중앙을 맞힐 것 같은 기분이 들었다.

탕.

"후우."

"악!"

연속으로 쏘려던 나현은 한 발을 쏘고는 비명을 질렀다. 귓가에 입김을 분 루카 때문에 당황해 자세가 흐트러지고 총알은 표적지를 벗어나 벽에 맞아 버렸다.

"루카!"

"왜."

아무렇지 않은 얼굴로 내려다보는 루카를 향해 나현은 눈을 흘겼다. 지금 이게 가르치는 것이냐고 눈으로 따져 묻자 루카가 그대로 입술을 덮쳐 왔다.

"흐읏."

총을 들고 있던 나현은 혹여나 발사될까 봐 총구가 천장을 향하게 팔을 들었다. 그 바람에 반항 한번 제대로 하지 못하고 루카의 입술을 받아들여야 했다.

엇갈리듯 맞물렸던 입술을 열고 루카의 혀가 안으로 들어오자 나현은 뒤로 주춤 물러났다. 하지만 물러나는 만큼 루카가 다가와 거리를 채워 버렸다. 뜨거운 열기를 안고 있는 루카의 입술과 혀에 입안 여린 속살이 녹고 불이 나는 것 같았다.

"하아, 하아, 하……."

루카가 감싸 쥐었던 얼굴을 놓아주며 입술을 떼자 나현은 숨을 몰아쉬었다.

"한 발로 승부를 내야 할 상황에 놓이는 것보다 더 힘든 게 뭔지 알아?"

"하아…… 뭔데?"

엄지로 나현의 입술을 쓰다듬듯이 만지는 루카의 눈빛이 짙게 물들어 있어 어깨가 떨렸다. 당장 집어삼키지 못해 화가 난 것처럼 보이기도 했다.

"사람을 죽이는 거."

나현은 순간 숨을 참으며 루카를 올려다봤다. 자신의 안전을 위해 권총 다루는 법을 배우려 한 것이지 누군가를 죽이기 위함이 아니었다.

"표적지를 향해 쏘는 것과 사람을 향하는 건 달라. 넌 그 점을 간과하고 있어."

루카의 말이 맞았다. 나현은 입술을 지그시 깨물고는 들고 있던 권총을 루카에게 건넸다. 그러자 루카가 능숙한 손길로 탄창을 분리하고는 내려놓았다.

"네 손에 피 묻히는 일 따위 생기지 않게 할 거야."

"내가 바니의 저택에 간다고 해서 피를 묻힌다는 건 기우야."

"못 가게 하기 위해 내가 이런다고 생각해?"

루카가 진심 화가 난다는 얼굴로 쳐다보자 나현은 슬그머니 뒤로 물러섰다. 루카의 말처럼 자신이 안일하게 생각해 이러는지도 모른다. 무사할 거라고, 아무 일 없이 임무를 수행할 수 있을 거라는 막연한 기대와 판단으로 무모하게 구는 것인지도 모른다.

"넌 이 바닥이 얼마나 위험한지 모르잖아. 여긴 한국이 아니야."

루카가 하는 말이 다 옳은 것 같아 나현은 낭패감을 느꼈다. 처음의 확고했던 의지가 퇴색되고 있었다. 반대하는 루카에게 조금씩 세뇌를 당하는 기분이 들기도 했다.

"루카, 난 하고 싶어."

하지만 나현은 의지를 다시 재정비하는 마음으로 말하고는 루카에게로 다가섰다.

"그러니 내가 바니의 저택에서 안전하게 돌아올 수 있게 모든 것을 가르쳐 줘. 내가 다 배울게."

안쓰러운 눈빛이 된 루카가 한 손을 들어 나현의 뺨을 감싸자 팽팽하게 날을 세웠던 신경이 스르륵 긴장을 놓는 느낌이었다.

"바니는 원하는 것은 무슨 수를 쓰든 가져."

"……!"

"어쩌면 네가 이 저택에 머문다는 것도, 네가 정원사가 아니라는 것도 이미 알고 있을지도."

나현은 얼굴에서 핏기가 가시는 기분이었다. 딱 한 번 만났던 바니에게서 풍겨 오던 분위기는 차갑고 시리며 잔인했었다.

"그래서 너 못 보내."

자진해서 가겠다는 나현을 걱정해 루카가 짜증을 내고 신경질을 부린다는 걸 알고 있었다. 다른 방안이 없어 자신이 최고의 대안이라는 것도 눈치로 짐작하고 있었다. 루카의 반대 때문에 다들 입을 닫고 있어 그렇지 그들도 다른 대안이 없다는 것을 인지하고 있음이었다.

"루카 생각을 좀 바꿔."

루카의 미간에 금이 가는 것을 보며 나현은 말을 이었다.

"그건 추측일 뿐이지 정말 바니가 알고 있는지 아닌지는 모르잖…… 으읏."

루카가 다가와 허리를 낚아채더니 그녀를 품에 꽉 끌어안았다. 혹여나 놓치기라도 할까 봐 루카의 팔에 힘이 실렸다. 나현은 자신이 목에 얼굴을 묻은 루카가 두려움에 떠는 것 같아 그의 등을 가만히 토닥였다.

"루카, 걱정하지 마. 위험한 짓은 안 할게."

나현은 바니의 저택에서 진석이 어디 있는지만 알아내면 나머지는 이들에게 맡길 생각이었다. 자신이 도와준다고 어설프게 나서다가 오히려 일이 더 커질지도 모르니까.

"루카? 훗."

나현은 루카의 손이 윗옷 안으로 들어오자 그를 밀어 내려 했다. 그런데 의지와는 반대로 그가 더 몸을 옭아매 왔다.

브래지어를 들어 올린 루카의 손은 젖가슴을 그러쥐다 손가락으로 유두를 비틀었다. 신음을 삼키려던 나현은 입술만 벌린 채 뜨거운 숨을 내뱉었다. 고개를 숙여 입술을 강탈한 루카는 혀로 입안을 휘저으며 유두를 잡은 손가락을 동시에 움직였다.

"흐으읏……!"

루카와 맞붙었던 입술이 떨어지자 숨을 몰아쉬던 나현은 화들짝 놀랐다. 그가 자신을 선반 테이블에 올리더니 윗옷을 다 밀어 올렸다. 브래지어가 완전히 들리고 젖가슴이 출렁하고 모습을 드러냈다. 루카가 덮치듯이 유두를 입안으로 넣자 나현의 고개가 뒤로 젖혀졌다. 쪽쪽, 소리가 날 정도로 빨아대는 루카의 집요함에 나현은 앓는 듯한 신음을 내뱉었다.

"하…… 달아."

양쪽 유두가 침으로 흥건하게 젖어 든 것을 루카가 만족한 눈길로 보며 사악하게 웃었다.

"루, 루카 방에 가서……."

"거기까지 갈 시간 없어."

"……아앗."

못 참겠다는 듯 루카는 거침없이 나현의 바지를 한 번에 벗겨 냈다. 하얀 허벅지와 대조되는 까만색의 브리프가 야하게 보였다.

"윽!"

나현의 다리를 벌린 루카가 브리프를 옆으로 젖히더니 손가락을 불쑥 집어넣었다. 움찔 놀란 나현은 허벅지를 붙이고 반항했지만 소용이 없었다. 그의 손가락은 거웃을 헤치고 음부 안으로 들어오려 살금살금 공간을 차지하고 있었다.

"루카 여긴 사격…… 하읏!"

나현은 낯 뜨거운 짓을 다른 곳도 아닌 사격장에서 벌이고 있다는 것을 말하려 했는데 신음을 흘린다고 말을 끝맺지 못했다.

음부 안으로 파고든 루카의 손가락은 질벽을 자극하며 드나들기에 바빴다. 나현은 루카의 머리칼 속으로 손가락을 넣고는 숨을 헐떡였다. 그의 머리가 다리 사이로 들어갈 때는 화들짝 놀라 까무러칠 것만 같았다. 사격장으로 누구든 들어올 수 있는 상황이라 조마조마하면서도 스릴감을 느끼고 있었다.

"루카, 누가 오면…… 아앙, 앙."

루카는 그런 걱정은 말라는 듯 입가에 미소를 짓더니 나현의 브리프를 벗겨 냈다. 그러고는 음부에 혀를 갖다 대고 핥기 시작했다. 나현은 테이블 위에서 다리를 벌리고 있는 자신의 모습이 낯설어 눈을 질끈 감았다가 루카의 애무에 비명을 질렀다.

"아앙, 아, 하아, 핫. 하읏."

혀를 얼마나 깊게 넣고 빨아 대는지 정신이 아득할 지경이었다. 다리가 덜덜 떨릴 정도의 쾌감에 나현은 뒤로 넘어가지 않으려 테이블을 손으로 짚었다.

"쓰읍, 더 빨아 줄까."

고개를 든 루카가 손등으로 입술을 닦으며 물어 오자 나현은 고개를 저었다. 더 하다가는 흥분에 휩싸여 미쳐 버릴 것 같았다. 빨리 루카의 손을 벗어나 방으로 가고 싶었다. 여기서는 불안해 심장이 터질 것 같았다.

"알았어, 그럼……."

"루카!"

루카가 바지 지퍼를 내리자 나현은 바락 소리를 질렀다. 여기서 기어이 정사를 벌이고 말겠다는 루카의 행동에 나현의 뺨이 활활 타올랐다.

"다리 오므리지 마."

"아흐훗."

밀고 들어온 루카의 남성을 감당 못 한 나현은 버거움을 느끼며 연신 숨을 몰아쉬었다.

"윽, 그만 조여."

루카가 힘을 주며 내뱉은 말에 나현은 민망한 얼굴이 되어 고개를 돌렸다. 하지만 이내 루카의 입술과 맞물리고 그의 혀에 입안이 휘저어졌다. 위아래가 루카와 빈틈없이 맞물려 버린 나현은 조금씩 여기가 어딘지 잊고 그를 깊게 품었다.

20화
준비

나현은 귀가 간지러워 부스스 눈을 떴더니 루카가 자신을 쳐다보고 있었다. 서서히 올라가던 그의 입꼬리가 반원을 그리더니 입술을 움직였다.

"잠꾸러기."

나현은 루카의 말에 나른한 표정으로 피식 웃었다. 검지로 자신의 **뺨**을 만지는 루카의 손길이 부드러웠다. 마음이 누그러들어 그런지 눈빛도 한층 다정해 보이는 것 같았다.

"훗, 간지러워."

나현은 루카의 손을 피해 이불 속으로 파고들며 눈을 감았다. 조금만 더 자고 싶다는 생각이 들었다. 사격 연습실에서 올라와 욕실에서 한 번 더 자신을 안은 루카는 그러고도 욕망이 채워지지 않는지 침대에서 또 그녀를 안았다. 나현은 그런 루카에게 거리낌 없이 안겨 들었다. 아무것도 생각하지 않고 그저 그에게 안겼던 순간을 떠올리던 나현은 눈을 뻔쩍 떴다. 저택 안에 둘만 있는 것도 아닌데 그만 일어나는 것이 좋을 듯했다.

"왜."

"아, 아니……."

나현은 이불로 가슴을 가리고는 옷을 찾았다. 그런데 옷이 제법 멀리 떨어져 있어 난처함이 몰려들었다.

"뭘 찾아?"

"옷이……."

나현은 살짝 민망한 얼굴로 루카를 돌아보다 다시 옷을 쳐다봤다. 저기까지 어떻게 가지. 그에게 적나라한 모습을 보이며 침대를 벗어나려니 꽤 멋쩍다는 생각이 들었다.

"한두 번 본 것도 아닌데."

루카가 뭘 새삼스럽게 그러냐는 얼굴로 장난을 치자 나현은 눈을 곱게 흘겼다.

"가져다줄까?"

"으응? 그래 주면…… 악!"

루카가 이불을 확 걷고 침대를 내려서자 나현은 비명을 질렀다. 자신과 마찬가지로 루카도 나신이었던 것이다. 그의 말대로 처음 보는 것도 아닌데 오늘따라 민망해 죽을 것 같았다.

"여기."

성큼성큼 걸어가 옷을 집어 온 루카는 당당한 모습으로 나현의 앞에 서 있었다.

"고마……. 안 줘?"

인사를 건네고는 옷을 받아 쥐려 했는데 루카가 잡고는 놓지 않았다. 나현이 의아한 얼굴로 쳐다보자 루카가 개구지게 웃으며 말했다.

"새삼스럽게 얼굴을 붉히니 그냥은 못 주겠는데."

"뭐라는…… 윽."

이불을 들추고 나현의 위로 불쑥 올라온 루카가 음흉한 미소를 지으며 몸을 숙였다. 나현은 이대로 있다가는 또 정사를 벌일 것 같은 생각이 들어 두 손을 뻗어 루카를 막았다.

"잠깐만!"

저지를 당한 루카가 눈썹을 일그러트리자 나현은 겸연쩍게 배시시 웃었다.

"다, 다들 기다리고 있을 텐데 늦으면……."

"누가 기다려?"

루카가 고개를 갸웃하더니 무슨 말이냐는 얼굴로 물어 왔다.

"아침 식사 같이하려고 다들 기다릴 텐데."

나현은 그렇지 않느냐는 얼굴로 루카를 쳐다봤다. 그러자 루카가 한쪽 입 꼬리를 올려 어이없다는 듯 웃더니 나현의 뺨을 만졌다.

"그들은 우리 안 기다려."

"뭐?"

나현은 동의할 수 없다는 얼굴로 반문했다.

"이 방에서 우리가 뭘 하는지 모르는 바보들도 아닌데 무슨 소리야."

"아, 몰라!"

나현은 민망해 바락 소리를 지르며 루카에게서 빠져나가려 했다. 하지만 이내 그의 손에 다시 눕혀졌다.

"루카, 나 사격 연습하러 가야 해. 오늘 약속 시간까지 정중앙을 명중시켜 야 한다고."

나현은 볼멘 목소리로 항변하듯 말했다. 그 약속을 이행하는지, 못 하는지 봐야 하지 않느냐는 눈빛으로 루카를 질책했다.

"가르쳐 줄게."

"어?"

"사격술."

"……정말이야?"

갑자기 노선을 바꾼 루카 때문에 나현은 혼란스러웠다. 이렇게 안심하게 해 놓고는 시간만 뺏는 건 아닌지 의심이 들었다.

"얼마나 열심히 배우느냐에 따라 내 마음이 변하겠지만, 오늘 안으로 명 중시키……."

"명중시킬게!"

나현은 루카가 더 이상 잔소리 못 하게 얼른 대답했다.

"의지는 좋네."

픽 웃은 루카가 목덜미를 그러쥐자 나현은 눈살을 찌푸렸다. 말은 그렇게 해 놓고 그가 비키지 않아 연막을 치는 것이라 여겼다.

"루카."

"응?"

"내려가."

가만히 쳐다보던 루카의 입술 끝이 살짝 비틀리더니 그가 고개를 숙였다. 나현은 그가 키스할 것이라 생각했다. 기어이 제 욕심을 일부분이라도 채우고 비키려나, 하고 짐작했다.

"일부러 시간 끄는 거지?"

나현은 꾸짖듯 눈을 가늘게 뜨고 루카를 쳐다봤다. 그러자 그가 귓가로 입술을 가져갔다.

"속성으로 할 거라 시간 오래 안 걸려."

"……아, 금방 가르쳐 줄 수 있는 거야?"

사격술을 가르치는 데 시간이 그리 오래 걸리지 않는다는 말에 나현은 자신만 열심히 배우면 되겠구나, 하고 생각했다. 그런데 예상치 못한 그의 다음 말에 나현은 비명을 터트리고 말았다.

"그게 아니라 애무 없이 할 거라서 오래 안 걸린다고."

"악! 루카!"

루카를 확 밀치려던 나현은 오히려 그에게 손목이 결박당해 꼼짝할 수가 없었다.

"이건 더블 배럴 샷건이라고 해."

나현은 총을 자유자재로 다루는 루카를 보며 존경의 눈빛을 지었다. 정말 제대로 가르쳐 줄 생각인지 그는 전과 달리 꽤 진지한 얼굴이었다.

"총구가 두 개, 방아쇠도 두 개. 방아쇠는 동시에 당길 수도 있고 하나씩도 가능해."

루카가 총구를 열어 건네자 나현은 들고 있던 탄환 2개를 넣고는 총구를 닫았다. 생각보다 무게감이 느껴져 나현은 인상을 썼다.

"무게는 4kg 정도. 산탄총이라 위력이 권총과 달라."

"얼마만큼 달라?"

"뼈가 부서질 수도 있고. 살점이 너덜너덜해지는 건 물론 절단이 될 수도 있어."

루카가 일부러 잔인하게 말하는 건지 몰라도 나현은 꾹 참고 들었다. 듣기 싫다고 외면하는 건 전혀 도움이 되지 않는 행동이었다.

"될 수 있으면 쓰지 않기를 바라지만, 이건……."

루카가 말을 끊어 버리자 나현은 그를 돌아봤다. 고글을 들고 다가온 루카가 나현에게 씌워 주더니 한숨을 길게 내쉬었다.

"바니의 저택 거실 장식장에도 있는 총이라 위급할 때……."

"알았어."

그녀가 더블 배럴 샷건을 쓰게 되는 것이 마음에 들지 않아 그러는지 루카가 힘겹게 말하자 나현은 얼른 대답하며 그의 말을 끊었다.

"반동이 심할 거야."

나현은 고개를 끄덕이고는 표적지의 중앙을 겨누었다.

탕탕.

"윽."

두 개의 방아쇠를 동시에 당기자 표적지가 바람에 날리는 손수건처럼 허공으로 날아올랐다가 내려왔다. 그런데 굳이 가까이에서 확인해 보지 않아도 종이가 너덜너덜해져 있는 것이 보였다.

"정말 대단하네."

나현이 얼빠진 얼굴로 말하자 루카가 총을 받아 들었다.

"다치지 않았어?"

루카가 손을 이리저리 살피며 물어 왔다. 나현은 반동이 상당해 손목이 아팠지만 내색하지 않았다.

"아니, 괜찮아."

루카가 그럴 리가 없다는 듯 미간을 찌푸리는 것을 봤지만 나현은 짐짓 태연한 척했다. 하지만 루카가 믿지 않고 손목을 이리저리 만지며 확인하는 것을 늦추지 않았다.

"저건 뭐야?"

나현은 그런 루카의 신경을 다른 곳으로 돌리고자 했다.

"이건 매그넘 리볼버."

"아! 이건······."

"러시안룰렛으로 유명한 총이지."

나현은 영화에서 본 기억이 나 고개를 끄덕였다. 여섯 발의 총알을 장전하는 루카를 보며 나현은 조용히 기다렸다. 총의 종류가 많지만 루카는 기본적인 것만 알면 된다면서도 여러 가지를 보여 주고 있었다.

"느낌이 45구경 권총과 많이 다를 거야."

"루카, 굳이 이렇게 많이 알아야 해? 그냥 처음에 사용했던 권총만 알면 되지 않아?"

"이게 마지막이야. 그리고 이건 바니가 서재 책상 위에 두는 총과 같은 종류야."

"아······."

철저한 루카의 성격에 탄복한 나현은 탄성을 내뱉다 고개를 주억거렸다. 유렘은 사격술만 가르쳐 주었지만 루카는 만일을 대비해 바니의 저택에 있는 총들을 알려 주고 있었다. 게다가 그 총이 어디에 있는지까지 파악하고 있었다. 마치 어디서 무슨 총을 만나도 다룰 수 있어야 한다는 소리 같았다.

"중앙을 맞출 필요는 없어."

매그넘을 받아 쥐고 사격 자세를 취하던 나현은 루카를 돌아봤다.

"총을 사람에게 쏜다는 것이 쉽지 않을 거야. 그러니 그냥 위협하는 정도로 대응해. 움직이는 표적이라 명중할 확률은 애초에 없으니까."

걱정을 가득 안은 루카의 표정을 보며 나현은 울컥하는 기분을 느꼈다. 이렇게 가르쳐 주며 그가 얼마나 또 갈등하고 있을지 짐작이 갔다.

"안 되면 바닥을 향해 쏴. 그러면 겁을 먹고 피하거나 도망을 가겠지."

회의적인 루카의 말투에 나현은 한숨을 삼켰다. 그들은 총을 지니고 살아서 그 타격이 얼마나 되는지 알고 있을 것이다. 그러니 바닥을 향해 총을 쏘면 약점을 보이는 행위일 것이다. 그런데도 루카가 저리 말하는 것은 그런 상황이 오지 않기를 바라기 때문일 테지.

"나 조심할게. 최대한 들키지 않고 진석을 찾을게."

"……그래."

약간 힘이 빠진 루카의 대답을 듣던 나현은 그를 가만히 안아 주었다. 자신을 마주 안아 주는 루카의 팔에 점점 힘이 들어갔다.

"거긴 바니 방이에요."

나현은 벽면에 펼쳐진 바니의 저택 설계 도면을 보며 위치를 익히고 있었다. 크로마가 1, 2층로 구분해서 보여 주는 도면의 크기로 보아 얼마나 큰 저택인지 짐작할 수 있었다.

"바니 방에서 양쪽 방으로 이동이 자유롭네?"

나현이 도면을 가만히 보며 지적하자 크로마가 잘 찾았다는 듯 엄지를 세워 보였다.

"여긴 식당, 여기는 회의실, 여기는 손님방, 여기도 손님방."

나현은 하나하나 짚으며 외운 것을 확인했다. 너무 많은 방이 있어 살짝 걱정이 되었다. 도면을 꼼꼼하게 익히더라도 실제로 보면 헷갈릴 것 같았다.

"부하들이 머무는 방은……."

말을 하며 돌아서던 나현은 크로마가 휴대폰을 내려다보며 인상 쓰는 것을 봤다.

"크로마?"

"워킨스가 전화했어."

크로마가 옆에 있던 란토를 향해 말하자 나현은 긴장하고 말았다. 바니가 몇 번이나 나현을 찾았지만 연락이 안 된다는 핑계를 댔었다.

"스피커폰으로 통화해."

"알았어."

란토의 말에 고개를 끄덕인 크로마가 나현을 보며 입술에 검지를 대더니 통화 버튼을 눌렀다.

"Hello."

― 크로마? 정원사는 아직 연락이 안 돼?

[안 그래도 내일 우리 정원에 일하러 올 거야.]

― 그래? 몇 시에 와?

[글쎄, 점심시간 이후로 온다고 했는데 정확한 건 와 봐야 알 것 같아.]

― 바니 님한테 그렇게 전할게.

"후우."

"하……."

크로마가 종료 버튼을 누르자 다들 참았던 숨을 내뱉었다. 란토는 마른세수를 했고 크로마는 손톱을 질겅질겅 씹었으며 나현은 아랫입술을 꽉 깨물었다.

"무슨 일이야."

때마침 들어온 루카와 유렘을 쳐다보는 세 사람의 눈빛이 흠칫 놀랐다가 이내 제빛을 찾아갔다.

"워킨스가 전화했어요. 정원사가 언제 오냐고 물어서……."

루카의 미간이 팍 찌푸려지는 것을 보며 나현은 소름이 돋은 팔을 문질렀다.

"나현, 할 수 있나?"

유렘이 불안한 얼굴로 묻자 나현은 걱정하지 말라는 표정으로 고개를 끄덕였다. 지금 이들이 자신을 어떤 눈길로 보는지 알기에 나현은 주눅 들지 않으려 했다.

준비는 끝났다. 이제 실전만 남은 것이다.

[내일 루카의 저택에 온다고 합니다.]

[그래?]

워킨스의 보고에 바니의 눈빛이 갑자기 반짝반짝 빛을 발하며 광기를 담았다.

[흐음.]

책상에 팔을 괴고 턱을 문지르던 바니는 입가에 보일 듯 말 듯 한 미소를 지었다. 겁먹은 눈동자를 하고서는 자신을 끝까지 쳐다보던 것이 마음에 들었다. 시선을 피하지 않고 꿋꿋하게 서 있는 것도 의외였다.

[내일 가서 데려와.]

[네?]

바니의 지시에 워킨스가 눈을 끔뻑였다. 지금 저택에는 흠잡을 데가 없는 정원사가 고용되어 있었다. 그러니 굳이 정원사가 둘일 필요는 없지 않은가 말이다.

[아, 그리고 지금 있는 정원사는 잘라.]

워킨스는 속을 들킨 것 같아 뜨끔했다.

[그러면 그 정원사를 고용하는 겁니까?]

[아, 생각해 보니 정원사를 자를 필요는 없을 것 같아.]

[네?]

기존의 정원사를 자르라고 했다가 또 그럴 필요가 없다며 금방 말을 바꾸는 바니를 보며 워킨스는 그의 광기 스위치가 눌러졌음을 알아챘다. 즉, 정원을 더 예쁘게 꾸미고 싶어 바니가 그녀를 찾는 것이 아니라는 말이었다. 그녀를 향한 바니의 마음은 도를 넘어선 것 같았다. 잘 알지도 못하면서 저리 안달하는 건 광기가 아니고는 설명이 부족했다.

[어떤 변명도 들어주지 말고 바로 내 앞에 데려와.]

[네.]

바니의 지시에 워킨스가 짧게 고개를 숙이고는 방을 나섰다.

탁.

문이 닫히자 바니의 입꼬리가 한껏 올라갔다. 기대감으로 심장이 두근거리며 내일이 빨리 오기를 기다렸다.

[이름이 뭐지?]

고개를 기울이던 바니는 눈을 게슴츠레하게 떴다. 그녀에 관해 하나도 모르고 있다는 것을 깨닫자 조급증이 일었다.

[눈동자 색은 갈색이었던 것 같은데……. 목소리를 들은 기억이 나지 않네.]

그녀에 관해 더 깊이 알고 싶은 욕구가 치솟자 바니의 몸에서 열이 났다.

[흐으음.]

의자 등받이에 깊게 기대며 바니는 한숨을 길게 내쉬었다. 기억 속에서만 존재하는 그녀를 한시라도 빨리 눈앞에 두고 싶었다. 실체를 확인하고 만지고 냄새를 맡고 싶어 손이 근질거렸다.

[신음 소리가 예쁠까?]

혼자 피식 웃은 바니는 고개를 돌려 하늘을 쳐다봤다. 곧 어둠이 내려앉을 시간이었다. 어둠이 온다는 것은 아침이 다가온다는 증명이었고, 그 아침을 맞은 자신은 드디어 그녀를 손에 넣을 수 있다는 소리였다.

[침대에서 함께 아침 해를 보는 것도 나쁘지 않겠네.]

바니는 비열한 웃음을 지으며 자리에서 일어났다. 그러곤 인터폰을 눌렀다.

[부르셨습니까?]

저택을 청소하는 메이드가 금방 나타나 인사를 올렸다. 바니는 그런 메이드를 보다 가까이 다가오라는 의미로 손가락을 까딱거렸다. 메이드 실장이 군소리 없이 다가와 공손하게 손을 모았다.

[손님방을 치워 놓고 옷도 좀 준비해 둬.]

[네? 옷이라면 어떤 것을…….]

[여자들이 입는 모든 옷.]

바니가 카드를 꺼내 주자 메이드 실장은 떨떠름한 얼굴로 받아 쥐었다. 여자와 하룻밤을 보내고 갈아치운 적이 한두 번이 아니니 그러려니 하지만, 옷을 준비하라는 말에는 의아함이 들었다. 도대체 얼마나 머물다 가기에 옷을 준비하는 것이며 누군데 빈 몸으로 들어온단 말인지.

그리고 더 이상한 것은 여자한테 열을 올리는 바니의 태도였다. 한 번도 먼저 몸 달아서 설친 적이 없었는데 말이다.

탁.

서재 문을 닫은 메이드 실장은 고개를 저으며 혼잣말을 중얼거렸다.

[여자가 불쌍하네.]

제 알 바가 아니었지만 이 저택에서 오래 일했던 고용인으로서의 촉이 발동했다.

"뭘 한다고?"

나현은 자신이 잘못 들었나 싶어 큰 눈을 두어 번 깜빡였다.

"데이트."

씨익 웃던 루카의 말에 나현은 저도 모르게 환한 미소를 지었다. 여기로 온 이후 제대로 된 외출을 한 적이 없었다. 크로마와 한 번, 유렘과 한 번 나갔던 것이 다였다. 그런데 루카가 데이트라며 외출을 하자고 하니 기대감이 상승했다.

"밤에는 쌀쌀하니 외투 챙겨."

"응."

무심한 듯 툭 내뱉는 루카의 말에 다정함이 숨어 있는 것 같았다.

"어디로 가?"

나현은 기분 좋은 얼굴로 외투를 걸치며 물었다. 루카와 단둘이 외출하는 건 처음이었다. 크로마와 같이 나갔던 그때 홀로 남게 되어 같이 들어왔을 때 빼고는 말이다. 그건 사실 데이트도 뭐도 아니었으니까.

"바다 보러 갈까."

"바다? 응, 좋아!"

현관문을 밀며 루카가 고개를 끄덕이자 나현은 흔쾌히 대답했다.

"타."

루카가 오프로드를 달릴 때나 탈 법한 커다란 지프차의 조수석 문을 열고는 고개를 까딱였다.

"높다……!"

나현은 치마를 살짝 잡아 올리며 사이드 스텝에 발을 올리다 화들짝 놀랐다. 허리를 받쳐 주는 루카의 손길에 나현의 볼이 붉어졌다.

"안전벨트."

차 문을 닫기 전 루카가 안전벨트를 매라는 뜻으로 단어만 툭 내뱉고는 문을 닫았다.

"무심한 듯 다정하고, 차가운 듯 배려심 있는……. 참, 종잡을 수 없는 인간이야."

차 앞으로 빙 돌아오는 루카를 보며 나현은 혼자 꿍얼거렸다. 그러다 피식 웃으며 고개를 저었다.

"하긴."

언더 커버로 7년 가까이 모라타 조직에서 버틴 그였다. 그러니 미치지 않은 게 다행이라면 다행이었다. 한순간 무너지는 것이 마음이니 유혹당하지 않고 버틴다는 건 쉬운 일이 아니었다.

"왜 혼자 고개를 젓고 그래?"

"어? 아니, 아무것도."

나현이 멋쩍게 웃자 루카가 싱겁다는 표정을 짓더니 차에 시동을 걸었다.

차가 저택을 벗어나 시내로 가는 길과 반대 길로 접어들어 30분 이상을 달리자 바다가 보이기 시작했다.

"와! 진짜 바다다!"

유렘과는 시내 쪽으로 드라이브를 갔기에 바다가 근처에 있다는 것을 몰랐다. 그렇게 바다를 바라보며 5분 정도를 더 달리자 해안선이 나타났다. 그때부터 루카가 속도를 줄이고 천천히 달리다 한적한 곳에 차를 세웠다.

탁.

루카가 차에서 내리자 나현도 얼른 차 문을 열고 내리려다 사이드 스텝 위에 섰다. 석양이 지는 바다는 한없이 아름다웠다.

"아름……답다."

아름답다는 말 이외에는 떠오르는 적당한 표현이 없다 생각했다. 저택에만 있었기에 지금의 풍경이 더 아름다운 것인지도 모를 일이었다.

"어······!"

차의 사이드 스텝 위에 그대로 서 있었더니 루카가 다가와 나현을 안아서 내려 주었다. 심장 박동이 빨라진 나현은 붉어진 뺨을 손등으로 감추듯 쓰윽 문질렀다.

"고마워."

그에게 안겨 땅으로 내려온 나현은 멋쩍은 얼굴로 인사를 건넸다. 그러자 루카가 어깨를 으쓱하고는 대수롭지 않다는 듯 대꾸했다.

"고맙긴. 사이드 스텝 부서질까 봐."

"뭐······? 루카!"

나현이 뒤늦게 바락 소리를 지르며 앞서가는 루카를 따라잡자 그의 웃음소리가 퍼져 나갔다.

"분위기 좋았는데 놀리기나 하고!"

나현은 씩씩거리며 루카의 등을 째려보다 화난 코뿔소처럼 성큼성큼 걸었다. 데이트하자는 말에 속절없이 두근거렸던 자신이 바보 같았다.

"아앗!"

씩씩거리며 앞을 제대로 살피지 않고 걷던 나현은 멈춰 선 루카에게 그대로 머리를 박았다.

"왜! 길을 막고······."

또 버럭 하려던 나현은 자신을 품에 안고 가만히 내려다보는 루카 때문에 말을 멈췄다.

〈내가 말했었지.〉

"뭘?"

루카가 입술만 움직이자 나현은 눈을 게슴츠레하게 뜨며 불량한 표정을 지었다.

〈기억 안 나?〉

"뭐를!"

나현은 욱하는 마음에 빽 소리를 질렀다. 그러자 루카가 혀를 차더니 왜 모르냐는 얼굴로 고개를 절레절레 저었다.

〈내가 그 성질 좀 죽이라고 했잖아.〉

"뭐? 야! 이거 안 놔?"

나현은 얄밉게 구는 루카를 한 대 때려야 직성이 풀릴 것 같아 주먹을 쥐었는데 그에게 잡혀 뜻을 이루지 못했다.

"얌전히 있어. 여기서 안아 버리기 전에."

루카가 정색하며 경고하듯 말하자 나현은 움찔 놀랐다. 그가 마음만 먹으면 여기서 자신을 분명 안고도 남을 것임을 알고 있었다. 사격장에서 기어이 자신을 안은 그였지 않은가.

"미쳤……."

미쳤냐고 말하려던 나현은 루카가 고개를 숙이자 뒤로 몸을 확 뺐다. 그러고는 주위를 휙 둘러봤다. 개미 새끼 한 마리 안 지나가는 해변가라는 걸 그제야 깨달았던 것이다.

"내, 내가 뭘 했다고."

나현은 얼른 태도를 바꿔 배시시 웃으며 루카와 거리를 두려 했다. 그러자 루카가 갑자기 쿡쿡거리며 웃기 시작했다.

"루카!"

루카가 배를 잡고 웃기 시작하자 나현은 속았다는 표정으로 바락 소리를 질렀지만 이미 지나간 일이었다.

"커피 마실래?"

루카의 물음에 나현은 다시 주위를 둘러봤다. 역시 아무것도 없는 해변가였다.

"커피 파는 곳이 어딨어? 그리고 여기는 사람들이 왜 한 명도 없어?"

"여기는 사유지니까."

"어? 누구?"

해변가를 사유할 수 있는 이가 누구인가 싶었다. 나라마다 법이 달라 가능한 일일 수도 있지만 그런 대부호의 사유지에 이리 들어와 있어도 되나 싶었다.

"카벤스 칼라르누."

"아……."

나현은 그제야 알겠다는 얼굴로 고개를 끄덕였다.

"여기 커피."

나현은 루카가 건네주는 잔을 받고는 커피 향을 맡았다. 해변가의 눅눅한 공기와 커피 향의 산뜻함이 대비되어 좋았다.

"다정한 남자네."

"왜. 커피 때문에?"

"응."

나현이 주차장과 해변으로 내려가는 턱에 자리를 잡고 앉자 루카도 옆에 앉았다.

"크로마가 준비해 준 거야."

"뭐, 크로마가?"

나현은 눈썹을 일그러트리다 생각났다는 듯 차를 한 번 돌아보고는 물었다.

"저 차는 누구 거야?"

"란토."

"풋."

나현은 어이가 없어 그만 웃음을 터트렸다. 둘만의 데이트인데 다들 신경을 쓰고 관심을 가져 주고 있었다. 마치 자식의 첫 데이트가 성공하기를 바라는 부모처럼 말이다.

"독화는 누구한테 배웠어?"

"……엄마."

루카가 말없이 커피를 마시자 나현의 눈이 가늘어졌다. 크로마가 해킹을 해 자신의 신상을 다들 알고 있을 터였다.

"내 신상 털었잖아."

"그랬지."

루카가 살짝 계면쩍은 웃음을 짓자 나현은 어깨를 으쓱하고는 커피를 마셨다.

"독화를 배울 때 너무 힘들어서 그만두려 했어."

나현은 마시던 커피를 옆에 내려놓고는 무릎을 세우고 팔로 감싸 안았다.

"그러다 학교에서 애들이 자기들끼리 하는 말을 우연히 읽게 된 거야. 너무 신기했는데…… 한편으로는 너무 슬펐어."

"왜."

나현은 씁쓸한 얼굴로 바다를 보다 고개를 저었다. 영국에서 자신을 두고 애들이 하는 말은 거의 대부분이 안 좋은 말이었다. 자기 나라로 돌아가지 여기 왜 있는 거야, 쟤는 이상하게 생겼어, 쟤하고는 놀고 싶지 않아, 성적이 좋은 것도 컨닝을 해서 그럴 거야.

그런 비난의 말들이었다.

그래서 한국으로 왔을 때 부모님을 따라 영국으로 돌아가지 않고 한국에서 학교를 마치고 직장을 가졌다. 성인이 되었을 때는 심한 욕까진 듣지 못했지만 그렇다고 완전히 사라진 것은 아니었다. 단지 언어가 달라지고 에둘러 표현을 할 뿐 상황은 여전했다. 그래도 한국에서는 호의적인 사람들이 더 많았다.

"나현."

"으응?"

〈친구들이 욕을 해서 슬펐어?〉

루카의 입술을 읽은 나현은 눈을 질끈 감아 버렸다. 루카의 손길이 머리를 쓰다듬는 것을 알면서도 나현은 그를 외면하고 있었다.

"어려서 그랬을 거야."

"……"

나현은 루카가 너무 정곡을 찔러서 대답할 수 없었다. 그때는 아이들 사이에서 비난의 대상이 된다는 것이 죽을 만큼 힘들었다. 내가 뭘 잘못했다고 이러냐고 따지고 싶은 순간들이 많았다. 하지만 자신이 독화를 할 줄 안다는 것을 알면 더 멀리할 것 같아 내색하지 않았다.

"네가 독화를 하면……."

루카의 말에 겨우 고개를 든 나현은 눈물이 그렁그렁한 채였다.

"네 눈길이 내 입술에 닿아 있어서……."

루카가 뒷말을 하지 않고 가만히 쳐다보자 나현의 고개가 비스듬히 기울어졌다. 어서 뒷말을 이어 보라는 얼굴로 쳐다보자 루카의 입술이 느릿하게 움직였다.

"떨려."

"……!"

떨린다는 루카의 말이 마치 사랑 고백처럼 들려 나현의 심장이 울컥 피를 뿜으며 격렬하게 반응했다.

"입술 하면 뭐가 떠올라?"

루카의 질문에 나현은 고개를 갸웃했다. 이제껏 자신은 상대의 눈보다는 입술을 더 많이 쳐다보는 습관이 있었다.

"……독화."

나현이 대답하자 루카가 그럴 줄 알았다는 듯 입꼬리에 반원을 그렸다. 입가에 미소를 지은 루카가 나현이 앉은 자리 옆에 팔을 짚더니 몸을 기울여 왔다.

"네가 내 입술을 읽으려 쳐다볼 때 난 네 입술을 봐."

루카가 얼굴을 가까이하며 눈을 깊이 들여다보자 나현은 숨을 죽였다.

"네 입술을 보면서 내 거를 삼키고 핥고 빨아 대는 상상을 하지."

"루카!"

놀란 나현이 소리를 지르자 루카가 눈을 가늘게 뜨고 고개를 삐딱하게 기울였다. 나현은 그런 그를 한껏 째려보다 토라진 표정을 지었다.

"야한 생각만 하는 그 뇌 좀 어떻게 해!"

"어떻게?"

루카가 사뭇 진지한 얼굴로 쳐다보자 나현은 마른침을 삼켰다.

"네 입술이 나를 핥을 때…… 혼이 나가는 것 같은데."

뒤로 슬쩍 어깨를 빼던 나현은 루카의 다른 손에 잡혀 몸이 그에게로 기울었다.

"도톰하고 윤이 나는 네 입술을 매 순간 삼키고 싶어 늘 안달이 나거든."

"치이."

나현은 장난처럼 넘기려 했는데 루카는 미동도 않고 눈을 마주했다. 루카의 눈에 온전히 담긴 제 모습을 보며 나현은 저도 모르게 긴장으로 타들어 가는 입술을 핥았다.

"넌 입술을 보며 독화를 생각하지만 난 네 입술을 깨물며 혀를 삼킬 생각만 해."

"루카…… 하아."

그의 입술이 뺨에 닿자 나현은 짙은 신음을 내뱉었다. 뺨에 뽀뽀를 하던 루카가 귓속말을 하듯 나지막이 중얼거렸다.

"난 입술 하면 너와의 키스가 생각나."

"……훗!"

덮치듯이 입술을 붙이는 루카였다. 살짝 벌어진 입술 사이로 루카의 입술이 맞물리며 숨결이 섞여 들었다. 부드럽고 느릿하게 움직이던 둘의 키스가 석양이 짙어질수록 깊고 진하게 바뀌었다.

21화
도박

"하웃, 루카…… 아앙."

나현은 계속 파고드는 루카를 더 견디지 못하고 허리를 비틀었다. 골반을 틀어쥔 루카의 손은 그것을 용납하지 않고 더 바짝 몸을 끌어당겼다. 나현은 그의 목에 팔을 두르며 흔들림을 감수해야 했다. 마치 오늘이 마지막이라도 되는 듯 루카는 쉬지 않고 나현을 파고들었다.

"아앙."

유륜까지 덥석 문 루카는 유두를 혀로 이리저리 밀다 쭉쭉 빨아 댔다. 아릿한 통증이 젖꼭지를 타고 온몸으로 퍼지는 기분이었다. 젖꼭지 양쪽을 마음껏 핥은 루카는 만족한 얼굴로 입꼬리를 올렸다. 나현은 이에 질세라 루카의 귓불을 깨물고 핥다가 진하게 빨았다.

"윽, 나현아."

"……!"

그가 처음으로 '나현아'라고 불러 그녀의 심장이 격하게 뛰었다. 루카가 평소 부르던 스타일과 달라서 그런지 더 친근하고 농밀하게 느껴져 가슴이 두근거렸다. 나현은 고개를 돌려 그의 입술을 핥고 혀를 넣어 그의 입안을 빨았다. 입술과 혀가 맞붙어 내는 질척거리는 소리가 차 안을 가득 메웠다.

조수석은 뒤로 한껏 넘어가 있고 둘은 그 위에서 야하게 얽혀 있었다.

"왜 시엔나라고 부르는지 알겠다."

뜬금없는 말에 나현이 눈을 멀뚱하게 뜨자 루카가 가만히 입꼬리를 말아 올렸다.

"노을빛 때문에 네 머리칼이 타오르는 태양처럼 보여."

"아, 시엔나는 이탈이라어로 적주황을 뜻해."

알겠다는 듯 눈웃음을 지은 루카가 그녀를 바짝 안더니 허리를 크게 튕겼다.

"아흑."

퍽, 하고 뚫리는 것처럼 존재감을 확 드러내는 루카의 남성에 나현은 앓는 소리를 냈다. 뚜렷한 자극을 안고 질벽을 끊임없이 긁어 대는 움직임에 나현은 숨을 헐떡이며 루카에게서 떨어지지 않으려 몸을 붙었다. 나현을 꽉 안고 있던 루카가 그녀를 차 시트 위로 내려 주더니 엉덩이 밑을 받쳐 들었다.

"아아, 아앙, 흐윽."

엉덩이를 받친 루카가 빠르게 드나들자 나현은 몸부림을 치고 싶을 만큼 강한 흥분에 내몰렸다. 먹어도 먹어도 만족을 못 하는 맹수의 눈빛으로 자신을 강하게 파고들며 안는 루카였다.

단단한 복근 위로 땀이 주르륵 흘러내리자 나현은 만지고 싶었다. 그런데 그것을 만질 여유가 없을 만큼 루카가 박아 대서 나현의 한 손은 차창을, 한 손은 차 시트를 짚으며 버티고 있었다. 그러지 않으면 그에게 부딪쳐 부서지는 석양의 붉은빛처럼 루카에게 끌려가 흔적도 없이 타 버릴 것만 같았다.

"아앙, 앙, 하으읏."

"으윽."

루카가 남성을 꽉 끼우듯 몸을 붙이더니 고개를 뒤로 젖혔다. 따스한 기운이 서로 맞물린 아래에서 몽글몽글 피어나자 이내 그의 움직임이 멈춰졌다.

"하아, 루카……."

사랑스러운 손길로 나현의 뺨을 만지는 루카의 눈빛이 욕망에 물들어 농후해져 있었다. 나현은 숨을 몰아쉬다가 그에게 두 손을 뻗었다. 그러자 루카가 손바닥에 입을 맞추고는 나현을 품에 꼭 안으며 중얼거렸다.

"시엔나……."

태풍같이 휘몰아치던 시간이 지나고 고요가 찾아든 것처럼 차 안에는 두 사람의 숨소리만 울렸다.

"루카 이러면 약속이 달라지잖아!"

나현은 곧 바니의 저택으로 간다고 마음을 다지다 다시 난관에 봉착한 느낌이었다. 이미 결정한 일을 두고 루카가 재고의 여지를 두었던 것이다.

"아무리 생각해도 위험해서 안 되겠어."

위험한 걸 모르고 나선 길이 아니었다. 겨우 그를 설득해 허락을 받았다 여겼는데 그가 원점으로 돌아가 있었다.

"크로마 뭐라고 말 좀……."

나현은 답답한 마음에 크로마를 응원군으로 끌어들이려 했는데 그녀가 난처한 얼굴로 고개를 저었다. 그 옆에 앉아 있던 란토도 입을 꾹 다물고 미간만 모으고 있었다.

"루카, 갑자기 마음을 바꾸면……."

오늘 오후에 나현이 정원 일을 한다고 알려 두었으니 바니의 부하가 올지도 모를 일이었다.

"그곳이 어떤 곳인지 넌 제대로 몰라."

나현은 화가 난 얼굴로 입술을 꾹 다물었다. 제대로 알려 주지 않아도 이미 피부로 느끼고 있었다. 겁 없이 나선다고 여길 수도 있지만 충분히 위험하다는 것을 인지하고 있는 참이었다.

절대 위험한 행위를 하지 않을 것이며 처음 각오한 대로 진석의 위치만 파악하고 물러날 생각이었다. 어설프게 굴어 이들을 위험하게 하는 일은 만들지 않을 것이며, 괜한 영웅심에 나서지도 않을 것이라 다짐하고 또 다짐했었다.

“이렇게 미적거릴 여유가 있어?”

자신의 말에 루카가 미간에 금을 긋자 나현은 더 밀어붙이듯 말을 이었다.

“하루하루가 죽을 지경인 사람은 진석 씨야. 우리가 이렇게 실랑이하는 동안 진석 씨는 어떨 거 같아? 지금도 위태로운 순간에 놓여 있을 거라는 생각은 안 해 봤어?”

나현의 말이 가슴을 후벼 판 것인지 몰라도 루카가 곤혹스러운 표정을 짓더니 이내 마른세수를 거칠게 해 댔다.

“루카 원래 계획대로…….”

“크로마, 나 잠깐 나갔다 올 테니 잘 감시하고 있어.”

“루카!”

나현은 자신을 감시하라는 루카의 말에 버럭 화를 냈다.

“이 저택에서 한 발자국도 못 나가게 해. 알았어?”

“…….”

“왜 대답을 안 해?”

“……네.”

우물쭈물하며 서 있던 크로마가 루카의 다그침에 작게 고개를 끄덕이더니 나현의 팔을 슬쩍 잡았다.

“크로마! 이거 놔 봐.”

루카가 거실을 빠져나가자 크로마가 팔을 조금 더 강하게 당기더니 그만두라는 듯 고개를 저었다. 나현은 도와 달라는 눈빛으로 란토를 쳐다봤지만 그도 시선을 피했다. 뒤늦게 들어오던 유렘은 루카에게 붙들려 다시 현관으로 나갔다.

“방으로 가요.”

크로마가 체념하라는 듯 말하며 나현의 팔을 이끌었다.

딱딱딱.

크로마에게 감금 아닌 감금을 당한 나현은 소파에 앉아 소리가 날 정도로 손톱을 이로 깨물었다. 위험해서 못 가게 하는 루카의 마음을 모르는 건 아니지만 쉬운 방법을 두고 왜 어렵게 돌아가려 하느냐 말이다.

나현은 방문을 힘껏 째려봤다. 저 문을 열면 란토나 크로마가 버티고 서 있을 것만 같았다.

"하아……."

나현은 한숨을 푹 내쉬고 두 손에 얼굴을 묻었다. 바니의 저택으로 간다는 생각에 아침부터 진정이 안 됐던 심장이 이제야 겨우 가라앉는 기분이 들었다. 그런데 그것이 마치 위험한 일을 못 하게 된 지금이라 언짢아졌다. 마치 위험한 상황으로부터 멀어지니 안도하는 것 같아서 마음에 걸렸다.

나현은 자신이 이렇게 가만있는 건 비겁하다는 생각이 들었다.

"도박을 걸어 봐?"

나현은 고개를 번쩍 들고 가늘어진 눈으로 다시금 문을 쳐다봤다. 문밖에 그들이 없을 수도 있다. 크로마는 집 안 CCTV를 믿고 자신의 방에 있을 확률이 높았다. 문제는 란토였다. 그는 루카에게 충성하는 우직한 사람이었다.

"일단 부딪쳐 보자."

문을 열어 보고 란토가 버티고 있으면 아닌 척 물러나면 되는 일이었다.

나현은 문을 살며시 열고는 복도를 살폈다.

"어?"

란토가 지키고 있을 것이라 여겼는데 그의 모습은 어디에도 없었다. 나현은 기회의 여신이 자신의 편을 들어 준다고 생각했다. 아니, 진석을 구하고, 루카를 도우려는 간절한 자신의 마음이 통했다 여겼다.

저택을 벗어난 다음에 바니에게 가는 방법을 찾아봐야겠다고 생각한 나현은 복도 끝 계단을 쳐다봤다. 여기는 기본 이동 거리가 만만치 않은 곳이니 무조건 차로 이동해야 했다. 나현은 란토나 크로마의 자동차 키를 슬쩍할 생각에 걸음을 뗐다.

툭!

뒤꿈치를 들고 살금살금 걸어 계단 쪽으로 향하던 나현은 갑자기 나타난 란토의 가슴에 머리를 부딪쳤다.

"아!"

나현은 앞을 막아선 란토의 거대함에 낭패감을 느끼며 입술을 질끈 깨물었다.

커다란 눈동자를 불안하게 이리저리 굴리며 서 있는 모습을 보자 귀엽다는 생각이 들었다. 동양인 특유의 작고 가냘픈 느낌을 가졌지만 얼굴은 서양인처럼 눈매가 깊으며 코는 오뚝하고 입술은 도톰했다. 한마디로 이목구비가 선명했다.

[어서 와.]

[일을 의뢰했다고 해서…….]

듣기에 적당히 좋은 목소리 톤을 내며 그녀의 입술이 움직이자 바니는 환한 미소를 지었다.

[정원을 손질하면 될까요?]

[이름?]

바니는 의자에서 일어나 책상 앞으로 나와 걸터앉으며 두 손을 주머니에 찔러 넣었다. 손을 이렇게 감금하지 않으면 그녀를 멋대로 만질 것 같았다.

뭐, 만져도 될 테지만 처음부터 그러면 그녀가 질색할 것 같은 예감이 들었다. 물론 천하의 바니가 이렇게 조심해 주는 건 얼마 안 갈 테지만.

[시엔나.]

[시엔나? 풀 네임은?]

고집스럽게 입을 꼭 다물고 있는 그녀의 폼으로 보아 말하고 싶지 않은 것 같았다. 바니는 좀 못마땅했지만 이내 언짢음을 거뒀다. 일단 눈앞에 서 있지 않은가, 그녀가.

[혼혈?]

가만히 고개만 끄덕이는 그녀를 보던 바니는 성큼성큼 걸어 나현의 앞에 섰다.

[배가 고픈데 같이 식사할까?]

가까이 서 있으니 그녀의 눈동자가 멈칫하는 것까지 보여 바니의 얼굴에 흡족함이 어렸다.

[워킨스, 식사 준비해.]

[네.]

뒤에 서 있던 워킨스가 서재를 나가자 바니는 팔짱을 꼈다. 하늘색 드레스 셔츠에 발목이 보이는 헐렁한 청바지를 입고 있는 그녀의 모습을 머리에서 부터 훑기 시작했다.

굵은 웨이브가 진 머리칼이 탐스럽게 어깨를 덮으며 가슴까지 내려와 있었다. 화장기 없는 얼굴은 오히려 창백하게 보였다. 커다란 눈을 깜빡일 때 파르르 떨리는 속눈썹은 햇빛을 받아 긴 음영을 만들고 있었다.

제 품에 안겼을 때도 저 속눈썹이 떨릴 걸 상상하자 바니의 입가에 잔인한 미소가 지어졌다. 자신의 여자로 만들 생각을 하니 바니는 괜히 뿌듯해졌다.

[옷을 갈아입어.]

"뭐……? 아!"

순간 튀어나온 한국어에 바니는 고개를 삐뚜름하게 기울였다. 당황한 듯 입술을 질끈 깨무는 그녀를 바니는 빤히 쳐다봤다. 눈이 마주치자 그녀가 시선을 피하지 않고 올곧게 바라봤다. 이내 평정심을 찾은 건지 그녀가 눈을 설핏 찌푸리더니 입을 열었다.

[옷을 왜 갈아입죠?]

바니는 수긍할 수 없다는 듯 말하는 그녀의 뉘앙스에 피식 웃었다.

[난 격식을 갖춰서 식사하고 싶으니까. 그리고 넌 내 초대를 받았으니 옷을 갈아입어.]

[난…….]

바니가 검지를 세워 좌우로 흔들며 토 달지 말라는 눈짓을 하자 그녀가 억지로 입을 다무는 모양새였다.

삐빅.

인터폰을 누르자 곧 메이드 실장이 문을 열고 들어왔다.

[부르셨습니까?]

바니는 메이드는 쳐다보지도 않고 나현을 보며 입술을 달싹였다.

[식사 자리에 어울리는 옷으로 갈아입혀 드려.]

[네. 따라오시죠.]

화가 난 듯 바니를 쳐다보던 나현이 마지못한 걸음으로 메이드를 따라나섰다. 문을 닫기 전 곤혹스러운 표정으로 돌아보는 그녀와 눈이 마주친 바니의 입가에 비릿한 웃음이 흘렀다.

[이걸로 갈아입으세요. 전 나가 있겠습니다.]

탁.

"하아, 이게 도대체……."

나현은 머리칼을 쓸어 넘기며 한숨을 내쉬었다. 이런 상황이 너무 어이가 없어 옷을 들고 가만히 서 있었다. 정원을 손질하는 척하며 지하실 같은 곳을 확인하려고 했는데 예상이 빗나가도 한참을 빗나갔던 것이다.

'불렀을 때 자신의 이름에 반응하지 않는 건 이상하죠.'

가짜 정원사의 신분을 만들다 이름을 정하는 부분에서 다들 의견이 분분했다. 모나현과 시엔나 모와는 전혀 다른 이름을 만들자는 의견을 남자 세 명이 주장했지만, 크로마의 한마디에 다들 입을 닫아 버렸다. 루카도 시엔나라고 쓰는 것을 아주 못마땅해했지만 입을 열지는 않았다.

그렇게 세세한 부분까지 계획을 짰는데 루카가 막판에 판을 뒤집었던 것이다. 하지만 결과적으로는 이곳에 온 나현이었다. 루카의 말을 거역하지 못하는 란토를 설득하는 게 꽤 힘든 일이었음에도 불구하고 말이다.

크로마가 가짜 신분과 가짜 가족들을 만들어 놓는 동안 자신은 원예에 관한 책을 읽었다. 그런데 바니가 정원 일과 상관없이 식사를 하자며 옷을 갈아입으라고 하니 황당하기 그지없었다.

"이러다간 계획이고 뭐고 다 소용이 없겠어."

나현은 초조함을 느끼며 밖을 쳐다봤다. 정원은 잘 다듬어져 있어 자신의 손길 따위는 필요 없어 보였다.

"다른 목적으로 날 찾은 건가."

혼잣말을 중얼거리던 나현의 미간이 심각하게 구겨졌다. 하지만 바니 곁에는 언제나, 늘 여자가 있다고 크로마가 그랬으니 그런 목적으로 부른 건 아닐 것이다.

"뭐야, 도대체!"

마지못한 얼굴로 옷을 집어 들던 나현은 버럭 목소리를 높였다. 가슴 라인이 깊게 파인 드레스를 나현은 소파로 휙 던져 버렸다. 이런 옷을 입으란다고 곱게 입을 생각 따위 없었다.

바니가 헛짓을 하든 말든 자신은 계획을 성공시키고 싶었다. 마지막에 다시 반대를 하기는 했지만, 이곳에 오기 위해 루카를 설득하는 일부터 시작해 들인 노력을 물거품으로 만들 수는 없었다.

탁.

[왜…….]

옷을 갈아입지 않고 그냥 나오자 메이드가 의아한 얼굴로 묻다 피곤하다는 듯 고개를 기울였다.

[옷이 마음에 안 들어요?]

[아뇨. 입고 싶지 않아요.]

나현의 대답이 마음에 안 드는지 메이드가 인상을 굳혔지만 이내 상관없다는 듯 무표정으로 돌아갔다.

[따라오시죠.]

나현은 메이드를 따라 긴 복도를 걸어가며 방들을 유심히 살폈다. 대부분 문이 닫혀 있어 안을 볼 수가 없었다. 딱 한 곳은 메이드들이 청소를 하고 있어 안을 슬쩍 볼 수 있었지만 진석을 가둬 뒀을 것 같지는 않았다.

[저 방은 바니 님 방입니다.]

"……!"

나현은 메이드의 설명에 움찔 놀랐다. 도면을 보고 익힌 바니의 방과 달랐다. 나현은 관심 없다는 듯 이내 고개를 돌렸지만 속에서는 난리가 난 상황이었다.

만일 루카를 비롯한 그들이 알고 있던 정보가 변경된 것이라면, 또는 처음부터 잘못된 정보였다면 바니라는 남자를 쉽게 볼 일이 아니었다.

나현은 방금 자신이 나온 방을 힐끔 돌아봤다. 이럴 줄 알았으면 그 드레스를 입는 것이 나은 선택이었을까. 괜히 거부해서 경계하고 있다는 것을 드러낸 건 아닐까 싶었다.

[여깁니다.]

메이드가 문을 열어 주자 나현은 마른침을 삼켰다.

'뭔가를 먹을 땐 조심해. 특히 물 같은 종류는.'

바니의 저택으로 가기 전 다들 극도로 예민하게 군다고 생각했는데 자신이 좀 안일하게 생각한 부분이 있음을 나현은 인정했다.

[어서…….]

반가운 미소를 짓던 바니가 말을 뚝 끊으며 입을 다물었다. 나현이 옷을 갈아입지 않은 것이 마음에 안 드는지 가늘어진 눈으로 쳐다봤다. 나현은 태연한 척했지만 사실 다리가 떨려 난감했다.

[앉아.]

나현은 식탁 맞은편에 앉아서 지시하듯 손짓하는 바니를 보다 자리에 앉았다.

[옷이 마음에 안 들어?]

바니가 아무렇지 않은 투로 말했지만 목소리에는 못마땅함이 묻어 있었다. 정원 일을 하러 왔는데 갑자기 식사는 뭐고 드레스는 또 뭔지. 진짜 역대급 또라이가 맞나 보다. 나현은 속으로 한숨을 삼키고 입을 열었다.

[이렇게 식사에 초대받을 줄 알았으면 옷을 따로 준비했을 텐데요.]

나현의 대답을 들은 바니의 입꼬리가 올라갔다. 탐색하듯 바라보는 바니의 눈길이 몸에 끈적하게 들러붙는 느낌이었다. 그러다 한순간 돌변해 날카로운 이빨을 드러내며 위협을 가할 것만 같았다.

[그래? 내 생각이 짧았네.]

너무 쉽게 물러서는 바니의 태도에 나현은 의심부터 들었다. 그가 웃고 있다고 안심하면 안 되던 크로마의 말이 맞는 것 같았다.

[어릴 때 부모님이 돌아가셔서 고아원에서 자랐다고?]

"......!"

크로마가 거짓으로 던져 놓은 나현의 신상 명세를 벌써 파악한 것인지 바니가 대수롭지 않게 물어 왔다. 나현은 바니와 같이 있을수록 자신이 얼마나 위험한 일을 자처한 것인지 깨닫고 있었다. 루카가 도저히 안 되겠다며 마음을 바꾼 이유를 공감하는 중이기도 했다.

[힘들었겠네.]

나현이 대답을 않자 바니가 알 만하다는 듯 말했다.

땅땅.

그가 포크로 접시를 두드리자 나현이 보는 정면 즉, 바니의 등 뒤에 있는 문이 열리며 남자가 와인을 들고 들어왔다.

남자가 다가와 와인 잔을 채우는 것을 나현은 가만히 쳐다봤다.

[샤토 가브로 메독.]

바니가 와인 이름을 말하며 잔을 들자 망설이던 나현도 그를 따라 잔을 들었다. 최고급 스테이크에 귀한 와인으로 식사를 즐기는 바니. 방금 맞춘 듯한 양복의 깔끔함과 뒤로 단정하게 넘긴 머리칼로 보아 대충 성격을 짐작할 수 있었다.

자신이 최고라는 자부심으로 뭉쳐진 인간, 모든 사람이 자신의 발아래에 있어야 직성이 풀리는 성격일 것이다.

[마셔 봐.]

바니의 말투는 점점 명령에 가까워져 가고 있었다. 나현은 바니가 먼저 와인을 삼킬 때까지 기다렸다가 따라 마셨다.

[더 마셔.]

딱 한 모금만 마시고 잔을 내려놓자 그가 입맛을 다시며 쳐다봤다. 그 모습에 소름이 끼친 나현은 고개를 저었다.

[일을 해야 하는데 취하고 싶지는…….]

빤히 쳐다보던 바니가 나현의 말에 수긍하는 것인지 느릿하게 고개를 끄덕였다.

[애인은?]

스테이크를 썰며 바니가 무심한 듯 물어 오자 나현은 고개를 들었다. 딱 마주친 바니의 서늘한 눈빛이 나현을 뚫을 듯이 쳐다보고 있었다.

일개 정원사로 일하러 온 자신의 신상을 왜 저리 꼬치꼬치 묻는 것인지 슬슬 기분이 나빠지려 했다. 아니, 기분은 이미 이 저택을 들어서는 순간부터 나빴었다.

[있어?]

바니가 입가에 냉한 미소를 지으며 다시 묻자 나현은 없다는 의미로 고개를 저었다. 저런 인간한테 이런 대답까지 해야 하는 게 짜증 났다.

[잘됐네.]

뭐가 잘됐다는 것인지 몰라 나현은 미간을 살짝 찌푸렸다. 남에게 애인이 있든 말든 제까짓 게 왜 상관이냐고.

[있으면 죽여 버리려고 했거든.]

쨍그랑.

나현은 자신이 들고 있던 나이프가 대리석 바닥으로 곤두박질치는 소리를 들었다. 그리고 다음 순간 바니의 페이스에 말려 의연하게 굴지 못한 자신을 속으로 질책했다.

작은 트럭을 몰고 약속된 장소로 가는 동안 나현은 뒤에 미행이 붙는지 몇 번을 확인했다. 허름한 농장의 창고로 들어간 나현은 차에서 내려 창고 문을 빠르게 닫았다.

"후우."

한숨이 절로 새어 나왔다. 긴장을 한 탓인지 얼굴에서 열도 나는 듯했다.

"나현 님. 고생 많았습니다."

창고 안에서 몸을 숨기고 있던 란토가 모습을 드러내자 나현은 어색하게 웃어 보였다. 그도 무척 초조했던 것인지 얼굴이 굳어 있다 조금 풀리는 모습이었다.

"고생은 무슨요."

나현은 애써 태연한 척했지만 사실 손이 다 떨렸다. 애인이 있었으면 죽여버렸을 거라는 바니의 말이 마치 루카를 죽이겠다는 협박 같아 찜찜했다.

"확인은 해 보셨습니까?"

"네."

저택에서 지하로 내려가는 곳이 세 군데나 있어 모두 확인할 필요가 있었다.

"지하로 가는 입구는 모두 세 곳인데, 출입구만 다르고 같은 곳인지 그건 아직 확인을 못 했어요."

식사를 하는 도중 바니의 부하 워킨스가 들어와 뭔가를 보고하자 바니는 미련 없이 자리에서 일어섰다. 식사를 다 하고 정원 일을 시작하라는 말을 남긴 바니는 워킨스와 저택을 나섰다. 그래서 조금은 자유롭게 저택 주변을 탐색할 수 있었다.

"일단 돌아가시죠."

란토가 창고 입구 반대편에 있는 작은 쪽문을 열자 그 앞에 차가 대기하고 있었다. 조수석에 오른 나현은 시동을 거는 란토를 보다 생각에 잠겼다.

제일 먼저 눈에 띄는 지하 출입구로 내려가 보니 안이 제법 잘 정리되어 있었다. 갖가지 장비들이 정리되어 있어 정말 창고같이 보였다. 하지만 선반이 늘어선 벽 뒤로 문이 하나 더 있었다. 반대편에서 잠근 것인지 열리지가 않았다.

다시 밖으로 나와 저택을 조금 더 돌아 들어가자 우거진 풀에 가려진 입구가 나왔다. 문은 녹이 슬어 엉망이지만 여러 번 열었던 흔적과 누군가가 드나들었던 발자국이 있었다. 하지만 자물쇠가 굳게 잠겨 있어 들어갈 수가 없었다.

"헛!"

끼이익!

란토가 흠칫 놀라며 브레이크를 밟자 앞으로 튕겼다가 제자리로 돌아온 나현도 화들짝 놀랐다. 저택의 입구에 루카의 차가 있었고 그 옆에 그가 벼르듯이 서 있었다.

"아…… 죽었다."

루카가 돌아오기 전에 다녀오면 된다고, 그러면 모를 것이라고 란토를 꼬셨다. 진석이 걱정되지 않느냐고 마음을 살살 자극했었다. 란토는 진석을 지키지 못했다는 죄책감을 갖고 있었기에 나현의 강력한 요구에 못 이기는 척 넘어온 것도 있었을 것이다.

"내가 책임질게요. 란토는 그냥 가만있어요."

나현은 각오를 다진 얼굴로 안전벨트를 꽉 움켜쥐었다. 란토의 차가 느릿느릿 가는데도 무척 빠르게 느껴졌다. 저택 앞에 란토의 차가 다다르자 루카가 성큼성큼 다가왔다.

"뭐 하는 짓이야!"

문을 벌컥 연 루카는 서릿발 같은 호통을 쳤다.

"루카 화내지 말고 내 말을……."

"루카 님, 제가 잘못한……."

"란토는 들어가."

서릿발 같은 루카의 눈빛에 얼었던 란토가 미적거리다 차에서 내렸다. 나현은 부러 루카의 시선을 외면하고 란토가 저택 안으로 들어가는 것을 쳐다봤다. 란토가 들어가고 현관문이 닫히자 나현은 저도 모르게 마른침을 꿀꺽 삼켰다.

"안 내리고 뭐 해?"

루카가 당장 끌어내릴 것처럼 사납게 쳐다보고 있자 나현은 긴장한 손으로 안전벨트를 풀었다. 그런데 이상하게 버튼이 눌려지지 않았다.

"시간 끌지 마."

나현이 부러 시간을 끈다고 여긴 것인지 루카가 손을 쭈욱 뻗어 벨트를 툭 풀었다.

"고마……."

"미쳤지?"

"루카!"

신랄한 비아냥에 나현은 루카를 똑바로 쳐다봤다. 화가 나는 마음도 이해하고 욕을 먹을 각오도 했지만 루카가 이렇게 매정하고 싸늘한 눈으로 쳐다볼 줄은 몰랐다.

"당장 한국으로 돌아갈 수 있……."

"미안해."

나현은 일단 숙이고 들어가는 것이 옳다 여겼다. 그는 바니에게 들킬까 봐 연락도 못 하고, 나현이 어떻게 될까 봐 마음 졸이고 있었을 테니까.

"하지만 그렇게 무작정 화만 내지 말고……."

"샤토 가브로 메독."

"……!"

차에서 내려 그에게 다가서던 나현은 아까 바니와 마셨던 와인 이름을 단번에 맞히는 루카 때문에 놀라 눈을 동그랗게 떴다.

"얼마나 마신 거야?"

"얼, 얼마 안 마셨어."

"그런데 술 냄새가 나?"

사실 바니가 나간 다음에 긴장이 풀리자 갈증이 극대화되었다. 마셔도 이상 증상이 없어 안심하고 와인을 두 잔 정도 더 마셨던 것이다. 아니다, 마지막에 떨림이 가라앉지 않아 한 잔을 더 마셨었다. 그랬더니 떨리던 마음도 진정되고 해서 오히려 괜찮았다고 생각했는데 이렇게 바로 들킬 줄은 몰랐다.

"조심하라고 했는데 와인을 마셔? 게다가 내가 안 된다고 했는데 기어이 란토를 꼬셔 바니의 저택으로 가? 죽고 싶지."

루카가 화를 내면서 기가 찬다는 듯 나무라자 나현은 볼멘소리를 했다.

"어떻게 짠 계획인데. 망칠 수는 없었어. 그리고 조심했어. 바니가 먼저 먹지 않으면 나도 먹을 생각이 없었다고."

"바니하고 뭘 먹어?"

순간 싸늘하다 못해 매서운 바람이 부는 루카였다. 나현은 아차, 하는 표정으로 루카를 보다 그에게 한 발 더 다가섰다.

"화났어?"

"바니와 다정하게 와인을 드셨어?"

비꼬는 루카의 말에 나현은 멈칫했다. 바니의 저택에 간 것보다 같이 뭘 했다는 것에 루카의 눈이 뒤집혔음을 깨달았다. 이 남자 보기와 달리 질투심이 장난 아니구나 싶었다.

"루카, 지금 질투하는 거야?"

"그런 말로 빠져나갈 생각 하지 마."

얼굴빛이 좋지 않은 루카가 단단히 벼르고 있음을 눈치챈 나현은 한숨을 내쉬었다. 그의 말을 안 들은 건 미안하지만 정원사를 찾는데 자꾸 숨는 건 바니에게 의심만 더 심어 주는 거라 여겼다.

"화 풀어. 나 무사히 잘 다녀왔잖아."

그가 대답 없이 내려다보기만 하자 나현은 까치발을 들고 살짝 입을 맞췄다. 그러고는 달래듯 애교 섞인 콧소리를 냈다.

"나한테는 루카뿐인 걸 알잖아."

미간을 구긴 그가 눈을 가늘게 뜨더니 나현을 떼어 놓았다. 의아한 눈으로 루카를 보던 나현이 섭섭한 얼굴로 고개를 기울이자 그의 입술이 소리 없이 천천히 움직였다.

〈양치나 해.〉

"루카!"

루카가 휙 돌아서서 가 버리자 나현은 어이가 없는 얼굴로 그를 불렀다. 하지만 그는 절대 돌아보지 않았다.

"와! 완전 질투쟁이였잖아."

나현은 성큼성큼 걸어가 버리는 루카를 보다 허탈한 얼굴로 고개를 저었다.

[회의 내내 집중을 못 하시는 듯했습니다.]

[……그래.]

바니는 차 시트에 깊게 기대며 눈을 감았다. 긴급회의라는 말에 마지못해 자리에서 일어섰는데 뭔가 안심하는 시엔나의 표정이 마음에 걸렸다.

위이잉.

워킨스의 전화가 진동하자 바니는 눈을 떴다. 어떤 보고가 올라올지 내심 기대가 되었다.

[응? 알았어.]

워킨스가 통화를 끝내더니 룸미러로 뒤를 힐끔거렸다.

[보고해.]

무심한 척 밖을 보던 바니는 고개를 돌려 룸미러로 워킨스를 쳐다봤다.

[정원사는 돌아갔다고 합니다.]

바니는 당연히 그랬을 거라고 예상하면서도 저택에 시엔나가 없다는 생각을 하자 섭섭한 마음이 들었다.

[그런데……]

워킨스가 어렵게 입을 열면서도 뒷말을 잇지 못하자 바니는 고개를 기울였다.

[지하실에 들어갔다고 합니다.]

[지하실에?]

바니의 눈빛이 묘한 흥분에 쌓인 듯 번득이더니 그의 입꼬리가 말려 올라갔다. 평소 저택의 외부 CCTV는 가동을 하지만 저택 내의 CCTV는 몇 군데를 제외하고는 전원을 꺼 둔 상태였다.

[장비를 가지러 들어갔겠지.]

바니는 대수롭지 않게 생각하려 시큰둥하게 대꾸했다. 그런데 워킨스가 고개를 저으며 다시 말을 이었다.

[지하실에서 들고 나온 장비는 없었다 합니다. 그리고 정원은 거들떠도 안 보고 북쪽 지하실 출입구에도 갔다고 합니다.]

바니는 자신의 턱을 가만히 문지르며 눈을 가늘게 떴다. 정원 손질에는 관심이 없고 저택 주변을 뒤지고 다니는 것이 의아했다.

[다음에는 집 안 CCTV 전원도 켜 둬.]

[네, 그렇게 하겠습니다.]

워킨스가 차질 없이 하겠다는 듯 대답하고는 저택 쪽으로 핸들을 꺾었다.

[고아원 출신이라더니…….]

바니는 두 손을 깍지 끼고는 겹쳐 올린 다리 위에 올렸다. 올라온 조사서에는 부모님이 교통사고로 돌아가시고 거둬 줄 친척이 없어 고아원에서 자랐다고 되어 있었다. 그런데 그녀는 교육을 꽤 받은 사람들이 쓰는 고급 언어를 사용했다. 상처 하나 없는 손등과 우아함과 교양이 밴 몸짓은 그녀가 고아원 출신이 아니라고 말하고 있었다.

뭔가 아귀가 맞지 않는 삐걱거림에 바니의 눈이 가늘어졌다.

[거부했어.]

[네?]

혼잣말에 워킨스가 대꾸하자 바니는 고개를 저었다. 옷을 갈아입으라고 했는데 고집을 부린 여자는 시엔나가 처음이었다. 다들 자신에게 잘 보이려 노력하는데 말이다. 언뜻언뜻 딴생각을 하는 것인지 눈동자가 다른 곳을 보고 있을 때는 턱을 확 잡아채고 싶은 기분이었다.

[내일은 몇 시에 오라고 한 거지?]

[10시입니다.]

열어 둔 차창을 통해 불어온 바람이 바니의 머리칼을 흐트렸다. 바니는 흐트러진 머리칼을 천천히 길게 쓸어 넘기며 입가에 냉소를 지었다.

[루카한테 전화해.]

처리할 일이 있어 루카가 해외로 나가 있다고 크로마가 둘러댔지만 바니는 믿지 않았다. 아니, 믿을 수 없었다. 루카가 왜 다쳤는지 알고 있었으니까.

[내일 점심이나 같이하자고.]

바니의 입꼬리에 비릿한 미소가 걸렸다. 루카의 저택에서 시엔나를 만났으니 둘은 분명 아는 사이일 것이다. 같은 자리에서 만났을 때 서로가 어떤 반응을 보일지 궁금해진 바니는 즐거운 표정을 지었다.

[이번 거래에 루카를 보낼 겁니까?]

루카를 부르는 이유를 오해한 듯 워킨스가 다른 질문을 해 왔다.

[아…… . 그럴까?]

바니는 그것도 좋겠다는 얼굴로 고개를 삐딱하게 기울였다. 미국에서 이루어지는 무기 거래가 매번 실패를 거듭하고 있었다. 그런데 가만히 되짚어 생각해 보면 루카가 나간 거래에서는 실패가 없었다. 그래서 그가 더 주목받고 회장을 제외한 늙은이들에게 인정을 받는 것이었다.

[왜 루카만 나가면 거래가 성공하는 거지?]

미국을 제외한 지역에서의 거래는 그날의 운에 따라 달라졌지만 미국은 아니었다. 루카가 없으면 그날 거래에 나간 부하들도 불안해할 정도로 그는 행운의 신으로 여겨졌다.

[칼라르누의 파워 때문이 아닐까요?]

워킨스가 조심스럽게 대답하자 바니의 눈썹이 일그러졌다. 다들 보와츠에서 어둠을 상징하는 이는 재클린 회장이라고 하지만 바니의 생각은 달랐다. 어둠이 없으면 빛이 귀하게 여겨지지 않듯이 둘은 뗄 수 없는 공생의 관계라 여겼다. 보와츠에서 상당한 부로 자선 활동을 하는 칼라르누의 사촌 동생 아들이 모라타에 속해 있는 것만 봐도 공생은 증명이 되지 않았느냐 말이다.

[루카가 머무는 저택의 소유자가 누구였지?]

[보잘것없는 회사 소유였습니다.]

[아, 그랬지.]

바니는 중얼거리듯 대답하고는 시선을 돌렸다. 자신의 저택이 보이기 시작하자 바니의 한쪽 입꼬리가 비틀어졌다. 시엔나가 저택에 머물다가 갔다는 생각만으로도 가슴이 두근거리기 시작했다.

[모를 일이군.]

바니는 고개를 저으며 생소한 반응을 보이는 자신을 다독였지만 심장은 더 세차게 뛸 뿐이었다.

"루카, 왜 그래요?"

저녁을 먹는데 루카의 휴대폰이 울렸다. 걸려 온 전화를 받지 않고 내려다보기만 하던 루카가 마지못해 통화 버튼을 누르자 다들 침묵을 지켰다. 그런데 통화를 끝낸 루카가 굳어진 얼굴로 마른세수를 하자 크로마가 조심스럽게 물었다.

"꼬이는군."

루카가 짜증 난다는 듯 혼잣말을 하더니 다시 입을 열었다.

"내일 나현이 바니의 저택에 몇 시에 가지?"

루카가 쳐다보며 묻자 나현은 뭔가 일이 생겼음을 눈치챘다.

"10시입니다."

나현은 자신을 대신해 간결하게 대답하는 란토를 쳐다봤다. 루카가 다시는 안 보내 줄 것이라 여겼는데 그럴 상황이 아닌 듯했다.

"뭔데요?"

크로마가 끼어들며 심각한 표정을 짓자 나현은 일이 어그러졌나 생각했다.

"바니가 루카를 저택으로 불렀어요?"

크로마가 초조한 얼굴로 묻자 루카가 아무 일 아니라는 듯 싱긋 웃어 보이며 달랬다.

"할 일이 있다고 부르는 거야. 걱정하지 마."

"하지만 바니는 루카가 다쳤다는 것을 말도 안 했는데 이미 알고 있었어요."

크로마가 불안한 얼굴로 목소리를 높이자 나현도 마찬가지로 불안이 엄습했다. 바니는 정말 쉬운 사람이 아니었다. 그 미소 뒤에 감춘 것이 무엇인지 실체를 드러내면 엄청날 것 같았다.

"루카 님, 위험하다."

유렘이 크로마의 말에 동조하며 나오자 분위기가 가라앉았다.

"가지 마. 바니가 아니라 재클린 회장이 불러도 가지 마요."

크로마가 꽤 단호하게 나오자 루카가 고개를 저었다.

"애처럼 굴지 마."

"루카!"

나무라는 루카의 말에 크로마가 버럭 소리를 질렀다. 그러자 루카가 한숨을 길게 내쉬더니 자리에서 일어섰다.

"분명 또 함정일 거야!"

"지금 발을 **빼면** 모든 게 다 헛수고가 되는데, 크로마 이성적으로 굴어!"

루카의 언성이 같이 높아지자 찬물을 끼얹은 듯 다들 조용해졌다.

"하……. 후우."

루카가 이마를 문지르다 크로마를 보며 다시 달래듯 말했다.

"조심할게. 일단 다들 식사부터 마저 해."

"루……."

루카가 크로마의 어깨를 한 번 다독이고는 다이닝 룸을 나서자 다들 식사를 이어 가지 못했다. 루카가 다친 이후로 모두 그 일에 관해선 말을 아꼈지만 속으로는 다들 초긴장 상태였다. 더불어 입맛도 사라진 듯했다.

"윰, 술 마시고 싶다. 나현, 술 마시자."

나현은 유렘의 말에 고개를 끄덕였다. 이런 초긴장 상태를 술로 좀 다스려야 할 것 같았다. 이대로 있다가는 터져 버릴 것만 같은 분위기라 잠시라도 현실을 망각하고 싶었다.

"아, 속 쓰려."

나현은 꽃을 심고 흙을 손으로 꾹꾹 누르고는 속이 거북해 인상을 쓰며 일어섰다.

유렘과 란토, 크로마와 함께 저택에 있는 와인을 다 비웠다고 해도 될 정도로 마셨더니 머리가 다 지끈거렸다. 정신을 바짝 차리고 있어야 할 판국에 술을 마셔 해롱거린다며 루카에게 혹독하게 야단을 맞았다.

속상한 마음은 왜 몰라주고 야단만 치냐고 대들려다가 그의 속도 말이 아니라는 것을 알기에 그냥 묵묵히 야단을 맞았었다.

[그건 어느 나라 언어야?]

"······!"

제자리에서 펄쩍 뛸 정도로 화들짝 놀란 나현은 눈을 질끈 감았다. 아무도 없다 생각해 중얼거린 말인데 누가 듣고 있었을 줄이야. 그것도 바니가 말이다.

[그게······.]

나현은 천천히 돌아보며 궁색한 변명거리를 찾았다. 입가에 미소를 지은 바니가 오히려 무섭게 느껴졌다.

[같은 고아원에 있던 아이가 쓰던······.]

[아, 그래서 어느 나라 말이라고?]

바니는 설명 따위는 필요 없다는 듯 나현의 말을 툭 잘라 버렸다. 나현은 마른침을 넘기고는 입을 열었다.

[한국.]

[한국? 그런 나라도 있어?]

그런 나라가 있다, 어쩔래.

나현은 못마땅한 기색이 일었지만 이내 가만히 있었다. 바니에게 자신의 감정 상태를 다 드러내는 건 옳지 않은 행동이었다.

[바니 님. 루카가 도착했습니다.]

워킨스가 다가와 보고하자 나현은 주먹을 가만히 말아 쥐었다.

[알았어. 아! 같이 식사해.]

돌아서려던 바니가 식사 자리를 제안하자 나현은 흠칫하며 숨을 죽였다.

'점심을 같이 먹자고 할지도 몰라. 그러면 거절해. 바니는 두 번 안 권하니까.'

루카의 말이 기억난 나현은 주먹을 꽉 말아 쥐었다. 적당한 변명거리가 떠오르지 않자 나현은 가장 흔한 답을 내놓는 것이 좋겠다 여겼다. 자신이 그 자리에 갈 처지가 아니라고 말하면 왠지 바니가 이해할 거라는 생각이 들었다.

[제가 갈 자리가 아닌 듯한데.]

[아, 소개해 주고 싶은 사람이라서 그러는데…… 아쉽네.]

루카의 예상대로 바니가 아쉽다는 말을 하고는 더 권하지 않아 나현은 다행이라고 생각했다.

[오후에 바로 떠날 수 있도록 준비해 두었습니다.]

워킨스와 바니가 저택을 향해 걸어가자 나현은 참았던 숨을 겨우 내뱉었다. 비밀 요원들은 도대체 얼마나 간이 클까, 싶었다. 자신은 조마조마한 마음에 식은땀이 날 정도인데 그들은 어떻게 이런 일을 아무렇지 않게 하는 것일까.

"슬슬 움직여 볼까."

나현은 그들이 식사하는 동안 못 가 본 지하실을 찾아갈 생각이었다. 그래서 멀어지는 그들을 계속 주시하고 있었다.

〈일이 끝나면 루카를 죽여.〉

"흡!"

나현은 뒤를 슬쩍 돌아보던 바니가 중얼거리는 입술을 읽고는 흠칫 몸이 굳었다.

22화
위기

"아닐…… 거야. 내가 잘못 읽은 걸 거야."

나현은 믿기지가 않아 커다래진 눈으로 워킨스를 쳐다봤다. 혹시 그의 대답은 다른 것을 말하지 않을까, 하는 생각에서였다.

"아, 안 돼."

하지만 나현의 바람과 달리 워킨스는 돌아보지 않았다. 그래서 입술을 읽을 수가 없었던 나현은 그 자리에 털썩 주저앉고 말았다. 다들 고개를 젓는 또라이 바나라면 그를 죽이고도 남을 것이라는 생각에 나현은 어깨를 오들오들 떨었다.

'사람 죽여 본 적도 없으면서 뭘 하겠다고?'

힐난을 퍼붓던 루카의 말이 벌의 날갯짓 소리처럼 귓가에 윙윙거리며 날아다녔다. 그가 짜증에 화까지 내면서 말린 이유가 분명했지만 하겠다고 고집을 피운 건 자신이었다.

그러니 이제 와 무섭다고 도망쳐 모두의 노력이 물거품 되게 할 수는 없었다.

"……해 보자."

나현은 벌떡 일어나며 주먹을 불끈 쥐었다. 하나를 망쳤다고 그 이후의 일을 다 망칠 수는 없었다. 일단은 진석을 찾고 그다음 루카에게 바니가 한 말을 전해 줘도 될 것이라 여겼다. 바니의 지시를 알게 된다면 루카는 대비할 것이 분명했다. 그동안 보아 온 루카라면 위기를 잘 넘길 것이라는 믿음이 있었다.

나현은 란토에게 부탁해 챙겨 두었던 열쇠 절단기를 수레에서 꺼내 들고 이리저리 살피며 북쪽 지하실 출입구로 향했다. 저택 내부를 지키는 이들은 간혹 보였지만 외부를 지키는 이들은 거의 보이지 않았다. CCTV는 어제처럼 저택이 아닌 외부 방향을 향해 있어 문제 될 것은 없어 보였다.

"자신 있다는 건가."

나현은 어제도 지키는 이가 보이지 않아 좀 의아했었다. 만일 이곳에 진석이 없기 때문에 보초 서는 이가 없는 것이라면 어찌해야 하는 걸까. 나현은 미간을 잔뜩 구기고는 북쪽 지하 출입문을 쳐다봤다. 자물쇠가 절단되어 있는 것을 이들이 알기 전에 진석의 위치를 파악하고 빠져나가야 했다.

따닥!

자물쇠를 끊은 나현은 조심스럽게 문손잡이를 당겼다.

끼이잉.

나현은 소리를 내며 열리는 무거운 철문을 지나 절단기를 방패 삼아 한 발을 내디뎠다. 긴장한 나현의 이마에 식은땀이 절로 맺혔다.

"읍."

퀴퀴하며 습한 공기가 덮쳐 오자 나현은 얼른 손등으로 입을 막으며 인상을 구겼다. 어두웠지만 복도 높은 곳에 난 작은 창을 통해 빛이 새어 들어오고 있었다. 아쉬운 대로 앞을 분간할 수는 있었다.

"어두워."

하지만 안으로 더 깊이 들어가자 햇빛이 차단되어 잘 보이지 않았다. 게다가 길을 몰라 더디게 나아가고 있었다. 도면을 봤다지만 그것을 현장에 적용하는 것이 그리 쉬운 일은 아니었다. 또 도면과 다르게 개조된 지하일 수도 있어 나현은 극도로 조심하고 있었다.

철퍽.

"아……! 물인가?"

고르지 않은 바닥에 고인 물을 못 보고 밟은 나현은 신발을 얼른 털었다. 괜한 발자국을 남겨 좋을 것이 없다는 판단에서 나온 행동이었다.

"아, 안 보여."

전기 스위치가 어디 있는지 알지 못하지만 안다고 켤 상황도 아니었다. 잠시 호흡을 고르며 눈을 감고 서 있던 나현은 천천히 눈을 떴다. 어둠에 눈이 익숙해지자 앞이 훨씬 더 잘 보였다.

"……!"

그런데 까만 벽과 벽 사이의 공간에 희미한 실루엣이 있는 것 같아 나현은 흠칫 놀랐다. 눈을 두어 번 깜빡여 그 실루엣이 무엇인지 더 정확히 보려 애를 썼다.

"사람이 맞나?"

나현은 혼잣말을 하며 가만히 지켜봤다.

"으……."

희미한 신음 소리가 들려오자 나현은 직감적으로 그가 진석일 거라 생각했다. 반가운 마음이 들어 앞으로 나아가려는 그때, 기괴한 쇳소리가 났다.

"……!"

끼이익. 철컥.

어디선가 철문이 열리는 소리에 흠칫 놀란 나현은 뒤로 두어 걸음 물러나며 벽에 몸을 붙였다.

[그냥 죽이면 되는데 바니 님은 왜 아직도 살려 두는 거야.]

불만 가득한 목소리가 날아들자 나현은 눈살을 찌푸렸다. 이들은 사람의 목숨을 아주 우습게 여기고 있었다.

[다 필요한 데가 있으니 그러는 거겠지.]

두 사람의 목소리가 울리는 것으로 보아 천장이 높은 듯했다. 나현은 눈을 찡그리며 위를 살폈다. 지하실 구조가 어떻게 되어 있는지 몰라 제대로 몸을 숨기고 있는 것인지 아닌지 알 수가 없었다.

탁.

"윽!"

갑자기 전등이 켜지자 눈이 부신 나현은 고개를 돌리며 손을 들어 빛을 가렸다.

[야! 먹어.]

철커덕하는 소리가 나고 누군가가 음식을 입으로 욱여넣는 소리가 났다.

[잘 처먹네.]

[그렇게 안 죽으려고 용써 봐야 다 헛수고야.]

나현은 소리만으로 상황을 짐작하며 가만히 서 있다가 반대쪽을 돌아봤다. 자신이 들어온 길이 불빛에 희미하게 드러났다.

저들이 나현과 맞닥트리지 않은 것으로 보아 내려온 길은 다른 곳인 듯했다.

'집 안에 출입구가 또 있나?'

미처 확인하지 못한 다른 출입구거나 저택 내부를 통해 들어오는 출입구일 수도 있었다. 눈을 가늘게 뜨던 나현은 조심스럽게 고개를 내밀어 그들을 살폈다.

"……!"

그런데 고개를 내미는 순간 쇠사슬에 묶인 남자와 눈이 마주친 나현은 헛숨을 삼켰다. 전혀 예상하지 못한 일이라 하마터면 비명을 지를 뻔했다.

하지만 돌아서 있는 덩치 큰 두 사람은 나현과 등지고 있어 들키지는 않았다. 게다가 나현과 눈이 마주친 남자는 시선을 바로 내리며 아무 말도 하지 않았다.

[어?]

[왜 그래?]

[방금 무슨 소리 나지 않았어?]

"……!"

툭. 찰박.

물웅덩이를 구두로 밟는 소리가 나자 나현은 절단기를 손에 꼭 쥐고 몸에 힘을 줬다. 잡히거나 들키면 안 된다는 생각에 나현은 입술을 꼭 깨물었다. 여기서 들키면 안 된다는 생각 뒤로 만일 들키면 남자를 때려눕혀야 한다는 생각이 따라붙었다.

[물! 물 줘!]

[뭐!]

묶여 있던 남자의 말에 나현이 있는 쪽으로 오던 남자가 신경질적으로 휙 돌아섰다.

[이게 먹여 주니까 간이 부었지. 죽지 않을 만큼 주는 것도 안 줘야 정신 차리겠네.]

퍽!

[아악!]

남자의 비명에 나현은 한 손으로 귀를 틀어막았다. 물을 달라고 한 남자는 나현을 구하기 위해 일부러 그런 것이 분명했다.

[이게 대접을 받으려고 그러네?]

퍼벅!

[으윽······.]

다가오는 남자에게 절단기를 있는 힘껏 휘두를 생각이었는데 묶여 있는 남자 덕분에 위기를 모면한 나현이었다.

[죽을 놈을 살려 두었더니 완전 기어오르는데?]

나현은 자신 때문에 남자가 괜히 맞고 있다는 생각이 들어 눈을 질끈 감았다. 떨고 싶지 않은데 몸이 절로 바들바들 떨렸다.

철썩. 짝!

[주제 파악 좀 해!]

[이 새끼야, 적당히 해라. 우리의 인내심을 시험해서 좋을 게 없어.]

묶여 있는 남자의 작은 신음 소리가 지하실을 가득 메우는 것 같았다.

[에잇! 손에 피 묻었잖아.]

남자 한 명이 더러워 죽겠다는 듯 소리를 빽 지르며 짜증을 냈다. 그러자 다른 한 명이 그만 나가자며 저런 놈 때려 봐야 힘만 빠지고 재수 없다며 낄

낄 웃었다.

탁.

전기 스위치를 누르는 소리가 들림과 동시에 다시 어둠이 찾아들었다.

철컹. 끼이익. 탁.

무거운 철문이 닫히는 소리가 나고 밖에서 잠그는 것인지 쇠가 긁히는 소리가 나더니 이내 조용해졌다. 나현은 묶여 있는 남자에게로 빨리 가고 싶었지만 혹시나 하는 생각에 잠시 그대로 서 있었다.

[……누구야?]

"……!"

분명 나현을 향한 질문이었다.

"섣불리 움직이면 우리가 다칩니다. 조금만 더 때를 기다려 주세요……. 이렇게 전해 달라고 했어."

다들 심각한 얼굴이 되어 누구도 쉽사리 말을 꺼내지 않았다. 루카는 벽난로의 타들어 가는 장작만 바라볼 뿐 미동도 반응도 없었다. 크로마는 눈물이 그렁한 채 울음을 참고 있는 모습이었지만 두 남자, 란토와 유렘은 굳어진 채 주먹만 움켜쥐고 있는 모습이었다.

"루……."

나현은 그를 부르려다 입을 닫았다. 속은 전쟁터인지 몰라도 감정을 드러내지 않으려 애쓰는 것 같았다. 루카의 반응이 없어 세 사람도 감정을 터트릴 순간을 잡지 못하고 있는 듯 보였다.

"상태는 어땠어요?"

크로마가 울먹이는 목소리로 물어 오자 나현은 입술 안쪽 살을 깨물었다. 잠깐 보았던 그 상황에서 진석은 바니의 부하들에게 심하다 싶을 정도로 맞았었다.

"괜…… 괜찮은 거 같았어. 식사도 하고."

나현은 사실대로 전할 수가 없어 둘러댔지만 누가 바늘로 속을 찌르는 것처럼 따가웠다.

"나쁜 새끼들."

크로마가 주먹을 쥐고는 붉어진 눈을 마구 비볐다. 울고 싶은데 울지 않으려 참는 것이 오히려 더 안쓰럽게 보였다. 나현은 크로마의 옆에 앉아 그녀의 어깨를 안아 주었다.

"이번 거래가 끝나는 날 저녁, 진석을 찾으러 간다."

"⋯⋯!"

루카의 말에 다들 결의에 찬 표정을 지었지만 나현은 달랐다. 그에게 아직 전하지 못한 말이 있었던 것이다.

"루카."

나현은 자리에서 일어나 그에게로 다가갔다.

"할 말이 있어."

가만히 쳐다보는 루카의 눈빛은 많은 것을 담고 있었다. 무언가 한 가지로 정의 내릴 수 없는 감정들이 소용돌이치고 있는 듯했다.

"잠깐 둘이서⋯⋯."

"나중에."

"지금 꼭 해야 하는 말이야."

나현은 고집스럽게 루카를 쳐다봤다. 바니가 루카를 죽이려 한다는 것을 모두가 듣게 할 수는 없었다. 그가 다쳤을 때 받은 충격이 다들 만만치 않았음을 알고 있었다. 그래서 최대한 조심하고 싶었다.

"란토, 가자."

"네."

"루카."

"다녀와서 들을게."

"루카 그건 안 돼. 바니가⋯⋯."

"쉬이."

루카가 검지를 입술에 대고는 달래듯 나현을 내려다봤다. 나현이 보기엔 당장 구해 달라고 할 줄 알았던 진석의 메시지가 아니라서 그가 혼란스러워하는 것 같았다.

"준비됐습니다."

란토의 말에 루카가 걱정 말라는 듯 나현의 팔을 작게 두드려 주고는 거실을 빠져나갔다.

"다치지 마!"

다급해진 나현은 루카의 뒤에 대고 소리를 질렀다. 사실 죽지 말라는 말을 하고 싶었지만 그러면 그가 정말 죽을 것만 같아 두려웠다.

나현의 외침에 루카가 멈칫하며 뒤돌아보더니 입가에 미소를 지었다.

"꼭 살아서 돌아와. 안 그러면 내가……."

나현은 혼잣말이었지만 목이 메어 다음 말을 잇지 못했다.

드디어 진석을 만난 나현은 모든 것을 뒤로하고 그대로 트럭을 몰고 이곳으로 돌아왔다. 바니가 찾을 것이라는 생각은 했지만 그것이 중요한 게 아니었다. 진석이 바니의 저택 지하에 살아 있다는 사실과 바니가 루카를 죽이려 한다는 사실을 알리는 것이 더 급한 일이었다.

농장 창고가 아닌 저택으로 달려오지 않았다면 루카와 길이 어긋날 뻔했다. 나현은 겨우 숨을 돌려 나서려던 루카에게 진석의 메시지를 전한 것이 다였다.

"안 그러면 내가 가만 안 둘 거야."

혼잣말을 한 나현은 눈물이 맺히려는 눈을 질끈 감고는 입술을 꼭 깨물었다. 그러다 유렘을 돌아봤다.

"융, 우리가 진석 씨를 구하러 가자."

굳이 루카가 있어야 구할 수 있는 것이 아니지 않은가 말이다. 사실 진석이라는 것을 확인한 순간 그를 데리고 나오고 싶은 마음이 간절했다.

"우리가?"

유렘이 눈을 동그랗게 뜨고는 나현을 멀뚱하게 쳐다봤다.

"내가 진석 씨가 있는 곳을 알아. 출입구도 알고. 우리가 계획을 짜서……."

"진석이 기다리라고 한 거면 이번 거래를 염두에 두고 한 말일지도 몰라
요."

크로마가 둘의 대화에 끼어들자 나현은 멈칫했다. 진석이 기다리라고 한
이유가 있을 테지만 갑자기 의문이 들었다. 지하실에 감금되어 있는 진석이
이번 거래 소식을 알고 있었을까. 물론 바니의 부하들이 지나가는 말로 하는
것을 들었을 수도 있다.

하지만 그건 어디까지나 추측일 뿐 확실한 것이 아니었다. 진석은 이들이
급하게 행동할까 봐 일부러 그렇게 말했을지도 모른다.

"진석 씨는 우리가 빨리 구하러 와 주길 바라지 않을까?"

나현은 풀리지 않는 문제를 대면한 기분이었다. 보통의 사람이라면 이런
상황에서 당장 구해 달라고 하는 것이 정석인데 진석은 그러지 않았다.

"나현, 루카 돌아오면 한다."

유렘이 초조하게 구는 나현을 달래며 다독이자 그녀는 짙은 한숨을 내쉬
었다.

"진석 찾았다. 나현 잘한 거다."

유렘이 부러 엄지를 척 세워 가며 칭찬했지만 나현은 웃음이 나오지 않았
다. 하지만 민망해할 유렘에게 억지 미소를 보여 주고는 거실을 나섰다.

"하!"

루카의 방에서 책을 보던 나현은 답답한 속을 다스리지 못하고 책을 덮어
버렸다.

위험하다는 것을 알리려 했는데 듣지 않고 나간 루카 때문에 나현의 불안
함이 극에 달했다. 그래서 크로마에게 휴대폰을 빌려서라도 알리려 했는데
그녀의 말에 전화도 쉽게 할 수 없었다.

'거래 상황을 모르기 때문에 전화를 하지 않아요. 갑자기 전화가 울려

거래가 틀어지는 어이없는 상황도 발생하니까요.'

무기 밀매는 서로가 상대를 잘 믿지 않는다고 했다. 성능이 떨어지는 무기를 들고 와 비싼 값을 받아 갈 수도 있고, 수사 기관에서 함정 수사를 할 수도 있기 때문에 다들 극도로 예민하다고 했다. 게다가 성능 시험을 빌미로 무기를 들고 총을 난사할 수도 있다고 했다.

'거래가 끝나는 시간을 아니까 그때 전화를 해요.'

그런 설명을 들은 이상 전화를 건다는 건 그를 더 곤란하게 만드는 일임을 깨달았다.

탕!

"……!"

갑자기 어디선가 울린 총성에 나현은 화들짝 놀랐다. 앞뒤 생각 없이 몸이 먼저 반응해 방을 나섰다. 그런데 문을 나서자마자 몸이 어딘가에 세게 부딪치며 벽으로 튕겼다.

"악!"

아픔으로 미간을 구기던 나현은 검은 그림자가 드리우자 비명을 질렀다. 유렘처럼 덩치가 있었지만 낯선 남자에게서 느껴지는 분위기가 잔인했다.

"음음!"

소리가 나는 쪽으로 고개를 돌리자 케이블 타이에 두 손이 결박당해 잡혀 있는 크로마가 보였다. 입에는 재갈이 물려 있어 그녀는 음음, 하는 소리만 내고 있었다. 자신을 보며 꼭 무엇인가를 알리려 무진 애를 쓰고 있는 모습이었다.

"크로…… 아악."

나현은 거구의 남자에게 두 팔이 뒤로 붙잡혀 옴짝달싹할 수 없었다. 그런데 크로마를 붙잡고 있는 남자를 확인한 순간 나현은 눈을 커다랗게 떴다. 눈꼬리를 접은 바니가 잔인하게 웃고 있었다.

[여기가 은신처였던가.]

바니가 뒤에 선 부하에게 크로마를 넘기고 다가오자 나현은 주춤 물러났다. 하지만 자신을 잡고 있는 바니의 또 다른 부하 때문에 더 물러날 곳이 없었다.

[할 얘기가 있는데.]

나현은 승리의 미소를 지으며 느릿느릿 웃고 있는 바니를 보다 크로마를 쳐다봤다. 크로마는 자신을 잡고 있는 바니의 부하를 밀치려 하며 나현을 향해 고개를 마구 젓고 있었다. 그것이 어서 달아나라는 뜻임을 나현은 그제야 깨달았다.

퍽.

"크로마!"

복부에 남자의 주먹을 맞은 크로마는 물먹은 솜처럼 추욱 처졌다.

[하지 마! 그녀를 가만둬!]

나현은 크로마에게 달려가고 싶었지만 잡혀 있어 그럴 수가 없었다. 할 수 있는 것이라고는 크로마를 건드리지 말라며 외치는 것뿐이었다.

[가만있으면 저렇게 맞지는 않지. 쯧쯧쯧.]

혀를 차는 바니를 향해 나현은 눈을 치떴다. 그러다 다시 주위를 훑었다. 유렘은 어디를 간 것인지 보이지 않았다. 차라리 이들에게 잡히지 않고 무사했으면 했다.

[잘 지켜.]

"윽."

바니가 뒤에 선 부하들에게 지시한 후 방으로 들어서자 나현을 잡고 있던 부하가 그녀를 데리고 같이 방으로 들어섰다. 나현은 우악스럽게 팔을 틀어쥔 부하 때문에 인상을 썼다.

[놓아줘.]

바니가 손을 허공에 탁탁 치듯 움직이자 부하가 나현의 팔을 놓고는 뒤로 물러났다. 나현은 비틀렸던 팔을 만지며 입술을 꽉 깨물었다. 상황 파악이 아직 되지 않아 섣불리 입을 열고 싶지 않았다.

[앉지.]

소파에 다리를 꼬고 앉은 바니는 비릿한 미소를 입가에 걸고는 나현을 쳐다보고 있었다.

[그냥 서서 듣죠.]

나현은 바니의 말에 호락호락하게 굴기 싫어 뻗댔다. 그랬더니 뒤에 선 부하가 성큼 다가오며 위협을 가하려 했다.

[아아! 숙녀에게 폭력은 나쁘지.]

부하의 위협적인 몸짓에 움찔 놀라 어깨를 움츠렸던 나현은 바니의 말에 인상을 썼다. 크로마가 폭력을 당할 때는 아무렇지 않은 얼굴로 비아냥대며 방관하더니 이제 와 신사적인 척 구는 바니가 역겨웠다.

[보여 주고 싶은 것이 있는데…… 굳이 서 있겠다면, 뭐.]

바니가 개의치 않는다는 듯 말하며 손짓을 하자 나현의 뒤에 서 있던 부하가 휴대폰을 내밀었다. 나현은 이게 뭔가 싶어 부하를 보다 바니를 쳐다봤다.

[영상 먼저 보고 얘기를 할까.]

팔짱을 끼며 턱을 치켜올리는 바니의 오만한 태도에 나현은 미간을 구겼다.

― 으아악!

"……!"

부하가 내민 영상 속에는 진석이 구타를 당하는 모습이 담겨 있었다. 외마디 비명을 지르면서도 진석은 버티고 있었다. 무너지지 않으려 애쓰는 진석의 호흡이 무척 거칠었다.

[그만…… 그만둬!]

나현은 진석의 고개가 돌아가며 피가 허공으로 튀는 것을 보다 소리를 질렀다.

[숙녀가 보기엔 좀 거칠었나?]

나현은 눈물이 날 것 같아 입술 안쪽 살을 있는 힘껏 깨물었다. 그랬더니 입안에 비릿한 피 맛이 느껴졌다.

[그럼 다음 영상을 볼까.]

바니의 말에 부하가 화면을 넘겼다. 다음 영상에는 나현이 바니의 저택에서 주변을 이리저리 살피다 북쪽 지하실 출입구로 들어가는 모습이 보였다.

나현은 불안하게 흔들리는 눈으로 바니를 쳐다봤다. 분명 크로마가 저택 마당 안쪽을 찍는 CCTV는 없다고 했다. 그래서 안심하고 돌아다녔는데 아니었던가.

[이제 앉아서 얘기할 마음이 드나?]

말을 안 듣고는 안 될 것이라는 뉘앙스가 깔린 바니의 비아냥에 나현은 마른침을 삼켰다. 어쩌면 이 모든 것이 함정이었을 수도 있겠다는 생각이 들었다. 바니의 방이라고 외웠던 도면과 달랐던 그의 방 위치. 그것을 알았을 때 눈치챘어야 했다.

"윽."

부하가 강제로 자리에 앉히고 뒤로 물러나자 나현은 눈살을 찌푸렸다. 오늘 거래에서 루카를 죽이라고 지시한 바니였다. 그러니 그 일을 성사시키고 이렇게 저택으로 쳐들어온 것이 아닐까, 하는 생각이 불현듯 들었다.

[살려 줄게.]

"……!"

두려움에 떨며 바니를 쳐다보던 나현의 눈이 커다래졌다. 그런 그녀의 반응이 재미있다는 듯 바니가 소리 내어 웃었다.

나현은 누구를 살려 주겠다는 구체적인 주어가 없는 상황이라 성급하게 굴지 않으려 했다. 루카를 살려 주는 것이냐고 묻고 싶었지만 먼저 입을 열어 그에게 제 속을 비칠 생각 따위는 없었다.

[흐음.]

나현이 입을 닫고 더 이상 반응을 하지 않자 재미가 반감됐는지 바니가 낮은 신음 소리를 냈다.

[시엔나?]

자신의 예상과 다르게 구는 나현이 마음에 안 든다는 듯 바니의 눈이 험악하게 일그러졌다. 긴장으로 심장이 터질 것 같았지만 나현은 끝까지 버텨 낼 생각이었다. 절대 먼저 속내를 드러내는 짓 따위는 하지 않을 것이다.

바니는 자신에게서 우위를 차지하고 싶어 하는 마음이 강하니 그 심리를 잘 이용해 볼 생각이었다.

[말해요.]

나현은 목소리가 떨려 나오지 않기를 바라며 또박또박 말했다. 먼저 살려 주겠다고 제의를 한 것은 바니였으니 나현은 그에게서 원하는 것을 얻어 내야 했다.

[내가 누구를 살려 줄 거 같아?]

말장난을 치고 싶은지 몰라도 나현의 입장에서는 달갑지 않은 말이었다. 나현이 먼저 입을 열면 바니는 오히려 더 잔인하게 그 사람을 죽일 것 같았다.

[살려 주는 대가는?]

나현은 집중되어 있는 질문에서 살짝 우회할 생각으로 물었다.

[오호.]

나현이 다른 질문으로 치고 들어가자 바니의 얼굴에 화색이 돌았다. 나현의 대응이 바니의 예상을 깼지만 그것이 도리어 만족스럽다는 듯 그가 입가에 미소를 지었다.

[네가 내 곁에 오는 거.]

"……!"

나현은 방금 자신이 들은 말이 무슨 의미인지 잠깐 생각하다 눈을 커다랗게 떴다.

[네가 내 저택으로 온다면 아까 그 영상 속 남자를 살려 주지.]

나현은 바니의 부하를 한 번 돌아봤다. 눈이 마주친 부하는 바니의 말을 못 들은 것처럼 표정에 변화가 없었다. 나현은 바니가 내건 제안을 이해할 수 없었다. 자신이 그 저택으로 가는 것과 진석을 살려 주는 것이 무슨 의미가 있는 것인지.

[싫은가?]

나현이 선뜻 대답하지 않고 꿀 먹은 벙어리처럼 앉아 있자 바니의 고개가 삐뚜름하게 기울어졌다.

[살려 준다는 건 풀어 준다는 거야?]

나현은 명확한 단어로 약속을 받아 내고 싶었다. 두루뭉술하게 살려 준다는 말에 딜을 하기엔 위험 부담이 너무 컸다. 진석이 안전하게 그 저택을 벗어나 돌아온다면 한번 해 볼 만한 거래였다. 그토록 바라던 진석을 구할 수 있다는 생각에 나현은 자신의 안위 따위 눈에 들어오지 않았다.

[그러지.]

턱을 쓰다듬으며 생각하던 바니가 흔쾌히 그러겠다고 하자 나현은 멈칫했다. 이거 너무 쉽게 해결되는 거 아냐, 하는 생각이 들었다.

[나한테 원하는 게 내가 당신의 저택으로 가는 것뿐이야?]

저택에서 자신이 뭘 해야 하는지 구체적인 요구 사항이 없어 나현은 다시 질문을 던졌다. 사실 바니의 태도로 대충 짐작은 하고 있었지만 나현은 부러 모르는 척하기로 했다.

[언제 가면 되는데?]

나현은 이번엔 더 맹한 질문을 던졌다.

[당장.]

나현의 질문이 마음에 안 들었는지 바니가 인상을 쓰며 대답했다.

[얼마 동안 있으면 되는 건데?]

나현은 부러 고개를 갸웃하며 바니의 속을 긁어 댔다. 오란다고 냉큼 달려갈 생각은 없었다. 적어도 그가 자신을 괴롭게 한 만큼 애를 먹이고 싶었다.

[얼마 동안이라…….]

바니가 입꼬리를 비틀며 픽 웃자 나현은 눈을 가늘게 떴다.

[죽을 때까지?]

"미……."

미친, 이라는 말이 불쑥 튀어나올 뻔한 나현은 얼른 입술을 깨물고 말을 멈췄다. 죽을 때까지 바니의 곁에 있느니 차라리 지금 그와 싸워 죽는 게 낫

416

겠다는 생각이 들었다.

[마음에 안 드나 봐?]

당연히 마음에 안 들지.

[안 들어.]

나현은 당연하지 않느냐는 얼굴로 차갑게 대답했다.

[크로마와 유렘을 살려 줄게.]

나현은 미간을 구겼다. 보이지 않던 유렘도 이들에게 잡혔다는 것을 알 수 있는 대목이었다.

사람 목숨 갖고 장난치듯 딜을 하는 바니가 미웠다. 총 한 방에 목숨이 왔다 갔다 하는 곳임을 알지만 정도라는 것이 있었다.

그런데 바니에게는 사람 목숨이 날파리처럼 하찮게 여겨지는 듯했다.

[아! 더 좋은 제안이 있었네.]

나현은 비열하게 웃는 바니 때문에 등줄기가 오싹해졌다. 어딘가로 전화를 거는 바니의 눈이 나현에게 달라붙어 떨어지지 않았다. 그녀의 표정을 주시하는 느낌이었다.

[거래는?]

"……!"

나현은 바니가 말한 거래가 오늘 밤 루카가 나간 거래임을 단번에 알아챘다.

[그래? 일이 마무리되면 루카를 죽…….]

[알았어!]

나현이 다급하게 외치자 바니가 휴대폰을 귀에서 조금 떼더니 묘한 웃음을 지었다.

[어떻게 하겠다고?]

바니가 확인하듯 다시 묻고 나오자 나현은 주먹을 꽉 움켜쥐며 바르르 떨었다. 쯧, 하는 소리를 내며 휴대폰을 다시 귀에 붙이는 바니의 얼굴에 잔인함이 어렸다.

[깔끔하게 처리…….]

[갈게! 저택으로 지금 당장 갈게. 그러니 아무도 죽이지 마!]

나현은 눈물이 쏟아질 것 같아 이를 악물고 말했다. 그러자 바니가 표정 없이 빤히 쳐다보더니 눈살을 찌푸렸다.

[거래가 끝나면…….]

바니가 나현을 뚫을 듯이 쳐다보며 통화를 이어 갔다. 나현은 바니의 결정에 따라 누군가의 운명이 바뀐다는 것이 기가 막혔다.

[루카를 데려와.]

"하아……."

나현은 안도의 한숨을 쉬며 손으로 테이블을 짚었다. 빙글빙글 도는 놀이 기구를 탄 것처럼 어지러웠다.

[시엔나?]

나현은 바니의 말에 천천히 고개를 들었다. 루카의 목숨을 갖고 놀던 바니의 입술이 잔인하게 웃고 있었다.

[루카가…….]

천천히 입을 연 바니는 나현의 눈을 들여다보려는지 얼굴을 가까이했다. 마주한 시선이 얽히는 그 짧은 시간마저 나현에게는 곤혹이었다.

[하고 싶은 말이 뭔데?]

나현은 할 말 있으면 얼른 하라는 얼굴로 바니를 당당하게 째려봤다. 비록 볼모로 잡혀가지만 기죽지 않을 생각이었다.

그런데 나현은 바니의 다음 말에 온몸이 굳어졌다.

[그놈이 네 애인이었어?]

"……!"

바니의 눈동자가 불꽃처럼 일렁이는 것 같더니 한순간 살벌하게 번득였다.

23화
감금

[필요하신 것이 있으면 말씀하세요. 준비하겠습니다.]

메이드의 말을 건성으로 듣던 나현은 그녀가 답을 기다리며 서 있자 가만히 고개를 저었다.

[됐습니다.]

[네, 그럼 쉬십시오.]

메이드가 나가자 나현은 소파에 주저앉았다.

피를 흘리며 쓰러져 있는 유렘을 보는 순간 걱정과 분노가 동시에 일었다. 풀어 준 크로마가 유렘에게 달려가는 것을 보며 자신은 바니의 차에 올랐었다. 쓰러진 유렘과 자신 사이에서 어쩔 줄 몰라 하는 크로마를 보며 괜찮다는 듯 웃어 보였지만 사실은 무서워서 몸이 떨렸다.

"하아…… 음, 괜찮은 거지? 그냥 기절한 거지?"

나현은 유렘이 많이 다친 것이 아니기를 바랐다. 크로마와 나현을 지키기 위해 얼마나 고군분투했을지 상상이 됐다.

"도대체 이게 뭐야."

나현은 혼란스러운 표정으로 두 손에 얼굴을 묻다 고개를 들어 밖을 쳐다봤다. 밤이 짙어져 사물의 구분이 어려운 시간이었다.

나현은 프렌치 도어를 열고 발코니로 나갔다. 바람이 꽤 찬 기운을 안고 있었다.

"하…… 루카."

일단은 고비를 넘겼다 생각했다. 그런데 이런 상황이 벌어진 것을 루카가 안다면 가만있지 않을 것 같았다. 그가 계획을 세워서 움직일 거라는 건 알지만 만일 그렇지 않다면 문제였다. 진석에 이어 자신마저 바니의 저택에 갇혔으니 눈이 돌아가 이성을 잃었을 수도 있었다.

[그놈이 네 애인이었어?]

바니의 번뜩이던 눈을 보는 순간 소름이 돋았다. 자신의 것을 뺏겼다는 듯 바니의 얼굴이 일그러질 때 솔직히 통쾌한 기분도 들었다.

"웃겨."

나현은 바니의 태도가 어처구니없게 느껴져 입술 사이로 픽 하는 소리를 냈다.

"짜증 나게 반짝거리네."

밤하늘의 별을 올려다보던 나현은 눈살을 찌푸리며 괜한 곳에 화풀이를 했다.

"에휴, 너 뭐 하는 거니?"

자신을 나무란 나현은 풀이 죽은 얼굴을 했다. 크로마에게 연락할 방법이 없었다. 사실 저택으로 오자마자 바니가 덮칠까 봐 바짝 긴장하고 있었는데 그는 일 처리 할 것이 있다며 곧장 사라졌던 것이다.

"잠글까."

나현은 문을 한 번 돌아보며 눈을 가늘게 떴다. 잠그면 안심이 될 테지만 열쇠가 없어 못 들어올 위인이 아니었다. 그러니 괜히 자극하는 꼴이 될 수도 있었다.

"무관심으로 일관할까."

죽을 때까지 자신의 곁에 있으라는 말을 스스럼없이 하는 바니를 빤히 쳐다봤었다. 그건 감금이라고 말하고 싶은데 입이 떨어지지 않았다. 그가 그것을 몰라 요구한 것이 아니었을 테니까.

[바람이 차가워.]

"……!"

움찔 놀란 나현은 뒤를 휙 돌아봤다. 언제 들어왔는지 바니가 방 한가운데 서 있었다.

[노크할 줄 몰라?]

[했는데.]

노크했지만 듣지 못한 건 자신의 책임이 아니라는 듯 능청스럽게 구는 바니였다.

[감기 걸려.]

감기는 무슨. 누가 누구를 걱정하는 건지.

나현의 얼굴에 못마땅함이 가득했다. 바니의 입가에서 미소가 떠나지 않아 짜증도 났다. 사람 협박해서 가둬 두니 좋으냐고 윽박지르고 싶었지만 마음과 달리 입을 꼭 닫고 있었다.

[들어와.]

나현이 발코니에서 움직이지 않자 바니가 들어오라는 손짓을 했다. 그 손짓이 거만해 보여 나현은 눈을 게슴츠레하게 떴다.

[여기 왜 왔는데?]

바니의 말을 고분고분하게 듣지 않겠다고 생각한 나현은 삐딱선을 탔다. 자신에게 손가락 하나라도 대는 날에는 손톱으로 할퀴고, 이로 다 물어뜯어 버릴 생각을 하고 있었다.

[잘 자라는 인사 하려고.]

"허!"

나현은 어이가 없어 탄성을 내뱉으며 입꼬리를 비틀었다. 사이코, 라는 말이 절로 나오는 순간이기도 했다.

[그래, 알았어.]

[어?]

바니가 나현의 대답을 이해하지 못했다는 듯 눈을 크게 뜨며 고개를 갸웃했다.

[잘 잘 테니까 나가라고.]

나현은 손가락으로 문을 가리키며 당장 나가라는 손짓을 했다. 바니에게 틈을 보이면 안 된다는 생각에 나현은 두려우면서도 강하게 나갔다. 그러자 바니가 문을 한 번 돌아보더니 피식 웃다 눈썹을 일그러뜨렸다.

[다행이네, 잘 자겠다고 하니.]

바니가 나가지 않고 쳐다보기만 하자 나현은 불쾌했다. 하긴, 남 협박하는 게 아무렇지 않은 놈이니 순순하게 굴 리가 없지.

[내가 여기, 이 저택에서 뭘 하기를 바라는 건데?]

나현은 짜증을 담은 목소리로 따지듯이 물었다. 그러자 바니가 팔짱을 끼더니 고개를 기울였다.

[네가 잘할 수 있는 게 있지 않을까?]

쯧. 나현은 두루뭉술한 바니의 대답에 혀를 찼다. 무슨 고3 담임 선생이 진로를 고민하는 학생 상담하는 것도 아니고.

[정원 일을 하라는 거야?]

나현은 신경질이 난 얼굴로 바니를 째려봤다. 처음 가졌던 긴장과 두려움보다는 억울함을 담은 짜증이 더 치밀었다.

[너 정원사 아니잖아.]

"아……."

정곡을 찔린 나현은 입술을 꾹 다물고 바니의 시선을 피했다. 가짜 신분이라는 건 파악한 것 같은데 나현의 진짜 신분이 뭔지는 모르는 듯 보였다.

나현은 더 이상 대화를 하고 싶지 않았다. 대화 속에서 바니가 자신에 관한 단서를 찾아가는 건 사양하고 싶었다.

[잘 거야. 나가 줘.]

나현은 발코니에서 안으로 들어서며 나가 달라는 어필을 강하게 했다. 나른한 표정으로 고개를 기울이던 바니가 한 발 다가오며 입을 열었다.

[같이 잘까.]

"……!"

흠칫 놀란 나현은 몸을 움츠리며 바니를 한껏 째려봤다. 손만 대 봐, 하는 심정으로 나현은 그를 경계의 눈빛으로 마구 찔러 댔다.

[난 그럴 목적으로 널 여기로 데려온 건데?]

바니가 피식 웃으며 건네는 말에 소름이 끼친 나현은 인상을 구겼다. 여기서 밀리면 안 된다는 생각을 한 나현은 고개를 빳빳하게 들고 입가에 억지 미소를 지었다.

[그래? 그럼 처음부터 나한테 구체적으로 말하지 그랬어.]

[그랬으면?]

[여기 안 왔지.]

나현은 부러 어깨를 으쓱하며 바니를 멀뚱한 눈으로 쳐다봤다. 처음부터 바니의 목적을 눈치챘지만 모르는 척하며 저가 취할 것을 취했었다. 이제 와 약속을 지켰다며 속내를 드러낸다고 해도 바니를 받아들일 마음 따위는 없었다.

[그런 걸 모르는 바보 같은 여자는 아닌 걸로 아는데?]

바니가 기분 상했다는 표정으로 쳐다보자 나현은 생긋 웃어 보였다. 적어도 바니의 속을 뒤집는 덴 성공한 것 같아 흡족했다.

[곁에 있으라는 말이 꼭 남녀의 애정 행각을 말하는 건 아니잖아.]

나현은 커다란 눈을 깜빡이며 그렇지 않느냐는 표정을 지었다.

[하…….]

말문이 막히는지 바니가 짧은 탄성을 내뱉자 나현은 자신의 두 손을 꼭 맞잡았다. 태연하게 구는 척했지만 사실 무섭고 떨렸던 것이다. 힘으로 한다면 당할 재간이 없기도 했다. 정신을 바짝 차리는 것과는 별개라는 것을 잘 알고 있었다.

[네가 이리 도도하게 구는 게…….]

가늘어진 눈으로 쳐다보던 바니가 한쪽 입꼬리를 비틀어 올리더니 말을 이었다.

[루카를 믿고 그러는 거 같은데.]

흡! 나현은 누가 머리를 친 것처럼 띵한 기분이 들었다.

[그를 이번에는 살려 두었을지 모르지만 다음에도 그럴 거라는 보장은 없어.]

[루, 루카하고 난 아무런 관계가 없어!]

다급하게 변명하는 나현의 목소리가 높아졌다. 그런 나현을 바라보던 바니가 팔짱을 끼더니 뭔가 흥미롭다는 표정을 지었다.

[그럼 진석을 왜 찾아다닌 거지?]

한순간에 대화의 우위를 차지한 바니가 느긋하게 물어 왔다. 나현은 어떻게 말하는 것이 좋을지 몰라 머리를 빠르게 굴렸지만 적당한 게 떠오르지 않았다.

[넌 그들과 한패…….]

[아냐! 돈, 돈을 받고 일을 해 준 것뿐이야!]

나현은 자신이 생각하기에도 어이가 없는 변명이라 여겼다. 하지만 이미 입 밖으로 내뱉은 말이었다.

[돈을 받았다?]

바니가 아직 의심을 풀지 않은 얼굴로 말하자 나현은 머릿속에서 다음 변명거리를 꺼내 아귀를 맞췄다.

[난 사람을 죽이는 게 싫어. 네가 진석을 살려 주면 난 큰돈을 받을 수 있어. 그러니까 진석뿐만 아니라 루카도 살려 줘.]

[아까도 느낀 거지만 루카에게 무척 신경을 쓰는 것 같은데…… 애인이 아니라면서 왜 그러는 거지?]

예리한 바니의 지적에 나현은 입술을 깨물다 저도 모르게 잘근잘근 씹어 댔다.

[루, 루카가 돈을 주기로 했으니까!]

나현은 자신의 입에서 나온 말이 너무 뜻밖이라 스스로도 황당했지만 이미 주사위는 던져졌다.

[흐음, 살려 두기 싫은데…….]

[살려 준다고 했잖아.]

나현은 저도 모르게 두 손을 모으고 빌듯이 말했다. 바니에게 애원하는 것이 치사하고 더럽게 여겨졌지만 루카를 살릴 수만 있다면 무릎도 꿇을 수 있었다.

[그랬지.]

바니가 능글맞게 웃으며 턱을 쓰다듬자 나현의 속이 쓰라렸다. 헛구역질이 올라올 것 같아 이를 악물었다.

[약속했으면 지켜…….]

[그런데 평생 살려 둔다고 한 적은 없는데?]

비열한 새끼. 나현은 속으로 욕을 하며 바니를 노려봤다. 루카의 목숨 줄을 잡고 나현을 계속 협박할 모양이었다.

[그렇게 나오면 굳이…….]

[생각은 해 볼게.]

나현은 바니가 약속을 이행하지 않으면 자신도 여기 있을 이유가 없다고 말하려다 그가 한 말에 어안이 벙벙해졌다. 묘하게 상황을 갖고 노는 말이었다.

[뭐, 생각해 본다고?]

나현은 바니를 한 대 때리고 싶다는 생각을 하며 주먹을 쥐었다.

[그만 자.]

바니가 더는 같은 말을 되풀이하지 말자는 듯 손을 내젓자 나현은 까드득 소리를 내며 어금니를 맞물었다.

[아!]

문으로 걸어가던 바니가 갑자기 무언가 생각났다는 듯 짧은 탄성을 내뱉더니 뒤를 돌아봤다. 움찔하는 그녀를 본 바니가 입가에 환한 미소를 지으며 입을 열었다.

[생각은 해 보겠지만 장담은 못 해.]

[뭐?]

나현은 동그랗게 뜬 눈으로 바니를 쳐다보다 이내 눈살을 찌푸렸다. 언제, 어디서든 루카를 죽일 수 있다는 바니의 말에 나현은 불안함과 함께 분노를 느꼈다.

[애석하네.]

빙그레 웃는 바니를 나현은 날 선 시선으로 쳐다봤다.

[오늘 밤 잘 자기는 그른 것 같아서.]

고소하다는 듯 비릿하게 웃는 바니의 얼굴이 나현에게는 지옥 불에서 살아난 악마처럼 보였다.

[루카! 다시 생각…….]

탕!

[윽!]

철퍼덕.

생명이 끊어진 남자가 힘없이 바닥으로 꼬꾸라지는 것을 보던 루카는 순간 미간을 모았다.

"귀찮게 됐네."

희미하게 보이던 그림자가 갑자기 방향을 바꿔 달려오자 루카는 낮게 욕설을 내뱉었다. 뒤쪽에서 달려오던 사람이 멈추더니 총을 꺼내 드는 것이 긴 그림자로 확인이 됐다. 으쓱한 곳이라 밤에는 사람들이 얼씬거리지도 않는 곳인데 총성 때문에 주위의 시선을 끌었다 여긴 루카는 인상을 썼다.

바니가 스페어로 심어 둔 부하일 수도 있고 근처를 순찰하던 경찰일 수도 있었다.

[총을 버려!]

망설임 없이 총을 쏴 남자의 목숨을 거뒀던 루카는 자세를 풀지 않고 다가오는 이를 쳐다보며 경고를 날렸다. 거리가 가까워지자 남자일 거라는 예상이 깨졌다. 여자는 신중하게 다가오고 있었지만 총을 겨누고 있는 상태라 긴장감이 흘렀다.

[루카? 루카 칼라르누가 맞아요?]

미간을 설핏 찌푸린 루카의 고개가 삐딱하게 기울어졌다.

[누구지?]

[FBI입니다!]

신분을 밝힌 요원은 들고 있던 권총을 권총집으로 회수하고는 두 손을 보이게 들었다.

[우리는 당신을 보호하러 왔습니다.]

[신분증.]

루카는 사격 자세를 유지하며 군더더기 없는 목소리로 신분을 증명하라고 종용했다.

[천천히.]

여자가 재킷 안주머니로 손을 넣자 루카는 경고하듯 낮으면서도 확고하게 말했다. 고개를 끄덕인 여자가 조심스럽게 신분증을 내밀자 눈으로 확인을 거친 루카는 사격 자세를 풀었다.

[메리 마이런?]

[네. 연락받은 메리 마이런입니다. 이번 거래로 증거는 충분히 확보됐습니다. 그러니 이제 안전한 곳으로 옮겨…….]

바닥에 쓰러진 바니의 부하를 힐끔 쳐다본 루카는 메리 앞으로 한 걸음 다가갔다.

[돌아가야 합니다.]

[네? 돌아가는 건 위험합니다. 이미 신분이…….]

[오늘 벌어진 일을 전할 이는 죽었습니다.]

루카의 말에 메리가 바닥에 쓰러져 있는 남자를 내려다봤다. 매번 무기 밀매 거래에 대한 정보를 제공하는 이가 누구인지 궁금했었다. 하지만 고위급 간부들만 그의 존재를 알 뿐이었다.

[받아 놓은 명단으로 조사가 들어가 상당한 정보를 입수한 상태입니다.]

[다행입니다.]

루카가 고개를 끄덕이고는 몸을 돌리자 메리가 다급하게 외쳤다.

[신분이 노출된 상황에서 그대로 돌아가게 둘 수는 없습니다!]

루카가 길을 막아서는 메리를 보다 입술 끝에 픽 하는 웃음을 달았다. 두려움 때문에 숨을 거였다면 처음부터 이 일은 엄두도 내지 못했을 것이다.

[메리.]

메리는 자신을 다정한 음성으로 부르는 루카를 붉어진 얼굴로 쳐다봤다.

[다음 증거가 갈 겁니다.]

[다음 증거라면?]

이미 갖고 있는 증거만으로도 충분히 그들을 잡아넣을 수 있는데 증거가 더 있다고 하니 메리는 반가우면서도 걱정이 됐다.

[엔젤 하론의 살인에 관한 증거입니다.]

[아!]

메리가 멈칫하다 이내 알겠다는 듯 고개를 끄덕였다.

엔젤 하론은 패션계에 혜성처럼 나타나 분위기와 판세를 바꿨던 한국 여성이었다. 그녀를 본 이들은 하론을 사랑하지 않고는 못 배길 정도라며 찬양했다고 한다. 그런 그녀가 하루아침에 흔적도 없이 사라졌다.

그리고 그녀의 실종 사건이 있고 5년 후 무기 밀매에 관한 고급 정보가 들어오기 시작했다. 딥 웹과 다크 웹이라는 사이트에서 거래되고 있어 추적이 어려웠고 추적을 했다고 해도 금방 놓치기 일쑤였는데 말이다. 그 정보로 인해 백발백중이라고 할 정도로 검거 확률이 높아졌다.

그런데 그런 고급 정보를 흘리는 자가 누구인지 의견이 분분했었다. 처음에는 이러다 뒤통수 맞을 수도 있다는 소리가 나왔었다. 주는 정보에만 의지해 현장을 덮치는 것이 위험하기에 다들 몸을 사렸던 것이다.

하지만 정보는 항상 정확하고 빈틈이 없었으며 무엇을 해야 할지, 누구를 꼭 잡아야 할지 알려 주고 있었다.

그리고 그 정보를 준 것이 지금 눈앞에 서 있는 루카 칼라르누였다. 메리 자신이 지금 이렇게 루카를 만날 수 있는 것도 자신의 보안 등급이 올라갔기 때문이다.

[메리, 가는 길에 태워 주면 좋겠지만 여기서 헤어지죠.]

[루…….]

[다음엔 다른 곳에서 봅시다.]

루카가 고개를 까닥하며 인사를 건네자 메리는 수줍은 미소를 지으며 저도 모르게 고개를 끄덕였다. 그러다 화들짝 놀라며 루카를 잡으려 손을 뻗었는데 그의 의지가 너무 확고하게 전해져 아무런 말도 하지 못했다.

"위험하지 않겠습니까?"

루카가 차에 오르자 란토가 묵직한 음성으로 물어 왔다. 크로마가 울면서 전화를 해 와서 나현이 어디로 끌려갔는지 알고 있었다. FBI 요원인 메리의 말처럼 돌아간다는 건 불속으로 자진해서 걸어 들어간다는 말이었다.

"그녀는 더 위험한 곳에 있어."

루카가 위험의 경중을 따지는 것이 쓸데없다는 듯 말하자 란토가 한숨을 내쉬었다.

─ 진석을 풀어 준다는 말에 나현 씨가 바니의 저택으로 갔어요.

크로마와 통화 중인 란토의 휴대폰을 뺏어 자초지종을 물으니 그녀가 울면서 말했었다. 나현이 떨지도 않고 당당하게 바니의 차에 올랐다는 말을 듣고는 돌아 버리는 줄 알았다. 그녀를 거기에 두고 나온 것이 실수였다. 다른 곳에 은신하게 하는 것이 현명했는데 이번 거래로 모든 것이 끝난다 여겨 안일하게 군 탓이었다.

"그놈이 죽이려 한다는 것을 어떻게 알았습니까?"

란토가 방금 전 루카의 총에 쓰러진 놈을 말하고 있었다.

"바니의 부하니까."

"네?"

루카를 자꾸 힐끔거리며 비릿하게 웃던 녀석이 통화를 끝냈을 때 뭔가 심상치 않다고 판단했다.

"아! 바니의 저택에 있던 부하가 거래에 따라 나온 적이 없었군요."

란토가 그제야 생각났다는 듯 고개를 주억거리며 말했다.

"그녀가 알려 주려던 게 이것이었나 봐."

루카는 창밖을 보며 혼잣말을 하듯 중얼거렸다. 바니에게서 무슨 지시를 다시 받은 것인지 거래가 끝나자 호시탐탐 기회를 노리던 놈의 눈빛이 변했다. 할 말이 있다며 자신의 앞을 가로막던 그녀의 절박함이 떠오른 것은 바로 그때였다. 독화를 할 줄 아는 그녀가 뭔가 그들의 대화를 읽었구나, 하는 직감이 들었다.

그때 걸려 온 크로마의 전화로 모든 것이 파악된 건 타이밍이 절묘한 덕분이었을까. 운과 타이밍이 좋아 놈보다 선수를 쳤다 생각했는데 나현이 끌려갔다는 말을 들었다.

"바니의 저택으로 가."

"유렘과 크로마에게 연락할까요?"

"아……."

한탄 같은 탄성을 내뱉은 루카는 미간을 구겼다. 나현이 걱정되는 것과 달리 루카 자신은 챙겨야 하는 이들이 있었다.

"그들에게 먼저 가자."

"네."

란토의 대답을 끝으로 차 안에는 적막함이 찾아들었다. 루카는 곤혹스러운 표정을 짓다 팔짱을 끼고 눈을 감았다. 하지만 긴장으로 날이 선 신경은 좀처럼 가라앉지 않았다. 그녀를 보면, 만나면 이 초조함이 좀 나아질까.

"하아……."

루카는 저도 모르게 짙은 한숨을 내쉬며 마른세수를 했다. 울지는 않겠지만 두려움에 떨고 있을 나현을 생각하자 누가 심장을 저미듯 썰어 대는 것 같았다.

[눈이 빨갛군.]

잠을 제대로 못 잔 나현은 바니의 말에 눈을 비볐다. 손을 내리자 눈을 비빈 탓인지 사물이 희미하게 보였다.

[갈아입을 옷을 준비해 둔 걸로 아는데?]

나현은 아침에 메이드가 들고 온 원피스를 보며 고개를 저었었다. 어깨 라인을 드러내는 원피스는 몸매를 다 드러내는 타이트한 스타일이었다. 잘 때 준비해 준 잠옷도 입어 보지 않았던 나현이었다. 그러니 바니가 원한다고 해서 원피스를 입을 이유가 없었다.

[사양할게.]

인형 놀이 하는 것도 아닌데.

[내 옷이 편해.]

나현은 자신이 입고 있는 원피스의 소매를 툭툭 털며 대수롭지 않게 굴었다. 가만히 쳐다보던 바니가 커피를 한 모금 마시더니 다시 말을 건넸다.

[당당하게 굴더니 한숨도 못 잔 건가?]

바니가 그럴 줄 알았다는 얼굴로 피식 웃자 나현은 눈을 게슴츠레하게 떴다. 루카가 저리 웃었다면 개구쟁이처럼 보였을 텐데 미운 놈이 그러니 역겹다는 생각이 들었다.

[응, 잠자리가 안 좋아서.]

나현은 빈정대며 바니의 탓으로 돌렸다. 그러자 바니가 나현의 뒤에 서 있던 메이드를 찌릿, 하는 눈빛으로 쳐다봤다.

[편, 편하게 주무실 수 있도록 다시 잠자리를 손보겠습니다.]

나현은 그제야 자신이 뻗대면 그 불똥이 어디로 튀는 것인지 깨달았다. 하지만 메이드가 야단을 받든 말든 상관하고 싶지 않았다. 어차피 바니의 돈을 받고 일하는 사람이니 동정 따위는 접어 둘 생각이었다.

[오늘 밤에는 잘 자기를.]

바니가 고기를 썰며 그 정도 트집은 트집도 아니라는 듯 말하자 나현은 들고 있던 나이프를 내려다봤다. 스테이크를 썰기에는 적당하지만 사람에게 상처를 내기에는 턱없이 부족한 무기였다.

"하아……."

짜증 나, 라는 말을 삼킨 나현은 고기를 한 점 입에 넣고는 질겅질겅 씹었다. 맛도 느껴지지 않고 배고픔은 더더욱 느껴지지 않았다. 사람이 딴 곳에 너무 신경을 쏟고 있으면 다른 감각들의 기능이 저하되는 모양이었다. 나현의 머릿속은 진석을 이 저택에서 하루빨리 내보는 데 집중하고 있었다.

[진석은 언제 보내 줄 거야?]

나현은 정면 대결을 하는 마음으로 물었다. 바니의 고개가 삐딱하게 기울더니 입가가 비틀렸다. 린넨 냅킨으로 입을 닦은 바니가 옆에 선 워킨스를 향해 고갯짓을 했다. 그러자 워킨스가 식탁 주변에 있던 스텝들과 메이드들에게 자리를 뜨라는 손짓을 했다.

물론 워킨스마저 마지막에 자리를 떠나자 완벽하게 둘만 남게 되었다.

드르륵.

"……!"

식탁 의자가 바닥에 끌리는 소리가 나자 나현은 마른침을 삼켰다. 바니가 다가오는 모습을 보며 나현은 저도 모르게 나이프를 들고 있던 손에 힘을 줬다.

[예쁘게 굴면.]

[뭐?]

나현은 자신의 앞까지 다가온 바니를 보며 황당한 표정을 지었다. 너한테 절대 예쁘게 보일 일 없으니 꿈 깨라고 욕을 해 주고 싶은데 입이 떨어지지 않았다.

식탁에 걸터앉은 바니의 입은 웃고 있지만 눈을 그렇지 않았다. 나현을 싸한 눈길로 쳐다보는 것이 마치 인내의 한계점에 다다라서 인 듯했다.

[내가 참아 주고 있는데 예쁘게 굴면 좋잖아. 안 그래?]

나현은 역겨운 말에 입술 끝을 비틀었다. 요구할 걸 요구하라고 일갈하고 싶었다.

[예쁘게 굴 생각…… 악.]

바니가 턱을 그러쥐자 나현은 얕은 비명을 질렀다. 서서히 악력을 가하듯 손에 힘을 주는 바니의 눈빛이 광기로 번들거렸다.

[헤집어 놔야 얌전히 굴 건가?]

"……!"

바니가 고개를 숙이자 화들짝 놀란 나현은 고개를 돌리려 했다. 그런데 턱이 잡혀 있어 그럴 수가 없었다.

[윽!]

바니의 입에서 비명이 터져 나왔다. 이대로 있다가는 바니에게 당할 거라는 생각에 나현은 들고 있던 나이프로 그의 허벅지를 찔렀다. 그런데 나이프는 1mm의 살점도 못 파고들고 튕겨 나갔다.

432

[용감하게 굴긴 했는데 사용 방법이 틀렸어.]

타격 부위를 확인한 바니가 눈을 들어 쳐다보자 나현은 입술을 일그러뜨렸다. 옷감에 상처 하나 내지 못한 공격은 헛수고로 돌아갔다.

[사람 죽여 본 적 없을 거 같은데?]

바니가 눈을 들여다보듯 고개를 숙여 가까이 다가오자 나현은 숨을 참았다. 싸늘한 냉기를 담은 바니의 얼굴은 찔러도 피 한 방울 나오지 않을 것처럼 무섭게 보였다.

[없지? 아니면 죽는 것을 본 적은? 아, 그것도 없으려나? 그러니 겁도 없이 나이프를 들고 헛짓을 한 거겠지.]

나현은 몸이 저절로 바들바들 떨렸다. 루카가 왜 그리 걱정하며 못 하게 말렸는지 비로소 제대로 깨닫는 중이었다.

[이번에는 겁이 없었던 것으로 쳐 주지.]

"읍!"

나현은 자신이 바니를 더 자극했음을 깨달았다. 무자비하게 닿은 입술은 물어뜯는 것처럼 입술을 깨물고 비벼 댔다. 그의 혀가 윗입술의 속살을 핥을 때는 등줄기로 소름이 돋았다. 나현은 바니의 손을 떼어 내려 그의 팔을 잡았지만 요지부동이었다. 아랫입술이 그의 입안으로 빨려 들어갈 때는 숨이 깔딱깔딱 넘어갈 것 같았다.

하지만 나현은 바니의 혀가 입안으로 들어오는 것만은 허용하지 않으려 이를 악물고 버텼다.

[벌려.]

입술을 살짝 뗀 바니가 으르렁거리듯 말했지만 나현은 고개를 흔들며 그의 손아귀를 빠져나가려고만 했다.

"아악!"

열을 받은 바니가 턱을 그러쥔 손에 힘을 싣자 나현은 고통에 비명을 질렀다. 그때 바니의 혀가 입안으로 거칠게 파고들었다.

[욱!]

악력을 이기지 못한 나현은 바니의 혀를 입안에 들여놓자마자 있는 힘껏 깨물어 버렸다.

짝!

그와 동시에 오른쪽 뺨에서 불이 일었다. 혀를 한 번 깨물다 말 줄 알았는데 나현이 꽉 물고 놓지 않자 당황한 바니가 본능적으로 뺨을 가격했다.

고개가 옆으로 돌아간 나현은 중심이 휘청거릴 정도였다.

[시엔나!]

소리를 꽥 지른 바니가 입을 손으로 가리고 뒤로 물러나자 나현은 씩씩거리는 눈빛으로 보란 듯이 입술을 닦아 냈다. 입안을 맴도는 피 맛에 눈을 찡그린 나현은 손등을 내려다봤다. 피가 묻어나는 것으로 보아 입술이 터진 모양이었다.

[너한테 절대 예쁘게 굴 마음 없어.]

나현은 바들바들 떨리는 몸을 진정시키려 주먹을 꽉 쥐고는 낮지만 단호하게 말했다. 그런 나현을 보던 바니가 뒤로 한 발 물러나더니 흐트러진 앞머리를 쓸어 넘겼다. 나현은 살벌하게 쳐다보는 바니의 눈빛에 기가 죽지 않으려 노력했다.

[방으로 돌아가.]

바니의 말이 떨어지자마자 나현은 자리에서 일어났다. 무서워 도망치는 것처럼 보이겠지만 피하는 것이 자신을 지키는 일이라는 것쯤은 알고 있었다.

쾅, 소리를 내며 문이 닫힌 다이닝 룸 너머에서 웃음소리가 터져 나왔다. 그 웃음소리가 누구의 것인지 아는 나현은 귀를 틀어막으며 그 자리를 벗어났다.

[혀를 깨물어?]

바니는 자신의 입술을 문질러 닦은 손바닥을 펴 보다 혼잣말을 했다.

[하아…… 재미있겠네. 하하하, 하하.]

어이없다는 듯 한숨을 내쉬던 바니는 이내 기대에 찬 얼굴로 소리 내어 웃기 시작했다.

24화

거래

쿵!

거칠게 방문을 닫은 나현은 숨을 몰아쉬었다. 그러다 신경질적으로 입술을 닦아 냈다. 그것도 성에 안 찼던 나현은 욕실로 들어가 칫솔질을 시작했다.

"……!"

바니와 닿았던 치아며 혀를 말끔히 씻어 내듯 양치하다 나현은 멈칫했다.

툭.

나현은 거울에 비친 자신의 얼굴을 보고는 들고 있던 칫솔을 떨어트렸다. 오른쪽 뺨은 발갛게 부풀어 있고 입술은 찢겨 피가 맺혀 있었다.

사정없이 날아오던 커다란 손에 가격당하는 순간 아무 생각도 할 수 없을 만큼 골이 흔들렸다. 사람은 이렇듯 자신의 신체에 위해가 가해지면 숨겨져 있던 폭력성을 드러내기 마련이다.

"개새끼."

나현은 입안을 헹구다 욕지거리를 내뱉으며 세면대를 꽉 움켜쥐었다. 그 자리에서 무릎을 접고 앉은 나현은 두 손에 얼굴을 파묻었다. 갑자기 서러움이 밀려들며 루카가 너무 보고 싶었다.

똑똑똑.

노크 소리가 났지만 나현은 대꾸하지 않았다. 지금은 누구도 이 방 안에 들이고 싶지 않았다. 하지만 자신의 대답 같은 건 필요가 없는 건지 문이 벌컥 열리는 소리가 났다.

욕실에서 쳐다보며 그대로 있자 메이드가 빠른 걸음으로 다가왔다.

[식사를 가져왔습니다.]

메이드가 음식이 올려진 트레이를 테이블에 놓고 뒤로 물러나 나현을 쳐다봤다. 방금 먹다 만 아침 메뉴가 그대로 차려져 있었다.

[아침을 제대로 드시지 않았다고 바니 님이 보내셨습니다.]

"하……."

어이가 없다는 듯 한숨을 푹 내쉰 나현은 메이드가 나가기를 기다렸다. 하지만 메이드는 테이블과 좀 떨어진 자리에서 대기하고 있었다.

[뭐 하는 거예요?]

[다 드시는 것을 보고 오라고 하셨습니다.]

미친놈. 나현은 욱하는 마음이 들어 미간을 잔뜩 구겼다. 하지만 죄 없는 메이드에게 화를 낼 수는 없었다.

[나가면 먹을게요.]

[네? 아, 네. 그럼 문밖에서 대기하고 있겠습니다.]

소화가 안 돼서 못 먹겠다는 말을 하려다 나현은 방법을 바꿔 메이드를 내보냈다. 옆에서 감시하는 것도 아니고 서로가 못 할 짓이지 않은가 말이다.

"하아."

메이드가 나가고 나자 나현은 소파에 털썩 앉았다가 옆으로 누워 음식을 빤히 쳐다봤다.

'넌 이 바닥이 얼마나 위험한지 모르잖아.'

화를 억누른 루카의 음성이 들리는 듯했다. 말을 안 듣고 고집을 피우는 나현을 어쩌지 못하고 나중에는 그녀의 뜻에 따라 주던 그였다. 제멋대로인 것 같지만 사실은 나현에게 모든 것을 맞춰 주고 있었다.

'차라리 그냥 키스 한 번으로 끝내지 그랬어?'

루카에게 호신술을 배우다 임기응변으로 머리 박치기 했을 때를 떠올린 나현은 피식 웃다 눈을 감았다. 눈꼬리에서 흘러내린 눈물이 소파를 적셨다. 손등으로 눈물을 닦은 나현은 천천히 자리에서 일어나 앉았다. 잠을 제대로 못 잤는데도 잠이 오지 않았다.

나현은 소파에서 일어나 발코니로 나갔다. 만일을 대비해 도주로를 알아 두려 함이었다. 옆 발코니와 얼마나 떨어져 있는지를 살피던 나현의 얼굴에 낭패감이 어렸다.

"너무 멀다."

난간에 서서 발돋움을 하기에는 위험 부담이 너무 컸다. 게다가 제자리멀리뛰기로 건너기에는 거리가 만만치 않아 나현으로선 자신이 없었다. 1층으로 뛰어내리는 것도 불가능해 보였다. 만에 하나 발목이나 다리가 부러지지 않고 성공한다고 해도 바니의 부하들에게 잡힐 가능성이 컸다.

탁.

뭔가가 닫히는 소리에 돌아보던 나현은 멈칫했다. 메이드가 트레이를 가지러 왔나 했는데 아니었다.

[시위하는 거야?]

테이블에 놓인 음식을 슬쩍 내려다본 바니가 눈살을 찌푸렸다. 나현이 음식을 안 먹는 게 바니에게는 시위하는 걸로 보이는 듯했다. 하긴, 시위의 일종이기는 했지만.

[배 안 고파.]

나현은 자신을 방어하듯 팔짱을 끼며 차분하게 말했다. 아까 같은 일이 또 일어나지 말라는 법이 없으니 미연에 적당한 거리를 유지할 생각이었다.

[여기서 하루 이틀 지낼 것도 아닌데 식사는 제대로 해.]

바니의 말에 나현은 입술을 질끈 깨물었다. 생각처럼 쉽게 못 나갈 거라는 말이었다.

[지금 말고 이따가 먹을게.]

나현은 시큰둥한 얼굴로 대충 대답하고는 그 자리에 가만히 서 있었다. 바람이 제법 불어 머리칼이 뺨을 어지럽혔다. 주변에 건물이 없어 모든 바람이다 스치고 가는 그런 곳이었다.

[이제 겨울이라 바람이 차.]

나현은 바람에 흐트러진 머리칼을 귀 뒤로 넘기며 바니의 말을 무시하듯 그냥 가만히 있었다. 추워도 네 곁에 있는 것보다 여기가 더 낫다고 속으로 중얼거리면서.

[흐음.]

나현이 들어오지 않고 발코니에서 버티고 서 있자 바니가 낮은 한숨을 내쉬더니 바지 주머니에 손을 찔러 넣었다.

[내가 나갔다 올 동안 식사를 해.]

바니가 자신이 돌아오기 전까지 식사를 끝내라는 말에 나현은 속으로 비웃었다. 먹을 거였다면 진작에 먹었을 테지.

대답이 없는 자신을 바니가 빤히 쳐다보자 나현도 쳐다만 보고 있었다. 그러다 아차, 싶어 입을 열었다.

[어디 가는데?]

나현은 대수롭지 않게 넘기려다 혹시 루카를 만나러 가는 것이 아닐까 싶어 마음이 두근거렸다.

[뭔가 기대하는 눈빛인데?]

나현은 속을 들킨 것 같아 눈썹을 일그러트렸다. 바니 앞에서는 표정 하나도 그냥 지을 수 없다는 것을 알았다.

[됐어.]

나현은 관심 없다는 듯 고개를 돌리고 속으로 카운트다운을 했다.

'1, 2, 3, 4…….'

[회장님 호출.]

바니가 몇 초 만에 대답할지 가늠하고 있던 나현은 의아한 듯 고개를 기울였다. 짜증 난 듯 불쾌한 표정을 짓는 바니였다.

바니의 갑갑한 표정으로 미루어 보아 아버지를 대면하는 일련의 일들을 반가워하지 않고 몹시 불편해하는 듯했다.

[아버지를 만나는 것이 불편한가?]

나현의 질문에 멈칫하던 바니가 이마를 짚으며 잠시 생각하더니 입꼬리를 묘하게 비틀었다.

[단속을 해도 이 집에는 눈과 귀, 입이 많아.]

바니의 말에 나현의 눈이 가늘어졌다. 숨기고 싶어도 드러나고 만다는 즉, 비밀을 지킨다는 것이 쉽지 않다는 말이었다.

나현은 바니가 왜 저런 말을 할까 싶어 가만히 생각했다. 이 저택에 변수가 작용하면 그 보고가 재클린 회장의 귀에 반드시 들어간다는 말이었다. 그렇다면 지금 바니의 외출은 나현 자신과 관련 있다는 소리였다.

[진석을 데려왔을 때도 회장이 호출했어?]

나현은 정말 알고 싶은 것을 묻기 전 확인할 것이 있어 진석의 일을 물었다. 바니가 대답하지 않아도 표정이나 태도로 답을 유추할 생각이었다.

[아니.]

바니가 대답해 주지 않을 거라고 생각했는데 의외로 순순히 말해 줘 놀랐다.

[그럼, 나 때문에 회장이 찾는 거야?]

나현은 하고 싶었던 질문을 아무렇지 않다는 얼굴로 일부러 툭 던졌다. 만일 재클린 회장의 호출이 나현 때문에 이루어진 것이라면 바니와의 관계가 주요 관건일 듯했다.

[여자를 저택에 머물게 한 적이 없거든.]

"아!"

나현은 짧은 탄성을 내뱉다 아랫입술을 깨물었다. 재클린 회장은 나현의 존재가 바니에게 어떤 의미인지 파악하려는 것 같았다. 나현이 필요 없는 존재면 재클린 회장이 나서서 정리하려 들 것이다. 그러면 제자리로 돌아가는 게 예상 밖으로 쉽게 해결될지도 모른다.

[그래, 잘 다녀와.]

희망을 감춘 나현이 덤덤한 목소리로 인사를 건네자 나가려던 바니가 멈춰 섰다. 입꼬리를 비릿하게 올리던 바니가 발코니로 성큼성큼 다가오는 바람에 나현은 화들짝 놀랐다.

[그만 들어와.]

바니가 발코니로 나오지 않고 손만 내밀자 나현은 주춤거리며 뒤로 물러섰다.

[내가 거기로 나가기 전에.]

협박도 아주 가지가지로 한다 싶은 얼굴로 바니를 보던 나현은 걸음을 뗐다. 그가 서 있는 곳을 피해 안으로 들어서자 바니가 못마땅하다는 듯 거칠게 입을 열었다.

[자꾸 그렇게 피해 다니면 다리를…….]

[되도 않는 위협 하지도 마!]

바니의 말에 나현은 반항심이 치솟아 바락 소리를 질렀다.

"흡!"

갑자기 바니가 불쑥 다가와 앞에 서자 나현은 놀라 눈을 질끈 감으며 어깨를 움츠렸다.

[넌 달라서 힘들다.]

나현이 무슨 말인가 싶어 멀뚱한 눈으로 올려다보는데 바니가 손을 들어 머리를 쓰다듬었다. 모골이 송연해진 나현은 뒤로 확 물러나다 문턱에 발이 걸리며 중심을 잃었다.

"어? 어어!"

나현은 이대로 넘어지면 프렌치 도어에 등을 찧을 것 같아 뭐라도 잡으려 팔을 허우적거렸다. 그러다 바니가 손을 뻗는 것을 보았다. 무슨 생각으로 그런 건 아닌데 나현은 반사적으로 잡아 주려는 바니의 손을 탁 쳐 내 버렸다. 그 바람에 나현은 발코니로 넘어지며 도어 손잡이 부분에 머리를 세게 찧었다.

퉁, 투당탕!

[시엔나!]

의식을 잃던 찰나의 순간에 나현은 바니가 부르는 자신의 이름이 참 낯설다고 생각했다.

"움! 크로마!"

루카는 차에서 내려 한걸음에 저택 안으로 들어가 그들을 찾았다. 고요하게 가라앉은 공기가 질식할 것처럼 몸을 죄여 오고 있었다.

"루카!"

거실 문이 활짝 열리더니 크로마가 뛰어나왔다. 와락 안기는 크로마를 루카는 꼭 안아 주었다. 절대 위험하지 않다고 설득해 팀에 합류시켰는데 정작 위험할 때는 지켜 주지 못한 것이다.

"크로마, 다친 덴 없어?"

"난, 난 괜찮아요. 그런데 윰이 많이 다쳤어요."

루카는 크로마를 따라 성큼성큼 안으로 들어갔다. 얼마나 맞았는지 유렘의 얼굴이 엉망이었다. 눈두덩과 코가 부어 있어 앞은 어떻게 보며 숨은 어떻게 쉬나 걱정이 들 정도였다.

"루카 님?"

"윰. 아픈 건 어때?"

"미안하다. 나현 못 지켰다."

루카는 아프다는 소리는 않고 미안하다고 먼저 사과하는 유렘의 손을 꽉 맞잡으며 어금니를 물었다. 힘들었지만 이들이 곁에 있어 줘서 버틸 수 있었다. 거추장스럽고 순탄하지 않은 일에 다들 묵묵히 제 할 일을 해 준 덕분에 끝이라는 곳에 도달할 수 있었다. 그런데 마지막에 너무 안심한 탓인지 다들 몸뿐만 아니라 정신까지 다치게 만들었다.

"내가…… 미안해."

루카는 울컥하고 올라온 울분을 삼키며 유렘의 어깨를 한 번 잡았다 놓았다. 뒤이어 들어온 란토가 유렘과 대화할 수 있게 자리를 비켜 준 루카는 휴대폰을 꺼내 들었다.

"루카."

뒤에서 크로마가 부르자 루카는 휴대폰을 다시 바지 뒷주머니에 넣었다.

"어떻게 된 건지 설명해 봐."

"루카가 공항을 떠났을 즈음 바니가 들이닥쳤어요. 부하 여섯 명을 데리고 왔는데 바니와 워킨스까지 합치면 8명이었어요. 윰이 못 들어오게 막으려 했는데 여섯 명이 기습적으로 공격하는 바람에 역부족이었나 봐요."

"넌?"

"난 나현 씨를 데리고 도망치려고 했는데 계단에 도착하기도 전에 워킨스한테 잡혔어요."

"하아, 나현이 여기 있는 것을 알고 온 거야?"

"알고 온 거였어요. 어디 있냐고 묻는데 내가 비명을 질러 나현에게 알리려 하니까 입에 재갈을 물렸어요."

이마를 짚으며 눈을 감았던 루카는 마른세수를 했다. 미행이 붙을 경우를 대비했다 여겼는데 그 수를 바니에게 들킨 모양이었다.

"저기, 루카……."

크로마가 망설이다 입을 떼자 루카는 그녀를 똑바로 쳐다봤다.

"바니가 나현 씨를 가만두지……."

"크로마, 그만……. 그런 말은 듣고 싶지 않아."

크로마가 무슨 말을 하려는 것인지 다 듣지 않아도 짐작하고 있었다. 바니의 저택으로 끌려간 나현이 무사하지 않을 수도 있었다. 하지만 나현의 성격으로 보아 호락하게 굴지 않았을 거라는 예상은 가능했다. 하지만 만일 힘으로 눌렀다면……. 젠장!

속으로 욕을 내뱉은 루카는 사나운 눈빛이 되어 휴대폰을 다시 꺼내 들었다.

— 루카?

루카는 터질 듯한 화를 억누르며 호흡을 가다듬었다.

[그녀는 무사합니까?]

화가 나니 오히려 더 정중한 말투가 튀어나왔다. 평소 화가 나면 무서울 정도로 이성적으로 변하는 루카였다.

— 누구?

루카는 한쪽 눈썹을 휙 치켜올렸다. 누구를 지칭하는지 알면서 능청스럽게 구는 바니를 박살 내고 싶었다.

— 아! 시엔나?

루카는 어금니를 맞물고 주먹을 말아 쥐었다. 혼자였을 땐 약점이 없었지만 하나둘 뜻을 같이한 사람이 늘수록 약점도 늘어나는 법이었다.

— 무사해.

[목소리를 들어야겠습니다.]

— 그건 좀 곤란한데…….

바니가 바꿔 줄 거라는 기대는 애초에 없었다. 하지만 옆에 있다면 아주 작은 목소리라도 캐치할 수 있을 거라고 생각했다. 아니면 그녀가 무슨 소리라도 내 지르기를 바랐다. 그런데 바니가 곤란하다는 듯 말끝을 흐리는 것이 이상했다.

[다쳤습니까?]

섬뜩한 날카로움이 뒷덜미를 가격하고 심장을 베고 지나가는 기분이었다.

— 그게 넘어지면서 머리를 좀…….

"……!"

순간 루카는 심장이 쪼그라듦을 느끼며 미간을 찡그렸다. 거꾸로 쏟은 피가 목까지 차오르는 기분이었다.

바니가 말을 듣지 않는 그녀를 제압하려고 위해를 가했다고 생각한 루카는 휴대폰을 쥔 손에 힘을 줬다.

[지금 가겠습니다.]

어금니를 꽉 문 채 루카는 잇새로 말을 뱉었다.

— 늦었어. 내일…….

[지금 갑니다.]

루카는 저 할 말만 하고는 통화를 끝내 버렸다. 지금 바니의 저택으로 간다는 건 위험했다. 바니의 부하를 제거했다 하더라도 이미 정보를 입수했을 수도 있었다.

"루카."

옆에서 통화 내용을 듣고 있던 크로마의 표정이 일그러졌다.

"크로마, 다녀올 테니……."

"가지 마요. 가면 못 돌아올 거야."

소매를 붙잡고 매달리는 크로마가 금방이라도 울 것 같은 표정을 지었다.

"그녀가 안전한지만 보고 올게. 다녀오는 동안 여기 철수 준비 부탁해."

"바니는 우리가 진석을 찾는 걸 알면서 입도 열지 않았어요. 그런데 거길 간다고?"

크로마가 발을 동동 구르며 목소리를 높이자 루카는 다문 입술에 힘을 줬다. 바니는 자신이 불리해지면 협상 카드로 진석을 쓸 생각이었을 것이다.

"그녀가 위……. 그곳에 있어."

나현이 위험하다는 말을 삼킨 루카는 초조함이 일었다. 말리는 크로마의 마음을 모르지 않지만 그녀의 얼굴을 보지 않고는 일이 손에 안 잡힐 것 같았다.

"가면 바니가 루카를 죽일 거야."

"알아."

"그런데도 간다고요?"

루카는 걱정스러운 얼굴로 올려다보는 크로마의 머리를 가볍게 쓰다듬어 주었다.

모라타 조직에 들어가 밑바닥에서부터 크는 것이 쉬운 일이 아니었다. 위험한 일이 곳곳에 산재해 있었고 다치는 일은 다반사였다. 한 가지만 바라보며 달려오지 않았다면 벌써 무너졌을 것이다.

'잘못된 신념으로 뭉친 사람은 그 주위를 힘들게 해.'

란토, 유렘, 크로마에게 뜻을 같이하자고 제안하며 똑같이 했던 말이었다. 그럼에도 제 손을 잡아 주고 지금껏 함께한 이들이었다.

"위험한 짓 안 해. 그녀가 괜찮은지만 보고 올 거야."

"바니한테 가는 것 자체가 위험한 거예요!"

크로마가 왜 모르냐는 얼굴로 루카의 팔을 잡았다. 루카는 자신의 팔을 잡은 크로마의 손을 보다 천천히 떼어 내고는 손을 맞잡았다.

"크로마, 미리 세워 둔 계획대로 진행 부탁해."

"루카, 흑."

기어이 울음을 터트리는 크로마의 어깨를 쓰다듬어 준 루카는 란토를 향해 고갯짓을 했다. 그러자 란토가 다가와 크로마를 루카한테서 떼어 내 주었다.

"아냐, 안 돼. 가지 마요. 흑흑흑."

"크로마, 왜 아기같이 울고 그래."

크로마가 잔뜩 찌푸린 얼굴로 막막하게 서 있는 것을 보면서도 루카는 등을 돌렸다. 나현을 이 일에 끌어들인 것 또한 자신이었다. 자신이 원하는 것을 쥐여 주기 위해 그녀가 바니에게 갔음이 분명했다. 그렇게 바라던 진석을 찾았는데 일이 더 꼬여만 갔다.

탁.

문이 닫히자 크로마가 란토에게 매달리며 큰 울음소리를 냈다.

"란토, 저건 죽으러 가는 거야!"

크로마가 안타까운 얼굴로 소리치자 란토가 진정하라는 듯 그녀를 자리에 앉혀 주었다.

"내가 형님이어도 갔을 거야."

"알아! 나도 나현 씨가 위험한 곳에 있어 걱정돼! 그러면서도 루카가 더 걱정되는 걸 어떻게 해! 엉엉."

란토는 루카가 못 가게 막을 수밖에 없는 크로마의 마음을 모르지 않았다. 그러면서 마음 한편에서는 나현에게 미안해 죄책감을 느끼고 있었을 것이다.

"지금 형님은…… 나현 씨를 봐야 숨 쉴 수 있을 거야."

란토는 그녀의 등을 토닥이며 조용히 읊조렸다.

"그것밖에 못 해? 그러니까 다치는 거지."

나현은 미간을 찡그리며 불만스러운 표정을 지었다. 왜 매번 만나기만 하면 자신을 잡아먹지 못해 안달인지 이해가 안 됐다. 뭐가 못마땅한지 투덜거리는 것도 마음에 안 들었다.

"내가 미워?"

"미운 정은 있지."

치이. 나현의 입이 비죽 내밀어졌다. 자신은 좋아하는데 상대는 그렇지 않아 속상했다. 일방적인 사랑이 아니라 여겼는데 혼자 하는 사랑이었나.

"뭐 하는 거야?"

"뭐가?"

나현은 멀뚱한 눈으로 사나운 표정을 짓는 루카를 쳐다봤다.

"여기서 뭐 하는 거냐고!"

445

"헉!"

[시엔나!]

눈을 번쩍 뜨자 바니의 얼굴이 제일 먼저 눈에 들어왔다. 나현은 반사적으로 눈살이 찌푸려졌다.

[정신이 들어?]

걱정스러운 눈으로 자신을 내려다보는 바니를 보고 싶지 않았다. 나현은 손을 들어 자신의 눈을 가리며 어떻게 된 일인지 생각했다.

[머리를 부딪쳤어.]

중심을 잃고 넘어지는 순간 다칠 거라는 예상은 했는데 머리 부위는 아니었다. 엉덩이를 심하게 찧겠구나, 생각했는데 머리라니.

[더 누워 있…….]

[됐어.]

나현은 링거 바늘을 뽑아 던지고는 손으로 주삿바늘을 뺀 자리를 꾹 눌렀다. 급하게 일어난 탓인지 머리가 어지러웠다. 침대를 내려가려던 나현은 눈을 감고 잠시 가만히 있었다.

[그렇게 급하게 움직이면 위험해.]

바니의 걱정스러운 목소리가 들리자 나현은 소리를 지르고 싶었다. 네 걱정 따위 필요 없으니 집어치우라고.

[바니 님. 루카가 오고 있습니다.]

"……!"

나현은 고개를 번쩍 들었다. 의식을 잃었을 때 루카의 꿈을 꾼 것은 그가 이곳으로 오고 있기 때문이었을까. 무의식중에 그것을 깨달았던 게 아닐까.

[시엔나, 앉아.]

나현이 침대에서 일어나자 바니가 앉으라며 명령했다. 하지만 나현은 그럴 생각이 전혀 없었다. 루카가 오고 있다는데, 곧 도착한다는데 방에 처박혀 있을 마음은 조금도 없었다.

[루카를 볼 거야.]

살아서 돌아온 루카를 봐야 했다. 두 눈으로 확인하고 자신은 괜찮으니 걱정하지 말라고 전해야 했다.

[내 말 안 들려!]

"아!"

나가려는 나현의 손목을 확 낚아챈 바니는 그녀를 가만두지 않을 것처럼 살벌하게 쏘아봤다.

[멀리서라도 보게 해 줘. 아니면 네 뒤에 서서라도 보게 해 줘.]

바니가 가늘어진 눈으로 나현의 얼굴을 보더니 갑자기 비열한 웃음을 지었다. 마치 의문을 가졌던 문제를 푼 듯 묘한 얼굴이었다.

[루카를 살리고 싶으면 여기 있어.]

바니가 부탁을 들어줄 마음이 없음을 내비치자 나현은 쐐기를 박듯 말을 덧붙였다.

[도망 안 가. 네 곁에 딱 붙어서 루카 얼굴만 볼게.]

입을 다물어 버린 바니의 입술이 열릴 것 같지 않아 나현은 애가 탔다. 이 위험한 곳으로 루카가 온다고 하는데 방에 갇혀 못 만난다는 건 있을 수 없는 일이었다. 마음 같아서는 루카와 도망치고 싶은 심정이었지만 자신이 이 저택을 쉽사리 나갈 수 없는 이유가 하나 있었다.

[진석의 목숨이 달린 일인데 내가 약속을 안 지킬 것 같아?]

나현은 자신이 이곳을 나가지 않는 이유를 바니에게 인식시키며 올곧게 쳐다봤다. 진석을 거론한 것이 먹혔던 것인지 바니가 입꼬리를 비틀더니 천천히 고개를 끄덕였다.

[어디 있습니까?]

차에서 내려 다짜고짜 묻는 루카를 보며 바니는 입꼬리를 비틀었다. 다른 얘기를 하기도 전에 그녀부터 찾을 만큼 그렇게 걱정이 되었던 걸까.

[잘 있어.]

루카의 눈빛이 사납게 일그러지는 것을 보며 바니는 느긋하게 팔짱을 꼈다.

[여기서 이러지…….]

철컥.

권총의 안전장치를 푸는 소리에 바니는 흠칫 놀라며 팔짱을 풀었다. 루카가 총을 꺼내 바니를 겨누자 주위에 서 있던 바니의 부하들도 일제히 총을 꺼내 루카를 겨눴다.

[루카? 이런다고 해결이 되지는 않아.]

루카의 눈빛이 평소와 다르다는 것을 그제야 깨달은 바니는 손을 내저으며 어색하게 웃었다.

[데려가겠습니다.]

당연하다는 듯 구는 루카를 보는 순간 바니의 심기가 뒤틀렸다. 그렇게 당당하게 요구할 입장이 아니지 않느냐 말이다. 그리고 지금 자신을 겨눈 총구보다 루카를 겨눈 총구가 더 많았다.

[방아쇠를 당기는 순간 넌 벌집이 될 거야.]

[같이 죽죠.]

[뭐?]

[누가 더 빠르게 방아쇠를 당길까요?]

루카의 사격 솜씨를 익히 알고 있기에 그냥 하는 말이 아님을 알고 있었다. 그의 말대로 루카의 총알이 먼저 자신의 가슴을 관통할 거라는 건 보지 않아도 짐작 가능한 일이었다. 그의 총알은 정확하게 자신의 목이나 심장을 관통할 것이 뻔했다. 자신이 죽고 난 다음에 루카가 벌집이 되어 죽든 말든 무슨 소용이 있단 말인가.

반대로 루카를 먼저 벌집 내는 일도 곤란했다. 오늘 그가 성사시킨 거래의 돈 가방이 아직 들어오지 않았던 것이다. 루카가 죽게 된다면 분명 돈은 사라질 것이다, 발이 달린 것처럼.

마지못한 바니는 뒤를 돌아 워킨스를 향해 고갯짓을 했다. 워킨스가 문을 열자 그녀가 튕기듯 뛰어나왔다.

"루카!"

워킨스가 시엔나의 팔을 잡고 있지 않았다면 그녀는 루카에게로 곧장 달려갔을 것이다. 바니는 구겨진 눈으로 시엔나를 보다 루카를 돌아봤다.

시엔나는 루카와의 사이를 연인이 아니라 거래를 한 사이라고 말했지만 하는 행동은 달랐다. 루카가 왔다는 말에 참지 못하고 나온 행동만 봐도 알 수 있었다. 돈을 받기위해 그의 생사가 궁금했다면 살아 있다는 것만 확인하면 되는 것이었다. 그런데 애가 마르는 얼굴로 그를 보려고 기를 쓰던 시엔나였다.

물론 루카도 마찬가지였다. 다짜고짜 그녀의 안위부터 확인하려 들다니.

[총을 바닥에 내려. 안 그러면 시엔나도 벌집이 될 거야.]

루카가 잠시 망설이는 듯했지만 권총을 내려놓지는 않았다. 여전히 대치 중인 상태로 서 있는 것이 못마땅했지만 바니도 더 이상 루카에게 요구하지 않았다.

다만 그녀를 빠르게 훑어보며 안위를 체크하는 루카의 눈길에 비식 웃음이 나왔다. 여자 때문에 약하게 구는 루카를 보니 뭔가 통쾌한 기분이 들었다. 감정이 없는 놈처럼 좀체 기죽지 않던 천하의 루카가 무서워하는 것이 있을 줄이야.

[보다시피 그녀는 무사해.]

[그녀를 놔줘.]

바니의 눈썹이 휙 치켜 올라갔다. 정중하게 말하던 루카의 말투가 변해 있었다. 싸늘한 냉기를 안고 자신을 죽일 것처럼 쳐다보는 루카의 눈빛에 괜히 상처 입는 느낌이었다. 살갑게 대하지는 않지만 그래도 자신에게 예의를 갖추던 루카였는데 말이다.

[원인이 여기 있군.]

혼잣말을 한 바니는 입꼬리에 비소를 걸었다. 서로가 바라보는 눈빛이 애틋하다 못해 절절해 보이기까지 했다. 냉혈한 같던 루카를 뜨거운 사람으로 변하게 한 게 시엔나라는 것은 부정할 수 없는 일인 듯했다. 하지만 바니는 둘 사이를 인정하고 싶지 않았다.

[내일 중요한 거래가 있어.]

루카의 시선이 그녀에게 머물러 있는 것이 바니는 싫었다. 그래서 그를 다시 한번 불러 시선을 돌리게 만들었다.

[루카. 이번 거래를 성공시켜.]

픽 웃는 듯한 루카를 보며 바니는 눈을 가늘게 떴다. 모든 총구가 자신을 향해 있는데 떨지도 않고 그렇다고 당황하지도 않는 루카가 마음에 안 들었다. 하물며 그녀마저 위험에 빠트리는 일인데도 말이다.

[이번에는 무슨 함정이지?]

루카가 아무렇지 않은 얼굴로 오늘 저녁 메뉴가 뭐야, 하고 묻는 것 같아 바니는 속으로 당황했다. 하긴 자신의 부하를 죽이고도 이곳에 당당하게 나타난 루카였으니.

[중요한 거래여서 네가 필요해.]

[관심 없는데.]

총구는 여전히 바니를 향해 있지만 간간히 그녀를 향해 시선을 움직이는 루카였다.

[이번 거래를 성공하면 그녀를 풀어 줄게.]

순간 멈칫하는 루카를 보며 바니는 묘한 미소를 지었다. 그녀를 향한 루카의 심정이 어떤지 짐작하고도 남음이었다. 쉽게 거절하지 못할 것이다.

[……어떻게 믿지?]

[진석을 지금 바로 풀어 줄게.]

미간을 구기는 루카의 표정으로 보아 갈등하는 것이 느껴졌다. 바니는 한쪽 입꼬리에 비릿한 웃음을 달고는 시엔나를 쳐다봤다. 당장 그녀를 놔주라던 루카가 정작 누구를 선택하는지 똑똑히 지켜보라는 의미였다. 눈이 마주친 그녀의 눈동자에 혼란스러움이 가득했다.

[그녀는 네가 일을 성공하면 보내 주지.]

시엔나의 시선이 천천히 루카를 향해 가자 바니는 그녀의 앞을 가리듯 막아섰다. 뒤에서 시엔나가 작게 반항하는지 워킨스와 실랑이를 하는 듯했지만 바니는 개의치 않았다.

[장소, 시간?]

루카가 간결하게 거래에 관한 것을 묻자 바니는 시엔나를 슬쩍 돌아봤다. 하지만 그녀의 눈은 자신을 비켜 한 치의 흐트러짐도 없이 루카에게 향해 있었다. 그 모습을 본 바니의 눈빛이 점점 험악하게 일그러졌다.

25화
죽음

총구가 모두 루카를 향해 있는 것을 보자 나현은 얼굴이 하얗게 질렸다. 당장 그의 앞을 막아서고 싶었는데 워킨스에게 잡혀 갈 수가 없었다.

"루카!"

자신을 바라보는 루카의 눈빛에서 미안함이 전해져 왔다. 나현은 미안해하지 말라는 의미로 애써 환하게 웃어 보였다. 그러자 루카의 입술이 소리 없이 열렸다.

⟨설마, 맞은 거야?⟩

나현은 바니를 슬쩍 곁눈질한 후 루카를 향해 손짓했다.

{괜찮아.}

루카가 알아듣지 못할지도 모른다 여기면서도 오른손으로 주먹을 쥐고 새끼손가락을 펴 턱을 두 번 가볍게 두드렸다. 그러자 루카가 눈을 가늘게 뜨더니 입술만 움직였다.

⟨괜찮긴. 내가 안 괜찮아. 꼭 갚아 줄게.⟩

나현은 루카가 수화를 알아들었다는 안도감과 자신을 위해 복수해 주겠다는 말에 피식 웃고 말았다.

[내일 중요한 거래가 있어.]

바니의 말에 나현의 눈이 절로 커졌다. 바니가 루카를 기어이 죽음의 구렁

텅이로 밀어 넣으려는 것을 알기에 가만히 있을 수가 없었다.

{바니가 이번에도 널 죽이려고 해.}

수화를 읽은 루카의 입가가 비식 올라가는 것을 보며 나현은 미간을 구겼다. 웃음이 나오느냐며 혼내고 싶은데 그럴 수 없는 상황이었다. 지금 심장이 쫄려 죽을 것 같은데 그렇게 느긋하게 굴어지는 것인지.

⟨걱정 마.⟩

태평스러운 루카의 대답에 나현은 오히려 눈가가 시큰해졌다. 총구는 여전히 바니를 향해 있지만 간간이 그녀를 향해 시선을 움직이는 루카였다.

[중요한 거래여서 네가 필요해.]

나현은 저도 모르게 주먹을 움켜쥐고 바니를 노려봤다. 기어이 죽음으로 루카를 내모는 바니를 용서할 수 없었다.

{거절해.}

나현의 손짓을 본 루카의 미간이 설핏 찌푸려지더니 시선이 바니를 향했다. 루카는 살벌한 눈빛으로 바니를 쏘아보고 있었다. 눈빛으로 찌를 수가 있다면 아마도 피가 났을 것이다.

[관심 없는데.]

잘했어! 나현은 루카의 대답에 속이 시원해짐을 느끼며 입가를 둥글게 말아 올렸다. 그러자 루카가 고개를 기울이더니 입술을 움직였다.

⟨웃는 게 예쁘네.⟩

"……!"

긴장으로 숨을 죽이고 있던 나현의 심장이 벌컥 뛰어오르며 미친 듯이 박동하기 시작했다. 나현은 피식 웃다 못 말리겠다는 얼굴로 고개를 저었다. 저 여유는 어디서 나오는 건지.

루카의 입가가 보일 듯 말 듯 올라가는 중에 바니가 다시 입을 열었다.

[그녀는 네가 일을 성공하면 보내 주지.]

"……!"

나현의 고개가 바니를 향해 획 돌아갔다. 풀어 준다는 바니의 말이 의심스러워 나현의 눈이 가늘어졌다. 너무 쉽게 나오면 뭔가 꿍꿍이가 있다고 봐야 했다.

나현은 다급해진 얼굴로 루카를 쳐다봤다.

{거짓말이야.}

나현은 루카가 수화에 그리 능하지는 않지만 뜻은 알아들을 것이라 여겼다. 그런데 바니가 슬쩍 앞을 막아서는 바람에 움찔 당황했다. 루카가 못 봤을 확률이 있어 다시 전해 주려 발을 움직였는데 워킨스가 못 움직이게 팔을 잡아당기는 바람에 시간만 끌었다.

[장소, 시간?]

안 돼! 나현은 눈을 커다랗게 뜨고 루카를 향해 고개를 저었지만 그가 잘 볼 수 없는 듯했다. 나현은 루카에게로 달려가 응하지 말라고 말하고 싶었다. 바니가 무슨 일이 있어도 너를 죽이려 든다고 말하고 싶었다.

그런데 그때, 루카가 한 발 옆으로 움직이더니 소리 없이 입술만 움직였다.

〈반드시 살아 돌아와서 널 바니한테서 찾아갈게.〉

무한한 신뢰를 주는 루카의 눈빛이 나현의 가슴속으로 조용히 스며들어왔다. 나현은 눈가에 서서히 차오르는 물기 때문에 루카가 보이지 않아 눈을 깜빡였다. 그러자 루카가 다시 선명한 모습을 드러냈다.

〈키스하고 싶다.〉

루카의 말에 나현은 입가에 진한 미소를 짓다 고개를 끄덕이며 소리 없이 입술을 움직였다. 그가 알아듣든 못 알아듣든 상관이 없었다.

〈나도.〉

하지만 같은 마음이라는 것을 분명 알 것이다.

[넌 부정하지만 루카와 연인 사이라는 것을 알아.]

그 말에 더 이상 입을 열지 않던 시엔나의 표정이 바니는 머릿속에서 지워지지 않았다. 루카에게서 돈을 받고 일을 해 줬다는 그녀의 어설픈 변명을 모르지 않았지만 사실 둘이 아무런 사이가 아니라고 믿고 싶었다.

그런데 시간이 흐를수록 시엔나가 루카와 연인 사이라는 건 확고한 사실로 자리를 잡았다. 좀 전에 루카와 마주한 그녀만 봐도 알 수 있는 부분이었다.

[하…….]

그동안 원하는 대로 취할 수 있는 것이 여자였고 부족하지 않게 거느렸던 것이 여자였다. 그런데 시엔나는 이제껏 마음대로 대했던 여자들과 달리 제 뜻대로 되지 않았다. 기분이 상할 만한데도 바락대는 것이 즐거울 정도였다. 흥미를 일으키면서 반짝반짝 빛나는 여자였다.

[가만!]

바니는 순간 떠오른 생각에 눈을 가늘게 떴다. 서로를 바라보던, 시엔나의 눈길과 루카의 시선이 떨어질 줄 모르는 그 사이에 뭔가가 있었다는 느낌이 들었다.

[뭐지?]

바니는 천천히 되짚듯이 기억을 떠올렸다. 그러다 워킨스를 돌아보며 물었다.

[워킨스, 아까 그녀가 뭔가를 하지 않았나?]

[네?]

[그녀가 가만히 서 있기만 한 거야?]

[아…… 그게 전 루카만 쳐다보고 있어서. 언제 총을 쏠지 몰라 그의 행동만 주시하고 있었습니다.]

[아, 그래.]

바니는 알겠다는 듯 고개를 주억거리다 턱을 쓰다듬었다.

[손을 움직였던 거 같은데…….]

시엔나가 손을 움직였던 건 그냥 자연스러운 일일 수도 있었다. 그런데 그것을 보던 루카의 눈빛이 시시각각 변했음을 새삼 인지한 바니는 미간을 구겼다.

[서로 암호를 주고받았다?]

하지만 루카는 자신에게 총을 겨누고 있어 손이 자유롭지 않았다. 그렇다고 그녀를 향해 말을 걸지도 않았다. 그녀를 보며 작게 고개를 젓던 루카의 모습을 머릿속으로 재생하듯 떠올린 바니의 눈이 가늘어졌다.

[고개를 작게 끄덕이다 뭐라고 말을 했던 것 같은데 들리지는 않았어. 그렇다고 나한테 하는 말도 아니었고.]

[네?]

워킨스가 영문을 모르겠다는 표정을 짓자 바니가 그를 빤히 쳐다봤다.

[워킨스, 루카가 혼자 중얼거린 말을 들었어?]

[루카가 혼잣말을 했습니까?]

워킨스가 오히려 반문하자 바니의 얼굴에 비열함이 피어났다.

워킨스의 자리에서는 안 보였을 수도 있다. 하지만 자신은 루카와 정면에서 있었다. 총이 언제 발사될지 모르는 상황에서 루카가 호흡을 흐트린다는 건 뭔가 말이 안 되는 일이었다.

시엔나에게 집요할 정도로 시선을 두고 있던 루카의 모습. 보일 듯 말 듯 웃고 있던 시엔나의 얼굴. 그녀를 걱정해서 달려온 루카가 막상 그녀를 보자 안부를 묻기는커녕 한마디도 하지 않는 것이 이상했다.

[내가 뭘 놓친 거지?]

생각에 잠긴 바니는 턱을 가만히 쓰다듬다 마른세수를 했다. 시엔나의 눈길은 가끔 시선을 약간씩 벗어나고는 했었다. 천천히 미간을 모으던 바니는 고개를 번쩍 들었다.

[대화를 주고받은 거였어!]

[네?]

워킨스가 멀뚱한 눈으로 쳐다보자 바니는 이제 의문이 풀린 표정을 지었다.

[워킨스. 그녀가······.]

워킨스가 다음 말을 기다리며 서 있자 바니의 입가에서 혼자만 즐거운 듯 웃음이 슬슬 피어났다. 소리를 내지 않고 입술만 움직였던 루카의 행동으로 보아 그녀가 남다른 재주를 가진 듯했다.

[그녀가 무엇을 말입니까?]

재촉하듯 묻는 워킨스를 쳐다보며 바니는 눈동자에 잔인한 빛을 담았다. 걸려든 이상 확인하는 건 일도 아니었다.

[남다른 재주가 있는 것 같아.]

그제야 두 사람이 암호를 주고받았음을 깨달은 바니는 이마를 짚으며 눈을 가늘게 떴다. 보기 좋게 당했다는 생각이 들었다.

[남다른 재주요?]

당황하는 워킨스를 보며 웃음을 싹 거둔 바니는 눈살을 찌푸렸다. 바니는 어떻게 갚아 주는 것이 그들에게 가장 잔인할 것인지를 생각했다.

[워킨스…….]

시엔나가 보는 앞에서 루카를 없애 버리는 것이 가장 잔인할 것 같아 만족스러운 미소가 지어졌다.

[네, 바니 님.]

[아자르에 전화 넣어.]

[네.]

워킨스가 바로 휴대폰을 꺼내 전화를 걸었다. 바니는 그런 워킨스를 보며 입가에 써늘한 미소를 띠었다.

나현은 추운 겨울이 다가오자 해가 빨리 떨어지는 것을 느끼며 발코니에 서 있었다.

진석이 풀려나는 것을 보며 안심했다. 바니의 부하들에게 부축받아 나온 진석이 운전석으로 올라 준비할 때까지 루카는 바니를 향한 총구를 거두지 않았다. 그래서 다들 숨을 죽이고 그 상황을 관망했었다.

차가 출발하고 저택을 다 빠져나갈 때까지 나현은 그 자리에 서 있었다. 마음이 아프고 씁쓸했지만 적어도 풀어야 할 숙제 하나는 해결한 셈이었다.

'널 바니한테서 찾아갈게.'

"아……."

루카의 말에 설렌 나현은 갑자기 희망에 부풀었다. 자신을 싸한 눈길로 쳐다보며 뭔가를 억누른 듯한 바니의 태도가 신경 쓰였지만 무시해 버렸다. 바니가 그를 죽이려 해도 루카가 완벽하게 일을 처리할 것만 같아 든든했다. 그리고 조만가 이 저택에서 지내는 건 끝날 거라 생각했다.

[더디다.]

나현은 아직 하늘에 떠 있는 애꿎은 해를 향해 눈살을 찌푸리며 투덜거리다 멈칫했다. 혼자 있는데도 자신이 영어를 쓰고 있었다. 자연스럽게, 늘 그래 왔던 것처럼. 적을 속이려면 평상시에도 영어를 사용하는 것이 맞는 거겠지만 뭔가 이질적인 느낌이 들어 나현은 낮게 혀를 찼다.

"시간이 참 더디다."

[저녁은 잘 먹었다고?]

한국어로 말하던 나현은 만족한 미소를 짓다 바니의 목소리에 미간을 구겼다. 이제는 노크도 없이 맘대로 자신의 방에 막 드나드는 바니였다.

[그래서?]

뒤를 돌아본 나현은 잘 먹어도 불만이냐는 얼굴로 퉁퉁거렸다.

[더 먹고 싶은 건 없고?]

"……!"

나현은 고개를 젓다 움찔했다. 바니가 넥타이를 풀어내고 드레스 셔츠 단추를 한 개 툭 풀었다. 무슨 의도인지 몰라 나현은 경계의 눈으로 바니를 쳐다봤다.

〈오늘 밤 널 안을 거야.〉

"……!"

바니가 들리지 않게 혼자 말한 걸 읽은 나현은 놀라 뒤로 주춤 물러났다.

[아이스크림 가져오라고 했어.]

바니가 아무렇지 않은 얼굴로 다가오자 나현은 주먹을 꽉 말아 쥐었다. 바니가 작정하고 이 방에 들어왔음을 깨달은 나현은 입술만 아프게 깨물었다. 그러다 주위에 무기가 될 만한 것이 있나 하고 살폈다. 소파 옆 테이블에 놓인 장식용 꽃병이 눈에 들어왔다.

[앉아.]

바니가 풀어 둔 넥타이를 소파에 걸치더니 나현에게로 다가왔다.

나현은 입안이 바짝 마르는 기분이었다. 어쩌면 메이드가 아이스크림을 가져올 때까지 바니가 신사적으로 굴 수도 있었다. 그런데 만일 메이드가 들어오든 말든 자신을 안으려 한다면 빠져나갈 구멍이 없었다. 바니가 나현을 덮치는 현장을 봤다 하더라도 그의 나가, 라는 한마디면 메이드가 눈감고 귀막는 건 일도 아닐 것이다.

[앉으라는 말 못 들었어?]

나현이 생각하는 동안 코앞까지 다가온 바니였다. 오늘 루카가 다녀갔기 때문에 바니가 이렇게 작정하고 나오는 듯했다.

[아, 아이스크림 안 좋아해.]

나현은 그에게 잡히지 않으려 몸을 휙 돌렸는데 그대로 그의 품으로 끌려 들어갔다.

[놔! 놓으라고!]

나현은 바니의 손을 때리며 발버둥을 쳤다. 힘을 쓰는 부하들처럼 우락부락하지 않아 힘이 별로 없을 것이라 여겼는데 옴짝달싹할 수 없었다. 사실 바니 또한 근육이 단련된 부하들처럼 튼튼한 몸이라는 걸 몸이 닿은 순간 알 수 있었다. 나현은 단단하게 느껴지는 바니의 근육에 소름이 돋아 몸을 바르르 떨었다.

[그럼, 아이스크림 먹는 건 생략하고 바로…….]

눈앞이 명멸하는 느낌이 들었다.

[너하고 침대로는 절대 안 가!]

나현은 악을 쓰듯 소리를 지르고는 바니의 손등을 할퀴었다. 그러자 바니가 다른 팔로 나현은 더 끌어안으며 말했다.

[침대? 누가 침대로 간다고 했어?]

[뭐?]

나현은 멍해진 얼굴로 바니를 돌아봤다. 그의 입가에 묘한 웃음이 걸려 있었다. 뭔가 계획하던 것이 성공한 듯 만족하는 얼굴이었다.

[오늘 밤 보여 줄 것이 있어 외출하려고 했는데.]

"하아…….."

나현은 갑자기 몸의 기운이 빠지는 듯했다. 그래서 바니가 소파에 앉혀 주는 대로 가만히 있었다. 발버둥을 쳤더니 다리가 후들거리고 손이 덜덜 떨렸다. 분명 혼잣말하는 그의 입술을 읽었기에 바니의 행동을 오해했을 수도 있었다.

[갑자기 왜 그런 거지? 침대라니?]

바니가 다정하게 흐트러진 머리칼을 귀 뒤로 넘겨 주자 나현은 고개를 돌려 그를 쳐다봤다. 분명 그가 아까 자신을 안겠다고 했는데 너무 정신이 없어 착각한 것일까. 오늘 밤 너를 데리고 나갈 거야, 를 잘못 읽은 것일까.

[아까…….]

나현은 혼란스러운 눈으로 바니를 쳐다봤다.

[응?]

바니가 이제 좀 진정이 되느냐는 눈으로 고개를 기울이자 나현은 마른침을 삼켰다.

[아까 넥타이 풀면서 한 말…….]

나현은 확인하고 싶었다. 한 번도 독화를 하며 실수한 적이 없었다. 그런데 오늘 실수를 한 것일까. 바니가 호시탐탐 덮치려고 해서 그쪽으로 의식이 당연하게 흘렀던 것일까.

[넥타이 풀면서 한 말?]

바니가 모르겠다는 듯 고개를 갸웃하다 문 쪽으로 몸을 돌려 쳐다봤다. 나현은 메이드가 아이스크림을 들고 오나 싶어 그를 따라 같이 문을 쳐다봤다.

[바니 님, 아이스크림이 없어…….]

노크 소리가 나지 않았는데 메이드가 문을 열고 서 있었다.

〈쿠키를 가져왔습니다.〉

메이드가 말을 하다 갑자기 TV 리모컨의 무음 버튼을 누른 것처럼 소리를 내지 않고 입만 움직였다.

[쿠키……?]

나현 쪽으로 휙 돌아앉은 바니가 그녀의 양팔을 꽉 움켜쥐더니 눈을 마주 봤다.

[너 방금 '쿠키'라고 말했어?]

나현은 너무 당황스러워 입술을 벌린 채 바니만 뚫어지게 쳐다봤다. 자신을 보는 바니의 눈이 점점 확신으로 바뀌어 가고 있었다.

[아, 아냐. 쿠키 냄새가 나서…….]

나현은 변명을 하다 마른침을 삼켰다. 사실 쿠키 냄새보다는 커피 향이 더 강했다.

[가져와.]

바니가 지시하자 메이드가 트레이를 테이블 위에 올렸다. 트레이 안에는 커피와 아이스크림이 보란 듯이 담겨 있었다.

[아…….]

그것을 확인한 나현은 신음을 내뱉다 입술을 꼭 깨물었다. 이 모든 게 바니의 계산속에서 진행된 일임을 깨달은 나현은 벼랑 끝으로 내몰린 기분이었다.

[말하는 상대의 입술을 읽을 줄 알아, 네가.]

“……!”

나현은 조금 전에 실수한 독화를 생각하다 메이드의 말을 무의식적으로 따라 한 자신을 원망했다.

[앞으로 가.]

나현은 바니가 손에 망원경을 쥐여 주고는 창가로 툭 밀자 힘없이 걸음을 뗐다. 밤이 되니 도로에는 차들의 불빛으로 넘쳐 나고 사람들이 거리를 메웠다.

“하…….”

비어 있던 건물이라 그런지 냉기가 흘러 한숨을 쉰 나현의 입에서 입김이 나올 정도였다. 그러고 보니 보와츠에 처음 왔을 때는 여름이 한창이었는데 벌써 계절이 두 번이나 바뀌었다.

[보고 읽은 걸 말해.]

바니의 재촉에 나현은 마지못한 얼굴로 망원경을 눈에 가져가다가 다시 그를 돌아봤다. 루카를 보낸 거래 현장에 자신을 데려온 바니의 의도가 궁금했다. 설마 그가 죽는 것을 보여 주려고 이러나, 싶기도 했다.

하지만 루카가 성공하면 자신을 풀어 준다고 했으니 죽이지는 않을 것이라는 일말의 기대를 하고 있었다.

[왜?]

[정확이 어디를 봐야 하는데?]

[2층.]

대답해 준 바니가 고갯짓을 하자 나현은 망원경을 눈에 가져다 댔다. 길 건너 화려한 건물 2층 어딘가에 루카가 있을 것이다. 생각보다 사람이 많아 나현의 눈썹이 일그러졌다.

그러다 루카와 비슷한 분위기를 내는 남자를 확인한 나현은 저도 모르게 몸을 앞으로 기울였다. 신문을 펼친 채 분수대 근처에 앉아 있어 얼굴이 정확하게 보이지 않았다.

[찾았어?]

[신문에 얼굴이 가려서 맞는지 모르겠어.]

나현은 망원경으로 그가 루카인지 계속 확인하면서 말했다. 움직임이나 풍기는 분위기는 루카가 맞는 듯 보였다.

[확신이 없어?]

나현은 고개를 들어 바니를 쳐다봤다. 바니 또한 나현과 같은 망원경을 들고 건너편 건물을 확인하고 있었다. 그를 본 바니의 굳은 입술에서 무슨 말이 나올지 나현은 기다렸다.

[루카 맞아.]

나현은 그러냐는 얼굴로 고개를 끄덕이고는 다시 망원경을 들었다. 겹쳐 올린 다리의 위치와 발을 쳐다보던 나현은 그가 신문을 접자 망원경을 쥔 손에 힘을 실었다. 루카의 얼굴이 확실하게 드러나자 나현은 가만히 숨죽였다. 바니는 어느 부분을 보고 루카라는 확신을 가진 것일까.

[아직 안 나타난 모양이네.]

바니의 말을 들으며 이리저리 시선을 움직이던 나현은 순간 시야에 잡히는 것이 있어 망원경을 눈에 더 바짝 댔다. 분수대에서 나오는 물줄기 때문에 가려졌던 크로마가 얼핏 보였다 사라졌던 것이다.

[크로……!]

무의식적으로 중얼거리던 나현은 흠칫 놀라며 입을 다물었다. 슬쩍 바니의 눈치를 살핀 나현은 낮게 숨을 내쉬었다.

바니는 루카에게 시선을 고정하고 있어 나현의 말을 못 들은 듯했다.

나현은 루카를 향해 걸어오는 두 명의 남자를 보며 미간을 구겼다. 한눈에 딱 보기에도 건장한 체구의 남자들이었다.

그들은 가죽 장갑을 끼고 있었고 가방을 들고 있었다. 겨울이라 가죽 장갑을 끼는 것이 이상한 일은 아니지만 굳이 실내에서까지 저럴 이유는 없다 여겼다. 총을 쐈을 때 손에 묻을 뇌관화약 반응을 막으려는 장치라면 몰라도 말이다.

"흐음……."

한숨을 길게 내쉰 나현은 그들이 무슨 말을 하는지 보려고 눈에 힘을 줬다. 하지만 그들은 말을 나누지 않고 일어선 루카와 마주 보기만 했다. 말을 하는 건 루카인지 그들이 고개를 끄덕이더니 가방에서 물건을 꺼냈다.

[무슨 말을 하고 있는 거지?]

[그들은 루카의 말만 듣고 있는 거 같아.]

[그런 것 같네.]

무슨 거래를 하는지 몰라 짐작이 어려웠지만 바니가 긴장하는 것으로 보아 꽤 중요한 일인 듯했다. 물건을 받은 루카가 자리를 뜨지 않고 그대로 서 있자 나현은 애가 말랐다. 왠지 저 자리에서 빨리 벗어나야 할 것 같은데 그러지 않아 극도로 초조함이 몰려들었다.

"아!"

루카가 쓰윽 돌아보자 나현은 심장이 두근거렸다. 분명 자신이 여기에 있는 것을 아는 듯 시선을 올리는 모습이었다. 그러더니 휴대폰을 꺼내는 루카였다.

[물건 받았다고 합니다.]

옆에서 워킨스가 전화를 받더니 바니에게 보고했다. 나현은 루카가 이쪽을 본 것이 자신 때문이 아님을 알고 풀이 죽었다. 하긴, 바니가 거래 현장 근처에 나현을 데려왔을 거라고는 상상하지 못할 것이다. 순간 알아보는 것 같아 반가웠는데 착각이었다니.

씁쓸하게 웃은 나현은 그래도 거래가 성공해 다행이라 생각했다.

[지하로 내려가 차로 이동하고 있습니다.]

다른 부하가 무전으로 받은 내용을 알려 주자 나현은 망원경을 바니에게 돌려줬다. 그런데 바니가 손을 살짝 밀며 턱으로 건물을 가리켰다.

[VUL 193.]

나현은 바니가 말한 것이 루카가 탄 차 번호임을 알고는 흠칫 긴장했다.

[설마 차에 폭탄을 설치했어?]

나현은 갑자기 머릿속이 텅 비며 온몸의 피가 빠져나가는 기분을 느꼈다.

[그런 수고스러운 짓을 왜 해?]

바니가 어이없다는 듯 웃으며 하는 말에 나현은 미심쩍은 표정을 지었다. 수단과 방법을 가리지 않고 죽이려 들 줄 알았는데.

[폭탄이 총알 하나보다 더 비싼데 말이야.]

재미있다는 듯 웃는 바니가 미워 나현은 눈을 흘겼다. 사람 죽이는 일에 저리 즐거워할 수 있다니.

나현은 망원경을 다시 눈에 대고는 지하 주차장에서 빠져나오는 차들을 살폈다. 차량 번호를 알려 주는 바니의 저의를 알 수 없었지만 루카가 탄 차가 무사히 돌아가기를 바랐다. 더불어 자신을 데리러 와 주길 간절히 소망했다.

[올라올 시간이 지난 것 같은데?]

[전화해 보겠습니다.]

바니가 망원경을 들고 중얼거리자 뒤에 서 있던 워킨스가 대답했다. 어디선가 통화 연결음 소리가 나자 나현은 돌아봤다. 워킨스가 스피커폰으로 연결해 실시간 중계할 모양인 듯했다.

— 왜.

루카의 짧은 한마디에서 느껴지는 건 귀찮음이었다.

[지하 주차장을 벗어났나?]

— 차로 가는 중이다.

루카가 걸어가는지 지하에서 울리는 발소리가 적나라하게 들려왔다. 나현은 워킨스의 휴대폰을 루카라도 되는 양 쳐다보고 있었다.

[물건 전달은…….]

쾅!

"……!"

콰광!

뭔가가 연속으로 터지는 소리가 나자 나현은 얼른 망원경을 찾아 들었다.

[루카? 루카! 무슨 일이야!]

워킨스가 다급하게 불렀지만 루카에게서는 더 이상 회답이 없었다. 나현은 바니를 휙 돌아봤다. 폭탄보다는 총알이 더 간단하다고 말했던 바니가 커다래진 눈으로 나현을 내려다보고 있었다. 마치 지금 일어난 일은 자신도 예상하지 못했다는 표정으로.

[워킨스, 무슨 일이야!]

[폭탄을 설치했으면서! 개새끼, 거짓말…….]

콰광! 쾅!

"아악! 안 돼!"

바니에게 달려들던 나현은 또다시 들리는 폭발음에 놀라 두 귀를 막으며 비명을 질렀다.

26화
패닉(Panic)

"안 돼! 루카, 안 돼!"

바니는 지하 주차장에서 솟은 불길을 보다 비명을 지르며 몸부림치는 시엔나를 돌아봤다. 창백해진 얼굴로 유리창을 밀치고 나가기라도 하려는 듯 시엔나의 얼굴에는 공포와 함께 절망이 스며 있었다.

"아아악!"

비명을 지르는 시엔나를 보는 바니의 눈빛이 가라앉았다.

[아자르가 배신했습니다!]

누군가의 보고에 바니는 잇새로 욕지거리를 내뱉으며 시엔나를 감싸 안았다.

[철수해!]

[네!]

"놔! 루카에게 가야 해! 루카! 그는 살아 있어!"

알 수 없는 말로 계속 몸부림을 치며 비명을 지르는 시엔나를 안고 바니는 계단으로 향했다.

탕! 다다다다! 탕, 탕! 타당!

[습격이다!]

아래층에서 총소리가 나자 바니는 시엔나를 안고는 다시 안으로 몸을 숨겼다. 오고 가는 총소리와 비명 소리가 얽혀 정신없는 상황에 놓이자 바니는 그녀의 귀를 막았다.

"놓으라고! 루카한테 갈 거야!"

여전히 발악하듯 몸부림을 치는 시엔나 때문에 조용히 빠져나가는 건 어려울 것 같았다. 바니는 고개를 삐딱하게 기울였다가 이내 결심한 얼굴로 입을 열었다.

[시엔나, 미안.]

퍽!

수도(手刀)로 목 뒤쪽을 치자 그녀가 악, 소리 한번 못 내고 의식을 잃었다. 기절하는 시엔나가 품으로 쓰러지는 것을 바니는 가만히 안아 올렸다.

[워킨스, 앞을 열어.]

[네!]

하늘거리는 천을 안은 것처럼 하느작거리는 시엔나를 바니는 품에 꼭 끌어안았다.

아자르의 배신이 이해되지 않는 상황이었지만 그들과의 협조는 금방 깨질 것이라 예상했었다. 아자르와 손을 잡은 자신도 이 관계가 그리 오래가지 않을 것이라 계산했고, 단물만 빨아 먹고 끝낼 생각이었으니 말이다.

루카가 죽어 아깝기는 하지만 시엔나를 생각하면 오히려 잘된 일이라 할 수 있었다.

햇빛이 밝게 들어오는 창가 쪽에 누군가가 서 있었다. 나현은 천천히 그 사람을 향해 걸음을 뗐다.

"루카?"

가까이 다가가자 햇살을 즐기며 루카가 서 있었다. 순백색의 정장을 입은 루카는 깔끔하고 단아한 멋을 풍기고 있었다. 나현을 향해 활짝 웃으며 손을 내미는 모습에 심장이 아우성을 쳤다.

"어?"

나현은 내밀어진 루카의 손을 잡으려 했지만 손이 닿지 않았다. 그에게 닿기 위해 나현은 가까이 다가갔지만 그럴수록 더 닿을 수가 없었다.

"루카! 손이 닿지 않아!"

나현은 안타까운 얼굴로 루카를 쳐다보며 손을 한껏 뻗었다. 루카가 뭐라고 말했지만 목소리가 들리지 않았다.

"루카! 손이 닿지 않는다고!"

나현은 다급하게 외쳤지만 루카는 소리 없이 입술만 움직일 뿐이었다.

"뭐? 뭐라고 하는지 안 들려."

나현은 루카의 입술을 읽기 위해 눈에 힘을 줬다.

〈손을 잡았잖아.〉

"무슨 소리야. 손은……."

나현은 루카에게 내밀어진 자신의 오른손을 내려다봤다. 손이 분명 닿지 않았는데 루카는 잡고 있다고 말했다.

"아직 닿지 않……!"

나현은 자신의 왼손이 누군가에게 잡혀 있는 것을 본 순간 눈을 커다랗게 떴다. 다시 고개를 들어 루카를 보자 그는 내민 두 손을 거둬들이며 나현을 바라보고 있었다. 루카의 눈에 원망이 서리고 얼굴이 험악하게 굳어지자 나현은 애가 말랐다.

"루카, 왜 그래?"

〈나쁘네. 다른 사람 손을 잡고 있으면서 나한테 오려고 했어?〉

"아냐!"

〈죽었다고 벌써 배신한 거야?〉

"까아악!"

[시엔나!]

비명을 지르며 눈을 뜬 나현은 거칠어진 호흡을 내뱉으며 몸을 바르르 떨

467

었다.

[땀이…….]

나현은 자신의 손을 꼭 잡고 있는 바니의 손을 보다 고개를 들었다. 이마의 땀을 닦아 주는 바니의 손을 나현은 힘껏 밀어 냈다.

"치워!"

뒤로 주춤 밀려난 바니가 차갑게 인상을 쓰며 나현을 쳐다봤다. 나현은 눈을 깜빡여 서서히 차오르는 눈물을 지웠다.

"넌 나쁜 새끼야. 세상의 온갖 욕을 다 갖다 붙여도 시원치 않을 놈이라고!"

나현은 그때까지 자신의 손을 잡고 있는 바니의 손을 할퀴고는 먼지 털듯 떼어 냈다.

"더러워! 나한테 닿지 마!"

[시엔나, 무슨 말이야?]

나현은 자신이 바니와 다른 언어를 쓰고 있다는 인식이 없었다. 시트를 움켜쥐고 바들바들 떨고 있던 나현은 바니를 향해 주먹을 들었다. 인정사정 봐주지 않겠다는 얼굴로 바니의 몸을 마구 때렸다. 가만히 맞고만 있는 바니가 이상했지만 나현은 자신이 낼 수 있는 모든 힘을 그러모아서 바니를 때렸다.

"루카 살려 내! 살려 내란 말이야!"

아무리 때려도 바니가 아프다고 하지 않아 나현은 울면서도 주먹을 더 세게 휘둘렀다.

[시엔나, 정신 차려!]

바니가 두 손목을 확 잡아채고 얼굴을 마주하자 나현의 눈에서 눈물이 하염없이 흘러내렸다.

[폭탄을 설치한 건 우리가 아냐.]

[거짓말!]

나현은 악을 쓰듯 바니를 향해 소리를 질렀다.

[우리가 배신당한 거야!]

[비겁해! 남 탓으로 돌리면 내가 수긍 할 줄 알았어?]

나현은 손목을 잡고 있는 바니의 손을 뿌리치고는 다시 주먹질을 했다. 그러자 옆에 서 있던 워킨스가 다가와 링거에 주삿바늘을 꽂았다.

"개새끼! 루카가 죽는 것을 보여 주려고 나를 데려간……."

계속 악을 쓰던 나현은 진정제 때문에 의식을 놓치며 뒤로 넘어갔다. 그런 나현을 받아 안은 바니는 짙은 한숨을 내쉬었다.

그녀를 조심스럽게 눕힌 바니는 흐트러진 머리칼을 정리하다 뺨을 쓰다듬었다. 그녀의 얼굴은 창백해서 파리하게 보일 정도였다.

[방금 그 언어는 전에 말하던 나라의 말이야?]

바니는 잠이 든 시엔나를 향해 혼잣말을 했다. 살짝 벌어진 붉은 입술 사이로 고른 숨이 뱉어지자 바니는 그녀의 입술을 만졌다.

[바니 님.]

바니는 워킨스의 부름에도 고요하게 잠이 든 시엔나만 쳐다보고 있었다. 경멸에 찬 눈빛으로 자신을 보는 시엔나의 눈이 마음에 들지 않았다.

[루카의 시체를 못 찾았다고 합니다.]

[뭐!]

바니의 고개가 워킨스를 향해 휙 돌아갔다. 당황한 듯한 바니의 눈동자에 낭패감이 서서히 깃들고 있는 찰나, 워킨스가 다시 입을 열었다.

[아니, 그게 아니라 루카인지 확인이 불가능한 시체가 한 구 있다고 합니다.]

[확인이 불가능하다고?]

[네. 너무 타 버려서. 하지만 소지품 중에 저와 통화한 휴대폰이 있어 루카임을 확인했습니다.]

[아…….]

바니는 알겠다는 듯 고개를 끄덕이다 시엔나를 내려다봤다. 형체도 알 수 없이 타 죽은 루카의 모습을 그녀가 절대 못 보게 해야겠다고 생각했다.

[됐어. 나가 봐.]

[네.]

바니는 시엔나의 손을 가만히 잡았다. 긴 손가락마저 창백하게 보일 정도로 하얗고 가늘었다. 이 손가락으로 자신을 만지는 상상을 하자 아래로 피가 쏠렸다.

[루카는 죽었어, 시엔나.]

루카가 일을 성공하고 시엔나를 찾으러 오면 죽일 생각이었다. 그런데 아자르의 배신으로 자신의 수고가 덜어진 셈이었다. 게다가 그녀에게 자신은 죄책감, 미안함 같은 건 가지지 않아도 되었다. 자신도 예상 못 한 일이었지만 손 하나 쓰지 않고 루카를 제거한 건 반가운 일이었다.

다만, 아자르를 손에 틀어줄 수 있는 중요한 정보가 든 USB를 잃어버린 건 애석한 일이었다.

와장창!

[시엔나 님!]

"싫어!"

시엔나의 방으로 가던 바니는 소란스러움에 인상을 굳혔다.

[무슨 일이야?]

[아! 바니 님. 시엔나 님이 식사를······.]

메이드가 뒤로 물러나며 드러난 광경에 바니는 눈썹을 매섭게 일그러트렸다. 깨진 접시와 여기저기 튄 음식물들로 방이 엉망이었다.

[나가.]

[······네.]

며칠 전부터 시엔나가 식사를 거부한다는 소리를 들었지만 폭발 사건으로 모라타에 피해가 오지 않도록 처리한다고 그녀를 살필 겨를이 없어 내버려 두었다.

폭탄을 설치한 것은 예상대로 아자르였지만 그들도 USB를 못 찾은 모양이었다. 정보를 빼 준 이는 흔적을 감춰 찾을 수가 없었지만, 차라리 영원히 안 나타나기를 바랐다.

[시엔…….]

찰싹!

그녀를 향해 뻗었던 바니의 손이 확실하게 거부를 당했다.

[내 몸에 손대지 마!]

시들어 버린 꽃처럼 아픈 시엔나를 본 바니는 눈을 번뜩였다. 활기를 불어넣어 주던 그녀의 도전적인 눈동자는 빛을 잃어 초점이 없고 남은 건 독밖에 없었다. 씩씩거리며 거친 숨을 몰아쉬는 그녀의 입술은 까슬까슬하게 말라 있었다.

[죽기라도 하겠다는 거야! 왜 음식을 거부해!]

바니는 참다못해 시엔나의 양팔을 잡고 흔들었다. 마른 꽃잎이 흔들리는 것처럼 바스락거리는 그녀는 위태위태했다. 이리저리 나풀거리는 머리칼 또한 윤기라고는 없었다.

[그렇게 사랑했어?]

바니는 화가 난 눈으로 시엔나를 쳐다봤다. 노려보는 그녀의 눈에 그나마 생기가 번득이는 순간이었다.

[네가 무슨 자격으로 그런 걸 물어?]

낮고 음산한 기운을 담은 목소리가 그녀의 입에서 흘러나왔다. 시엔나의 입에서 저런 목소리가 나왔다는 게 믿기지 않을 정도였다.

[루카는 죽었어.]

[아아악! 아악!]

[시엔나!]

바니는 소리를 지르며 발악하는 그녀를 품에 꼭 끌어안았다. 루카의 죽음을 받아들이지 못하는 그녀의 원망이 저를 향하는 건 당연한 일이라 여겼다. 하지만 이렇게 자신을 죽이며 엉망으로 망가질 줄은 몰랐다.

[워킨스, 됐어.]

워킨스가 상자에서 주사기를 꺼내 다가오자 바니는 고개를 저었다. 그녀가 발악할 때마다 진정제를 투여하는 것도 한계치에 다다랐다. 먹지 않아 약해진 몸에 또 진정제를 투여할 수는 없었다.

[루카, 흑흑흑…… 흑. 크로마……. 이거 놔!]

울다가 바니를 밀어 내며 몸부림치는 시엔나의 상태가 점점 나빠지고 있었다. 바니는 그녀를 꽉 끌어안고는 등을 토닥이다 입을 열었다.

[쉬이, 괜찮아. 시엔나, 괜찮아질 거야.]

바니는 그녀가 지금 아프다고 해서 버릴 생각은 추호도 없었다. 그녀를 원래 상태로 회복시켜 반드시 제 여자로 만들 생각이었다. 자신이 질리지 않는 이상 시엔나는 언제나 손이 닿는 제 옆에 있어야 했다.

[루카 데려와……. 크로마도 데려와.]

힘이 빠지는지 시엔나의 목소리가 작아지며 숨이 잦아들고 있었다. 바니는 그런 그녀를 소파에 앉히며 흐트러진 머리칼을 넘겨 주었다. 소파 등받이에 옆머리를 기대고 힘없이 축 처져 있는 그녀가 안쓰러워 바니는 한숨을 길게 내쉬었다.

[루카 저택에 가고 싶어.]

[……!]

바니는 멈칫하다 시엔나의 얼굴을 두 손으로 감싸 쥐었다. 마주한 그녀의 눈동자가 앞에 있는 자신이 아닌 다른 곳을 보고 있었다. 그녀의 시선을 제게로 끌어오려면 어떻게 해야 하는 걸까.

[어딜 보는 거야?]

바니는 못마땅한 얼굴로 시엔나의 눈을 들여다봤다. 억지로라도 이 시선을 잡아챌 수만 있다면 뭐든 할 용의가 있었다.

[저택에 가고 싶어?]

설마, 하는 마음으로 던진 질문인데 시엔나의 눈이 금방 희망으로 반짝이자 바니는 잇새로 욕설을 삼켰다.

[아무도 없는데도?]

시엔나가 느릿하게 고개를 끄덕이자 바니는 미간을 모았다.

지하 주차장에서 죽은 시신들의 유족이 장례를 치를 때 루카의 시신도 같이 처리한 후 저택으로 갔다. 사실 루카와 같이 있던 그들도 처리하고 정리할 목적이었다. 걸리적거리는 것을 그냥 두는 건 위험 부담이 있는 법이니까.

그런데 저택은 이미 텅 비어 있었다. 사람이 머물렀던 흔적이 없고 싸한 기운마저 일었다. 장례를 치르고 뒤처리를 하는 그 며칠 동안 저택이 이렇게 엉망이 될 정도인가 싶었다.

그들의 뒤를 추적했지만 그 누구의 행방도 걸려들지 않았다. 어디로 숨었는지 몰라도 루카의 죽음으로 인해 다들 제 갈 길을 갔으리라 생각했다.

물론 당분간 모라타의 눈을 피해 살 테지만 언젠가 자신의 손으로 끝까지 처리할 생각이었다.

[워킨스, 외출 준비해.]

[……네.]

뒤에 선 워킨스가 마음에 들지 않는 듯 한숨 쉬는 것을 바니는 듣지 못했다. 시엔나의 상태가 염려스러워 바니는 온 신경을 그녀에게 쏟고 있었다.

[그렇게 원한다면 가야지.]

바니는 시엔나의 얼굴이 밝아지는 것을 못마땅한 눈으로 쳐다보다 혼자 고개를 저었다.

[봐야만 미련을 접고 죽음을 인정할 수 있다면 가야겠지.]

바니는 신랄하게 말하고는 자리에서 일어섰다. 이럴 줄 알았으면 그녀가 충격을 받더라도 루카의 시신을 보여 줬어야 했다. 그랬다면 그녀의 마음을 잡기 위한 시간 낭비도 덜 했을 텐데.

짜그락. 짜그락.

부서진 돌이 발끝에 차이고 바닥의 먼지들과 낙엽들이 이리저리 뒹굴고 있는 저택은 을씨년스러웠다. 바니는 시엔나가 쓰러지기라도 할까 봐 바짝 붙어 서 있었다. 방황하듯 저택의 로비에 서 있던 시엔나는 천천히 걸음을 옮기더니 문을 열었다.

텅 비어 휑한 느낌이 전해져 오는 거실을 멍하게 바라보는 시엔나의 얼굴이 일그러졌다. 그러다 갑자기 몸을 휙 돌려 2층으로 걸음을 옮겼다. 약해져서 걱정하게 만들던 그녀에게서 저런 힘이 어디서 나올까 싶을 정도였다.

[시엔나.]

빠른 걸음으로 계단을 오른 시엔나는 복도를 지나 방문을 하나 열었다. 발코니 창이 열려 있었던 것인지 바람이 휙 불어 들어왔지만 그녀는 눈도 깜빡이지 않고 서 있었다.

[아무도 없어.]

바니의 말에 고개를 돌리는 시엔나의 얼굴이 하얗게 질려 있었다. 문을 잡은 손은 뼈마디가 드러날 정도로 힘을 주고 있었다.

[루카가 죽고 다들 떠난 거 같아.]

시엔나가 눈썹을 일그러트리더니 바니를 지나쳐 다른 방문을 활짝 열었다. 여전히 텅 빈 방 안엔 아무것도 없었다. 다만 한쪽 벽면을 채우고 있는 책꽂이만이 자리를 차지하고 있었다.

[루카…….]

중얼거리는 시엔나의 말에 바니는 이 방이 루카가 쓰던 방임을 알았다. 그러고 보니 그녀를 찾아 이 저택으로 왔을 때 시엔나는 이 방에서 나왔었다. 그것을 기억해 난 바니의 눈살이 험악하게 찌푸려졌다.

[이제 여기는 아무도 없어.]

빤히 올려다보던 시엔나가 눈을 감고 고개를 숙이자 바니는 그녀가 쓰러질까 봐 불안했다. 그녀의 완전한 고립이 바니 자신에게로 오는 첫걸음임을 알고 있었다.

바니는 손을 뻗어 시엔나의 어깨를 감싸 안았다. 루카의 저택으로 온다고 한 순간부터 고분고분해진 시엔나가 자신의 가슴에 머리를 기대 왔다. 바니는 그녀의 머리가 심장을 짓누른 것 같아 뻐근했지만 반면 벅차기도 했다.

[가자. 집에 가서 뭘 좀 먹고 쉬자.]

작은 그녀의 머리가 묵직하게 마음을 누르고 있어 숨을 쉬기가 어려울 정
도였지만 바니의 입가는 한없이 올라갔다.

부스럭.

천천히 눈을 뜬 나현은 이불을 젖히고 일어나 침대 밖으로 발을 내렸다.
잠을 자도 잔 것 같지 않은 날들이 이어지고 있었다.

루카의 시신을 절대 보여 주지 않는 바니 때문에 그의 죽음을 인정하지 않
았다. 매번 루카를 데려오라고 발악했지만 정신을 차리고 보면 자신은 침대
에 누워 있었다. 워킨스가 놓는 주사약이 처음에는 마약이라고 생각했는데
메이드가 진정제라고 알려 주었다. 그리고 어느 때부터인가 자신이 발악해
도 워킨스가 주사를 놓지 않았다.

[오늘이 며칠이지?]

영국에서 초등학교를 들어가기 전 자다가 깼을 때 느꼈던 적막함이 과거
로부터 소환돼 지금 온몸을 감싸는 것 같았다. 생김새가 다른 이들에게 지지
않으려 혼잣말도 영어로 하던 때였다. 나현은 마치 그 시절을 다시 겪는 기
분으로 중얼거렸다.

[하아…… 시간이 얼마나 지난 거지?]

나현은 달력도 없는 방을 천천히 둘러보다 허탈한 표정을 지었다. 시간이
어떻게 흘러가는지 모를 정도로 무감각한 날들이 이어지고 있었다. 그저 날
씨가 급격히 추워진 것으로 시간을 가늠할 뿐이었다.

바니나 메이드에게 물으면 알려 줄 테지만 지금은 한밤중이었고 그에게
묻기는 싫었다.

[잠옷이…….]

누가 갈아입혔는지 모르지만 루카의 저택으로 갈 때 입었던 옷이 아닌 원
피스 잠옷을 입고 있었다.

[저택에…… 아무도 없었어.]

나현은 두 손으로 침대를 짚고 바닥을 내려다봤다. 차가운 기운에 노출된 발가락 끝이 시렸다.

나현은 천천히 일어나 발코니로 다가갔다.

덜컹. 덜컹.

문을 열려고 했지만 프렌치 도어가 열리지 않았다. 그녀가 욱하는 마음에 발코니로 나가 사고를 칠까 봐 문을 고정해 둔 듯했다.

나현은 유리창에 이마를 기대며 숨을 몰아쉬었다. 하얀 입김이 유리창에 무늬를 만들었다 사라지기를 반복했다.

[루카…….]

너무 울어 이제는 눈물이 안 나오는 것인지 덤덤했다. 나현은 뒤를 돌아 방문을 바라봤다. 저곳은 열릴 것 같은 생각에 나현은 걸음을 뗐다.

'매그넘 리볼버. 이건 바니가 서재 책상 위에 두는 총과 같은 종류야.'

나현은 기억 속 루카의 말에 고개를 끄덕이며 방문 손잡이를 돌렸다. 복도의 불빛이 서서히 방 안으로 기어들어 와 가냘픈 나현의 그림자를 만들었다.

착착착. 탁탁탁.

맨발인 나현은 대리석의 바닥을 걸으면서도 차가운 줄 몰랐다. 바니의 서재로 곧장 향한 나현은 이번에도 조심스럽게 손잡이를 돌렸다.

딸깍. 끼이익.

고요한 밤의 침묵을 깨우려는 듯 문에서 기괴한 소리가 났다.

바니의 서재로 들어온 나현은 책상으로 직진했다. 화려한 문양이 새겨진 상자는 고풍스러움을 자랑하며 놓여 있었다. 나현은 상자의 고리를 돌리고 뚜껑을 열었다.

그곳엔 루카의 말대로 매그넘 리볼버 총이 반질반질하게 닦여 있었다. 서재에 있는 창을 통해 들어온 불빛이 은색의 광채를 더 빛나게 만들었다.

철컥, 철컥. 좌르륵.

나현은 여섯 발의 총알을 상자 밑바닥에서 찾아 넣고는 장전을 마쳤다. 권총을 쥔 손이 가늘게 떨렸다.

[한 발이면 끝나.]

나현은 떨리는 손에 힘을 주고는 관자놀이에 총구를 갖다 댔다. 루카뿐만이 아니라 크로마, 란토, 유렘 모두가 떠난 마당에 희망이 없었다. 보와츠에 아는 이가 하나도 없는 나현은 자신이 도망을 가도 또 바니에게 잡힐 것이라 여겼다. 달아날 수 없다면 스스로 이 고통을 끝내는 수밖에.

[루카, 내가 갈게.]

나현은 눈을 질끈 감고 방아쇠를 힘껏 당겼다.

[시엔나!]

탕!

쨍그랑!

바닥으로 넘어진 나현은 총알이 불발되었음을 알았다. 아니, 총알은 정상적으로 나갔는데 그건 나현의 머리가 아닌 서재의 창문을 명중시켰다.

[미쳤어!]

소리를 지르며 총을 뺏어 가는 바니의 모습이 느릿느릿하게 움직였다. 바니의 말소리는 무음으로 돌려 둔 TV 화면처럼 아무것도 들리지 않고 움직임만 보였다.

총을 멀리 치운 바니가 화난 얼굴로 외치는데도 나현은 맥이 풀린 눈으로 무감하게 응시하고 있었다.

[시엔나! 다쳤어? 다쳤냐고!]

갑자기 바니의 목소리가 무음을 푼 것처럼 또렷하게 귀를 파고들었다. 나현은 눈을 찡그리다 손으로 눈을 가렸다. 죽는 것도 마음대로 못 하게 하다니.

[너 미워.]

나현은 그 총으로 바니를 먼저 죽였어야 했다고 뒤늦게 후회했다.

[……그래.]

화가 나 소리를 지르던 바니가 갑자기 얼이 빠진 얼굴로 바닥에 털썩 주저앉았다. 두 손으로 머리를 감싸고 긴 한숨을 내쉰 바니가 나현의 상체를 안아 일으켰다.

[자고 있는 줄 알았는데…….]

바니의 가슴에 머리를 기댔던 나현은 그를 밀어 냈다. 그러자 바니가 인상을 쓰며 나현의 팔을 잡았다.

[넌 내 허락 없이 못 죽어. 알아?]

밀려난 바니가 화가 난 얼굴로 내려다보자 나현은 어이가 없다는 듯 콧방귀를 뀌었다. 우리가 무슨 사이라고 허락을 구하고 말고 한다는 건지.

[죽는 건 내 마음이지.]

[시엔나, 그만 고집 부려. 먹지도 않고 이렇게 버티다간 정말 죽어.]

가까이 있어 느껴졌던 건지 몰라도 빠르게 뛰는 바니의 심장 소리가 들려왔다. 고개를 들어 바니를 한참 동안 보던 나현은 루카의 얼굴이 겹쳐지자 움찔 놀라며 눈을 감았다.

머리칼을 만지는 바니의 손에서 미세한 떨림이 전해졌다. 나현은 다시 눈을 떠 바니를 가만히 응시했다.

왜 떨고 있어, 네가.

나현은 원망스러운 눈으로 바니를 보다 더 먼 곳으로 시선을 움직였다.

[술.]

나현은 바니의 뒤편에 있는 장식장으로 눈길을 주었다. 그러자 바니가 같이 돌아보더니 이내 시선을 맞춰 왔다.

[……기다려.]

바니가 장식장을 열고 술병 꺼내는 것을 멍한 눈길로 보던 나현은 책상을 잡고 몸을 일으켰다. 술을 미친 듯이 마시면 죽을 수 있을지도 모른다.

[술을 마시는 게 도움이 되고 덜 괴롭다면……. 그래, 마셔.]

나현은 바니가 내미는 술을 가만히 쳐다보다 잔을 받아 쥐었다. 정말 괴로워 죽고 싶다는 생각만 드는 날이 거듭되고 있었다. 게다가 루카의 저택을 다녀온 후로 이곳을 벗어나지 못한다는 좌절감이 정신과 온몸을 지배하고 있었다.

[마시면 잠이 올 거야.]

나현은 초점 없는 눈으로 바니를 빤히 쳐다봤다. 잔을 쥔 손을 입술 가까이 대 주는 바니의 표정은 변화가 없었다. 다만, 눈동자는 그녀가 더는 괴롭지 않기를 바라는 것 같았다.

[마셔.]

낮으면서 은밀한 속삭임이 귀에 울리자 나현은 눈을 감았다 떴다. 죽을 만큼 힘든 마음과 곧 쓰러질 것 같은 육체의 고통이 너무 컸다.

[으으윽, 쓰읍.]

목이 타는 듯한 고통에 내몰리자 나현은 손등으로 입을 틀어막았다. 그러다 이런 고통이면 죽음에 이를 수 있겠다는 생각으로 잔을 또 내밀었다.

[더.]

더 달라고 잔을 내밀자 바니가 한숨을 쉬다 다시 잔을 채워 주었다. 그렇게 몇 번의 술을 연거푸 받아 마신 나현은 주위가 빙글빙글 도는 느낌에 눈을 감았다.

툭. 타닥.

"하아……."

술을 들이켠 나현은 짙은 숨을 내뱉으며 들고 있던 잔을 떨어트렸다. 얼음도 넣지 않은 독한 술이 목을 타고 넘어가 위장에 고이자 심장이 빨리 뛰며 타들어 갈 것 같았다.

[방으로 가자.]

나현은 바니의 손에 이끌려 걸음을 뗐다. 그런데 다리에서 점점 힘이 빠져 제대로 걷지 못했다. 바니의 손을 뿌리친 나현은 어지러움과 쓰라린 위통에 치여 손으로 벽을 짚고 몸을 지탱했다. 가슴은 따갑고 거친 숨은 절로 목을 타고 넘어왔다.

잠시 뒤 공중으로 붕 뜬다는 느낌이 들어 고개를 들자 바니가 제대로 걷지 못하는 자신을 안아 올리고 있었다. 내려 달라는 말을 해야 하는데 귀찮음이 몰려와 입술이 움직여지지 않았다. 이대로 눈을 감아 생을 끝내고 다른 세상에 닿기를 바랐다.

위통이 사라지자 나른한 기운에 잠식당한 나현은 등 뒤로 침대의 푹신함이 닿자 눈을 감았다.

[시엔나?]

나현은 감기려는 눈을 천천히 깜빡이다 입가에 미소를 지었다.

"루카."

타들어 가는 눈으로 자신을 보고 있는 루카의 뺨을 쓰다듬었다.

[정신이 들어?]

[죽었다고 했는데…….]

[…….]

대답 없이 바라보는 루카의 눈빛에 애잔함이 스치자 나현은 엷은 미소를 지었다. 먼저 간 루카가 자신을 마중 나온 거라 생각했다.

[시엔나.]

[왜 자꾸 나를 시엔나라고 불러? 나는 나현이잖아.]

순간 루카의 얼굴이 일그러지더니 눈빛이 사납게 일렁였다. 뭔가 감정이 폭발하는 것을 감추고 있는 듯 나현을 만지는 손길이 흔들리고 있었다.

[나현이라고?]

[왜 한국어로 말하지 않아?]

가만히 있던 루카가 뺨을 만지다 입술을 엄지로 쓸자 나현은 환한 미소를 지었다.

[시엔나, 뺨이 붉어지니 생기가 도는 것 같아.]

"아, 루카…….]

나현은 루카의 손에 입을 맞추며 그를 애타게 불렀다. 이렇게 만날 수 있는 방법이 있었는데, 왜 진작 몰랐을까 싶었다.

"루카, 보고 싶었어."

[시엔나…….]

"하아…….]

나현의 입술 사이로 뜨거운 숨이 흘러나오자 그가 입술을 붙여 왔다. 차가운 기운을 안고 있는 그의 입술이 시원했던 나현은 빨아 먹듯 입술을 탐했다. 달짝지근한 딸기 잼을 먹는 것처럼 단맛이 느껴져 나현은 그의 입술을 핥기 시작했다.

[하…… 시엔나.]

나현은 자신을 자꾸 '시엔나'라고 부르는 루카를 보며 고개를 갸웃하다 배시시 미소를 지었다. 의식이 물밑으로 가라앉는 기분이 드는데 루카와 맞닿으면 다시 수면 위로 올라오는 느낌이었다.

[염색했어? 금발도 잘 어울린다.]

나현은 루카의 머리칼을 손으로 빗어 주듯이 만지다 그의 귓불에 입술을 가까이 대고는 속살거렸다. 그가 계속 영어를 쓰는 이유가 있을 것 같아 나현도 같이 영어를 썼다.

[루카, 안아 줘.]

[뭐?]

멈칫하는 루카의 입술을 덮친 나현은 마음껏 핥고 혀를 들이밀었다. 잠시 가만있던 그가 왈칵 휘감듯 나현의 혀를 감아올리자 그 다급함이 전해져 왔다.

쪽쪽거리는 소리와 혀가 엉켜 질척질척하는 소리가 섞였다. 닿았던 입술 사이로 뜨거운 숨결이 새어 나오고 혀가 또 뒤엉켰다.

"하읏……."

루카의 입술이 목에 닿자 나현은 고개를 뒤로 젖혔다. 뱀처럼 날름거리는 혀가 목을 핥고 쇄골에 닿았다.

툭.

잠옷의 단추가 풀리는 순간 나현은 침대 아래로 꺼지는 느낌을 받으며 눈을 감았다. 그가 자신의 안으로 들어와 휘저을 때의 감각을 이미 알고 있는 나현은 다리를 들어 루카의 허리를 옭아맸다.

"아앗."

비행기를 타고 하늘로 날아오르는 기분이 이런 것일까. 몸이 공중으로 뜨더니 루카의 허벅지 위로 안착했다. 나현은 팔을 들어 루카의 목을 끌어안았다.

[내 안을 뜨겁게 휘저어 줘.]

[시엔나.]

그가 숨을 쉴 때마다 가슴이 들썩거렸다. 거칠게 입을 맞추는 그의 입술을 거부하지 않고 나현은 다 받아들였다. 이렇게 만났는데 못 해 줄 것이 없었다.

"아앙."

그가 젖가슴을 손안에 그러쥐자 나현의 입술 사이에서 비음 섞인 신음이 터져 나왔다.

[하, 왜 이렇게 달콤한 거야.]

나현은 그가 참을 수 없다는 듯 터트린 말에 빙긋 웃으며 입술을 붙였다. 자신을 다시 침대에 내려 주는 그를 바라보다 나현은 눈을 감았다. 물이 들어와 가라앉은 배처럼 의식이 자꾸만 희미해져 갔다.

탕!

순간 조금 전 서재에서 울렸던 총성과 같은 총성이 울렸지만 나현은 신경 쓰지 않았다.

타타타타다! 탕탕!

배의 닻을 매달아 놓은 굵은 밧줄이 툭툭 끊어지며 바닷속 바닥에 닿는 소리 같았다. 나른해져 버린 나현은 무슨 일이 일어나는지도 모른 채 물밑 저 아래로 의식을 놓아 버렸다.

27화
소유

[열이 많이 나네요.]

낮지만 단단한 음성이 걱정에 물들어 있는 듯했다. 눈을 떠 누구인지 보고 싶지만 의식이 가물거리고 몸도 말을 듣지 않았다.

[진정제를 지속적으로 맞은 거 같아요. 몸이 회복되려면 시간이 좀 걸려요.]

딱딱한 보고서를 읽는 듯한 목소리도 들려왔다.

[해열제는 투여했습니까?]

대화를 나누며 이마를 짚는 손이 따스해 더운 느낌이 들었다. 나현은 저도 모르게 짙은 숨을 내쉬었다.

[네. 시간을 체크하면서 지켜보고 있습니다.]

옆에서 움직이는 것인지 곁에 앉은 건지 몰라도 바람이 살짝 일었다. 그 바람이 몸에 닿자 시원하다는 느낌이 들어 좋았다.

[잘 지켜봐 주세요.]

[네.]

나현은 목소리 중에서 바니의 목소리가 들리지 않는다는 것을 깨닫고는 눈을 뜨려 했다. 그런데 누가 눈꺼풀을 누르고 있는 것처럼 눈 뜨는 게 쉽지 않았다. 손을 가만히 잡아 주는 손길은 조심스러우면서도 부드러워 놓고 싶지 않을 정도였다.

"하아…… 미안해."

한탄 같은 한숨 뒤로 사과의 말이 나오자 나현은 또다시 눈을 뜨려 몸을 뒤척였다. 그런데 그건 어디까지나 나현의 생각일 뿐 몸은 조금도 움직이지 않았다. 가위에 눌린 것처럼 몸이 묵직해진 느낌이 들었다.

[칼라르누, 지금 가셔야 합니다.]

칼라르누? 루카! 나현은 루카가 왔다는 생각에 화들짝 놀라며 이번엔 제대로 눈을 번쩍 떴다.

[정신이 드는가요?]

나현은 눈동자만 움직여 자신을 내려다보고 있는 머리가 희끗한 중년의 남자 얼굴을 쳐다봤다. 놀라지 말라는 듯, 걱정하지 말라는 듯 웃고 있는 남자의 미소가 온화했다.

[여긴…….]

나이 든 남자가 눈가에 주름이 잡힐 만큼 미소 지으며 입을 열었다.

[병원입니다. 몸이 너무 허약해져 있어 걱정했습니다.]

[누구세요?]

[아, 제 소개가 늦었군요. 카벤스 칼라르누입니다.]

"아……."

나현은 그가 누구인지 단번에 알아듣고는 눈을 깜빡였다. 그런데 자신도 모르게 눈물이 뺨을 적시고 있었다.

[아, 아니 왜……. 울지 마세요.]

나현이 왜 우는지 몰라 당황하던 노신사가 루카라고 중얼거리는 그녀의 말에 멈칫했다. 그러다 나현의 어깨를 토닥이며 달랬다. 그도 루카의 죽음이 참담한지 입을 굳게 닫고 나현의 울음이 멈출 때까지 가만히 서 있을 뿐이었다.

시름시름 앓듯 하루 종일 자다 일어났는데도 링거를 맞아 그런지 오히려 몸은 개운했다.

나현은 병실 창밖을 보다 씁쓸하게 웃었다. 눈이 내리고 있었는데 그것을 아무런 느낌 없이 쳐다보고 있었던 것이다. 모든 감각이 차단된 사람처럼 감정이 사라진 것 같았다.

[FBI 요원 메리 마이런입니다.]

미국 내 특별 임무를 수행하는 연방 정부 조사 기관에서 찾아와 의아했다. FBI 요원인 메리 마이런은 그냥 한번 보고 싶어 왔다고만 했다. 하지만 나현은 직감적으로 알았다. 이 사람도 루카와 연관 있는 사람이라는 것을.

마이런은 더 일찍 구해 주지 못해 미안하다는 사과를 했다. 그녀의 잘못이 아닌데 뭔가 눈을 마주치지 못할 정도로 미안해했다.

[잠적을 하는 바람에 지금 현재 찾고 있는 중입니다.]

바니의 소식을 물었을 때 그녀는 숨기지 않고 말해 줬다. 보와츠 경찰국에서 저택을 기습했지만 그들의 저항이 만만치 않아 애를 먹었다고 했다. 하지만 바니는 죽은 것이 아니라 도망을 쳤다고.

"나현아!"

병실 문이 벌컥 열리며 누군가가 다급하게 뛰어 들어왔다. 얼마나 달려왔던 것인지 나현을 와락 끌어안은 남자는 여전히 거친 숨을 몰아쉬고 있었다.

"……아빠?"

눈물이 그렁그렁한 눈으로 시선을 마주하는 아버지를 보는 순간 나현은 어색하게 웃고 말았다. 엄청나게 큰 사고를 치고 아버지를 마주한 느낌이었다. 소식 한 자 없는 딸을 얼마나 기다렸을지 생각하자 미안함과 죄책감이 앞섰다.

"고생 많았다."

그럼에도 아무것도 묻지 않고 안아 주는 아버지였다. 그런 아버지의 품을 파고든 나현은 가만히 눈을 감았다. 머리를 쓰다듬어 주고 어깨를 다독여 주고 등을 토닥이는 아버지의 손길에 잠이 스르륵 몰려들 것 같았다.

나현은 아버지의 허리를 감싸 안으며 눈을 감았다. 익숙한 아버지의 체향을 깊게 들이마신 나현은 고개를 들었다.

"어떻게 알고 왔어요?"

"한국에서 연락이 왔더구나."

"한……국?"

나현은 침대 옆 의자에 앉는 아버지를 의아한 눈으로 쳐다봤다. 연락이 갔다면 적어도 보와츠 정부나 카벤스 칼라르누가 했을 것이라 여겼다. 아니면 메리 마이런이나.

"메일이 오고 나서 바로 전화가 왔는데 네가 여기 입원해 있으며 보호받고 있으니 걱정할 필요는 없다고 했어. 그리고 보와츠로 가는 모든 경비를 지원해 주겠다고 하더구나."

나현은 미간을 구기다 고개를 갸웃했다. 한국에서 연락을 했다는 건 정부 차원에서 수습을 하고 있다는 소리였다. 하긴, 루카의 국적은 한국이었고 그는 정치권에서 파워가 있는 차명환 국회 의원의 아들 차현준이었다.

"아빠, 나 집에 가고 싶어요."

아들의 사망 소식을 접한 그의 아버지는 어떤 심경일까. 가늠도 할 수 없을 테지. 딸에 이어 아들까지 떠나보냈으니.

"그래, 돌아가자."

나현은 루카를 보낸 자신의 심정을 어디에 털어놓아야 할지 막막한 기분이었다. 혼자 아파하고 묻어 두기엔 그가 너무 보고 싶었다. 그리고 예전의 모나현으로 돌아갈 자신이 없었다.

"한국으로 갈 거지?"

한국으로 가면 루카가 더 생각나 견딜 수 없을 것 같았다. 그래서 한국이 아닌 영국에서 당분간 머물며 거처를 결정하고자 했다.

"아니, 나 영국으로 가고 싶어요."

"응? 그래. 아빠가 준비할게. 넌 신경 쓰지 말고 있어."

나현은 아버지를 향해 애써 웃어 보이고는 세운 무릎에 턱을 괴었다. 바쁜

걸음으로 병실을 나가는 아버지는 휴대폰을 꺼내며 문을 닫았다.

"추워서 저렇게 다니는 건가."

창밖을 보던 나현은 눈을 가늘게 떴다. 다들 두꺼운 옷을 입고 추위가 들어오지 못하게 모자며 장갑, 목도리로 꽁꽁 싸맸는데 나현만 더워 죽을 것 같았다. 가슴속에서 꺼지지 않는 불기둥이 계속 활활 타는 것 같았다.

'엄청 토했어요. 나중에는 피가 나올 정도로.'

약해진 몸으로 독한 술을 너무 많이 먹어서 그랬을 것이라 했다. 조금씩 천천히 먹은 것이 아니라 환각을 일으킬 만큼 감당 못 할 술을 한 번에 마셔서 실려 오는 중간에 계속 토했다고 했다. 하지만 음식물은 거의 섭취한 것이 없었는지 말간 위액만 나왔다고.

"하아……."

나현은 침대에서 내려와 링거 거치대를 밀고 창가로 다가갔다. 창문을 열고 손을 내밀자 차가운 바람과 함께 눈송이가 창틀에 떨어졌다. 이번엔 눈송이가 손바닥 위에 떨어지더니 이내 녹아 버렸다.

"하나도 안 시원해."

나현은 생각과 달리 시원함이 느껴지지 않자 투덜거리듯 입을 비죽거렸다. 그렇게 몇 번 더 눈송이를 손으로 받아 내던 나현의 눈썹이 일그러지기 시작했다.

"……보고 싶어."

손바닥으로 떨어진 눈송이가 나현의 눈물 자국처럼 방울지다 하나로 뭉쳐졌다. 나현이 눈을 감자 뺨 위로 눈물 줄기가 주르륵 흘러내렸다. 그와 동시에 손바닥에 맺혀 있던 물방울도 창틀로 주르륵 흘러내렸다.

[헤이! 시엔나.]

487

현관으로 들어서며 안아 주려 팔을 벌린 해리엇의 포옹을 나현은 마다했다. 어깨를 뒤로 빼던 나현은 해리엇의 옆에 선 에밀리아를 향해 환영의 웃음을 지었다.

[에밀리아, 오랜만이야.]

[잘 지냈어, 시엔나?]

[덕분에.]

나현은 가볍게 인사를 주고받고는 그들과 주방으로 들어갔다. 해리엇의 어머니이자 나현의 이웃집 아주머니 마사가 자신의 주방인 것처럼 분주하게 움직이고 있었다.

[와! 좋은 냄새가 나는데요.]

한껏 음식 솜씨를 자랑하며 식탁을 차리고 있던 마사는 환한 미소를 지었다.

[자, 어서들 앉아요.]

해리엇이 너스레를 떨자 마사가 어서 앉으라며 손짓했다. 나현이 돌아왔다는 소식에 조촐한 파티를 열자고 해리엇이 먼저 제안했었다. 하지만 아직 나현의 몸이 완전히 회복되지 않아 간단한 식사 자리를 마련한 것이었다.

[에밀리아는 더 예뻐졌는데?]

[어머, 시엔나. 나 원래 예뻤어. 특이한 네 옆에 있어서 그 예쁨이 빛을 발하지 못한 것뿐이야.]

[뭐?]

나현은 어이가 없다는 듯 유쾌하게 웃다 눈을 짓궂게 찡긋하며 말을 이었다.

[그 말은 내가 예쁘다는 것을 인정한다는 거지?]

[아! 실수했다.]

에밀리아의 능청에 다들 한바탕 웃으며 한마디씩 하자 식사 분위기가 왁자지껄하게 변했다. 이어서 그동안 못 나누었던 일상들을 공유하기 시작하자 시간이 어떻게 가는지 모를 지경이었다.

[해리엇이 잘해 줘?]

식사 자리가 끝나고 발코니로 나온 에밀리아에게 나현은 커피가 담긴 머그잔을 내밀며 물었다. 홋, 하고 웃은 에밀리아는 자신의 옆자리를 손으로 팡팡 두드리며 앉으라는 제스처를 취했다.

[사실 우리가 결혼할 줄은 꿈에도 몰랐어.]

옆에 앉은 나현을 보며 어깨를 으쓱하는 에밀리아의 얼굴은 행복해 보였다.

[응, 나도 몰랐어.]

[시엔나!]

나현이 어쩌다 그런 일이 일어난 거니, 하는 표정으로 격하게 공감하자 에밀리아가 바락 소리를 질렀다. 그러다 둘은 서로 마주 보며 웃었다.

[……미안해.]

뜬금없는 에밀리아의 사과에 나현은 눈을 동그랗게 떴다.

[내가 학교 다닐 때 많이 괴롭혔잖아.]

멋쩍은 웃음을 지으며 에밀리아가 온몸으로 미안함을 표현하고 있었다. 나현은 짐짓 어깨를 으쓱하고는 커피를 마셨다. 그러자 에밀리아가 민망한 표정으로 '왜?' 하고 물어 왔다.

[너보다 예뻐서 그랬다고 하면 내가 그 사과 받을게.]

[뭐? 시엔나, 그건 아니지!]

에밀리아가 뭔가 억울한 얼굴로 눈을 동그랗게 뜨고는 등을 곤추세우자 나현은 눈을 게슴츠레하게 뜨며 투덜거렸다.

[뭐가 아니야. 해리엇도 내가 제일 예쁘다고 했는데. 이젠 그냥 인정 좀 해.]

[아이참.]

못 말리겠다는 표정을 짓던 에밀리아가 풋, 하고 웃음을 터트리자 나현도 같이 유쾌하게 웃었다.

[넌 이렇게 입꼬리를 올리고 피식 미소 지을 때가 젤 예뻐.]

에밀리아가 손가락으로 입술 끝을 그리듯 흉내를 내자 나현은 민망한 얼굴로 고개를 절레절레 저었다.

'웃는 게 예쁘네.'

"……!"

갑자기 떠오른 루카의 모습에 나현은 움찔 놀라 심장을 손바닥으로 지그시 눌렀다. 독화로 말하던 루카의 모습이 방금 본 것처럼 생생하게 눈앞에 펼쳐지자 나현의 눈에 물기가 고였다.

한 번도 그를 사랑한다고 말한 적이 없었다. 물론 그도 그랬지만 이제 와 보니 그 말을 못 해 준 것이 가장 후회되고 아픈 일이었다.

[커피 더 마실래?]

[……어? 어, 고마워.]

에밀리아가 잔을 받아 들고 집 안으로 들어가자 나현은 두 손에 얼굴을 묻었다. 절대 잊을 수 없을 것이다. 자신을 안으며 더 소유하지 못해 안달하던 그 눈빛이 잊히지 않았다. 꼭 찾으러 온다던, 키스하고 싶다고 말하던 루카를 이제는 볼 수 없는 사람임을 인정하는 연습을 해야 했다.

"할 수 있을까."

나현은 하늘의 아주 먼 곳을 응시하다 고개를 저었다. 할 수 없다면 그냥 내버려 두는 것도 한 방법이라고 상담사가 그랬었다.

"천천히, 아주 느리게…… 해 보자."

나현은 혼자 쓸쓸하게 웃었다. 급하게 잊어야 할 이유가 없었다. 그 모든 시간들이 이루어져 지금의 자신이 된 것이니까.

[시엔나, 케이크 먹게 들어와!]

[알았어!]

에밀리아가 외치는 소리에 대답한 나현은 덮고 있던 담요를 개키다 흠칫 했다. 뭔가 큰 형체가 움직인 곳으로 눈길을 두던 나현은 가만히 숨을 죽였다.

"……아닌가."

나현은 소름이 돋은 팔을 비비며 집 안 쪽으로 걸음을 떼다 다시 뒤를 돌아봤다. 예민해져서 그런지 며칠 전부터 누군가가 지켜보는 느낌이 들었다. 그런데 오늘은 그 시선이 더 가까이 다가온 기분이었다. 낮에 아버지와 마트에 가서도 느낌이 이상해 몇 번을 돌아봤었다. 하지만 특이한 행동을 하거나 눈이 마주친 이는 없었다.

"설마!"

눈이 커다래진 나현은 온몸이 굳어 움직이지 못하고 그대로 서 있었다. 바니의 죽음은 확인되지 않았다고 했었다. 그래서 잠적으로 분류되어 특별히 관리되고 있다고.

'보와츠는 벗어난 것 같아요.'

보와츠가 아닌 어느 곳이든 바니가 있을 수 있다는 소리였다. 여기 영국에 바니가 없다고 누가 장담할 수 있을까.

만일 느껴지는 저 시선이 바니라면!

나현의 커다란 눈에 경악스러운 빛이 점점 강하게 담기며 얼굴이 창백해지기 시작했다.

[시엔나, 안 들어오고 뭐…….]

"까아아악!"

나현은 자신의 어깨에 누군가의 손이 닿자 그만 비명을 지르고 말았다.

"네, 잘 도착했어요."

나현은 인천 공항 건물 로비를 가로지르며 아버지와 통화 중이었다. 한국에서의 일을 외면하고 있을 수 없어 큰마음 먹고 들어온 길이었다.

더 이상의 근무는 어려울 것 같다며 양해를 구하고 범죄심리연구소에 메일로 사표를 보냈지만 팀장인 성우가 결재를 보류한 상태였다. 들어와서 정리를 하자는 말에 나현은 어쩔 수 없이 한국으로 입국했다.

"일주일이면 될 것 같아요."

가구며 물건과 아파트 집도 처분해야 하는 과정이 남아 있어 시간을 넉넉히 계산해 들어온 길이었다. 아파트 집은 입지가 좋아 부동산에 내놓으면 금방 나갈 것이다.

"네. 네, 그럴게요."

나현은 휴대폰을 가방에 넣으며 공항 건물을 빠져나가 택시 승강장으로 향했다. 그러다 떠오른 기억에 우뚝 멈춰 섰다. 공항 보안 직원에게 들키지 않으려 나현에게 키스했던 루카의 마음이 그때는 뭐였을까, 궁금했다.

"하……."

한국의 파란 하늘이 노을로 일찍 물들고 있었다. 보와츠에서 루카와 해변에서 봤던 노을을 떠올린 나현은 쓸쓸한 미소를 지었다. 그는 떠났지만 함께한 시간을 소유하고 있어 다행이라는 생각을 가끔 했다.

"으, 3월인데도 춥네."

빵빵.

택시 승강장으로 향하던 나현은 아무래도 자신을 부르는 클랙슨 소리 같아 고개를 돌렸다.

"팀장님?"

성우가 반가운 웃음을 지으며 차에서 내려 다가오고 있었다.

"오랜만이네."

나현은 자신의 앞에 서 있는 성우를 보자 반가우면서도 미안한 마음이 교차했다. 자신이 맡기로 되어 있던 2학기 대학 강의를 펑크 내는 바람에 성우가 대타로 투입되었다고 들었다.

"타."

조수석 문을 연 성우가 정중하면서 약간은 짓궂게 타라는 손짓을 하자 나현은 웃음을 참으며 눈썹을 일그러트렸다.

"이렇게 나오실 줄은 몰랐어요."

"한 시간이라도 빨리 보려고 그랬지."

나현은 싱거운 성우의 농담에 피식 웃고는 조수석에 올라 안전벨트를 맸다. 인천 공항을 빠져나온 차는 곧 시원하게 뚫린 고속도로를 달렸다.

"배고프지? 서울 들어가자마자 밥부터 먹자."

"아, 점심시간이 벌써 지났네요."

나현은 휴대폰을 꺼내 시간을 확인하고는 창밖을 쳐다봤다. 9개월 만에 돌아온 한국은 여전해 보였다.

"들어갈까?"

성우가 레스토랑 문을 열고 들어가 빈자리에 앉지 않고 방향을 틀어 계단을 올라갔다.

"어?"

나현은 2층으로 올라간 성우가 외부로 또다시 나가자 곧장 펼쳐진 풍경에 눈을 크게 떴다. 크루즈 선상처럼 꾸며진 널따란 곳이 나왔기 때문이다.

"박성우로 예약했습니다."

"두 명 예약하신 거 맞습니까?"

"네."

간단한 확인을 거친 레스토랑 직원이 자리로 안내해 주었다.

"많이 바뀌었네요."

나현은 한강 옆에 크루즈 선상처럼 꾸며진 레스토랑에 앉아 시간의 흐름을 실감했다.

나현의 말을 들은 성우가 입가에 미소를 걸더니 입을 열었다.

"여기 예약하기가 얼마나 어려운지……."

"아, 이럴 땐 고맙습니다, 하고 말해야죠?"

"풋."

나현의 너스레에 성우가 웃음을 터트리다 사뭇 진지해진 얼굴로 입을 열었다.

"공식적으로 모나현 책임 연구원은 공조 수사에 차출되어 출장 중인 걸로 되어 있어."

"네?"

나현은 커다랗게 뜬 눈을 이내 깜빡였다. 휴가를 얻어 아버지를 만나러 갔다가 보와츠에서 몇 달을 머물렀었다. 그런데 무단결근으로 당연히 퇴소해야 하는데 갑자기 출장이라니.

"경찰청 이름으로 된 정식 문건도 있어."

"그 말은…… 내 사표를 수리할 수 없다는……."

"맞아. 수리할 필요가 없다는 말이 더 정확하겠지."

나현은 잡고 있던 물잔을 놓고 한강을 바라봤다. 누구의 입김으로 그 문서가 작성됐는지는 짐작 가능했다. 경찰청장을 지내고 국회 의원이 된 차명환. 루카는 이미 그 모든 것을 준비해 놓고 있었던 것이다. 나현이 언제든 제자리로 돌아올 수 있도록 말이다.

'좀 걸리겠지만…… 내가 반드시 해결할게.'

나현이 돌아갈 수 있는 거냐고 물었을 때 루카는 그렇게 답을 했었다. 그리고 그는 약속을 지켰다.

'찾아왔더구나. 영국에서 네가 사라진 그날.'

크루즈를 타고 보와츠로 가게 된 날, 그는 정장을 깔끔하게 차려입고 있었다. 그 이유가 자신을 데려가기 전에 아버지를 만나기 위해서였다니.

'참 바른 청년이라는 생각이 들었다. 안전하게 지켜 준다고 약속을 하더구나. 네가 그 사람과 함께 있는 거라면 걱정하지 않아도 될 거라는 확신이 들었다.'

몇 달 동안 연락이 없는 딸을 대신해 루카는 정기적으로 아버지에게 자신의 소식을 전하고 있었다고. 그 많은 일을 생각하고, 준비하고, 챙겼을 루카의 마음을 이제야 알아서 미안했다.

'혹시 나한테 위험한 일이 생길까 봐 사람 붙여 둔 것은 얼마 전에 알았지.'

보와츠에 있으면서 영국에 있는 아버지마저 챙겼던 사람. 이렇게 떠나고도 그 빈자리가 큰 사람을 잊는다는 건 불가능한 일이다.

"괜찮아?"

성우가 걱정스러운 얼굴로 물어 왔다.

"괜찮아요."

눈물이 핑 돌아 고개를 숙이고 두 손에 얼굴을 잠시 묻었던 나현은 괜찮은 척 어색한 미소를 지었다.

"다시 연구소에서 일해 줬으면 해, 난."

성우가 부드러운 음성으로 설득하자 나현은 곤란한 표정을 지었다. 이제는 범죄하고 연관되는 일은 하고 싶지 않았다. 너무나 어두운 면을 봐 버린 충격이 만만치 않았다. 자신에게 집착하던 바니가 찾아올까 무섭기도 했다. 숨는 건 바보 같은 짓이지만 당분간은 은신하고 싶은 마음이었다.

"그건 좀……."

끼이익! 끼이익. 탁. 타닥. 딸칵.

순간적으로 급브레이크를 밟는 소리에 놀라 나현은 말을 멈췄다. 몇 대의 승용차가 레스토랑 주차장으로 급하게 들어오는 것이 보였다.

"무슨 일이지?"

성우가 목을 길게 빼며 의아한 얼굴을 하자 나현도 차에서 내리는 그들을 내려다봤다. 분주하게 움직이는 그들의 일사불란한 모습은 꽤 오랜 훈련을 거쳐야만 나오는 행동 같았다.

그들은 레스토랑 안으로 서둘러 들어가는 모습이었지만 1층에만 머무르는 건지 레스토랑 2층 외부 쪽으로는 들어오지 않았다.

"소방 훈련인가?"

성우가 고개를 갸웃하며 하는 말에 나현은 저런 소방 훈련도 있나, 하고 생각했다.

탕!

"까아악!"

"아악!"

쨍그랑! 쿵, 쿠당탕!

"우악, 뭐야!"

"엄마아!"

나현은 하늘을 찌를 듯한 총성에 두 귀를 막으며 눈을 커다랗게 떴다. 놀란 사람들이 비명을 지르며 먼저 빠져나가려고 하는 바람에 접시가 떨어지고 테이블이 넘어졌다. 달려가는 사람들 사이로 한 남자가 어울리지 않게 천천히 걸어오고 있었다. 순간 나현의 동공이 미친 듯이 흔들렸다.

"나현아, 나가자!"

성우가 외쳤지만 나현은 움직일 수 없었다. 자신의 눈을 의심하며 이쪽을 향해 곧장 걸어오는 이를 계속 쳐다보고 있었다.

"아악! 도망가!"

모두가 비명을 지르며 자리를 피하는 중에도 나현은 환영이 아닐까, 하는 마음으로 앉아 있었다.

"바니……."

이 소란을 일으킨 이는 다름 아닌 바니였다.

"나현아!"

성우가 외치는 소리에 고개를 돌리자 그가 잡으라는 듯 손을 뻗고 있었다. 나현은 그 손을 놓치면 안 될 거 같아 손을 뻗었다.

탕!

"윽!"

"아악!"

손을 내밀고 있던 성우가 뒤로 넘어지는 순간 나현은 비명을 질렀다. 바닥으로 넘어진 성우의 팔에서 피가 흐르고 있었다.

"팀장……!"

철컥.

머리에 총구가 가까이 다가오는 것을 느낀 순간 나현은 얼어 버렸다. 루카를 따라 죽으려고 제 머리에 총구를 들이밀 때와는 완전히 다른 공포가 쏟아졌다.

[일어나.]

나현은 벌벌 떨리는 다리 때문에 쉽게 일어설 수가 없었다. 어디로 잠적했는지 찾을 수가 없다던 바니가 한국에 나타난 것이다.

"악!"

기다리지 못한 바니가 팔을 꽉 움켜잡고 강제로 일으켜 세우자 나현은 비명을 질렀다. 정면으로 마주한 바니의 얼굴에 서서히 미소가 피어나자 나현은 소름이 돋았다.

"으으."

총을 맞아 피가 흐르는 팔을 잡으며 성우가 웅크렸던 몸을 움직이자 바니가 다시 총을 겨눴다.

탁.

"안 돼!"

나현은 다급하게 그의 팔을 잡으며 소리를 질렀다.

[죽이면 안 돼.]

바니가 나현을 빤히 보더니 마지못한 얼굴로 손을 내렸다.

[갈까.]

나현은 바니의 손에 팔이 잡혀 끌려가듯 걸음을 떼다 뒤를 돌아봤다. 놀란 성우가 다친 팔을 움켜쥐고 일어나려 하고 있었다. 나현은 넘어졌던 성우가 반응이 없어 죽은 줄 알았다. 그런데 그것이 아니라 다행이라고 생각했다.

에에엥!

어디선가 사이렌 소리가 크게 울리다가 사라지자 바니가 걸음을 멈추고 주변을 살폈다. 그러다 나현을 뒤에서 안으며 머리에 총구를 들이밀었다.

"……!"

흠칫 몸이 굳은 나현은 바니의 손에 들린 총이 매그넘 리볼버라는 것을 알았다. 저택에서 총을 챙겨 갔던 것일까. 아니, 지금은 그게 중요한 게 아니었다. 두 발의 총알을 썼으니 이제 남은 건 네 발이었다.

《총을 버리고 투항하라. 인질을 풀어 주면 안전을 보장한다.》

메가폰에서 울리는 음성이 바니에게 총을 버리기를 종용하고 있었다. 하지만 바니는 무슨 말인지 알아듣지 못했다.

[뭐라고 하는 거지?]

한국말을 알지 못하는 그가 나현에게 통역하라고 하며 소리가 나는 곳을 찾고 있었다.

[총을 버리고 인질을 풀어 주라고 말하고 있어. 그러면 안전을 보장한다고…….]

[웃기는 소리. 내가 너를 찾으려고 얼마나 고생했는데.]

"……!"

나현은 바니의 집착에 치를 떨었다. 영국에 있을 때 느꼈던 낯선 시선이 바니였을까. 그렇다면 왜 그때 나타나지 않고 지금 이러는 것일까.

[나를 어떻게 찾았어?]

나현은 바니가 영국에도 찾아왔었는지 알고 싶었다. 지켜보고 있었을 거라는 생각을 하자 몸이 오들오들 떨렸다.

[진짜 네 이름을 말해 줘서 찾는 수고로움을 덜었어. 고마워, 모나현.]

쿡, 하고 웃음을 터트리던 바니가 옆머리에 입을 맞추자 나현은 등골이 오싹해졌다. 자신을 향한 바니의 소유욕이 미친놈의 맹목적인 광기 같았다.

《인질을 풀어 주고 총을 버려라.》

나현은 불현듯 주차장으로 급하게 들어오던 이들이 사복을 입은 한국 경찰이라는 것을 깨달았다. 생각보다 출동이 빠른 것으로 보아 저들은 바니가 이곳에 있다는 것을 이미 알고 움직인 듯했다.

[한국엔 언제 들어왔어?]

[오늘.]

"······!"

오늘이라는 말에 나현은 눈을 질끈 감았다. 그녀가 한국으로 입국하는 것을 알고 바니가 쫓아왔다는 소리였다.

[바니.]

[가만히 있어.]

나현은 바니를 쳐다보려 했지만 그가 어깨를 확 잡아채 끌어당기는 바람에 볼 수 없었다.

《마지막 경고다. 총을 버리고 인질을 풀어 줘라.》

나현은 마른침을 삼키고 레스토랑 안쪽을 쳐다봤다. 계단 쪽은 모두 비어 있었다. 지금 레스토랑 테라스에 나와 있는 사람은 난간 쪽에 넘어져 있는 성우와 인질이 된 나현, 바니뿐이었다.

탕!

"악!"

[움직이지 마!]

성우가 뭔가 행동을 취하려 했던 것인지 바니가 위협사격을 했다. 그러자 성우가 다급하게 소리를 질렀다.

[그녀를 풀어 줘요!]

[시끄러워!]

바니의 호흡이 거칠어지는 것을 느낀 나현은 그가 긴장하고 있으며 더불어 당황하고 있음을 깨달았다. 그럴 수밖에 없는 것이 바니가 가진 총알은 이제 세 발밖에 남지 않았다.

나현은 계단으로 향하는 입구와의 거리를 가늠했다. 매그넘 리볼버는 한 손으로 총알을 장전할 수 없으니 바니가 장전하는 동안 달아날 수는 있을 것 같았다.

그런데 문제는 성우였다. 자신이 달릴 때 같이 달릴 수만 있다면 승산이 있지만 그를 두고 혼자 갈 수는 없었다. 미쳐 설치는 바니가 성우에게 총질을 안 한다는 보장이 없었다.

"팀장님, 저 괜찮아요. 위험하니 그냥 가만히 계세요."

나현은 성우를 돌아볼 수 없지만 자신이 침착하게 대처할 수 있음을 알렸다.

[혼자 온 거야?]

나현은 바보가 아닌 이상 바니가 혼자 움직이지 않았을 거라고 생각했다. 그는 국제적으로 쫓기는 인물이라 분명 입국장에서 걸렸을 테니까.

[위험해, 혼자 움직이는 건. 이동할 차는 있어? 차가 있다고 해도 도망갈 수는 없을 거야.]

서울의 교통 체증을 뚫고 도망친다는 건 거의 불가능에 가까운 일이었다.

[시엔나. 아니, 모나현. 입 다물고 가만히 있어.]

바니에게 혼란을 주려 했는데 아무 소용이 없었다.

"……!"

갑자기 계단 쪽에서 사람 머리가 얼핏 보이자 나현은 멈칫했다. 상황을 살피려 먼저 투입된 인원인 것 같았다. 그런데 상황을 살피던 남자가 얼른 몸을 감추는 형국이었다. 아무래도 사복을 입은 경찰들은 섣불리 움직이지 않으려 하는 듯했다.

[내 이름은 어떻게 알았어?]

나현은 시간을 더 끌어 볼 생각에 바니에게 아까와 같은 질문을 했다. 적어도 경찰 기동대가 출동할 시간을 벌어 줄 수는 있을 것 같았다. 사복을 입은 경찰이 먼저 도착한 것은 바니의 존재 유무를 확인하기 위해서일 수도 있었다.

[기억 안 나? 나한테 안기면서 왜 나현이라고 부르지 않느냐고 물었잖아.]

[내가 알려 줬다고?]

나현은 기억이 나지 않아 미간을 구겼다. 진정제를 맞고 잠에 빠져들 때 헛소리를 한 것일까. 아님 술을 마셨을 때일까.

[멈춰!]

나현은 생각을 하다 앞을 주시했다. 경찰 기동대원 세 명이 총을 겨눈 채 천천히 다가오고 있었다. 바니는 그런 그들을 노려보며 더 다가오지 말라며 소리를 질렀다.

철컥.

바니가 다시 총구를 들이밀자 나현의 고개가 기울어졌다. 바니의 행동에 다가오던 대원들이 멈추자 나현은 피가 마르는 느낌이었다. 대치되는 상황이 오래가는 건 좋지 않았다. 어느 한쪽이 지치게 되면 긴장이 풀어지는데 그게 인질범이면 그나마 다행이었다. 하지만 바니는 절대 협상이 가능한 인물이 아니었다.

다다다다.

"……!"

어디선가 프로펠러 돌아가는 소리가 희미하게 들리자 나현은 화들짝 놀랐다. 경찰 기동대를 뚫고는 절대 못 빠져나갈 것이라 여겼는데 바니는 지상이 아닌 하늘로 도망칠 계획을 갖고 있었던 것이다.

[바니! 총 버려!]

나현은 커다래진 눈으로 세 명의 경찰 기동대원 중 앞으로 나선 한 명을 쳐다봤다. 앞으로 나선 대원이 헬멧과 고글을 벗자 나현은 자신의 눈을 믿을 수가 없었다.

[루카!]

놀란 바니가 나현을 더 옭아매며 소리를 질렀다. 총을 겨눈 채 조심스럽게 한 발 앞으로 나오는 루카를 나현은 뚫을 듯이 바라봤다. 그가 정말 루카인지, 차현준이 맞는지 미친 듯이 바라보는 그 순간 루카의 입술이 움직였다.

〈안녕, 못난이.〉

"……흑."

루카의 입술을 읽은 나현의 눈에 물기가 가득 고였다.

28화
다시 (Again)

"속아 넘어온 것 같은데 문제는 나현 씨예요."

크로마의 말에 루카는 화면 가득 띄워져 있는 나현을 바라봤다. 멀리서 줌으로 당겨 찍은 사진 속 나현의 얼굴이 또렷하지는 않지만 창백한 것은 알수 있었다. 바니에게 소리를 지르며 물건을 던지는 영상에서는 분노와 절망이 같이 느껴졌다.

"이건 오늘 저택에 왔을 때……."

저택의 보이지 않는 곳에 움직임을 감지해 작동하는 CCTV가 있었다. 그 CCTV에 나현의 모습이 선명하게 찍혀 있었다. 그녀가 거실 문을 열고 한참을 서 있는 모습과 계단을 빠르게 올라가는 모습을 보다 루카는 이마를 짚었다.

"2주밖에 안 지났는데…… 많이 마른 거 같아요."

크로마가 슬쩍 눈치를 보며 말하다가 울상을 지었다.

루카는 마른세수를 하다 팔짱을 꼈다. 바니가 지금 뒷수습과 나현에게 정신을 쏟고 있을 때 재클린을 잡아 국제 재판에 회부해야 했다. 그런데 그녀를 저대로 두다가는 돌이킬 수 없는 일이 벌어질 것 같아 조마조마했다. 초점 없는 눈으로 멍한 표정을 짓고 있는 나현 때문에 심장이 가루가 될 것처럼 부서지는 기분이었다.

"란토, 욥!"

란토와 유렘이 언제든지 지시를 내리라는 얼굴로 쳐다보자 루카는 결심을
굳혔다. 어느 한쪽이 우선이 아닌 동시에 작전을 펼치는 수밖에 없다는 결론
이었다. FBI는 재클린을 잡고, 루카와 그들은 나현을 찾으러 가야 했다.

"오늘 밤 행동 개시한다."

"네, 형님!"

"루카 님, 오케이."

"형님, 저도……."

진석이 엉거주춤한 자세로 일어서며 자신은 왜 호명하지 않느냐는 표정을
짓자 루카는 고개를 저었다.

"진석은 크로마와 있어. 무리하기엔 몸이 아직 다 나은 게 아니잖아."

"저 이제 괜찮습니다. 충분히……."

"네 마음은 알겠지만 이번에는 후방에서 지원해 줘. 부탁해."

"……네."

진석이 마지못해 물러나자 루카는 휴대폰을 꺼내 문자를 보냈다. 예정된
계획보다 이틀 빠르게 일정을 당기지만 별 무리가 안 갈 것이라 생각했다.

지하 주차장에 폭탄을 설치한 것은 아자르가 맞지만 그건 사전에 계획된
일이었다. 진석을 납치했고, 예준을 죽인 아자르와 손을 잡는다는 게 마음이
내키지 않았지만 일을 성사시키려면 통 크게 굴 수밖에 없었다.

아자르를 배신하면서 바니에게 붙어 있던 여섯 명의 명단을 넘기고 아자
르 수장의 협조를 받아 냈다. 하지만 영원한 협조가 아니라는 건 잘 알고 있
었다. 아자르는 바니와도 손을 잡았으니까.

지금은 필요에 의해 아자르와 루카가 손을 잡았지만 언젠가는 서로가 추
구하는 것을 향해 등을 돌릴 것이다. 한쪽은 정의라는 이름으로, 또 다른 쪽
은 이익이라는 이름으로 말이다.

"크로마, 칼라르누에게 연락해서 그녀가 입원할 수 있는 곳을 확보해 둬."

"네, 루카."

크로마가 통화하는 동안 루카는 자신이 소지하고 있던 권총을 꺼내 총알을 확인했다.

'네 손에 피 묻히는 일 따위 생기지 않게 할 거야.'

그렇게 말했었다. 그런데 지금 그녀의 가슴에 피멍이 들게 하고 있었다. 아직 일 처리가 남아 있다는 이유로 말이다.

"하, 나쁜 놈이네."

"누가요?"

통화를 마친 크로마가 의아한 눈으로 쳐다보자 루카는 씁쓸하게 웃으며 '내가' 라고 답했다.

"헉!"

CCTV로 나현의 방을 스캔하던 크로마가 얕은 비명을 지르다 입을 틀어막았다.

"왜?"

루카는 대기 중인 이들에게 주먹을 쥐어 보이고는 크로마 곁으로 갔다. 폭발 사고 이후 바니가 자신의 사업을 챙기며 정신을 팔고 있을 때 사람을 매수해 그녀의 방에 보안 카메라를 설치했었다.

"나현 씨 혼자 있는 게 아니에요. 지금 바니가 같이 있어!"

영상을 보려 허리를 숙이고 있던 루카가 벌떡 일어나 신호를 보내자 보와츠의 특수 경찰들이 일제히 저택으로 향했다. 국제적인 협조 공문으로 지휘권을 얻은 루카였다. 대부분 소음기를 장착한 총으로 야간에 저택을 지키는 바니의 부하들을 제압해 나갔다.

"이야아아악!"

루카는 자신을 향해 달려오는 놈을 발로 차 넘어트리고 다시 일어나는 놈과 몇 번의 합으로 치고받다 그의 머리를 권총으로 찍어 버렸다.

앞선 특수 경찰들의 뒤를 따라 그대로 저택 안으로 들어간 루카는 곧장 나현의 방으로 향했다. 저택이 소란스러워지기 시작했고, 여기저기서 총성이 울렸다.

방문을 발로 차 버린 루카는 나현과 침대에 있는 바니를 향해 이를 갈며 앞뒤 잴 것 없이 총을 발사했다.

탕!

흥분으로 호흡을 제대로 가다듬지 못한 탓인지 루카의 총알이 빗나갔다. 그 바람에 바니가 몸을 침대 아래로 굴려 피했다.

"젠장!"

침대를 벗어난 바니가 발코니로 뛰자 루카는 총을 다시 쐈다.

"바니 멈춰!"

바니를 뒤따르려던 루카는 나현의 모습을 보자 더 이상 쫓을 수가 없었다. 어차피 나가면 경찰들이 깔려 있으니 상관없을 것이라 여겼다.

"하…… 나현아."

루카는 권총을 거두고 나현의 뺨을 가만히 쓰다듬었다. 뜨거운 숨을 고르게 내뱉으며 잠이 든 그녀의 얼굴은 창백하고 몸은 야위어 있었다. 루카는 나현의 뺨을 만지다 몸을 숙여 그녀의 이마에 입을 맞췄다. 안쓰러움과 죄책감이 동시에 일었다.

"가자, 집에."

루카는 나현을 안아 올려 품으로 꼭 끌어당겼다. 무게감이 달라진 나현 때문에 루카의 목이 메어 왔다.

바니를 속이기 위해선 나현에게 사전에 계획을 알릴 수 없었다. 하지만 적당한 때를 봐서 알리려 했다. 그런데 폭발 현장에 나현이 있었던 건 변수였다. 부정할 수 없는 광경을 목격한 그녀가 이렇게 피폐해질 줄은 상상도 못한 일이었다.

패닉 상태가 되어 버린 그녀에게 살아 있음을 알리면 행동이 눈에 띄게 달라질 것을 우려해 메리가 당분간 보류하자는 의견을 냈다. 그에 동의한 건 루카 자신이었다.

"으음…… 답답……해. 하아……."

루카는 차 안에서 그녀를 안고 오는 동안 계속 땀을 닦아 주고 이마를 짚어 주었다.

[진정제를 지속적으로 맞은 거 같아요. 몸이 회복되려면 시간이 좀 걸려요.]

열이 나는 나현의 얼굴은 더 이상 창백하게 보이지 않았지만 그만큼 아프다는 소리여서 마음이 편치 않았다. 식은땀을 흘리는 이마를 닦아 주자 그녀가 미간을 찡그렸다.

"하아……. 미안해."

이럴 생각이 아니었는데 어디서부터 꼬인 것인지. 나현을 처음부터 데려오지 말았어야 했다. 그랬다면 그녀가 이런 극단적인 상황에 내몰리지는 않았을 것이다.

[칼라르누, 지금 가셔야 합니다.]

보와츠의 경찰이 재촉하는 바람에 루카는 그녀의 곁에 더 머물 수가 없었다. 재클린 회장의 만행을 증명하기 위해 증인 자격으로 참석해야 했다.

[루카, 여기는 걱정 말고 다녀와.]

[네, 칼라르누. 그럼, 부탁드리겠습니다.]

카벤스에게 뒤를 맡기고 나오면서 루카는 내내 걸음이 묵직했다.

옳은 일을 한다고 자신했다. 그들과 같은 짓을 하면서도 자신은 이유가 있어 정당하다고 최면을 걸었었다. 그런데 나현이 저리 되니 자신의 신념이 얼마나 이기적이고 맹목적인 것인지 깨달았다. 그런 자신의 곁에 있으면 그녀뿐만이 아니라 모두가 아프다는 것을 알았다.

"잘 이겨 낼 겁니다. 보통 강단이 아니던데요."

"그래, 보통은 넘지."

진석이 걱정하지 말라는 듯 애써 웃으며 하는 말에 루카는 고개를 끄덕였다. 그녀가 나서지 않았다면 지금쯤 진석은 어떻게 됐을지 장담할 수 없었다.

506

"자책하지 마세요."

"으응?"

루카는 생각에 빠져 있다 멀뚱한 표정을 지었다.

"지금 자책하고 있잖아요. 자신의 신념 때문에 모두를 힘들게 했다고."

"아……."

루카는 말문이 막혀 씁쓸하게 웃었다. 그러자 진석이 손에 쥐고 있던 것을 내밀었다. 작은 머리핀이었는데 많이 낡아 있었다.

"뭐야?"

"이건 내 신념이에요."

루카는 무슨 말인가 싶어 진석을 가만히 쳐다봤다.

"앞머리가 흘러내려 귀찮다고 소윤이가 투덜거려서 샀는데 그녀한테 전해 주지 못했어요."

진석이 머리핀을 올려놓은 손을 가만히 말아 쥐며 다시 말을 이었다.

"소윤이를 만나면 전해 주겠다는 생각으로 버텼어요. 그러니 이건 제 신념입니다. 그리고 난 내 신념으로 형님과 함께한 겁니다. 아마 나현 씨도 자신의 신념에 최선을 다했을 겁니다."

"무슨 신념?"

루카는 허탈한 얼굴로 진석을 향해 물었다. 모라타에 들어가 지내면서 옳고 그름의 경계가 있기는 한 것인지 의문이 들기 시작했다. 흔들리지 않으려 매번 자신을 다독이고 몇 번이나 자신을 돌아봤었다. 그런데 결과물은 늘 예상과 다르게 모습을 나타냈다.

"그건 나중에 직접 물어보세요."

"하아……."

진석의 말에 루카는 참았던 숨을 뱉어 내며 앞머리를 길게 쓸어 넘겼다.

루카와 진석은 모라타 조직의 와해라는 공통된 신념이 존재한다고 볼 수 있었다. 하지만 그 위험한 바니의 저택으로 가겠다고 한 그녀의 신념은 무엇이었을까.

"가죠, 우리의 신념이 이루어 낸 결과를 보러."

진석이 환하게 웃으며 앞서자 루카가 이내 피식 웃고는 뒤를 따랐다. 그녀를 만나면 어떤 신념이었는지 꼭 물어봐야겠다는 생각을 하며.

[무슨 말입니까?]

[말 그대로 바니의 행적이 묘연합니다. 흔적이 없어요.]

보와츠 경찰국 내에서 바니에게 뒷돈을 받은 이들이 제법 많았다. 모라타 조직과 조금이라도 연결된 이들은 모두 직위 해제를 시키고 나름 정리가 됐다고 생각했다. 그런데 그 뿌리가 너무 깊었던 것인지 바니가 무사히 보와츠를 빠져나갔던 것이다. 협력자는 찾아내면 되지만 더 큰 문제는 바니가 어디로 갔는지 알 수가 없다는 것이다.

[혹시 그녀를 찾아가지 않을까요?]

"……!"

등줄기를 따라 소름이 좌르륵 돋아났다. 아버지를 따라 영국으로 돌아간 그녀에게 언제쯤 갈 수 있는지 상황을 재고 있었다. 그런데 종적을 감춘 바니 때문에 신분을 더 숨기고 있어야 하는 것에 루카는 화가 났다.

[아무래도 그녀한테 사람을 붙…….]

[제가 가겠습니다.]

[그건 위험합니다.]

[제가 가겠다고 말했습니다.]

루카는 단호한 눈빛으로 메리에게 말하고는 자리에서 일어섰다. 재클린 회장의 죄명은 일일이 열거할 수 없을 만큼 많았고, 그 죄명 하나하나에 형이 내려질 예정이었다. 하지만 재클린 회장은 행방이 묘연한 바니에게 죄를 돌리며 빠져나갈 궁리만 하고 있었다.

차에 오른 루카는 곧장 전화를 걸었다.

"크로마, 모든 공항에 생체 인식 프로그램을 돌려 바니를 찾아."

― 어디로 갔는지 몰라요? 그 많은 공항을 다 뒤지려면 1년은 걸릴 텐데.

그러게. 루카는 한숨을 내쉬고는 이마를 짚었다가 앞머리를 쓸어 넘겼다.

"보와츠 출국장부터 뒤져 봐. 그다음에는 부두."

— 네!

"아, 바니의 신용카드나 워킨스의 신용카드도 추적해 줘."

— 그건 눈 감고도 할 수 있죠.

크로마가 염려하지 말라는 듯 밝은 목소리로 답했다. 크로마는 루카에게 그날 바니에게 잡힌 나현을 못 만나러 가게 해서 미안하다는 말을 했다. 루카가 다치느니 차라리 그녀를 포기하는 것이 모두를 위한 일이라 여겼다고. 그래서 크로마는 그 일 이후 내내 마음이 무거웠다고 했다.

"그리고 난 영국 좀 다녀올게."

— 어? 나현 씨한테 가는 거예요? 이제 만나도 돼요? 그러면 나도 갈래요!

크로마가 철없는 아이처럼 나서려 하자 루카는 미간을 구기다 눈을 감았다. 만나서 그동안의 일을 설명하고 그녀에게 원망이나 야단을 들을 수 있는 상황이면 자신도 좋겠다고 생각했다.

"아직 아냐."

— 히잉.

풀이 죽은 콧소리로 칭얼거리는 크로마에게 루카는 '혼자 다녀올게'라고 말하고는 차에 시동을 걸었다.

"살이 좀 붙었네."

얼굴이 많이 좋아진 나현을 지켜보면서 루카는 반가우면서도 씁쓸한 미소를 지었다. 비록 그녀 앞에 아직은 나타날 수 없는 입장이라 멀리서 봐야 하지만 이것으로 그나마 만족했다.

아버지와 마트에서 장을 보는 나현은 거의 말이 없었다. 간간이 아버지와 대화를 할 때는 살짝 웃기도 하지만 거의 무표정에 가까웠다.

"아, 그러다 부딪쳐."

나현이 영국에서 그런대로 잘 있는 것 같았지만 한 번씩 멍한 표정으로 서 있는 것이 안쓰러웠다.

철커덩!

카트를 밀며 앞을 보지 않는 여자와 멍하게 서 있던 나현의 충돌은 불가피한 일처럼 일어났다. 미안하다며 인사를 건네고 돌아서는 그녀에게 자신이 여기 있다고, 멀쩡하게 살아 있다고 알리고 싶었다.

루카는 차로 나현이 탄 차를 따라가면서도 복잡한 마음이었다.

"여전히 웃는 게 예쁘네."

루카는 나현의 집이 보이는 곳에 서서 망원경으로 그녀를 살폈다. 혹시 그녀에게 접근하는 이가 있는지, 집 주변에 수상한 낌새가 있는지 면밀히 살폈다.

발코니에서 들어가려다 뒤를 돌아보는 나현이 마치 자신을 쳐다보는 것 같아 루카는 흠칫 놀랐다. 이리저리 고개를 돌리는 것이 아무래도 뭔가를 찾는 것처럼 보였다.

"까아아악!"

"아!"

그러다 갑자기 그녀의 비명 소리에 심장이 푹 내려앉았다. 그녀가 아직도 공포에 휩싸여 있는 것 같아 애처로우면서 바니에 대한 증오가 타올랐다.

친구의 부축을 받으며 집 안으로 들어가는 그녀의 모습이 사라질 때까지 루카는 그 자리에 오래도록 서 있었다. 늦은 밤 부슬부슬 비가 내리기 시작하자 루카는 천천히 걸음을 뗐다.

위이잉.

코트 주머니에 넣어 둔 휴대폰이 진동하자 루카는 바로 통화 버튼을 눌렀다.

— 루카! 바니가 벨기에에 있는 것을 확인했어요!

크로마의 높아진 목소리를 듣자 루카의 걸음이 뚝 멈췄다. 이번에는 반드시 바니를 찾아내 체포를 하든 죽이든 결단을 내리라 생각했다.

"벨기에 어디?"

— 어, 그게…….

떨떠름한 목소리로 크로마가 말을 끊자 루카는 눈을 가늘게 떴다. 왜 갑자기 자신 없는 목소리로 기운 빠지게 만드는 건지.

— 정확한 장소는 모르겠는데 바니가 제라드라는 차명으로 배를 구입했어요.

"배?"

바니가 사업을 하면서 차명으로 내세운 이름이 제라드였다.

— 아니, 배가 아니라 크루즈 요트라고 해야겠네요.

루카는 번쩍하고 번개가 치는 것처럼 머리를 스치고 가는 생각이 있었다. 국제요트대회 기간의 어수선한 틈을 타 자연스럽게 밀입국하려는 의도가 분명했다.

"크로마 이번에 국제요트대회가 어느 나라에서 열리지?"

바니는 분명 국제요트대회를 핑계로 영국으로 자연스럽게 입항하려 들 것이다.

— 아! 잠시만.

크로마가 키보드를 빠르게 치는 소리가 휴대폰을 통해 들려왔다. 일단 요트라는 이동 수단을 파악했으니 수사망이 좁혀졌다.

— 올해 국제요트대회 일정은 아직 안 나왔어요.

헛다리를 짚은 걸까. 잡히지 않기 위해 아무리 바다를 떠돌아다녀도 식수와 음식을 구하기 위해 언젠가는 정박하게 되어 있다. 그 타이밍을 미리 안다면 좋겠지만 육지보다 더 넓은 바다를, 동원되는 인력도 만만치 않는 곳을 뒤지는 건 불가능에 가까웠다.

"그런데 바니가 무슨 돈으로 요트를 산 거지?"

— 지금 전화한 사람이 그 돈을 벌어 준 걸로 아는데요?

"아……."

크로마의 짓궂은 말에 루카는 손으로 자신의 얼굴을 가렸다가 한숨을 푹 내쉬었다. 틀린 말이 아니었다. 바니가 제안한 사업이 마음에 들지 않았지만 손을 잡은 건 루카 자신의 뜻이었다.

하지만 초반에 상승세를 탔지만 지금은 물거품이 된 사업이었다. 바니가 모은 인물들이 하나둘 배신을 해 버렸으니까.

"그 돈 말고 다른 돈이 또 있는 거 아냐?"

이미 바니의 계좌는 동결되어 있지만 스위스 계좌나 러시아 계좌를 아직 찾지 못했다면 그의 목숨이 연장 가능하다는 소리였다.

— 그건 모르겠지만 크루즈 요트를 현금으로 샀으니 지금은 돈이 궁할 테죠. 그러다 보면 그 계좌를 찾으려고 할 거고.

루카는 가만히 고개를 끄덕이다 뒤를 돌아봤다. 나현의 방에 불이 꺼지는 것을 본 루카는 뒷걸음치듯 걸으며 하늘을 올려다봤다. 부슬부슬 내리던 비는 그새 그쳐 있었다.

"크로마."

— 네?

"잘했어."

— 에이, 뭘.

크로마가 쑥스러운 듯 픽 웃는 소리가 들려왔다. 휴대폰을 다시 주머니에 넣은 루카는 나현의 방 창문을 보며 속삭이듯 읊조렸다.

"잘 자, 못난이."

[현재 CCTV로 확인한 결과 인천항을 통해 밀입국한 정황이 포착되었습니다.]

현준은 턱을 쓰다듬다 가만히 생각에 잠겼다. 나현이 입국하는 날이 바니의 밀입국과 공교롭게도 일치했다. 나현이 움직였기 때문에 바니가 움직인 것이라고 여길 수밖에 없었다.

영국에 있는 나현을 빈틈없이 커버한 탓에 접근 방법을 바꾼 것인지도 모를 일이었다. 하지만 바니는 나현이 한국으로 들어올 것이라는 걸 먼저 알고 움직였다. 이건 어떻게 받아들여야 하는 걸까. 누가 정보를 준 거지?

[몇 시간 전 CCTV에 찍힌 바니 재클린의 얼굴입니다.]

약간 마른 듯, 날카로워진 바니의 얼굴을 보며 현준은 어금니를 맞물었다. 그녀의 행방을 바니가 악착같이 쫓고 있어 기분이 묘했다.

현준은 휴대폰을 꺼내 크로마에게 전화를 걸었다. 정보가 샜다는 건 그녀 주위에 누군가가 있다는 소리였다. 그런데 그게 누구인지 짐작이 전혀 가지 않았다. 그녀가 최근 만난 사람들은 모두 관리 대상이었고, 그들의 신상은 흠잡을 데 없이 깨끗했었다.

"크로마, 나현의 현재 위치 찾을 수 있겠어?"

현준은 착잡한 심정이 되었다.

— 서울 한강 레스토랑 주차장에 막 들어섰어요.

"수고했어."

나현이 연구소 팀장과 도착한 곳으로 먼저 형사들을 보내며 현준은 초조함을 달랬다. 경찰 기동대를 투입하고 싶지만 그러면 노출되어 바니가 숨어버릴 수도 있었다. 최대한 바니가 도망가지 못하게 엮어 두고 나서 대면하기를 바랐다.

"팀장님, 저격팀 출발했습니다."

"좋아. 공격팀도 출발한다."

"네!"

현준은 재클린 회장의 재판 증인으로 보호를 받다 보름 전 귀국해 경찰 기동대 소속이 되었다. 하지만 여전히 나현을 찾아가지 못하고 있었다. 바니를 처리하지 못한 상태에서 그녀에게 또 위해가 가는 일을 할 수는 없었다.

"아!"

현준은 순간 그녀가 영국에서 새로 개통한 휴대폰이 생각났다.

"무슨 일입니까, 팀장님?"

"아, 아냐."

현준은 팀원에게 고개를 젓고는 크로마에게 다시 전화를 걸었다.

— 형사들은 현재 자리에서 대기 중임.

크로마가 묻지도 않았는데 보고를 해 왔다. 현준은 빠르게 바뀌는 차창 밖경치를 의미 없이 보며 입을 열었다.

"크로마, 나현의 휴대폰에 혹시 바이러스가 깔려 있는지 확인해 봐."

— 아! 잠시만요.

찾고 있는 것인지 크로마는 몇 분간 말이 없었다. 그사이에 경찰 기동대 차는 레스토랑이 보이는 곳까지 도착해 있었다.

— 맞아요. 나현 씨 휴대폰은 쌍둥이 폰이에요.

나현에게 오는 문자가 쌍둥이 휴대폰에서도 같이 확인이 된다는 소리였다.

"알았어."

현준의 입꼬리가 비틀렸다. 그제야 바니가 나현의 동선을 먼저 파악할 수 있었던 이유를 납득했다. 돈으로 휴대폰 매장 직원을 매수하는 건 일도 아니었을 것이다. 아니면 죽이겠다는 위협을 가했을 수도 있고.

"여자 인질을 앞세워 몸을 가리고 있습니다. 그리고 부상자 한 명, 2시 방향에 있습니다."

현준은 조장의 보고에 고개를 끄덕이고는 무장을 점검했다. 권총의 안전장치를 푼 현준은 옆에 선 대원들을 향해 신호를 보냈다.

"가자."

"네!"

계단을 올라가자 나현이 제일 먼저 보였다. 조급한 마음이 들어 미칠 지경이었지만 현준은 심호흡을 하며 마음을 다스렸다.

[바니! 총 버려!]

[루카!]

나현의 머리에 총을 겨누고 있는 바니를 흠씬 두들겨 패 주고 싶었다. 그래서 헬멧과 방탄용 고글을 벗고 얼굴을 드러냈다. 적어도 바니 자신이 누구의 손에 잡히는지는 알려 주고 싶었다.

커다랗게 뜬 눈으로 입술을 벌린 채 굳어 버린 나현을 보자 심장이 또 욱신거렸다. 그녀를 아프지 않게 하려 했는데 그게 마음처럼 쉽지 않았다.

〈안녕, 못난이.〉

그녀의 뺨을 타고 눈물이 주르륵 흐르는 것을 보자 현준의 마음도 젖어 들었다. 당장 품에 안고 미안하다고, 고생 많았다고 마음을 전하고 싶은데 그럴 수 없는 상황이었다.

〈나를 믿고 내가 신호할 때까지 움직이지 마.〉

눈물을 흘리던 그녀가 고개 대신 눈을 깜빡이자 현준은 이 와중에도 나현이 독화를 잘하고 있어 안심됐다. 당황하고 놀라 바니를 벗어나려 발버둥 치거나 몸이 굳으면 문제였다.

사실 그녀를 손에 넣기 위해 바니가 이렇게 악착같이 굴 줄 몰랐다. 바니는 그보다 더한 일이 산재해 있었으므로 나현을 금방 잊을 줄 알았다.

"너무 딱 붙어 있어 빈틈이 없습니다."

옆의 대원이 곤란하다는 듯 고개를 젓자 현준은 미간을 찌푸렸다. 165cm 정도 되는 나현이 하이힐을 신고 있어 바니의 노출이 적었다. 하지만 빈틈은 항상 있기 마련이다. 급한 마음에, 실패할까 두려운 마음에 놓치는 것일 뿐 반드시 빈틈은 나오기 마련이다.

나현과 딱 붙어 자신의 몸을 숨기고 있는 바니를 향해 현준은 입을 열었다.

[바니. 그녀를 좋아하면서 인질로 삼는다는 게 웃기지 않아?]

사실 바니의 머리를 명중시키는 건 일도 아니었다. 하지만 총을 쏘는 순간 바니의 근육이 굳어져 방아쇠가 당겨지면 그녀 또한 다치거나 죽게 되는 상황이었다.

[걱정 마. 그녀를 무사히 데리고 나갈 테니까.]

바니가 비릿한 웃음을 지으며 응수해 왔다.

"팀장님, 헬기가 접근하고 있습니다."

"음!"

옆 대원의 보고에 현준은 다급하게 무전기로 유렘을 불렀다. 그러자 유렘이 차분한 목소리로 응답해 왔다.

— 루카 님, 시야, 목표 다 확보.

"음, 헬기를 맞출 수 있겠어?"

— 에에?

황당한 주문에 당황한 것인지 유렘이 목소리를 높였다.

— 맞출 수는 있다. 하지만…….

떨떠름한 유렘의 보고에 현준은 주변을 빠르게 스캔했다. 헬기를 한강으로 떨어트리는 건 일도 아니지만 만에 하나 강변으로 추락하게 되면 사람들이 다칠 수 있었다. 유렘도 그 점을 말하고 싶어 말끝을 흐렸던 것일 테지.

현준은 다시 원점으로 돌아와 나현과 바니를 살폈다.

"빈틈은 존재한다."

혼잣말을 한 현준은 눈을 가늘게 뜨고 바니의 움직임을 주시했다.

"팀장님, 헬기가 계속 접근하고 있습니다."

옆 대원의 보고에 현준은 고개를 슬쩍 들어 헬기의 위치를 가늠했다. 헬기가 이곳으로 착륙하는 것은 불가능하니 아마도 사다리가 내려올 것이다.

현준은 다가오는 헬기를 보다 다시 바니를 쳐다봤다. 시간을 끌수록 나현이 위험했다. 궁지에 몰린 바니가 같이 죽겠다며 미친 짓을 할 수도 있었다.

"왼쪽에서도 헬기가 접근 중입니다."

현준은 두 대의 헬기를 빠르게 훑고는 입꼬리에 회심의 미소를 지었다.

"방송국 헬기 같은데?"

"네?"

벌써 어둑어둑해진 하늘을 보며 눈살을 찌푸리던 대원이 곧 확신에 찬 목소리로 말했다.

"아, 맞습니다. 방송국 헬기입니다."

"그럼, 방송국에 저 헬기를 막아 달라고 요청해."

"네!"

대원 한 명이 본부와 무전을 하는 동안 현준은 바니와 나현의 자세를 다시 살폈다. 현준은 바니가 나현의 왼쪽 팔을 잡고 있는 것을 찾아내고는 눈을 가늘게 떴다. 총이 발사되면 사람들은 본능적으로 몸을 움츠리게 되어 있다. 그건 어느 누구에게도 예외가 없는 조건 반사였다.

〈나현, 절대 움직이지 마. 무슨 일이 있어도.〉

현준은 나현이 자신의 사격 범위 안으로 들어올까 염려스러웠다. 바니가 한국어를 모르지만 나현에게 말을 전하고 있다는 것을 눈치챌까 봐 소리를 내지 않았다.

입술을 읽은 나현이 천천히 고개를 끄덕이자 바니가 그녀의 머리에 총구를 더 들이밀었다.

"개새끼."

현준은 낮게 욕설을 내뱉었다.

[루카! 그녀가 독화하는 것을 알아!]

"……!"

현준은 미간을 팍 구기며 바니를 째려봤다. 바니가 필요 이상으로 나현의 머리에 총구를 들이댄다 여겼는데 그런 이유일 줄은 몰랐다. 그녀가 벌벌 떨며 당황하도록 만들려는 바니의 의도를 알게 되자 현준의 입술이 일그러졌다.

[그러니 쓸데없는 말은 하지 마! 안 그러면 진짜 총을 쏠 거야!]

안 되면 나현과 같이 죽겠다는 소리였다.

"미친 새끼."

현준은 이를 갈 듯이 말하고는 나지막한 목소리로 윰을 불렀다.

"윰, 바니의 왼손을 맞출 수 있겠어?"

― 당연하다.

"좋아."

현준은 옆에 선 대원 둘을 번갈아 보다 입을 열었다.

"저격수가 먼저, 그다음 나. 둘은 엄호 준비."

"네."

"네!"

현준은 호흡을 가라앉히며 바니의 머리를 겨누었다. 뒤를 돌아 헬기의 위치를 살피는 바니의 머리가 보였다가 이내 나현의 뒤로 사라졌다. 방송국 헬기 때문에 접근 못 하는 것을 확인한 바니가 이를 갈며 열받아 하는 것이 보였다.

[바니, 이번에는 실수하지 않는다.]

[뭐, 저번엔 실수라고 생각하나? 웃기는 소리. 그게 네 실력이야!]

비아냥대는 그를 보면서도 현준은 동요 없이 총구를 바니의 미간에 겨누었다.

"읍, 카운트다운."

— One, two.

[내가 못 가지면 아무도 못 가져!]

— Three.

피웅!

탕!

[억!]

투당탕.

미간에 총을 맞은 바니가 그대로 바닥에 꼬꾸라졌다. 왼손은 유렘의 저격으로 피범벅이 된 채.

"인질범 사망!"

현준의 양옆에 서 있던 대원들이 빠르게 앞으로 나아가며 한 명은 보고를 했고, 다른 한 명은 바니의 옆에 떨어진 권총을 발로 차 냈다.

"나현아!"

현준은 쓰러지려는 그녀를 와락 안아 일으켰다. 떨어지는 꽃잎처럼 가녀린 나현이 자신의 품으로 안착했다. 가파른 숨을 내쉬던 그녀가 고개를 들자 놀라고 복잡한 감정이 담긴 얼굴이 보였다.

"이제 괜찮아. 다 끝났어."

현준은 나현의 머리를 쓰다듬으며 시선을 마주한 채 그녀를 다독였다. 서서히 일그러지는 그녀의 입술을 보며 현준은 그녀가 울 거라고 생각했다. 얼마나 놀랐을지 말하지 않아도 알고, 죽었던 자신이 살아 있어 황당한 것도 안다. 하지만 총이 머리에 닿고 조금의 긴장도 놓지 못하는 상황에서도 잘 버텨 준 나현이 대견했다.

"괜찮아, 울어도 돼."

"하아……."

"윽!"

가만히 쳐다보기만 하던 나현이 짙은 한숨을 쉬더니 현준의 옷깃을 확 잡아당겼다.

"루카, 이 바보야."

"뭐?"

나현의 입에서 나온 첫마디가 너무 뜻밖이라 현준은 눈을 휘둥그레 떴다.

"내가 총에 맞았잖아!"

"앗! 여기! 구급차! 구급차 불…… 아!"

현준은 놀라고 당황한 얼굴로 그녀의 상처를 살피다 다급하게 소리쳤다. 그러자 나현이 어깨를 아프게 때렸다.

"정신 사나워."

현준은 태연한 나현의 말에 멈칫하다 눈썹을 일그러트렸다. 원피스 소매가 찢어진 사이로 피가 나고 있었지만 아주 미세하게 스친 모양이었다.

"일단 응급 처치를……. 뭐, 하는 거야?"

현준은 두 손을 벌리고 서 있는 그녀를 멀뚱한 얼굴로 보다 물었다. 그러자 나현이 고개를 절레절레 젓더니 현준의 허리를 확 잡아당겼다.

"루카, 그만 호들갑 떨고 나한테 키스나 해."

"뭐?"

─ 루카 님, 뭐 하나. 키스 안 하고.

현준은 한 방 먹은 얼굴로 나현을 보다 유렘의 너스레에 소리 내어 웃었다. 한껏 올라간 입꼬리를 감추지 못한 현준은 나현의 입술을 강탈하듯 덮쳤다.

에필로그
립 앤 키스(Lip and Kiss)

― 오늘 한강 하류 쪽에 위치한 레스토랑에서 인질극이 벌어졌습니다. 먼저 영상으로 확인하시겠습니다.

영상은 헬기 안에서 촬영된 것이었다. 경찰차의 사이렌 불빛이 번쩍번쩍하는 가운데 나현을 인질로 잡고 있는 바니의 뒷모습이 클로즈업됐다.

― 인터폴에 지명 수배 되어 있던 범죄자로 크루즈 요트를 이용해 밀입국 했으며…….

집에 들어와 옷도 갈아입지 않은 나현은 벽시계를 힐끔 돌아보고는 다시 뉴스에 귀를 기울였다.

― 현장에서 즉사한 관계로 그의 목적이 무엇인지 정확한 판단이 어려워졌습니다. 하지만 인질은 무사히 구출되었고 사고 수습은 원만하게 진행되고 있습니다. 자세한 소식이 들어오는 대로 다시 전달드리겠습니다. 다음 뉴스입니다.

삑.

나현은 TV를 끄고는 리모컨을 쥔 채 소파에서 벌떡 일어났다. 시간이 자정을 향하고 있었다.

3개월 동안 죽었다고 생각한 사람이 멀쩡하게 살아서 걸어왔다. 믿기지 않는 상황에 놓였지만 손으로 만져지는 그를 보자 억울함이 울컥 솟아났다. 아무리 작전이라지만 어떻게 3개월 동안 자신에게 알리지 않을 수가 있느냐 말이다.

'집에서 기다려.'

조사를 마치고 나온 나현에게 루카 아니, 현준은 그 말만 하고 눈앞에서 또 사라졌다. 9개월이 넘도록 비워 뒀던 집은 매일 청소를 한 것처럼 깨끗했고 먼지 하나 없었다. 물건의 위치가 미세하게 달라져 있었지만 그건 청소의 흔적으로 보였다.

"청소까지…… 챙겼던 건가?"

나현은 현준의 성격이 새삼 철두철미하다는 생각을 했다.

삐리릭.

"……!"

현관문 잠금장치가 해제되는 소리를 들은 나현은 들고 있던 리모컨을 꽉 움켜쥐었다. 당황한 심장이 천천히 속도를 높이듯 뛰기 시작했다.

저벅.

거부당하지 않을 거라는 확고한 신념을 가진 발걸음으로 그가 집 안으로 들어왔다.

쿵.

문이 닫히는 소리와 함께 그가 다가올수록 나현의 심장 박동 수는 증가되었다. 설핏 미간을 구긴 그의 눈이 가늘어지자 나현은 마른침을 꿀꺽 삼켰다. 자신에게로 다가오는 남자에게서는 거역할 수 없는 아우라가 뿜겨져 나오고 있었다.

"여전하네."

조용하면서도 힘 있는 목소리가 실내에 울려 퍼졌다.

"뭐가?"

"또 머릿속으로 분석하고 있는 거지?"

오랜 그녀의 습관을 표정만으로 파악해 버린 그의 얼굴엔 가소(可笑)가 어려 있었다.

"치이."

속을 들켜 불퉁한 표정을 짓던 나현은 그가 넥타이를 비틀어 풀자 팔짱을 끼며 방어적인 자세를 취했다.

"그 방어적인 자세는 무슨 의미지?"

넥타이를 풀고 재킷을 벗은 그가 나현처럼 팔짱을 끼며 제법 온화한 어투로 물어 왔다. 하지만 표정에서는 달갑지 않음이 어려 있었다.

"여기는 내 집이야. 주인 허락 없이 멋대로 굴지 마."

"훗, 여전히 호락호락하지 않네."

그가 어이없다는 듯 픽 웃더니 팔짱 낀 한 손을 풀어 턱을 받쳤다.

"3개월 만에 보는데 반응이 좀 섭섭한 수준인데?"

"누가 그렇게 사람을 농락하라 했나?"

나현은 반항기 가득한 소녀처럼 입술을 씰룩이며 그에게 핀잔을 주었다. 솔직히 그를 때려 주고 싶은 심정도 있었다. 자신이 아팠던 만큼 그에게도 아픔을 주고 싶은 보상 심리가 작용했다.

그런데 또 마음 한편으로는 이렇게 살아 있는 그를 다시 볼 수 있어 감사하고 감사했다.

"전에도 말했던가?"

"뭘?"

"징징거리지 않아서 좋다고?"

"아니."

나현은 단호한 표정으로 답했다. 아무것도 모르고 의욕이 사라졌던 그때보다는 지금이 낫지만 그를 보는 순간 쉽게 받아들이고 싶지 않은 마음이 싹텄다. 더 정확하게 말하면 꿈 같아서 믿기지 않는 마음에 부정하고 싶은 생각도 들었다. 그리고 애를 실컷 먹이고 싶은 악동 같은 마음이 싹을 틔우고 있었다.

"계속 그렇게 서 있을 거야?"

그가 손을 내밀자 나현은 입술을 질끈 깨물었다. 자신감 있게 뻗은 그의 손을 거부하고 싶은데 몸은 그 손을 잡고 싶어 움찔거렸다.

"내가 가지."

"……훗!"

성큼성큼 걸어온 그가 허리를 낚아채듯 확 끌어당기자 놀란 나현이 헛숨을 삼켰다.

"다친 곳은?"

그의 눈길이 붕대 감은 팔로 움직이자 나현의 시선도 자연스럽게 따라 움직였다. 살짝 내리뜬 그의 눈길이 닿은 곳에서 열감이 이는 것 같았다.

"상처 덧나면 안 되니깐 착실하게 약 발라."

나현은 그를 슬쩍 째려보며 입을 열었다.

"고양이 쥐 생각 하는 거야?"

"살려 줬잖아."

"안 다치게 할 수 있었잖아."

나현은 원망과 짜증을 담아 항의하듯 구시렁거렸다.

"네가 몸을 움직이는 바람에 스친 거야."

"예상했었어야지."

나현은 그의 잘못이 아닌데도 그냥 막무가내로 야단을 쳤다.

"한마디도 안 지고. 하긴, 그래야……."

"그래야 뭐?"

그의 말을 툭 자른 나현은 뭐가 불만이냐는 얼굴로 턱을 치켜올렸다. 그러자 그가 눈가에 웃음을 지으며 얼굴을 가까이했다.

"그래야 모나현이라고."

"치이, 흡."

닿은 입술을 열고 들어온 혀는 뜨거운 열기를 품고 있었다. 휘감아 올려 빨아들이다 놓아주고 다시 옭아매는 행위가 거침없는 것 같으면서도 부드러웠다.

입안의 사탕을 핥고 빨기라도 하듯 엉켰던 혀가 떨어졌다가 다시 서로를 끌어당겼다. 감미로움 속에 숨겨진 짙은 욕망과 열망이 어우러져 키스가 점점 깊어지고 있었다.

나현도 뒤로 밀리지 않고 격하게 입술을 탐하기 시작하자 그가 그녀를 품에 꼬옥 안았다.

"하아, 하……."

"3개월 기다린 것보다 오늘 단 몇 시간을 참는 것이 더 힘들었어."

그의 낮게 가라앉은 목소리에 실린 애틋한 감정을 고스란히 느낀 나현은 눈을 감았다. 그의 입술이 눈꺼풀에 닿자 쪽, 하는 소리가 들려왔다. 천천히 눈을 뜬 나현은 그의 눈동자에 자신의 모습이 담겨 있는 것을 확인하고는 그만 울음을 터뜨렸다.

"흑."

툭툭. 나현은 힘없이 그러쥔 주먹으로 그의 어깨를 때렸다. 억눌렀던 감정과 설움이 한꺼번에 터져 나오고 있었다.

"이런, 울리고 말았네."

그의 웃음기 담긴 목소리에 울컥 화가 난 나현은 벌을 주듯 그의 어깨를 꽉 깨물었다.

"윽! 시엔나."

나현은 그의 목에 팔을 두르고 어깨에 입술을 댄 채 울음을 삼키고 있었다. 루카가 꼭 안아 주며 옆머리에 가볍게 입을 맞추자 나현은 그만 또 울음을 터뜨렸다.

"미안해."

루카의 담백하면서 진솔한 사과에 눈물이 잘 멈춰지지 않았다. 한참을 훌쩍거리고 있자 그가 귓가에 조용히 속삭였다. 장난기 다분한 목소리로.

"이 눈물이 곧 흥분으로 물들게 해 줄게."

"나빠!"

나현은 고개를 번쩍 들며 그를 향해 버럭 소리를 질렀다. 그러자 그가 시원하게 미소를 지으며 입술을 붙여 왔다.

"자, 잠깐…… 흐읏."

그의 손이 옷 위로 성급하게 가슴을 움켜쥐자 나현은 몸을 비틀었다. 그러자 그가 허리를 당겨 안으며 귓가에 속삭였다.

"오늘 밤 하나도 빼놓지 않고 다 확인할 거야. 이 눈으로, 이 손으로. 빈틈없이 너와 맞물릴 거고 너를 잠시도 안 놓을 거야."

"루카."

이름이 불린 그가 나현을 올곧게 쳐다보고 있었다. 그런 그를 보며 나현은 입가에 밝은 미소를 짓다 핀잔을 주듯 말했다.

"말이 많아졌어."

"뭐?"

미간을 구겼던 그가 갑자기 소리 내어 크게 웃기 시작하다 나현의 입술을 덮쳤다. 격렬한 탐닉 속에서 루카는 나현을 안고 방으로 향했다.

방으로 들어온 현준은 유쾌하게 웃으며 나현의 입술에 키스를 퍼부었다.

그녀의 투덜거림이 반가웠다. 야단을 치듯 혼내는 말투도 귀여웠다. 죽음으로 위장하는 바람에 그녀를 벼랑 끝으로 몰고 간 것은 현준 자신이었다. 그래서 그녀가 무슨 말을 하든, 무슨 원망을 하든 다 받아 줄 생각이었다.

"아!"

"하…… 미안. 괜찮아?"

"아…… 괘차냐."

풋. 그녀의 앙증맞은 혀가 입안으로 들어오자 자신을 주체하지 못한 현준은 그만 이를 세워 꽉 깨물고 말았다. 그런데 그녀가 혀를 내밀고 어눌한 발음으로 괜찮다고 하니 웃음이 나왔다.

"으음……."

나현을 침대에 눕힌 현준은 가만히 그녀의 뺨을 쓰다듬었다. 그녀를 안는다는 생각을 하자 기대감과 벅찬 감정들이 소용돌이치며 몸을 달게 만들었다.

"하아."

침대로 내려 준 그녀의 입에서 달큰한 신음이 터져 나오자 현준은 더는 참을 수가 없었다. 옷 빨리 벗기 대회가 있다면 단연 그가 1등을 차지할 정도로 후다닥 옷을 벗은 현준은 그녀의 위로 올라가 단전을 지그시 눌렀다.

"흐읏."

반쯤 벌어진 입술로 묵직한 무게를 견디는 그녀의 얼굴이 너무 아름다웠다. 발그레하게 물든 뺨은 저절로 입을 맞추게 했다.

쪽쪽 소리가 나게 나현의 뺨에 입을 맞추던 현준은 살짝 벌어진 그녀의 입술을 머금었다. 메마르지 않고 촉촉한 입술이 자신의 입술을 핥고 비비고 있었다. 현준은 참을 수 없는 마음을 겨우 억누르며 그녀의 입술을 열고 혀를 낚아챘다.

살이 맞붙는 소리가 입술 사이로 새어 나오고 그녀의 신음이 현준을 흔들었다. 아앙, 소리를 내는 그녀의 신음이 그렇게 야릇할 수 없었다. 모든 것이 신기할 정도로 새로웠다.

"예쁘다."

고개를 들어 나현을 내려다보던 현준은 그녀를 안아 일으켜 원피스 지퍼를 내렸다. 어깨에 걸쳐진 옷을 내리자 마치 꽃잎이 벌어지는 모양새였다. 그 가운데로 수줍음을 감춘 나현의 몸이 드러나자 현준은 마른침을 꿀꺽 삼켰다.

브래지어와 브리프만 입고 있는 나현의 얼굴이 발갛게 물들자 현준은 가만히 눈을 감았다 떴다.

"아프지 않아?"

현준은 그녀의 팔에 감긴 붕대를 보며 눈썹을 일그러트렸다. 조금만 더 비껴갔다면 그녀의 뼈가 부러지고 상당한 흉터를 남겼을 것이다.

"화끈거리기는 하지만…… 곧 괜찮아질 거야."

나현이 애써 태연하게 구는 것이 현준은 더 안쓰러웠다. 현장에서 나현의 상태를 파악한 유렘은 마치 자신의 팔이 떨어져 나간 표정으로 호들갑을 떨었다.

"괜찮겠어?"

"괜찮다니깐."

나현이 별스럽게 굴지 말라는 듯 샐쭉한 표정을 지으며 팔을 움직여 보였다. 그러자 현준은 입가에 개구진 미소를 지으며 입을 열었다.

"그런 의미가 아니었는데."

"으응?"

눈을 동그랗게 뜨는 나현을 보며 현준은 이마에 입술을 내렸다.

"사랑을 나눌 때 팔이 아파서 괜찮겠냐는 말이었는데."

"아!"

나현이 짧은 탄성을 내뱉다 어이없다는 듯 피식 웃자 현준은 눈꼬리를 접었다. 그러다 맹수처럼 나현에게 달려들었다.

"읏!"

브래지어를 들어 올리자 나현의 젖무덤이 소담한 모양을 드러냈다. 현준은 더는 참을 수 없다는 표정으로 유륜까지 덥석 물었다. 쭉쭉 당기듯 빨다 혀로 젖꼭지를 휘저었다. 나현의 입에서 흐느끼듯 새어 나오는 신음들이 귀를 즐겁게 만들고 몸을 흥분으로 몰아갔다.

"너무 그리웠어."

울먹이는 나현의 목소리에 현준은 멈칫했다. 눈물이 그렁그렁한 나현의 뺨을 가만히 쓰다듬며 현준은 입가에 미소를 지었다.

"난 너에게 못 가서 애가 말랐어."

나현이 울면서도 함소를 지어 보이는 게 너무 예뻐 현준은 뺨에 자잘하게 입을 맞췄다.

"나 사랑해?"

간지러움에 작게 몸부림을 치던 나현이 살짝 정색하고 나오자 현준은 고개를 기울이며 입꼬리를 비틀었다.

"왜. 안 사랑하는 거 같아?"

"나 사랑한다고 말한 적 없잖아?"

나현이 따지듯 눈을 동그랗게 뜨고 쳐다보자 현준은 어이가 없어 웃음이 나왔다.

"그 말이 듣고 싶어?"

"당연한 거 아냐?"

나현이 불퉁한 얼굴로 대꾸하자 현준은 입가에 묘한 미소를 지으며 그녀의 브리프를 끌어 내렸다. 그러고는 나현의 다리를 쫙 벌렸다.

"흣!"

나현이 신음을 내뱉으며 몸에 힘을 주었지만 현준은 개의치 않고 손가락으로 음부 주변을 문질렀다.

"대답은 안 하고…… 하윽!"

나현의 입에서 야한 신음이 터져 나오자 현준은 만족스러운 얼굴로 말했다.

"내가 몸으로 보여 줄게, 너를 얼마나 사랑하는지."

"아웅!"

현준은 자신의 남성을 잡고 애액으로 번들거리는 나현의 음부에 푹 찌르듯 밀어 넣었다. 나현의 고개가 뒤로 젖혀지고 입술이 열리는 것을 본 현준은 퍽퍽 소리가 날 정도로 거칠게 움직였다.

"흐으웃. 하아……."

갑자기 멈춘 현준이 서서히 그러나 천천히 남성을 더 밀어 넣듯 몸을 다시 움직이자 나현의 입에서 숨이 넘어가는 듯한 신음이 새어 나왔다.

"이렇게 너를 더 깊이 안지 못해 안달하는 게 사랑이 아니면 뭘 것 같아?"

현준은 움직임을 멈추고는 나현의 눈을 들여다봤다.

"하아, 장난치지…… 아앗."

현준은 찌걱찌걱 소리가 날 정도로 나현의 안을 파고들며 허리를 움직였다. 나현의 음부가 밀어 낼 듯 말 듯 현준의 남성을 받아들이더니 뒤로 물러날 땐 잡고 늘어지는 것 같았다.

현준은 머릿속이 텅텅 비는 기분을 느끼며 나현을 안아 일으켰다. 그녀의 봉긋한 젖무덤이 간지럽히듯 가슴에 닿고 음부는 남성을 더 깊게 감싸는 느낌이었다.

"하아, 하아…… 아, 아앙."

현준의 위로 올라온 나현이 움직일 때마다 젖무덤이 출렁이고 아래가 조여들었다. 미칠 정도로 자신의 남성을 물고 빨아 대는 나현 때문에 현준의 호흡이 거칠어졌다. 이런 나현을 바니 곁에 두었다는 생각을 하자 현준의 등줄기가 오싹해졌다.

"읍!"

현준은 나현의 목을 끌어와 덮치듯 입술을 물고 혀를 빨았다. 질척질척 소리를 내며 혀가 엉켰다가 다시 풀렸다. 현준은 놓을 수 없다는 듯 나현의 입술을 쪽쪽 소리 나게 빨다가 그녀를 꽉 끌어안았다.

"으읏, 루카.……"

너무 세게 끌어안아서 그런지 나현이 달래듯 현준을 부르며 등을 쓰다듬었다.

"아, 아팠어?"

현준은 멋쩍은 얼굴로 말하며 나현의 눈을 들여다봤다. 올곧게 현준을 바라보는 나현의 눈동자는 흔들림이 없었다.

"혼자 그런 일을 겪게 해서 미안해. 찾아간다고 하고는 너무 늦어서 미안해."

"흑."

현준은 그녀의 흐트러진 머리칼을 손가락으로 가만히 만지다 눈가에 맺힌 눈물을 닦아 주었다. 그녀의 눈물이 뺨을 적시며 주르륵 흐르자 현준은 입술을 붙였다. 잘게 몸을 떤 나현이 목에 팔을 두르고 안겨 오자 현준은 아까와 달리 부드럽게 안아 주었다.

"사랑해, 나현아."

"흑…… 흑흑."

울음을 터트린 나현을 침대에 다시 누인 현준은 그녀의 뺨에 입을 맞추다 귓불을 핥았다. 그러고는 그녀의 귓가에 나지막하게 속삭였다.

"내 목숨보다 더 사랑해."

"여기, 커피."

"응."

나른한 기분을 느끼며 소파에 앉아 있던 나현은 현준이 내미는 머그잔을 받아 들었다. 진한 커피 향이 코끝에 닿자 눈이 떠지는 것 같았다.

"잘 잤어?"

현준이 머리칼을 귀 뒤로 넘겨 주며 묻는 말에 나현은 저도 모르게 눈을 곱게 흘겼다. 어찌나 달려드는지 감당이 안 될 정도였다. 그가 조금은 괘씸해 애를 한껏 태우고 싶었는데 계획과 달리 쉽지 않았다.

"잠들게 한 적 없으면서."

"내가?"

현준이 억울하다는 얼굴로 눈을 커다랗게 뜨고 반문하자 나현은 어이가 없어 피식 웃었다. 잠이 좀 들 만하면 현준이 몸을 더듬고 키스를 퍼부었다. 그리고는 다음 순서를 향해 아주 자연스럽게 움직이는 통에 잠을 잘 수가 없었다.

"그럼 누가 그랬겠어?"

"3개월 동안 참아서…… 더는 못 참겠더라. 많이 힘들었어?"

나현은 현준의 변명이 우스워 고개를 절레절레 저었다. 그러다 현준을 빤히 쳐다봤다. 조금 길었던 머리는 깔끔하게 커트되어 있고 눈매는 더 깊어져 있었다. 반듯한 코와 매끈하게 잘생긴 입술은 여전했다.

"왜 그렇게 봐?"

"신기해서."

"뭐가?"

"죽은 뒤에 다시 돌아온 남자는 어떤 얼굴인가 싶어서."

"아……."

현준이 짧은 탄성을 내뱉다 어색한 미소를 짓자 나현은 어깨를 으쓱했다. 몇 번씩 깜짝깜짝 놀라고 다시 확인하는 일이 반복되었다.

"이제는 보고하고 사라져. 안 사라지면 더 좋고."

나현을 가만히 쳐다보던 현준이 다가와 가볍게 입을 맞추더니 눈을 마주했다. 얼굴을 눈으로 쓰다듬듯 시선을 옮기던 현준이 빙그레 웃으며 말했다.

"이렇게 네 눈 안에 있을게."

"……응."

나현은 현준의 말에 가슴이 벅차오름을 느끼며 엷게 미소를 지었다. 그러다 손을 들어 그의 짧은 머리칼을 만졌다. 까끌까끌한 머리칼이 손가락을 찔렀지만 아프지 않았다.

　현준이 머리칼을 만지는 그녀의 손을 잡아 입으로 가져가더니 손바닥에 입술을 내렸다. 서로의 행동 하나하나에 애틋함이 담겨 있어 애잔했다.

　"난 소윤이를 그렇게 만든 놈들을 잡아 응징하는 것이 숙명이라고 생각했어. 다시는 그런 일이 벌어지지 않게 하는 것이 내 신념이라 여겼고."

　"한마디로 정의(正義)?"

　"그런 거창한 의미까진 아니고."

　현준이 나현의 볼을 살짝 꼬집었다가 놓아주더니 목을 살짝 그러쥐었다. 그러고는 귓가로 다가와 가만히 입을 열었다.

　"모나현의 신념은 뭐였어?"

　"으응?"

　나현은 멀뚱한 눈으로 현준을 돌아보다 고개를 기울였다. 자신의 신념은 뭐라고 정의 내려 본 적이 없었다.

　"다르게 질문할까? 바니의 저택으로 갈 생각을 왜 했어?"

　"그야…… 루카가 원하는 것이 그곳에 있으니까. 가져오려면 들어가야 하니까."

　현준이 가만히 시선을 마주하며 아무런 말도 하지 않자 나현은 멋쩍은 표정을 지었다. 뭔가 거창하게 말했어야 했나.

　"그럼 모나현의 신념은 차현준인가?"

　"엥? 뭘 또 그렇게……."

　"그렇게 뭐?"

　현준이 얼른 말해 보라며 말끝을 채 가자 나현은 배시시 웃다 입을 열었다.

　"자뻑이 심하실까?"

　"뭐어!"

　"왁!"

　현준이 잽싸게 허리를 꽉 움켜쥐자 나현은 화들짝 놀라며 도망가려 했다. 그런데 현준이 그녀를 소파에 쓰러트리고 위로 올라와 단전을 지그시 압박했다.

"자뻑?"

"아, 아냐. 앙!"

현준이 옷 속으로 손을 불쑥 넣자 나현이 애교 섞인 비음을 내뱉으며 간지럽다는 듯 몸부림을 쳤다.

"아, 안 돼…… 읍."

현준의 혀가 입술을 가르고 들어와 휘젓더니 이내 나현의 혀를 찾아 감았다. 쪽쪽 소리보다 더 끈적한 소리가 나며 두 사람의 혀가 마구 엉켰다.

드르륵, 드르륵, 드륵.

주방 아일랜드 식탁에 올려 둔 현준의 휴대폰이 진동하자 두 사람의 시선이 같이 움직였다. 현준이 움직이지 않고 가늘어진 눈으로 쳐다보기만 하자 나현은 의아한 표정을 지었다.

"안 받아?"

"받아야 해?"

"급한 연락이면?"

나현은 통화를 거부하는 현준의 태도에 눈을 동그랗게 뜨고 쳐다봤다. 경찰 기동대에서 급한 일로 찾는 것이면 어쩌려고 안 받는 건지.

"경찰 기동대에서 찾는 거……."

"아냐. 삼 일 휴가 냈어."

휴가를 냈으니 경찰 기동대에서 찾는 전화가 아닐 거라는 말이었다. 평소 그는 전화를 고의로 안 받는 일이 없었다.

나현은 의아함이 들어 현준을 밀어 내고 소파에서 일어나려 했다. 적어도 발신인을 확인하고 안 받는다면 몰라도 중요한 전화면 안 받은 이 순간을 후회하지 않을까 싶었다.

"가지 마."

"아!"

나현은 소파에서 다 일어서기도 전에 현준에게 잡혀 도로 주저앉았다. 나현은 더 이상한 생각이 들어 현준을 멀뚱하게 쳐다봤다.

"크로마 전화야."

나현이 빤히 쳐다보며 무언의 압박을 하자 현준이 마지못해 대답했다.

"크로마? 그러면 더 받아야……."

바니를 잡고 나현을 무사히 만날 때를 기다리며 다들 한국에 머물러 있었다고 했다.

"저 전화를 받는 순간, 너하고 지내려 한 삼 일 휴가가 다 날아가 버려."

현준이 안 된다는 뜻을 강력하게 어필하며 고개를 젓자 나현은 어떻게 해야 할지 몰라 엉거주춤하게 있었다.

"휴가 끝나고 보자고 했는데 그새를 못 참고 저러네."

"크로마 보고 싶은데."

나현은 그게 뭐 어떠냐 싶어 현준을 향해 눈을 예쁘게 깜빡였다. 그러자 현준이 씨익 웃더니 덮치듯 나현의 위로 다시 올라왔다.

"나도 너만 보고 싶어. 그리고 우리 3개월 동안 밀린 회포를 풀려면 아직 부족한 거 알지?"

"또?"

"또가 뭐야? 또 안아 달라고 보채야지."

나현은 헉, 하는 표정으로 현준을 보다 어색하게 웃으며 그를 달랬다.

"그럼, 우리 밥이라도 좀 먹고. 겨우 커피 한 모금 마시……."

쾅쾅쾅!

갑자기 현관문을 세게 두드리는 소리가 나자 현준과 나현은 소파에서 몸을 반쯤 일으켜 문을 쳐다봤다.

"나현 씨! 우리 왔어요!"

"아…… 못 말려."

현준이 한숨을 푹 쉬며 앞머리를 길게 쓸어 넘기더니 현관문을 째려봤다.

"루카! 문 열어요!"

"루카 님, 나현 독점 나쁘다."

꼭 나현을 만나고 말겠다는 듯 확고한 크로마와 유렘의 목소리에 현준의 눈썹이 마구 일그러졌다.

"아! 전화 안 받으면 그냥 갈 것이지. 쯧."

현준이 나현의 품에 머리를 박고 짜증을 내고 있었다.

"형님, 안에 안 계십니까?"

"헉!"

란토의 목소리마저 들려오자 현준이 고개를 번쩍 들며 화들짝 놀라는 표정을 지었다.

"풋!"

나현은 찾아온 그들을 집에 들일 수도, 모른 척할 수도 없어 갈등하는 현준의 반응이 귀여워 웃음을 터트리고 말았다.

"흐음."

서류를 한 장 넘기던 나현은 심각한 얼굴로 미간을 구겼다. 모라타 조직을 이끈 재클린 회장의 사진을 보던 나현의 표정이 점점 굳어졌다.

"살인, 성매매, 인신매매, 횡령, 스포츠 도박, 주가 조작, 사문서 위조, 살인 교사, 무기 밀매……."

재클린 회장의 죄명이 너무 많아 읽는 걸 멈춘 나현은 재판 과정을 담은 사진을 집어 들었다. 증인석에 앉아 있는 건 다름 아닌 루카 아니, 차현준이었다. 그도 일을 하며 저지른 불법이 있었지만 수사상 불가분한 일이라 판단되어 무혐의로 처리되었다.

"선배님, 뭐 하세요?"

"어? 아, 아냐."

나현은 파일을 덮으며 태연하게 웃어 보였다. 그러자 후배가 책상 위에 있는 휴대폰을 가리켰다.

"아까부터 진동하던데……. 모르셨어요?"

"아!"

나현은 그제야 휴대폰을 쳐다봤다. 막 진동을 멈춘 휴대폰 화면에 차현준의 이름이 부재중으로 떠 있었다.

경찰대학 수석 졸업생이었던 현준의 신상 기록은 화려했다. 검도, 태권도는 기본 4단에 사격술뿐만 아니라 체포술, 제압술은 우수한 성적을 기록하고 있었다. 경찰청장이었던 아버지의 입김이 없어도 승승장구할 수 있는 인재였다.

그런 그가 그 모든 영위를 버리고 모라타 조직에 잠입해 밑바닥에서부터 버텼던 것이다.

"고마워."

나현은 멋쩍은 얼굴로 후배에게 인사를 하고는 통화 버튼을 눌렀다.

— 바빴어?

"그게 아니라 전화 오는 줄 모르고……."

— 3분 후에 내려와.

"네."

나현은 보던 서류를 얼른 캐비닛에 넣어 잠갔다.

특별한 일이 없으면 현준이 나현의 퇴근 시간에 맞춰 데리러 왔다. 나현은 매일 아침 현준으로부터 사랑해, 라는 말을 들었다. 그러면 심장은 어김없이 반응을 했고, 나현의 입가에 그 흔적을 남겼다.

〈나도.〉

매일 해 주는 현준의 사랑 고백에 나현은 입술만 움직여 대답했다. 그랬더니 현준이 '나도'라는 말은 자신도 독화할 수 있겠다며 자신감을 보였다. 나현은 엉뚱한 자신감으로 충만한 현준 때문에 웃었고 매일매일이 행복해지고 있었다.

"어?"

현준이 평소와 달리 주차장이 아닌 연구소 로비에 서 있어 나현은 의아한 표정을 지었다.

"웬일로 로비에……."

로비에 있던 이들이 현준을 자꾸 힐끔거리며 지나갔다. 그도 그럴 것이 그냥 서 있을 뿐인데도 현준에게서 뿜어져 나오는 아우라가 예사스럽지 않았다. 평범한 정장을 입고 서 있는데도 참 멋스럽고 단단해 보였다.

"잘생기기는 했네."

"왔어?"

혼잣말을 중얼거린 나현은 내밀어진 현준의 손을 덥석 잡았다.

"갈까?"

누근한 미소를 지은 현준이 사랑스러운 눈길로 나현을 내려다보더니 걸음을 뗐다.

"좋은 곳 알아 뒀는데 저녁 먹고 들어갈까?"

"응."

나현은 고개를 끄덕이며 현준의 팔에 기대다 생각났다는 얼굴로 물었다.

"그런데 오늘은 왜 로비까지 들어왔어?"

사람들이 힐끔거리면서 쳐다보는 것이 싫다고 현준은 거의 대부분 차에서 나현을 기다렸었다. 궁금해하는 나현의 얼굴을 보면서도 현준은 그저 웃기만 하더니 연구소 건물을 나섰다.

"경찰수사과 프로파일러 자문으로 너를 추천했어."

그 일로 범죄심리연구소 소장을 만났다는 현준의 말에 나현은 커피를 한 모금 마시다 눈을 커다랗게 떴다. 그가 연구소 로비에 있었던 이유가 바로 나현 때문이었다. 픽업을 하기 위한 게 아니라 프로파일러로 추천하기 위해서 말이다.

"거기엔 이미 다른 분이 계시는 걸로 아는데."

"그래서? 오기 싫다고?"

"아니. 그런 게 아니라……."

대선배들이나 넘볼 수 있는 자리가 경찰수사과 프로파일러 자문 기관이었다. 그런데 아직 그 분야에선 애송이인 나현에게 오라고 하니 좋으면서도 얼떨떨했다.

"소장님이 승인 안 하실 텐데……."

나현은 무엇보다 서열을 중요시하는 소장님이 다른 이를 추천했을 거라는 생각이 들었다. 그런데 현준이 빙긋 웃는 게 미심쩍었다.

"승인했어?"

"당연하지. 누가 하는 일인데 토를 달아?"

훗. 나현은 자신만만한 현준의 말에 피식 웃었다. 경찰 기동대 소속인 현준 때문에 나현이 위험하고 불안함을 느낀다고 말한 적이 있었다. 현준은 그 말을 듣고 나선 당연하다는 듯 수사과로 옮겨 갔다.

"같이 있자."

"응?"

나현은 지금도 같이 있는데 무슨 소리냐는 얼굴로 현준을 쳐다봤다.

"곁에 있어. 이제 집에서든 직장에서든 한시도 너와 떨어지고 싶지 않아."

"아……."

나현은 현준의 마음을 알 것 같아 울컥하는 기분을 느꼈다.

많이 피곤한 날엔 현준이 죽던 그날의 악몽을 꾸며 울고 몸부림을 치기도 했었다.

가끔 정신적으로 데미지가 큰 사건을 접하면 수면 상태에서 몸부림을 경기에 가깝게 치며 헛소리까지 한다는 것을 나현은 한동안 몰랐다. 나현이 그럴 때마다 현준이 잠을 자지 않고 계속 자신을 안고 다독였다는 것도 최근에 알았다.

"다음 달부터 근무할 준비 해."

나현은 환한 미소를 지으며 고개를 끄덕였다.

"참, 반장님이 너 수사과로 오면 환영 파티 열자고 하시던데."

예준의 일로 김석현 반장님에게 따지고 대들었던 순간들이 아득하게 느껴졌었다. 그동안의 오해가 풀려 간만에 거하게 한잔 마시고 들어갔다가 그날 현준에게 얼마나 혼이 났는지 모른다.

눈앞이 흔들릴 정도로 먹었다고 얼마나 잔소리를 해 대던지 그 옛날의 과 묵했던 루카가 맞나 싶었다.

"반장님이 수사과도 아닌데 환영 파티는 무슨……."

그날의 일이 생각난 나현은 입을 비죽 내밀고 웅얼거렸다. 그러자 현준이 의미심장한 미소를 지으며 커피를 마셨다.

"어? 그 웃음의 의미는 뭘까?"

나현이 눈을 가늘게 뜨고 묻자 현준이 팔짱을 끼며 맞춰 보라는 표정으로 고개를 비스듬히 기울였다.

"설마…… 반장님이 수사과로?"

"형사 1반 모두 다 수사과로 발령 날 거야."

나현은 어떻게 그런 일이, 하는 표정으로 눈을 동그랗게 떴다. 이건 현준이 작정하고 스카우트한 게 아니고서는 있을 수 없는 일이었다.

"그렇게 됐어."

현준이 더 묻지 말라는 듯 시니컬하게 대답하자 나현은 고개를 삐딱하게 기울이고 쳐다봤다. 상세한 설명을 하라는 압박이었다. 윗선을 어떻게 설득했는지, 이렇게 발령 내는 것이 타당한 것인지 등등 말이다.

"그렇게 보지 말라니까."

"내가 어떻게 봤는데?"

"예쁘게."

"아…….."

나현은 어이가 없어 입꼬리를 끌어당기며 피식 웃었다. 한 번씩 현준이 뚫어질 듯이 쳐다볼 때가 있었다. 왜 그러냐고 물으면 항상 '예뻐서'라고 대답했다. 세수도 하지 않은 상태인데도 말이다.

"할 말 없거나 곤란하면 예쁘다는 말로 넘어가려 하고."

"예뻐서 예쁘다고 한 건데. 왜 불만이지?"

"치이."

나현은 입술을 비죽 내밀며 잡고 있던 머그잔을 놓았다. 그러자 현준이 자리에서 일어서며 나현을 재촉했다.

"안 되겠다. 얼른 집에 가자."

"왜 갑자기?"

"왜는 무슨. 모나현이 예뻐서 그러지."

현준이 다급하게 손을 잡고 일으켜 세우자 움찔한 나현은 주춤거렸다. 하지만 현준의 힘에 끌려 카페를 나서 주차장까지 단숨에 도착했다.

"아니, 집에 불이라도 났어? 왜 이러는…… 우앗!"

현준이 그녀가 너무 사랑스럽다는 얼굴로 허리를 확 낚아채며 품으로 끌어안았다. 순식간에 두 사람의 주변이 열기로 에워싸이는 것 같았다.

"그냥 여기서 할까?"

"뭐라는…… 읍."

현준이 나현에게 쪽쪽 소리가 나게 뽀뽀를 시작하자 그녀가 목에 팔을 두르고 혀를 밀어 넣었다. 차를 주차한 곳이 카페 뒤편이라 어두웠고 조명등도 드문드문 있어 자세히 보지 않으면 잘 안 보이는 자리기는 했다.

"갈수록 적극적인데?"

현준이 놀리듯 말하자 나현은 새침한 표정을 지으며 눈을 가늘게 떴다.

"이게 뭐 어렵다고. 우리 현준이가 원하는데."

"뭐? 우리 현준이?"

현준이 뭐지? 하는 표정으로 쳐다보자 나현이 배시시 웃다 다시 입술을 붙여 왔다. 그러자 현준은 여기가 주차장이라는 생각을 잊고 그녀의 목에 입술을 붙이며 천천히 함락하듯 살을 빨아들였다.

"흐윽."

그녀가 고개를 젖히며 신음을 내뱉자 현준은 고개를 들어 나현의 입술을 찾았다. 자연스럽게 열린 그녀의 입술 사이로 들어간 현준은 자기를 환영하듯 살랑이는 혀를 감아올렸다.

"하, 미치겠으니까 얼른 가자."

조수석 차 문을 열어 그녀를 태운 현준은 빠르게 운전석으로 올랐다. 그러고는 나현에게 은근한 목소리로 속삭였다.

"혹시…… 젖었어?"

"앗!"

현준의 야한 소리에 나현은 얕은 비명을 내지르다 그만 유쾌하게 웃어 버렸다. 개구쟁이같이 웃던 현준이 차를 급하게 출발하자 나현은 그를 달랬다.

"천천히 가. 밤은 긴데."

그 말에 현준이 눈썹을 일그러트리며 웃더니 눈을 게슴츠레하게 떴다.

"하긴, 밤도 길고 장소도 많은데."

얼마 가지 못해 차가 멈추자 나현은 멀뚱한 눈으로 주변을 둘러보다 현준을 돌아봤다. 한 블록만 더 가면 아파트 입구가 나오는 길이었다.

"집이 저긴데 왜 여기에……."

"저기까지 못 가겠다."

현준이 재킷과 넥타이를 거칠게 풀어 뒷좌석에 던지자 나현은 저도 모르게 바짝 긴장했다.

"조금만 더 가면 집…… 읍."

나현은 더 이상 아무 말도 할 수 없었다. 집이 아니라고 투덜거리려던 마음이 언제 그랬냐 싶게 변해 있었다.

입술, 하면 나현과의 키스만 떠올린다는 현준은 그렇게 그녀의 모든 것을 서서히 정복해 나갔다.

— *Fin*

외전 1화
평생

[바니 님, 그만 가셔야 합니다.]

워킨스는 휴대폰 화면에 뜬 시간을 확인하고는 초조한 얼굴로 입을 열었다.

[그녀가 아직 저기 있어.]

병원의 수많은 병실 중 한 곳을 바라보는 바니의 눈빛에 소유에 대한 집착이 넘실거렸다. 워킨스는 그런 바니를 보며 짙은 한숨을 삼켰다.

시엔나는 바니가 그동안 만나 온 여자들과 분위기가 달랐다. 시시각각 변하는 눈빛은 오묘하며 비밀스러운 분위기를 품고 있었다. 그 점이 바니의 관심을 더 끄는 듯했다.

하지만 시간이 지나면 그냥 스쳐 가는 바람처럼 바니의 관심을 더는 끌지 못할 것이라 여겼다. 언제나 새로운 것을 갈구하던 바니였기에 걱정하는 재클린 회장에게 장담했었다. 바니가 그녀를 한번 취하고 나면 식을 것이라고.

그런데 그녀를 보는 바니의 눈이 워킨스가 알던 예전과 달랐다. 그녀의 말 한마디에 절절매고 안타까워하는 바니의 모습은 적응하기가 어려웠다.

[다시 데려올 수 있을 겁니다.]

워킨스는 바니를 달래는 수밖에 없다 생각했다. 안 된다고 말리면 더 집착하고 지금 당장 가지려고 욕심을 부릴 것이다.

[다시?]

휙 돌아보는 바니의 눈에 살기와 함께 집요한 독선이 번들거렸다. 그런 바니를 보며 워킨스는 마른침을 삼키고 가만히 고개를 끄덕였다.

[그래, 가자.]

생각을 바꾼 듯 바니가 돌아서자 워킨스는 그제야 안도의 표정을 지었다. 당장 손만 뻗으면 그녀를 데려올 수 있을 것 같지만, 잘못하다간 여기서 다 끝날 수도 있었다.

당분간은 쫓기는 상황이라 여유가 없을 테고, 그러다 보면 바니도 자연스럽게 그녀를 잊게 될 것이다. 워킨스는 거기에 희망을 걸었다.

'아버지가 죽기를 바라며 기다리는 건 성미에 안 맞아.'

모라타의 1인자 자리에 앉을 날이 머지않았는데 한순간에 물거품이 된 꼴이었다. 모라타와 아자르를 통합해 거대 조직의 수장을 꿈꾸던 그가 겨우 여자 하나 때문에 무너지는 건 있을 수 없는 일이었다. 그러니 바니가 이 상황을 그냥 좌시하고 있지만은 않을 것이라 여겼다.

[항구로 가야 합니다.]

워킨스는 수중에 있는 돈을 다 긁어모아 급하게 허름한 배를 하나 구입했다. 보와츠를 벗어난 후에는 버릴 것이라 상태가 그리 좋지 않아도 괜찮았다.

[그녀가 총에 맞은 건 아니겠지?]

바니가 걱정과 의문을 안고 쳐다보자 워킨스의 미간이 절로 찌푸려졌다.

[네? 아, 아닐 겁니다.]

몇 시간 전 한밤중, 저택 안에서 처음 총성이 들리고 서재라는 것을 알고 미친 듯이 달려갔을 때 바니는 그녀를 안고 방으로 들어가고 있었다.

끼이익, 하는 소리를 내며 문이 닫힐 때 이상하게 소름이 돋아 진저리를 쳤었다. 그리고 얼마 후 다시 울린 여러 발의 총성과 물건이 깨지는 소리들.

서재에서 울린다고 하기엔 소리가 좀 이상했지만, 바깥보다는 먼저 그곳을 확인하기 위해 달려갔다. 그리고 워킨스는 문을 여는 순간 몸이 굳었다. 옷이 찢기고 상처를 입은 바니가 날짐승처럼 거친 숨을 내쉬며 발코니에 서 있었다. 불빛을 등지고 선 그를 본 순간 심장이 내려앉았다.

안광. 기이한 빛을 내는 눈동자는 어딘가에 있는 목표를 향해 번득였고 행동은 날렵했다.

'이게 도대체……'

발코니에서 확인한 밖의 상황은 처참했다. 보와츠 경찰들이 부하들을 하나둘 무릎 꿇리며 포박하고 있었다. 죽은 이들도 있었다. 언제 저렇게 진행되었는지 모를 정도였다. 정신없어 보였지만 그 와중에도 엄연히 질서는 존재했다.

'헛!'

시엔나를 안고 가는 루카를 본 순간 심장이 굳어지는 기분이었다. 두 눈을 믿을 수 없다는 말은 이럴 때 쓰는 것이구나 싶었다.

'죽……었다고…… 분명 죽었다고, 휴대폰을 가지고 있었는데……. 그랬는데.'

눈으로 보면서도 믿지 못하는 워킨스의 입에서 말이 절로 쏟아져 나왔다.

'이번엔 루카를 확실하게 죽여 버리겠어!'
'안 됩니다!'

워킨스는 미친 사람처럼 숨을 몰아쉬며 총을 집어 드는 바니를 있는 힘껏 말렸다. 지금은 나설 때가 아니라 도망치고 숨을 타이밍이었다. 보와츠 경찰들이 저택에 쫙 깔린 상황에서 얻을 것은 없었다. 겨우 진정시킨 바니를 데리고 저택의 비밀 통로를 빠져나오는 동안 무거운 침묵만이 흘렀다.
[도착했습니다. 저 배에 오르시면 됩니다.]
차에서 내린 바니가 외진 부둣가에 정박 중인 배를 보며 못마땅한 기색이

드러냈다.

[엉망이군.]

작고 낡은 배지만 보와츠의 경찰을 속이고 다른 이들의 눈을 피하는 덴 제격이었다.

[일단 벨기에로 들어가겠습니다.]

입을 꾹 다문 바니는 배에 오른 후 시선을 한곳에 박았다. 워킨스는 바니의 시선이 그녀가 있는 병원으로 향하고 있음을 알고 눈살을 찌푸렸다.

풍덩.

바니가 결심한 표정으로 휴대폰을 바다로 던지는 순간, 워킨스도 가지고 있던 휴대폰을 던졌다. 그렇게 두 사람은 꼬리를 자르고 자취를 숨겼다.

한 손에는 술병을 쥐고 소파에 늘어지듯 앉아 있는 바니의 눈동자는 나른하게 풀려 있었다.

그녀를 되찾기 전 모라타를 다시 굳건히 세우려 했지만 이미 조직은 와해의 단계로 접어들어 있었다. 보와츠 경찰국뿐만 아니라 아자르까지 합세해 모라타를 흡수, 해체하는 바람에 더 이상 손을 쓸 수가 없었다. 몇몇은 뜻을 같이하겠다고 어렵게 연락을 취해 왔지만 상황이 여의치 않아 후일을 기약할 수밖에 없었다.

뜻대로 되지 않는 상황에 좌절감을 느낀 것인지 바니는 이틀째 술로 밤을 지새우고 있었다. 그러면서도 그녀와 연결된 쌍둥이 휴대폰을 손에서 놓지 않았다.

[바니 님.]

워킨스는 딱딱하게 굳은 얼굴로 바니를 불렀다. 그가 하늘처럼 모시던 이가 이리 무너지는 것을 그냥 두고 볼 수가 없었다.

[지금은 경계가 너무 삼엄해서 무리입니다.]

일단 후퇴하자는 뜻이었다. 계속 나현의 주변을 탐색하는 그의 집착이 사그라들지 않아 불안했다. 뒷수습을 하며 모라타의 힘을 모으던 와중에도 그녀를 집요하게 추적하는 바니를 말릴 수 없었다. 그녀가 있다는 영국으로 어렵게 잠입했는데 지키는 이들이 있어 눈앞에 두고도 돌아서야 했다.

[그녀가 곧 한국으로 갈 거야.]

휴대폰을 쳐다보며 바니가 묘한 표정을 지었다.

[네?]

생소한 국가 이름에 워킨스는 눈을 멀뚱하게 떴다.

[그녀가 도착하는 시간에 맞추려면 우리가 먼저 출발해야 해.]

결코 포기하지 않는, 광기에 가까운 바니의 집착에 워킨스는 그만 질려 버렸다. 이렇게 된 이상 차라리 적극적으로 협조해 그녀를 데려오는 게 낫겠다는 생각이 들었다. 시엔나를 평생 옆에 둘지는 모르겠지만 적어도 바니가 정신을 차리는 데는 도움이 될 것이다. 그 이후의 일은 나중에 생각해도 늦지 않을 테니까.

[준비하겠습니다.]

바니가 고개를 주억거리자 워킨스는 주먹을 꽉 말아 쥐었다.

아버지인 재클린 회장으로부터 배신당했다는 것을 알았을 때 바니는 그저 웃기만 했다.

[나도 아버지를 몰아내려 했잖아?]

덤덤한 바니의 말에 아무 말도 할 수 없었다. 게걸스럽고 욕심이 많아 자신의 배만 불리는 데 급급했던 재클린 회장이었다. 그런 그를 밀어내고 새로운 모라타로 성장시키려 했던 바니와 그는 다르다 여겼다. 적어도 바니는 자신의 이익보다 조직을 먼저 생각했으니까.

그런데 지금은 자신의 욕심을 채우려 들고 있어 이게 맞는 것인가 하는 의문이 들었다.

그 여자가 뭐라고.

[흐음.]

방문을 닫은 워킨스는 한숨을 길게 내쉬었다. 아자르가 루카와 손을 잡고 배신을 하지 않았다면 지금쯤 상황은 달라져 있었을 것이다. 그것만 생각하면 워킨스의 속에서 불길이 일었다. 다음에 루카를 만나게 되면 그를 반드시 죽이고 말 거라며 이를 갈았다.

[더 가까이 붙어!]

[안 돼요! 다른 헬기가 다가오고 있어 충돌할 수 있어요!]

헬기 조종사가 가까이 다가온 다른 헬기 때문에 조종이 어렵다며 다시 기수를 돌리자 워킨스는 눈을 부라렸다. 하지만 조종사의 말대로 자칫 잘못하다가는 부딪쳐 추락할 수 있었다.

[너무 멀리 떨어지지 마!]

자신을 기다리고 있을 바니를 생각하자 워킨스는 초조함이 극에 달했다. 이미 노출이 되어 주변에 경찰이 쫙 깔린 상황에서 지체하는 건 죽음을 자초하는 일이었다.

[다시 접근해!]

조금의 가능성이라도 있다면 가야 했다. 바니가 사다리를 잡을 수 있는 곳까지만 가면 나머지는 자신이 쓸어버릴 생각이었다.

철컥.

워킨스는 자동 권총의 잠금장치를 풀며 헬기 밖으로 몸을 조금 내밀었다. 여기서 바니 앞에 대치하고 있는 이를 맞히는 건 불가능하지만 다른 헬기를 향한 위협사격은 충분히 가능했다.

[하지 마! 다 같이 죽자는 거야!]

앞에서 얼쩡거리는 헬기를 쏘려 하자 조종사가 돌아보며 버럭 화를 냈다. 만일 총이 헬리콥터의 엔진에 맞아 터지면 그 여파로 인해 워킨스 자신이 탄 헬기도 위험해진다. 추락하거나 최악의 경우 같이 폭발할 수도 있었다.

피웅!

[……윽!]

바람을 가르는 소리가 귀에 울리는 순간 워킨스는 헬기 좌석에서 바닥으로 꼬꾸라졌다. 어디서 날아온 것인지 모르지만 어깨에 총을 맞았다. 워킨스는 살이 타는 듯한 고통을 느끼며 누가 저격한 것인지 주위를 살폈다.

[란토!]

워킨스는 자신을 쏜 이가 누구인지 확인하고는 이를 갈았다. 그러다 란토 옆에 있는 유렘의 총구가 바니에게 향한 것을 보고는 기겁했다.

[뭐!]

란토가 손날로 목 긋는 시늉을 하더니 손끝으로 어느 지점을 가리켰다. 자연스럽게 란토의 손을 따라간 워킨스의 눈이 커졌다.

[아! 안 돼!]

순간 워킨스는 비명을 질렀다. 그의 시선이 닿자마자 바니가 바닥으로 툭 넘어졌다.

[바니 님! 안 돼……. 안 돼!]

워킨스는 놓쳤던 권총을 찾으려 고개를 돌리다 란토와 눈이 딱 마주쳤다.

[죽여 버릴 거야!]

핏발이 선 눈으로 란토를 향해 악다구니를 치던 워킨스는 바니 쪽으로 다시 고개를 휙 돌렸다. 자신처럼 어깨에 총을 맞았을 수도 있다고 생각했다. 그런데 그는 자고 있는 것처럼 미동 없이 가만히 누워 있었다. 곧이어 바니의 머리에서 흘러내린 피가 바닥을 검붉게 물들이고 있었다.

[아아악! 아아아아악!]

워킨스의 입에서 절망에 가득 찬 비명이 울렸지만 기수를 돌려 도망가는 헬기의 프로펠러 소리에 묻히고 말았다.

"오늘은 혼자…… 왔어?"

수경은 진료실로 들어서는 현준을 보자마자 의혹의 눈빛을 지었다. 평소에도 연락 없이 오는 현준이 아니라 그 의심이 더 확고해졌다. 뭐, 물론 친구 사이에 연락을 안 하고 온다 해도 문제 될 것은 없지만 여기는 자신의 일터인 진료실이었다. 게다가 현준의 애인인 나현이 자신에게 심리 상담을 받았었다.

"혼자 오면 안 돼?"

"뭐, 안 되는 건 아니지만."

수경은 자신의 자리에서 일어나 커피 필터지를 새로 꺼내 끼우며 슬쩍 현준의 눈치를 살폈다. 나현과 매번 같이 오던 현준이 혼자 왔다는 건 뭔가 다른 의도가 있다는 소리였다. 즉, 그녀의 상태가 어떤지 알고 싶다는 뜻이었다.

"네 의도가 뭔지 감은 잡았는데……."

원두커피를 넣고 물을 따른 수경은 현준을 돌아봤다. 그러자 현준이 멀뚱한 표정으로 눈을 조금 크게 뜨며 고개를 기울였다.

"무슨 의도?"

커피 메이커 전원 버튼을 누른 수경은 자리에 앉으며 고개를 절레절레 저었다.

중학생 때부터 인기가 많았던 현준을 누가 잡을지 무척 궁금했었다. 많은 여학생이 교제 신청을 했지만 현준은 꿈쩍도 안 하는 바위처럼 굴었었다. 그런데 나현의 손을 꼭 잡고 들어서는 현준을 보는 순간, 그가 그녀에게 푹 빠져 있다는 것을 알았다. 차가운 이성의 소유자, 차현준의 다른 면모를 볼 수 있어 꽤 흥미로웠다.

"네 의도가 불순할 거라는 거."

"불순하다니?"

현준이 전혀 그렇지 않다는 듯 어깨를 으쓱하자 수경은 픽 웃었다.

"난 환자의 비밀을 발설할 수 없어."

"누가 뭐래?"

나현이 상담을 받는 동안 현준이 밖에서 초조한 얼굴로 기다리는 것을 알고 있었다. 나현이 웃으면 행복해하고 그녀가 조금이라도 힘들어하면 꼭 죽을 것 같은 표정을 짓는 현준이었다. 물론 이 남자는 자신의 애인이 못 볼 때만 죽을상을 지었지만.

이렇게 순정적인 남자였냐고 놀리면 현준은 멋쩍은 듯 그냥 피식 웃어 버렸다.

"아직도 악몽을 꿔?"

수경은 머그잔에 커피를 따라 현준에게 건네며 물었다. 나현은 경찰청에서 제시하는 기본 심리 상담을 받고 더는 방문하지 않았다.

"가끔."

현준이 짧고 간결한 대답을 내놓고는 머그잔을 들었다. 수경은 그런 현준의 얼굴을 찬찬히 뜯어보듯이 쳐다봤다. 눈치로 보아 현준이 그녀에게 심리 상담을 더 강요하는 것 같지는 않았다. 하지만 현준의 기준에서 그녀가 나아졌다는 확신이 없는 듯 보였다.

"왜?"

쳐다보는 것을 느꼈던 것인지 현준이 한쪽 눈썹을 휙 치켜올렸다.

"나현 씨 겉보기에는 명랑해도 속은 상처투성이야. 알지?"

현준이 무거운 얼굴로 입을 꾹 닫고 있자 수경은 한숨을 내쉬고는 다시 입을 열었다.

"사람들은 전문가가 무슨 실수를 하냐고 말하는데, 사실 그들도 사람이라 실수를 해. 나도 그렇고."

"하지만 전문가라는 이유로 사람들은 혹독한 기준을 붙여."

"그렇긴 하지."

수경은 덤덤하게 자신이 겪은 일을 말하던 나현을 떠올리다 의자에 등을 기댔다. 범죄 심리를 연구한다고 해서 사람을 속속들이 알 수 있는 건 아니었다. 눈치를 못 챘다거나 위험하게 행동하는 건 경력이 있는 경찰들도 저지를 수 있는 실수였다. 그러니 나현이 경계심을 덜 가졌다고, 실수를 했다고 해서 잘못한 것은 아니었다.

세상에 완벽한 사람만 있다면 무슨 문제가 생길까.

"나현 씨가 아직도 힘들어하면 상담받으러 한 번 더 오는 건 어때?"

머그잔을 가만히 쥐고 있던 현준이 한숨을 푹 내쉬더니 입을 열었다.

"연구소를 그만두게 할까?"

"으응?"

할머니에게 반항할 목적으로 들어간 대학에서 나현은 자신의 직업을 가지게 되었다고 했다. 범죄 심리를 이론으로만 접했고 현장 경험은 겨우 손에 꼽을 정도였다고.

그런데 생각지도 못한 거대한 조직에게 붙잡혀 버티게 된 나현은 자신이 처한 상황이 뭔지 제대로 파악하기도 전에 정신적으로 큰 데미지를 입고 말았다.

"그건 나현 씨가 결정할 일이지. 그만둔다고 낫는다는 보장도 없고."

"하……."

현준이 두 손으로 마른세수를 하자 수경은 작게 고개를 저었다. 걱정을 한 보따리 안고 들어와 이곳에서 풀고 가는 이들은 그나마 좀 가벼워졌을 것이다.

"나현 씨가 그만두고 싶다고 했어?"

몇십 년 동안 범죄 심리를 공부한 다른 프로파일러도 헛다리를 짚는 경우가 있었다. 그들도 좀 더 일찍 알았더라면, 하고 자책하고는 했다. 그러니 겨우 몇 년 동안 배운 걸 현장에 적용하는 건 그리 쉬운 일이 아니었다. 많은 표본을 접한다면 또 다르겠지만 경력을 무시할 수는 없을 것이다.

'프로파일러는 점쟁이가 아니다' 라는 유명한 말도 있지 않은가 말이다.

"그런 내색은 전혀 안 했어."

"넌 그만두게 하고 싶은 거야?"

현준이 대답을 미루고 커피를 한 모금 마시자 수경은 고개를 갸웃했다.

"나현 씨가 또 위험해질까 봐 그래서 그만두게 하고 싶은 거야?"

그녀는 그 일을 겪은 후 다시는 범죄 심리나 그와 연관되는 일을 하지 않을 생각이었다고 했다. 그런데 살아 돌아온 현준 때문에 극복할 수 있을 것이라고 말했다. 그건 다시 말해 현준을 절대적으로 신뢰하고 있다는 말이었다.

"아니. 난 그냥 그녀가 원하는 대로 하게 해 줄 거야."

수경은 현준의 대답을 들으며 고개를 주억거렸다. 형태는 다르지만 서로를 향한 마음은 닮아 있었다.

"평생을 함께할 생각이지?"

두 사람이 서로 사랑하는 동안은 천하무적이겠구나, 하는 생각이 들었다.

"당연하지."

현준이 물어봐야 대답은 하나라는 얼굴로 단호하게 말하자 수경이 고개를 끄덕였다.

"그럼 답은 하나네."

"뭐?"

"죽을 때까지 열심히 사랑하는 거."

미사여구 하나 없는 직설적인 수경의 말에 현준이 눈썹을 일그러트리다 미소를 지었다.

"웃, 잠시…… 으음."

구두를 벗던 나현이 무슨 말을 하려 했지만 현준은 그녀의 입술을 쓸어 담 듯 진하게 빨고 핥았다. 촉촉하게 젖은 혀가 자신의 입안을 드나드는 것이 만족스러웠다. 허리를 바짝 끌어안자 폭 안기듯 끌려오는 그녀였다.

현준은 열심히 사랑하라는 수경의 조언을 적극적으로 받아들일 생각이었 다. 물론 그녀가 말한 '사랑하라'는 육체적인 사랑만 뜻하는 게 아님을 알지 만 말이다.

"맛있다."

달달한 사탕을 금방 먹은 것처럼 나현의 입술에서 달콤함이 넘쳐 났다. 그 런 나현의 입술에 취한 현준은 그녀의 뺨을 두 손으로 감싸 쥐고 맛을 보듯 쪽쪽 빨아 댔다.

"하음……."

살짝 떨어진 입술 사이에서 나현의 신음이 새어 나오자 현준은 속삭이듯 입술을 달싹였다.

"퇴근이 왜 이렇게 늦어?"

현준은 애가 마르게 기다렸다는 것을 어필하며 나현의 앞머리를 쓸어 넘 겼다. 일 때문에 수사과에서 나현을 자주 보기는 하지만 자문이 없는 날이면 이상하게 하루가 더 길게 느껴졌다.

"늦기는. 그나저나 수사과는 어떻게 매번 칼퇴근이야? 일을 하기는 해?"

나현이 살짝 불퉁한 표정으로 추궁하듯이 묻자 현준은 눈꼬리를 접었다.

"능력이 좋으니까 업무 시간 안에 다 하지."

나현이 눈썹을 휙 치켜올리며 공감할 수 없다는 표정을 짓자 현준은 고개를 기울였다. 자신을 빤히 올려다보는 나현의 눈동자가 예뻐 현준은 저도 모르게 고개를 숙여 눈꺼풀에 입을 맞췄다. 자연스럽게 눈을 감은 나현의 콧망울에도 입을 맞춘 현준은 설명하듯 말을 덧붙였다.

"우리는 한 번에 확실하게 잡잖아."

"자신감이 너무 과한 거 아닌가?"

"아니. 거기 수사과장의 머리가 비상하다지?"

현준은 자화자찬하며 능글맞게 웃었다. 그러자 나현이 고개를 모로 꼬고는 길게 말하지 말자는 표정으로 입을 열었다.

"어련하시겠…… 우왓!"

순간 나현을 번쩍 안아 올린 현준은 거침없이 방으로 향했다.

"잠, 잠깐……. 나 아직 저녁도 안 먹었……."

"나도 안 먹었어."

현준은 나현의 말에 가볍게 응수하고는 방문을 어깨로 밀었다. 침대로 다가가 나현을 눕히고는 그녀의 옷을 빠르게 탈의시켰다.

"누가 쫓아와?"

그녀가 손을 잡고 질책하듯 저지했지만 현준은 자연스럽게 손을 빼며 다음 행동을 이어 갔다. 단추가 하나씩 풀리자 나현이 뭔가 불안한 표정을 지으며 입을 열었다.

"나 땀 흘려서 씻어야 하는데……. 으응?"

블라우스 앞섶을 풀어 헤친 현준이 검지를 입술에 갖다 대며 음흉하게 웃자 나현이 눈을 커다랗게 떴다.

"어차피 또 땀 흘릴 건데, 뭐."

"그거하고는 다르잖아. 그리고 나 배고프다고 했……."

"먹는 건 내 걸 입에 넣어 줄 거고."

"홋!"

현준이 치마 속으로 손을 넣어 허벅지를 쓰다듬자 나현의 입에서 짧은 신음이 터져 나왔다.

"여기엔······."

현준의 손이 다리 사이로 들어와 브리프에 가려진 음부를 지그시 눌렀다.

"내 혀를 넣어 줄게."

"악!"

놀란 나현이 도망가려 후다닥 일어나는 것을 몸을 겹쳐 저지한 현준이 귓가에 나지막하게 속살거렸다.

"자꾸 그러면 더 괴롭히고 싶어지는데?"

고개를 삐딱하게 기울인 현준이 눈을 게슴츠레하게 뜨자 멈칫했던 그녀가 마른침을 꿀꺽 삼켰다.

"쓰읍, 경찰이 사람을 괴롭히면 쓰나?"

나현이 이건 아니라는 표정으로 말하자 현준은 피식 웃었다.

"그러니깐 협조를 해. 나중에 헐떡거리면서 울지 말고."

현준이 달아날 생각은 하지도 말라는 듯 일갈하자 나현이 멋쩍게 웃으며 입술을 달싹였다.

"그럼······."

나현이 말을 하다 말고 빤히 쳐다보자 현준의 고개가 삐딱하게 기울어졌다. 나현이 뭔가를 망설이거나 수줍은 눈빛으로 바라볼 때면 현준은 심장이 간질거렸다.

"살살 부탁할게요."

"풋, 앙증맞게 구네."

웃음이 터진 현준은 구겼던 눈썹을 펴고 그녀의 단전 위로 올라앉아 가만히 시선을 맞췄다. 가슴이 들썩일 만큼 신음을 뱉어 내는 그녀를 향해 현준은 싱긋 웃어 보였다. 그러다 브래지어를 들어 올리자마자 유두를 덥석 물고 빨기 시작했다.

"하····· 하아, 앙!"

입술로 유륜을 모으듯 빨다 혀로 유두를 슬쩍 밀자 나현이 앙탈을 부렸다. 현준은 고개를 들어 나현의 입술을 한 번 핥고는 다시 다른 쪽 유두를 입에 넣었다.

"아앙, 하……."

몸을 비틀던 나현이 자신의 머리칼 사이로 손가락을 넣자 현준의 얼굴에 만족스러운 미소가 피어났다. 침이 흥건하게 묻을 정도로 유두를 빨던 현준은 자신의 윗옷을 다급하게 벗었다. 그러자 나현이 작게 웃었다.

"훗훗……."

현준이 입 모양으로 '왜?' 하고 묻자 나현이 손을 뻗어 머리칼을 정리해 줬다.

"머리가 까치집이 됐어."

금방이라도 부러질 것 같은 그녀의 하얀 손가락이 머리칼을 쓰다듬고 지나가자 현준의 신경이 미친 듯이 날뛰었다.

쪽. 그녀의 고운 손등에 입을 맞춘 현준은 몸을 움직여 나현의 다리 사이로 내려왔다. 그러고는 나현의 치마를 들추고 허리에 손을 얹었다.

"엉덩이 들어 봐."

그녀가 살짝 엉덩이를 들어 올리자 현준은 단번에 브리프와 팬티스타킹을 끌어 내렸다. 왼쪽 다리를 먼저 빼낸 현준은 오른쪽 다리에 걸린 브리프와 팬티스타킹을 마저 벗기지 않고 내버려 두었다.

"왜 마저……."

현준이 그녀의 옷을 벗기다 말고 자신의 바지와 드로어즈를 벗자 나현이 의아한 눈으로 쳐다봤다. 한쪽 발에 걸려 있는 브리프와 스타킹이 신경 쓰이는 얼굴이었다.

"급한데 뭘 다 벗겨."

"뭐?"

현준은 눈을 가늘게 뜨다 심호흡을 했다. 위로 올라간 브래지어에 눌려 탱탱해진 그녀의 젖무덤과 반쯤 벗다 만 옷을 걸친 채 다리를 벌리고 있는 나현의 모습에서 색기가 흘렀다.

"앗!"

그녀의 다리를 잡고 훅 잡아당기자 흐트러진 모습으로 맥없이 끌려왔다.

"야하다."

"훗."

입가에 나른한 미소를 지은 현준은 빳빳하게 머리를 쳐든 그녀의 젖꼭지를 검지로 튕겼다. 얕은 신음을 내뱉은 나현이 입술을 질끈 깨무는 것을 본 현준은 눈꼬리를 접었다.

"참 이상하지?"

"뭐가?"

"단정하게 있어도 야해 보이는데 이렇게 흐트러져 있으면 정신을 못 차릴 만큼 야해."

"흡!"

웃음을 터트리는 나현의 두 무릎을 모아 가슴으로 붙이자 그녀가 놀란 듯한 신음을 내뱉었다. 부끄러운지 발끝을 교차시키고 있는 나현의 모습이 그렇게 야해 보일 수가 없었다.

"핫!"

현준의 손가락이 음부에 닿자 나현이 비명 같은 신음을 내질렀다.

"오늘따라 민감한데."

현준의 말이 민망한 것인지 나현이 도리질을 치며 시선을 외면했다.

"흐웃."

농밀하게 붙어 있던 부드러운 살들이 벌어지자 음부가 입구를 드러냈다. 현준은 애액으로 번들거리기 시작한 음부를 손가락으로 비비듯 만지다 나현의 허벅지를 쫙 벌렸다.

"흐읍."

신음을 들이켠 나현이 다리를 모으려 하자 현준은 양 허벅지 안쪽 부위를 벌리듯 손으로 막고는 자리를 잡았다.

"어딜 감히."

짐짓 엄한 눈짓을 한 현준은 벌어진 그녀의 다리 사이로 시선을 내렸다. 애액으로 질펀해진 여린 살이 파르르 떨리는 것이 보였다.

"아앙!"

고개를 푹 숙여 그녀의 음부에 입술을 갖다 대자 나현의 입에서 교태 섞인 신음이 터져 나왔다. 현준은 입가에 누근한 미소를 지으며 빨아들이듯 핥아 댔다. 쫍쫍, 소리가 날 정도로 핥고 코끝으로 클리토리스를 자극할수록 나현의 허벅지가 들썩거렸다. 그러다 혀를 세워 음부 입구를 파고들 듯 질척질척 소리가 나게 핥았다.

"흐윽, 하! 미치겠어."

나현이 내지르는 소리가 현준을 더 즐겁고 흥분되게 만들었다. 혀를 길게 내어 아래부터 음부를 핥아 올리자 나현의 등이 아치교처럼 둥글어졌다. 쉴 새 없이 혀로 음부를 비비고 주변의 여린 살갗을 핥았다. 나현이 시트를 쥐고 버티다가 바들바들 떨자 현준은 천천히 고개를 들었다.

"하아……. 하…… 아아앙."

그녀를 내려다보자 거친 숨을 내쉬며 시선을 맞춰 왔다. 입가에 지은 엷은 미소가 참 고혹적이었다. 현준은 애액으로 번들거리는 입술을 그녀의 단전에 비벼 닦고는 배꼽에 진하게 입술을 붙였다. 쪼옥 소리가 나게 흡입하다 핥은 현준은 그녀 위로 덮치듯 다가가 내려다봤다.

"물들었다."

현준은 발그레하게 붉어진 나현의 뺨을 만지며 엷게 미소를 지었다. 나현의 입꼬리가 위로 올라가자 현준은 그녀의 코에 입을 맞추고 위로 더 올라가 미간에 입을 맞췄다. 뜨거운 숨을 뱉어 내던 나현이 나른하게 눈을 깜빡이자 현준은 그 눈에도 입을 맞췄다.

"훗, 간지러워."

작게 키득거리는 나현의 입술에 가볍게 입을 맞춘 현준은 그녀의 귓불을 깨물었다. 아! 하며 신음을 터트린 나현이 고개를 돌리자 그대로 입술을 덮쳤다. 엉키듯 맞물린 혀가 자연스럽게 서로를 핥았다. 살과 살이, 혀와 혀가 부딪치며 내는 물기 젖은 소리가 침대 위를 음탕하게 떠돌고 있었다.

"아응!"

현준은 나현과 키스하며 그녀의 음부를 손가락으로 희롱했다. 나현이 내뱉은 신음이 자연스럽게 현준의 입안으로 들어왔다. 그녀의 신음을 다 삼키듯 나현의 혀와 입술을 핥고 빨던 현준은 질 안으로 손가락을 넣어 휘저었다. 앙앙거리는 나현의 비음이 귀에 착 감기듯 들려왔다.

"하앙, 앙…… 아아."

나현의 입에서 새어 나오는 신음을 마구 삼키던 현준은 손가락을 빼고 자신의 남성을 쳐다봤다. 크기를 키운 녀석이 어서 들어가자는 듯 머리를 쳐들고 있었다. 하지만 현준은 마음을 조금 억누르고 남성을 한 손에 쥐었다. 자신의 앞에서 다리를 벌리고 있는 나현의 자태가 더없이 아름답고 교태스러워 심장이 욱신거렸다.

"하웃!"

귀두로 음부를 비비자 나현이 허리를 비틀며 물러나려 했지만 그 사이를 비집고 차지한 현준으로 인해 다리가 더 벌어졌다.

"으."

현준은 외마디 비명 같은 신음을 내뱉으며 음부의 입구에 귀두를 밀어 넣었다. 애액이 묻은 귀두를 음부에 들이대자마자 쭉 빨아 당기듯 삼키는 모습이었다. 현준은 무릎걸음으로 더 다가가 남성을 깊게 들이밀었다.

"아핫!"

신음이 터진 나현의 고개가 젖혀지고 다리가 더 벌어졌다. 현준은 더 들어갈 수 없을 정도로 남성을 집어넣고는 몸을 맞댔다. 성이 나 발딱 서 있는 그녀의 유두가 가슴에 닿는 게 느껴졌다. 현준은 그녀의 입안을 샅샅이 핥고는 마지막에 도장을 찍듯 입술을 붙였다 뗐다.

"이제 움직일게."

"하아……."

나현의 짙은 신음 소리가 출발 신호라도 된 듯 현준은 허리를 움직이기 시작했다. 철퍽철퍽하는 소리가 나며 나현의 음부에 담겨져 있던 남성이 모습을 드러냈다가 사라지기를 반복했다. 그녀의 애액이 묻어 번들거리는 남성을 본 현준은 더 참는 것이 불가능했다. 퍽퍽 소리가 날 정도로 빠르게 박아대자 나현의 입에서 끊임없이 신음이 터져 나왔다.

들이미는 만큼 출렁이는 젖무덤과 빠져나가는 만큼 물고 놓지 않는 음부를 보며 현준은 거친 숨소리가 날 정도로 움직였다. 열락에 들뜬 나현의 눈동자에 광폭하게 질주하는 자신이 보였다. 버거워하는 그녀를 보면서도 멈출 수도, 멈추고 싶지도 않았다.

"앙앙앙, 하, 하아…… 앙앙."

삼키고 물고 늘어지는 나현의 음부에 시선을 박은 현준은 점점 더 속도를 높이며 허리를 움직였다. 얼마나 거칠게 움직였던지 나현의 미간에 금이 가 있었다. 현준은 손을 뻗어 그녀의 뺨을 달래듯 쓰다듬어 주고는 마지막 목표 지점에 도달하듯 더 빠르게 움직였다.

"앙!"

나현의 한쪽 허벅지를 들어 올리자 맞물린 곳이 모습을 드러냈다. 부드럽고 여린 살이 미끌거리는 애액으로 질펀하게 젖어 있었다. 현준은 그곳을 보며 허리를 크게 움직였다. 살을 맞부딪치며 내는 탁탁탁 소리가 두 사람을 연결시킨 곳에서 적나라하게 울려 퍼졌다.

어떻게 매번 새로운 기분을 느끼게 하는 것인지 모를 일이었다. 그녀의 안에 들어갈 때마다 가해지는 압박감에 오히려 쾌감이 느껴질 정도였다.

"욱!"

마지막을 향해 내달린 현준은 온 정성을 다해 정액을 뿌리듯 몸에 힘을 줬다. 꿀렁꿀렁하며 그녀의 안을 채우는 비말을 느낀 현준은 거친 숨을 몰아쉬었다.

"하아, 하……."

거친 숨을 몰아쉬기는 나현도 마찬가지였다.

"안에 싸면……."

나현이 난감한 표정으로 입술을 질끈 깨물자 현준은 입가를 둥글게 말았다.

"혼수품이 되는 거지."

"치이."

현준은 교합을 풀지 않고 그녀의 안에 머물며 나현을 가만히 안아 주었다. 그러다 뺨이며 목, 귓불이며 가릴 것 없이 키스를 퍼부었다.

이미 그녀가 자신의 애인임에도 미친 듯이 더 소유하고 싶다는 생각이 들었다. 세상 사람들에게 그녀를 자랑하고 싶으면서도 아무도 모르게 꽁꽁 감춰 두고 싶은 마음이 공존했다.

"으응…… 아."

나현은 누군가가 자신을 만지는 손길에 성가심을 느끼며 눈을 뜨다 자신을 빤히 보고 있는 현준 때문에 멈칫했다.

"안 잤어?"

"아니, 자다가 깼어."

"더 자지 않고?"

나현은 나른한 눈꺼풀을 들었다가 다시 감으며 물었다. 매번 녹초가 되는 자신과 달리 현준은 거뜬해 보였다.

"꿈을 꿨어."

"무슨 꿈?"

졸린 눈꺼풀을 끔뻑이던 나현은 입가에 엷은 미소를 지으며 진지해진 현준을 쳐다봤다.

"내가 하얀색 정장을 입고 누군가를 기다리는 꿈이었는데……."

"하얀색 정장?"

나현은 흥미가 인 얼굴로 눈빛을 똘망똘망하게 빛내며 현준의 말에 귀를 기울였다.

"입구 쪽에서 누군가가 걸어오는데 누구인지 안 보이는 거야. 그래서 자세히 보려고 몸을 이렇게 기울이고."

현준이 꿈속에서의 일을 재현하듯 나현 쪽으로 몸을 가까이 붙이며 말을 이었다.

"그런데도 누구인지 알아보기가 힘든 거야."

"으응?"

나현은 살짝 긴장한 표정으로 현준을 빤히 쳐다봤다.

"역광이어서······. 이렇게 눈을 찡그리고 봤는데."

현준이 눈을 찡그리자 나현도 같이 미간을 모았다.

"점점 형체가 드러나는데, 나한테 손을 내밀고 있었어. 마치 잡아 달라는 듯."

"누구······였는데?"

나현은 사실 자신이 예전에 꾸었던 꿈과 비슷한 상황인 것 같아 설마, 하는 마음이 들었다. 좀 더 디테일하게 묻고 싶었지만 가만히 그가 하는 말을 기다렸다.

"그게······."

"음······."

나현은 작은 신음을 내뱉고 저도 모르게 팔을 교차해 자신의 어깨를 안았다. 꿈이었지만 현준에게 손을 내밀어도 잡을 수 없었던 그때의 절박함이 새삼스럽게 떠올라 가슴이 선득거렸다.

"막 얼굴을 확인하려는 순간······."

나현은 바짝 긴장한 얼굴로 현준의 입술이 움직이기만을 기다렸다.

"왁!"

"꺅!"

현준이 지레 소리를 지르며 와락 안자 나현도 소리를 지르고 말았다.

"하하. 속았지."

"아! 뭐야, 하아······."

나현은 현준의 어깨를 툭 치고는 숨을 골랐다. 놀란 가슴이 진정을 못 하고 계속 뛰어 댔다.

"나쁘다."

나현은 실망감에 뾰로통한 표정으로 눈을 흘겼다. 같은 꿈을 꾼 것이 아닐까 하는 마음에 몰입해서 듣고 있었는데 이렇게 장난이나 치고 말이야.

"그러게 내 눈을 봤으면 장난인 것을 알았을 텐데 입술만 쳐다보고 있으니 그렇잖아."

"하, 어이없어."

현준의 핀잔에 나현은 고개를 절레절레 저었다. 오래된 습관을 고치는 건 정말 쉬운 일이 아니었다.

"심장 괜찮아?"

"윽."

현준이 심장 소리를 들으려는 듯 귀를 가슴에 붙이자 나현은 움찔했다. 자연스럽게 허리를 감싼 현준의 손을 통해 뜨거운 기운이 스며드는 것 같았다.

"심장 뛰는 소리가 귀여운데?"

나현은 황당하다는 표정으로 고개를 젓다 일어나려 상체를 반쯤 일으켰다. 그런데 현준의 손에 잡혀 그의 밑으로 끌려 들어갔다.

"눈 마주친 김에 한번 할까?"

"오늘 바쁘다고 하지 않았나?"

바니를 생포하지 않고 사살한 것 때문에 현준에게 징계를 내린다고 했다.

오늘이 선고가 내려지는 날임을 알고 있었던 나현은 현준의 얼굴을 가만히 쓰다듬었다. 재클린 회장의 판결을 지켜보느라 현준의 징계 결정이 늦어진 참이었다.

'죽인 거 절대 후회 안 해. 살려 뒀으면 더 후회했을 거야.'

한 치의 흔들림도 없이 말하던 현준이 그렇게 든든할 수 없었다. 그가 살려 둘 수 있었지만 그러지 않았다는 것을 알고 있었다.

"만일 경찰 옷 벗게 되면…… 내가 먹여 살려야 하나?"

나현은 짐짓 장난스럽게 말했다. 경찰이라고 자부심을 드러내는 것을 본 적은 없지만 현준에게 천직이 아닐까 싶을 정도로 그와 잘 맞는다고 생각했다.

"먹여 살리고 싶어? 내가 그렇게 좋아?"

짓궂게 맞받아치는 현준의 능청에 나현은 웃을 수밖에 없었다. 그러다 그의 얼굴을 감싸 쥐고는 가만히 입을 맞췄다.

"내가 오늘부터 구인 구직란을 열심히 봐 줄게."

"뭐어?"

현준이 어이가 없다는 듯 눈썹을 일그러뜨리자 나현이 싱긋 웃었다.

"혹시 알아? 적성에 맞는 제2의 직업을 찾을지."

"적성에 맞는 제2의 직업은 이미 찾았어."

"으응?"

나현은 궁금한 눈빛으로 현준에게 답을 재촉했다. 그러자 그가 씨익 웃더니 가볍게 입술을 덮쳐 왔다. 쪽쪽, 소리가 나게 입을 맞추던 현준이 나현에게 가만히 속삭였다.

"모나현의 남편 자리에 아주 안성맞춤이지."

입술을 벌린 채 잠시 일시 정지 상태가 되었던 나현은 이내 풋, 하고 웃어 버렸다. 언제부터 남편이 직업군으로 분류가 되었던 것인지.

사각. 사각.

서류를 넘기는 소리가 좌중을 압도할 만큼 분위기가 가라앉아 있었다. 현준은 살짝 그러쥔 주먹을 허벅지 위에 올리고 차분하게 기다렸다.

"경정 차현준."

"네."

"마지막으로 할 말 있습니까?"

바니 재클린을 생포하지 않고 사살했다는 이유로 현준은 3개월 감봉에 처해졌다. 나이에 비해 진급이 빠른 편이었지만 그만큼 현준의 공이 크다는 말이기도 했다.

"이의를 제기할 기회를 드리겠습니다."

가만히 듣던 현준은 마른침을 삼켰다. 바니가 도주를 위해 준비한 헬리콥터에는 워킨스가 탑승하고 있었다. 생포한 워킨스에게서 드러나지 않은 바니의 죄를 증명하는 일이 쉽지는 않았지만 적어도 원하는 바는 달성했다.

하지만 워킨스가 나현의 납치에 관한 사건에서는 묵비권을 행사하고 있었다.

[그래도 바니 님은 너를 믿었어. 네가 배신자라고 의심하면서도 말이야.]

그건 어디까지나 워킨스의 눈에 비친 바니의 행동일 뿐 현준의 생각은 달랐다.

[나를 믿었다고?]

현준은 비웃음을 날렸다. 바보스러울 만큼 바니를 두둔하는 워킨스가 다른 이들에게는 충직하게 보이겠지만 그에겐 전혀 아니었다.

[소름 돋네.]

믿는다면서 그 부하의 애인을 취하려 했던 놈이 바니였다. 그건 절대 믿음에서 나오는 행동이라고 할 수 없었다. 바니는 세상의 모든 것이 다 자신의 발밑에 있어야 만족하는 인간이었다.

[아닐 것 같아?]

워킨스가 믿지 못하겠느냐는 어조로 묻자 현준은 고개를 저으며 한숨을 내쉬었다. 바니에 대한 워킨스의 충성심을 부정하거나 비난할 생각은 없었다. 하지만 바니는 절대 영웅이 돼서는 안 되는 인물이었다.

[역겹다.]
[뭐!]
[살인마저도 돈이라고 생각하는 인간을 두둔하고 있는 꼴을 보니 역겹다고, 너.]

살인을 담은 스너프 필름 제작을 재미로 하는 인간들, 돈이면 인간의 존엄성 따위는 종잇장보다 가볍게 여기는 거지 같은 것들은 이유 여하를 막론하고 응징해야 한다.

[루카!]

바니를 모욕했다고 생각한 것인지 워킨스가 버럭 소리를 질렀다. 현준은 눈도 깜빡이지 않고 그런 워킨스를 노려봤다.

소윤이가 그렇게 죽었다. 당장 찾아가 총을 난사하고 싶은 지독한 분노를 느꼈었다. 누군가의 죽음이 유흥이 되고 돈이 되는 추악한 현실을 맞닥트렸을 때 이성을 잡고 있기란 어려운 일이었다. 그런 영상들을 확인할 때마다 소윤이가 아니기를 간절히 바랐었다.

그러면서 생각했다. 이렇게 죽어 간 이들이 억울하게 내버려 두지 않겠다고.

[난 바니가 죽는 게 당연하다고 생각해.]

시뻘게진 눈으로 자신을 노려보는 워킨스를 향해 현준은 썩은 미소를 지어 주고는 자리에서 일어섰다.

[루카! 너는 내가 반드시 죽인다!]

미친놈처럼 소리를 지르는 워킨스를 보며 현준은 아무렇지 않은 얼굴로 느릿하게 입술을 움직였다.

[그거 알아?]

현준은 워킨스를 빤히 내려다보다 입가에 건조한 미소를 지었다.

[내가 바니를 죽여서 기뻐.]
[아아아아악!]

발악에 가까운 워킨스를 뒤로한 채 현준은 면회실을 나섰다.

네덜란드를 떠나면서 현준은 안도했다. 솔직히 바니가 살아서 국제 형사 재판에 회부되었다면 걱정이 끊이지 않았을 것이다. 그 증인으로 자신이 나서는 것은 아무것도 아니었다. 하지만 나현이 납치, 감금의 당사자로 증언대에 오르는 건 싫었다. 나현은 문제를 회피하지 않으며 증언하려 했을 것이다. 그러나 바니가 죽고 나서 그런 절차가 생략되어 다행이었다.

바니가 살아 있었다면 또다시 나현을 봤을 거란 생각만으로도 현준은 진저리가 쳐졌다.

"이의 없습니다."

현준은 등을 바르게 곧추세우며 천천히 입을 열었다.

'나 이제 괜찮아.'

심리 상담을 받고 나현이 좋아졌다고 했지만 완전한 불식은 불가능하다고 생각하고 있었다. 그냥 묻어 두고 괜찮은 척하는 것일 뿐.

'그렇게 불안한 눈으로 안 봐도 돼. 걱정 좀 그만해.'

씩씩하게 말하지만 그 어색한 미소 뒤에 그녀가 무엇을 감추고 있는지 알고 있었다. 하지만 굳이 캐묻지 않는 건 그녀가 이겨 내려 애쓰고 있기 때문이었다.

"수고 많았습니다."

빠르게 서류를 챙긴 간부들이 회의실을 빠져나갔다. 긴장감 속에서 열렸던 회의는 조용한 가운데 끝이 났다. 간부들 사이에서 의견이 갈렸다는 것을 모르지 않았지만 현준은 이의를 제기하고 싶지 않았다. 그저 빨리 일이 마무리되어 지나간 과거가 되기를 바랐다.

"흐음."

현준은 이마를 쓰다듬다 들고 있던 모자를 가만히 내려다봤다. 경찰 제복을 처음 입었던 날이 언제였는지 기억도 나지 않는 것 같았다.

"오래…… 걸렸네."

제자리로 이제 겨우 돌아온 기분이 들었다. 어쩌면 돌아올 수 없었을지도 모른다. 자신을 믿고 같이 달려 준 그들이 없었다면 중간에 무너졌을 것이다.

입꼬리에 자조적인 미소를 지으며 회의실을 나서던 현준은 진동하는 휴대폰을 꺼내 들었다.

"어, 진석아."

— 형, 어떻게 됐어요?

"너 어디야?"

— 학교요.

"내가 갈게. 같이 점심 먹자."

— 네.

환하게 웃은 현준은 빠른 걸음으로 경찰청을 빠져나왔다. 소윤이가 사라진 그날 이후 모든 일을 중단해 버린 진석은 다시 공부를 시작했다. 늦은 법대생이 되었지만 그 누구보다 열심이었다.

"어, 나현아."

차에 타자마자 나현에게서 전화가 걸려 오자 현준은 바로 블루투스를 연결했다.

— 좋다.

다짜고짜 좋다고 대답하는 나현의 말에 현준은 으응? 하는 표정을 지었다.

"뭐가 좋다고?"

— 나현아, 하고 부르면 왠지 더 친근하고 나를 더 애틋하게 생각하는 것 같아서 좋다고.

차를 출발시킨 현준은 입꼬리를 한껏 올리며 미소를 짓다 입을 열었다.

"나현, 하고 부를 때도 너 좋아했는데."

— 나현, 하고 나현아, 는 완전 다름.

나현이 같을 수 없다는 듯 확고한 목소리로 말하자 현준은 소리 내어 웃었다. 엎어치나 메치나 매한가진데 나현이 의미를 다르게 두는 것 같았다.

"그거 알아?"

— 응?

"남자는 사건에 집중하고 여자는······."

— 감정에 집중한다. 그 말 하려는 거지?

"응."

— 그래서 내가 더 현장 분석을 꼼꼼하게 잘하는 거네요.

치이, 하며 입술을 뿌루퉁하게 내밀고 있을 나현의 모습이 상상된 현준은 눈웃음을 지었다.

"그래, 인정."

— 어? 웬일로 이렇게 쉽게 인정을 하실까?

"나현이가 옳은 말만 하니까."

피식 웃는 나현의 웃음소리에 현준은 흐뭇한 미소를 지었다. 밝은 모습만 보여 주려 하는 것이 어떨 땐 참 짠하지만 가끔은 기특하기도 했다.

— 아 참! 어떻게 됐어요?

"응?"

— 오늘 결정 난다고 했잖아요?

뭔가 껄끄러운 상황일 때 나현은 대체적으로 높임말을 쓰고는 했다. 그런 나현의 패턴을 알고 있는 현준은 목소리를 낮게 깔았다.

"3개월 감봉."

— 아······.

"이제 아껴 써야 해."

현준은 정말 그래야 한다는 뉘앙스로 말하며 핸들을 돌렸다. 루카라는 이름으로 있을 때 벌어들인 돈은 크로마, 란토, 유렘, 진석에게 다 나누어 주고 자신은 한 푼도 가지지 않았다. 다들 필요 없다고 손사래를 쳤지만 현준은 반강제로 그들에게 돈을 쥐여 주었다.

"그리고 나한테 나가라고 하면 길거리에 나앉게 돼."

나현의 아파트에 은근슬쩍 눌러앉은 현준은 가끔 그녀에게 구박 아닌 구박을 받기도 했었다.

─ 불쌍한 척은.

나현이 안 속는다는 듯 불퉁한 목소리로 말하자 현준은 눈썹을 일그러트
렸다.

─ 나보다 더 좋은 빌라에 살면서 뭘 아낀다는 건지.

신랄하게 비꼬는 그녀의 말에 현준은 눈을 가늘게 뜨다 부러 풀이 죽은 목
소리를 냈다.

"나 안 쫓아낼 거지?"

─ ……

나현에게서 대답이 없자 현준은 고개를 갸웃했다. 설마 자신을 쫓아낼까
싶으면서도 미심쩍은 마음이 들었다.

"왜 대답이……."

─ 그 당당하던 루카는 어디 갔나 몰라.

"풋."

현준이 웃음을 터트리자 나현도 같이 웃는 소리가 들려왔다. 서로 유쾌하
게 웃는 사이 현준은 진석이 다니는 학교에 도착했다.

"점심 맛있게 먹어."

─ 저녁에 일찍 올 거예요?

또 높임말을 쓰는 나현 때문에 현준의 고개가 기울어졌다. 귀가 시간을 체
크하는 것으로 보아 퇴근 후의 일정이 갑자기 생긴 듯했다.

"연구원들 회식이구나?"

─ 아, 귀신같이 맞추네.

눈치로 맞춘 게 뿌듯했던 현준은 입꼬리를 올리며 당부하듯 말을 이었다.

"술 많이 먹지 말고."

─ 네네.

나현이 그의 입에서 다른 말이 나올까 싶어 얼른 전화를 끊자 현준은 피식
웃었다. 그러다 차로 다가오는 진석을 본 현준은 차창을 열고 손을 흔들었
다.

◇ ◆ ◇

"청혼?"

현준은 진석의 말에 한 대 맞은 얼굴이 되었다. 양가 어른들께 인사하고 난 후 자연스럽게 왕래하고 있어서 당연하게 결혼을 한다고, 당연히 나현과 평생을 함께할 거라 생각하고 있었다. 그런데 진석이 청혼했느냐고 묻는데 허를 찔린 것처럼 어안이 벙벙해졌다.

"형, 그런 건 기본이잖아요."

진석이 왜 빠트렸느냐는 얼굴로 말하자 현준은 마른세수를 했다. 나현이 한 번도 내색한 적이 없어 생각지도 못한 일이었다.

"형, 나 소윤이 보내고 느낀 건요……. 당연하게 생각하지 말자였어요. 내일도 당연히 만나겠지. 토라지면 다음에 당연히 풀리겠지. 시간이 지나면 당연히 돌아……오겠지, 하고 생각했던 게 참 바보 같았다는 거예요."

"아……."

현준은 순간 말문이 막혔다. 당연히, 라는 단어가 이렇게 아픈 단어가 될 수 있다니.

"청혼 멋지게 준비하세요."

"……청혼을 어떻게……?"

현준은 잘 돌아가던 뇌에 갑자기 과부하가 걸리는 기분이었다.

"그거야 인터넷에……."

진석이 떨떠름한 얼굴로 말하다 이게 맞나, 하는 표정을 지었다. 그런 진석을 보며 현준은 고개를 주억거렸다.

"그래. 내가 알아서 할게. 바, 밥 먹자."

"네."

현준은 국을 한술 떠먹는 진석을 애잔한 눈으로 바라봤다. 건강이 많이 좋아져 얼굴에도 살이 오르긴 했지만 눈빛만은 여전히 텅 비어 있는 느낌이었다.

"법대에 예쁜 애들 없어?"

"예쁜 애들요?"

"마음에 드는 애 있으면 대시해."

멀뚱한 눈으로 쳐다보던 진석이 이내 고개를 숙이자 현준은 숟가락을 내려놓았다.

"이제 그만해야지."

"……."

"언제까지 죽은 애 붙잡고 살 거야? 아버지도, 나도 놓았는데 너는 왜 못 놓고 그래."

현준에게는 청혼하라고 하면서 아직까지 과거에 묶여 있는 진석이 참 아팠다. 동생을 아끼고 사랑해 주는 건 고맙지만 이제는 털어 내야 할 때였다.

"소윤이가 싫어할 거야."

진석이 쥐고 있던 숟가락을 더 꽉 쥐는 것을 보며 현준은 신랄한 말을 쏟아부었다.

"소윤이가 여기 일 못 털어 내고 구천 떠돌면 그거 다 네 잘못이야. 이제 그만 보내 줘. 10년이야. 너 할 만큼 했어."

현준이 정리해 주지 않으면 진석은 끝까지 소윤을 놓지 못할 것이 뻔했다. 진석을 보면 늘 복잡한 감정이 교차하고는 했다. 어떤 날은 미안함, 어떤 날은 죄책감, 또 어떤 날은 고마움이었다. 그 모든 감정이 풍랑을 만난 것처럼 뒤섞일 때도 있었다.

"그리고 네가 말했던 그 신념, 이제 나한테 넘겨."

"네?"

"그만 갖고 다녀."

현준은 진석을 향해 손바닥을 펴 보였다. 소윤을 위해 샀지만 전해 줄 수 없었다던 그 머리핀을 진석이 계속 가지고 다니는 것이 못내 마음에 걸렸다.

"형……."

"말 들어."

진석이 그럴 수 없다는 얼굴로 쳐다보자 현준은 단호하게 말했다. 쉽지 않겠지만 쉽게 만들어 줘야 했다. 언제까지 소윤에게 매여 살게 할 수는 없었다.

"네가 소윤이 찾았잖아. 소윤이도 고마워할 거야."

진석이 자신의 입을 틀어막으며 고개를 푹 숙이자 현준은 시큰해지는 눈을 깜빡이고는 심호흡을 했다.

"그리고 네 길을 가. 그러면 소윤이가 안심할 거야."

울음을 삼키는 진석을 보며 현준은 그가 소윤 없이도 행복하기를 바랐다. 그리고 누군가가 진석의 옆에서 소윤의 자리를 채워 주기를 바랐다. 자신이 나현을 만나 평생 행복하기를 바라는 것처럼 말이다.

삐삐삐삑. 철컥.

현관문이 열리는 소리에 현준은 소파에 앉은 채로 고개를 돌렸다. 나현이 약간은 상기된 얼굴로 들어서다 멈칫하는 게 보였다.

"어? 안 자고 있어써요?"

술에 안 취한 척하려고 애쓰고 있었지만 발음이 꼬이는 것이 귀여워 현준은 피식 웃었다.

"왜 기다리고……. 내가 늦는다고 행는데……."

현준은 고개를 삐딱하게 기울이고는 나현을 가만히 쳐다봤다. 배시시 웃으며 다가오는 나현의 걸음걸이가 비틀거렸다.

"술 많이 마시지 말라고 했는데."

현준은 못마땅한 얼굴로 나현을 나무랐다. 늦게 다니는 것이 문제 되는 건 아니었다. 자신이 나현에게 늦게 나타난 것에 비하면 아무것도 아닌 일이었다. 그러니 얼마든지 나현을 기다려 줄 수 있었다.

다만 걸음걸이가 비틀거릴 만큼 마셔서 슬쩍 부아가 났다. 사회생활을 하면서 회식은 어쩔 수 없는 일이지만 굳이 걸음걸이와 혀가 꼬일 정도로 술을 마실 필요가 있느냐 말이다.

"……많이 안 마셨, 히끅!"

현준이 소파에서 일어나자 나현이 갑자기 딸꾹질을 했다.

"저 봐. 제 발 저려서는."

"아닌, 힛극."

나현이 다급하게 손으로 입을 막자 현준은 고개를 젓다가 주방으로 가서 냉장고를 열었다. 물을 마시게 해 딸꾹질을 가라앉게 해 줄 생각에 생수병을 집어 들었다.

"어!"

생수 한 병을 꺼내 돌아서자 언제 다가왔는지 나현이 와락 안겨 들었다. 냉장고 문을 아직 안 닫은 상태라 등은 차갑고 가슴은 나현이 안겨 있어 뜨거웠다. 품에 안겨 잠을 자는 아이처럼 새근거리는 숨소리만 내는 나현의 뒷머리를 쓰다듬었다.

"뭐 하는 거야?"

"조아서."

나른한 나현의 목소리가 가슴에 닿자 심장이 간질거렸다.

"그때 이런 상황이었으면 바로 침실로 갔을 건데."

나현의 집에 처음 온 날, 옷을 벗기려던 그녀의 행동에 많이 당황했지만 내색하지 않으려 무진 애를 썼었다.

"으응?"

무슨 말인지 몰라 멀건 눈빛으로 고개를 드는 나현의 입술을 그대로 탐했다. 엇갈리듯 맞물린 입술이 여러 번 방향을 바꿔 가며 겹쳐졌다가 멀어졌다. 뜨거운 나현의 입술에 타들어 갈 것 같았다.

"잠시만."

나현에게 주려고 꺼낸 생수를 속이 뜨거워진 현준이 꿀꺽꿀꺽 삼켰다. 생수병을 입술에서 떼자마자 나현이 입술을 붙여 왔다. 쪼아 대듯 입술을 탐하던 나현이 입맛을 다시더니 말했다.

"시원해."

현준은 그 말에 남아 있던 생수를 입안에 다 머금고는 나현과 입술을 붙였다. 쪽쪽 빨아 먹듯이 물을 받아 마시는 나현의 적극적인 행동에 현준의 몸이 달았다.

"하아……."

"하, 맛있어."

혀로 입술을 적시는 나현이 너무 섹시해 현준은 더 참지 못하고 그녀를 아일랜드 식탁 위에 앉혔다. 거칠게 입술을 탐하며 치마 안으로 손을 넣자 나현이 입술을 떼고는 방긋 웃었다.

"훗, 여기서 하자고?"

나현이 눈을 예쁘게 접으며 웃자 현준은 미소로 화답했다. 그녀가 흔쾌히 그러자는 듯 입술을 기꺼이 붙여 오자 현준은 들고 있던 생수통을 던져 버렸다.

캉! 퉁.

생수통이 철제 휴지통에 부딪히며 안으로 툭 떨어지는 소리를 냈다. 그것이 신호탄이 된 듯 둘은 서로를 열정적으로 탐하기 시작했다.

입술을 붙이고 혀를 빨고 핥으며 서로의 옷을 벗기는 데 집중했다. 나현은 현준의 면 티셔츠를 벗겼고 그는 그녀의 치마를 들추고 팬티스타킹을 끌어내렸다.

외전 2화
조작(스테이징)

"어? 소윤 씨가 여기에⋯⋯."

"응. 둘이 같이 있으면 안 심심할 거 같아서."

현준은 부러 밝게 미소 지으며 나현의 손을 잡았다. 아버지와 상의해 소윤의 납골함을 예준의 옆자리에 두었다.

"안녕하세요. 오늘 납골함을 열어 달라고 신청하셨죠?"

"네."

시신을 찾지 못한 소윤의 납골함 안은 비어 있었다. 하지만 오늘 그 납골함에 넣을 것이 있었다.

가볍게 묵례를 한 관리인이 다가와 유리문을 열자 현준은 재킷 안주머니에서 머리핀을 꺼냈다. 진석의 손때와 정이 듬뿍 묻은 머리핀이라 하늘에 있는 소윤이도 좋아할 것이다.

"어?"

나현이 눈을 동그랗게 뜨고 쳐다보자 현준은 씁쓸하게 웃다 심호흡을 했다. 많이 낡았지만 가장 예쁘고 고운 머리핀이었다.

"소윤아, 진석이가 못 전해 줬대. 이제는 네가 가져가."

현준은 납골함에 머리핀을 고이 넣고는 뒤로 물러났다. 관리인이 다시 유리문을 닫고 한 번 더 가볍게 묵례를 하고 사라졌다.

"아…… 그랬구나."

목이 멘 나현의 음성을 들으며 현준은 그녀를 돌아봤다. 눈을 한 번 마주
치고 고개를 끄덕여 주는 그녀를 가만히 품에 안았다. 그녀의 따스한 손이
마주 안아 주며 등을 토닥이자 울렁거리던 속이 진정되었다.

"잠시만."

현준은 나현을 잠깐 떼어 놓고는 헛기침을 몇 번 했다.

"어? 이건……."

반지함을 꺼내 내밀자 나현의 눈이 왕방울처럼 커졌다. 당연하게 여기지
말라던 진석의 말에 늦지 않게 행동해야겠다고 생각했다. 살면서 당연하게
여긴 일이 얼마나 많았던가.

"청혼하는 거야. 예준이와 소윤이를 증인으로 세우고."

현준은 반지만 뚫어지게 내려다보며 말이 없는 나현을 보다 고개를 기울
였다. 여자들이 사람 많은 곳에서 하는 청혼을 가장 싫어한다고 해서 고심
끝에 결정했는데, 뭐가 잘못된 것일까. 장소를 너무 자신 위주로 고른 것일
까 싶어 긴장이 됐다.

"대답하기 싫어? 나하고 결혼하기 싫은 거야?"

고개를 들어 시선을 마주하던 나현이 갑자기 피식 웃자 현준은 당황스러
웠다.

"뭐, 잘못됐어?"

"저와 결혼해 주시겠습니까? 라고 물어야 대답을 하지."

"아……."

현준은 그제야 자신이 나현에게 아무런 말도 안 했다는 것을 알고 허탈하
게 웃었다. 그러다 목을 가다듬고 천천히 입술을 움직였다.

"모나현 씨, 저와 평생을 같이하시겠습니까?"

현준의 말이 떨어지자 고개를 크게 끄덕인 나현이 왼손을 내밀었다. 현준
은 반지를 나현의 왼손 약지에 끼워 주며 환하게 웃었다.

"소윤 씨, 오빠 행복하게 해 줄게요."

나현이 소윤의 납골함을 향해 반지 낀 손을 들어 보이며 조곤조곤 말했다. 현준은 그런 그녀의 허리를 안고 소윤을 쳐다봤다.

"오빠는 이제 앞으로 나아갈게. 걱정하지 말고 잘 지내. 아! 예준이하고 싸우지 말고."

현준이 싱겁게 농담을 던지고는 눈을 찡긋하자 나현이 눈썹을 일그러트렸다.

"예준아, 들었지? 우리 아가씨하고 잘 지내야 한다."

"도련님 이름을 막 부르는 건가?"

"아……! 풋."

현준은 눈을 동그랗게 뜨다 웃음을 터트리는 나현의 정수리에 입을 맞췄다. 그러자 나현이 현준을 향해 마주 보며 섰다.

"손."

나현이 손을 내밀라며 두 손바닥을 펴 보이자 현준은 말 잘 듣는 소년처럼 그녀의 손을 가만히 잡았다.

"이렇게 잡으니 좋네. 예전에 꿈에서 루카의 손을 못 잡아 막 애태우다가 깼는데."

나현이 새삼스러운 얼굴로 맞잡은 손을 내려다보며 말했다.

"어?"

현준은 눈을 커다랗게 떴다. 며칠 전 아침에 꿈 얘기를 할 때 사실 다 말하지 않은 부분이 있었던 것이다.

"자세히 말해 봐."

"음, 커다란 창을 통해 햇살이 들어오고. 순백색의 정장을 입은 루카는 그 햇살을 받으며 서 있었어. 반가운 마음에 손을 뻗었는데……."

"뻗었는데?"

"그게…… 아무리 잡으려 해도 잡히지 않아서. 루카가 나를 향해 손을 뻗고 있는데도 잡을 수가……."

"이상하네."

"으응?"

576

"나도 그랬어. 분명 손을 뻗고 있는데 네가 못 잡고 안 된다고 소리만 질렀어."

"허!"

탄성을 내뱉는 그녀의 태도로 보아 서로의 꿈이 아주 비슷한 모양이었다.

"이런 경우가 있을 수 있다고 봐요?"

"우리가 서로를 너무 그리워하다 같은 예지몽을 꾼 것이 아닐까. 미래의 결혼식 같은······."

현준은 황당한 얼굴로 쳐다보는 나현을 향해 그렇지 않을까, 하는 표정을 지어 보였다.

"결혼식?"

현준은 중얼거리는 나현의 입술에 가볍게 입을 맞추고는 눈꼬리를 접었다. 그녀가 너무 심각한 얼굴로 미간을 모으고 있는 것이 귀여우면서도 어설퍼 보였다.

"내가 결혼식 때 무슨 정장을 입을지는 확정이 된 셈이네."

"······풋."

멀뚱한 눈으로 쳐다보던 나현이 현준의 말에 웃음을 터트리며 공감한다는 듯 고개를 끄덕였다.

"앗! 차가워."

나현은 경찰서 처마에서 떨어진 빗방울에 어깨를 맞고는 뒤로 물러났다. 벌써 여름 장마가 시작되고 있었다.

"우산은 차에 있는데······."

나현은 차까지 뛰어갈 생각으로 거리를 가늠하며 눈을 가늘게 떴다. 멀지는 않지만 소나기처럼 쏟아지는 비라서 차에 타는 동안 흠뻑 젖을 것이다. 차라리 경찰서로 다시 들어가 우산을 잠깐 빌리는 게 나을 것 같았다.

"우왓!"

돌아서던 나현은 갑자기 자신과 부딪치다 덥석 안는 남자 때문에 비명을 질렀다.

"어디 가려고?"

"아⋯⋯."

나현은 놀란 눈으로 올려다보다 이내 안도의 미소를 지었다. 덥석 안을 때부터 뭔가 익숙한 느낌이 들었는데 역시 현준이었던 것이다.

"비가 너무 와서 우산을 빌릴까 하고."

"그래서 내가 왔지."

씨익 웃은 현준이 버튼을 누르자 우산이 쫙 펼쳐졌다. 두 사람이 쓰고도 남을 만큼 커다란 우산 밑으로 들어간 나현은 현준의 팔에 팔짱을 꼈다.

"내가 주차장까지 바래다준다니깐 뭐가 그리 급해서 꽁무니를 빼고 가?"

"약속에 늦어서."

"아, 오늘 친구들 만난다고 했지."

"설마 잊고 있었어?"

나현은 게슴츠레한 눈으로 현준을 쳐다봤다. 모든 것을 자신에게 맞춰 주던 현준이 자신의 스케줄을 잊고 있었다는 것에 뽀로통한 표정을 지었다.

"이제 슬슬 식었나?"

며칠 전에 새로운 사건이 터져서 그가 정신없다는 것을 알면서도 나현은 퉁퉁거렸다. 괜히 마음을 확인하고 싶었다.

"요즘 사건이⋯⋯."

"식었네, 뭐."

나현은 부러 토라진 표정을 지으며 현준의 팔을 아프게 꽉 잡았다. 그러자 현준이 걸음을 멈추고는 나현을 향해 돌아섰다.

가만히 내려다보기만 하는 현준의 시선에 나현은 저도 모르게 마른침을 삼켰다. 반면 굳게 다물린 현준의 입술이 열리면 무슨 말이 나올지 궁금하기도 했다. 미안하다고 사과를 할지, 다음에는 절대 안 잊어버린다는 다짐을 할지. 그것도 아니면 그냥 잘 다녀오라고 말할지도 모를 일이었다.

"내가⋯⋯."

현준의 입술이 움직이자 나현은 기대감에 눈을 커다랗게 떴다.

"국이냐, 식게?"

"아…… 후웃."

나현은 자신의 예상 답변이 다 틀려 피식 웃음이 나왔다.

"오늘 아침까지만 해도 기억하고 있었어."

"네네."

철컥.

나현은 장난스럽게 대꾸하고는 차 문 버튼을 눌렀다. 그러고는 우산을 잡고 있는 현준의 손을 더 아래로 내리게 했다.

"왜?"

우산 속에 파묻히듯 서게 된 현준이 멀뚱한 눈으로 쳐다보자 나현은 생긋 미소를 지었다.

"잘 다녀올 테니 야근 잘하고 집에서 봐."

콧소리를 내며 인사를 건넨 나현은 발꿈치를 들고 현준의 뺨에 입을 맞췄다.

"좋은데 짜증도 난다."

뽀뽀를 받은 현준의 입술이 길게 늘어지며 눈꼬리가 접히는 듯하더니 이내 심술궂은 목소리가 나왔다.

"응? 뭐가?"

말과 표정이 너무 상반된 현준을 보며 나현은 의아한 듯 한쪽 눈썹을 치켜올렸다. 낮은 한숨을 내쉰 현준이 애써 웃더니 중얼거리듯 말했다.

"불씨만 당겨 놓고."

"내가 당겼나?"

풋. 나현은 현준의 볼멘소리에 웃음을 터트리다 이번에는 입술에 가볍게 입을 맞췄다.

"지금 약 올리는 거지?"

"설마."

나현은 아무것도 모르는 척 눈을 깜빡이고는 차에 올랐다. 그러다 시동을 켜서 창문을 내리고는 현준을 향해 애교 섞인 눈웃음을 지었다.

"그 불씨 더 당기고 싶음 내가 갈 때까지 자지 말고 기다리든가."

현준의 한쪽 눈썹이 불만스럽게 꿈틀거렸다.

"그럼, 늦지 말고 오든가."

신랄한 표정을 한 현준이 그녀의 말투를 따라 하자 나현은 짐짓 정색하며 말했다.

"그럼, 깨끗하게 씻고 기다려. 오케이?"

나현이 당돌한 말을 던지고 떠나자 현준이 한쪽 눈썹을 일그러트리다 못 말리겠다는 얼굴로 고개를 저었다.

"결혼 준비는 잘되고 있어?"

"뭐가 이렇게 할 게 많니?"

나현의 질문에 아영이가 투덜거리며 말했다. 나현이 한국에 없는 동안 인연을 만난 아영은 남자와 만난 지 1년 되는 날 결혼식을 올린다고 했다. 그날이 참 좋겠다는 말을 아영이 지나가는 말로 했는데 남자가 그러자며 흔쾌히 동의하고 날을 잡았다고.

"우리 도움이 필요하면 말해, 언제든지."

"응, 고마워!"

소혜가 적극적인 자세를 취하며 말하자 아영이 환하게 웃으며 고개까지 끄덕였다.

"넌 언제 해? 프러포즈도 받았다며?"

"그래, 넌 언제 할 거며 어디서 할 거야?"

아영의 질문에 소혜가 가담하자 나현은 움찔했다. 프러포즈를 받기는 했지만 구체적인 결혼 얘기는 한 적이 없었다. 수사과에서 자리를 잡아 가고 있는 현준이 바쁘기도 했고 자신은 앞으로의 일을 어떻게 할지 고민 중이었다.

물론 당장 결혼할 수도 있지만 나현은 마음이 조금만 더 안정적일 때 하기를 바랐다.

"한국에서 해? 아님, 영국에서 해?"

"두 군데서 다 해야 하지 않아?"

"와! 한국, 영국 두 군데서 다 하면 비용 장난 아닐 것 같은데?"

"집 기둥을 뽑아야겠는데?"

당사자인 나현은 가만있는데 아영과 소혜가 알아서 대화를 척척 이어 나갔다.

"내 걱정은 접어 두고 아영이 네 걱정부터 하자."

나현은 교통정리를 하듯 자신에게로 쏟아지는 관심을 차단했다. 그러자 대화가 언제 그랬느냐는 듯 자연스럽게 아영의 결혼 얘기로 옮겨 갔다.

"예비 시어머니께서 예단은 생략하자고 하셔서 우리 예물은 기본적인 것만 하기로 했거든."

"뭐? 반지만?"

"반지하고 시계만."

"으응."

"그런데 갑자기 나한테 예물을 다섯 세트 해 주신다는 거야. 이거 받아야 돼, 말아야 돼?"

"와우! 좋겠다."

아영의 고민 따위 소혜에게는 심각하게 받아들여지지 않는 모양이었다.

"준다고 하신 거면 받아. 뭘 망설여? 해 달라는 것도 아니고."

소혜가 뭘 마다하느냐는 얼굴로 말하자 아영이 마음에 안 든다는 듯 입술을 씰룩였다. 나현은 둘이서 곧 열띤 토론을 벌일 것임을 눈치채고는 의자를 슬쩍 뒤로 물렸다. 여기서 잘못 거들면 아주 피곤한 일이 벌어지므로 개입하지 않는 것이 상책이었다.

지이잉.

가방에 넣어 둔 휴대폰이 진동하자 나현은 반가운 얼굴로 얼른 꺼내 들었다. 현준에게서 문자가 와 있었다.

「비 오는데 FTX 한다고 다들 원성이 자자해.」

나현은 설핏 미간을 구기다 고개를 저었다. 사건 예행연습 훈련인

FTX(Field Training Exercise)는 윗선에서 지시가 내려오기도 했지만 사실 현준이 도맡아 하는 편이었다. 한 달에 한 번일 수도 있고 두세 번일 수도 있었다.

"비 오는 날에 하라고 하니 다들 구시렁거렸구만."

분명 준비가 필요한 훈련이기에 현준이 갑자기 지시를 내린다고 할 수 있는 일이 아니었다. 경찰들 중 누군가가 범인과 피해자 역할을 해야 했다.

「살인? 납치?」

「살인.」

나현이 어떤 FTX인지 궁금해 문자를 보내자마자 현준에게서 바로 답이 날아왔다.

"저런."

나현은 피해자 역할을 하는 사람이 고생할 것을 생각하니 괜히 안쓰러움이 들었다.

미리 준비하고 있었을 현준은 분명 사건 현장을 실내가 아닌 실외로 정했을 것이다. 비 오는 날 사건 현장은 증거물이 희박한 편이었다. 지문이 씻겨 있을 수도 있고 피가 어떻게 흘러내렸는지 알 수 없기도 했다. 그래서 신고가 되는 그 순간 바로 현장을 보존하는 작업부터 해야 했다.

"다들 고생하고 있겠네."

분명 비 오는 날을 현준이 기다렸을 것이라는 생각이 들었다. 그래 놓고는 자신한테 늦게 오지 말라고 하다니.

"너 뭐 하냐?"

"어?"

나현은 아영의 지적에 휴대폰을 얼른 가방에 넣고는 멋쩍은 웃음을 지었다.

"폰 보면서 혼자 중얼중얼. 뭔데?"

"비 오는 날 FTX 한다고 다들 투덜거린대."

나현은 간략하게 설명하고는 어깨를 으쓱했다. 자신에게 여러 번 설명을 들은 아영과 소혜는 이제 익숙한 표정으로 고개를 끄덕였다.

"야, 그건 나라도 짜증 나 투덜거리겠지만 다 현준 오빠가 하는 일이니 따라야지."

582

"암!"

아영과 소혜가 당연한 일이라는 듯 현준을 두둔하고 나오자 나현은 어이없는 표정을 지었다. 언제부터인가 현준이 하는 말이라면 무조건 믿고 보는 아영과 소혜였다.

"그러면 너도 얼른 가 봐야 하는 거 아냐?"

"내가?"

"응, 네가."

나현은 오히려 멀뚱한 눈이 되어 친구들에게 반문했다. 오늘의 FTX는 경찰들을 위한 야외 기동 훈련이었다. 프로파일러인 자신에게 참여하라는 지시도 없었는데 굳이 나설 필요는 없었다. 뭐, 피해자 역할을 맡았다면 몰라도.

"어서 가."

"아니, 그럴 필요……."

아영이가 가라며 가방까지 챙겨 주자 나현은 손을 내저었다.

"밥도 다 먹었고 차도 다 마셨으니, 너 이제 가도 돼."

나현은 자신의 커피 잔에 남아 있는 커피를 보며 미간을 구겼다. 카페에 들어와 주문한 커피를 받은 지 20분도 채 지나지 않은 시간이었다. 대화다운 대화를 아직 못 나누었다 여겼는데 이들은 자신을 성가신 존재처럼 밀어내려 했다.

"나 안 가도 돼."

나현은 괜히 말했다는 얼굴로 자리에서 버텼지만 소혜가 얼른 일어나라며 재촉했다.

"얼른 가서 네 할 일을 해."

"난 나중에 분석만 하면 돼. 현장에는 굳이 안 가도……."

"현준 오빠 고생하는데 가서 보탬이 돼야지."

"맞아, 애인이 그리 고생하는데 넌 여기서 편하게 앉아서 수다나 떨고. 인간미 없이."

"허……."

나현은 똘똘 뭉친 아영과 소혜를 향해 뻥한 표정을 짓다 고개를 저었다. 누가 보면 저 둘이 현준의 여동생이라도 되는 줄 알 것이다.

"내 친구들 맞아?"

"갑자기 그건 또 무슨 말이야?"

나현이 볼멘소리로 섭섭함을 내비치자 소혜가 눈을 동그랗게 뜨고 쳐다봤다.

"어떻게 친구인 나보다 현준 씨 걱정을 더 하는 건데?"

나현이 어떻게 이럴 수가 있느냐는 목소리로 따지고 들자 소혜와 아영이 멈칫한 표정으로 서로 시선을 교차했다. 그러다 아영이 일갈하듯 나현을 향해 한 소리 했다.

"시끄러. 얼른 가서 현준 오빠 보좌해. 너한테 그렇게 잘하는 현준 오빠 속상하게 만들고 그러면 넌 내가 콱! 쥐어박아 줄 거야."

"그래, 보내 줄 때 가라."

"나 참."

나현은 어처구니없는 표정으로 소혜와 아영을 보다 가방을 챙겨 들었다. 얼른 가라는 듯 손까지 흔드는 둘을 보다 등을 돌린 나현은 혼자 중얼거렸다.

"누가 보면 진짜 시누인 줄 알겠네."

"……!"

뺨에 차가운 손길이 닿자 소파에서 잠들었던 나현은 화들짝 놀라 벌떡 일어났다.

"아, 내가 깨운 거야?"

미안한 얼굴로 소파에 앉는 현준을 보며 나현은 놀란 숨을 고르고는 멋쩍게 미소 지었다.

"지금 몇 시……."

시간이 새벽 2시를 넘어서고 있었다. 아무리 FTX라도 이렇게 오래 걸리는 경우는 없었다.

"늦었는데?"

거실 벽시계를 쳐다본 나현은 고개를 갸웃하다 현준에게로 몸을 기울였다.

"술 마셨어?"

"응."

현준이 씨익 웃으며 앞머리를 쓸어 넘기자 나현은 멀뚱한 눈으로 쳐다봤다. 기분 좋게 마신 것으로 보아 오늘 FTX가 꽤 성공적이었나 보다, 하고 짐작했다.

"기분 좋아 보여."

"으응?"

"우리 현준이는 술 마시고 기분이 좋으면 실실 웃는구나."

"뭐라고?"

현준이 눈썹을 일그러트리며 짐짓 나현을 나무라듯 쳐다봤다.

"그러니까 귀엽다고."

"귀여워?"

"응."

"귀여우면 뽀뽀."

나현은 칭얼거리듯 입술을 내미는 현준의 개구진 행동에 적응이 안 돼 한쪽 눈썹을 일그러트렸다.

"씻어야 하지 않아?"

나현은 술에 취한 현준을 얼른 재워야겠다는 생각에 손을 잡고 일어섰다. 그러고는 욕실로 현준을 이끌었다. 순순히 따라온 현준을 욕실 앞에 세워 두고는 재킷을 벗겨 주고 넥타이를 풀어 주었다.

"셔츠는 왜 안 벗겨?"

현준이 욕실 문틀을 한 손으로 짚으며 삐딱하게 고개를 기울였다.

"씻으라고 벗겨 주는 거야."

불퉁한 표정을 짓는 현준의 눈빛에 나현은 오해하지 말라는 듯 말하며 어색하게 웃었다.

"일단 양치하고 샤워하고 나와."

"그러면 안아 주나?"

"말 길게 하지 말고 어서 씻고 나와."

욕실 안으로 현준을 밀어 넣은 나현은 도망치듯 조심조심 까치발을 들고 돌아섰다. 그런데 몇 발자국 떼지도 못하고 현준의 손에 잡혔다.

"아! 뭐 하는 거야."

"같이 씻어."

"난 씻었…… 읍."

와락 베어 물 듯 입술을 덮친 현준은 뜨겁게 속살을 탐하기 시작했다. 나현의 뒷머리를 손으로 지그시 누르며 혀를 집어넣어 속을 휘젓는 것으로 보아 쉽게 넘어갈 생각이 없는 듯 보였다.

"하아, 하……."

살짝 입술을 뗀 현준이 눈꼬리를 접으며 웃자 나현은 엄한 얼굴로 꾸짖듯 쳐다봤다.

"씻으라니깐 말을 안 들……."

"당긴 불씨 꺼트려야지."

"아……."

경찰서 주차장에서 주고받았던 말을 떠올린 나현은 이내 피식 웃었다. 아무래도 오늘 밤 현준을 말리는 것은 무리인 듯 보였다.

"나보고 늦지 말라더니?"

"그러게. 자지 말고 기다리라고 한 사람은 누구더라?"

나현은 현준의 맞장구에 유쾌하게 웃었다. 그러다 현준의 입술을 핥고 빨다가 혀를 집어넣었다. 기다렸다는 듯이 받아들이는 현준에게 혀가 옭아매이고 숨결이 저당 잡혔다.

"젖었어?"

현준의 말에 움찔한 나현은 눈을 곱게 흘렸다.

"안 만져 봐서 나도 몰라."

나현은 짐짓 모르는 척 둘러댔다. 그랬더니 현준이 허벅지 사이로 손을 내려 지그시 압박하듯 중지에 힘을 줬다. 나현은 저도 모르게 얕은 신음을 내뱉었다.

"훗."

현준이 반바지 허리춤에 손을 얹는다고 생각한 순간 옷이 아래로 끌려 내려갔다. 브리프와 한꺼번에 벗겨진 반바지가 발목 부위에서 구겨져 있었다.

"다리 벌려 봐."

"하아……."

반바지에서 한쪽 발을 빼낸 현준이 손을 허벅지 사이로 불쑥 넣자 나현은 화들짝 놀라며 몸에 힘을 줬다.

"안 벌릴 거야?"

나른한 현준의 목소리가 채근하듯 나왔다.

"으읏."

현준의 손이 더 깊숙이 들어와 거웃 위에 닿자 나현의 목을 타고 마른침이 꼴깍 넘어갔다. 기어이 다리를 벌리고 눈으로 확인한 현준이 몸을 세우자 나현은 움찔했다.

"아래가……."

숨죽이듯 바라보는 현준의 눈동자를 보는 순간 나현은 몸이 오소소 떨리며 달아올랐다.

"흠뻑 젖었네."

"하…… 읍."

뜨거운 숨을 내뱉던 나현은 현준의 입술에 가로막히고 혀를 강탈당했다. 부드러우면서도 다급함이 느껴지는 입맞춤이었다. 뒷머리를 감싸 쥔 현준의 손이 은근 압박을 가해 오고 맞붙은 입술이 강하게 비벼지는 가운데 그의 다른 손이 거웃 사이를 헤집었다.

"씻고 나서…… 홋."

"하아……. 터질 것 같은데."

"앗!"

현준이 번쩍 안아 올리자 나현은 짧은 비명을 내질렀다.

"아니, 뭐냐고."

나현이 항의하자 현준이 짓궂게 웃으며 그녀를 욕조 안에 내려 주었다.

"벗자."

현준이 끝내 같이 씻고야 말겠다는 의지를 드러내자 나현은 눈을 곱게 흘겼다. 그러자 현준이 그녀의 손을 감싸 쥐고 허리 아래로 내렸다. 손에 닿은 불룩한 느낌에 나현은 눈을 동그랗게 떴다.

"씻고 나서 말고. 씻으면서 하자."

"……풋."

커다란 눈을 끔뻑이던 나현은 현준의 말에 그만 웃음이 터지고 말았다.

"어떻게 생각합니까?"

"아무리 봐도 이건 조작 같아요. 물건이 어질러져 있는 것이 너무 인위적이라……."

"스테이징이라는 말?"

현준은 나현의 분석에 공감했다. 범죄 현장에 머물며 증거를 조작하는 것을 가리켜 스테이징이라고 했다.

"꽤 여유 있게 머물다 간 것 같아요."

현준은 나현이 손가락으로 가리키는 사진을 보다 눈을 가늘게 떴다. 피해자의 유류품에 밀가루를 고의적으로 뿌려 놓은 게 보였다. 집에 밀가루가 있었다면 몰라도 만일 준비해 온 것이라면 아주 치밀하게 범죄를 구성했다는 소리였다.

"어떤 부분이 조작이라는 겁니까?"

병호의 질문에 나현은 현준에게 짚어 주었던 사진을 보며 말을 이었다.

"휴대폰의 케이스가 열려 있는데 보통 이렇게 열어 두지는 않지. 대체적으로 사람들은 시간을 보고도 덮개를 닫는 습관이 지배적이라……."

"아!"

병호가 알겠다는 듯 탄성을 내뱉다 눈을 가늘게 떴다.

"밀가루를 뿌렸다고 조작, 그러니까 스테이징이라고 하기에는 과하지 않나요?"

"밀가루가 아니야."

병호가 의문을 가지고 또 질문하자 옆에 앉은 정주민 경사가 답했다.

"네?"

"밀가루는 지문을 없애기 위한 하나의 방법이기는 하지만 흩어진 물건들의 위치가 이상하다는 거지. 아까 모나현 프로파일러가 말한 것처럼 저기에 있는 것 중 어색해 보이는 물건이 하나 있지."

정주민 경사의 말에 병호가 사진이 붙은 화이트보드를 뚫어지게 쳐다봤다. 그런 병호를 보며 다들 입을 다물고 그가 답을 찾기를 기다렸다.

"그러니까……."

현준은 병호가 제대로 된 해답을 말하기를 내심 기대하고 있었다. 김석현 반장님이 이끄는 형사 1반을 모두 수사과 인원으로 원했을 때 병호는 아직 실력이 부족하다는 태클을 받았었다. 잘 지도해 보겠다는 말로 수사과에 데려오기에는 설득력이 없었지만 현준은 그의 가능성이 남들보다 뛰어나다는 말로 간부들을 설득했었다.

"저 목걸이가 이상한데요."

딱!

현준은 손가락을 튕기며 얼굴에 흐뭇한 미소를 지었다. 명쾌한 소리만큼 병호의 입에서 나온 답이 시원했다.

"잘 찾았어!"

나현이 칭찬하자 병호가 멋쩍은 표정으로 얼굴을 붉혔다.

"저 목걸이에는 다이아몬드가 박혀 있어."

현준의 설명에 병호가 눈을 커다랗게 떴다.

"강도처럼 보이고 싶었으면서 목걸이를 두고 갔다고요?"

병호가 스스로 답을 찾아 놓고도 믿기지 않는다는 듯 현준에게 되물었다.

"강도로 위장하고 싶었지만 돈이 되는 목걸이를 놔두고 가는 실수를 범한 거지."

나현이 설명을 덧붙이자 현준은 천천히 팔짱을 끼며 그녀의 말을 이어받았다.

"가방 안에 있는 지갑에서는 돈을 꺼냈는데 목걸이는 그냥 두었다? 아무리 봐도 설득이 안 되는 이상한 상황이지. 물론 보석이라 장물로 취급되면 꼬리가 밟힐 것을 염려해 두고 갔다고 할 수 있지만 피해자의 목에 있는 것을 굳이 풀어서 저기에 두었다? 앞뒤가 안 맞는 거지."

현준의 말에 병호가 고개를 주억거리다 사진을 뚫을 듯이 쳐다봤다.

"목에서 풀었다는 건 어떻게 알아요?"

"대체적으로 목에서 목걸이를 빼면 보석이 빠지지 않게 고리를 걸어 두는데 이건 풀려 있는 상태지. 즉, 이건 피해자의 목에서 풀어냈다는 증거."

"아……."

병호에게 설명을 마친 현준은 스테이징 되어 있는 사건 현장의 사진을 말없이 쳐다봤다. 현준은 저도 모르게 눈을 가늘게 뜨며 고개를 갸웃했다.

"원한?"

하지만 원한에 의한 살인이라고 하기엔 뭔가 석연치 않은 구석이 있었다.

"뭔가 위화감이 자꾸 느껴지는 게……."

나현이 고개를 살짝 기울이며 하는 말에 현준도 공감했다.

"이들은 아니, 가해자는 면식이고 피해자는 비면식일 수도 있습니다."

정주민 경사가 자신의 생각을 피력하자 나현은 고개를 끄덕이며 입을 열었다.

"그렇다면 가해자는 피해자를 오래전부터 지켜봐 왔을 수도 있어요."

"지켜봤다구요?"

병호가 도통 모르겠다는 얼굴로 대화에 끼어들자 현준의 머릿속에서 뭔가가 스쳐 지나갔다.

"아! 혹시 피해자는 성 소수자가 아니었을까?"

"오! 의심해 볼 만합니다."

정주민 경사가 괜찮은 추리라는 식으로 답하자 현준은 나현을 쳐다봤다. 눈이 마주친 나현이 어깨를 으쓱하더니 입을 열었다.

"나쁘지 않은 접근인 것 같아요."

"일단 한 형사는 피해자가 성 소수자였는지 알아보고. 주변에 드러내 놓지 않아서 아는 이가 없을 수도 있어."

"넵!"

힘차게 대답한 병호가 메모를 열심히 한 경찰수첩을 들고 나가자 정주민 경사도 따라 일어섰다.

"전 반장님하고 연락해 피해자 집 주변 CCTV를 한 번 더 확인하고 오겠습니다."

"네, 수고해 주세요."

현준은 회의실에서 병호와 정주민이 나가자 자료와 사건 파일을 챙기는 나현을 돌아봤다. 서류를 정리하다 뭔가 이상했는지 나현이 고개를 들어 시선을 마주쳤다.

"왜요?"

현준은 뭐가 잘못되었느냐는 얼굴로 올려다보고 있는 나현을 보다 눈을 가늘게 떴다.

"나쁘지 않은 접근?"

나현이 으응? 하는 얼굴로 고개를 기울이자 현준은 불퉁한 표정으로 입을 열었다.

"나쁘지 않은 게 아니라 예리한 지적과 분석이지."

"아, 난 또 뭐라고."

나현이 허탈한 듯 피식 웃자 현준은 팔짱을 끼고 긴 회의 테이블에 걸터앉았다.

"그래서 우리 현준이 삐졌어요?"

현준의 한쪽 눈썹이 못마땅하다는 듯 휙 치켜 올라갔다. 그러자 다가온 나현이 손가락으로 눈썹을 가만히 쓰다듬었다.

"뭐 하는 거야?"

현준은 자신의 미간을 손가락으로 살살 만지는 나현을 불퉁한 눈빛으로 쳐다봤다.

"구겨진 얼굴 펴 주는 중. 삐져도 얼마나 잘생겼는지."

현준은 자신을 약 올리는 나현 때문에 기가 찼다. 생글거리는 웃음을 달고 눈꼬리를 접은 나현의 모습이 능청스러우면서도 교태스러웠다.

"요즘 겁을 상실했어?"

"읏!"

슬그머니 도망가려는 나현의 허리를 낚아챈 현준은 입가에 사악한 미소를 지었다. 그러자 나현이 현준의 가슴에 손을 올리고 살살 달래듯 만지더니 배시시 웃었다.

"수사과 회의실에서 이러면 안 되…… 흡!"

현준은 당장에라도 나현을 덮칠 것처럼 얼굴을 가까이 하고는 눈을 게슴 츠레하게 떴다.

"애정 표현에 장소가 무슨 상관이야."

"하⋯⋯."

나현이 민망한 미소를 지으며 한숨을 내쉬자 현준은 손을 들어 그녀의 머리칼을 매만졌다.

"난 어디에서든 진하게 안아 줄 수⋯⋯."

"장난은 여기까지."

피식 웃은 나현이 말을 자른 후 어깨를 툭툭 쳐 주고는 서류로 손을 뻗었다. 살짝 내리뜬 그녀의 시선이 다른 곳에 닿자 현준은 그것이 싫어 서류를 뺏어 들었다.

"아!"

낚아챈 서류에 검지가 베인 나현이 짧은 비명을 내뱉자 현준은 화들짝 놀랐다.

"어디 봐!"

현준은 실금처럼 생채기가 나 있는 나현의 손가락을 보다 미간을 팍 구겼다. 조심하지 않아 그녀에게 상처를 입히고 말았다는 자책이 들었다.

"미안."

"뭘 그렇게 심각한 얼굴로."

나현이 아무렇지 않다는 얼굴로 웃었지만 현준의 미간은 펴지지 않았다. 종이에 베이는 게 의외로 많이 쓰라린 것을 알고 있어 더 속상했다.

"반창고가⋯⋯."

나현이 대수롭지 않다는 얼굴로 피를 닦아 냈지만 현준은 반창고를 찾기 위해 이리저리 고개를 돌렸다.

"가다가 약국에서⋯⋯. 아! 이걸로 대용하면 돼."

현준은 나현이 사진을 붙일 때 쓰던 스카치테이프를 들고 오자 눈썹을 일그러트렸다.

"임시방편이지만⋯⋯ 일단 이걸로."

나현이 스카치테이프 두른 손가락을 들어 보이자 현준은 픽 웃었다.

"누구한테 배웠어?"

"이거? 그냥 전에 장미꽃 가시에 찔렸을 때 반창고가 없어 생각해 낸…….
왜?"

나현이 어깨를 으쓱하며 대수롭지 않다는 듯 말했지만 현준의 귀에 걸린
단어가 있었다. 그 예전에 자신의 질투를 불러일으켰던 꽃다발 영상.

"장미꽃? 누구한테 받은?"

"아, 그게…….

말을 하다 말고 나현이 입술을 슬쩍 깨물자 현준은 미간을 모았다. 오늘에
서야 꽃다발을 누가 준 것인지 알아낼 수 있겠다는 생각이 들었다.

"남자?"

"…….

나현이 입을 열지 않고 어색한 미소만 짓자 현준은 애가 탔다.

"이 기회에 밝히지 그래?"

"꽃 받은 게 뭐 그리 대단한 거라고…….

추궁하며 거리를 좁히자 나현이 구시렁거리며 볼멘소리를 했다. 쉽게 말
하지 못하는 것으로 보아 그냥 스쳐 간 사람은 아닌 듯했다.

"혹시 사귀는 남자 있었는데 버리고 갈아탄…….

"뭐라는 거야!"

나현이 억울하다는 듯 목소리를 높이자 현준은 눈을 가늘게 떴다. 사귀던
남자가 없었다면 그 꽃다발은 썸 타던 남자가 있었다는 반증이다.

"그럼 썸 타던 놈?"

현준은 괜히 '놈'이라 지칭하며 못마땅함을 드러냈다. 슬쩍 눈치를 보던
나현이 대답은 않고 입술만 비죽거렸다.

"썸 타던 놈이 꽃을 주니깐 좋았나?"

"썸 타던 거 아냐."

짐짓 화났다는 듯 나현이 눈을 크게 떴지만 현준은 고개를 삐딱하게 꼬았
다. 썸 탄 것도 아닌데 꽃이 거기서 왜 등장하는 거냐고. 그리고 아무 사이도
아니면 왜 받은 건데, 하고 따지고 싶었다.

"아니긴, 그래서 그날 화장도 진하게 하고…….

"뭐! 다시 말해 봐."

나현이 갑자기 팔을 낚아채 잡더니 따지듯이 얼굴을 들이밀었다.

"뭘?"

현준은 멀뚱한 얼굴로 자신이 잘못 말한 게 있느냐는 표정을 지었다. 그러자 나현이 한 발 더 다가오며 입술을 달싹였다.

"그날, 꽃을 받은 그날 내 화장이 뭐 어땠다고?"

현준은 속으로 아차! 하는 감탄사를 내뱉다 입술을 꾹 다물었다.

"하! 설마……."

나현이 가늘어진 눈으로 가만히 쳐다보더니 고개를 절레절레 저었다. 현준이 대답을 못 하고 우물쭈물하자 그녀가 확신에 찬 얼굴로 입을 열었다.

"연구소 CCTV 해킹했어?"

"……!"

현준은 당혹스러운 표정을 감출 수가 없었다. 꽃다발을 누구한테 받았는지 추궁하다 말실수로 주객이 전도되고 말았다.

"진짜 너무하네."

그녀의 일거수일투족을 다 보고 있었다고 생각한 건지 나현이 뽀로통한 표정으로 눈을 곱게 흘겼다.

"그건 내가 아니라 크로마가……."

현준은 난감한 얼굴로 멋쩍은 미소를 지었다.

"어쨌든, 같이 봤다는…… 흡!"

따지고 들려는 나현의 입술을 막은 현준은 여린 속살을 진하게 빨고 휘저었다. 해킹을 하라고 지시한 적은 없지만 같이 본 것은 맞았으므로 결과적으로는 자신도 동조한 것이나 다름없었다. 영상 속의 그녀를 보며 반갑지 않았던 건 아니었으니까.

"하아……. 뭐야, 불리하니깐 키스로 입막음인가?"

"그게 아니라……. 그건 크로마가 단독으로 저지른 일이야. 내가 시킨 게 아니라고."

현준은 변명이 궁색했지만 나현을 달래듯 말했다. 그러자 나현이 고개를 절레절레 젓다 고개를 들고 시선을 맞춰 왔다. 몇 초간의 정적이 둘 사이에 머무는 동안 현준은 나현의 눈을 깊게 들여다봤다. 나현의 눈동자에 자신이 오롯이 담겨 있자 입가에 미소가 피어났다.

투명한 갈색 눈동자에 장난기가 스친다 싶은 순간 나현의 입술이 열렸다.

"보면서 반가웠나?"

"큭."

현준은 정곡을 찌르는 나현의 말에 웃음을 터트리며 그녀를 가볍게 끌어안았다. 반갑고 설레며 짜증도 났었던 순간이었다. 그중에서 가장 강하게 느낀 감정은 그리움이었다. 보고 싶어 했던 자신의 갈망을 처음으로 강하게 마주한 순간이기도 했다.

덜컥.

"과장님! 던지기가 포착되었답니다."

"……!"

회의실 문이 갑자기 벌컥 열리며 수사 2팀 중 한 명이 보고를 했다. 던지기는 마약 거래 방법 중 하나였다. 금액이 크거나 거래량이 많으면 현장에서 '왼손 오른손'이라 하여 직접 주고받는 방법도 있었다.

"마약수사과에 연락 넣어요."

"이미 연락했습니다."

장난을 치던 현준은 나현의 허리에 얹었던 손을 풀며 빠르게 회의실을 벗어났다. 그러다 돌아서서는 나현만 알아보게 입술을 움직였다.

〈집에서 진하게 안아 줄게.〉

"하…… 못 말려."

나현은 난감한 얼굴로 탄성을 내뱉다 피식 웃으며 고개를 저었다.

외전 3화
직시 (直視)

"던지기 수법으로 거래를 하려는 정황을 포착했습니다."

현준은 팔짱을 끼고 있던 손을 풀고 턱을 만지며 상황실 CCTV 화면을 가만히 쳐다봤다. 이미 마약수사과에 넘긴 사건이지만 뭔가 찝찝했다. 그래서 구매자가 나타나 검거하는 상황까지만 지켜볼 생각이었다.

"구매자는?"

"현재까지는 아무도 나타나지 않았습니다."

현준은 고개를 갸웃하다 다른 화면으로 시선을 돌렸다. 반대편 건물 앞에서서 담배를 피우며 던지기 장소를 계속 힐끔거리는 남자가 있었다.

"저 남자는 뭡니까?"

"아까부터 서 있었습니다."

"언제부터?"

"판매자가 던지기를 하기 전부터요."

던지기 장소를 미리 알고 나와 있던 구매자일 수도 있었다. 아니라고 하더라도 계속 힐끔거리는 것으로 보아 연관성은 있을 것 같았다.

"남자 얼굴 확대할 수 있습니까?"

아니면 구매자인데 주변의 눈치를 본다고 일부러 시간을 끌며 약을 가져갈 타이밍을 보고 있거나.

"네."

얼굴이 클로즈업되었지만 모자의 챙에 가려 하관만 보였다.

"얼굴 윤곽은 확인이 어렵습니다."

순경의 보고에 현준은 알겠다는 듯 고개를 끄덕이고는 클로즈업된 남자를 가만히 쳐다봤다. 야구 모자에 후드까지 쓰고 있어 얼굴을 파악하기가 어려웠다. 미간을 모으던 현준은 다급하게 휴대폰을 꺼내 들었다.

"경찰서 아직 안 벗어났지?"

— 아…….

나현이 내뱉는 탄성을 들으며 현준은 손목시계를 쳐다봤다. 회의실을 나온 지 30분 가까이 흘러 있었다. 아무래도 연구소로 돌아가다 전화를 받은 모양새였다.

"다시……."

— 다시 갈게.

"응."

나현이 망설이지 않고 대답하자 현준은 고개를 끄덕이며 영상을 담당하는 순경에게 물었다.

"녹화되는 중입니까?"

"네. 처음부터 녹화하고 있었습니다."

"네, 알겠습니다."

현준은 안도하는 얼굴로 화면을 다시 보다 진동하는 휴대폰을 터치했다.

— 차 과장님, 한병호입니다. 말씀하신 피해자가 성 소수자는 아니었는데……. 자세한 건 들어가서 전달하겠습니다.

병호가 생각보다 짧은 시간 동안 피해자에 관한 것을 알아낸 모양이었다.

"응, 그렇게 해."

통화를 끝낸 현준은 얼른 휴대폰을 챙겨 넣고 영상에 집중했다. 거리가 먼 CCTV도 있고 얼굴을 파악할 수 있을 정도로 가까운 CCTV도 있었다. 마약 수사팀은 벌써 현장을 에워싸고 있었다.

물건을 집는 순간 현장 검거로 구매자는 잡을 수 있지만 판매자는 그렇지 않았다. 구매자를 심문해서 판매자 정보를 알아내는 것도 그리 쉬운 일이 아니었다. 저렇게 던지기를 하고 가는 경우는 극소량을 거래하는 경우라 던지는 순간 바로 뒤를 잡아채지 않으면 잡기가 어려웠다.

극소량이라고 해도 필로폰 2g이면 성인 두 명이 35-40회를 투약할 수 있는 양이었다. 1회씩 투여한다고 봤을 때 백 명에 가까운 성인이 약에 취할 수도 있다는 소리였다. 그러니 결코 만만한 양이 아니었다.

「어디로 가면 돼?」

나현에게서 문자가 오자 현준은 빠르게 답을 보냈다.

「CCTV 상황실.」

"어! 움직입니다! 아, 아니었네."

주시하고 있던 남자가 앞으로 한 발 내밀자 다들 잡았다는 얼굴로 보고하다 금세 실망한 얼굴이 되었다. 제자리로 돌아간 남자는 초조한지 가만히 서 있지를 못했다.

똑똑.

노크 소리가 나고 나현이 들어오자 현준은 가까이 오라는 손짓을 했다. 그러고는 앞에 앉아 있는 순경을 향해 말했다.

"아까 그 영상 되돌려 봐요."

현준이 확인하라는 고갯짓을 하자 나현이 화면 가까이로 다가왔다. 말없이 화면만 뚫어져라 보던 나현의 미간이 설핏 찌푸려졌다.

"왜?"

"뭔가 말이 이상해서. 다시 한번 보면서 바로 독화해 볼게요."

고개를 끄덕인 현준은 기계를 조작해 화면을 처음으로 다시 돌려 주었다.

〈왜 안 오는 거야.〉

남자의 말을 나현이 읊어 주기 시작하자 상황실에 있던 경찰들의 눈과 귀가 그녀에게로 집중됐다.

〈저걸 빨리 먹어야 되는데.〉

나현의 독화를 들으며 현준은 그가 직접적인 구매자가 아님을 알았다. 오히려 판매자에 더 가깝다고 할 수 있었다.

〈아이 씨! 왜 이렇게 안 와!〉

현준은 미간을 구기며 고개를 갸웃했다. 남자의 태도가 많이 이상했다.

"구매자와 아는 사이 같은데 가져다줄 생각은 없다?"

현준의 말을 들은 나현이 눈을 가늘게 뜨다 입술을 달싹였다.

〈먹으면 어떤 모습인지 궁금한데.〉

현준은 단순한 마약이 아니라는 느낌이 강하게 들었다. 마약을 한 사람들의 행동은 다들 비슷한 행태였고 양의 많고 적음에 따라 지속성이 다를 뿐이었다. 물론 처음 해 보더라도 격렬하게 반응하는 이들도 있었다.

하지만 약을 한 모습이 어떨지 궁금해하는 화면 속 남자의 태도가 기이하게 느껴져 소름이 돋았다. 마치 덫을 놓고 걸려들기를 기다리는 모습이었다.

〈얼마나 몸부림을 칠까.〉

현준의 눈썹이 꿈틀하며 구겨졌다. 마약을 하면 몸에 감당할 수 없을 만큼의 열이 오를 수도 있다고 했지만 몸부림을 친다는 소리를 들은 적은 없다. 신종 마약이라서 그런 반응을 보인다고 해도 뭔가 맞지 않는 말이었다.

〈하! 씨발, 올 때가 지났는……. 왔다!〉

"남자가 건물 뒤로 숨었습니다!"

나현의 독화와 순경의 다급한 외침이 같이 울렸다. 현준은 재빠르게 실시간으로 녹화되는 화면을 훑었다. 던지기 장소로 다가오는 이가 있는지 살피던 현준의 눈이 가늘어졌다. 후드를 푹 눌러쓰고 이리저리 살피며 다가오는 이의 몸이 많이 왜소해 보였다. 약에 중독되어 말랐다고 할 수도 있지만 아무래도 체격으로만 봤을 때는 남자가 아닌 듯 보였다.

"현장 검거 했습니다!"

던지기 장소에서 약을 찾던 이를 형사들이 막 잡는 모습이 화면 가득 펼쳐졌다. 그 화면을 보던 현준은 아차, 하는 표정으로 고개를 휙 돌렸다.

"그 남자 어떻게 됐습니까?"

"반대편에 있던 남자를 뒤쫓는 중입니다!"

현준은 조마조마함을 느꼈다. 미로 같은 구역이라 자칫하다가는 놓칠 수 있었다. 상황실에서 CCTV를 보며 실시간으로 무전을 날려 주고 있지만 현장에서 전달받는 건 또 다른 느낌일 것이다.

"다시 그 길로 접어들었다. 아! 아니, 되돌아간다!"

남자가 샛길로 빠져나오더니 뒤쫓는 형사들을 따돌리고는 왔던 길을 되짚어 뛰고 있었다. 한 템포 늦게 무전이 된 형사들이 돌아오는 시간만큼 거리가 차이 나고 있었다.

〈여기가 맞는데 도대체 어디 있는 거야!〉

"……!"

현준은 그 와중에 독화를 해낸 나현을 휙 돌아봤다. 그나마 얼굴이 가까이 잡히는 화면을 나현이 계속 주시하고 있었던 모양이다. 달리는 중이고 화질도 그리 선명하지 않은데도 그것을 읽어 낸 나현이 대단해 보였다.

"어디를 말하는 거지?"

나현이 CCTV 화면에서 시선을 떼지 않고 가만히 숨을 죽이고 있었다. 그러다 드디어 읽어 낸 것인지 현준을 휙 돌아봤다.

"동물 약품 창고! 창고를 찾고 있어요."

현준이 맞느냐는 눈빛으로 쳐다보자 그녀가 확신에 찬 얼굴로 고개를 끄덕였다.

"화면에 지도 띄워요! 동물 약품 납품업체나 그와 관련 있는 창고를 찾아!"

현준이 외치자 다들 일사불란하게 움직이며 맡은 일을 해냈다. 그러는 중에도 남자는 형사들을 따돌리며 미로 같은 길을 달리고 있었다.

"마약수사팀에 동물 약품 창고 위치 알렸습니다!"

"곧 검거 가능합니다."

"마주치기 2분 전입니다."

각자 맡은 화면을 주시하며 보고를 올리고 있었다. 현준은 CCTV 화면을 바라보며 주먹을 꽉 말아 쥐었다. 잘도 빠져나가는 놈을 눈앞에서 놓칠 수는 없었다. 야외 기동 훈련을 수없이 했으니 반드시 검거할 거라는 확신이 들었다.

"잡았습니다!"

"와!"

"됐다!"

너 나 할 것 없이 다들 환호성을 지르며 주먹 쥔 손을 허공에 흔들었다. 얼굴에는 자신감과 뿌듯함이 교차되어 있었다.

"하아……."

현준은 안도의 한숨을 쉬다 뒤를 돌아봤다. 뒤에 서 있던 나현이 입꼬리를 한껏 올리고는 엄지를 척 세워 보였다.

〈고마워. 덕분에 잡았어.〉

다들 떠들고 있어 소리가 들리지 않을 거라 짐작한 현준은 입술만 움직여 말했다. 그러자 나현이 눈을 찡긋하더니 자신의 공이 아니라는 듯 손을 내저었다. 피식 웃던 현준은 나현에게로 성큼 다가가 손을 잡고는 상황실을 빠르게 벗어났다.

쾅.

현준은 나현을 데리고 옆 회의실로 들어오자마자 문을 다급하게 닫았다.

"여기서 뭐 하자고?"

그녀가 눈을 동그랗게 뜨고 올려다보자 현준은 고개를 숙여 얼굴을 가까이 했다.

"상 주려고."

"이럴 시간이 있나? 이제 곧 바빠질 텐데."

양손으로 벽을 짚어 빠져나가려는 나현을 가둔 현준은 음흉하게 웃었다.

"바쁠 게 뭐 있어."

던지기를 한 장소에서 수거한 것이 마약인지 다른 것인지는 가져오는 대로 확인하면 되는 일이었다. 검거한 남자와 구매자로 보이는 사람도 도착하는 대로 심문하면 되는 일이고.

그런데 그건 마약수사과에서 할 일이었다.

"내 관할도 아닌데."

"관할도 아니라면서 상황실에서 애가 말라 동동거린 사람이 누구였더라?"

나현이 좀 전의 상황을 짓궂게 되짚어 주자 현준의 입꼬리가 슬쩍 민망함을 드러냈다.

"그건 범인을 보면 잡아야 하는 성격이라 그래."

"풋, ……흡!"

부드럽게 닿은 입술이 서로 엇갈려 맞물렸다. 나현의 입술 사이로 미끄러지듯 들어간 현준의 혀가 입안을 유영했다. 현준은 달큰한 숨결이 흐르는 나현의 입술을 집어삼키고 구석구석을 맛보듯이 입안 여린 살들을 핥고 빨았다.

"하아……."

숨을 몰아쉬는 나현의 뺨에 입을 맞춘 현준은 그녀의 허리를 가만히 그러쥐었다.

"야근해야 할 것 같아."

"그럴 줄 알았어. 궁금해서 퇴근을 못 하는 거지?"

"무슨 약인지만 확인되면 바로 퇴근할 거야."

"아……."

나현도 단순한 마약이 아니라는 것을 파악한 것인지 알겠다는 듯 탄성을 내뱉었다.

"결과 나오면 나한테도 알려 주나?"

"궁금하다면."

현준이 그러겠다는 뜻을 내비치자 나현은 고개를 끄덕이다 입을 열었다.

"먼저 갈게."

"응. 수고했어."

나현은 손을 들어 조금 까슬해진 현준의 얼굴을 만지다 머리칼을 옆으로 넘겨 주었다.

"조심해서 들어가."

현준은 눈꼬리를 접으며 웃는 나현의 이마에 입을 맞추고는 아쉬운 얼굴로 회의실 문을 열었다.

"혼자 있어요. 야근한다고 해서."

자다가 전화를 받은 나현은 목소리를 평상시처럼 들리게 가다듬고는 침대 옆 스탠드를 밝혔다. 어둑해진 방이 환해지자 나현은 자신이 깜빡 잠들었다는 것을 알았다.

— 혼자? 무섭지 않아?

"괜찮아요, 아빠."

걱정으로 잔뜩 물든 아버지의 음성에 나현은 피식 웃었다. 협탁 위 탁상시계를 보며 아버지가 계시는 곳 시간을 계산한 나현은 다시 입을 열었다.

"점심은 드셨어요?"

— 응.

"뭐 드셨어요?"

점심시간이 훌쩍 지나 있었지만 나현은 캐묻듯이 물었다. 혼자 있고, 귀찮다는 이유로 대충 드시는 것을 잘 알기에 나현은 미간을 모으고 답을 기다렸다.

— 사과파이.

대답을 들은 나현의 입꼬리가 그럴 줄 알았다는 듯 위로 말려 올라갔다. 보나 마나 옆집 마사 아주머니가 만들어 준 사과파이일 것이다.

— 참, 다음 달에 영국으로 온다고?

"네?"

나현은 처음 듣는 소리에 눈을 동그랗게 떴다.

— 현준이가 아무 말 안 하든? 상의할 게 있다고 다음 달에 온다고 하던데.

"상의요?"

다음 달이라고 해 봤자 곧 월말이라 며칠 후였다. 나현은 무슨 일인지 몰라 멀뚱한 얼굴로 침대에서 내려와 거실로 나갔다. 냉장고 문을 연 나현은 생수를 꺼내 머그잔에 따르고는 식탁 의자에 앉았다.

— 글쎄다. 나도 더 들은 말이 없어서.

"제가 나중에 물어보고 다시 연락할게요."

— 그래. 문단속 잘하고 있어. 현준이 올 때까지.

"네, 걱정하지 마세요."

나현은 통화가 끝난 휴대폰을 식탁에 올려 두고는 물을 마셨다. 그러고는 현관문을 물끄러미 쳐다봤다.

'벗어 봐.'

'만지고 싶다고!'

예전에 현준이 루카였을 때를 떠올리던 나현은 고개를 저으며 혼자 피식 웃었다.

"그때 루카 표정이 어땠지?"

나현은 가물거리는 기억의 끈을 잡고 눈을 가늘게 떴다. 그런데 아무리 기억을 더듬어도 그 때의 루카 얼굴이 떠오르지 않았다. 가슴 부위에 시선을 박고 있었기에 옷 아래에서도 드러나던 탄탄한 근육만 기억났다.

"아, 어지러워."

나현은 눈을 감고 관자놀이를 눌렀다. 옷을 입지 않은 현준의 모습과 딱 겹쳐지자 더 이상 그때를 떠올리는 것이 불가했다.

삑삑삑. 삐리릭.

덜컹, 쿵.

현관문이 열리고 곧 닫히는 소리가 나자 나현은 식탁 의자에서 벌떡 일어나 현관으로 쪼르르 마중 나갔다.

"어? 안 잤어?"

"아니, 자다가 방금 깼어."

현준이 나현의 허리를 슬쩍 끌어안고는 이마에 입술을 내렸다. 따스한 기운이 닿자 나현의 입꼬리가 올라갔다.

"일은 잘됐어?"

"묵비권을 행사하고 있어."

현준이 답답한 얼굴로 말하자 나현은 눈살을 찌푸렸다. 변호사를 불러 달라며 묵비권을 행사하고 있는 모양이었다. 나현은 알 만하다는 얼굴로 고개를 주억거리다 현준을 마주 안아 주며 위로했다.

"현장 검거니까 곧 밝혀낼 거야."

"응, 걱정 마. 다 해결할 테니까."

현준이 걱정하지 말라는 듯 목소리에 힘을 주자 나현은 입가에 미소를 지었다. 그러다 생각났다는 듯 입을 열었다.

"맥주 한잔할까?"

"좋지."

"그럼 씻고 나와. 내가 준비할게."

욕실로 현준을 들여보낸 나현은 주방으로 들어갔다. 분주하게 앞접시와 포크, 유리로 된 잔을 식탁에 꺼내 놓고는 마른안주를 준비했다.

"오믈렛을 하나 만들까?"

혼잣말을 한 나현은 계란을 세 개 꺼내 거품기로 잘 풀어 버터를 넣고 달궈진 프라이팬에 부었다. 스크램블처럼 만들다 한곳으로 모아 모양을 예쁘게 잡아 오믈렛을 완성하고는 팽이버섯을 꺼냈다.

"흠, 뭔가 보기가 좋네."

오믈렛과 버터에 볶은 팽이버섯을 접시에 가지런히 담은 나현은 욕실을 쳐다봤다. 현준이 나오면 맥주를 꺼낼 생각이었다.

"풋, 뭐야."

마침 욕실 문이 열리며 현준이 수건으로 머리를 털며 나왔는데 아무것도 걸치지 않은 상태라 나현은 민망한 웃음이 터졌다.

"옷 좀 입어."

"왜? 이미 다 봐서 알잖아."

현준의 말에 나현은 벙한 표정을 짓다 눈에 힘을 주고는 말했다.

"말 안 들으면 맥주 안 줄 거야."

"아, 네네."

현준이 그런 험한 말은 말라는 듯 손을 휘휘 젓고 방으로 들어가자 나현은 맥주를 꺼내 잔에 따랐다.

"음, 거품도 적당하고."

언제 왔는지 현준이 뒤에서 군침 도는 표정으로 말을 던졌다.

"문명인이 된 걸 축하해."

나현은 말끔하게 옷을 입고 나온 현준을 향해 엄지를 세워 보이고는 자리에 앉았다. 맞은편에 앉은 현준이 단숨에 잔을 비우자 나현은 눈을 동그랗게 떴다.

"갈증이 많이 났나 봐?"

"좀."

현준이 잔에 맥주를 따르며 어깨를 으쓱하자 나현은 궁금한 얼굴로 입을 열었다.

"그거 마약이었어?"

"어? ……응, 마약이자 독약이었지."

"응?"

나현은 의아한 얼굴로 현준을 쳐다봤다.

"필로폰에 시안화칼륨이 섞여 있었어."

"뭐!"

놀란 나현은 자신도 모르게 손으로 입을 막았다. 청산가리의 화학명이 시안화칼륨이었다. 청산가리가 몸속에 들어가면 산소 운반 기능이 즉각 마비된다. 마약도 몸에 해로운 건데 거기에 청산가리까지 포함되어 있었다니 기가 막혔다. 이건 죽이겠다는 의도가 확실했다.

"구매자하고 무슨 사이였어?"

"묵비권을 행사하는 중이라 정확한 건 아닌데……. 연인이었을 거라고 추정하고 있어."

"하긴, 추정할 수 있는……. 으응? 여자였어, 구매자가?"

"아, 넌 그 남자만 쳐다보고 있었지."

나현은 소름이 돋은 팔을 문지르며 고개를 끄덕였다. 독화를 하려고 모자를 눌러쓴 남자만 쳐다보고 있었기에 구매자가 여자였을 거라고는 생각도 못 했다.

"연인 사이였으면서……. 으, 상상하기도 싫다."

나현은 고개를 세차게 저었다.

"무슨 원한이 그리 깊어서는……."

"그러게."

현준이 질린다는 얼굴로 중얼거리자 나현은 미간을 찡그렸다. 만일 먹었다면 그 자리에서 죽었을 것이다. 뒤따라가서 아무리 조작하고 은폐해도 증거는 남기 마련이다. 더군다나 청산가리는 몸에 가장 오래 남아 있는 독극물로 뼈에 스며들기에 화장만 하지 않는다면 충분히 찾아낼 수 있었다.

"마약수사과에서 잘 해결할 거야. 그치?"

"응, 그래야지."

나현은 씁쓸한 얼굴로 맥주를 마시는 현준을 보다 분위기가 너무 가라앉는 것 같아 얼른 화제를 돌렸다.

"참, 아빠한테 간다고 했다며?"

"아."

현준이 짧은 탄성을 내뱉고는 나현을 지그시 쳐다봤다. 뭔가 중요하게 할 말이 있는데 망설이는 듯한 눈빛이었다.

"나는 안 가는 거야? 혼자 다녀올 생각이었어?"

나현은 일부러 생긋 웃으며 현준의 말을 기다렸다. 그러자 현준이 입가에 어색한 미소를 짓더니 입을 열었다.

"……카벤스 칼라르누가 한번 오라고 연락을 해 왔어."

"아……."

"너도 같이 만났으면 하셔."

"나도 같이? 그, 그러니까 내가 보와츠로 가야 한다는……."

"……."

현준이 굳이 답을 안 하는 걸로 봐서는 보와츠로 꼭 가야 하는 상황인 듯했다. 적어도 현준은 가 봐야 하는 입장이었다. 하지만 나현은 망설여졌다.

바니는 이제 없다고 하지만 모라타의 반대 조직인 아자르는 아직 건재했다. 아니, 더 강성해져 있었다. 그런 곳을 현준은 아무렇지 않다는 듯 간다고, 가야 한다고 말하고 있었다.

"한국으로 초대를 할까 생각했는데……. 카벤스가 지금 움직일 수 있는 상황이 아니라서……."

나현은 커다래진 눈으로 현준만 빤히 쳐다봤다.

"몸이 많이 아프셔."

"……."

"시간이 얼마나 남았는지는 알 수 없지만."

나현은 두 손으로 입을 가리고는 짙은 한숨을 삼켰다. 카벤스를 만나는 건 아무 일도 아니지만 보와츠에 가야 한다는 말에 심장이 빨리 뛰고 등에서 식은땀이 바짝바짝 났다.

"보와츠에 갔다가 오는 길에 영국으로 가서 아버님을 뵙고······. 나현아?"

"······으응?"

"안색이······."

"아, 나 괜찮아!"

현준이 벌떡 일어나 다가오려 하자 나현은 손을 내저었다.

"잠, 잠깐······ 당황스러워서 그랬어."

그러지 않으려 하는데도 보와츠를 생각하면 속이 매슥거리고 두통이 일었다. 그래서 의식적으로 그 일을 잊으려 노력했다. 이미 지나간 일이고 다시는 일어나지 않을 일이라는 걸 알면서도 관련된 단어나 그때의 일이 불쑥 떠오르면 패닉 상태가 오고 말았던 것이다.

"음, 어디로 가는 거야?"

운전을 하는 유렘에게 물었지만 그는 어깨를 으쓱하더니 핸들을 꺾었다.

"좋은 데 간다."

"좋은 데 어디?"

나현이 재차 물었지만 유렘은 씨익 웃기만 할 뿐 대답을 하지 않았다. 나현은 슬쩍 토라진 표정으로 유렘을 쳐다봤지만 그는 또 어깨만 으쓱할 뿐이었다. 얼마 가지 않아 차는 번화가로 들어섰다.

"저녁 먹으러 가는 거야?"

"지금은 저녁 먹는 거 아니다."

"그럼?"

"내리자."

유렘이 주차장에 차를 세우자 나현은 고개를 빼고는 건물 간판을 쳐다봤다. 사격 연습장이라고 적힌 간판 옆에 권총과 장총의 그림이 그려져 있었다. 거기에 '실사격과 100%의 싱크로율'이라는 문구가 깜빡거리고 있었다.

"사격하자고?"

"응."

나현은 갑자기 무슨 사격인가 싶어 떨떠름한 얼굴로 차에서 내리며 고개를 갸웃했다.

"내기하자."

"어? 내기?"

나현은 황당한 표정으로 유렘을 쳐다봤다. 유렘은 전직 스나이퍼 출신이었고 지금은 한국 경찰 기동대에서 사격 교관으로 일하고 있었다. 물론 단기 계약직이지만.

총을 자유자재로 다룰 수 있고 개미도 맞힐 수 있는 유렘이 내기를 하자고 하니 나현은 어이가 없었다. 자신이 절대 못 이기는 게임이었다.

"왜?"

"내가 전적으로 불리한 게임이잖아."

나현이 부당하다는 어투로 말하자 유렘이 미간을 모으더니 잠시 생각하는 듯했다.

"핸디캡 사용 가능."

유렘이 해 볼 만하지 않느냐는 얼굴로 쳐다보자 나현은 한숨을 푹 내쉬었다. 아무리 핸디캡을 줘도 유렘을 이길 수 있을 것 같지 않았다.

"내기 조건은?"

"삼겹살 쏘기!"

"아."

나현은 허탈한 웃음을 지었다. 한국에 와서 삼겹살구이를 먹어 본 유렘의 삼겹살 찬양은 끝이 없었다. 그래서 유렘을 만나는 날의 식사 메뉴는 항상 삼겹살이었다.

"그게 먹고 싶었어? 내가 그냥 사 줄게."

"아니다. 나현, 나하고 게임해야 한다."

유렘이 검지를 흔들어 보이며 고개까지 젓자 나현은 입술을 비죽거렸다. 보와츠를 떠나고 나서는 총을 만져 볼 일이 없었다.

"나현이 이기면 삼겹살 안 먹어도 된다."

"치이."

나현은 선심 쓰듯 말하는 유렘을 향해 콧잔등을 찡그렸다. 유렘이 좋아하는 삼겹살을 내기에 걸었으니 이 게임은 꼭 해야 한다는 소리였다.

"알았어. 내가 오늘은 유렘을 이기는 반전 드라마를 한번 보여 주지. 가자."

"오! 기대된다."

유렘이 정말 기대된다는 듯 설레발을 치자 나현은 곱게 눈을 흘겼다.

나현은 비비탄이 아닌 실탄 사격을 할 수 있는 권총을 집어 들었다. 그냥 가볍게 비비탄으로 하자고 했지만 유렘이 장난감 총 같다고 거부했다. 탄알 수는 12발로 같았지만 유렘이 거리에 차이를 두었다.

6m와 8m의 거리 차이로 유렘이 불리할 상황은 전혀 아니었다. 그래서 유렘의 가장 높은 점수 네 개를 점수에서 차감하는 것으로 핸디캡을 적용시켰다.

"후……."

보호용 고글과 헤드셋을 쓰고 자리에 서자 나현의 심장이 세차게 두근거렸다. 호흡도 가빠지며 긴장되기 시작했다. 유렘을 이기겠다는 마음에서 비롯된 긴장이 아니었다. 바니와 있었던 일이 머릿속을 스치자 손바닥에서 식은땀이 나기 시작했다.

"나현, 괜찮아?"

"어……? 어, 괜찮아."

사격을 시작하기 전 유렘이 자세를 낮춰 시선을 맞춰 왔다. 가만히 쳐다보는 유렘의 태도가 이상해 나현은 의아한 눈빛을 지었다. 그러자 유렘이 입꼬리만 슬쩍 올리고 미소 지으며 말했다.

"바니라고 생각하고 쏴."

"뭐?"

당황한 나현은 눈을 커다랗게 뜨고 유렘을 빤히 봤다.

"보와츠에 바니는 더 이상 없어."

정곡을 찌른 유렘의 말에 나현은 마구 흔들리는 기분이었다.

"보……와츠."

피할 수도 있지만 굳이 피해야 할 이유가 없는 곳이었다. 유렘의 말대로 바니는 이제 없다.

"나현, 피하지 말고 그때처럼 당당하게."

유렘이 그럴 수 있지, 하는 눈빛으로 쳐다보자 나현은 마른침을 삼켰다.

"루카 님은 절대 나현 혼내지 않는다."

아……. 나현은 유렘의 말뜻을 깨닫고는 속으로 탄성을 내뱉었다. '보와츠'라는 단어에 당황하는 자신을 두고 현준은 더 이상 말을 꺼내지 않았다. 왜 아직도 두려워하냐고 질책할 수도 있는데 현준은 그러지 않았다. 만일 나현이 못 가겠다고 하면 현준은 절대 강요하지 않을 것이다.

"나현, 먼저 시작해."

유렘에게 등이 떠밀린 나현은 사로로 들어가 장전된 권총을 들고 표적지를 바라봤다. 지름이 다른 원들이 갑자기 어지럽게 빙글빙글 도는 것처럼 보이자 나현은 눈을 질끈 감았다.

루카였던 현준이 다쳐서 돌아왔을 때가 떠올랐다. 핏기 하나 없던 현준의 얼굴이 떠오르자 등줄기를 따라 소름이 돋아났다.

'죽인 거 절대 후회 안 해.'

단호했던 현준의 말이 떠오르자 나현은 천천히 눈을 떴다.

"후우……."

심호흡을 한 나현은 권총을 들고 표적지를 노려봤다. 빙글빙글 돌던 원들이 서서히 속도를 늦추는 것처럼 하나둘 멈추기 시작하자 나현의 떨림도 가라앉았다.

"바니, 이젠 끝이야."

탕탕탕.

나현은 유렘의 말처럼 표적지 앞에 바니가 서 있기라도 한 듯 정중앙을 연속으로 맞혔다.

"와! 현준이다!"

"나현?"

나현이 집에 들어오자마자 실실 웃으며 두 팔을 뻗었다. 와락 안긴 나현을 마주 안아 준 현준은 그녀의 머리를 쓰다듬으며 물었다.

"기분 좋아 보이네."

"응, 좋아."

눈꼬리를 예쁘게 접고 웃는 나현의 이마에 입을 맞춘 현준은 그녀의 손을 잡고 방으로 이끌었다.

"나 씻어야 해."

나현이 손을 놓으며 옷에 밴 냄새를 맡자 현준은 그제야 그녀에게서 삼겹살 냄새가 난다는 것을 깨달았다.

"윰, 만났어?"

"응. 윰하고 사격 내기 했는데 내가 이겼다!"

나현이 기세등등하게 자랑하고 나오자 현준은 어이가 없어 눈썹을 일그러트렸다. 이긴 게 아니라 유렘이 져 준 것일 텐데 저리 좋아하다니.

"오, 대단한데?"

현준은 나현의 흥을 깨기 싫어 부러 더 오버해서 말했다. 그러자 나현이 가지런한 이를 드러내며 씨익 웃어 보였다.

"나 이제 하나도 안 두려워."

현준은 두렵지 않다고 말하는 나현을 보며 씁쓸한 미소를 지었다. 보와츠 얘기를 꺼낸 후 아무렇지 않은 척하며 며칠이 지났지만 그녀가 힘들어한다는 것을 알고 있었다. 어떻게 하는 것이 좋을지 몰라 막막해 유렘과 통화를 했었다. 그랬더니 유렘이 나현을 만나 시간을 보낸 모양이었다.

"그거 다행이네."

현준은 대수롭지 않게 반응해 주는 것이 좋을 것 같아 칭찬하듯 말했다. 뭐가 더 이상 두렵지 않느냐고 묻고 싶었지만 가만있었다. 그녀가 두려워하는 것이 무엇인지 말하지 않아도 알고 있으니까.

"뭐가 안 두려운 거냐고 물어야지?"

"어?"

나현이 바짝 다가오더니 고개를 젖히고는 따지듯이 말했다. 현준은 이게 아닌데, 하는 표정으로 미간을 찌푸리다 고개를 기울였다.

"우리 모나현은 뭐가 안 두려운데?"

현준은 애써 살갑게 웃으며 나현의 허리를 끌어안았다. 고개를 푹 숙이듯 머리를 기대 온 나현이 짙은 한숨을 푹 내쉬었다. 그 때문에 가슴으로 더운 열기가 전해져 왔다.

"차현준이 이제 죽지 않을 거라는 거."

"……!"

생각지도 못한 나현의 대답에 현준은 멈칫했다. 바니는 죽었지만 그녀에게 커다란 트라우마를 안겨 준 놈이라 나현이 두려워하고 있을 것이라 생각했다. 그러니 자신의 죽음이라는 말에 당황하지 않을 수 없었다.

"갑자기 그게 무슨…… 읍."

나현이 목에 팔을 두르더니 입술을 부딪쳐 왔다. 입술을 깨물 듯이 맞대다 혀를 넣자 현준은 그녀의 입술을 적극적으로 탐하기 시작했다. 여린 호흡이 흐트러지는 소리와 야릇한 신음이 터지는 나현의 입술과 혀를 핥고 깊게 빨아들였다.

"하아……. 안아 줘."

도화선에 불을 붙이듯 나현의 말에 터져 버린 현준은 머리가 어지러울 지경이었다. 가끔 이렇게 허를 찌르듯 치고 들어오는 그녀를 감당하기가 어려웠다.

"나현아."

"두려웠어. 처음에는 바니 때문인 줄 알았는데 그게 아니었어."

현준은 나현을 품에 꼭 안으며 어깨에 머리를 기댔다. 그녀를 다 안다고 생각했는데 완벽하게 잘못 짚고 있었던 것이다.

"보와츠에 가면 루카가 또 죽을 것만 같아서…… 그게 두려웠어."

"하아……."

현준은 나현이 느끼고 있는 이 모든 불안의 시작점이 자신임을 깨달았다. 그녀가 바니의 트라우마에서 못 벗어나는 것이 아니었다. 그녀가 꾸는 악몽의 원인은 바로 현준의 죽음을 깊게 받아들였던 나현의 상실감에서 비롯된 것이었다.

"미안해. 내가 잘못했어."

현준은 고개를 들고 나현과 눈을 마주치며 애절한 눈빛으로 바라봤다. 그녀가 그동안 얼마나 아팠을지 감히 단정할 수 없었다. 그런데 그 아픔을 나현은 이제야 직시하고 드러내고 있었다. 그래서 아주 많이 미안했다.

"괜찮아. 그냥 꼭 안아 줘."

등을 토닥이는 나현의 가녀린 손길이 느껴지자 현준은 눈을 감았다. 뺨에 나현의 입술이 닿자 현준은 눈을 떠 그녀를 지그시 바라봤다. 서로를 눈에 담고 그렇게 서 있다가 누가 먼저랄 것도 없이 입술을 부딪치며 상대를 탐하기 시작했다. 감겨졌던 혀가 엉키다 풀리고 엇갈리듯 입술이 닿았다가 더 깊게 맞물렸다.

"하아, 하……. 오늘 밤 자지 말까?"

"하, 너무 사랑스러워서 도전을 안 받아들일 수가 없네."

현준은 나현의 말을 능글맞게 맞받아치며 눈웃음을 지었다. 재미있다는 듯 활짝 웃는 나현의 뺨을 감싸 쥔 현준은 그대로 그녀의 입술을 덮쳤다.

외전 4화
괴물과 희망

"심문 결과는 아직 나오지 않았다고 합니다."

현준은 어제 검거한 마약 사건의 진행 상황을 대략적이라도 알고자 했다. 그런데 아직도 묵비권을 행사 중인 듯했다.

"수고했습니다."

정주민 경사에게 짧게 대답해 준 현준은 들고 있던 스테이징 사건 서류를 책상에 놓으며 화이트보드를 쳐다봤다.

"이건 전형적인 스테이징 사건입니다."

현준은 사건 경위를 시간별로, 연관성별로 붙여 둔 화이트보드를 보다 병호를 돌아봤다.

"이번 사건은 한 형사가 결정적인 단서를 찾아 해결했습니다."

"오, 많이 컸다, 병호."

"밥값은 하니 다행이네."

정주민 경사가 치켜세우듯 말하자 김 반장이 옆에서 같이 농담을 던졌다.

"아이, 반장님도 참."

병호가 투덜거리며 머리를 긁적이자 현준은 미소를 지었다.

"한 형사가 조사한 것을 토대로 추적한 결과 용의자를 검거할 수 있었습니다."

김 반장과 정주민 경사가 말은 짓궂게 해도 기특하다는 얼굴로 쳐다보자 병호가 으스대듯 턱을 치켜올렸다.

"그럼, 아직 피의자 심문이 끝나지 않았지만 한 형사의 보고를 들어 볼까요?"

병호를 쳐다보며 말한 현준은 사건 경위를 설명하도록 자리를 비켜 주었다. 그러자 병호가 멋쩍은 얼굴로 화이트보드 앞에 섰다.

"흠흠, 가해자는 피해자가 성 소수자인 줄 알고 같이 술을 마시고 집에서 함께 밤을 보낼 생각이었습니다."

현준은 건조한 표정으로 병호의 설명을 들으며 카벤스를 생각했다. 얼마 남지 않았다는 말에 가슴으로 시린 바람이 불어와 마음이 쓰라렸다. 적지 않은 세월을 함께하며 많이 의지했던 사람이었다.

보와츠에서 그의 도움이 없었다면 아무것도 이루지 못했을 것이다. 자신이 앞으로 나아갈 수 있도록 발판을 만들어 준 이였다. 힘들고 갈등할 때마다 정신적으로 기댔던 사람이기도 했다.

"그랬다고 사람을 죽였다는 건……."

병호의 추정에 김 반장이 의문을 피력하자 현준은 딴생각에서 벗어났다.

"사람 일이 참 이상해서 말입니다. 한순간에 꼭지가 돌면 어떻게 돌변할지 몰라요."

병호의 말에 현준은 고개를 끄덕이며 공감을 표했다. 세상일을 쉽게 예측하는 건 수사하는 데 있어 가장 해가 되는 일이었다. 의문을 품을 수는 있지만 절대 단정 짓지 말아야 했다.

"술에 취해 있던 피해자가 자신은 성 소수자가 아니라고 하며 경멸하는 표정을 지어서 가해자가 욱하는 마음에 밀쳤을 뿐이라고 말하고 있습니다."

"그러니깐 우발적 폭행일 뿐, 죽이지는 않았다?"

"네."

병호가 자신만만한 얼굴로 김 반장의 질문에 대답하자 현준은 서류를 챙겼다.

"이번 심문은 병호가 마무리하도록 하는 것이 어떻겠습니까?"

"나쁘지 않지."

김 반장이 흔쾌히 동의하고 나오자 현준은 서류를 병호에게 건넸다.

"우리가 지켜보고 있을 거니깐 긴장하지 말고."

"네!"

병호가 자신만만한 얼굴로 서류를 받아 들며 힘차게 대답하자 현준은 입가에 미소를 지었다.

"자! 그럼, 우리는 옆방으로 가서 병호 버벅거리는 거나 볼까나?"

김 반장이 자리에서 일어서며 너스레를 떨자 병호가 입을 비죽 내밀며 구시렁거렸다.

"아이참, 반장님. 제가 이번 일 멋지게 해내면 오늘 술은 반장님이 쏘시는 겁니다?"

"자백이나 받아 내고 그런 말 해."

김 반장이 호락호락하게 굴지 않자 병호가 콧잔등에 주름을 만들며 콧김을 훅 내뱉었다.

"두고 보십시오! 제가 얼마나 잘하는지!"

기세등등한 걸음으로 병호가 회의실을 나서자 김 반장이 능글거리던 아까와 달리 흐뭇한 얼굴로 바라봤다.

"이제 과장님은 걱정 안 해도 되겠습니다."

"네?"

김 반장의 말에 현준은 멀뚱한 눈으로 반문했다.

"병호의 가능성을 믿어 주고 기다려 주셨잖습니까."

"아……."

"그럼, 오늘 술은 과장님이 사는 겁니까?"

정주민 경사가 어느 노선으로 정해야 하느냐는 얼굴로 쳐다보자 현준은 피식 웃었다.

"좋습니다! 오늘 술은……."

"아닙니다, 과장님. 안 그래도 오늘 술은 제가 사려고 했습니다."

"오! 반장니이임."

정주민 경사가 엄지를 치켜 보이자 김 반장이 그의 어깨를 툭 쳤다.

"이럴 때만 좋지?"

"아이, 무슨 말씀을 그리 섭하게 하십니까?"

사람 좋은 얼굴로 웃는 김 반장과 정주민 경사가 회의실을 나가자 현준은 웃으며 그들을 뒤따랐다.

취조실 옆방에서 보니 가해자와 마주 앉아 있는 병호의 얼굴에 결연함이 가득했다.

"어깨 부서지겠는데요?"

"담 오겠네."

정주민 경사와 김 반장이 주고받는 농담을 들으며 현준은 환한 미소를 지었다. 그의 가능성이 남들보다 뛰어나다는 말이 증명된 것 같아 뿌듯했다.

[그만 자지 않고?]

침상에 앉은 채로 손을 들어 보이는 카벤스 칼라르누는 낮보다 눈에 띄게 얼굴이 수척해져 있었다.

[먼 길 오느라 피곤할 텐데.]

[잠이 오지 않아서요.]

현준은 칼라르누의 침상 옆 의자에 앉으며 괜찮다는 의미로 고개를 저었다.

[그녀는?]

[잠드는 것을 보고 나왔어요.]

카벤스가 고개를 주억거리다 가만히 시선을 맞춰 왔다. 부드러운 눈빛에 견고한 신의가 깃들어 있었다.

[그녀가 참 대단한 일을 겪었지?]

[네.]

618

[그녀가 그 영상을 봤다고?]

카벤스가 누근한 미소를 지으며 마음을 다독이듯 말을 건넸다. 현준은 심란한 얼굴로 고개를 끄덕였다.

[네. 못 보게 했는데…….]

현준은 그때의 일이 생각나자 팔에 소름이 돋았다. 실제로 일어난 살인을 담은 스너프 필름을 그녀에게만은 절대 보여 주지 않으려 했었다. 살인 현장을 사진으로만 겨우 몇 번 접했을 그녀에게는 상상도 못 한 일이었을 것이다.

[우리만큼 충격이 컸을 거야.]

중간에 보다가 멈췄다고 해도 아주 잔인한 영상이라 그녀에게도 충격이 상당했을 것이다. 사실 그 영상을 처음 본 날 현준도 속을 게워 내고 말았다. 그리고 한동안 멘탈이 무너져 꽤 힘들었었다.

[서명할 텐가?]

[…….]

현준은 입을 굳게 다문 채 카벤스를 올곧게 쳐다봤다. 카벤스의 평생의 한을 풀어 주었다고 하지만 그건 어디까지나 뜻이 같아서였다. 모든 재산을 현준에게 상속하겠다는 카벤스의 마음을 모르지 않지만 현준은 그러고 싶지 않았다.

[기부하시는 건 어떻습니까?]

[허허, 내 그렇게 말할 줄 알았지.]

하나뿐인 딸을 모라타 조직에게 잃고 복수를 하겠다는 일념으로 버틴 카벤스는 일이 끝난 후 급속히 건강이 악화되었다. 사실 오래전부터 암과 투병 중이었지만 모라타가 무너지는 것을 보겠다는 집념으로 버텼던 것이다. 긴장이 풀어진 지금 몸은 감추고 있던 모든 고통을 쏟아 내듯 카벤스를 주저앉게 만들었다.

[행복해지도록 해, 루카.]

카벤스가 손을 내밀자 현준은 그 손을 가만히 잡아 주었다. 거칠고 퍽퍽한 느낌이 드는 손이었다. 만지는 것만으로 병색이 얼마나 짙어져 있는지 알 수 있을 정도로 피부에 촉촉함이라고는 없었다.

[내일은 푹 쉬고 다음 날 아침을 먹고, 수영하러 갈 텐가?]

[네? 수영을…….]

[하하, 난 그냥 구경만 하는 걸로 하지.]

카벤스가 호탕하게 웃으며 농담을 하자 당황했던 현준도 이내 같이 웃었다. 하지만 그 웃음은 이내 사라지고 걱정이 스며들었다.

[주무셔야…….]

[그래야지. 어서 그녀 곁에 있어 줘.]

[네.]

가만히 눈을 감고 잠을 청하는 카벤스의 얼굴을 보며 현준은 잠시 더 앉아 있다 자리에서 일어났다. 같은 아픔을 갖고 있었던 처지라 서로에게 힘이 되었던 사이였다. 나이도 국경도 방해가 되지 않았으며 같은 목표를 향해 나아갔던 동지였다.

끼으윽.

마치 목이 졸려 숨이 넘어가는 듯한 문소리에 현준은 미간을 구겼다. 문을 닫을 때 나는 낡은 소리가 카벤스의 마지막을 말하고 있는 것 같아 기분이 좋지 않았다.

탁.

나현이 깰까 싶어 조심스럽게 문을 닫은 현준은 곧장 침대로 다가갔다.

"……!"

그런데 비어 있는 침대를 본 현준은 화들짝 놀라며 고개를 휙 돌렸다. 발코니로 나가는 문이 조금 열려 있는 것을 본 현준은 빠르게 걸음을 옮겼다.

"안 자고 뭐 하는 거야? 아까 피곤하다고 했잖아."

"아, 그냥 하늘이 보고 싶어서."

현준은 당황한 속을 숨긴 채 다가가 나현의 어깨를 감싸 안고 정수리에 입술을 내렸다.

"한국하고 같은 하늘이야."

"그러게."

나현이 피식 웃는 게 느껴지자 현준은 가만히 눈을 감았다. 이런 평화가 언제 올지, 오기는 할지 걱정하며 늘 불안한 나날을 보냈었다.

"새삼스럽네."

"으응?"

자신의 말에 나현이 뒤를 돌아보자 현준은 눈꼬리를 접었다. 나현에게는 같은 하늘이라고 핀잔을 주었지만 지금 이렇게 보와츠의 하늘을 보고 있으니 꿈 같다는 생각이 들었다. 하늘을 여유롭게 바라본 날도 드물었지만 늘 마음이 사나워져 있어 눈에 잘 들어오지도 않았다. 그런데 평온한 마음으로 바라보게 되는 날이 올 줄이야.

"이렇게 느긋한 마음으로 보와츠의 하늘을 본 적이 없었거든."

품에 안겨 있던 나현이 완전히 돌아서며 꼬옥 안아 주자 현준은 고개를 삐뚜름하게 기울였다.

"뭐 하는 거야?"

"짠해서."

나현이 가슴에 얼굴을 부비며 품을 더 파고들자 현준은 난감한 표정을 지었다. 시차 적응을 해야 해서 고이 재울 생각이었는데 나현이 이렇게 나오면 곤란했다.

"좀 비켜 봐."

"싫어."

나현이 절대 그럴 수 없다는 듯 팔에 힘을 더 싣자 현준은 그녀의 뒷머리에 손을 얹었다. 뜨겁게 안을 수도 없는 곤란한 밤에 이러면 어쩌란 건지. 그의 몸은 솔직하게 반응하며 그녀를 당장 안으라고 재촉하고 있었다.

"좀 떨어져."

"어? 그 말 한국 호텔에서 했던 말이다."

나현이 반가운 얼굴로 고개를 들어 시선을 마주치자 현준은 고개를 저었다. 그때 호텔에서 소매 끝을 잡고 애처로운 표정으로 보는데 마음이 얼마나 불편하던지.

"그런데 나쁘다."

"뭐가?"

현준의 한쪽 눈썹이 불편한 심기를 드러내며 휙 치켜 올라갔다.

"안아 준다는데 애인한테 자꾸 비키라고 하고, 떨어지라 하고."

"아……."

나현이 볼멘소리를 하자 현준은 자신의 앞머리를 쓸어 넘기며 짧은 탄성을 내뱉었다. 정말 고이 재울 생각이었는데 그녀가 그걸 원하지 않는 것 같았다. 그렇다면 그에 응당한 대응을 보여 주는 수밖에.

"모나현."

"응…… 흡."

현준은 올려다보는 나현의 입술을 그대로 머금고 핥고 빨았다. 부드러운 입술이 자연스럽게 열리고 뜨거운 혀가 닿았다. 끌어오듯 감고는 질척거리는 소리가 나게 빨았다. 자연스럽게 고개의 각도가 바뀌고 입술이 엇갈리듯 비벼지다 얽혔다.

"하……."

"책임져."

"으응?"

짙은 한숨을 내쉬던 나현이 책임지라는 말에 눈을 끔뻑이자 현준은 그녀를 뻐쩍 안아 올렸다.

"불씨를 당긴 정도가 아니라 완전 불구덩이로 만들었어."

"아니, 잠깐만! 나 이제 잠이 몰려와!"

화들짝 놀란 나현이 품에서 내려가려고 발을 허공에 휘저었지만 현준은 곧장 침대로 향했다.

"난 네가 시차 적응 하도록 분명히 배려했어. 그런데 도발을 해?"

"아잉, 도발한 거 아닌데. 그냥 짠해서 안아 준 거잖아."

나현이 눈꼬리를 접으며 봐 달라는 표정을 지었다. 하지만 현준은 눈을 가늘게 뜨고는 침대에 눕힌 나현의 단전 위로 올라탔다.

"내가 떨어지라고 했을 때 말을 들었어야 했어. 하여튼 쓸데없는 데서 고집은."

"치이. 막무가내네."

나현이 입술을 비죽 내밀고 짐짓 눈살을 구기자 현준은 자신의 윗옷을 획 벗어 던졌다.

"이 시간 이후로 토 달지 마."

"헛!"

놀란 나현이 눈을 동그랗게 뜨고 벌어진 입술을 다물지 못했다. 현준은 허리를 숙여 나현의 이마에 입을 맞추고는 눈썹에도 가볍게 입술을 내렸다.

"피곤하니까……."

"마, 맞아! 피곤하니까 그냥 자는 게……."

"속성으로 할게."

현준의 말에 빠져나갈 구멍을 찾았다 여겼던 것인지 적극적으로 동조의 말을 내뱉던 나현이 벙한 표정을 지었다. 현준은 그런 그녀를 보며 눈웃음을 지었다.

"속성이라 빨아 주는 건 못 해."

"장난치지 말고 내려와."

나현이 어이없다는 듯 피식 웃자 현준의 고개가 삐딱하게 기울어졌다.

"장난 같아 보여?"

"……아."

현준이 원피스 잠옷을 걷어 올리고 브리프를 옆으로 젖히자 나현이 얕은 비명을 내뱉었다. 현준은 바지와 드로어즈를 내려 자신의 남성을 꺼내 나현의 음부에 들이밀었다. 흥건하게 젖지 않아 좀 퍽퍽한 느낌이 들었지만 그렇다고 메마른 건 아니라 넣는 데 문제는 없었다.

"아흑."

나현이 몸에 힘을 주며 허리를 비틀려 하자 현준은 그녀의 클리토리스를 오른손 엄지로 문지르기 시작했다. 시트를 꽉 움켜쥔 나현의 손이 바들바들 떨리는 것을 보며 현준은 그녀의 안으로 남성을 더 깊이 집어넣었다. 꽉 맞물리는 아래를 보며 현준은 그녀의 클리토리스를 더 자극했다. 파르르 떨리는 음부의 여린 살이 남성을 감싸듯 착 달라붙는 듯했다.

"아앙."

비음 섞인 신음이 나현의 입술을 비집고 나와 현준의 귀에 착 감겨들었다. 현준은 참지 못하고 아니, 억제를 못 하고 나현의 안을 거칠게 드나들기 시작했다.

"앙앙앙, 아!"

퍽퍽, 소리가 나게 나현의 안을 파고들며 헤집는 현준이었다.

"미치겠네."

앓는 듯한 말을 한 현준은 클리토리스를 좀 더 빠르게 문지르며 허리에 힘을 줬다. 꽉 물고 놓지 않는 나현의 속을 드나들수록 머릿속이 하얗게 비워지는 기분이었다.

"으윽! 하아……."

크기를 한껏 부풀린 현준의 남성이 더는 참지 못하고 나현의 안에 비말을 확 뿌리고 말았다. 거친 숨을 몰아쉬던 현준은 뺨이 발갛게 물든 나현의 등 뒤로 손을 넣어 그녀를 안아 올렸다.

"속성이라 아쉽네."

얕은 숨을 내쉬며 가만히 안겨 있던 나현이 어깨를 툭 때리자 현준은 피식 웃었다. 그러다 나현의 정수리에 뺨을 묻고 나지막하게 중얼거렸다.

"모나현, 사랑해."

이번 방문까지 더하면 딱 두 번째인 해변이었다. 전과 달라진 점은 아무것도 없던 해변에 비치 의자가 놓이고 파라솔, 탁자, 음료, 간단한 음식들이 세팅되었다는 것이다. 그리고 조금 떨어진 곳에서 의료진들이 대기하고 있었다.

햇빛에 반사되어 그런지 카벤스의 얼굴이 어제보다는 나아 보였다. 그렇다고 병색이 가려진 것은 아니었다. 여전히 힘들어하는 것이 보였다. 좀 무리한 외출이 아닌가 하는 마음이 들었지만 카벤스가 다 준비되었다며 강행했다.

[괜찮으세요?]

나현은 걱정스러운 눈길로 물었다. 아픔을 참고 있는 건 아닌가 하는 마음에 자꾸 눈길이 카벤스에게로 향했다.

[좋아요.]

인자한 미소를 짓던 카벤스는 모래에 반사되어 비치는 햇살을 즐기는 듯 눈을 천천히 감았다 떴다.

[내 딸, 키엘이 여기 해변을 너무 좋아해서 거금을 들여 사들였는데…….]

[아…….]

나현은 옛일을 회상하는 카벤스의 눈을 보며 주먹을 꼭 말아 쥐었다. 눈에 넣어도 아프지 않을 정도로 얼마나 예쁘고 소중한 딸이었을까.

[잘 웃었는데.]

맑게 웃으며 근심 걱정 없이 해변가를 뛰어다녔을 딸. 그런 딸을 흐뭇한 얼굴로 바라봤을 카벤스를 생각하자 나현은 속에서 뭔가가 울컥 치솟았다.

[루카 덕분에 나도 이젠 편안해졌네.]

[네에…….]

루카가 철저하게 모라타를 짓밟아 주어 이제는 미련이 없다는 말로 들렸다.

[아직 못 잡은 모양이구만.]

나현은 카벤스의 눈길이 향한 곳으로 시선을 돌리다 입가에 미소를 지었다. 바다낚시를 할 수 있는 둑 같은 곳에 올라선 현준은 카벤스의 비서와 무슨 대화를 하는지 꽤 오랫동안 붙어 있었다. 낚시가 뜻대로 안 되는지 이리저리 낚싯대를 흔들기도 했다.

[생선 요리는 포기하고 식당에 주문하는 것이 더 빠르겠네.]

카벤스의 너스레에 나현은 피식 웃고 말았다. 보와츠산 생선 맛을 보게 해 주겠다며 호언장담하며 카벤스의 비서와 낚싯대를 들고 나간 현준은 한 시간이 넘게 돌아오지 않고 있었다.

[모나현 씨.]

[네.]

나현은 카벤스가 장난기를 거둔 중후한 목소리로 부르자 살짝 긴장했다.

[루카 옆에 있어 줘서 고마워요.]

[네?]

현준의 옆에 있는 것을 고마워하는 카벤스의 인사에 나현은 멋쩍은 표정을 지었다. 누군가에게 감사 인사를 받으려 현준과 함께하는 것이 아니었다.

[한때는 루카가 괴물이 될까 봐 걱정했는데…….]

현준을 바라보던 카벤스가 고개를 돌려 나현을 지긋한 눈길로 쳐다보며 입술을 움직였다.

[딸의 복수를 위해 루카를 수렁에 밀어 넣고 하루도 마음 편한 날이 없었지. 아침에 눈을 뜨면 그에게 밤새 무슨 일은 없었는지 알아보는 게 하루의 시작이었는데…….]

고해 성사를 하듯 느릿하지만 또박또박 말하는 카벤스를 보며 나현은 가만히 고개를 끄덕였다. 자신의 의지로 현준이 모라타에 들어갔는데도 불구하고 카벤스는 본인의 책임도 있다는 듯 아파했다.

[언제 총알이 날아올지 모르는 곳에서, 어느 날 갑자기 죽게 될지 모르는 곳에서 참 꿋꿋하게도 버티더군.]

말을 하던 카벤스가 힘이 든 건지 마른침을 삼키고 의자 등받이에 등을 깊게 기댔다.

[물을 좀 드릴까요?]

고개를 끄덕이는 카벤스에게 잔을 건네자 그는 꽤 많은 양의 물을 마셨다.

[하……. 시원하네.]

나현은 카벤스가 시원하다고 말해 잔의 온도를 체크했다. 너무 차가운 물은 몸에 해로운데 자신이 너무 생각 없이 권했나 싶었다. 그런데 걱정과 달리 건네받은 잔은 오히려 미지근했다.

[지금은 모든 것이 감사하고 또 매 순간이 아쉽네.]

나현의 걱정을 알아차린 것인지 카벤스가 허허로운 웃음을 지으며 말했다. 그러다 현준이 있는 쪽으로 다시 고개를 돌렸다.

[괴물이 되지 않고 나에게 희망이 되어 준…….]

카벤스를 따라 현준을 같이 쳐다보던 나현은 그가 고개를 돌리자 자연스럽게 시선을 마주했다.

[그리고 그 희망을 희망으로만 남기지 않은 루카에게 감사했다고 전해 줘요.]

[아, 그건…….]

나현은 직접 하는 것이 좋지 않겠느냐는 말을 하려다 입을 닫았다. 그가 직접 전하지 못해 그러는 것이 아님을 깨달았다. 현준이 카벤스에게 어떤 존재인지를 알려 주려는 의도임을 알고 나현은 가만히 고개를 끄덕였다.

[꼭 전하겠습니다.]

[고마워요.]

웃음을 짓자 눈가에 주름이 이는 카벤스의 얼굴이 평온해 보였다.

[고기를 잡았나 보네.]

카벤스의 말에 현준이 있는 쪽으로 고개를 돌리던 나현은 환한 미소를 지었다. 커다란 고기를 흔들어 보이며 현준이 바쁘게 걸어오고 있었다.

[고기가 꽤 크…… 아!]

기쁜 얼굴로 카벤스에게 말하려던 나현은 멈칫했다. 아픈 몸으로 너무 많은 말을 한 것인지, 간만의 외출이 고되었던 것인지 카벤스는 그 짧은 시간에 잠에 빠져든 듯했다.

[처음 뵙겠습니다, 차현준이라고 합니다.]

해리엇은 환한 미소를 지으며 현준에게 손을 내밀었다. 또렷한 이목구비에 단단한 눈빛을 가진 현준을 보자 시엔나가 왜 그토록 이 남자를 잊지 못하고 아파했는지 알 것 같았다.

[만나서 반갑습니다.]

[에밀리아예요.]

해리엇 옆에 선 에밀리아의 손을 가볍게 맞잡은 현준의 얼굴에 부드러운 미소가 걸렸다.

[인사는 그만하면 된 것 같으니 식사할까?]

현준을 바라보는 눈빛에서 무한한 애정을 드러내는 시엔나의 얼굴엔 행복한 미소가 한가득이었다. 그런 시엔나를 보며 해리엇은 에밀리아의 허리에 손을 얹었다. 그러고는 앞서 걸어간 현준과 시엔나에게 들리지 않게 속삭였다.

[좋아 보이지?]

[응, 분위기가 완전 멋진 거 같아!]

에밀리아가 좋아하던 가수를 만난 것처럼 눈을 반짝거리자 해리엇은 눈을 가늘게 떴다. 둘 사이가 좋아 보인다는 말이었는데 에밀리아가 엉뚱한 대답을 하고 있었다.

[그렇게 멋져?]

[응, 완벽해!]

해리엇은 입을 비죽하다 에밀리아를 향해 시선을 맞추듯 고개를 약간 숙였다. 그러고는 미간을 모으며 입을 열었다.

[나보다 더?]

[어……? 그, 그럴 리가.]

에밀리아가 곤란한 듯 말을 더듬자 해리엇은 허리에 얹었던 손을 탁 풀었다. 그러자 에밀리아가 다급하게 그의 이름을 부르며 고개를 꼬았다.

[해리엇?]

[왜?]

해리엇은 짐짓 심통 난 얼굴로 대답했다.

[허니도 당연히 멋져.]

[늦었어.]

해리엇은 고개를 휙 치켜들며 에밀리아를 뒤에 두고 먼저 걸음을 뗐다. 그러자 에밀리아가 후다닥 뛰어와 애교 띤 얼굴로 해리엇에게 팔짱을 꼈다.

[자기 다음으로 멋지다는 말이었어!]

해리엇은 에밀리아의 다급한 변명에 눈썹을 일그러트리다 그만 피식 웃고 말았다.

늘 조용하던 집이 사람들의 웃음소리로 가득 메워지고 있었다. 서로 부딪치는 시엔나와 현준의 시선은 따스했고 해리엇이 보기에도 사랑스러울 정도였다. 많은 말을 하지 않지만 시선의 교차와 손짓, 고갯짓으로 교감하는 둘을 보는 해리엇의 마음에 훈훈한 바람이 불고 있었다. 사랑하고 있다는 것을 감추려 해도 감춰지지 않는 분위기였다. 그런 둘을 보는 해리엇의 입가에 잔잔한 미소가 떠올랐다.

[커피 더 줄까?]

[좋아.]

[나도.]

시엔나의 말에 현준이 고개를 끄덕이며 잔을 내밀자 해리엇과 에밀리아도 잔을 내밀었다.

[알았어, 다들.]

시엔나가 한쪽 눈을 찡긋하며 잔을 모아서 주방으로 사라지자 에밀리아는 기다렸다는 듯이 현준에게 질문을 하기 시작했다.

[시엔나와 결혼할 거죠? 언제 할 예정이에요? 영국에서 하나요? 신혼집은 어디로 정할 건가요?]

[에밀리아, 그만해.]

해리엇은 현준이 멈칫하는 것을 보고는 그가 곤란한 질문을 받았다고 여겨 에밀리아를 저지했다. 그 바람에 잠시 잠깐 어색한 분위기가 흘렀다.

[미안해요. 에밀리아가 궁금한 건 못 참아서…….]

[무례했다면 죄송해요.]

해리엇이 바로 사과하자 에밀리아도 풀 죽은 얼굴로 사과를 건넸다.

[아닙니다. 사실 그것을 구체적으로 의논하기 위해 아버님을 뵈러 온 겁니다.]

[오!]

풀 죽어 있던 에밀리아가 언제 그랬느냐는 듯 신난다는 얼굴로 환호성을 질렀다. 해리엇도 반가운 말에 덩달아 박수를 쳤다. 그러다 에밀리아를 향해 말했다.

[우리 커피 마시면서 팬케이크도 같이 먹을까?]

[응! 내가 금방 만들어 올게.]

벌떡 일어난 에밀리아가 주방으로 가자 해리엇은 현준을 보며 어색한 미소를 지었다.

[에밀리아가 좀 정신없게 했죠?]

[괜찮습니다.]

현준의 얼굴에 떠오른 미소를 보며 해리엇은 조심스럽게 입을 열었다. 그녀가 어떤 상태였었는지를 알려 주는 것이 맞다고 생각했다. 가끔 멍한 얼굴로 앉아 있는 시엔나를 보면 마음이 무척 아팠었다. 대신 해 줄 수 없는 일이어서 더 안타깝기도 했다. 그녀가 느꼈을 상실감을 다 알지는 못하고, 다 전해 주지는 못하겠지만 사실을 알릴 필요는 있다 여겼다. 그만큼 그녀가 현준을 마음속 깊이 받아들였다는 것을 알려 주고 싶었다.

[시엔나가 많이 힘들어했어요. 그건 알고 있죠?]

[……네.]

현준의 얼굴이 급격히 어두워지는 것을 본 해리엇은 손을 내저었다. 비난을 하려는 의도로 받아들여질까 봐 해리엇은 순간 당황했다.

[아! 핀잔을 주려는 게 아니에요.]

[네, 알고 있습니다. 그냥 편하게 말해 주세요.]

[네?]

[그녀에 관한 얘기를 해 주려고 그러는 거 아닙니까?]

아! 해리엇은 속으로 탄성을 내뱉으며 이내 미소를 지었다. 눈치가 얼마나 빠르면 에밀리아를 주방에 보내고 뭔가 이야기하려는 의도를 단번에 파악해 버리는 걸까. 해리엇은 처음보다 더 그가 믿음직스러웠다. 첫 대면에 자신과도 이렇듯 척척 맞아 들어가는데 사랑하는 시엔나하고는 얼마나 잘 맞을지 굳이 확인하지 않아도 알 것 같았다.

[시엔나는 겉으로는 밝은 척을 해요. 힘들어도 울지 않으려 하고. 지지 않으려 하는 기질도 강해요.]

[고집쟁이죠.]

한 단어로 시엔나의 성향을 압축 요약해 버리는 현준의 간단명료함에 해리엇은 감탄했다.

[맞아요!]

해리엇은 현준의 말에 맞장구를 치다 목소리가 생각보다 크게 나와 주방 쪽을 힐끔 쳐다봤다. 못 들은 것인지 시엔나와 에밀리아가 팬케이크를 만들며 분주하게 움직이고 있었다.

[시엔나는 혼혈이고 어머니가 청각 장애인이라 일반적인 범주 안에서 살아온 우리와는 달라요.]

어렸을 때 짓궂은 아이가 발을 거는 바람에 심하게 넘어져 무릎이 까이고 피가 났지만 시엔나는 끝까지 울지 않았다. 현관 앞에 바래다줄 때까지도 명랑하게 말하던 시엔나였다. 그런데 집으로 들어간 시엔나가 문이 닫히는 순간 엉엉 소리 내어 울었다는 것을 나중에 전해 듣고 마음이 참 아팠었다.

형제가 없는 시엔나에게 자신이 형제처럼 해 줘야겠다고 다짐한 계기이기도 했다. 그래서 늘 시엔나의 표정이나 말, 행동을 더 살폈었다. 의지할 수 있는 오빠가 되어 주겠다고 자청했지만 시엔나는 농담으로 받아들일 뿐이었다. 시엔나는 섭섭할 정도로 자신에게 기대려 하지 않았다.

[잘해 주시겠지만 그냥 오빠처럼 걱정스러워서 하는 말이에요.]

[얘기해 줘서 고맙습니다.]

가만히 고개를 끄덕이는 현준을 보며 해리엇은 포근한 미소를 지었다. 그녀가 이제야 진정으로 가장 믿고 편하게 기댈 수 있는 남자를 찾았다는 생각이 들었다. 해리엇은 영원한 아군을 찾은 시엔나가 앞으로는 행복하기만을 바랐다.

「예전에 사귀던 사이로 자신을 마약 중독자로 만든 것에 대한 앙갚음으로 청산가리를 넣었다고 합니다.」

현준은 정주민 경사에게서 온 마약수사과 사건 진행 보고서를 읽으며 미간을 찌푸렸다.

"뭐 해?"

현준은 메일을 확인하다 고개를 들었다. 나현이 방으로 들어오지 않고 문 앞에 서 있었다.

"그 마약 중독자 사건이 어떻게 진행됐는지 정주민 경사가 메일로 알려 주기로 했거든."

"아, 뭐라고 해?"

"자신을 마약에 빠지게 만들어서 복수하려고 그랬다네."

나현이 고개를 끄덕이자 현준은 자리에서 일어나 그녀에게 다가갔다.

"스스로 괴물이 된 거지."

"아!"

현준은 짧은 탄성을 내뱉는 나현의 허리를 당겨 안고는 머리를 기댔다.

괴물이 되지 않고 희망이 되어 줘 고맙다고 한 카벤스의 말을 전해 들었을 때 자신이 흔들렸던 순간을 떠올렸다. 흔들릴 때마다 자신은 소윤과 아버지를 생각했었다. 자신이 여기에 왜 있는 것인지를 늘 상기하며 살았다.

그 마약 중독자도 자신의 문제를 제대로 직시했다면 희망을 잡을 수 있었지만 판단의 오류로 인해 한순간에 괴물이 되어 버린 것이다. 얇은 경계선의 기로에서 어디로 가느냐는 자신만의 특권이라 할 수 있다. 그러니 그 선택에 따른 결과는 오로지 본인의 책임인 것이다.

"안타깝네. 나쁜 일이라는 것을 알면서도 빠져들다니."

현준은 자신을 올려다보는 나현의 얼굴을 쓰다듬다 가볍게 입을 맞췄다. 입술 끝에 미소를 건 현준은 천천히 입을 열었다.

"안 섭섭해?"

"뭐가?"

"여자들은 웨딩드레스 입고 싶어 하잖아?"

"웨딩 앨범 만들기로 했으니깐 괜찮아. 그때 이것저것 많이 입어 보면 돼."

결혼식을 영국에서 올리는 것이 좋겠다는 의견을 냈는데 예비 장인어른이 다들 번거롭게 한다고 반대했다. 그냥 혼인 신고서만 제출하라는 말에 현준은 당황했다.

그러면 한국에서 결혼식을 올리겠다고 했더니 이번에는 나현이 반대를 하고 나왔다. 영국에서처럼 혼인 신고서만 내자는 거였다.

"특이하네."

"특이하긴."

"하긴, 처음 만났을 때도 독특하기는 했어."

"내가 뭘?"

나현이 항의하듯 눈을 동그랗게 뜨고 쳐다보자 현준은 고개를 절레절레 저었다.

"덩치 큰 란토가 잡고 있는데도 할 말 다 했잖아."

"아, 지금 생각해 보면 내가 그때 돌았었나 봐."

나현이 얼굴을 찡그리며 고개를 젓자 현준은 웃음이 나왔다. 선글라스를 벗으라며 당차게 말하는 나현을 보며 꽤 성가시겠구나, 생각했었다. 아니나 다를까 그때부터 나현과 꼬이기 시작했던 것이다.

"제정신이 아니었다?"

"뭐, 굳이 따지자면……."

어색한 얼굴로 배시시 웃는 나현을 보며 현준은 눈꼬리를 접었다.

"내가 지금부터 진짜 정신없이 만들어 줄 수 있는데."

"악! 뭐라는…… 흡."

부드럽고 여린 나현의 혀를 집어삼킨 현준은 제 것인 양 핥고 빨다가 이로 깨물었다. 윽, 하는 비명이 나현의 입술 사이로 비집고 나왔지만 개의치 않고 혀를 감아올렸다. 촉촉하게 젖은 입술이 비벼지고 숨결이 얽히는 끈적한 분위기가 좋았다.

현준은 나현의 윗옷 안으로 손을 넣어 브래지어를 올리고 젖무덤을 찾았다. 쏟아지듯 출렁거리며 손안에 잡힌 가슴이 말랑했다.

"아흣."

젖무덤을 손바닥에 담으며 손가락으로 유두를 잡고 비틀자 나현이 얕은 신음을 내뱉었다.

"아, 안 돼."

"안 되긴."

"하아……. 정말 안 돼. 아빠가 오늘 외식하자며 나오라고 연락…… 하윽."

현준은 유두를 손가락으로 튕기며 입가에 짓궂은 미소를 지었다.

"그 말을 전하러 온 길인데…… 아응."

속살거리듯 신음을 삼키며 의사를 전달하는 나현의 입술을 머금고 혀로 핥았다. 붉은 입술이 현준의 타액 때문에 진한 빨간빛을 띠었다. 현준은 쪽쪽 소리가 나게 입을 맞추고는 나현을 번쩍 안아 들고 책상 위에 내려 주었다. 그러고는 다리를 벌리고 그 사이로 들어가 자리를 잡았다.

"몇 분 여유 있어?"

"음…… 한 30분?"

나현이 큰 눈동자를 또르륵 굴리며 뜸을 들이면서 말하자 현준의 눈꼬리가 접혔다.

"시간 없다는 소리는 안 하네."

"아! 진짜, 뭐야."

나현이 어깨를 툭 밀치자 현준은 그녀의 치마 속으로 손을 넣어 브리프를 젖혔다. 물기를 머금은 나현의 거웃을 손가락으로 헤집은 현준은 앙탈 부리지 말라는 표정으로 고개를 기울였다.

"꽤 젖었는데?"

"하아……. 아냐, 그렇게 안 젖었…… 흐읏!"

도리질을 치며 나현이 부정하자 현준은 그녀의 음부 안으로 손가락 하나를 쑥 집어넣었다. 집어넣은 손가락으로 질벽을 자극하듯 이리저리 비틀자 나현의 입술이 신음을 뱉어 낸다고 다물어지지 않았다.

"아웅, 아앙, 앙앙앙."

현준은 손가락을 좀 더 빠르게 넣었다 빼는 것을 반복하며 나현이 애액을 더 많이 흘리도록 자극했다. 나현의 안으로 들어가는 데 문제는 없지만 충분히 젖은 후 들어가면 그 쾌감이 더 좋아 참고 있는 중이었다. 미끄러지듯 나현의 음부로 들어가는 자신의 남성을 보면 뿌듯함마저 일었다.

"지, 지금 넣어……. 하아, 넣어도……."

안을 채워 달라고 재촉하는 나현의 입술을 덮친 현준은 질척질척 소리가 들릴 정도로 입안을 핥고 빨았다. 그러면서도 손가락 움직이는 것을 멈추지 않았다.

"하앙. 갈 거 같…… 아앙."

숨이 넘어가듯 앙앙거리는 만큼 나현의 아래가 조여들었다. 현준도 더는 참지 못하고 바지 지퍼를 내리고 팽창해 있는 남성을 꺼냈다. 나현의 한쪽 발을 책상에 올리자 음부가 적나라하게 모습을 드러냈다.

"오물오물 잘도 삼키네."

"아응, 이상한 말…… 하윽!"

장난치듯 나현의 음부에 남성을 비비던 현준은 한 번에 푹 쑤시듯 집어넣었다. 그러자 나현의 고개가 뒤로 한껏 젖혀졌다. 현준은 미간을 모은 채 자신의 남성을 꽉 물고 조이는 나현의 음부를 드나들었다. 퍽퍽한 느낌은 없지만 좁은 곳을 통과할 때처럼 숨이 넘어갈 듯 압박하는 느낌이 강했다.

"하아……."

현준은 긴 숨을 내뱉으며 나현의 다리를 자신의 허리에 걸쳤다. 그만큼 더 맞물린 두 사람 사이에서 몽글몽글한 점액들이 끈적거렸다.

"아흑! 읍읍읍……."

현준은 나현의 입에서 흘러나오는 야릇한 신음을 들으며 허리를 더 강하게 튕겼다. 미친 듯한 허릿짓에 나현의 두 눈이 열락에 들뜰 무렵 현준은 자신을 제어하지 못하고 다 쏟아부었다. 자신을 고스란히 다 받아 준 나현을 품에 꼭 안은 현준은 그녀의 뺨에 자잘하게 입을 맞췄다.

나현은 심호흡을 하며 거울에 비친 자신을 바라봤다. 쇄골에 현준이 남긴 붉은 흔적이 희미하게 남아 있었다.

"안 된다고 했는데."

나현은 옆에 없는 현준을 나무라듯 중얼거리다 픽 웃고 말았다. 어깨를 드러내는 벨 라인 웨딩드레스를 고른 그날 현준이 달려들 때부터 심상치 않다 여겼는데.

"일부러 의도한 건가?"

나현은 눈을 가늘게 뜨고 쇄골을 보다 이내 고개를 저었다. 갈수록 소유욕을 드러내는 현준이었다. 그러니 그가 격한 감정을 통제하지 못하고 저지른 만행으로 치부하는 게 좋을 듯했다. 그렇게 열심히 준비한 결혼식을 그가 스스로 망치고 싶었을 리가 없을 테니까.

나현은 두근거리는 심장을 손바닥으로 지그시 누르고는 고개를 들었다.

머리칼은 틀어 올리지 않고 자연스럽게 풀고 티아라가 아닌 화관을 썼다.

"준비 다 됐……. 와우! 공주가 따로 없어!"

아영이 기다리지 못하고 커튼을 열고 들어오더니 탄성을 내뱉었다.

"너무 예쁘다!"

아영의 뒤로 따라 들어오던 소혜가 웨딩드레스에 화관을 쓴 나현을 보며 눈을 크게 뜨더니 입을 모아 칭찬했다.

"이렇게 예쁘고 잘 어울리는데……. 안 했으면 섭섭할 뻔했네."

소혜가 드레스를 매만져 주며 나무라듯 말하자 나현은 난감한 표정을 지었다.

"그러게. 현준 오빠가 현명한 거지."

아영이 옆에서 거들고 나오자 나현은 고개를 절레절레 저었다.

"아, 진짜 나한테 한 고집 한다고 하더니 본인은 더해, 아주."

나현은 기어이 스몰 웨딩이라도 해야 한다고 우기는 현준을 이기지 못했다. 꼭 모셔야 하는 양가 집안 어른들과 친구 몇 명만 부르는 결혼식을 준비하고 강행한 것은 현준이었다.

"해 준다고 할 때 그냥 다 받고, 못 이기는 척 따라가."

아영이마저 나무라자 나현은 허탈한 미소를 짓고 말았다. 현준의 어머니는 귀한 며느리가 들어온다면서 이것저것 다 해 주시려 해서 참 난감했었다. 너무 과하다고 말려 봤지만 소용이 없었다. 중재를 하라고 현준의 옆구리를 찔렀는데 역부족이었다. 오히려 부족하니 더 챙겨 달라고 어머니께 요구하는 현준 때문에 나현은 할 말이 없었다.

"그래, 신부가 너무 고집 피우면 그것도 밉다, 너?"

둘 다 자신의 속사정 따위엔 관심 없고 현준이 결혼 준비에 참여했다는 이유만으로 모든 것을 덮어놓고 칭찬과 감동부터 하고 나왔다. 그래서 나현은 현준이 하나부터 열까지 너무 열성적으로 챙기는 바람에 웨딩 플래너가 꽤 힘들어했다는 말을 그냥 삼켜 버렸다.

"참, 여기 부케."

"응, 고마워."

나현은 아영이 건네는 부케를 받아 쥐고는 가만히 내려다봤다. 현준이 꽃

꽃이를 배우면서 직접 만들어 온 부케였다.

'손이 왜 그래? 다쳤어? 어디 긁힌 거야?'

아무것도 아니라며 손을 감추려는 현준을 다그쳐 실상을 알았을 땐 눈물이 핑 돌았었다. 세상에 하나뿐인 뭔가를 만들어 주고 싶었다는 현준의 말이 너무 예뻤다.

"그만 쳐다봐, 닳는다."

"응……."

나현은 흐뭇한 얼굴로 부케를 쳐다보며 소혜의 말에 건성으로 대꾸했다. 장미 몇 송이밖에 없어 소박했지만 세상에서 가장 묵직한 부케였으며 가장 아름답고 소중한 부케였다. 다음 예비 신부에게 주고 싶지 않을 만큼.

"현준 오빠 참 의외다."

"그러게. 다정한 줄은 알았지만 이 정도일 줄이야."

"아! 나 다시 결혼하고 싶네."

"관둬. 네 남편은 현준 오빠과 아니거든."

"에잇!"

나현은 아영과 소혜가 옥신각신하는 말을 듣고는 어이없다는 듯 픽 웃었다. 현준이 호신술을 가르쳐 주며 사정없이 팔을 비틀고 까칠하게 굴던 이야기를 해 줘도 아영과 소혜가 믿지 않을 것 같았다. 오히려 자신이 현준을 음해한다고 꾸짖을 게 뻔했다.

"근데 나현아, 저기 저 남자는 누구야?"

"응?"

나현은 소혜의 시선을 따라 고개를 돌리다 입가에 환한 미소를 지었다. 눈이 마주친 크로마가 손을 현란하게 흔들다 엄지를 척 세워 보였다. 해커 실력을 인정받아 미국 정보기관으로 들어간 크로마였다.

"옆에 있는 여자가 애인이야?"

소혜가 말한 이는 싱글벙글 웃고 있는 유렘이 아니라 이런 자리가 불편한 듯 긴장하고 있는 란토인 듯했다. 처음 만났을 때처럼 선글라스를 쓰고 입을 꾹 다문 모습을 보자 그냥 웃음이 새어 나왔다.

"어머! 소혜의 취향이 우락부락한 남자였어?"

같은 곳을 바라보던 아영이 화들짝 놀라는 척하며 오버하자 소혜가 눈을 흘겼다.

"우락부락하긴. 근육이 단단해 보이고 좋기만 한데."

소혜가 은근히 란토를 향한 관심을 피력하자 나현은 눈썹을 일그러뜨렸다. 과묵한 란토와 있으면 말을 어떻게 하는지 까먹을 정돈데 소혜가 견딜지 의문이었다.

"관심 있으면 소개해 줄까?"

나현은 그들의 성향이 맞든 안 맞든 상관하지 않는 것이 상책이라 여겼다. 남녀 사이의 일은 그 누구도 장담할 수 없으니까.

"좋아!"

소혜가 횡재했다는 표정을 짓자 아영이 옆에서 고개를 설레설레 저었다. 그러다 기어이 한마디 했다.

"지금 네 연애가 중요하냐? 오늘의 신부한테 집중 좀 하지."

"아, 네네."

소혜가 대답을 하면서도 란토한테서 시선을 못 떼고 힐끔거렸다.

"어? 이제 시작하려나 봐."

웨딩 플래너의 손짓을 확인한 아영이 얼른 가자며 팔을 잡자 나현은 심호흡을 했다. 좀 전까지는 아무렇지 않았는데 갑자기 떨리기 시작해 난감했다.

"떨리지?"

"으응."

"그냥 현준 오빠만 보고 걸어."

아영이 다가가야 할 목표는 현준뿐이라는 듯 말하자 나현은 저도 모르게 활짝 웃었다.

루카이자 현준인 그와 이렇게 될 줄 전혀 몰랐던 첫 만남, 호신술을 배우며 티격태격했던 일, 사격술을 배우며 다투었던 일들이 주마등처럼 지나갔다.

"그러고 보니 다정하고는 담을 쌓고 있었네."

"뭐가?"

"어? 아니야."

옆에서 같이 걸으며 드레스를 잡아 주던 소혜가 궁금한 얼굴로 묻자 나현은 아무것도 아니라며 어깨를 으쓱해 보였다.

"자, 여기 서 있어. 우리는 저기에 있을게."

"응, 고마워."

멀어지는 소혜와 아영을 보다 고개를 돌린 나현의 눈에 현준의 모습이 들어왔다.

"······멋지다."

나현은 순백색의 정장을 입고 다가오는 현준을 보며 저도 모르게 중얼거렸다.

〈예쁘다.〉

나현이 혼잣말한 것을 못 들었을 텐데 현준이 화답처럼 입술을 움직였다.

〈보고 싶었어.〉

현준의 말에 나현은 피식 웃고 말았다. 아침부터 같이 움직였고 떨어져 있던 시간은 옷을 갈아입으며 준비한 짧은 순간뿐이었다. 그럼에도 보고 싶었다고 하니 뭔가 뿌듯하면서도 아련함이 몰려들었다.

〈이번에는 손 꼭 잡아.〉

입가에 부드러운 미소를 지은 현준이 손을 뻗자 나현은 눈물이 글썽한 채로 고개를 끄덕였다.

그러자 현준이 또 입술을 움직였다, 소리 없이.

〈어서 와, 못난이 신부님.〉

독화(Lip reading). 말하는 상대의 입술을 읽어 내는 능력이 매력적으로 느껴졌습니다. 그래서 지금까지 제가 다루어 보지 않았던 소재였지만 도전해 보고 싶었습니다. 범죄와 심리, 독화를 접목해서 쓰는 것이 어렵고 힘들었지만 —역시 전문가들을 따라잡는 건 무리였습니다. ㅜㅜ— 나름 즐겁기도 했습니다.

아픔이 있지만 그것을 딛고 일어서야만 했던 루카와 그런 그에게 끌리면서도 고집을 부리는 나현의 이야기를 쓰면서 설레고 즐거웠습니다. 독자님들도 즐거웠기를 바라며 이제 마무리 인사를 하려 합니다.

미흡하고 어설픈 글이지만 재미있게 읽어 주신다면 고맙겠습니다! ^*^

이번에도 인연이 닿아 같이 작업해 주신 뿔미디어 식구님들, 고맙습니다. 특히 교정과 편집에 힘을 쏟아 주신 이 대리님, 고맙고 고생 많으셨습니다.

힘들 때마다 다독여 주시고, 길을 잃고 헤맬 때마다 방향을 알려 주신 그분께도 감사의 인사를 드립니다.

2019년 12월
따스함이 좋은 겨울의 한 자락 끝에서
송희륜 드림.